COLLECTION « BEST-SELLERS »

DES MÊMES AUTEURS

chez le même éditeur

SUPERSTITION, 1996
CAUCHEMAR GÉNÉTIQUE, 1997
LE CHANTIER ET ROMAN TECHNIQUE, 1997
LE GRENIER DES ENFERS, 1999
LE PIÈGE DE L'ARCHITECTE, 2000

De Douglas Preston

JENNIE, 1997

DOUGLAS PRESTON et LINCOLN CHILD

LES SORTILÈGES DE LA CITÉ PERDUE

roman

Traduit de l'américain par Michèle Garène

ROBERT LAFFONT

Ce livre est paru chez France Loisirs sous le titre :
Tonnerre sur la cité perdue

Titre original : THUNDERHEAD

Traduction française : Éditions Robert Laffont, S.A., Paris, 2003

ISBN 2-221-08644-9
(édition originale : ISBN 0-446-52337-2 Warner Books Inc., New York)
Publié avec l'accord de Warner Books

Lincoln Child dédie ce livre
à sa fille Veronica et à la Company of Nine.

Douglas Preston dédie ce livre
à Stuart Woods.

1.

À la sortie de Santa Fe, la route récemment pavée filait vers l'est à l'ombre de pins pignons. Un soleil ambré s'enfonçait dans un voile de nuages sales derrière les monts Jemez couronnés de neige, tirant une courtepointe sombre sur le paysage. C'était la troisième fois en trois mois que Nora Kelly traversait ces collines couvertes de buissons d'armoise et ces lits de ruisseaux à sec au volant de son pick-up Ford brinquebalant.

En remontant de Buckman's Wash dans les Jackrabbit Flats elle vit un arc de lumière étincelant derrière les pins. Un instant plus tard, son pick-up passait au milieu de links impeccables. Un arroseur clignait de l'œil et dodelinait de la tête au soleil, lançant des jets d'eau à un rythme régulier et tremblé. Sur une butte se dressait le nouveau *clubhouse* de Fox Run, bâtiment massif en imitation adobe. Nora regarda ailleurs.

Son pick-up vibra en franchissant une grille à bétail à l'extrémité de Fox Run et se retrouva soudain sur un chemin de terre. Il passa en cahotant devant une rangée de vieilles boîtes aux lettres et une pancarte de bois délavé par les intempéries qui annonçait : « Rancho de Las Cabrillas ». Nora se retrouva en un éclair vingt ans en arrière : dans la chaleur accablante de l'été, un seau à la main, elle aidait son père à peindre la pancarte. Les *cabrillas,* lui avait-il dit, ce sont des « nèpes » en espagnol. Mais c'était aussi le nom qu'on donnait dans cette langue à la constellation des Pléiades, qui ressemblait selon lui à des araignées d'eau sur la surface lisse d'un étang. « Au diable le bétail ! avait-il conclu en traçant les lettres épaisses au pinceau. J'ai acheté cet endroit pour ses étoiles. »

Après un virage, le chemin remontait. Nora ralentit. Le soleil avait disparu, et le ciel du désert se vidait rapidement de lumière. C'était là qu'au fond d'une vallée herbeuse se trouvait la vieille ferme aux fenêtres obstruées par des planches, avec l'écurie et les corrals à l'abandon qui constituaient jadis le ranch de la famille Kelly. Personne n'y vivait plus depuis cinq ans. Ce n'était pas une grande perte aux yeux de Nora : la maison se réduisait à un préfabriqué datant du milieu des années 50 qui tombait déjà en ruine dans son enfance. Son père avait consacré tout son argent aux terres.

Quittant le chemin juste après le sommet de la colline, Nora jeta un coup d'œil à l'arroyo voisin. Quelqu'un y avait discrètement jeté un tas de parpaings cassés. Peut-être que son frère avait raison et qu'elle devrait vendre. Les impôts grimpaient, et la maison avait dépassé depuis longtemps le point de non-retour. Pourquoi s'y accrochait-elle ? Elle n'avait pas les moyens de faire construire du neuf sur ce terrain – pas avec son salaire de simple assistante d'enseignement en tout cas.

Elle vit les lampes du ranch des Gonzales s'allumer à quatre cents mètres de là. Un vrai ranch, contrairement au petit passetemps de son père. Teresa Gonzales, avec qui elle avait grandi, gérait à présent l'endroit toute seule. Une grande femme intelligente et intrépide. Ces dernières années, elle avait décidé de veiller aussi sur la propriété des Kelly. Quand des mômes venaient y faire la bringue, ou que des chasseurs ivres décidaient de s'exercer au tir sur la maison, Teresa les virait *manu militari* et laissait un message sur le répondeur de Nora en ville. Cette fois, cela faisait trois ou quatre nuits que Teresa voyait de faibles lueurs à l'intérieur et à l'extérieur de la maison et de gros animaux rôder dans les parages juste après le crépuscule.

Nora attendit quelques minutes, à l'affût d'un signe de vie, mais le ranch était silencieux et vide. Peut-être Teresa avait-elle imaginé ces lueurs. Quoi qu'il en fût, leur auteur semblait être parti.

Nora franchit le portail, parcourut les deux cents derniers mètres la séparant de la maison, se gara et coupa le contact. Elle prit une torche dans la boîte à gants et sauta d'un bond léger de son pick-up. La porte d'entrée béait, retenue symboliquement par un unique clou de gond, sa serrure ayant été découpée depuis longtemps aux cisailles. Un coup de vent balaya la cour, souleva des nuages de poussière et fit grincer le battant.

Nora alluma sa torche et s'arrêta sur le seuil. La porte s'ouvrit sous sa poussée, avant de se remettre obstinément en place. Nora lui fila un coup de pied agacé qui la fit s'écraser par terre dans un fracas, puis entra.

Avec les planches aux fenêtres, il était difficile de distinguer grand-chose de l'intérieur ; on se rendait compte malgré tout que les lieux ne ressemblaient plus guère à la maison dans laquelle la jeune femme avait grandi. Le sol était jonché de bouteilles de bière et de bouts de verre, et un intrus avait bombé un tag sur le mur. On avait arraché quelques-unes des planches bouchant les fenêtres, déchiré le tapis et éventré les coussins du canapé avant de les jeter en travers de la pièce. Le mur de pierres sèches avait été troué à coups de pied et criblé de balles de 22.

Peut-être que ce ne serait pas pire que la dernière fois. Les coussins éventrés et les traces de balles en zigzag sur le mur étaient récents, mais Nora se rappelait avoir vu le reste à sa dernière visite. Son avocat l'avait avertie qu'en l'état la propriété était un poids mort : qu'un inspecteur de la ville débarque et il condamnerait immédiatement les lieux. Le seul ennui, c'était que raser l'endroit lui coûterait davantage que ce qu'elle possédait – à moins, bien sûr, qu'elle ne vende.

Elle entra dans la cuisine. Sa torche éclaira le vieux Frigidaire, qui gisait toujours à l'endroit où on l'avait renversé. Des tiroirs étaient éparpillés dans la pièce. Le lino se décollait en gros rouleaux, et quelqu'un avait accéléré le processus, arrachant même des planches en dessous. Le vandalisme est un sacré boulot, songea Nora. Elle balaya de nouveau la pièce du regard et quelque chose commença à la titiller. Ce n'était pas comme les fois précédentes.

Elle sortit de la cuisine et monta l'escalier en repoussant du pied des bouts de toile à matelas, tout en cherchant à comprendre en quoi les nouvelles preuves de saccage lui paraissaient différentes. Des coussins éventrés, des trous dans les murs, des tapis et du lino arrachés. D'une certaine manière, cette violence semblait moins due au hasard que par le passé. À croire que l'auteur de ces déprédations cherchait quelque chose. Au milieu de l'escalier, Nora se figea. Un bruit – comme si quelqu'un foulait des bris de verre.

Elle attendit, immobile. On n'entendait plus que le murmure du vent. Si une voiture était arrivée, elle l'aurait remarquée. Elle poursuivit son ascension.

Il faisait encore plus noir à l'étage où toutes les planches étaient encore en place devant les fenêtres. Nora tourna à droite sur le palier et éclaira son ancienne chambre. Elle eut de nouveau ce pincement familier en redécouvrant la tapisserie rose qui partait en lambeaux, tachée comme une vieille carte, le matelas transformé en nid à rats géant, le pupitre de son hautbois cassé et rouillé, le plancher béant. Une chauve-souris couina au-dessus de sa tête, et Nora se souvint du jour où elle s'était fait surprendre en train d'essayer d'en apprivoiser une. Sa mère n'avait jamais compris sa fascination pour ces bestioles.

De l'autre côté du couloir, la chambre de son frère n'était pas en meilleur état. Assez dans le genre de sa crèche actuelle, finalement. Mais dans l'odeur de moisi, Nora crut détecter un vague parfum de fleurs écrasées. Étrange… les fenêtres étaient toutes bouchées ici. Elle passa dans la chambre de ses parents.

Cette fois, on ne pouvait pas se tromper : un faible tintement de verre monta d'en bas. Nora se figea. Un rat, filant à travers le salon ?

Elle revint en silence se planter en haut de l'escalier. Un autre bruit au rez-de-chaussée : sourd, cette fois. Il fut suivi d'un nouveau craquement, plus net, comme si on venait de fouler du verre cassé.

Nora souffla lentement, la poitrine nouée. Ce qui avait commencé comme une corvée irritante se métamorphosait en une expérience troublante.

— Qui est là ?

Seul le vent daigna répondre.

Nora braqua sa torche sur l'escalier vide. Généralement les mômes s'enfuyaient dès qu'ils apercevaient son pick-up. Pas ce soir.

— Vous êtes dans une propriété privée, déclara-t-elle le plus calmement possible à haute et intelligible voix. Vous êtes en infraction, et la police arrive.

Un nouveau bruit de pas, plus proche de l'escalier.

— Teresa ? s'écria Nora, dans un sursaut d'espoir.

Elle entendit alors un bruit de gorge menaçant, proche du grognement.

Des chiens, pensa-t-elle, soudain soulagée. Des chiens sauvages errant dans le coin qui venaient s'abriter dans la maison. Elle choisit de ne pas se demander pourquoi cette pensée était plutôt rassurante.

— Sortez de là ! Allez ! Dehors ! Du vent !

Silence.

Nora savait s'y prendre avec les chiens égarés. Elle descendit l'escalier en tapant des pieds, sans cesser de parler d'une voix forte et ferme. Arrivée en bas, elle balaya la salle de séjour de sa torche.

Vide. Les chiens avaient dû s'enfuir.

Elle respira un grand coup. Elle n'avait pas inspecté la chambre de ses parents, mais il était temps de partir.

Elle se dirigeait vers la porte lorsqu'elle entendit un nouveau bruit de pas. Des pas prudents, volontairement, affreusement lents.

Alors qu'elle braquait sa torche dans leur direction elle perçut un faible ahan, un ronronnement bas et monotone. Et la même odeur de fleurs, plus nette cette fois.

Figée, paralysée par cette menace inhabituelle, Nora se demanda si elle devait éteindre sa torche et se cacher, ou bien prendre ses jambes à son cou.

Du coin de l'œil, elle vit alors une énorme forme velue filer le long du mur. Au moment où elle se retournait, elle reçut un coup violent au creux des reins.

Elle s'étala et sentit une fourrure rêche sur sa nuque. Il y eut un grognement dément, mouillé, comme l'assaut baveux d'un chien enragé. Nora envoya un grand coup de pied à son assaillant, qui gronda et relâcha un peu sa prise, lui donnant le temps de se libérer. Elle se redressait d'un bond lorsqu'une seconde masse s'écrasa sur elle, la clouant au sol. Elle se tortilla, des bris de verre s'enfonçaient dans sa chair. Elle entrevit un ventre nu, couvert de taches brillantes, des rayures de jaguar, des griffes et des poils et une ceinture *concho* en argent. Des yeux étroits d'un affreux rouge étincelant la fixaient à travers les fentes encrassées d'un masque en peau de daim.

— Où est-elle ? fit une voix rauque, lui envoyant au visage une haleine qui empestait la viande pourrie.

Nora fut incapable d'articuler un son.

— Où est-elle ? reprit la voix, grossière, imparfaite, comme celle d'un animal imitant le langage humain.

Des griffes s'enfoncèrent dans son cou et son bras droit.

— Quoi… croassa-t-elle.

— La lettre, dit la voix. Ou on t'arrache la tête.

Nora tenta de se dégager, mais l'étau se resserra. Elle se mit à suffoquer sous l'effet de la douleur et de la terreur.

Soudain, un éclair et une détonation assourdissante brisèrent l'obscurité. Nora sentit l'étreinte se relâcher et se libéra d'un coup sec. Elle roulait sur elle-même quand une seconde balle troua le plafond au-dessus de sa tête, l'aspergeant de bouts de plâtre. Elle se redressa tant bien que mal, dans un craquement de verre. Privée de sa torche, qui avait roulé plus loin, elle tourna sur place, désorientée.

— Nora ? Nora, c'est toi ?

Une silhouette grassouillette s'encadrait dans la porte d'entrée, fusil en main.

— Teresa, sanglota Nora en titubant vers elle.

— Ça va ? lui demanda sa voisine en la retenant par le bras.

— Je ne sais pas.

— Foutons le camp d'ici.

Dehors, Nora se laissa tomber par terre, avalant goulûment l'air frais du crépuscule et s'efforçant de calmer les battements de son cœur.

— Que s'est-il passé ? demanda Teresa. J'ai entendu des bruits de bagarre, et j'ai vu ta torche.

Nora se contenta de secouer la tête, le souffle encore court.

— C'étaient des chiens sauvages, effrayants, continua Teresa. Presque aussi gros que des loups.

— Non. Pas des chiens. L'un d'eux m'a parlé.

Teresa l'examina de plus près.

— Hé ! on dirait que tu as été mordue au bras. Je ferais peut-être bien de te conduire à l'hôpital.

— Pas question.

— En tout cas, ils n'ont pas perdu de temps pour partir. D'abord des mômes, maintenant des chiens sauvages. Mais quel genre de chien peut s'évaporer aussi vite…

— Je te répète que l'un d'eux m'a parlé.

Teresa la regarda plus attentivement cette fois, une lueur de scepticisme dans les yeux.

— Cela a dû être drôlement effrayant, finit-elle par dire. Tu aurais dû me prévenir que tu venais. Je t'aurais rejointe ici avec monsieur Winchester, conclut-elle en tapotant son fusil.

Nora contempla la silhouette lourde, l'air troublé mais déterminé. Elle savait que Teresa ne la croyait pas, mais elle n'avait pas la force de discuter.

— La prochaine fois, je le ferai, promis.

— J'espère qu'il n'y aura pas de prochaine fois, fit doucement sa voisine. Ou tu fais raser cette maison, ou tu la vends à quelqu'un qui la rasera à ta place. Cela devient une vraie plaie, et pas seulement pour toi.

— Je sais que c'est une horreur. Mais je détesterais la voir disparaître. Je suis désolée que cela te cause des ennuis.

— J'aurais cru que cet incident te ferait changer d'avis. Tu viens manger un morceau ?

— Non merci, Teresa. Tout va bien.

— Peut-être. Mais tu ferais bien de te faire vacciner contre la rage.

Nora regarda sa voisine s'engager dans le sentier étroit qui remontait la colline. Puis elle se glissa au volant de son pick-up et verrouilla les portières d'une main tremblante. S'appliquant à maîtriser sa respiration, elle observa la silhouette de Teresa se fondre lentement dans l'obscurité. Lorsqu'elle se sentit enfin capable de contrôler ses mouvements, elle tendit la main vers la clé de contact. Une douleur dans la nuque la fit grimacer.

Elle essaya de démarrer, sans succès, et jura. Elle avait besoin d'un nouveau véhicule – entre autres. De tout renouveler dans sa vie, en fait.

Elle tenta de nouveau sa chance, et après un bredouillement de protestation le moteur s'anima en crachotant. Elle éteignit les phares pour économiser la batterie et, calée dans son siège, appuya doucement sur l'accélérateur, en attendant le ronronnement rassurant.

Du coin de l'œil elle entr'aperçut un bref éclair argenté. Une forme énorme, boule noire de fourrure, se ruait sur elle dans les dernières lueurs du crépuscule.

Nora passa une vitesse, alluma les phares et accéléra. Dans un rugissement mécanique elle sortit de la cour en chassant. Au moment de franchir le premier portail, elle remarqua, horrifiée, que la chose courait à ses côtés.

Elle écrasa l'accélérateur ; le pick-up dérapa dans un nuage de poussière et heurta un cactus au passage. La chose qui courait disparut. Mais Nora continua à accélérer jusqu'au portail extérieur, cahotant sur le chemin de terre. Au bout d'un temps insupportablement long, la grille à bétail apparut enfin dans ses phares, ainsi que la rangée de vieilles boîtes aux lettres clouées sur une planche horizontale. Nora freina, mais trop tard ; le pick-up heurta la grille à bétail et décolla pour atterrir lourdement contre la vieille planche après un dérapage dans le sable. Les boîtes s'écrasèrent par terre.

Haletante, Nora vit la poussière tourbillonner dans le faisceau des phares. Elle passa en marche arrière et eut une bouffée de panique en sentant les roues s'enfoncer dans le sable. Elle cala.

Nora sauta du pick-up et, jetant un coup d'œil autour d'elle, tira les boîtes pourries dans les broussailles. Une enveloppe gisait par terre ; elle la ramassa. Lorsqu'elle repartit vers son pick-up, l'enveloppe tomba dans la lueur des phares. Nora se figea, bouche bée de surprise. Puis elle fourra sa trouvaille dans sa poche de chemise, sauta au volant et reprit le chemin des lumières lointaines mais accueillantes de la ville.

2.

L'Institut archéologique de Santa Fe se dressait sur un plateau peu élevé entre les contreforts de Sangre de Cristo et la ville de Santa Fe. Il ne renfermait pas de musée ouvert au public et n'organisait que des séminaires accessibles à des étudiants sur invitation exclusivement et des colloques réservés à des professeurs. Le campus s'étendait sur quinze hectares, ses bâtiments bas en adobe presque invisibles au milieu des jardins ceints de murs, des abricotiers, des parterres de tulipes et des rangées de lilas croulant sous les fleurs.

L'Institut, qui se consacrait exclusivement à la recherche, aux fouilles et à la conservation, abritait l'une des plus belles collections d'objets indiens du Sud-Ouest préhistorique. Riche, discret, très ancré dans ses traditions, il suscitait une vénération teintée de jalousie chez les archéologues du pays.

Nora regarda ses derniers étudiants sortir de la classe au plafond bas, puis rassembla ses notes pour les fourrer dans son porte-documents en cuir démesuré. Elle venait de boucler la dernière séance de son séminaire intitulé « L'abandon de Chaco : causes et conditions ». Une fois de plus, elle s'étonna du comportement peu courant des étudiants de l'Institut : calmes, respectueux, comme incapables de croire à leur chance de bénéficier d'une bourse de dix semaines.

Elle quitta la fraîcheur de sa classe pour suivre lentement le sentier de gravier baigné de soleil. La lumière matinale faisait rougeoyer les bâtiments de style néo-pueblo du campus, avec leurs murs arrondis hérissés de poutres. Des cumulonimbus envahissaient le ciel au-dessus des montagnes, bande noire sous une couronne de blanc étincelant. En levant le nez, Nora sentit une douleur transpercer son cou endolori. Elle le massait d'une main quand une ombre sembla passer devant le soleil.

Longeant le parking, elle se dirigea par un chemin détourné vers l'arrière du campus, où elle s'engagea dans une allée dallée, bordée de peupliers noirs d'Italie et de vieux ormes de Chine. Elle se retrouva bientôt devant le bâtiment banal qui abritait les archives.

Elle montra son badge au gardien, signa le registre, se dirigea vers une porte basse et s'arrêta devant l'escalier en ciment qui s'enfonçait dans l'obscurité, vers la salle des cartes.

Elle se crispa. Cette obscurité ravivait le souvenir désagréable de la veille au soir. Elle sentit de nouveau les bouts de verre s'enfoncer dans sa chair, l'étau des griffes, l'odeur douceâtre…

Elle chassa ces images et descendit les marches.

Les collections de l'Institut regorgeaient d'objets précieux. Toutefois, rien en ces lieux ne possédait autant de valeur et ne bénéficiait d'une surveillance aussi étroite que la salle des cartes. Cette dernière renfermait un bien plus précieux qu'un trésor : l'emplacement de tous les sites archéologiques recensés du Sud-Ouest. On en comptait plus de trois cent mille, de l'éparpillement de pierres le plus insignifiant aux gigantesques ruines constituées de centaines de salles, le tout soigneusement inscrit sur les cartes topologiques de l'Institut.

Nora savait que seule une minuscule partie de ces sites avait été fouillée ; le reste patientait sous le sable ou au fond de grottes. Chaque numéro de site correspondait à une référence dans la base de données, laquelle renfermait tous les renseignements, depuis les inventaires détaillés jusqu'au croquis et aux documents numérisés en passant par des comptes rendus d'enregistrement : de véritables cartes au trésor électroniques qui conduisaient à des millions de dollars d'objets préhistoriques.

Nora avait toujours trouvé étrange qu'un tel endroit fût gardé par Owen Smalls. Resplendissant dans son pantalon en cuir culotté, débordant de muscles, Smalls avait toujours l'air de revenir d'une expédition harassante aux confins de la terre. Rares parmi ceux qui le côtoyaient savaient que ce diplômé avec mention de Brown, né dans l'Est et issu d'une famille aisée, mourrait ou se perdrait dans l'heure si on l'abandonnait dans le désert.

L'escalier donnait sur une porte métallique équipée d'un judas, lui-même surmonté d'une lumière rouge. Nora fourra la main dans son sac, en sortit son laissez-passer magnétique et l'introduisit dans la fente. Lorsque la lumière vira au vert, elle poussa la porte et entra.

Smalls occupait un petit bureau à la propreté méticuleuse, à l'orée de la salle et dominant le salon de lecture. Il se leva à sa vue en posant délicatement un livre sur son bureau.

— Docteur Kelly. Nora, c'est ça ?

— Bonjour, fit Nora, le plus naturellement possible.

— Cela fait un bout de temps qu'on ne vous a pas vue. Dommage. Hé, qu'est-ce que vous vous êtes fait au bras ?

Nora jeta un coup d'œil au pansement.

— Une égratignure, c'est tout. Owen, j'ai besoin de voir une ou deux cartes.

— Oui ?

— Dans les quadrants C-3 et C-4 de l'Utah. Le plateau de Kaiparowits.

Smalls continua à l'examiner, passant d'un pied sur l'autre et remplissant la salle de l'écho des craquements du cuir.

— Numéro du projet ?

— Nous n'en avons pas encore. Il s'agit juste d'une enquête préliminaire.

Smalls posa deux énormes mains poilues sur le bureau et se pencha vers Nora.

— Désolé, docteur Kelly. Il vous faut un numéro de projet approuvé pour consulter quoi que ce soit.

— Mais c'est juste pour une enquête préliminaire.

— Vous connaissez le règlement, répondit Smalls avec un sourire désobligeant.

Nora réfléchit à toute vitesse. Il n'y avait aucun espoir que Blakewood, le président de l'Institut et son patron, lui attribue un numéro de projet sur la base des maigres renseignements qu'elle lui fournirait. Mais elle se souvenait avoir travaillé à un projet dans une autre partie de l'Utah, deux ans auparavant. Le projet existait toujours, même s'il était un peu moribond... elle avait la sale habitude de ne jamais rien terminer. Quel était ce foutu numéro, déjà ?

— J-40012.

Smalls haussa ses sourcils broussailleux.

— Désolée, j'avais oublié que cela venait d'être attribué. Si vous ne me croyez pas, appelez le professeur Blakewood.

Elle savait que son patron assistait à une conférence à Window Rock.

Smalls se tourna vers son ordinateur et pianota sur son clavier. Il leva la tête.

— On dirait que c'est approuvé. C-3 et C-4, vous avez dit ?

Il se remit à pianoter ; les touches paraissaient minuscules sous ses battoirs. Puis il s'éloigna du bureau.

Nora le suivit jusqu'à la porte de la salle des coffres.

— Attendez ici.

— Je connais les règles.

Sous une lumière fluorescente implacable s'alignaient deux rangées de coffres métalliques s'ouvrant par le haut. Smalls s'approcha de l'un d'eux, pianota un code et souleva le couvercle. Il examina les cartes prises en sandwich entre des couches de plastique protecteur.

— Il y a seize cartes pour ces quadrants, cria Smalls. Lesquelles voulez-vous ?

— Toutes, s'il vous plaît.

— Toutes ? fit Smalls après un silence. Cela représente trois cents kilomètres carrés.

— Comme je vous l'ai dit, c'est une enquête. Vous pouvez toujours appeler le président...

— D'accord, d'accord.

Tenant les cartes par les extrémités de leurs rails métalliques, Smalls fit signe à Nora de le suivre dans la zone de lecture. Il attendit qu'elle soit assise, puis posa délicatement ses trophées sur la surface rayée de la table en Formica.

— N'oubliez pas d'enfiler ça, fit-il en indiquant une boîte de gants en coton jetables. Vous avez deux heures pour étudier ces documents. Quand vous aurez fini, faites-moi signe, je rangerai les cartes et je vous ferai sortir.

Il attendit qu'elle ait enfilé des gants pour grimacer un sourire. Puis il ferma le coffre dont il s'était servi, la salle, et regagna son bureau. Tu sauras quand j'aurai fini, pensa-t-elle.

La zone de lecture se résumait à une grande table et à une unique chaise, en plein dans le champ de vision du bureau vitré de Smalls. Un endroit exigu, exposé à tous les regards. Pas pratique du tout pour ce qu'elle voulait faire.

Elle respira un grand coup et détendit ses doigts gantés de blanc. Puis elle étala les cartes sur la table avec soin, faisant craquer le plastique en les alignant bord à bord. La série de cartes d'état-major – les plus détaillées que fabriquait l'institut américain de relevé géographique – couvrait une zone très à l'écart du sud de l'Utah, avec le lac Powell au sud et à l'ouest, et le Bryce Canyon à l'est. La région dépendait presque entièrement du Bureau de gestion des sols, des terres fédérales parfaitement inutiles, en fait. Nora avait une bonne idée de la physionomie du coin : un pays de grès, coupé en deux par un labyrinthe orienté en diagonale de canyons profonds, d'escarpements, de parois à pic et de terres nues.

C'était dans ce triangle reculé que, seize ans plus tôt, son père avait disparu.

Elle se rappelait avec une clarté douloureuse comment l'enfant de douze ans qu'elle était avait supplié qu'on l'autorise à accompagner l'équipe de recherche. Mais sa mère lui avait opposé un refus sans appel, l'œil sec. Elle avait donc passé deux semaines d'angoisse, à écouter les informations à la radio et à étudier des cartes topographiques. Comme celles-ci. On n'avait jamais retrouvé la moindre trace du disparu. Sa mère avait ensuite entrepris des démarches pour que la mort de son père devienne officielle. Nora n'avait pas regardé de carte de la région depuis.

Elle respira de nouveau un grand coup. Elle allait s'attaquer au plus dur. S'assurant qu'elle tournait bien le dos à Owen Smalls, elle glissa deux doigts dans sa veste et en tira la lettre – elle ne l'avait pas lâchée depuis sa découverte, quelques heures cauchemardesques auparavant.

Décolorée et fragile, l'enveloppe portait une adresse au crayon presque effacée. Comme dans l'éclat des phares la veille, elle lut le nom de sa mère, morte depuis six mois, et l'adresse du ranch abandonné depuis cinq ans. Lentement, presque malgré elle, elle regarda celle de l'expéditeur : « Padraic Kelly, quelque part à l'ouest du plateau de Kaiparowits », avait écrit son père de sa généreuse écriture tout en boucles qu'elle se rappelait si bien.

Une lettre de son défunt père à sa défunte mère, écrite et timbrée seize ans plus tôt.

Lentement et avec soin, dans le silence fluorescent de la salle des cartes, elle sortit les trois feuilles de papier jauni de l'enveloppe et les lissa sur la table, les dissimulant de son corps à la vue de Smalls. Elle jeta de nouveau un coup d'œil au détail le plus étrange : le tampon récent de la poste, avec la précision « surtaxe », témoignait que la lettre avait été postée d'Escalante en Utah seulement cinq semaines plus tôt.

Elle effleura le papier souillé, la mention surtaxe et le timbre de dix cents complètement décoloré. On aurait dit qu'on avait séché l'enveloppe. Peut-être l'avait-on découverte flottant sur le lac Powell, apportée par les crues éclairs des canyons, qui faisaient la célébrité de la région.

Pour la centième fois au moins depuis qu'elle avait découvert le contenu de la lettre la nuit précédente, elle dut réprimer une bouffée d'espoir. Il était impossible que son père puisse être encore en vie. Manifestement quelqu'un avait trouvé sa missive et l'avait postée.

Mais qui ? Pourquoi ?

Et, plus effrayant : s'agissait-il de la lettre que cherchaient les créatures dans le ranch abandonné ?

Nora déglutit, la gorge douloureusement sèche. Il ne pouvait en être autrement.

Un grincement brisa le silence quand Smalls remua sur sa chaise.

Nora sursauta, puis glissa l'enveloppe sous la carte la plus proche. Elle relut la lettre.

Jeudi 2 août (je crois) 1983

Très chère Liz,

J'ai beau me trouver à une centaine de kilomètres du bureau de poste le plus proche, je me sens incapable d'attendre encore pour t'écrire. Je te posterai cette lettre dès mon retour à la civilisation. Mieux encore, peut-être te l'apporterai-je moi-même, avec plein d'autres choses.

Je sais que tu penses que j'ai été un mauvais mari, un mauvais père, et peut-être as-tu raison. Mais je t'en prie, lis cette lettre jusqu'au bout. Je sais que je l'ai déjà dit, mais maintenant je peux te promettre que tout va changer. Nous allons être réunis ; Nora et Skip vont récupérer leur père. Et nous serons riches. Je sais ce que tu penses. Mais, mon cœur, cette fois, c'est vrai. Je suis sur le point de pénétrer dans la cité perdue de Quivira.

Tu te rappelles le devoir d'école de Nora sur Coronado et sa quête de Quivira, la légendaire cité de l'or ? Je l'ai aidée pour les recherches. J'ai lu les comptes rendus, les légendes de certaines tribus pueblos. Et cela m'a fait réfléchir. Et si toutes les histoires rapportées par Coronado étaient vraies ? Songe à la ville de Troie d'Homère – l'archéologie foisonne de légendes qui ont été avérées. Peut-être y avait-il une vraie cité là-bas, intacte, renfermant un fabuleux trésor d'or et d'argent. J'ai trouvé des documents intéressants qui m'ont donné une indication inattendue. Et je suis venu ici.

En fait, je ne m'attendais pas à découvrir quoi que ce soit. Tu me connais, je suis un rêveur. Mais, Liz, j'ai découvert la cité de Quivira.

Nora passa à la deuxième page, la page cruciale. L'écriture devenait hachée, comme si, le souffle coupé par l'enthousiasme, son père avait à peine eu la patience de griffonner ce qu'il voulait dire

Arrivant par l'est d'Old Paria, je suis tombé sur Hardscrabble Wash après Ramey's Hole. Je ne sais pas trop quel canyon secondaire j'ai emprunté – d'instinct, je dirais –, peut-être s'agissait-il de Muleshoe. Là, j'ai trouvé la trace fantomatique d'une vieille route anasazie et je l'ai suivie. Une trace floue, encore plus floue que celles des routes menant au Chaco Canyon.

Nora regarda les cartes. Localisant Old Paria à côté de la Paria River, elle entreprit d'étudier les alentours. Des dizaines de ruisseaux et de petits canyons, la plupart sans nom. Au bout de quelques minutes, son cœur bondit : elle venait de repérer Hardscrabble, un court ruisseau qui se jetait dans le Scoop Canyon. Balayant la carte du regard, elle vit Ramey's Hole, une vaste dépression circulaire formée par un coude du cours d'eau.

Elle se dirigeait vers le nord-est. Elle sortait de Muleshoe Canyon, je ne sais pas exactement où, en se transformant en une vieille piste taillée dans le grès, et j'ai dû traverser trois autres canyons de la même manière, en suivant d'anciennes pistes. Je regrette de ne pas avoir été plus attentif, mais je ne me tenais plus de joie et il se faisait tard.

Nora traça une ligne imaginaire au nord-est de Ramey's Hole, en suivant Muleshoe. Où la piste avait-elle quitté le canyon ? Au hasard, Nora compta trois canyons. Ce qui l'amena à un autre, sans nom, très étroit et très encaissé.

Le lendemain, j'ai remonté le canyon, dans la direction du nord-ouest, perdant parfois la piste, la retrouvant parfois. Un parcours très difficile. La piste passait au canyon suivant par une sorte de fossé. C'est là, Liz, que je me suis perdu.

Respirant vite, Nora suivit du doigt le canyon sans nom, passant d'un coin de la deuxième carte à une troisième, des kilomètres de désert. Jusqu'où avait pu aller son père ce jour-là ? Il n'y avait aucun moyen de le savoir sans voir le canyon lui-même. Et où se trouvait cette crevasse ?

Son doigt s'arrêta dans un fouillis de canyons, couvrant près de mille six cents mètres carrés. La contrariété l'envahit. Les indications de la lettre étaient tellement vagues que Pat Kelly avait pu aller n'importe où.

Le canyon s'est divisé, encore et encore, Dieu sait combien de fois ! Pendant deux jours j'ai continué. C'est un endroit incroyablement loin de tout et, quand on est au fond d'un canyon, on n'a aucun repère pour s'orienter. On se croirait dans un tunnel. Malgré ces tournants et ces virages exaspérants, cela ressemblait fort à une route anasazie selon moi. Mais c'est seulement quand j'ai atteint ce que j'appelle le Dos du Diable et le canyon-fente, situé derrière, que j'en ai été sûr.

Nora passa à la dernière page.

J'ai trouvé la ville. Je le sais. Pas étonnant qu'elle soit restée inconnue quand on voit le mal qu'ils se sont donné pour la cacher. Le canyon-fente menait à un autre canyon secret, très profond. Il y a une voie d'escalade sur la paroi qui mène à ce qui doit être une niche cachée dans les falaises. Elle est effritée, mais on voit qu'elle sert encore. J'ai vu des voies de ce genre sous des habitations troglodytiques à Mesa Verde et à Betatakin, et je suis sûr que celle-ci conduit aussi à un village troglodytique, et un gros. J'essaierais bien de grimper tout de suite, mais la paroi est affreusement abrupte et la nuit tombe. Si je peux escalader la falaise sans équipement, je tâcherai d'atteindre la ville demain.

Il me reste assez de vivres pour tenir encore quelques jours, et il y a de l'eau ici, Dieu merci. Je dois être le premier humain à pénétrer dans ce canyon depuis huit cents ans.

Tout cela est à toi si tu le souhaites. On peut annuler le divorce, revenir en arrière. Tout cela, c'est du passé. Je ne souhaite rien d'autre que de voir ma famille réunie.

Ma chère Liz, je t'aime tant. Des millions de baisers à Nora et Skip.

Pat

La lettre s'arrêtait là.

Avec précaution, Nora la glissa dans l'enveloppe. Elle se rendit compte que ses mains tremblaient.

Elle se cala contre le dossier de sa chaise, en proie à des sentiments contradictoires. Elle avait toujours su que son père était un chasseur de trésors, mais elle avait honte qu'il ait envisagé de piller des ruines aussi extraordinaires pour son seul profit.

Et pourtant elle savait qu'il n'était pas cupide. Il ne s'intéressait guère à l'argent. C'était la quête qu'il aimait. Et il les avait aimés Skip et elle, plus que tout au monde. Elle en était sûre, malgré tout ce que sa mère avait pu dire.

Elle contempla les cartes étalées devant elle. Si les ruines étaient aussi importantes que son père le supposait, elles devaient être inconnues car rien ne figurait sur ces documents. L'habitat humain le plus proche semblait être un village indien éloigné de tout, Nankoweap, à au moins sept jours de trajet à l'extrémité du fouillis de canyons. Apparemment, aucune route ne menait au village, seulement une piste.

L'archéologue qu'elle était se sentit envahie d'une vague d'enthousiasme. Trouver Quivira serait une façon de justifier la vie de son père ainsi qu'un moyen d'apprendre enfin ce qui lui était arrivé. Et, songea-t-elle un peu triste, cela ne ferait pas de mal non plus à sa propre carrière.

Elle se redressa. Il était manifestement impossible de déterminer où l'aventurier était allé en regardant les cartes. Si elle voulait trouver Quivira et peut-être résoudre l'énigme de la disparition de Pat Kelly, il lui faudrait se rendre sur place.

Smalls leva les yeux de son livre lorsqu'elle se pencha vers lui.

— J'ai fini, merci.

— Très bien. À propos, c'est l'heure du déjeuner et j'irais bien manger un *burrito.* Cela vous dirait de vous joindre à moi ?

Nora secoua la tête.

— Il faut que je rentre à mon bureau, merci. J'ai beaucoup à faire cet après-midi.

— Disons que ce n'est que partie remise.

Dans l'escalier sombre, le pansement de Nora tira sur son bras, lui rappelant de nouveau l'agression de la veille. Elle savait qu'elle devrait la signaler à la police. Mais lorsqu'elle songeait à l'enquête, à l'incrédulité que ses propos susciteraient, au temps que cela prendrait, elle ne pouvait s'y résoudre. Il fallait que rien – rien – ne vienne entraver ce qu'elle avait à faire.

3.

Murray Blakewood, président de l'Institut archéologique de Santa Fe, tourna sa tête grise hirsute vers Nora. Il l'accueillit sans se départir de son habituelle courtoisie lointaine, ses mains mollement croisées sur le bureau en palissandre et son regard droit et calme.

Dans son bureau à l'éclairage tamisé, les murs disparaissaient derrière des vitrines discrètement éclairées, remplies d'objets provenant de la collection du musée. Juste derrière son bureau, on avait accroché un *reredos* mexicain doré du XVIIe siècle et, sur le mur opposé, une couverture de chef navajo première période, tissée selon le motif « éblouissant pour l'œil », peut-être l'un des deux uniques spécimens du genre encore existants. Généralement, Nora avait un mal fou à détacher son regard de ces reliques inestimables. Ce jour-là, elle ne leur accorda pas même un coup d'œil.

— Voici une carte de la région, dit-elle en tirant une carte du plateau de Kaiparowits de son porte-documents trop grand afin de l'étaler devant Blakewood. Vous voyez, j'ai signalé les sites existants.

Blakewood acquiesça. Nora respira un grand coup. Sa tâche n'avait rien d'aisé.

— La cité de Quivira de Coronado est juste là. Dans les canyons à l'ouest du plateau de Kaiparowits.

Il y eut un silence, puis Blakewood se cala dans son fauteuil.

— Vous avez omis une ou deux phases, docteur Kelly, fit-il sur un ton légèrement ironique, et je ne vous suis plus.

Nora sortit une photocopie de son porte-documents.

— Permettez-moi de vous lire cet extrait de l'un des comptes rendus d'expédition de Coronado, rédigé vers 1540.

Elle s'éclaircit la gorge :

— Les Indiens Cicuye ont présenté au général un esclave qu'ils avaient capturé dans une contrée lointaine. Le général l'a interrogé par l'intermédiaire d'interprètes.

L'esclave lui a parlé d'une ville lointaine, nommée Quivira. « C'est une ville sainte, a-t-il dit, où vivent les prêtres de la pluie qui conservent les archives de leur histoire depuis le commencement des temps. » Il a dit aussi que c'était une ville d'une grande richesse. La vaisselle ordinaire était en or le plus pur, et les pots, plats et bols étaient également en or, raffiné, poli et décoré. Il appelait l'« or » *acochis*. Selon lui, les habitants de Quivira méprisaient toute autre matière.

Le général a interrogé cet homme sur l'emplacement de cette ville. Il a répondu qu'elle se trouvait à plusieurs semaines de voyage, par les canyons les plus profonds et les montagnes les plus hautes. Il y avait des vipères, des crues, des tremblements de terre et des tornades de poussière dans cette contrée lointaine et personne n'en était jamais revenu. Dans leur langue, *Quivira* voulait dire la « Maison de la falaise sanglante ».

Nora rangea le document.

— Ailleurs, le document évoque des « anciens ». Il devrait s'agir des Anasazis. Le mot *anasazi* signifie…

— « Anciens ennemis », dit doucement Blakewood.

— C'est ça. Quoi qu'il en soit, « Maison de la falaise sanglante » impliquerait que c'est une sorte d'habitation troglodytique, sans aucun doute dans la région des canyons de grès rouge du sud de l'Utah. Ces falaises luisent comme du sang lorsqu'il pleut. (Nora tapota la carte :) Et où cacher une grande ville sinon dans ces canyons ? En plus, cette région est célèbre pour ses crues éclairs, qui semblent surgir de nulle part et emportent tout sur leur passage. Et elle s'étend sur le champ volcanique de Kaibab, qui est à l'origine d'une certaine quantité d'activités sismiques de faible intensité. Tous les autres endroits ont été soigneusement explorés. Ce pays de canyons était un bastion des Anasazis. C'est là, c'est sûr, docteur Blakewood. Et j'ai un autre récit qui dit…

Nora s'interrompit en voyant son interlocuteur froncer les sourcils.

— Quelles preuves avez-vous ?

— Elles sont toutes là.

— Je vois, soupira Blakewood. Et vous voulez monter une expédition financée par l'Institut, pour explorer cette région.

— C'est ça. Je serais ravie de rédiger les attributions.

— Docteur Kelly, ceci ne constitue pas une preuve, fit-il en montrant la carte. C'est de la spéculation pure.

— Mais…

— Laissez-moi terminer. La région que vous décrivez fait dans les mille six cents mètres carrés. Même la ruine qu'elle contient est grande. Comment vous proposez-vous de la trouver ?

Nora hésita. Que pouvait-elle se permettre de lui dévoiler ?

— J'ai une vieille lettre qui décrit une route anasazie dans ces canyons. Je pense que cette route menait aux ruines.

— Une lettre ? fit Blakewood en levant les sourcils.

— Oui.

— D'un archéologue ?

— Pour l'instant, je préférerais n'en rien dire.

Une ombre d'irritation passa sur le visage de Blakewood.

— Docteur Kelly – Nora – permettez-moi de vous rappeler quelques points pratiques en l'occurrence. Vous ne disposez pas de suffisamment de preuves, même avec votre mystérieuse lettre, pour justifier une autorisation d'enregistrement, sans parler de fouilles. Et comme vous l'avez vous-même souligné, la région est connue pour la violence de ses orages et de ses crues en été. En outre le plateau de Kaiparowits et le pays à l'ouest renferment le réseau de canyons le plus complexe de la planète.

L'endroit idéal pour cacher une ville, pensa Nora *in petto*.

Blakewood la fixa brièvement avant de se racler la gorge.

— Nora, laissez-moi vous donner un conseil professionnel.

Nora déglutit. Ce n'était pas du tout comme ça qu'elle avait imaginé la conversation.

— L'archéologie aujourd'hui n'a rien à voir avec celle d'il y a un siècle. Toutes les découvertes spectaculaires ont été faites. Notre travail est d'avancer plus lentement, de rassembler de petits détails, d'analyser. (Il se pencha vers elle :) Vous avez toujours l'air d'être à la recherche de la ruine fabuleuse, du plus vieux ceci, du plus gros cela. Il n'y en a plus, Nora, même dans les parages du plateau de Kaiparowits. Une bonne demi-douzaine d'expéditions archéologiques se sont rendues dans cette région depuis que les Wetherhill ont exploré ces canyons pour la première fois.

Tout en écoutant, Nora luttait pour repousser ses propres doutes. Elle savait que rien ne permettait d'avoir la certitude que son père avait bien atteint la ville. Mais le ton assuré de sa lettre comme son enthousiasme étaient indubitables. Et il y avait une chose à laquelle elle ne cessait de penser : d'une manière ou d'une autre, ces hommes – ces créatures – qui l'avaient attaquée au ranch étaient au courant de l'existence de cette lettre. Cela signifiait qu'eux aussi avaient de bonnes raisons de croire en l'existence de Quivira.

— Il y a de nombreuses ruines perdues dans le Sud-Ouest, s'entendit-elle dire, enterrées dans le sable ou cachées sous des falaises. Prenez la ville perdue de Senecu. Il y restait une vaste ruine que les Espagnols ont vue et qui a disparu depuis.

Un silence ponctué par le battement du crayon de Blakewood sur son bureau lui répondit.

— Nora, il y a un autre sujet dont j'avais l'intention de discuter avec vous, reprit Blakewood, sans plus dissimuler son irritation. Cela fait combien de temps que vous êtes ici ? Cinq ans ?

— Cinq ans et demi, docteur Blakewood.

— Quand vous avez été engagée comme assistante, vous saviez ce que le processus de titularisation impliquait, n'est-ce pas ?

— Oui.

Nora devinait ce qui allait suivre.

— Votre cas sera examiné dans six mois. Et franchement, je doute que votre titularisation soit approuvée.

Nora resta coite.

— D'après mes souvenirs, vous avez fait un travail remarquable à l'université. C'est la raison pour laquelle on vous a engagée. Mais une fois la chose faite, il vous a fallu trois ans pour terminer votre mémoire.

— Mais, docteur Blakewood, rappelez-vous, j'ai été retenue sur le site de Rio Puerco…

Elle s'interrompit devant le geste de Blakewood.

— Je sais. Comme tous les instituts universitaires de valeur, nous avons des exigences. Une exigence de publication. Puisque vous avez mis le sujet sur le tapis, puis-je vous demander où se trouve le rapport du site de Rio Puerco ?

— Eh bien, juste après, nous avons trouvé cette hutte mexicaine brûlée, inhabituelle dans le Gallegos Divide…

— Nora ! Le fait est que vous passez d'un projet à l'autre. Vous avez deux importants rapports de fouilles à rédiger dans les six mois qui viennent : vous n'avez pas le temps de partir en quête d'une ville chimérique qui n'a existé que dans l'imagination des conquistadors.

— Mais elle existe ! s'écria Nora. Mon père l'a trouvée.

L'étonnement qui se peignit sur le visage de Blakewood jurait avec sa placidité habituelle.

— Votre père ?

— Oui, mon père. Il a trouvé une ancienne route anasazie conduisant dans ce pays de canyons. Il l'a suivie jusqu'au site, jusqu'à la voie d'escalade montant à la ville. Il a écrit un compte rendu de l'expédition.

Blakewood soupira.

— Maintenant je comprends votre enthousiasme. Je ne voudrais pas critiquer votre père, cependant il n'était pas le plus…

Il ne termina pas, mais Nora aurait pu compléter à sa place : il avait failli dire fiable. Elle sentit des fourmillements dans sa colonne vertébrale. Attention, se dit-elle, ou tu risques de perdre ton boulot sur-le-champ. Elle déglutit péniblement.

— Nora, vous saviez que je connaissais votre père ?

Elle secoua la tête. Beaucoup de gens avaient connu son père. Santa Fe était une petite ville, surtout pour des archéologues.

Pat Kelly avait toujours entretenu des rapports difficiles avec eux, leur fournissant parfois de précieux renseignements, partant parfois seul à la recherche de ruines.

— À bien des égards, c'était un homme remarquable, brillant. Mais c'était un rêveur. Rien ne l'intéressait moins que les faits.

— Mais il a écrit qu'il avait trouvé la ville...

— Vous avez dit qu'il avait trouvé une voie d'escalade préhistorique. On en compte des milliers dans la région des canyons. Précise-t-il qu'il a découvert la ville elle-même ?

— Pas exactement, finit par répondre Nora, mais...

— Alors je n'ai rien à ajouter sur cette expédition... ni sur votre rapport de titularisation.

Il croisa de nouveau ses vieilles mains, dont le fin éventail de rides paraissait presque translucide sur le bureau poli.

— Autre chose ? demanda-t-il plus doucement.

— Non, rien d'autre.

Elle fourra ses papiers dans son porte-documents, se leva et sortit.

4.

Nora contempla avec consternation la pagaille qui régnait dans l'appartement. C'était peut-être encore pire que dans son souvenir. La vaisselle sale dans l'évier, qui semblait ne pas avoir bougé depuis le mois précédent, formait une tour si branlante qu'on n'aurait pu y ajouter la moindre assiette, et une mousse verte recouvrait la couche inférieure de l'édifice. Une fois l'évier plein, l'occupant de l'appartement avait apparemment pris l'habitude de se nourrir de pizzas et de plats chinois à emporter : une minuscule pyramide de boîtes débordait de la poubelle, étalée comme un voile de mariée. Des magazines et des vieux journaux s'entassaient par terre et sur les meubles éraflés. Un air des Pink Floyd s'échappait de baffles à demi cachés par des monceaux de chaussettes et de sweat-shirts sales. Sur une étagère, on apercevait un aquarium rempli d'eau trouble. Nora détourna les yeux, n'ayant pas trop envie de voir de près l'état des occupants de l'aquarium.

L'habitant de l'appartement toussa et renifla. Son frère Skip, affalé sur un canapé orange en décomposition, posa ses pieds nus et sales sur une table voisine et la regarda. Ses cheveux retombaient en petites boucles bronze sur son front. Il avait un visage lisse d'adolescent. Il serait très beau, songea Nora, sans son air irrité et immature et ses vêtements sales. Il était difficile – pénible même – de considérer comme un adulte ce diplômé de physique de Stanford reçu depuis moins d'un an et qui se tournait les pouces à longueur de temps. Où était le gosse heureux de vivre, si doué pour la rendre folle, qu'elle gardait quand il était petit ? S'il la rendait folle, aujourd'hui, ce n'était que d'inquiétude. Dieu sait à quel moment, après la mort de leur mère, il était passé de la bière à la tequila. Une demi-douzaine de bouteilles vides gisaient par terre. L'air boudeur, il en vida une nouvelle dans un bocal ; un petit ver jaune tomba au fond. Skip le récupéra et le lança dans un cendrier où l'attendaient plusieurs de ses congénères, recroquevillés maintenant que l'alcool s'était évaporé.

— Mais c'est dégueulasse ! s'exclama Nora.

— Je regrette que tu n'apprécies pas ma collection de *Nadomonas sonoraii*, répondit Skip. Si j'avais goûté plus tôt aux avantages de la biologie des invertébrés, je n'aurais jamais fait de licence de physique.

Il tendit la main vers la table, ouvrit le tiroir et en sortit une longue planche de contreplaqué qu'il tendit à Nora en reniflant. Une parodie de collection de lépidoptères : au lieu de papillons, Nora découvrit trente ou quarante vers de mescal, épinglés sur le bois telles des virgules marron démesurées. Elle lui rendit la planche sans rien dire.

— Je vois que tu as fait un peu de décoration intérieure depuis ma dernière visite. Par exemple, ça, c'est nouveau, dit-elle en désignant une énorme fissure qui courait sur le mur du sol au plafond, révélant des bouts de plâtrage.

— Le pied de mon voisin, expliqua Skip. Il ne partage pas mes goûts musicaux, ce philistin. Tu devrais apporter ton hautbois un de ces quatre, pour le rendre vraiment dingue. Bon, sinon qu'est-ce qui t'a fait changer d'avis aussi vite ? Je croyais que tu allais t'accrocher à ce vieux ranch jusqu'à la fin des temps.

Il prit une grande gorgée de mescal.

— Il s'est passé quelque chose là-bas hier soir, dit Nora en baissant la stéréo.

— Ah oui ? fit Skip, l'air mollement intéressé. Des mômes qui ont tout salopé ?

— On m'a agressée.

Skip se redressa.

— Quoi ? Qui ?

— Des gens déguisés en animaux, je crois. Je ne suis pas sûre.

— Ils t'ont agressée ? Et tu vas bien ?

Son visage était rouge de colère et d'inquiétude. Il avait beau être le cadet, lui reprocher ses ingérences et avoir tendance à prendre la mouche, il conservait son instinct protecteur.

— Teresa a débarqué avec son fusil. À part cette égratignure au bras, tout va bien.

Skip se rallongea, son énergie évaporée aussi vite qu'elle était apparue.

— Elle les a criblés de plomb ?

— Non. Ils se sont enfuis.

— Dommage. Tu as appelé les flics ?

— Non. Qu'est-ce que je leur aurais dit ? Si Teresa ne m'a pas crue, ils ne risquaient pas de le faire. Ils m'auraient prise pour une givrée.

— C'est aussi bien comme ça, déclara Skip qui s'était toujours méfié de la police. Qu'est-ce qu'ils voulaient à ton avis ?

Nora ne répondit pas tout de suite. Elle hésitait encore à lui parler de la lettre. La peur de cette soirée, le choc de la découverte de cette missive ne cessaient de la hanter. Comment allait-il réagir ?

— Ils voulaient une lettre.

— Quel genre ?

— Celle-ci, je crois.

Elle tira soigneusement l'enveloppe jaunie de sa poche de poitrine et la posa sur la table. Skip se pencha, lâcha une exclamation étouffée et prit l'enveloppe. Il lut la lettre en silence. Nora entendit le tic-tac de la pendule de la cuisine, un klaxon au loin, un bruissement dans l'évier. Elle sentait aussi son cœur battre.

Skip reposa la lettre.

— Où as-tu trouvé ça ? demanda-t-il, tenant toujours l'enveloppe.

— Près de notre vieille boîte aux lettres. Postée il y a cinq semaines. Ils ont installé de nouvelles boîtes, mais il n'y avait pas notre nom dessus, alors le facteur a dû la glisser dans la vieille.

Skip se tourna vers elle.

— Oh ! mon Dieu ! fit-il faiblement, les yeux s'embuant de larmes.

Nora eut un serrement de cœur. C'était exactement ce qu'elle redoutait. Il n'avait pas besoin de ce souci en plus.

— Je n'ai pas d'explication. Quelqu'un a dû la trouver quelque part et la poster.

— Mais celui qui l'a trouvée aura aussi découvert le corps de papa, dit Skip en déglutissant et en s'essuyant le visage. Tu crois qu'il est vivant ?

— Non. Pas l'ombre d'une chance. Il ne nous aurait jamais abandonnés s'il était vivant. Il nous aimait, Skip.

— Mais cette lettre...

— A été écrite il y a seize ans. Il est mort, Skip. Il faut que nous l'acceptions. Mais au moins maintenant on a un indice de l'endroit où cela a pu se produire. Peut-être pourrons-nous découvrir ce qui lui est arrivé.

Skip qui serrait toujours l'enveloppe, comme refusant de lâcher cette piste inattendue vers son père, la lâcha en entendant la conclusion de Nora. Il se vautra de nouveau sur le canapé.

— Ces types voulaient la lettre. Pourquoi n'ont-ils pas cherché dans la boîte ?

— En fait, je l'ai trouvée dans le sable. Le vent a dû l'emporter – la porte de la boîte manquait. Et, à les voir, on dirait que ces vieilles boîtes n'ont pas servi depuis des années. Mais je n'en sais rien. Je les ai fichues par terre avec mon pick-up.

— S'ils étaient au courant pour la ferme, tu penses qu'ils savent aussi où nous habitons ?

— J'essaie de ne pas y penser, répondit Nora.

Mais elle y pensait. Tout le temps.

Plus posé à présent, Skip termina son verre.

— Comment ont-ils pu savoir pour cette lettre ?

— Qui sait ? Des tas de gens ont entendu parler des légendes de Quivira. Et papa avait des contacts pas très fréquentables...

— Ça, c'est la version de maman. Qu'est-ce que tu comptes faire ?

— Je me suis dit... commença Nora. (Elle s'attaquait maintenant au plus difficile.) Je me suis dit que le seul moyen de découvrir ce qui lui est arrivé serait de trouver Quivira. Et cela va nécessiter de l'argent. C'est pour ça que je veux vendre Las Cabrillas.

Skip secoua la tête et ricana.

— Bon Dieu, Nora, je vis dans ce trou à rats, sans un rond, en te suppliant de vendre pour que je puisse sortir la tête de l'eau, et voilà que tu veux casser notre tirelire pour chercher papa. Bien qu'il soit mort.

— Skip, tu peux sortir la tête de l'eau en trouvant un job, rétorqua Nora.

Elle s'interrompit. Elle n'était pas venue pour ça. En le voyant ainsi voûté sur le canapé, elle se sentit fondre.

— Skip, cela signifierait beaucoup pour moi de savoir ce qui est arrivé à papa.

— Vas-y, vends. Je te le demande depuis des années. Mais n'utilise pas ma part. J'ai d'autres projets.

— Monter une expédition archéologique exigera peut-être plus que ma part.

— Je vois. Alors l'Institut refuse de te filer un sou, c'est ça ? Je ne peux pas dire que cela me surprenne. C'est vrai, quoi, il dit noir sur blanc qu'il n'a jamais vu la ville ! Il est tout excité à propos d'une piste. Il prend ses rêves pour la réalité. Tu sais ce que maman en dirait ?

— Oui ! Qu'il délire une fois de plus. C'est ce que tu dis, toi aussi ?

Skip tiqua.

— Non, je ne prends pas le parti de maman. C'est juste que je ne veux pas perdre ma sœur comme j'ai perdu mon père.

— Allons, Skip. Cela n'arrivera pas. Dans la lettre, papa dit qu'il suivait une ancienne route. Si je pouvais la trouver, ce serait la preuve dont j'ai besoin.

Skip s'assit, les coudes sur les genoux, l'air renfrogné. Soudain il se redressa.

— J'ai une idée. Un moyen de trouver cette route, sans même te déplacer. J'avais un prof de physique à Stanford, Leland Watkins. Maintenant il travaille pour le LPR.

— Le LPR ?

— Le laboratoire de propulsion par réaction à Cal Tech. Une branche de la Nasa.

— En quoi cela peut-il nous être utile ?

— Ce type a travaillé sur le programme de la navette. Ils ont un système de radar spécialisé qui peut voir à travers dix mètres de sable. Ils l'utilisaient pour repérer d'anciennes pistes dans le Sahara. S'ils peuvent repérer des pistes là-bas, pourquoi pas en Utah ?

Nora regardait fixement son frère.

— Ce radar peut voir de vieilles routes ?

— À travers le sable.

— Et tu as suivi les cours de ce type ? Tu crois qu'il se souvient de toi ?

— Sûr, fit Skip, l'air un peu circonspect. Il se souvient de moi.

— Génial. Appelle-le et…

— Impossible.

— Pourquoi ?

— Il ne peut pas me saquer.

— Pourquoi ?

Nora découvrait que des tas de gens n'aimaient pas Skip.

— Il avait une petite amie vraiment super mignonne, une étudiante que j'ai…

Skip rougit.

— Je ne veux pas le savoir.

Skip prit le ver jaune du mescal et le fit rouler entre ses doigts.

— Désolé. Si tu veux parler à Watkins, il va falloir que tu l'appelles toi-même.

5.

Nora était assise à un établi dans le laboratoire d'analyse des objets de l'Institut. Devant elle, sous la lumière fluorescente crue, s'alignaient six sacs en plastique épais gonflés de tessons de poterie. Tous portaient la mention Rio Puerco, Niveau I au marqueur noir. Dans un des placards voisins, soigneusement capitonnés pour éviter l'« effet d'usure du sac », se trouvaient quatre autres sacs étiquetés Niveau II et un autre étiqueté Niveau III : au total, quelque cinquante-cinq kilos de tessons de poterie.

Nora soupira. Elle savait que, pour publier le rapport sur le site de Rio Puerco, il lui faudrait trier et classer chaque tesson. Et après les tessons, ce serait le tour des outils en pierre et des paillettes, des fragments d'os, des éclats de charbon de bois, des échantillons de pollen, des cheveux – tous attendant patiemment dans leurs cages métalliques du labo. Elle ouvrit le premier sac et, à l'aide d'une pince en métal, entreprit de disposer son contenu sur la table blanche. En levant le nez vers le néon grésillant, elle aperçut un coin de nuage blanc à travers la minuscule fenêtre à barreaux, très haut au-dessus de sa tête. On se serait cru dans une prison ! Elle jeta un coup d'œil au terminal voisin et plissa les yeux pour lire ce qui s'inscrivait sur l'écran :

TW-1041 Ecran 25
INSTITUT ARCHEOLOGIQUE DE SANTA FE
Rapport d'environnement/base de données d'objets

Site n° :
Zone/Section :
Plan n° :
Accès n° :
Coord. :
Provenance :
Enregistré par :
Description de l'objet (4 096 caractères max) :
Référence dans relevé :
Carré :
Code du contexte :
Niveau/Strate :
Date des fouilles :
Sac de :

confidentiel – copie interdite

Elle savait exactement pourquoi ce genre de recherche statistique était nécessaire. Et pourtant elle ne pouvait s'empêcher de penser que, sous la direction de Murray Blackewood, l'Institut était devenu prisonnier d'une obsession de la typologie. On aurait dit que, malgré ses riches collections et son réservoir de talents, l'Institut ignorait les derniers développements – l'ethnoarchéologie, l'archéologie environnementale, l'archéologie moléculaire, la gestion des ressources culturelles – qui se produisaient à l'extérieur de ses épais murs en adobe.

Elle tira ses fiches de terrain manuscrites et entreprit d'entrer ses données. 46 Mesa Verde N/B, 23 Chaco/McElmo, 2 St John Poly, 1 Soccoro N/B… Ou s'agissait-il d'un autre Mesa Verde noir sur blanc ? Elle chercha une loupe dans le tiroir, en vain. Et merde ! pensa-t-elle en passant au tesson suivant.

Sa main se referma sur un petit bout de poterie poli, à l'évidence le bord d'un bol. Ça y ressemble davantage, pensa-t-elle. Malgré sa petite taille, le fragment était superbe, et elle se souvenait encore de sa découverte. Elle était assise près d'un bosquet de tamaris, en train de stabiliser un panier fragile à l'aide d'acétate de polyvinyle, quand son assistant Bruce Jenkins avait poussé un cri. « Du micacé noir sur jaune ! Nom de Dieu ! » Elle se rappelait l'enthousiasme, l'envie, que ce petit fragment avait engendrés. Et voilà qu'elle le retrouvait là, abandonné au fond d'un sac trop grand. Pourquoi l'Institut ne pouvait-il pas consacrer davantage d'énergie à, disons, apprendre pourquoi ce style fantastique de poterie était si rare – pourquoi on n'avait jamais trouvé de pots intacts, pourquoi personne ne savait d'où ces objets venaient, ni comment ils étaient fabriqués – au lieu de passer son temps à numéroter et à classer, comme un comptable de la préhistoire ?

Elle fixa l'alignement de tessons. Soudain, elle se tourna vers le téléphone et composa le numéro des renseignements :

— Pasadena. Le LPR.

Il lui fallut trois interlocuteurs, un externe, deux internes, pour savoir que le numéro du poste de Leland Watkins était le 2330.

— Oui ? fit une voix haut perchée et impatiente.

— Bonjour. Ici Nora Kelly de l'Institut archéologique de Santa Fe.

— Oui ?

— Leland Watkins ?

— Le Dr Watkins, lui-même, oui.

— Pourriez-vous m'accorder un instant ? Nous travaillons à un projet dans le sud-est de l'Utah, nous cherchons d'anciennes routes anasazies. Vous serait-il possible de…

— Nous n'avons pas de couverture radar dans cette région, l'interrompit Watkins.

Nora respira un grand coup.

— Pourrions-nous coopérer pour en obtenir une ? Vous voyez…

— Non, impossible, dit Watkins d'une voix que l'irritation rendait nasillarde. J'ai une liste longue d'un kilomètre de gens qui attendent des couvertures radar : des géologues, des biologistes des forêts tropicales humides, des agronomes, etc.

— Je vois, fit Nora en s'efforçant de ne pas élever le ton. Et comment s'inscrit-on pour obtenir une telle couverture ?

— Nous avons une liste d'attente de deux ans. Et je suis trop débordé pour vous en parler. La navette Republic est en orbite en ce moment, peut-être êtes-vous au courant ?

— C'est assez important, docteur Watkins. Nous pensons…

— Tout est important. Vous voulez bien m'excuser ? Écrivez si vous voulez vous inscrire.

— Et l'adresse ?

Nora s'interrompit : elle parlait à la tonalité.

— Connard arrogant ! hurla-t-elle en raccrochant violemment. Je suis ravie que mon frère ait tringlé ta petite amie.

Elle contempla le téléphone. Le numéro du poste du Dr Watkins était le 2330, non ?

Elle composa lentement un numéro.

— Allô, oui, passez-moi le poste 2331, s'il vous plaît.

6.

Avec un gros soupir, Peter Holroyd s'installa sur sa selle et tourna la poignée droite pour faire rugir son moteur. Il attendit une minute que la moto chauffe. Puis il passa la première, s'engagea dans le California Boulevard en direction de l'Ambassador Auditorium. Une fine brume nappait les San Gabriel Mountains. Comme d'habitude, ses yeux – à vif après une longue journée à fixer des écrans d'ordinateur et des images aux couleurs virtuelles – commencèrent à picoter à cause de l'ozone. Loin de l'atmosphère purifiée du bureau, son nez se mit à couler, et il envoya un généreux crachat sur le macadam. Il se pencha pour frotter le ventre rond du bonhomme Michelin dont il avait collé une petite image en plastique sur le réservoir : « Ô Dieu de la circulation californienne, faites que j'arrive sain et sauf ! Épargnez-moi la pluie, les gravillons et les queues de poisson. »

Dix rues et vingt minutes plus tard, il prit la direction du sud, vers Atlantic Boulevard et son quartier de Monterey Park. La circulation devint plus fluide, et il passa en troisième pour la première fois depuis son départ, laissant le souffle de la vitesse dissiper la chaleur générée par les cylindres sous ses fesses. Ses pensées revinrent à l'archéologue insistante qui l'avait gardé en ligne si longtemps ce matin. Certainement une universitaire boulotte, falote, avec des cheveux coupés ras et complètement dénuée de charme. Il n'avait rien promis sinon de la rencontrer. Loin du LPR, bien sûr – si Watkins apprenait l'existence de ses contacts extraprofessionnels, il serait dans un drôle de merdier. Mais ces allusions à une cité perdue l'avaient plus intrigué qu'il n'aurait voulu l'admettre. Holroyd n'avait guère de chance avec les femmes et la pensée que l'une d'elles – falote ou non – fût disposée à tout laisser choir pour faire le trajet depuis Santa Fe afin de le rencontrer était plutôt flatteuse. En plus, elle avait précisé qu'elle l'invitait à dîner.

Les rues devinrent plus encombrées et plus agressivement urbaines. Trois feux plus tard, Holroyd monta sur le trottoir, en bas d'une rangée d'immeubles de trois étages. Prenant un sac en papier kraft sur le porte-bagages, il leva le nez vers son appartement. De vieux rideaux jaunes ondulaient mollement dans la brise brûlante. Héritage d'un précédent locataire, ils n'avaient jamais connu l'air conditionné. Reniflant bruyamment, Holroyd se dirigea vers le carrefour où l'enseigne d'Al's Pizza rougeoyait dans le crépuscule.

Il jeta un coup d'œil autour de lui avant de se glisser dans son box habituel et goûter à la fraîcheur du restaurant. La circulation l'avait retardé, mais l'endroit était encore vide. Il n'aurait su dire s'il était déçu ou soulagé.

Al en personne vint le saluer, un petit homme hirsute impossible.

— Bonsoir, professeur ! s'écria-t-il. Belle soirée, hé ?

— Sûr, fit Holroyd.

Au-dessus de l'épaule nappée de cheveux d'Al, il regarda le petit poste de télévision dont l'image granuleuse luttait pour percer une pellicule de graisse. L'appareil était branché en permanence sur CNN, le son toujours coupé. Un astronaute flottait la tête en bas, rattaché par une corde à la navette Republic, avec la magnifique sphère bleue de la Terre en toile de fond. Holroyd eut un pincement de nostalgie et se tourna vers le visage rayonnant d'Al.

Ce dernier frappa la table du plat de la main.

— Et qu'est-ce qu'on prend ce soir ? On a de la bonne pizza aux anchois qui arrive dans cinq minutes. Vous aimez les anchois ?

Holroyd hésita un instant. Peut-être avait-elle décidé de s'épargner ce long voyage ; après tout, il ne l'avait pas vraiment encouragée au téléphone.

— J'aime les anchois. Apportez-moi deux parts.

— Angelo ! Deux parts d'anchois pour le professeur ! hurla Al en passant derrière le bar.

Holroyd vida le contenu de son sac en papier sur la table : un carnet, deux surligneurs bleus, et des éditions de poche de *The White Nile*, d'*Aku Aku* et d'*Endurance* de Lansing. Avec un soupir, il feuilleta ce dernier, trouva le trombone qui marquait sa page et se cala contre son dossier.

Il entendit le grincement familier de la porte de la pizzeria et aperçut une jeune femme qui bataillait pour entrer, encombrée d'un immense porte-documents. Elle avait des cheveux d'une nuance bronze peu courante qui retombaient en boucles sur ses épaules. Elle était mince avec de jolies fesses. Elle se tourna, et il releva la tête, coupable, pour s'arrêter sur son visage : intelligent, vif, impatient avec des yeux noisette.

Cela ne pouvait pas être elle.

Leurs regards se croisèrent. Il s'empressa de fermer son livre et se lissa les cheveux, ébouriffés par la balade à moto. La jeune femme marcha droit sur lui, lâcha son porte-documents sur la table et se glissa sur la banquette en face. Elle repoussa ses cheveux. Elle avait le teint mat et une nuée de taches de rousseur le long de l'arête du nez.

— Salut ! Vous êtes Peter Holroyd ?

Il hocha la tête. Et eut un instant de panique. Ce n'était pas le rat de bibliothèque auquel il s'attendait : cette femme était ravissante.

— Nora Kelly, continua-t-elle en lui tendant la main.

Holroyd hésita un instant. Puis il posa son livre et serra la main offerte. Des doigts frais et d'une force inattendue.

— Désolée de vous coincer comme ça. Merci d'accepter de me rencontrer.

Holroyd tenta un sourire.

— Eh bien, votre histoire ne manque pas d'intérêt. Tout en étant un peu vague. J'ai envie d'en savoir davantage sur cette ville perdue dans le désert.

— Je crains de devoir rester dans le vague pour l'instant. Vous comprenez certainement la nécessité de garder le secret.

— Dans ce cas, je ne vois pas très bien ce que je peux faire pour vous. C'est ce que je vous disais au téléphone. Toutes ces demandes doivent passer par mon patron. (Il hésita :) Je suis simplement ici pour en apprendre un peu plus.

— Votre patron doit être le Dr Watkins. Effectivement, je lui ai parlé, à lui aussi. Un amour de type. Et modeste avec ça. J'apprécie cette qualité chez un homme. Dommage qu'il n'ait pu me consacrer plus de neuf secondes.

Holroyd éclata de rire, mais se reprit aussitôt.

— Bien, quel est votre poste à l'Institut ? dit-il en remuant sur son siège.

— Assistante.

— Assistante. Et vous dirigez l'expédition ? Ou est-ce quelqu'un d'autre ?

Nora lui jeta un regard perçant.

— Je suis à peu près au même niveau que vous. Plutôt bas sur le totem, je ne contrôle pas vraiment ma propre destinée. Ceci, dit-elle en tapotant le porte-documents, pourrait tout changer.

Holroyd ne sut pas très bien s'il devait ou non prendre la mouche.

— Quand avez-vous besoin des données exactement ? Cela accélérerait peut-être les choses si le président de l'Institut contactait directement mon patron... les grands noms l'impressionnent toujours.

Il se donna mentalement un coup dans le tibia pour cette remarque peu flatteuse. On ne savait jamais, cela risquait de revenir aux oreilles de Watkins qui n'était pas du genre à pardonner.

— Monsieur Holroyd, dit son interlocutrice en se penchant vers lui, j'ai un aveu à vous faire. Je ne bénéficie pas du soutien total de l'Institut pour le moment. En fait, ils refusent même d'envisager de monter une expédition pour trouver cette ville si je ne leur apporte pas de preuves de son existence. C'est pour ça que j'ai besoin de votre aide.

— Parce que ce serait la plus grande découverte archéologique de notre temps.

— Comment savez-vous cela ?

Al fit son apparition avec deux énormes parts de pizza qui disparaissaient sous les anchois. Il les glissa sous le nez de Holroyd. Un arôme salé chatouilla les narines de celui-ci.

— Pas sur le porte-documents ! s'écria la femme.

Surpris par ce ton péremptoire, Al posa les pizzas sur une table voisine en s'excusant platement.

— Et apportez-moi un thé glacé ! lui lança-t-elle avant de se tourner vers Holroyd. Écoutez, Peter – je peux vous appeler Peter ? –, je n'ai pas fait toute cette route pour vous faire perdre votre temps avec un site de fouilles banal. (Elle s'approcha encore, et Holroyd perçut une vague odeur de shampooing.) Vous avez déjà entendu parler de Coronado, l'explorateur espagnol ? Il est venu dans le Sud-Ouest en 1540, à la recherche des sept cités de l'or. Un moine était allé dans le Nord des années auparavant, en quête d'âmes à sauver ; il en était rentré avec une énorme émeraude et des histoires de villes perdues. Quand Coronado lui-même s'est rendu dans le Nord, il n'a trouvé que les *pueblos* en boue séchée des tribus indiennes du Nouveau-Mexique, dont aucune ne possédait d'or ni de richesses. Mais dans un endroit du nom de Cicuye, les Indiens lui parlèrent d'une ville de prêtres, Quivira, où on se restaurait dans de la vaisselle en or. Bien évidemment, cela a mis Coronado et ses hommes dans tous leurs états.

Al lui apporta son thé.

— Des indigènes lui ont dit que Quivira se trouvait à l'est, dans le Texas actuel. D'autres prétendaient que c'était au Kansas. Il est donc parti vers l'est avec ses hommes. Mais lorsqu'il est arrivé au Kansas, les Indiens lui ont dit que Quivira était loin à l'ouest, dans le pays des Pierres rouges.

Finalement, Coronado est revenu à Mexico, brisé, convaincu d'avoir couru après une chimère.

— Intéressant, commenta Holroyd. Mais cela ne prouve rien.

— Coronado n'a pas été le seul à entendre ces histoires. En 1776, deux moines espagnols, Escalante et Dominguez, sont partis de Santa Fe vers l'ouest, pour tenter de tracer une route vers la Californie. J'ai leur compte rendu par ici quelque part.

Elle fouilla dans son porte-documents, en tira une feuille froissée et se mit à lire :

Nos guides paiutes nous ont fait traverser un terrain difficile, nous faisant emprunter ce qui nous a paru un itinéraire illogique, en prenant vers le nord au lieu d'aller vers l'ouest. Quand nous leur en avons fait la remarque, ils ont répondu que les Paiutes ne traversaient jamais la région vers l'ouest. Sommés de s'expliquer, ils se fermèrent et gardèrent le silence. À mi-chemin, près du Carrefour des Ancêtres, sur le Colorado, la moitié d'entre eux a déserté. Les autres n'ont jamais su exactement nous expliquer ce qui, à l'ouest, suscitait une telle émotion. L'un parla d'une grande ville, détruite parce que les prêtres qui l'habitaient avaient réduit le monde en esclavage et tenté d'usurper le pouvoir du soleil lui-même. D'autres firent de sombres allusions à un démon endormi qu'ils n'osaient pas réveiller.

Nora rangea la feuille.

— Et ce n'est pas tout. En 1824, un montagnard américain du nom de Josiah Blake fut capturé par les Indiens Utes. À l'époque, les prisonniers au courage exceptionnel se voyaient offrir le choix entre la mort et l'entrée dans la tribu. Bien entendu Blake opta pour la seconde solution. Il épousa par la suite une femme ute. Les Utes sont des nomades et, à certaines époques de l'année, ils avaient l'habitude de s'enfoncer profondément dans la région des canyons de l'Utah. Une fois, dans un endroit particulièrement isolé à l'ouest d'Escalante, un Ute a désigné le soleil couchant en racontant que dans cette direction se trouvait une ville d'une richesse fabuleuse. Les Utes ne s'aventuraient jamais plus près, mais ils donnèrent à Blake un disque de turquoise gravé qui était censé venir de cette ville. Lorsqu'il revint enfin à la civilisation blanche dix ans plus tard, Blake fit le serment qu'un jour il trouverait cette ville perdue. Il a fini par partir à sa recherche, et on ne l'a jamais revu.

Nora prit une autre gorgée de thé et posa soigneusement le gobelet à côté du porte-documents.

— Aujourd'hui, on pense que ce ne sont que des mythes, voire des mensonges inventés par les Indiens. Mais je ne le crois pas. Dans toutes ces histoires, la cité perdue est située au même endroit. Selon moi, personne ne l'a jamais trouvée parce qu'elle se cache dans une région loin de tout. Comme d'autres villes anasazies, elle a probablement été construite en hauteur, dans une falaise, une grotte ou dans un abri sous roche. Ou peut-être a-t-elle simplement été enterrée sous du sable. Et c'est là que vous intervenez. Vous disposez de ce dont j'ai besoin, Peter. Un système radar capable de localiser précisément la ville.

Malgré lui, Holroyd se surprit à être captivé par l'histoire et sa promesse d'aventure. Il s'éclaircit la gorge, cherchant à adopter un ton raisonnable :

— Je suis désolé, mais c'est plutôt risqué. D'abord, si la ville est cachée, aucun radar ne pourra la voir.

— Mais j'ai cru comprendre que votre imageur terrestre peut voir à travers du sable aussi bien qu'à travers les nuages et l'obscurité.

— C'est exact. Mais pas à travers la roche. Si c'est sous une saillie de roche, autant tirer un trait dessus. Ensuite…

— Mais je ne vous demande pas de trouver la ville elle-même. Seulement la route qui y conduit. Regardez-moi ça.

Elle tira de son porte-documents une petite carte du Sud-Ouest couverte de plusieurs fines lignes droites.

— Il y a mille ans, les Anasazis ont construit ce mystérieux réseau routier reliant leurs grandes villes. Vous voyez, là, les routes qui ont été reconstituées ? Chacune mène à une ville importante. Votre radar devrait les voir depuis l'espace, non ?

— Peut-être.

— J'ai un vieux récit – une lettre, en fait – qui affirme qu'une de ces routes mène à ce dédale de canyons. Je suis sûre qu'elle conduit à la ville perdue de Quivira. Si nous pouvions la repérer sur une image satellite, nous saurions où chercher.

— Ce n'est pas aussi simple. Il y a la liste d'attente. Je suis sûr que Watkins vous en a parlé, il adore ça. Il y a l'équivalent de deux ans de demandes pour…

— Oui, il m'a raconté tout cela. Mais qui décide en fait de ce que le radar examine ?

— Eh bien, les demandes d'imagerie sont classées en fonction de l'urgence et de leur date de réception. Je prends les jobs en souffrance et…

— Vous, dit Nora en acquiesçant, l'air satisfait.

Holroyd devint silencieux.

— Pardon, dit Nora. Votre dîner est en train de refroidir. (Elle rangea la carte dans le porte-documents pendant que Holroyd récupérait les parts de pizza déjà froides sur la table voisine.) Ce serait donc un jeu d'enfant de, disons, modifier l'ordre de traitement de l'une des demandes ?

— Je suppose.

Holroyd mordit dans sa pizza.

— Vous voyez ? Je remplis une demande, vous la mettez au sommet de la pile, et on a nos images.

Holroyd déglutit péniblement.

— Et, à votre avis, que penseraient le Dr Watkins ou les types de la Nasa si j'ordonnais un changement d'orbite à la navette afin qu'elle survole votre région ? Pourquoi vous donnerais-je un coup de main ? Je risque mes fesses – enfin mon poste.

— Parce que je pense que vous valez mieux qu'un préposé au tri. Parce que je pense que vous avez la même passion que moi pour trouver quelque chose qui est perdu depuis des siècles. (Elle montra la table.) Sinon pourquoi liriez-vous ces livres ? Ils parlent tous de la découverte de l'inconnu. Trouver Quivira serait comme découvrir ces villes troglodytiques à Mesa Verde. En plus grand, c'est tout.

Holroyd hésita.

— Je ne peux pas, finit-il par dire, d'une voix très calme. Vous demandez l'impossible.

Il comprit avec un frisson de terreur que, l'espace d'une seconde, il avait en fait songé à la manière dont il pourrait l'aider. Mais c'était un projet complètement dingue. Cette femme n'avait ni références ni preuves, rien.

Et pourtant il se sentait irrésistiblement attiré par elle, par sa passion et son enthousiasme. Enfant, il était allé à Mesa

Verde. Le souvenir de ces vastes ruines silencieuses le hantait encore. Il regarda autour de lui, cherchant à rassembler ses idées. Il jeta un coup d'œil à Nora qui le fixait, pleine d'espoir. Il n'avait jamais vu de cheveux de cette nuance-là, ce bronze aux reflets dorés, presque métallique. Puis il se tourna vers la petite image télévisée de la navette flottant dans l'espace.

— Ce n'est pas impossible, reprit Nora à mi-voix. Vous me donnez une demande, je la remplis, et vous faites ce que vous avez à faire.

Mais Holroyd fixait toujours l'écran de la télévision : la navette ivoire luisante qui dérivait dans l'espace, parmi des étoiles comme des diamants, la Terre, des kilomètres au-dessous. C'était toujours comme ça. L'exaltation de la découverte dont il avait rêvé en grandissant, la chance d'explorer une nouvelle planète ou d'aller sur la Lune – tous ces rêves s'étaient flétris dans un box du LPR, pendant qu'il regardait l'aventure d'un autre sur un écran sale.

Puis il sursauta, sentant les yeux de Nora sur lui.

— Quand êtes-vous entré au LPR ? demanda-t-elle, changeant brusquement de sujet.

— Il y a huit ans, à ma sortie de l'université.

— Pourquoi ?

Il se tut un instant, surpris par la franchise de la question.

— Eh bien, j'ai toujours voulu participer à l'exploration de l'espace.

— Je parie que vous rêviez d'être le premier homme sur la Lune quand vous étiez petit.

Holroyd rougit.

— Je suis arrivé un peu trop tard pour ça. Mais j'ai effectivement rêvé d'aller sur Mars.

— Et maintenant ils sont là-haut en orbite autour de la Terre pendant que vous êtes assis dans une pizzeria crasseuse.

On aurait dit qu'elle lisait dans ses pensées. Il lui en voulut presque.

— Écoutez, je vais très bien. Sans moi et d'autres comme moi, ces types ne seraient pas là-haut.

Nora acquiesça.

— Mais ce n'est pas tout à fait pareil, hein ? fit-elle doucement.

Holroyd ne pipa mot.

— Ce que je vous offre, c'est une chance de participer à ce qui pourrait se révéler la plus grande découverte archéologique depuis le roi Toutankhamon.

— C'est ça. Et ma participation consisterait à faire pour vous exactement ce que je fais pour Watkins : produire des données afin que quelqu'un d'autre les exploite. Je suis désolé, mais la réponse est non.

Elle le fixait toujours de ses yeux noisette. Elle se taisait, et Holroyd eut l'impression qu'elle était en train de prendre une décision.

— Peut-être que je peux vous offrir plus que ça, finit-elle par dire, d'une voix toujours faible.

Holroyd fronça les sourcils.

— Et quoi donc ?

— Une place dans l'expédition.

Holroyd sentit les battements de son cœur s'accélérer.

— Pardon ?

— Vous m'avez parfaitement entendue. Nous aurons besoin d'un informaticien et d'un spécialiste de la télédétection. Vous êtes capable de vous servir d'un matériel de communication ?

Holroyd avala sa salive, la gorge soudain sèche. Puis il hocha la tête.

— J'ai un matos dont vous n'avez pas idée.

— Et sur le plan congés, où en êtes-vous ? Vous pouvez prendre deux, voire trois semaines ?

— Je n'ai jamais pris de vacances, s'entendit dire Holroyd. J'ai tellement accumulé d'heures supplémentaires que je pourrais partir six mois en congés payés.

— Alors c'est réglé. Vous m'obtenez les données, je vous intègre dans l'expédition. Je vous assure, Peter, que vous ne le regretterez pas. C'est une aventure dont vous vous souviendrez jusqu'à la fin de vos jours.

Il jeta un coup d'œil aux mains longues et fines de son interlocutrice. Il n'avait jamais rencontré quelqu'un d'aussi passionné. Il se rendit compte qu'il avait du mal à reprendre son souffle.

— Je…

Elle se pencha vers lui.

— Oui ?

Il secoua la tête.

— Tout cela est trop inattendu. Il faut que je réfléchisse.

Elle l'évalua du regard. Puis elle acquiesça.

— Je sais, murmura-t-elle, avant de tirer une feuille de son sac. Voici le numéro de l'appartement de l'ami qui m'héberge. Mais ne réfléchissez pas trop longtemps, Peter. Je ne peux rester que deux jours.

Holroyd l'entendait à peine. Il réfléchissait.

— Je ne dis pas que je le ferai, que ce soit bien clair. Mais voilà comment on pourrait procéder. Il ne serait pas nécessaire que vous déposiez une demande. La navette consacre les trois derniers jours de sa mission à des balayages radar à diverses latitudes. Une entreprise d'exploration minérale a réclamé un balayage de régions de l'Utah et du Colorado. Ils sont en attente depuis un moment. Je pourrais intégrer cette demande dans le programme. Ensuite il me suffit d'élargir légèrement la requête aux régions qui vous intéressent. La seule chose que vous auriez à faire serait de déposer une demande d'achat dès que les données seront téléchargées depuis la navette. Normalement les données sont protégées pendant deux ans, mais les demandes universitaires appropriées peuvent passer outre. Je vous indiquerais les démarches à faire, la paperasserie à remplir le moment venu.

— Une demande d'achat ? Vous voulez dirc qu'il faut que je paie ?

— C'est très cher.

— C'est de quel ordre ? Dans les deux cents dollars ?

— Plutôt dans les vingt mille.

— Vingt mille dollars ! Vous êtes givré ou quoi ?

— Désolé. Mais c'est un détail qui échappe à Watkins lui-même.

— Et où est-ce que je vais dénicher vingt mille dollars ? explosa Nora.

— Écoutez, je vais organiser une modification d'orbite d'un vaisseau spatial des États-Unis pour vous. C'est déjà pas mal. Qu'est-ce que vous voudriez de plus ? Que je vole ces putains de données ?

Il y eut un silence.

— En voilà une idée qu'elle est bonne, fit Nora.

7.

Nora ne se rappelait pas avoir jamais mis les pieds dans un endroit plus chaud et plus étouffant que l'appartement de Peter Holroyd. L'air ne s'y raréfiait pas : il s'y décomposait.

— Vous avez de la glace ?

Holroyd, qui venait de descendre quatre étages pour récupérer son courrier et lui ouvrir la porte, secoua sa tête hirsute.

— Désolé, le congélateur a sauté.

Il entreprit de trier ses lettres. Sous la masse de cheveux blond-roux, la peau blanche de son visage s'étirait sur des pommettes saillantes. Lorsqu'il bougeait, on avait l'impression que ses membres n'étaient jamais à la bonne place, et ses jambes paraissaient un peu courtes pour son torse étroit et ses bras maigres. Pourtant, cette impression globale de mélancolie était démentie par des yeux verts pétillants d'intelligence qui avaient l'air de contempler le monde avec espoir. Le goût de Holroyd en matière vestimentaire était contestable : pantalon à rayures marron en polyester avec chemise à carreaux en V à manches courtes.

Des rideaux jaunes crasseux s'agitaient mollement dans un semblant de brise. Nora s'approcha de la fenêtre et jeta un coup d'œil vers les boulevards nimbés de crépuscule de Los Angeles Est. Puis elle regarda le carrefour voisin et la vitrine d'Al's Pizza. Elle venait de passer les deux dernières nuits dans la maison d'un ami à Thousand Oaks. Maintenant elle se trouvait dans un petit quartier minable de L. A., et elle fut prise d'une soudaine sympathie pour Peter et sa soif d'aventure.

L'appartement était si nu qu'elle aurait été bien en peine de dire quel genre d'homme d'intérieur était Holroyd : une petite bibliothèque faite de planches de contreplaqué en équilibre sur des parpaings ; deux vieux fauteuils Adirondack tapissés d'anciens numéros d'une revue de motos ; par terre un casque, une antiquité, rayé et cabossé.

— C'est votre moto que j'ai vue enchaînée au lampadaire ? demanda Nora.

— Ouais. Une vieille Indian Chief de 46. En gros. J'ai hérité d'une vieillerie de mon grand-oncle, que j'ai rafistolée en pêchant des pièces ici et là. Vous faites de la moto ?

— Mon père possédait une vieille moto de cross avec laquelle je faisais le tour du ranch. J'ai eu une ou deux fois l'occasion de conduire la Hog de mon frère avant qu'il ne la crashe sur la route 66.

Nora revint à la fenêtre. S'y alignaient des plantes à l'aspect fort étrange : noires, cramoisies, un fouillis de tiges et de fleurs pendantes. Ce devait être les seuls trucs du coin à apprécier la chaleur.

Une petite plante avec des fleurs mauve foncé retint son attention.

— Qu'est-ce que c'est que ça ? fit-elle en tendant la main.

Holroyd leva les yeux et laissa tomber le courrier.

— N'y touchez pas !

Nora retira sa main.

— C'est de la belladone, dit Holroyd en se penchant pour récupérer ses lettres par terre, de la morelle furieuse.

— Vous voulez rire. Et ça ? demanda-t-elle en désignant une autre plante, une petite fleur avec des piquants marron exotiques.

— De l'aconit napel. Elle contient de l'aconitine, un poison terrible. Dans le bac, il y a les trois champignons les plus vénéneux : l'amanite phalloïde, le bolet Satan et l'amanite vireuse, l'ange destructeur. Et dans ce pot sur le rebord de la fenêtre...

— Je vois, fit Nora en se détournant de l'amanite avec son chapeau horrible pareil à une peau hérissée de pustules. Vous avez des ennemis ?

Holroyd jeta le courrier dans la poubelle et eut un gros rire.

— Certains collectionnent les timbres. Moi, ce sont les poisons botaniques.

Nora le suivit dans la cuisine, petite pièce étroite presque aussi vide que le reste de l'appartement. On avait poussé une grande table en bois contre le vieux réfrigérateur. Sur la table se trouvaient un clavier, une souris à trois boutons et le plus grand moniteur que Nora ait jamais vu.

Son regard admiratif fit sourire Holroyd.

— Pas mal comme équipement vidéo, non ? L'équivalent exact de ce qu'on a au labo. Il y a quelques années Watkins a acheté ce matos pour le gratin de son personnel d'imagerie. Il part du principe que tous ceux qui travaillent pour lui n'ont pas de vie sociale. Bonne hypothèse, en ce qui me concerne en tout cas.

Il jeta un coup d'œil à Nora.

Laquelle leva un sourcil.

— Vous rapportez donc du travail à faire chez vous, finalement.

Le sourire de Holroyd s'évanouit lorsqu'il comprit le sous-entendu.

— Seulement du travail non confidentiel, répondit-il en sortant un disque DVD réinscriptible. Ce que vous demandiez ne tombait pas vraiment dans cette catégorie.

— Comment avez-vous procédé ?

— J'ai pris les données brutes envoyées par la navette ce matin et j'ai fait une copie supplémentaire sur ce disque. Je me trimballe toujours avec un paquet de disques dans mon sac à dos ; il est passé inaperçu. Avec la bonne autorisation, voler des données est simple comme bonjour. Sauf que, si vous vous faites gauler, les pénalités ne pardonnent pas, conclut-il avec une grimace.

— J'en suis consciente, dit Nora. Merci, Peter.

— Vous saviez que je vous aiderais, non ? Avant même de sortir de la pizzeria ?

Nora soutint son regard. C'était vrai ; une fois qu'il avait décrit la façon dont il pouvait accéder aux données, elle avait su qu'il accepterait. Mais elle ne voulait pas blesser son amour-propre.

— Je l'espérais. Mais je n'en ai été sûre que lorsque vous avez appelé ce matin. Et je ne saurais vous dire combien j'apprécie.

Nora se rendit compte que Holroyd rougissait. Il s'empressa de lui tourner le dos pour ouvrir le réfrigérateur. Ce dernier contenait deux canettes de bière sans alcool, du jus de fruits et une énorme unité centrale. Cette dernière était reliée au moniteur par des câbles passant à travers un petit trou isolé à l'arrière du réfrigérateur.

— Il fait trop chaud, ici, dit Holroyd en glissant le disque dans l'ordinateur avant de refermer le réfrigérateur. Posez votre topo là, d'accord ?

Nora commença à dérouler la carte, puis elle s'interrompit.

— Vous êtes conscient que cela n'aura rien à voir avec des journées passées à faire des calculs dans un labo à air conditionné. Dans une petite expédition de ce genre, chacun cumule deux ou trois tâches. Vous viendriez comme assistant, spécialisé dans l'interprétation d'images. Ce n'est pas un hasard si, dans les fouilles archéologiques, on ne parle pas d'assistants, mais de manieurs de pelle. Vous savez pourquoi ?

— Qu'est-ce que vous cherchez ? À me décourager ?

— Je veux juste m'assurer que vous savez dans quoi vous mettez les pieds.

— Vous avez vu ce que je lisais. Je sais que ce ne sera pas une partie de plaisir. C'est un défi, non ? (Il s'assit à la table et tira le clavier à lui.) Je risque la prison en vous apportant ces données. Vous croyez que manier la pelle me fait peur ?

Nora sourit.

— Quinze pour vous. (Elle tira une chaise en plastique.) Mais comment marche ce truc exactement ?

— Le radar est juste une autre sorte de lumière. On le braque sur la Terre à partir de la navette et il revient modifié. L'imageur terrestre prend simplement des photographies numériques de ce qui remonte et ensuite il les associe.

Holroyd enfonça des touches. Au bout de quelques secondes, des icônes s'affichèrent. Il cliqua sur plusieurs menus. Finalement une image se mit à défiler sur l'écran, ligne par ligne, en rouges artificiels.

— C'est tout ? fit Nora, déçue.

Elle ne se serait jamais attendue à un truc pareil : un fouillis de schémas monochromes n'ayant rien à voir avec un paysage.

— Cela ne fait que commencer. L'imageur prend en compte des émissions infrarouges et la radiométrie, mais ce serait trop long à expliquer. Il regarde aussi la Terre dans trois bandes de radar et deux polarisations. Chaque couleur représente une bande de radar différente, ou une polarisation différente. Je vais peindre chaque couleur sur l'écran, les unes sur les autres. Cela va prendre quelques minutes.

— Et ensuite on pourra voir la route ?

Holroyd lui jeta un regard amusé.

— Si seulement c'était aussi simple ! Il va falloir qu'on presse les données comme des citrons avant de voir la route. Ce rouge est un radar en bande L. Il a une longueur d'onde de vingt-cinq centimètres et peut pénétrer cinq mètres de sable sec. Ensuite, j'ajouterai la bande C.

Un bleu s'étala.

— Cette bande C a une longueur d'onde de six centimètres et elle peut pénétrer deux mètres au plus. Ce que vous voyez ici est un peu moins profond. Et voilà la bande X. Trois centimètres. En gros, elle vous donne la surface elle-même.

Un vert fluo envahit l'écran.

— Comment vous pouvez interpréter ça, ça me dépasse, dit Nora, les yeux fixés sur les andains de couleur déformés.

— Maintenant je vais peindre les polarisations. Le faisceau du radar est polarisé soit horizontalement, soit verticalement. Parfois on envoie un faisceau polarisé horizontalement et il remonte polarisé verticalement. Cela se produit généralement quand le faisceau rencontre pas mal de troncs d'arbres verticaux.

Nora regarda une autre couleur s'étaler sur l'écran. Il fallut à celle-ci plus de temps qu'aux précédentes ; manifestement, les calculs devenaient plus complexes.

— On dirait un De Kooning ! s'exclama Nora.

— Un quoi ?

— Aucune importance.

— Ce qu'on a, c'est une image composite du sol, de la surface à environ quatre mètres cinquante de profondeur. Maintenant il s'agit d'annuler certaines longueurs d'onde et d'en multiplier d'autres. C'est là que le talent intervient.

Nora décela une touche de fierté dans la voix de Holroyd. Il se remit à pianoter, plus vite cette fois. Nora vit une nouvelle fenêtre s'ouvrir sur l'écran, des lignes de code défiler. L'étendue du désert se retrouvait soudain couverte d'une fine toile de lignes.

— Mon Dieu ! s'écria Nora. Les voilà ! J'étais loin d'imaginer que les Anasazis…

— Une seconde ! Ce sont des pistes modernes.

— Mais cette région est censée ne pas avoir de routes.

Holroyd secoua la tête.

— Certaines lignes sont probablement des pistes de chevaux sauvages, de cerfs, de coyotes, de pumas, voire des traces de 4 × 4. On a prospecté l'uranium dans ce coin dans les années 50. Vous ne distingueriez pas la plupart de ces pistes sur le sol.

Nora s'avachit sur sa chaise.

— Avec toutes ces pistes, comment trouver la route anasazie ?

Holroyd sourit.

— Patience. Plus la route est vieille, plus elle est enfouie profondément. Les très vieilles routes ont aussi tendance à s'élargir sous l'effet de l'érosion et du vent. Les cailloux retournés par les voyageurs ont été polis avec le temps, alors que les routes récentes sont couvertes de cailloux pointus. Lesquels ont une rétrodiffusion plus importante que les lisses. Personne ne sait pourquoi, mais il se produit parfois des trucs spectaculaires si on multiplie les valeurs de deux longueurs d'onde l'une par l'autre, ou si on les divise, ou si on cube l'une en prenant la racine carrée de l'autre avant d'y soustraire le cosinus de l'âge de votre mère.

— Pas très scientifique, tout cela, on dirait.

— Non, mais c'est la partie que je préfère. Quand les données sont enterrées aussi profond, il faut une vraie intuition et de la créativité pour les faire surgir.

Il travaillait avec une détermination tranquille. De temps à autre, l'image changeait : parfois de manière spectaculaire, parfois subtilement. Une fois Nora posa une question, mais Holroyd se contenta de secouer la tête, les sourcils froncés. Par moments, toutes les routes disparaissaient ; Holroyd pestait, pianotait comme un fou, et les lignes revenaient.

Le temps passait, et la contrariété de Holroyd augmentait. Son front luisait de sueur, et ses mains voletaient sur les touches, les enfonçant avec davantage de force. Nora commençait à avoir mal au dos et elle se surprit à changer constamment de place sur sa chaise bon marché, en quête d'une position plus confortable.

Enfin Holroyd se carra contre son dossier en marmonnant un juron.

— J'ai essayé toutes les méthodes, toutes les ficelles. Les données refusent de produire.

— Qu'est-ce que vous voulez dire ?

— Soit j'obtiens un million de routes et de pistes, soit rien du tout. Une bière ? conclut-il en se levant.

— Et comment ! fit Nora en jetant un coup d'œil à la pendule.

Il était sept heures, mais il régnait toujours une chaleur d'enfer dans l'appartement.

Holroyd se rassit en lui passant une bière et en allongeant une jambe sur la table. Une cheville noueuse saillait sous le revers du pantalon, pâle et glabre.

— Est-ce que les routes anasazies ont une caractéristique particulière ? Un détail qui pourrait les distinguer de toutes ces traces d'animaux et des pistes modernes ?

Nora réfléchit un instant, puis secoua la tête.

— À quoi servaient ces routes ?

— En fait, ce n'étaient pas des routes du tout.

Holroyd retira sa jambe et se redressa.

— Qu'est-ce que vous voulez dire ?

— Elles restent un grand mystère archéologique. Les Anasazis ne connaissaient pas la roue et ne possédaient pas de bêtes de somme. Ils n'avaient pas besoin de routes. Les archéologues se sont donc toujours demandé pourquoi ils avaient pris la peine d'en construire.

— Continuez.

— Chaque fois que les archéologues ne comprennent pas quelque chose, ils s'en sortent en disant que cela avait une signification religieuse. C'est ce qu'ils racontent à propos de ces routes. Ils pensent qu'il s'agissait peut-être de sentiers des esprits, plutôt que de routes destinées à des êtres vivants. Des routes pour guider les esprits des morts vers les enfers.

— À quoi ressemblent-elles ? demanda Holroyd en avalant une gorgée de bière.

— À pas grand-chose. En fait, elles sont pratiquement impossibles à distinguer sur le sol.

— Comment ont-elles été construites ?

— Elles mesuraient exactement trois mètres de large et elles étaient recouvertes d'adobe. Sur la grande route du Nord, il semble qu'on ait délibérément brisé des pots sur la surface pour la consacrer. Les routes étaient parsemées d'autels appelés des *herraduras*, mais nous n'avons aucune idée…

— Attendez, l'interrompit Holroyd. Vous avez dit qu'elles étaient recouvertes d'adobe. Qu'est-ce que l'adobe exactement ?

— De la boue, en fait.

— Importée ?

— Non, généralement la terre du coin mélangée à de l'eau.

— Dommage.

— C'est pratiquement tout. Quand la grande route du Nord a fini par être abandonnée vers 1250, il semble qu'on l'ait fermée rituellement. Les Anasazis y ont entassé des broussailles avant d'y mettre le feu. Ils ont aussi brûlé tous les autels. De même que plusieurs structures très grandes, dont une que j'ai déterrée il y a quelques années : la hutte brûlée. Une sorte de phare ou de sémaphore, apparemment. Dieu sait l'usage qu'ils en faisaient.

Holroyd se pencha vers elle.

— Ils ont brûlé des broussailles sur la route ?

— Sur la grande route du Nord, en tout cas. Personne n'a fait beaucoup de recherches sur les autres routes.

— Quelle quantité de broussailles ?

— Beaucoup. Nous avons trouvé de gros tas de charbon de bois.

Holroyd reposa brutalement sa bière et se remit à pianoter sur son clavier.

— Le charbon de bois – le carbone – a une signature radar très particulière. Des quantités même infimes absorbent le radar. Il a une rétrodiffusion pratiquement nulle.

L'image sur l'écran se mit à se modifier.

— Ce qu'on va chercher est exactement l'opposé de ce que je viens de m'escrimer à découvrir. Au lieu de nous mettre en quête d'un reflet, nous allons traquer une ombre. Un trou linéaire dans les données.

Il enfonça une dernière touche.

Nora regarda l'image disparaître de l'écran. Puis une nouvelle image se déploya avec une lenteur exaspérante, et elle vit une longue ligne noire sinueuse et floue se tracer sur le paysage : brisée en d'innombrables endroits, mais indubitable.

— La voilà, dit paisiblement Holroyd, en se laissant aller contre le dossier de sa chaise, le visage triomphant.

— C'est ma route de Quivira ? demanda Nora d'une voix tremblante.

— Notre route !

8.

Nora avançait tant bien que mal dans la circulation du début de soirée, s'efforçant d'empêcher la route de se subdiviser en images parallèles floues. Elle était fatiguée, encore plus qu'après ses séances de bachotage marathon à l'université. Bien que Holroyd lui eût proposé de l'héberger chez lui la veille, elle avait préféré rentrer directement à Santa Fe et à l'Institut. Elle était arrivée un peu avant dix heures du matin. La journée qu'elle avait consacrée à tenter de boucler les problèmes de fin de semestre lui avait paru interminable. Épuisée et distraite, elle n'avait cessé de penser à Quivira et à la manière de procéder pour partir à sa recherche. Il était inutile d'essayer de relancer Blakewood malgré cette découverte étonnante ; il ne risquait guère de changer d'avis. Elle l'avait croisé dans le couloir peu après midi et il l'avait saluée carrément fraîchement.

Elle ralentit et passa en seconde en s'engageant dans Verde Estates, le lotissement qu'elle habitait. L'après-midi s'était achevé sur une note inattendue : un appel du bureau d'Ernest Goddard lui fixant un rendez-vous pour le lendemain matin. Nora n'avait jamais échangé un seul mot avec le président du conseil d'administration de l'Institut et elle ne voyait pas de raison – de bonne en tout cas – pour laquelle il voudrait la voir. Elle venait de s'absenter sans préavis pendant deux jours et elle n'avait pas du tout progressé dans le classement des céramiques du Rio Puerco. Blakewood avait dû lui glisser un mot à propos de l'assistante à problèmes.

Nora alluma ses phares pour négocier les méandres de l'allée. Verde Estates était un lotissement, mais il existait depuis plus longtemps que les immeubles en copropriété de style néo-Santa Fe et n'en avait pas le ridicule. Des arbres fruitiers et des sapins avaient eu le temps de pousser, adoucissant les angles des immeubles. Une chaleur apaisante envahit les membres las de Nora lorsqu'elle se gara sur sa place de parking. Elle s'octroierait une demi-heure de détente – elle ne connaissait rien de mieux que de faire des gammes sur son hautbois pour évacuer la tension –, se préparerait un dîner léger, prendrait une douche et se coucherait.

Elle ouvrit la porte et entra. Lâchant ses affaires, elle s'appuya au battant et ferma les yeux, trop épuisée pour allumer. Elle entendit le ronron du réfrigérateur, des aboiements hystériques dans le lointain. Une odeur inconnue flottait dans l'air. Étrange comme les choses pouvaient devenir peu familières en à peine deux jours.

Il manquait quelque chose : le cliquetis de griffes sur le lino, le frottement doux contre ses chevilles. Respirant un grand coup, Nora se redressa et alluma. Thurber, son basset de dix ans, restait invisible.

— Thurber ?

Elle songea à sortir pour l'appeler, puis changea immédiatement d'avis : Thurber était l'animal le plus domestiqué de la planète. Il fallait lui éviter le grand air à tout prix.

— Thurber ?

En posant son sac sur la table, elle vit un mot : *Nora, appelle s'il te plaît. Skip.* Elle eut un petit sourire narquois. Il devait avoir besoin d'argent ; généralement, Skip n'employait jamais de formules de politesse. Et cela expliquait l'absence de Thurber. Elle avait demandé à son frère de le nourrir pendant son voyage en Californie et il avait dû embarquer le chien chez lui pour gagner du temps.

Elle allait enlever ses chaussures quand elle remarqua de la poussière par terre. Bonjour les joies du ménage !

Dans la salle de bains, elle retira son corsage, se lava le visage et les mains, se mouilla les cheveux et enfila son sweat-shirt préféré pour faire ses gammes, un truc plein de trous de l'université du Nevada à Las Vegas. En entrant dans sa chambre, elle prit le temps de jeter un coup d'œil autour d'elle, elle avait catalogué si vite l'appartement de Holroyd, à la limite de l'excentrique dans sa nudité et son absence de personnalité. Finalement, à sa manière, le sien n'était pas si différent. Elle n'avait jamais vraiment eu le temps de réfléchir à la décoration. Si l'ameublement était une fenêtre ouverte sur l'âme, que révélait ce bric-à-brac ? Une femme trop occupée à ramper dans des ruines pour arranger son propre intérieur. Pratiquement tout ce qu'elle possédait lui venait de ses parents ; Skip avait refusé de prendre quoi que ce soit excepté la collection de livres et le vieux pistolet de son père.

Secouant la tête en souriant, elle tendit la main vers sa brosse.

Pas de brosse.

Elle se figea, main tendue, perplexe. Elle posait toujours sa brosse à la même place : en bonne archéologue, elle insistait pour que tout reste *in situ.* Elle revécut mentalement ses gestes le matin de son départ. Elle s'était lavé les cheveux comme d'habitude, s'était habillée comme d'habitude, coiffée comme d'habitude. Et elle avait reposé la brosse au même endroit.

Voilà maintenant qu'elle n'y était plus. Nora fixa le vide inexplicable entre le peigne et la boîte de mouchoirs en papier. Foutu Skip, pensa-t-elle soudain, son soulagement se teintant d'irritation. Sa propre salle de bains disparaissait sous une épaisse couche de moisissure et il ne détestait pas prendre des douches chez elle en douce pendant ses absences. Il avait dû ficher la brosse Dieu sait où…

Non. Son instinct lui soufflait que cela n'avait rien à voir avec Skip. L'odeur étrange, la poussière dans le couloir, l'impression que quelque chose clochait… Elle tourna sur elle-même, en quête d'un autre objet manquant. Mais tout semblait être à sa place.

Elle entendit alors un faible grattement venant de l'extérieur. Les fenêtres noires ne reflétaient que l'intérieur éclairé. Elle éteignit d'une main. C'était une nuit claire sans lune, les étoiles du désert scintillant comme des diamants sur l'obscurité veloutée. Le grattement recommença, plus fort cette fois.

Soulagée, elle comprit qu'il devait s'agir de Thurber, grattant à la porte de derrière. En plus, Skip avait trouvé le moyen de laisser le chien dehors ! Secouant la tête, Nora descendit dans la cuisine. Elle déverrouilla la porte, l'ouvrit et s'accroupit, s'attendant à recevoir un grand coup de langue.

Mais Thurber était invisible. Les phares d'une voiture qui arrivait éclairèrent un tourbillon de poussière sur la marche en béton, puis balayèrent la pelouse, un bosquet de sapins et une grande silhouette, une boule de poils sombre, qui s'évanouit dans l'obscurité. Nora réalisa soudain qu'elle avait déjà vu ce mouvement furtif – quelques nuits plus tôt, quand cette même chose avait suivi son pick-up au pas de course à une vitesse surnaturelle.

Elle regagna la cuisine en titubant, saisie de terreur, cramoisie, cherchant son souffle. Puis cette paralysie passagère disparut. Prise d'une colère soudaine, elle saisit une lourde torche et fonça sur la porte. Elle s'arrêta sur le seuil : le faisceau lumineux ne révéla rien sinon une nuit paisible dans le désert.

— Foutez-moi la paix ! hurla-t-elle dans l'obscurité.

Il n'y avait pas de silhouette noire, pas d'empreintes dans la terre humide ; seulement le soupir du vent, des aboiements hystériques dans le lointain, et le cliquetis de la torche dans sa main tremblante.

9.

Nora s'arrêta devant une porte en chêne dont la plaque annonçait Président du Conseil, Institut archéologique de Santa Fe. Serrant contre elle le porte-documents qui ne la quittait plus désormais, elle jeta un coup d'œil circonspect autour d'elle. Elle ne savait pas trop si sa nervosité était due aux événements de la veille ou à la réunion imminente. Avait-on eu vent de ses manigances au LPR ? Non, impossible. Mais peut-être que c'était tout de même le renvoi qui l'attendait derrière cette porte. Sinon pourquoi Ernest Goddard voudrait-il la voir ? Ses oreilles bourdonnaient du manque de sommeil.

Elle ne savait du président que ce qu'elle avait pu en lire et en voir : la rare photo publiée par un journal et son étonnante silhouette aperçue encore plus rarement sur le campus. Si le Dr Blakewood était l'inspirateur et le principal architecte des objectifs de l'Institut, Nora savait que Goddard incarnait le vrai pouvoir et l'argent derrière le trône de Blakewood. Et contrairement à ce dernier, Goddard avait unc capacité presque surnaturelle d'utiliser les médias à son profit, l'art d'obtenir l'article laudateur dans le bon journal. Elle avait entendu plusieurs explications de sa fortune colossale – elle venait du pétrole, ou de la découverte d'un sous-marin nazi plein d'or –, mais aucune ne paraissait crédible.

Nora respira un grand coup et saisit fermement la poignée. Peut-être qu'un licenciement serait une bonne chose. Cela lui permettrait de se lancer sans entraves dans sa quête de Quivira. L'Institut avait déjà rendu son verdict sur sa proposition d'expédition par la voix de Blakewood. Holroyd lui avait fourni les munitions dont elle avait besoin pour soumettre son idée ailleurs. Si cet Institut n'était pas intéressé, d'autres le seraient, elle le savait.

Une petite secrétaire nerveuse l'escorta de la réception au bureau. Ce dernier était aussi frais et nu qu'une église avec ses murs d'adobe blanchis à la chaux et un sol au carrelage mexicain. Au lieu du bureau imposant auquel elle s'était attendue, Nora découvrit une énorme table en bois, éraflée et abîmée. Elle regarda autour d'elle, surprise : elle se trouvait dans l'exact opposé du bureau du Dr Blakewood. À part une rangée de pots sur la table, alignés comme au garde-à-vous, la pièce était vide.

Ernest Goddard écrivait. Son visage émacié était auréolé d'une masse de cheveux blancs un peu longs, avec une barbe poivre et sel qui mettait en valeur ses yeux bleus pleins de vivacité. Un mouchoir en coton froissé dépassait de sa poche de veste. Mince et frêle, l'homme flottait dans son costume gris. Sans son regard brillant, on aurait pu le croire malade.

— Docteur Kelly, dit-il en posant son stylo et en faisant le tour de la table pour venir lui serrer la main. Je suis heureux de faire enfin votre connaissance.

Il avait une voix qui sortait de l'ordinaire, basse, sèche, à peine plus forte qu'un murmure. Et pourtant elle respirait l'autorité.

— Je vous en prie, appelez-moi Nora, répondit-elle, sur ses gardes.

Cette réception cordiale était bien la dernière chose à laquelle elle s'attendait.

— C'est ce que je vais faire, je crois, dit Goddard avant de tirer son mouchoir pour tousser dedans avec un geste délicat, presque féminin. Asseyez-vous. Oh ! mais avant, jetez donc un coup d'œil sur ces céramiques.

Il remit son mouchoir en place.

Nora s'approcha de la table. Elle compta une douzaine de bols peints, tous des exemples uniques de poterie ancienne de la vallée Mimbres au Nouveau-Mexique. Trois montraient de purs motifs géométriques vibrants de rythme et deux autres, des représentations abstraites d'insectes : une punaise et un grillon. Les pièces restantes étaient couvertes de figures anthropomorphiques – des silhouettes humaines d'une précision splendide. Chaque pot était percé d'un trou bien net au fond.

— Ils sont magnifiques, déclara Nora.

Une quinte de toux empêcha Goddard de lui répondre. Un Interphone sonna sur la table.

— Docteur Goddard, Mme Henigsbaugh est là.

— Faites-la entrer.

— Voulez-vous que… commença Nora.

— Ne bougez pas, lui dit Goddard en lui indiquant une chaise. Cela ne prendra qu'une minute.

La porte s'ouvrit sur une femme de soixante-dix ans environ. Nora reconnut immédiatement le genre : bourgeoise de la bonne société de Santa Fe, riche, mince, bronzée, sans maquillage ou presque, dans une forme extraordinaire, vêtue d'une longue jupe en velours et d'un chemisier en soie orné d'un collier de fleurs de courge navajo, exquis mais discret.

— Ernest, quel plaisir !

— Je suis ravi de vous voir, répondit Goddard. (Il agita une main tavelée vers Nora.) Voici le Dr Nora Kelly, assistante ici, à l'Institut.

Le regard de la femme passa de Nora à la table.

— Ah ! parfait. Ce sont les pots dont je vous ai parlé.

Goddard acquiesça.

— Selon mon expert, ils valent au bas mot cinq cent mille dollars. Extrêmement rares et en parfait état. Harry les collectionnait, vous savez. Il voulait les léguer à l'Institut à sa mort.

— Ils sont très jolis...

— Et comment ! l'interrompit la femme en tapotant sa coiffure impeccable. Venons-en à leur exposition. Je sais bien entendu que l'Institut ne dispose pas d'un musée officiel. Mais au vu de la valeur de ces pots, vous voudrez certainement créer quelque chose de spécial. Dans le bâtiment administratif, j'imagine. J'ai parlé à Simmons, mon architecte, et il a dessiné des plans pour ce que nous appelons la salle Henigsbaugh...

— Lily. (Le murmure de Goddard s'était teinté d'une nuance impérieuse.) Comme je m'apprêtais à vous le dire, nous apprécions grandement le legs de feu votre mari. Mais je crains de ne pouvoir l'accepter.

Il y eut un silence.

— Je vous demande pardon ? fit Mme Henigsbaugh, soudain glaciale.

Goddard agita son mouchoir vers la table.

— Ces bols proviennent de tombes. Nous ne pouvons les accepter.

— Qu'est-ce que vous voulez dire, de tombes ? Harry a acheté ces pots à des marchands honorables. Vous n'avez pas reçu les papiers que j'ai envoyés ? On n'y parle aucunement de tombes.

— Les papiers n'ont rien à voir là-dedans. Notre politique est de ne pas accepter d'objets provenant de sépultures. En outre, continua Goddard plus gentiment, ils sont très beaux, c'est vrai, et nous nous sentons honorés par ce geste, seulement nous avons de meilleurs exemples dans notre collection.

De meilleurs exemples ? se dit Nora. Elle n'avait jamais vu plus beaux bols mimbres, pas même au Smithsonian.

Mais Mme Henigsbaugh était encore en train de digérer l'autre insulte.

— Des objets provenant de tombes ! Comment osez-vous insinuer qu'ils sont le produit de pillages...

Goddard prit un bol et passa un doigt dans le trou au fond.

— Ce pot a été tué.

— Tué ?

— Oui. Quand les Mimbres enterraient un pot avec leurs morts, ils perçaient un trou au fond afin de libérer l'esprit du pot et lui permettre de rejoindre le défunt dans l'au-delà. (Il remit le bol sur la table.) Tous ces pots ont été « tués », pour citer le jargon archéologique. Ils doivent donc provenir de tombes, quoi qu'en disent les certificats.

— Vous voulez dire que vous allez refuser un cadeau d'un demi-million de dollars comme ça ! cria la femme.

— Je le crains. On va vous les renvoyer soigneusement emballés. (Il toussa dans son mouchoir.) Je suis désolé, Lily.

— Je n'en doute pas une seconde !

La femme tourna les talons et sortit du bureau, laissant un léger nuage de parfum de luxe dans son sillage. Dans le silence qui suivit, Goddard s'assit sur le bord de la table, l'air songeur.

— Vous connaissez la poterie mimbres ?

— Oui, répondit Nora.

Elle n'arrivait pas encore à croire qu'il ait refusé ce cadeau.

— Qu'en pensez-vous ?

— D'autres institutions ont des pots mimbres tués dans leurs collections.

— D'autres peut-être, mais nous, non, répondit Goddard de son doux murmure. Ces pots ont été enterrés par des gens qui respectaient leurs morts, et nous avons l'obligation de perpétuer ce respect. Je doute que Mme Henigsbaugh apprécierait que l'on déterre son cher Harry. (Il s'assit derrière la table.) J'ai eu une visite du Dr Blakewood l'autre jour, Nora.

Elle se raidit. C'était donc ça.

— Il m'a dit que vous étiez en retard dans vos projets et qu'il avait le sentiment que votre titularisation allait en souffrir. Vous avez envie de m'en parler ?

— Il n'y a rien à dire. Je donnerai ma démission quand vous voudrez.

À sa grande surprise, Goddard sourit.

— Démission ? Pourquoi diable voudrions-nous votre démission ?

Elle se racla la gorge.

— Il est impossible qu'en six mois je puisse terminer les comptes rendus des projets Rio Puerco et Gallegos et…

— Et… ?

— … que je fasse ce que j'ai besoin de faire. Autant démissionner maintenant pour vous épargner la corvée de me licencier.

— Je vois, dit Goddard dont le regard étincelant ne quittait pas le sien. Faire ce que vous avez besoin de faire, dites-vous. S'agirait-il de chercher la cité perdue de Quivira ?

Nora lui jeta un regard dépourvu d'aménité, et une fois de plus le président sourit.

— Eh oui ! Blakewood m'en a aussi parlé.

Nora garda le silence.

— Il a aussi parlé de votre absence soudaine. Cela avait-il quelque chose à voir avec cette recherche de Quivira ?

— J'étais en Californie.

— J'aurais plutôt cru que Quivira était quelque part à l'est de cette région.

Nora soupira.

— J'ai fait ce déplacement sur mon propre temps de loisir.

— Ce n'est pas l'avis du Dr Blakewood. Vous avez trouvé Quivira ?

— Dans un sens, oui.

Il y eut un silence. Nora regarda Goddard. Le sourire avait disparu.

— Voudriez-vous vous expliquer ?

— Non.

La surprise de Goddard ne dura qu'un instant.

— Pourquoi pas ?

— Parce que c'est mon projet, riposta Nora.

— Je vois. (Goddard se leva et se pencha vers elle.) L'Institut pourrait vous aider dans votre projet. Maintenant dites-moi : qu'avez-vous découvert en Californie ?

Nora remua sur sa chaise. Elle réfléchissait.

— J'ai des images radar qui montrent une vieille route anasazie menant à ce que je crois être Quivira.

— Vraiment ? Et d'où venaient ces images ?

— J'ai un contact au LPR. Il a pu manipuler numériquement des images radar de cette région, et dissimuler les pistes modernes pour ne laisser apparaître que la vieille route. Elle mène droit au cœur du pays des Pierres rouges mentionné dans les premiers récits espagnols.

— C'est extraordinaire. Nora, vous êtes surprenante.

Cette dernière ne pipa mot.

— Bien entendu, le Dr Blakewood avait des raisons de dire ce qu'il a dit. Mais peut-être a-t-il parlé un peu vite. Et si nous faisions de cette recherche de Quivira notre projet ? conclut Goddard en posant une main légère sur son épaule.

— Je ne suis pas sûre de bien comprendre.

Goddard retira sa main, se redressa, et fit lentement le tour de la pièce, sans la regarder.

— Et si l'Institut finançait votre expédition, accélérait votre titularisation ? Qu'en diriez-vous ?

Nora fixa le dos étroit de l'homme, digérant ses propos.

— Je dirais que c'est peu probable, répondit-elle.

Goddard se mit à rire, pour être aussitôt interrompu par une quinte de toux. Il revint à sa table.

— Blakewood m'a parlé de vos théories, de la lettre de votre père. Certaines de ses observations étaient loin d'être généreuses. Mais il se trouve que moi aussi je me suis longtemps interrogé sur Quivira. Pas moins de trois explorateurs espagnols dans le Sud-Ouest ont entendu parler d'une fabuleuse cité de l'or : Cabeza de Vaca dans les années 1530, le père Marcos en 1538, et Coronado en 1540. Leurs récits sont trop semblables pour avoir été inventés. Puis, dans les années 1770 et de nouveau dans les années 1830, d'autres voyageurs sont revenus de ce désert en prétendant avoir entendu parler d'une cité perdue. Je n'ai jamais douté de l'existence de Quivira. La seule question a toujours été de savoir où elle se trouve.

Il revint s'asseoir sur le bord de la table.

— Je connaissais votre père, Nora. S'il dit qu'il a trouvé des preuves de l'existence de cette ville perdue, je le crois.

Nora se mordit les lèvres pour contenir une bouffée soudaine d'émotion.

— J'ai les moyens de faire financer votre expédition par l'Institut. Mais d'abord j'ai besoin de voir ces preuves. La lettre et les données. Si vous dites vrai, nous vous soutiendrons.

Nora posa une main sur le porte-documents. Elle avait du mal à croire à ce retournement de situation. Elle avait vu trop de jeunes archéologues se faire voler leurs découvertes par des confrères plus âgés et plus puissants.

— Vous avez dit que ce serait notre projet. J'aimerais tout de même qu'il reste le mien, si cela ne vous ennuie pas.

— Eh bien, peut-être que cela m'ennuie justement. Si je dois financer cette expédition, par le biais de l'Institut, bien sûr, j'aimerais tenir les rênes, notamment contrôler le recrutement du personnel.

— Et à qui avez-vous songé pour diriger l'expédition ?

Il y eut un léger silence, puis Goddard la regarda dans les yeux.

— À vous, bien sûr. Aaron Black viendrait en qualité de dendrologue, et Enrique Aragon comme médecin et paléopathologiste.

Nora se carra dans sa chaise, surprise par la rapidité avec laquelle fonctionnait l'esprit de son patron. Non seulement il anticipait l'expédition, mais il la peuplait déjà des meilleurs spécialistes.

— Si vous arrivez à les convaincre.

— Oh ! je suis pratiquement sûr de les convaincre. Je les connais tous les deux très bien. Et la découverte de Quivira serait un tournant décisif dans l'archéologie du Sud-Ouest. C'est le genre de pari auquel un archéologue ne peut résister. Et puisque je ne peux pas m'y rendre moi-même (il agita son mouchoir en guise d'explication) j'aimerais envoyer ma fille à ma place. Elle a fait sa licence à Smith, elle vient de présenter sa thèse sur l'archéologie américaine à Princeton et elle est impatiente d'aller sur le terrain. Elle est jeune, peut-être un peu impétueuse, mais elle possède l'une des meilleures tournures d'esprit archéologiques que j'aie jamais rencontrées. De plus, elle est très compétente en photographie de terrain.

Nora fronça les sourcils.

— Je ne suis pas sûre que ce soit une bonne idée. Cela risque de brouiller la chaîne de commandement. Et cela va être un voyage difficile, notamment pour une jeune diplômée… BCBG.

— Il faut que ma fille y aille, dit tranquillement Goddard. Et elle n'est pas la diplômée BCBG que vous croyez.

Il eut un bref sourire étrange, sans joie.

Nora regardait le vieil homme, comprenant que ce point n'était pas négociable. Rapidement elle dressa le bilan de ses options. Elle pouvait prendre les renseignements qu'elle détenait, vendre le ranch et partir dans le désert avec des gens de son choix, en faisant le pari qu'elle trouverait Quivira avant d'avoir dépensé tout son budget. Ou elle pouvait apporter les données à une autre institution, et il faudrait alors compter un an ou deux avant que celle-ci soit en mesure d'organiser et de financer une expédition. Ou encore elle pouvait partager sa découverte avec un sponsor compréhensif capable d'équiper une expédition de spécialistes et d'attirer les meilleurs archéologues du pays. Le prix était d'emmener la fille du sponsor. Pas de contestation possible en l'occurrence.

— D'accord, fit-elle en souriant. Mais j'ai moi-même une condition. Il faut que j'emmène le technicien du LPR qui m'a aidée en sa qualité de spécialiste d'imagerie à distance.

— Je suis désolé, mais j'aimerais me réserver le choix du recrutement.

— C'était le prix pour obtenir les données.

— Vous pouvez vous porter garante de ses références ?

— Oui. Il est jeune, mais il a beaucoup d'expérience.

— Très bien.

Nora était époustouflée par la capacité de Goddard de relever un défi, de trouver une parade et de prendre une décision. Elle se surprit à commencer à l'apprécier.

— Je pense aussi qu'il ne faut pas ébruiter cette affaire, continua-t-elle. Il faut organiser l'expédition très rapidement et dans le plus grand secret.

Goddard lui jeta un regard interrogatif.

— Je peux vous demander pourquoi ?

— Parce que… commença Nora. *Parce que je pense que je suis suivie par des êtres mystérieux qui ne reculeront devant rien pour trouver l'emplacement de Quivira.*

Mais elle ne pouvait pas dire cela à Goddard ; il la croirait folle, voire pire, et retirerait aussitôt sa proposition.

— Parce que ces renseignements sont très sensibles. Songez à ce qui se passerait si des chasseurs de vestiges avaient vent de la chose et essayaient de piller le site avant que nous ayons le temps d'y arriver. Et sur un plan pratique, il faut que nous fassions vite. La saison des crues éclairs ne va pas tarder.

Au bout d'un moment, Goddard finit par acquiescer.

— Cela me paraît sensé. J'aimerais intégrer un journaliste dans l'expédition, mais je suis sûr qu'on peut compter sur sa discrétion.

— Un journaliste ? s'écria Nora. Mais pourquoi ?

— Pour faire la chronique de ce qui sera peut-être la découverte la plus importante de l'archéologie américaine du XXe siècle. Imaginez ce que nous aurions raté si le *Times* de Londres n'avait pas relaté la découverte de Howard Carter. En fait, je songe à un journaliste du *New York Times* qui a plusieurs livres à son actif, dont une excellente description de l'Aquarium de Boston. Je pense qu'on peut compter sur lui non seulement pour ne pas hésiter à creuser le sujet, mais aussi pour produire un compte rendu hautement favorable – et qui sera largement repris par les médias – de vous et de votre travail. (Il jeta un coup d'œil à Nora.) Vous n'avez pas d'objection contre une publicité *ex post facto*, n'est-ce pas ?

Nora hésita. Tout allait si vite : à croire qu'il avait réfléchi à tout avant même de lui parler. Elle comprit soudain que ce devait être le cas. L'enthousiasme de Goddard avait peut-être une raison inavouée.

— Non, je ne crois pas.

— C'est bien ce que je pensais. Bon, voyons ce que vous avez trouvé.

Quand Nora tira de son porte-documents une carte d'état-major, Goddard se leva.

— La région cible est ce triangle juste à l'ouest du plateau de Kaiparowits, là. Comme vous pouvez le voir, elle renferme des dizaines de réseaux de canyons qui finissent par se jeter dans le lac Powell et le Grand Canyon, au sud et à l'est. L'occupation humaine la plus proche est un petit camp indien nankoweap à cent kilomètres au nord.

Elle tendit une feuille à Goddard, une autre carte d'état-major sur laquelle Holroyd avait surimprimé en rouge l'image finale de son ordinateur, à la bonne échelle.

— C'est une image prise par la navette lors du vol de la semaine dernière et agrandie numériquement. La ligne noire brisée un peu floue est l'ancienne route anasazie.

Goddard prit la feuille entre ses doigts pâles et minces.

— Extraordinaire, murmura-t-il. Le vol de la semaine dernière ?

Il contempla Nora avec une admiration curieuse.

— La ligne en pointillé est une reconstitution du chemin emprunté par mon père dans cette région, suivant ce qu'il pensait être cette fameuse route. Lorsque nous avons reporté la route donnée par l'image radar de la navette, elle coïncidait avec celle de mon père. Elle semble se diriger vers le nord-ouest à partir des ruines Betatakin, à travers ce dédale de canyons, le long de cette énorme crête que mon père a surnommée le Dos du Diable. Elle conduit ensuite à un canyon étroit, pour s'arrêter dans cette minuscule vallée cachée, ici. C'est là que nous espérons trouver la ville.

Goddard secoua la tête.

— Incroyable. Mais Nora, toutes les anciennes routes anasazies que nous connaissons, Chaco et les autres, sont des lignes droites. Cette route serpente comme un ruisseau.

— J'y ai aussi songé. Tout le monde a toujours cru que le canyon Chaco était le centre de la culture anasazie, avec les quatorze grandes maisons de Chaco et Pueblo Bonito en son centre. Mais regardez ça.

Elle tira à elle une autre carte, qui comprenait le plateau Colorado et le bassin de San Juan. Dans l'angle inférieur droit était tracé un diagramme du site archéologique de Chaco Canyon, montrant l'énorme ruine de Pueblo Bonito entourée d'un cercle de communautés. Une grosse ligne rouge partait de Pueblo Bonito, traversait le cercle et une demi-douzaine d'autres ruines importantes et remontait droit vers l'angle supérieur gauche de la carte, avant de se terminer en X.

— Ce X désigne, d'après mes calculs, l'emplacement de Quivira, dit doucement Nora. Depuis des années, on croit que Chaco était la destination des routes anasazies. Mais si ce n'était pas le cas ? Si Chaco était le point de rassemblement pour un voyage rituel à Quivira, la cité des prêtres ?

Goddard hocha lentement la tête.

— Fascinant. C'est plus de preuves qu'il n'en faut pour justifier une expédition. Vous avez réfléchi à la manière dont vous pourriez vous y rendre ? Par hélicoptère, par exemple ?

— Cela a été ma première pensée. Mais il ne s'agit pas d'un site éloigné comme les autres. Ces canyons sont très étroits et la plupart font trois cents mètres de profondeur. Il faut compter avec des vents forts, des sommets encombrés de broussailles et pas l'ombre d'un terrain plat pour atterrir. J'ai soigneusement étudié les cartes et à soixante kilomètres à la ronde il n'y a pas d'endroit où poser un hélicoptère en toute sécurité. L'utilisation de Jeep est hors de question, cela tombe sous le sens. Restent les chevaux. Ils sont bon marché et ils peuvent transporter beaucoup de matériel.

Goddard grogna en contemplant la carte.

— Cela me paraît parfait. Mais je ne suis pas sûr de voir une route pour accéder à Quivira, même à cheval. Tous ces canyons se referment à leur source. Même si vous preniez ce camp indien au nord comme point de départ, vous auriez déjà un sacré trajet, ne serait-ce que pour arriver à ce village. Et ensuite une région sans point d'eau pendant soixante-dix kilomètres. Le lac Powell bloque l'accès au sud. À moins que…

— Exactement. Nous traverserons le lac. J'ai déjà appelé la marina de Wahweap à Page et ils disposent d'une barge de vingt mètres qui fera l'affaire. En partant de Wahweap, en menant les chevaux par voie d'eau jusqu'à l'embouchure du Serpentine Canyon, nous pourrions être à Quivira en trois ou quatre jours.

Goddard sourit.

— C'est bien pensé, Nora. Faisons en sorte que cela se concrétise.

— Il y a autre chose, fit Nora en rangeant les cartes dans son porte-documents sans lever les yeux. Mon frère a besoin d'un travail. Il est prêt à faire n'importe quoi, en fait, et je suis sûre que, bien dirigé, il se débrouillerait très bien pour trier et classer le matériau rapporté de Rio Puerco et Gallegos Divide.

— Par principe, nous sommes opposés au népotisme, commença Goddard avant de s'interrompre devant le sourire que ne put réprimer Nora.

Le vieil homme la regarda droit dans les yeux et Nora crut un instant qu'il allait se mettre en colère. Puis son visage s'éclaira.

— Nora, vous êtes bien la fille de votre père. Vous ne faites confiance à personne et vous êtes une négociatrice hors pair. D'autres exigences ? C'est maintenant ou jamais.

— Non. Elles s'arrêtent là.

En silence, Goddard lui tendit la main.

10.

Surprise par un bref martèlement, Nora faillit lâcher l'objet qu'elle avait dans les mains et leva les yeux, complètement paniquée, le cœur battant à cent à l'heure. Le visage renfrogné de Skip s'encadrait dans la vitre de la porte de son bureau. Elle se laissa aller contre son dossier et soupira. Skip leva une main et désigna la poignée.

— Tu as failli me donner une crise cardiaque, dit-elle en le faisant entrer. (Les doigts encore tremblants, elle referma la porte à clé derrière lui.) Sans compter deux années de salaire perdues si j'avais cassé ce pot mogollon.

— Depuis quand t'enfermes-tu dans ton bureau ? demanda Skip avant de s'affaler sur la seule chaise non encombrée de livres. Écoute, Nora, j'ai quelque chose à…

— Commençons par le commencement. Tu as eu mon message ?

Skip hocha la tête et lui passa le cartable qu'il avait sur les genoux. Nora desserra les lanières en cuir et regarda à l'intérieur. Le vieux Ruger de leur père était au fond, dans un étui usé.

— Pourquoi le veux-tu de toute façon ? Un vieux différend universitaire à régler ?

Nora secoua la tête.

— Skip, essaie d'être sérieux une seconde. L'Institut a accepté de financer une expédition à Quivira. Je pars dans deux jours.

Les yeux de Skip s'écarquillèrent.

— Génial ! Tu ne perds pas de temps, dis donc. Quand est-ce que je te rejoins ?

— Tu sais très bien que tu ne pars pas. Mais je t'ai trouvé un job, ici à l'Institut. Tu commences lundi prochain.

— Un job ? J'y connais que dalle en archéologie.

— Et tout le temps que tu as passé à ramper à quatre pattes sur le ranch avec papa, à la recherche de tessons de poterie ? Allez ! De toute façon, c'est un boulot facile, niveau première année. Mon associée Sonya Rowling va te faire visiter les lieux, te mettre le pied à l'étrier, répondre à tes questions, t'épargner les ennuis.

— Elle est mignonne ?

— Elle est mariée. Écoute, je serai absente environ trois semaines. Si tu n'aimes pas ça, à mon retour, tu peux laisser tomber. Mais cela va t'occuper en attendant. Et peut-être te mettre à l'abri pendant la journée. Tu voudras bien garder un œil sur mon appartement pendant que je serai partie ? Et tu ne touches pas à mes affaires, pour une fois ? Tu te sers de ma douche, tu me voles ma brosse... je devrais te faire payer un loyer.

— Je ne t'ai jamais volé ta brosse. C'est sûr que je m'en suis servi, mais je l'ai remise en place. Je sais à quel point tu es névrosée pour ce genre de trucs.

— Pas névrosée. Ordonnée, c'est tout. En parlant de garder un œil sur mon appartement, où est Thurber ? Tu ne l'as pas amené ?

Skip eut une drôle d'expression.

— C'est ce que je voulais te dire, dit-il à voix basse. Thurber a disparu.

Nora sentit l'air se ruer hors de ses poumons.

— Disparu ?

Skip baissa les yeux, penaud.

— Que s'est-il passé ?

— Je ne sais pas. C'était la deuxième nuit de ton absence. Il allait très bien la première nuit, du moins aussi bien que possible. Quand je suis venu le deuxième soir et que je l'ai appelé, il avait disparu. C'était étrange. La porte était fermée à clé, toutes les fenêtres aussi. Mais il flottait une drôle d'odeur dans l'air, presque une odeur de fleurs. J'ai entendu un chien qui aboyait comme un dingue dehors, mais ce n'était pas Thurber. Je suis tout de même sorti pour jeter un coup d'œil. Il a dû sauter par-dessus la barrière ou un truc comme ça. (Skip poussa un profond soupir.) Je suis désolé, Nora. Je l'ai cherché, j'ai interrogé les voisins, j'ai appelé la fourrière...

— Tu n'as pas laissé une porte ouverte ? demanda Nora.

Sa colère de la veille, le sentiment qu'on avait violé son intimité avaient disparu, remplacés par une peur étrange et terrible.

— Non, je te jure que non. Comme je te l'ai dit, tout était verrouillé.

— Skip, je te demande de m'écouter attentivement, reprit-elle à voix basse. Quand je suis rentrée hier soir, j'ai senti que quelque chose clochait. Quelqu'un était venu dans l'appartement. C'était sale. Ma brosse à cheveux avait disparu. Il y avait une drôle d'odeur, celle que tu as remarquée. Puis j'ai entendu une sorte de grattement et je suis sortie...

Elle s'interrompit. Comment pouvait-elle lui expliquer : la silhouette voûtée, couverte de fourrure, l'absence curieuse d'empreintes de pied, le sentiment d'étrangeté qui l'avait envahie, debout dans le noir, la torche à la main ? Et maintenant Thurber...

Le scepticisme de Skip se mua en inquiétude.

— Hé, Nora ! Tu as eu une sacrée semaine. D'abord ce truc au ranch, puis cette expédition qui se met en place, et la disparition de Thurber. Pourquoi ne rentres-tu pas chez toi te reposer un peu ?

Nora le regarda dans les yeux.

— Quoi ? fit-il. Tu as peur de rentrer ?

— Ce n'est pas ça. J'ai fait venir le serrurier ce matin pour installer un second verrou. C'est juste que... C'est juste qu'il faut que je me fasse discrète dans les deux jours qui viennent. Je peux prendre soin de moi. Une fois que je serai loin de Santa Fe, il n'y aura plus de problèmes. Mais Skip, promets-moi d'être très prudent pendant mon absence. Je vais laisser le revolver de papa dans le tiroir de ma table de nuit. Je veux que tu le prennes après mon départ. Et ne t'approche pas du ranch, d'accord ?

— Tu crains que la créature venue d'ailleurs ne s'empare de moi, c'est ça ?

Nora se leva d'un bond.

— Ce n'est pas drôle, et tu le sais très bien.

— D'accord, d'accord. Je ne vais jamais dans cette ruine, de toute façon. En plus, depuis ce qui s'est passé, je parie que Teresa surveille la maison comme un faucon, le doigt sur la gâchette.

— Peut-être que tu as raison, soupira Nora.

— J'ai raison. Tu vas voir. Zéro pour la créature venue d'ailleurs et un pour la Winchester.

11.

Calaveras Mesa somnolait sous le ciel de minuit, île brumeuse émergeant d'un océan de rochers – le vaste flot de lave El Malpais du centre du Nouveau-Mexique. Un écran de nuages cachait les étoiles et le calme régnait sur la mesa, silencieuse, obscure, inhabitée. Quemado, le village le plus proche, était à quatre-vingts kilomètres de là.

Calaveras Mesa n'avait pas toujours été inhabitée. Au XIVe siècle, des Indiens Anasazis s'étaient installés dans ses falaises orientées au sud pour creuser des grottes dans le tuf volcanique meuble. Mais le site s'étant révélé peu accueillant, les grottes étaient abandonnées depuis un demi-millénaire. Dans cette partie éloignée d'El Malpais, il n'y avait ni routes ni pistes ; les grottes restaient intactes, à l'abri des fouilles.

Deux formes noires progressaient à travers les blocs silencieux de lave brisée qui léchaient les flancs de la mesa. Couvertes d'épaisses fourrures, elles se mouvaient avec l'agilité et la prudence du loup. Elles portaient de lourds bijoux d'argent : des ceintures concho, des colliers de fleurs écrasées, des disques de turquoise, et des gardes d'arc coulées au sable. Sous les lourdes fourrures, leur peau nue était barbouillée de peinture épaisse.

Elles grimpèrent le talus sous les grottes, évitant grosses pierres et éboulis de roches. Arrivées au pied de la falaise, elles escaladèrent la paroi et disparurent dans la bouche obscure d'une caverne.

À l'intérieur, elles s'arrêtèrent. L'une resta à l'entrée pendant que l'autre s'enfonçait à l'intérieur. Cette dernière repoussa une pierre, révélant un passage étroit dans lequel elle se faufila pour atteindre une salle plus petite. Un faible grattement se produisit et la lumière tremblotante d'une allumette révéla que la salle n'était pas vide. Il s'agissait d'une petite tombe anasazie : des niches creusées dans le mur du fond abritaient trois corps momifiés, quelques pots brisés pathétiques laissés près d'eux en guise d'offrandes. La silhouette plaça une boule de cire hérissée d'un bout de paille sur une corniche en hauteur.

Puis elle s'approcha du cadavre central, une forme délicate et grise enveloppée d'une peau de buffle pourrissante. Ses lèvres desséchées dénudaient ses dents et sa bouche béait dans une monstrueuse grimace d'hilarité. Les jambes du cadavre étaient remontées sur sa poitrine et on avait enveloppé ses genoux de cordes tressées ; ses yeux étaient deux orbites vides, entourées de lambeaux de tissu ; ses mains, deux poings ratatinés, les ongles pendants et cassés, rongés par des rats.

La silhouette se pencha, souleva la momie avec une infinie douceur et la retira de la niche pour la poser sur l'épaisse couche de poussière du sol. Elle sortit un petit panier en osier et une bourse de sorcier de sa peau de bête. Elle tira de celle-ci un objet qu'elle leva à la lumière incertaine : deux cheveux bronze fins.

Elle se tourna vers la momie. Lentement, elle plaça les cheveux dans la bouche de celle-ci et les poussa au fond de sa gorge. Après un crépitement sec, la silhouette se redressa ; la bougie s'éteignit, et l'obscurité se fit totale. Un faible bruit résonna, un marmonnement suivi d'un nom, lentement psalmodié : « Kelly… Kelly… Kelly… »

Un long moment passa. Puis un nouveau craquement, et la bougie se ralluma. La silhouette plongea une main dans le panier et se pencha sur le cadavre. Un couteau d'obsidienne aiguisé comme un rasoir luisit dans la pénombre. On entendit un faible raclement régulier, le bruit de la pierre entaillant une chair sèche et craquante. La silhouette se redressa, tenant un petit scalp rond garni d'une mèche de cheveux qu'elle plaça respectueusement dans le panier.

Puis elle se pencha de nouveau. Un craquement retentit. Et au bout de quelques minutes, un coup sec. La silhouette éleva un disque d'os de boîte crânienne, l'étudia, puis le posa dans le panier à côté du scalp. Ensuite, elle approcha le couteau des poings serrés. Elle repoussa doucement les lambeaux de peau de buffle des mains, en les caressant. Elle passa alors le couteau entre les doigts, les détachant méthodiquement. Recourbant chacun d'eux, elle découpa l'empreinte et plaça les bouts de chair desséchés dans le panier. Elle passa aux orteils, les cassant comme des baguettes et découpa rapidement leurs empreintes. Une petite pluie de poussière tomba sur le sol.

Le petit panier se remplit de morceaux du cadavre pendant que la bougie de fortune fondait. La silhouette enveloppa de nouveau rapidement la momie et la remit dans la niche du mur quand la mèche s'éteignit. Prenant le panier, elle sortit de la tombe et remit la pierre en place. Avec précaution, elle tira un sac en peau de daim de sa fourrure, défit le lien en cuir qui le fermait et l'ouvrit. Le tenant à bout de bras, elle répandit soigneusement une substance poudreuse le long de la base de la pierre. Puis elle referma le sac et rejoignit son acolyte à l'entrée de la grotte. Rapidement et silencieusement, les deux formes descendirent la paroi rocheuse et s'évanouirent dans l'obscurité du grand flot de lave d'El Malpais.

12.

Dans l'obscurité précédant l'aube, les phares du camion de Nora fendirent les nuages de poussière qui s'élevaient des corrals et illuminèrent le portail en bois du ranch. Elle s'arrêta sur un parking plein d'ornières et coupa le contact. Deux véhicules de couleur foncée étaient garés non loin de là, un pick-up et une camionnette, chacun revêtu du sceau de l'Institut. Quelques membres du personnel du ranch chargeaient des chevaux dans des remorques à la lumière électrique.

Nora descendit de son camion dans la fraîcheur du petit matin et regarda autour d'elle. Le ciel ne s'éclaircirait que dans une demi-heure, mais déjà Vénus se levait, tache de lumière vive dans le ciel velouté. Les véhicules de l'Institut étaient vides, et Nora savait que tout le monde devait déjà se trouver autour du feu de camp, où Goddard avait l'intention de faire les présentations et d'adresser un bref discours d'adieu aux membres de l'expédition. Dans une heure, ils prendraient la longue route qui les mènerait à Page dans l'Arizona, à une extrémité du lac Powell. Il était temps qu'elle fasse la connaissance des autres.

Mais elle s'attarda un instant. L'air résonnait des bruits de son enfance : le claquement des fouets, les sifflets et les cris des cow-boys, le vacarme des sabots ferrés dans les remorques, le grincement des portes du corral. Quand l'arôme de la fumée de pin pignon, l'odeur des chevaux et de la poussière lui parvinrent, elle sentit le nœud serré au creux de son estomac se détendre. Ces trois derniers jours, elle avait fait preuve d'une prudence et d'une vigilance extrêmes, heureusement il ne s'était rien produit d'alarmant. L'expédition avait été mise sur pied avec une rapidité et une facilité remarquables. Il n'y avait pas eu l'ombre d'une fuite. Et là, loin de Santa Fe, Nora sentit que la tension qui la mettait douloureusement à cran depuis quelque temps commençait à disparaître. Elle s'interrogeait toujours sur l'identité du mystérieux expéditeur de la lettre de son père. Mais au moins, une fois qu'ils seraient en route, elle laisserait loin derrière elle ses étranges poursuivants.

Un cow-boy au chapeau cabossé sortit du corral, une rêne dans chaque main. Ne dépassant pas le mètre cinquante, l'homme était maigre, avec un torse puissant et des jambes arquées. Il cria ses instructions à des aides masqués par la pénombre. Un langage plutôt imagé. Il devait s'agir de Roscoe Swire, le cow-boy engagé par Goddard. Il avait l'air d'être un bon élément, mais, comme disait son père, on reconnaît un cow-boy à la façon dont il monte. Nora eut une bouffée d'irritation en songeant qu'elle n'avait pas eu son mot à dire pour le recrutement, resté chasse gardée du président de l'Institut, jusqu'à celui du cow-boy. Mais c'était Goddard qui payait.

Elle prit sa selle à l'arrière de son camion et s'approcha.

— Roscoe Swire ?

Il se tourna et enleva son chapeau dans un geste qui réussissait à être à la fois respectueux et ironique.

— À votre service, fit-il d'une voix étonnamment basse.

Il avait une moustache touffue, des lèvres tombantes et de grands yeux tristes comme ceux des vaches. Pourtant on sentait en lui un esprit batailleur, à la limite de l'agressivité.

— Nora Kelly, dit-elle en serrant une petite main si râpeuse qu'on avait l'impression de saisir une bogue.

— Alors c'est vous la patronne, commenta Swire avec un sourire. Enchanté. (Il jeta un coup d'œil à la selle.) Qu'est-ce que vous avez là ?

— C'est la mienne. Je pensais que vous voudriez la charger avec les autres à l'avant du camion.

Il remit lentement son chapeau.

— On dirait qu'elle a fait de l'usage.

— Je l'ai depuis l'âge de seize ans.

Swire sourit de nouveau.

— Une archéologue qui sait monter.

— Je sais aussi arrimer des paniers et atteler un cheval.

Swire tira une petite boîte de croquets au gingembre de sa poche, s'en fourra un dans la bouche et entreprit de le mâcher.

— Bien, dit-il la bouche pleine, c'est pas la modestie qui vous étouffe. (Il examina son équipement de plus près.) Sacrée selle ! Si un jour vous voulez la vendre, faites-moi signe.

Nora rit.

— Les autres viennent juste de rejoindre le feu de camp. C'est qui, ces gens ? Des New-Yorkais en vadrouille, ou quoi ?

Nora se surprit à apprécier Swire et son ton sarcastique.

— Je ne les connais pas pour la plupart. C'est un groupe hétéroclite. Les gens ont tendance à croire que tous les archéologues ressemblent à Indiana Jones, mais j'en ai rencontré des tas qui étaient incapables de monter ou qui ne s'étaient jamais aventurés en dehors d'une classe ou d'un labo. Tout dépend du genre de travail qu'ils ont fait. Je parie qu'il y aura un ou deux culs douloureux avant la fin de la première journée.

Elle songea à Sloane Goddard, l'étudiante BCBG, et se demanda comment Holroyd, elle et les autres allaient se débrouiller à cheval.

— Parfait, répondit Swire. Quand on n'a pas mal, ça veut dire qu'on s'emmerde.

Il se fourra un nouveau biscuit dans la bouche et désigna du doigt la direction du feu de camp.

La réunion avait lieu derrière les corrals, au milieu d'un bosquet de genévriers et de pins pignons. Nora suivit une piste et ne tarda pas à repérer le feu à travers les arbres. On avait disposé d'énormes rondins de pin *ponderosa* en cercle, sur trois rangées, au pied d'une haute falaise de grès, trouée ici et là de grottes sous un surplomb rocheux. La danse des flammes empourprait la paroi plongée dans l'obscurité. Le feu de camp avant un long voyage était une vieille coutume pueblo et, après l'incident des pots mimbres, Nora n'était pas vraiment surprise que Goddard l'ait suggéré. C'était un autre signe de son respect pour la culture indienne.

Elle entra dans le cercle. Plusieurs personnes assises sur les troncs bavardaient tranquillement. Elles se tournèrent vers elle. Elle reconnut immédiatement Aaron Black, l'imposant dendrologue de l'université de Pennsylvanie ; un mètre quatre-vingt-dix, avec une tête et des mains massives. Il se tenait bien droit, menton en avant, ce qui accentuait encore sa stature et lui donnait un air légèrement pompeux.

Nora l'avait vu à de nombreuses réunions archéologiques, où ses interventions semblaient surtout consister à discréditer la datation timide mais pleine d'espoir d'un jeune archéologue ou d'un autre : un homme de rigueur intellectuelle qui goûtait visiblement le rôle de démolisseur des théories de ses confrères. Mais c'était le maître reconnu, à la fois redouté et recherché, de la datation archéologique. On racontait qu'il ne s'était jamais trompé, et son air arrogant en témoignait.

— Docteur Black, dit Nora en s'approchant, je suis Nora Kelly.

— Oh ! fit Black en se levant pour lui serrer la main. Ravi de vous rencontrer.

Il avait l'air un peu déconcerté. Il ne devait pas trop apprécier l'idée d'être sous les ordres d'une jeune femme. Il avait troqué ses traditionnels nœud papillon et veste en *seersucker* contre une tenue de désert flambant neuve qui paraissait tout droit sortie d'un catalogue Vieux Campeur. *Il va faire partie de ceux qui auront mal au cul*, pensa Nora. *S'il ne se rompt pas le cou avant.*

Holroyd vint lui serrer la main et lui donna une brève accolade maladroite. Puis, embarrassé, il recula. Il avait le visage rayonnant d'un boy-scout à la veille de son premier camp, ses yeux verts brillants d'espoir.

— Docteur Kelly, fit une voix dans l'obscurité, Enrique Aragon.

Elle découvrit un petit homme brun d'environ cinquante-cinq ans qui irradiait une intensité désarçonnante. Son visage était frappant : un teint olivâtre, des cheveux noirs peignés en arrière, des paupières tombantes et un long nez crochu. Il lui serra rapidement la main ; il avait de longs doigts sensibles, presque féminins. Il s'exprimait d'un ton digne et précis, avec une trace d'accent mexicain. Elle l'avait vu souvent à des conférences, lui aussi, un être lointain et réservé. Il était généralement considéré comme le meilleur anthropologue physique du pays – il détenait la médaille Hrdlicka –, mais il était aussi docteur en médecine : un cumul des plus commodes qui avait dû influencer le choix de Goddard. Nora n'en revenait toujours pas que ce dernier ait pu réunir en si peu de temps des professionnels de la stature de Black et Aragon. Et cela l'estomaquait davantage encore de se retrouver à la tête de ces deux hommes, ses supérieurs et de loin, non seulement en âge mais en réputation. Elle chassa cette soudaine bouffée de doute ; si elle devait diriger cette expédition, elle savait qu'elle avait intérêt à commencer à penser et à agir en chef, non en assistante s'inclinant toujours devant ses aînés.

— Les présentations sont faites, reprit Aragon avec un sourire bref. Voici Luigi Bonarotti, administrateur et cuisinier du camp, poursuivit-il en se tournant vers un homme au regard sombre de Sicilien.

Tiré à quatre épingles, il arborait un pantalon de toile au pli impeccable. Lorsqu'il se courba presque en deux pour la saluer, Nora respira une bouffée d'un after-shave de luxe.

— Allons-nous vraiment être obligés de monter à cheval jusqu'au site ? demanda Black.

— Non. Vous aurez aussi l'occasion de marcher.

Le visage de Black se crispa de déplaisir.

— J'aurais pensé qu'il eût été plus judicieux de recourir à des hélicoptères. Je m'en suis toujours contenté pour mon travail.

— Pas dans cette région.

— Et où est ce journaliste qui est censé tout noter pour la postérité ? Ne devrait-il pas être là ? J'ai hâte de le rencontrer.

— Il nous rejoint à la marina de Wahweap, avec la fille du Dr Goddard.

Tout le monde prit place autour du feu. Nora savoura la chaleur, l'odeur de la fumée de cèdre, les sifflements et les craquements du bois dans l'obscurité. Comme de très loin, elle entendit Black marmonner contre l'obligation de voyager à cheval. Les flammes gambadaient sur la falaise de grès, illuminaient les embouchures noires et déchiquetées des grottes. Nora crut voir une lueur fugitive à l'intérieur de l'une d'elles. Une illusion, certainement. Elle songea à la parabole de la caverne de Platon. *Quelle apparence aurions-nous pour ces habitants des profondeurs, contemplant des ombres sur le mur ?*

Elle se rendit compte qu'autour d'elle les murmures s'étaient tus. Chacun avait les yeux fixés sur le feu, absorbé dans ses pensées. Nora jeta un coup d'œil à Holroyd, visiblement vibrant d'enthousiasme, contente qu'il ne regrette pas sa décision. Ce dernier ne fixait plus le feu, mais un point derrière, dans l'obscurité de la paroi de la falaise.

Aragon puis Black levèrent les yeux à leur tour. Suivant leur regard, elle vit une lueur dans l'une des grottes derrière les flammes. On entendit un faible bruit sec, puis il y eut des éclairs jaunes. Une silhouette solitaire se détacha alors, grise sur l'obscurité d'une excavation. Lorsqu'elle sortit de l'ombre de la falaise, Nora reconnut les traits tirés d'Ernest Goddard. En silence, il s'approcha du groupe, ses cheveux blancs flamboyant dans le reflet des flammes. Il bougea la main, et les éclairs revinrent, clignotant à travers ses doigts minces.

Il resta un long moment debout, dévisageant chacun. Puis il glissa ce qu'il tenait à la main dans un sac en cuir qu'il lança au-dessus des flammes à Aragon, le plus proche de lui.

— Frottez-les ensemble, murmura-t-il d'une voix à peine audible par-dessus les craquements du feu, puis passez-les au suivant.

Quand Aragon lui tendit le sac, Nora plongea la main dedans et sentit deux pierres lisses. Elle les sortit et les examina : de superbes spécimens de quartz, érodés dans le lit d'un fleuve apparemment, gravés de la spirale rituelle du *sipapu*, l'entrée anasazie dans l'au-delà.

Elle sut à l'instant ce qu'elle avait dans les mains. Elle les frotta l'un contre l'autre et regarda les étincelles intérieures éclairer miraculeusement le cœur des pierres.

Goddard hocha la tête.

— Des pierres d'éclair anasazies, commenta-t-il de sa voix paisible.

— Sont-elles vraies ? demanda Holroyd en les prenant à son tour.

— Bien sûr. Elles viennent d'une cache de sorcier trouvée dans la grande *kiva* de Keet Seel. Nous pensions que les Anasazis les utilisaient dans des cérémonies de la pluie pour symboliser la génération de l'éclair. Mais nous n'en sommes plus si sûrs. La spirale gravée représente le sipapu. Toutefois, elle pourrait aussi bien représenter une source. Personne ne le sait. (Il toussa un peu.) Et c'est ce que je suis venu vous dire. Dans les années 60, nous pensions tout savoir des Anasazis. Je me souviens du grand archéologue du Sud-Ouest Henry Ash, qui pressait ses étudiants de chercher d'autres voies. « C'est une orange sucée », disait-il des Anasazis. Mais maintenant, au bout de trente ans de découvertes mystérieuses et inexplicables, nous nous rendons compte que nous ne savons pratiquement rien des Anasazis. Nous ne comprenons pas leur culture, nous ne comprenons pas leur religion. Nous sommes incapables de lire leurs pétroglyphes et leurs pictogrammes. Nous ignorons quelles langues ils parlaient. Nous ignorons pourquoi ils ont couvert le Sud-Ouest de phares, d'autels, de routes et de sémaphores. Nous ne savons pas pourquoi, en 1150, ils abandonnèrent soudain Chaco Canyon, brûlèrent les routes, pour se retirer dans les canyons les plus isolés et inaccessibles du Sud-Ouest, construisant de véritables forteresses dans les falaises. Que s'était-il passé ? Qui redoutaient-ils ? Un siècle plus tard, ils abandonnèrent aussi ces forteresses, laissant inhabitée la totalité du plateau du Colorado et du bassin de San Juan, quelque huit mille kilomètres carrés. Pourquoi ? En fait, plus nous faisons de découvertes, plus ces questions sont insolubles. Certains archéologues pensent maintenant que nous n'en connaîtrons jamais les réponses.

Sa voix baissa encore. Malgré la chaleur du feu, Nora ne put réprimer un frisson.

— Mais j'ai le sentiment, continua-t-il d'une voix plus faible, plus rauque, j'ai la conviction que Quivira apportera des réponses à ces questions.

Il les regarda tous, tour à tour.

— Vous vous apprêtez à vous lancer dans une aventure unique. Vous vous dirigez vers un site qui peut se révéler la plus grande découverte archéologique de la décennie, voire du siècle. Mais ne nous leurrons pas. Quivira sera un lieu de mystère comme de révélations. Il risque fort de susciter autant d'interrogations qu'il apportera de réponses. Et il vous lancera des défis, physiques et intellectuels, qui dépassent votre imagination. Vous connaîtrez des instants de triomphe, de désespoir. Seulement, vous ne devez jamais oublier que vous représentez l'Institut archéologique de Santa Fe. Et l'Institut représente les normes les plus élevées de la recherche et de l'éthique archéologiques.

Il fixa Nora.

— Nora Kelly ne travaille à l'Institut que depuis cinq ans, mais elle s'est révélée une excellente archéologue de terrain. Elle dirige cette expédition et je lui fais une confiance totale. Que personne ne l'oublie. Quand ma fille vous rejoindra à Page, elle répondra aussi de ses actes devant le Dr Kelly ; le pouvoir de décision est entre les mains de cette dernière.

Il s'éloigna d'un pas du feu, se fondant dans l'obscurité du surplomb rocheux. Nora se pencha, tendant l'oreille, pour distinguer son murmure dans les grondements des flammes.

— Certains ne croient pas en l'existence de la cité perdue de Quivira. Ils jugent cette expédition téméraire, ils pensent que je jette mon argent par les fenêtres. Certains craignent même que l'expérience ne plonge l'Institut dans l'embarras. Mais la cité est là. Vous le savez, et je le sais. Partez la trouver.

13.

L'expédition traversa Page, dans l'Arizona, à deux heures cet après-midi-là, les vans suivis du pick-up et de la camionnette, telle une caravane descendant vers la marina. Elle s'engagea sur le gigantesque parking asphalté face au lac Powell. Page faisait partie de ces nouvelles villes champignons qui, à peine surgies du désert, paraissaient déjà miteuses. Ses parcs de caravanes et de préfabriqués s'étendaient sur la rive du lac dans un paysage nu ponctué de buissons épineux.

La ville était dominée par les trois cheminées de la centrale électrique au charbon, hautes de quatre cents mètres, qui crachaient de la vapeur blanche. Surréaliste.

Derrière la ville, on trouvait la marina et le lac Powell, un grand ver sinueux qui s'enfonçait dans un fantastique désert rocheux, une étendue d'eau énorme : cinq cents kilomètres de long, avec des milliers de kilomètres de rive. Cette vision époustouflante tranchait sur la banalité de Page. À l'est, le grand dôme du mont Navajo s'élevait telle une calotte noire, les ravins à son sommet encore rayés de neige. Plus loin sur le lac, les buttes, mesas et canyons se pressaient les uns contre les autres, le lac lui-même creusant un chemin dans un infini de grès et de ciel.

Devant ce paysage, Nora secoua la tête. Trente-cinq ans plus tôt, c'était le Glen Canyon, le plus beau du monde, avait dit John Wesley Powell. Puis on avait construit le barrage du même nom, et le niveau des eaux du Colorado avait monté pour former le lac Powell. Le désert jadis silencieux, du moins autour de Page, vibrait à présent du rugissement des hors-bord et des scooters des mers, étouffait sous l'odeur de gaz de pots d'échappement, de la fumée de cigarettes et de vapeurs d'essence. L'endroit avait l'aspect irréel d'une ville perchée au bout du monde connu.

À côté d'elle, Swire fronça les sourcils. Ils avaient parlé élevage pendant la plus grande partie du voyage et Nora en était venue à respecter le cow-boy.

— Je ne sais pas comment ces chevaux vont prendre cette traversée. Nous nous réservons peut-être une séance de natation surprise.

— Nous allons pouvoir amener les vans sur la barge avant de les détacher, répondit Nora. Ce n'est pas la peine de les faire descendre.

— Effectivement, approuva Swire en tripotant sa grosse moustache. Je ne vois aucun signe de la fille Sloane.

Nora haussa les épaules. Sloane Goddard était censée atterrir à Page et les retrouver à la marina, mais personne ne ressemblait à une étudiante BCBG dans la foule grasse au ventre plein de bière qui traînait sur les docks. Peut-être attendait-elle dans la place forte équipée de l'air conditionné du bureau du directeur.

Les deux vans, suivis de la camionnette et du pick-up, s'arrêtèrent sur la rampe de débarquement, et les membres de l'expédition se retrouvèrent dans la chaleur étouffante, comme les quatre employés de l'Institut qui devaient ramener les véhicules à Santa Fe.

Nora découvrit alors la marina de Wahweap dans toute sa splendeur. Gobelets en plastique, canettes de bière, sacs en plastique et journaux flottaient sur les eaux brunes du lac au pied de la rampe. Deux pancartes annonçaient, pour l'une : « Ne skiez que dans le sens des aiguilles d'une montre » et pour l'autre : « Amusons-nous ensemble ! » Des rangées de péniches aménagées s'alignaient à l'infini. Peintes de couleurs criardes, vertes et jaune vif, marron sale, elles portaient des noms du genre *Sam'suffit.*

— Quel drôle d'endroit ! s'exclama Holroyd en s'étirant.

— Quelle chaleur ! fit Black en s'essuyant le front.

Swire partit s'occuper des vans, et Nora eut soudain une vision incongrue : une longue limousine noire fonçait à travers le parking vers les docks. La foule qui la remarqua aussi fut parcourue d'un frémissement. Nora eut un coup de cafard. Pitié, non ! Pas Sloane Goddard, pas en limousine. Elle fut soulagée de voir un grand jeune homme s'extirper de l'arrière de la voiture, redresser sa silhouette maigre et contempler la marina à travers ses Ray Ban.

Nora se surprit à le regarder fixement. Sans être particulièrement beau, il avait quelque chose de séduisant avec ses pommettes hautes, son profil aquilin et surtout l'assurance détachée avec laquelle il contemplait ce qu'il voyait. Ses cheveux châtain clair étaient tout ébouriffés, comme s'il sortait de son lit.

Plusieurs adolescents dans la foule s'approchèrent instinctivement de lui et il ne tarda pas à provoquer un attroupement. Il se mit à parler avec animation.

— Je me demande bien qui cela peut être, dit Black.

Nora laissa le groupe rassembler son matériel et partit en quête de Ricky Briggs, un des directeurs de la marina. En se dirigeant vers les bureaux, elle passa près de la limousine et s'arrêta, perplexe, près du groupe de badauds, pour regarder de nouveau l'objet de l'attention générale. L'homme portait un jean flambant neuf, un bandana rouge et des bottes de cowboy en crocodile. Dans le brouhaha général, on distinguait à peine sa voix. Il parlait en agitant un livre de poche, puis il le signa et le rendit à une grosse fille en string. La petite foule riait, jacassait et réclamait d'autres livres à cor et à cri.

Nora s'adressa à une femme près d'elle :

— Qui est-ce ?

— J'en sais rien, mais il doit être célèbre.

Nora s'apprêtait à poursuivre son chemin lorsqu'elle entendit prononcer son nom.

— C'est un projet confidentiel, disait une voix nasillarde. Je ne peux pas en parler, mais vous ne tarderez pas à en savoir plus...

Nora se mit à jouer des coudes pour traverser la foule.

— ... en lisant le *New York Times* et mon livre...

Elle passa devant un obèse boudiné dans un short à fleurs.

— ... consacré à cette fantastique expédition au fin fond du...

— Hé ! hurla-t-elle, en surgissant devant l'orateur.

Le jeune homme la regarda, à la fois surpris et consterné.

— Vous devez être...

L'attrapant par une main, elle entreprit de le tirer à travers la foule.

— Mes bagages...

— La ferme ! riposta-t-elle en fendant l'attroupement, qui s'écarta devant sa fureur évidente.

— Eh ! attendez un instant...

Nora continua à le tirer vers les vans, ne laissant d'autre choix à la foule perplexe que de se disperser.

— Je m'appelle Bill Smithback, dit-il en essayant de lui tendre la main.

— Je sais qui vous êtes. Où avez-vous la tête pour vous donner ainsi en spectacle ?

— Un peu de publicité d'amorçage n'a jamais fait de mal à personne...

— De publicité ? hurla Nora.

Elle s'arrêta derrière un van et se tourna vers lui, haletante.

— J'ai fait quelque chose de mal ? demanda Smithback l'air innocent, serrant un livre contre sa poitrine comme un bouclier.

— Mal ? Vous débarquez en limousine comme une vedette de cinéma, vous...

— J'ai pu la louer pour pas cher à l'aéroport. Et en plus, il fait une chaleur à crever ici : les limousines bénéficient d'un excellent système d'air conditionné…

— Cette expédition, l'interrompit Nora, est censée rester confidentielle.

— Mais je n'ai rien révélé du tout. J'ai juste signé quelques livres.

Nora était au bord de l'explosion.

— Peut-être ne leur avez-vous pas dit où se trouve Quivira, mais vous leur avez mis la puce à l'oreille, c'est sûr. Je voulais passer par ici le plus discrètement possible.

— Je suis là pour écrire un livre après tout et…

— Encore un coup comme ça et vous pouvez lui dire adieu à votre livre.

Smithback se tut.

Soudain Black apparut avec un sourire patelin.

— Ravi de vous rencontrer, monsieur Smithback. Aaron Black. J'ai hâte de travailler avec vous.

Smithback le salua à son tour.

Nora assista à la scène avec irritation. Elle découvrait un aspect de Black qu'elle n'aurait jamais imaginé en assistant à ses conférences.

— Allez dire à votre chauffeur d'apporter vos bagages et de les mettre avec les autres, lança-t-elle à Smithback. Et tâchez de passer inaperçu, vu ?

— Il n'est pas exactement mon chauffeur…

— Vous m'avez entendue ?

— Hé ! Est-ce que ce trou béant dans votre figure a un interrupteur d'arrêt ? Parce qu'il commence à devenir un peu strident pour mes pauvres oreilles fragiles.

Elle lui jeta un regard mauvais.

— D'accord, d'accord, je n'ai rien dit, fit-il en prenant l'air faussement penaud.

Smithback revint avec un grand sac marin. Il le jeta sur la pile et se retourna vers Nora avec un sourire. Il avait retrouvé sa décontraction.

— C'est génial ici. On dirait Central Station.

Nora le regarda.

— Vous savez, Central Station : ce sinistre petit trou dans *Au cœur des ténèbres.* Le dernier avant-poste de la civilisation où l'on s'arrêtait avant de s'enfoncer dans la jungle africaine.

Nora secoua la tête et partit en direction d'un groupe de bâtiments en stuc dominant le lac. Elle trouva Ricky Briggs, un homme adipeux qui trônait dans un bureau en désordre et hurlait au téléphone.

— Putains de connards de Texans, dit-il en raccrochant violemment à l'entrée de Nora.

Il leva les yeux, et la déshabilla littéralement du regard.

Nora se hérissa.

— Bien, qu'est-ce que je peux faire pour vous, ma petite dame ? lui demanda-t-il en se calant dans son fauteuil.

— Je m'appelle Nora Kelly, je viens de l'Institut archéologique de Santa Fe, répondit-elle froidement. Vous étiez censé nous attendre avec une barge.

— Ah oui ! fit-il. (Son sourire s'évanouit. Il reprit le téléphone et composa un numéro.) Ils sont là, le groupe avec les chevaux. Amenez la barge.

Il raccrocha, puis sans ajouter un mot fonça vers la porte. En lui emboîtant le pas, Nora se dit qu'elle rouspétait peut-être un peu trop pour un chef d'expédition. Qu'avait donc Smithback pour la mettre dans un tel état de nerfs ?

Elle suivit Briggs jusqu'à un dock flottant. Se plantant au bord, ce dernier hurla aux mariniers de dégager. Puis il se tourna vers Nora.

— Tournez les vans, arrière vers l'eau. Déchargez le reste de votre matériel et alignez-le sur le dock.

Nora donna ses ordres et Swire vint la rejoindre, en désignant Smithback de la tête.

— Qui c'est, ce cow-boy par correspondance ?

— Notre journaliste.

— Journaliste ? répéta Swire en tripotant sa moustache.

— C'est une idée de Goddard. Il estime que nous avons besoin de quelqu'un pour écrire l'histoire de la découverte.

Elle se retint de poursuivre. Cela ne donnerait rien de bon de critiquer Goddard ou Smithback. Cela l'étonnait que Goddard, qui avait si bien choisi les autres participants de l'expédition, ait jeté son dévolu sur quelqu'un comme Smithback. Elle regarda ce dernier soulever du matériel, les muscles saillant sous l'effort, et sentit l'irritation la reprendre. Elle s'efforçait de faire les choses discrètement et cet imbécile venait tout flanquer par terre.

Elle s'approchait de la rampe pour guider les vans quand une grande barge apparut, bossoirs couverts de poussière et pontons en alu défoncés et cabossés. Sur la minuscule cabine de pilotage, *Landlocked Laura* était inscrit au pochoir en grosses lettres noires. La barge vira dans le port et approcha du quai en marche arrière.

Le chargement des vans prit une demi-heure. Roscoe Swire s'était occupé des chevaux avec doigté, réussissant à les garder calmes malgré le chaos et le bruit. Bonarotti, le cuisinier, chargeait les dernières caisses de matériel, refusant qu'on lui prête main-forte. Holroyd vérifiait les sceaux sur les sacs contenant le matériel électronique. Adossé à un bossoir, Black tirait sur son col, visiblement incommodé par la chaleur.

Nora jeta un coup d'œil à sa montre. Sloane Goddard ne s'était toujours pas montrée. Ils devaient parcourir les cent kilomètres qui les séparaient de la piste avant la tombée de la nuit : décharger les chevaux dans le noir serait trop compliqué et trop dangereux.

Nora sauta à bord de la barge et entra dans le minuscule poste de pilotage. Le capitaine était en train de tripoter un sonar. On l'aurait cru sorti tout droit d'une cabane des Appalaches : longue barbe blanche, chapeau rond en feutre sale, salopette de fermier. Son nom était brodé en lettres blanches sur la poche de son gilet : « Willard Hicks ».

L'homme regarda Nora et retira une pipe en épi de maïs de sa bouche.

— Faut qu'on se magne. Il est déjà assez de mauvais poil comme ça, grimaça-t-il en désignant Briggs qui leur hurlait de partir.

— Préparez-vous à lever l'ancre. Je vais les prévenir.

Les membres de l'expédition se rassemblèrent devant le poste de pilotage où on avait disposé des fauteuils de jardin crasseux autour d'une petite table en aluminium. Un gril à gaz délabré disparaissait sous une couche de graisse figée.

Nora examina les gens avec qui elle allait passer les semaines suivantes. Malgré leurs références impressionnantes, ils formaient un groupe plutôt disparate : Enrique Aragon, le visage assombri par quelque émotion qu'il ne voulait pas faire partager ; Peter Holroyd avec son nez romain, ses petits yeux, sa bouche démesurée, sa chemise tachée de boue ; Smithback, sa bonne humeur retrouvée, montrant un exemplaire de son livre à Black qui l'écoutait respectueusement ; Luigi Bonarotti, perché sur son matériel et fumant une Dunhill, aussi détendu que s'il était à une terrasse de café ; Roscoe Swire, debout près des vans, en train de murmurer des paroles apaisantes aux chevaux nerveux. Et moi ? se dit-elle. Je ressemble à quoi ? Une femme aux cheveux bronze dans un vieux jean et une chemise déchirée. Pas exactement une allure de chef. Mais dans quoi suis-je allée me fourrer ?

Aaron Black la rejoignit, la mine renfrognée.

— Ce rafiot est une catastrophe.

— Vous vous attendiez à quoi ? s'enquit Aragon d'une voix sèche sans inflexion. À l'*Île-de-France* ?

Bonarotti sortit une petite flasque de sa veste impeccable, en retira le verre faisant office de bouchon et y versa deux doigts d'un liquide jaune. Puis il ajouta de l'eau tirée d'une gourde et remua la préparation. Il raccrocha la gourde à un écrou de bossoir et offrit le verre à la cantonade.

— Qu'est-ce que c'est ? demanda Black.

— Pernod. Parfait pour les jours de chaleur.

— Je ne bois pas, répliqua Black.

— Moi, si, intervint Smithback.

Nora jeta un coup d'œil à Willard Hicks qui tapota une montre imaginaire à son poignet. Elle hocha la tête et lâcha les amarres. Dans le rugissement des diesels, le bateau recula en raclant la rampe.

Holroyd regarda autour de lui :

— Et le Dr Goddard ?

— Nous ne pouvons plus attendre, répondit Nora, prise d'un étrange soulagement.

Peut-être ne serait-elle pas obligée de se coltiner la mystérieuse fille du patron, après tout. Que Sloane Goddard les rejoigne, si cela lui chantait.

Les membres du groupe échangèrent des regards étonnés quand la barge se mit à virer lentement, l'eau bouillonnant à la poupe. Hicks fit couiner sa corne.

— Vous plaisantez ! s'écria Black, une expression d'incrédulité peinte sur son visage en nage. Vous n'allez tout de même pas partir sans elle ?

Nora le regarda droit dans les yeux.

— Eh si ! je vais tout de même partir sans elle.

14.

Trois heures plus tard, le *Landlocked Laura* était à quatre-vingts kilomètres du chaos de Wahweap Marina. La large proue de la barge fendait aisément les eaux turquoise du lac Powell, dans la vibration des moteurs et le sifflement de l'eau le long des pontons. Les hors-bord, scooters des mers et autres péniches de mauvais goût n'étaient plus qu'un vilain souvenir. L'expédition avait pénétré dans le grand monde mystique de la pierre et un silence de cathédrale se fit dans le groupe. Ils étaient seuls sur la vaste étendue verte du lac, cernés de falaises hautes de trois cents mètres et d'un désert de grès. Le soleil rasait le Grand Bench ; le Neanderthal Cove apparut à droite et, au loin, l'embouchure de Last Chance Bay.

Une demi-heure plus tôt, Luigi Bonarotti avait servi des cailles fumées au bois de pommier et flambées au cognac, accompagnées de pamplemousses et de fines herbes. Ce dîner sublime, confectionné Dieu sait comment sur un malheureux gril à gaz pourri, avait réduit au silence jusqu'aux récriminations implicites de Black. Ils avaient dîné autour de la table en aluminium, arrosant le repas d'un orvieto bien sec. À présent le groupe digérait, léthargique, en attendant de débarquer.

Smithback, qui avait copieusement dîné et consommé une inquiétante quantité d'alcool, était assis à côté de Black. Avant le repas, l'écrivain avait lâché quelques plaisanteries sur le rata de campement, mais la vue des mets avait transformé son ton railleur en un ton proche de la vénération.

— Est-ce que vous n'êtes pas aussi l'auteur de ce livre sur les meurtres dans les musées de New York ? demandait Black.

Le visage de Smithback s'illumina d'un sourire béat.

— Et sur ce massacre dans le métro quelques années plus tôt ?

Smithback salua d'une révérence, un chapeau imaginaire collé contre sa poitrine.

Black se gratta le menton.

— Ne vous méprenez pas, je trouve cela génial, c'est juste que... j'ai toujours cru que l'Institut était une entité plutôt discrète.

— Eh bien, il est vrai que je ne suis plus Bill Smithback, la terreur des journaux à scandale. Je travaille pour le très respectable *New York Times* à présent, où j'ai succédé à un certain Bryce Harriman. Pauvre Bryce ! Il avait couvert le massacre du métro, lui aussi. Quel dommage qu'il n'ait pas su relever le défi de mon chef-d'œuvre de reportage d'investigation. (Il se tourna vers Nora et sourit.) Je suis un tel parangon de respectabilité journalistique que même une institution aussi vieux jeu que votre Institut ne peut soulever aucune objection contre moi.

Nora réprima le sourire qui menaçait d'envahir son visage. Il n'y avait rien de drôle dans les fanfaronnades du journaliste, même si elles étaient teintées d'une touche d'autodérision. Elle se détourna avec une bouffée d'irritation, s'interrogeant de nouveau sur le bien-fondé de l'idée de Goddard d'intégrer le journaliste à l'expédition. Elle jeta un coup d'œil à Holroyd, assis sur le sol métallique de la barge, les coudes sur les genoux, le nez plongé dans ce que Nora appelait un vrai livre, un exemplaire de poche écorné de *Coronado et la Cité de l'or.* Holroyd leva les yeux et lui sourit.

Aragon se tenait debout à la proue, et Roscoe Swire, chique au creux de la joue, avait de nouveau rejoint les chevaux et prenait des notes dans un carnet fatigué tout en murmurant de temps en temps à ses bêtes. Bonarotti fumait tranquillement une cigarette digestive, les jambes croisées, la tête rejetée en arrière, goûtant l'air du soir. Nora était surprise et reconnaissante des efforts déployés par le cuisinier en cette première journée. Rien ne vaut un bon dîner pour rassembler les gens, se dit-elle en repensant au repas animé, aux discussions amicales à propos des origines des chasseurs de Clovis et des méthodes de fouilles d'une grotte. Même Black s'était détendu au point de raconter une plaisanterie incroyablement déplacée mettant en scène un proctologue, un séquoia géant et la datation des arbres par le nombre de cernes. Seul Aragon avait gardé le silence, ailleurs sans être distant.

Nora le regarda, debout immobile à la lisse, les yeux fixés sur le jour qui tombait, le regard dur. Trois mois dans le Gallegos Divide, à fouiller le site de la hutte brûlée, lui avaient appris que la dynamique humaine dans une expédition de ce genre était cruciale, et ce silence déterminé ne lui plaisait pas. Il y avait quelque chose qui clochait chez lui. L'air de rien, elle s'approcha. Il se tourna vers elle, puis hocha poliment la tête.

— Un sacré dîner, dit-elle.

— Étonnant, fit Aragon en croisant ses mains brunes sur la lisse. *Signore* Bonarotti mérite des compliments. À votre avis, qu'est-ce qu'il cache dans sa drôle de boîte ?

Il parlait d'un coffret en bois ancien muni d'innombrables tiroirs minuscules que le cuisinier gardait verrouillé et surveillait d'un œil jaloux.

— Aucune idée.

— Je n'arrive pas à comprendre comment il a fait.

— Vous verrez. Demain on aura droit à du porc salé et à des galettes.

Ils rirent ensemble, d'un rire franc, et de nouveau Aragon fixa le lac entre ses hauts remparts rocheux.

— Vous êtes déjà venu ici ?

Une lueur passa dans les yeux creux ; l'ombre d'une émotion forte, vite dissimulée.

— Si on veut.

— C'est un beau lac, avança Nora, sans trop bien savoir comment engager la conversation.

Il y eut un silence. Enfin Aragon finit par se tourner vers elle :

— Pardonnez-moi si je n'abonde pas dans votre sens.

Nora le regarda plus attentivement.

— Au début des années 60, j'étais assistant dans une expédition qui tenta de dresser un état des sites, ici, à Glen Canyon, avant qu'il ne soit submergé par le lac Powell.

Soudain, Nora comprit.

— Il y en avait beaucoup ?

— Nous avons pu en repérer dans les trente-cinq et en mettre au jour partiellement douze, avant que les eaux ne les submergent. Mais on estimait le nombre total à environ six mille. Je crois que mon intérêt pour le RDS date de cet événement. Je me rappelle avoir mis au jour – à la pelle – une kiva, avec de l'eau qui clapotait à moins d'un mètre au-dessous. Ce n'était pas une façon de traiter un site sacré, mais nous n'avions pas le choix. L'eau allait le détruire.

— Qu'est-ce qu'une kiva ? demanda Smithback qui arrivait, ses santiags grinçant sur le pont en caoutchouc. Et qui étaient les Anasazis, d'abord ?

— Une kiva est une structure circulaire enfouie. C'était le centre des activités et des cérémonies secrètes religieuses des Anasazis, répondit Nora. On y pénétrait généralement par un trou aménagé dans son toit. Et les Anasazis étaient les Américains indigènes qui peuplaient cette région il y a un millier d'années. Ils ont construit des villes, des autels, des systèmes d'irrigation, des sémaphores. Puis, vers 1150 av. J-C, leur civilisation a brusquement disparu.

Il y eut un silence. Black se joignit au groupe.

— Les sites sur lesquels vous travailliez avaient de l'importance ? s'enquit-il en passant un cure-dents entre deux molaires.

Aragon leva les yeux.

— Existe-t-il des sites sans importance ?

— Bien entendu, fit Black, méprisant. Certains sites ont plus à raconter que d'autres. Une poignée de pauvres proscrits anasazis s'efforçant de survivre dans une grotte pendant dix ans nous laissent moins de renseignements que, disons, un millier de personnes vivant dans une ville troglodytique pendant deux siècles.

Aragon jeta un regard froid à Black.

— Il y a suffisamment de renseignements dans un seul pot anasazi pour occuper un chercheur pendant toute sa carrière. Peut-être ne devrions-nous pas parler de sites sans importance, mais d'archéologues sans importance.

Black se rembrunit.

— Sur quels sites avez-vous travaillé ? s'empressa de demander Nora.

Aragon désigna tribord de la tête.

— À environ deux kilomètres d'ici, par quelque cent vingt mètres de fond, se trouve le temple de la musique.

— Le temple de la musique ? répéta Smithback.

— Une grande cavité dans la paroi du canyon, où les vents et les eaux du Colorado s'associaient pour produire des sons d'outre-tombe obsédants. C'est John Wesley Powell qui l'a découvert et lui a donné son nom. Nous avons creusé le sol et trouvé un site archaïque rare, ainsi que de nombreux autres dans le voisinage. (Il pointa son doigt dans une autre direction.) Et par là se trouvait le Puits des vœux, une habitation troglodytique Pueblo III de huit salles, construite autour d'une kiva enfouie à une profondeur inhabituelle. Un petit site, trivial, sans importance. (Il jeta un regard à Black.) Dans ce site, les Anasazis avaient enterré avec amour deux petites filles, emmaillotées de tissus en laine, avec des colliers de fleurs et de coquillages. Mais, à ce moment-là, nous n'avions plus le temps. Nous n'avons pas pu sauver les tombes ; l'eau montait déjà. Aujourd'hui elle a dissous les sépultures, la maçonnerie en adobe qui cimentait les pierres de la ville et détruit tous les objets délicats.

— Vite ! un mouchoir, grogna Black.

Le bateau passa devant le Grand Bench. Dans le lointain, Nora aperçut la proue sombre du plateau de Kaiparowits, sauvage, inaccessible, teintée de rose par le soleil couchant. Comme en écho, le bateau vira vers une ouverture étroite dans les parois de grès : le Serpentine Canyon.

Une fois le bateau à l'intérieur de la gorge, l'eau se teinta d'un vert plus profond. Les parois à pic plongeaient droit dedans, et elles se reflétaient si bien dans l'onde qu'il était difficile de distinguer la réalité de son reflet. Le capitaine avait dit à Nora que presque personne ne remontait ce canyon : il n'y avait ni terrains de camping ni plages, et les parois s'élevaient si haut et tellement à pic qu'il était impossible de les gravir à pied.

Holroyd s'étira.

— J'ai fait des lectures à propos de Quivira, dit-il en montrant son livre. C'est une histoire incroyable. Écoutez plutôt :

Les Indiens Cicuye ont présenté au général un esclave qu'ils avaient capturé dans une contrée lointaine. Le général l'a interrogé par l'intermédiaire d'interprètes.

L'esclave lui a parlé d'une ville lointaine, nommée Quivira. « C'est une ville sainte, a-t-il dit, où vivent les prêtres de la pluie qui conservent les archives de leur histoire depuis le commencement des temps. » Il a dit aussi que c'était une ville d'une grande richesse. La vaisselle ordinaire était en or le plus pur, et les pots, plats et bols étaient également en or, raffiné, poli et décoré. Il appelait l'« or » *acochis.* Selon lui, les habitants de Quivira méprisaient toute autre matière.

— Ah ! fit Smithback en se frottant les mains. Cela me plaît, ce mépris pour toutes les autres matières. De l'or. Un joli mot, non ?

— Il n'y a pas la moindre preuve que des Indiens anasazis aient possédé de l'or, rétorqua Nora.

— Des assiettes en or ! s'exclama Smithback. Excusez-moi, madame la Présidente, mais cela me semble fort précis.

— Alors préparez-vous à une déception. Les Indiens ne disaient à Coronado que ce qu'il voulait entendre, pour qu'il poursuive son chemin.

— Mais écoutez, dit Holroyd, cela continue ainsi :

L'esclave avertit le général de ne pas s'approcher de la ville. Les prêtres de la pluie et du soleil de Xochitl gardent la ville et convoquent le dieu du diable de la poussière contre ceux qui approchent sans leur autorisation et ainsi les détruisent, lui dit-il.

— Les détruisent ? fit Smithback.

Nora haussa les épaules.

— C'est typique de ces vieux récits. Un noyau dur de vérité au centre avec des embellissements pour accentuer l'effet dramatique.

Hicks s'encadra dans la porte du poste de pilotage.

— D'après le sonar, on arrive sur des hauts-fonds. Nous devrions atteindre l'extrémité du lac d'ici peu.

Tous se tournèrent vers la proue, s'efforçant de percer l'obscurité. Un projecteur fixé au poste de pilotage se braqua sur l'eau. Elle avait repris une teinte marron sale. La barge passa entre des troncs d'arbres déchiquetés, à travers des sombres rideaux de pierre hauts d'une centaine de mètres.

Ils franchirent un nouveau méandre, et le désarroi emplit soudain Nora. Une énorme masse de débris bloquait l'extrémité du canyon : des troncs d'arbres, des branches et des tapis puants d'aiguilles de pin en décomposition. Certains troncs, d'un mètre cinquante de diamètre, étaient creusés et fendus, comme victimes d'une force surnaturelle. Derrière ce fouillis, Nora distingua l'extrémité du lac : un coin de sable à l'embouchure d'un ruisseau, une tache d'un cramoisi sombre dans l'obscurité.

Hicks mit le moteur au point mort et sortit du poste de pilotage, les yeux fixés sur le faisceau du projecteur.

— D'où viennent ces troncs énormes ? demanda Nora. Je n'ai pas vu un seul arbre depuis notre départ de Page.

— Les crues éclairs, répondit Hicks en mâchonnant sa pipe en épi de maïs. Tous ces trucs sont traînés depuis les montagnes par les eaux, sur des centaines de kilomètres parfois. Quand le mur d'eau heurte le lac, il dépose tout ici. (Il secoua la tête.) Jamais vu un enchevêtrement pareil.

— Vous pouvez le traverser ?

— Non. Cela me bousillerait mes hélices.

Merde !

— Quelle est la profondeur de l'eau ?

— D'après le sonar, deux mètres cinquante, avec des trous et des chenaux de quatre mètres cinquante. (Il lui jeta un drôle de regard.) Ce serait peut-être le moment de songer à rebrousser chemin.

Nora regarda son visage placide.

— Pourquoi ferions-nous cela ?

Hicks haussa les épaules.

— C'est pas mes oignons, mais je ne mettrais pas les pieds dans cet arrière-pays pour tout l'or du monde.

— Merci pour le conseil, répliqua Nora. On a un petit radeau, non ?

— Ouais, gonflable. Impossible de charger les chevaux dessus.

Les participants de l'expédition écoutaient, rassemblés autour d'eux. Black marmonna qu'il avait toujours su que les chevaux étaient une mauvaise idée.

— Nous allons faire passer les chevaux à la nage. Et ensuite nous mettrons le matériel sur le radeau.

— Hé ! une seconde… commença Swire.

Nora se tourna vers lui.

— Il suffit d'un bon cheval pour mener et les autres suivront. Roscoe, je parierais que vous avez un bon nageur dans le tas.

— Sûr, Mestizo, mais…

— Bien. Vous le menez vous-même et nous pousserons les autres derrière. Ils peuvent passer à la nage entre les troncs.

Swire contempla l'obstacle devant eux, fouillis noir dans l'éclairage fantomatique du projecteur.

— Les troncs sont drôlement rapprochés. Les chevaux risquent de s'accrocher à des broussailles ou de s'éventrer sur une branche sous l'eau.

— Vous avez une autre idée ?

— Non, je ne crois pas.

Hicks ouvrit un grand placard sur le pont et, avec l'aide de Holroyd, tira une lourde masse informe de caoutchouc de ses profondeurs. Swire fit descendre un grand cheval d'un des vans et le sella. Nora remarqua qu'il ne lui mettait ni collier ni bride. Aragon et Bonarotti entreprirent d'entasser le matériel à côté du radeau. Debout près des vans, Black observait les préparatifs d'un air peu convaincu. Swire lui tendit une cravache tressée.

— Pourquoi me donnez-vous ça ? demanda Black en la tenant à bout de bras.

— Je vais faire traverser ce cheval. Nora mènera les autres un par un. À vous de les faire sauter dans l'eau après moi.

— Oh ! vraiment ? Et comment je fais ?

— Vous les cravachez.

— Je les cravache ?

— Vous leur fouettez le cul. Ne leur laissez pas le temps de réfléchir.

— C'est délirant ! Je risque un coup de sabot.

— Aucun de ces chevaux n'est du genre à ruer, mais ouvrez l'œil tout de même. Et faites comme ça, termina Swire en produisant un vilain bruit de baiser mouillé.

— Peut-être qu'avec des fleurs et une boîte de chocolats cela marcherait mieux, lâcha Smithback.

— Je ne connais rien aux chevaux, protesta Black.

— Je sais, répondit Swire. Mais ce n'est pas la peine d'être un pro pour taper sur le cul d'un cheval.

— Cela ne va pas leur faire mal ?

— À certains, si. Mais on n'a pas toute la nuit pour les convaincre.

Black fixait toujours la cravache en fronçant les sourcils. Nora n'aurait su dire ce qui gênait le plus le savant : cravacher les chevaux ou être aux ordres d'un cow-boy.

Swire monta en selle.

— Faites-les sauter un à un, mais laissez-leur de l'espace, pour qu'ils n'atterrissent pas les uns sur les autres.

Il se retourna et éperonna son cheval. L'animal obéit aussitôt, plongea dans l'eau, puis disparut une seconde avant de refaire surface en soufflant pour se dégager les naseaux. Ayant adroitement sauté de sa monture en plein vol, Swire la rejoignit, posa la main sur la pointe de sa selle et se mit à l'encourager à voix basse pour qu'elle avance.

Les autres chevaux s'agitaient dans les vans, s'ébrouant, les naseaux dilatés, roulant les yeux avec appréhension.

— Allons-y, dit Nora en sortant d'un van le deuxième candidat au plongeon.

Au bord de la barge, ce dernier se déroba.

— Cravachez-le, cria-t-elle à Black.

À son grand soulagement, Black avança d'un air déterminé et frappa le cheval sur l'arrière-train. L'animal se figea, puis sauta, atterrissant dans un nouveau grondement d'eau.

Smithback observait la scène avec amusement.

— Joli ! Allez, Aaron, ne me dites pas que c'est la première fois que vous maniez le fouet. Je suis sûr de vous avoir déjà croisé dans un bar à cuir du West Village.

— Smithback, allez aider Holroyd avec le radeau, aboya Nora.

— À vos ordres !

Ils convainquirent les chevaux de sauter un par un jusqu'à ce qu'ils forment une ligne sinueuse et agitée, le nez dans la queue du suivant, avançant à travers un étroit espace dans l'enchevêtrement d'arbres en direction de la plage. Nora verrouilla les vans puis regarda Swire sortir de l'eau, trempé et dégoulinant dans le faisceau jaune du projecteur. Après avoir attaché son cheval, il retourna dans l'eau en poussant des cris pour mener le reste de la troupe sur la terre ferme. Il ne tarda pas à les rassembler et à les pousser vers le haut du canyon afin de dégager la plage de débarquement.

Nora se tourna vers Black.

— Beau travail, Aaron.

Le dendrologue rougit de fierté.

— Déchargeons le matériel, lança Nora au reste du groupe. Capitaine, merci infiniment pour votre aide. Nous nous assurerons que le radeau reste bien caché pendant que nous remontons le canyon. À dans deux semaines.

— Ou avant ! répliqua sèchement Hicks en s'engouffrant dans le poste de pilotage.

Vers onze heures, dans le profond silence de la nuit du désert, Nora procéda à une dernière inspection du camp somnolent, puis installa son sac de couchage à bonne distance des autres, après avoir sculpté soigneusement le sable pour qu'il accueille ses hanches et ses épaules. Afin de s'épargner la panique des mises au point de dernière minute qui semblait toujours accompagner les expéditions à cheval, elle s'était assurée que le matériel était pesé et réparti dans les paniers, prêt pour le chargement le lendemain matin. Les chevaux, attachés à quelque distance de là, mâchonnaient paisiblement leur luzerne. Les membres du groupe dormaient sous les tentes ou somnolaient dans leurs sacs de couchage à la lueur mourante du feu. La *Landlocked Laura* était sur le chemin du retour. L'expédition venait de commencer.

Paisible, Nora se glissa dans son sac de couchage. Pour l'instant, tout allait bien. Black était un emmerdeur, mais son expérience faisait oublier sa personnalité belliqueuse. Smithback était une surprise agaçante, mais avec son dos et ses bras musclés, il manierait bien la pelle, et elle s'assurerait qu'il creuserait, qu'il apprécie ou non. Avant d'aller se coucher, il avait tenu à lui remettre un exemplaire de son livre de poche : elle l'avait fourré sans cérémonie au fond d'un sac.

En revanche, Peter Holroyd se révélait un vieux de la vieille. Elle l'avait surpris en train de lui jeter de discrets coups d'œil pendant la traversée du lac Powell, et elle se demandait s'il n'était pas un peu mordu. Peut-être avait-elle joué là-dessus sans le vouloir en le persuadant de voler les données au LPR. Elle se sentit un peu coupable. Mais, bon, elle avait tenu sa promesse. Il participait à l'expédition. Ce gosse confondait peut-être gratitude et adoration. Bonarotti, lui, faisait partie de ces flegmatiques que rien ne semble jamais désarçonner, tout en étant un cuisinier hors pair. Et Aragon finirait probablement par se détendre une fois que l'expédition serait loin de ce lac Powell qu'il haïssait.

Nora s'étira voluptueusement. Le groupe s'annonçait à la hauteur. Et surtout, il n'y avait pas de Sloane Goddard à gérer. Entre Black, Aragon et elle-même, il y avait suffisamment de savoir-faire pour s'en tirer. Le Dr Goddard n'avait qu'à s'en prendre à l'absence de ponctualité de sa fille.

Songeant à Quivira, Nora éprouva de nouveau le poids des responsabilités sur ses épaules. L'échec n'était pas impossible, loin s'en fallait. Ils pouvaient ne pas découvrir la ville. L'expédition pouvait exploser sous la pression de conflits de personnalité. Et – pis –, la Quivira de son père pouvait très bien se révéler un habitat troglodytique de cinq pièces des plus banals. C'était bien ce qui l'inquiétait le plus. Goddard lui pardonnerait peut-être de partir sans sa fille. Mais malgré tous ses beaux discours, l'Institut et son président ne lui pardonneraient pas de rentrer avec un superbe rapport concernant un minuscule habitat troglodytique Pueblo III. Et Dieu sait le venin que Smithback injecterait dans son article s'il avait l'impression qu'on lui avait fait perdre son précieux temps !

Un coyote aboya au loin, Nora se blottit dans son sac de couchage. Ses pensées revinrent à Santa Fe, à cette nuit dans le ranch désert. Elle n'avait pas quitté des yeux les cartes et les images radar. Elle avait inculqué à tout le monde la nécessité de rester discret, en prétextant sa crainte des pillards. Et en dépit de toutes ces précautions, il avait fallu que Smithback gaffe !

Mais elle savait qu'il était très improbable que les commentaires de Smithback reviennent aux oreilles des agresseurs de Santa Fe. Outre la mention de son nom, il n'avait rien dit de suffisamment précis pour révéler le véritable objectif de l'expédition. Le plus probable était que les silhouettes bizarres qui l'avaient attaquée avaient abandonné maintenant. Là où elle allait, il faudrait quelqu'un de déterminé, de presque désespéré pour la suivre, quelqu'un qui maîtriserait l'art du voyage dans le désert encore mieux que Swire. En tout cas, aucun bateau ne les avait suivis sur le lac. La peur et l'agacement s'évanouirent, remplacés par un sommeil peuplé de rêves de ruines poussiéreuses et de rais de lumière s'enfonçant dans l'obscurité d'une grotte où gisaient deux enfants morts drapés de fleurs.

15.

Teresa Gonzales se redressa brusquement dans son lit, l'oreille tendue. Teddy Bear, son énorme Rhodesian Ridgeback, qui dormait généralement dehors en été, gémissait à la porte de derrière. On élevait ces chiens pour chasser et tuer des lions en Afrique. Teddy Bear était un animal très doux, mais aussi extrêmement protecteur. Elle ne l'avait encore jamais entendu gémir. Il rentrait juste de chez le véto, où il s'était langui pendant deux semaines de convalescence après une vilaine infection ; peut-être que la pauvre bête était encore traumatisée.

Teresa sortit de son lit et traversa la maison plongée dans le noir. Le chien entra furtivement en geignant, la queue entre les pattes.

— Teddy ? murmura-t-elle. Qu'est-ce qui se passe ? Ça ne va pas ?

Le chien lui lécha la main et battit en retraite au fond de la cuisine, où il glissa sa grosse masse sous la table. Teresa regarda dans la direction du vieux ranch de Las Cabrillas. Dans cette obscurité de nuit sans lune, on ne distinguait pas les contours de la maison abandonnée. Quelque chose là-bas avait fichu une peur bleue à son chien. Elle écouta et crut entendre un léger bruit de verre cassé et le hurlement lointain d'un animal. Trop bas et trop rauque pour un coyote, mais cela n'avait rien de canin. On aurait plutôt dit un loup. Pourtant Teddy n'avait jamais reculé devant un loup solitaire, ni même un couguar. Peut-être s'agissait-il d'une bande de loups.

Un autre hurlement vint répondre au premier, un peu plus proche. Le chien gémit de nouveau, plus fort, et s'enfonça sous la table. Il y eut un bruit d'écoulement ; Teresa comprit qu'il urinait de frayeur.

Elle attendit, une main sur le chambranle de la porte. Il y avait encore deux ans, on ne voyait pas de loups au Nouveau-Mexique. Puis le département du Gibier et du Poisson en avait introduit dans le désert du Pecos. Quelques-uns avaient dû descendre des montagnes.

Teresa retourna dans sa chambre, retira sa chemise de nuit, enfila jean, chemise et bottes, puis alla ouvrir le placard à fusils. Les armes luisaient dans la pénombre. Elle prit son préféré du moment, un Winchester Defender, avec un canon de 45 et un magasin rallongé. Un bon fusil, léger, présenté comme une arme défensive dotée d'une puissance d'arrêt sans égale. En d'autres termes, parfait pour tuer des gens. Ou des loups.

Les loups qui ne craignaient pas l'homme pouvaient être dangereux, et Teresa n'avait pas envie de les affronter à mains nues. Mieux valait régler le problème directement. Si le service du gibier voulait hurler au scandale, grand bien lui fasse. Elle avait un ranch à gérer.

Elle coinça le fusil sous son bras, fourra une torche dans sa poche arrière, et s'approcha doucement de la porte de la cuisine en s'abstenant d'allumer. Teddy gémit et souffla lorsqu'elle sortit, mais il ne tenta pas de la suivre. Elle referma la porte derrière elle, puis prit la direction de la cabane du puits. Bien que Teresa fût un grand gabarit, elle se déplaçait naturellement sans bruit. À la cabane, elle respira un grand coup, rectifia la position de son arme, et emprunta le sentier qui partait derrière, plongé dans une obscurité d'encre. Elle l'avait suivi d'innombrables fois pour aller jouer avec Nora quand elles étaient gosses, et elle aurait pu le parcourir les yeux fermés.

Elle se retrouva sur un plateau. Le ranch des Kelly était de l'autre côté du ravin, à flanc de coteau, son toit bas se dessinant dans la nuit. À la pâle lueur des étoiles, Teresa vit que la porte d'entrée était ouverte.

Elle attendit ce qui lui parut un long moment, l'oreille aux aguets, mais elle ne perçut que le murmure du vent dans les pins pignons. Le fusil était froid et rassurant dans ses mains.

Elle étudia le sens du vent : il soufflait du ranch, les loups ne pouvaient donc pas repérer sa présence. Il flottait une drôle d'odeur dans l'air qui lui rappelait celle des volubilis. Peut-être les bêtes s'étaient-elles enfuies en l'entendant. Ou peut-être se trouvaient-elles toujours dans la maison.

Elle releva le cran de sûreté et colla la torche contre le canon du Winchester. Sous les étoiles, la bâtisse avait l'air d'un temple noyé et abandonné. Teresa pourrait se servir de sa lampe pour immobiliser le premier animal qui se montrerait, ce qui lui fournirait une cible fixe. Elle fit le tour de la maison.

C'est alors qu'elle entendit un bruit, à peine audible. Mais il ne s'agissait pas d'un loup. Elle se figea. C'était une psalmodie monotone, rauque, gutturale, comme un bruissement de feuilles sèches.

Cela venait de l'intérieur du ranch.

Teresa s'humecta les lèvres et respira un grand coup. Elle entra sous le porche et s'immobilisa. Le plus silencieusement possible, elle avança de nouveau, fusil pointé, et alluma sa torche.

La maison était dans le même état que la semaine précédente : un ouragan de ruines, de poussière, de décrépitude. L'odeur des fleurs devint plus entêtante. Teresa éclaira les recoins. Rien. Par un rectangle de vitre brisé, le vent nocturne gonflait doucement les rideaux. La mélopée se faisait plus forte maintenant, elle semblait provenir de l'étage.

Teresa s'approcha de l'escalier en éteignant sa torche. Manifestement elle n'avait pas affaire à des animaux. Peut-être Nora ne s'était-elle pas trompée finalement : elle avait été attaquée par des hommes portant des masques, des violeurs, qui sait ? Teresa se souvint de la peur si inhabituelle de son chien. Elle ferait sans doute mieux de rentrer chez elle pour appeler la police.

Non, le temps que les flics arrivent, avec leurs clignotants et leurs sirènes, ces salauds se seraient évanouis dans les ténèbres. Et Teresa se retrouverait avec l'angoisse de les voir revenir. Ils pourraient s'attaquer à sa maison la prochaine fois. À moins qu'ils ne lui sautent dessus lorsqu'elle s'en serait éloignée, sans armes…

Elle serra son fusil. C'était le moment ou jamais d'agir. Son père l'avait initiée à la chasse ; elle était imbattable à l'affût. Elle avait une arme dont elle savait se servir. Et elle bénéficiait de l'avantage de la surprise. Avec une prudence infinie, elle entreprit de monter l'escalier.

Elle s'arrêta en haut des marches. La lueur qui filtrait à travers les fenêtres du rez-de-chaussée éclairait trop faiblement l'étage pour qu'elle distingue autre chose que des ombres, toutefois elle comprit que le bruit venait de l'ancienne chambre de Nora. Elle progressa de deux pas puis fit halte pour reprendre son souffle et se calmer. Pas question de courir de risques.

Elle se raidit, tenant son fusil à deux mains, la torche toujours collée au canon. Enfin elle avança d'un nouveau pas, poussa la porte du pied, brandit son fusil et alluma sa torche.

Il fallut un moment à son cerveau pour enregistrer ce qu'elle voyait. Deux silhouettes, couvertes des pieds à la tête de lourdes peaux humides, étaient accroupies au milieu de la pièce. Leurs yeux rouges se tournèrent vers la lumière, sans ciller, sauvages. Entre les deux ombres était posé un crâne humain dont la calotte manquait. À l'intérieur se trouvait une petite collection d'objets, une tête de poupée, des cheveux, une barrette… des objets appartenant à Nora, comprit Teresa, figée d'horreur.

Soudain une des formes s'écarta d'un bond, à la vitesse de l'éclair. Elle sortit du faisceau de la torche à l'instant où Teresa pressait la détente. Le fusil tressauta dans ses mains et la déflagration assourdissante parut faire trembler la maison.

Teresa cligna des yeux, s'efforçant de distinguer quelque chose dans le nuage de poussière. Il ne restait plus qu'un trou fumant déchiqueté dans le mur de la chambre. Les deux silhouettes s'étaient évaporées.

La jeune femme rechargea son arme et vira sur elle-même, éclairant la pièce. Elle haletait. Les humains ne se mouvaient pas ainsi. Là, toute seule derrière sa torche, elle se sentit soudain affreusement vulnérable. Elle faillit éteindre, pour trouver refuge dans l'obscurité. Mais elle sentit que celle-ci ne suffirait pas à la protéger de ces créatures.

Teresa avait été une gamine courageuse, grande et costaud pour son âge. Elle n'avait pas de frères aînés pour la freiner et elle était capable de venir à bout de n'importe qui dans sa classe, fille ou garçon. À présent, debout sur le seuil, haletante, les yeux à l'affût, elle sentit une bouffée peu commune de panique la menacer.

Elle se détourna des ténèbres vides de la chambre pour examiner le couloir. À part ses halètements, un silence total enveloppait la maison. D'autres portes de chambres obscures étaient ouvertes sur le couloir.

Il fallait qu'elle descende. Là, elle pourrait éteindre sa lampe et se diriger à la lueur des étoiles. Elle jeta un coup d'œil vers l'escalier, puis éteignit sa torche et bondit en avant.

Une forme noire jaillit d'une chambre éloignée. Lâchant un cri, Teresa se tourna et pressa la détente. Aveuglée par la flamme jaillissant du canon, elle trébucha et roula dans l'escalier, lâchant son fusil. Elle se remit péniblement debout en bas des marches, une cheville douloureuse.

En haut de l'escalier, une grande forme accroupie la fixait. Teresa tâtonna, cherchant son arme. Mais au lieu du fusil, elle découvrit la seconde forme, sur le seuil de la cuisine, qui avançait vers elle avec une assurance terrifiante.

Paralysée de peur, Teresa regarda fixement la silhouette. Puis elle se tourna, se dirigea en boitillant vers la porte, écrasant du verre sous ses pieds et laissa un gémissement s'échapper de sa gorge.

16.

Le lendemain matin, Nora se réveilla dans un parfum sublime. Elle était encore plongée dans un rêve merveilleux. Puis, entendant des bruits de casseroles et des murmures de conversation, elle ouvrit les yeux et bondit de son sac de couchage. Il était six heures et demie et les autres étaient déjà réunis autour d'une cafetière suspendue au-dessus d'un feu de camp. Seuls Swire et Black manquaient à l'appel. Bonarotti s'activait devant le gril ; un parfum délicieux montait de sa poêle grésillante.

Nora rangea rapidement son matériel et se lava, gênée de ne pas s'être réveillée à l'heure en ce premier jour. Un peu plus loin dans le canyon, elle aperçut Swire qui bouchonnait les chevaux et vérifiait leurs sabots.

— Madame la Présidente ! s'exclama gaiement Smithback. Venez goûter ce nectar d'ébène. Il est encore meilleur que l'expresso du café Reggio.

Nora se joignit au groupe et accepta volontiers la timbale que lui tendait Holroyd. Pendant qu'elle sirotait, Black émergea d'une tente, sale et fripé. Sans un mot, il vint en titubant se servir à boire, puis s'effondra sur un rocher voisin.

— Il fait froid, marmonna-t-il. J'ai à peine fermé l'œil. Normalement, sur les sites de mes fouilles, on dispose d'au moins deux camping-cars.

— Allons donc ! intervint Smithback. Vous avez très bien dormi. Je n'avais jamais entendu une telle cacophonie de ronflements. (Il se tourna vers Nora.) Pourquoi ne pas instituer le camping coopératif jusqu'à la fin de l'expédition ? Je n'ignore rien des visites furtives d'une tente à une autre dans des expéditions de ce genre. Le bonheur est un sac de couchage à deux places.

— Si vous voulez coucher avec le sexe opposé, je vais demander à Swire de vous installer avec les juments, répliqua Nora.

Black rugit de rire.

— Très drôle, fit Smithback qui, tasse en main, s'installa sur une branche à côté de Black. Aragon m'a appris que vous étiez un expert en datation d'objets, mais que voulait-il dire lorsqu'il précisait que vous étiez un explorateur de bennes à ordures ?

— Oh, il a dit cela, vraiment ?

Black jeta un regard noir au vieil homme.

Aragon agita la main.

— C'est un terme technique.

— Je suis un stratigraphe, répliqua Black. Souvent les tas d'ordures fournissent les meilleurs renseignements sur un site.

— Les tas d'ordures ?

— Oui. Ils sont généralement la partie la plus intéressante d'une ruine.

— Black est aussi un spécialiste du coprolithe, ajouta Aragon.

— Coprolithe ? (Smithback réfléchit un instant.) Ce n'est pas de la merde fossilisée, ou un truc dans ce genre ?

— Oui, c'est ça, fit Black, irrité. Nous travaillons avec tout ce qui a un rapport avec la datation. Cheveux humains, pollen, charbon de bois, os, graines, etc. Et il se trouve que les fèces sont une grande source d'information. Elles montrent ce que les gens mangeaient, le genre de parasites qu'ils avaient...

— Les fèces, dit Smithback. Je commence à comprendre.

— Le Dr Black est le premier dendrologue du pays, s'empressa de préciser Nora.

Mais Smithback secouait la tête.

— Quel champ de recherches ! glousssa-t-il. Des coprolithes. Oh, mon Dieu ! Votre domaine doit être plein de débouchés !

Avant que Black n'ait le temps de répondre, Bonarotti annonça que le petit déjeuner était prêt. Comme la veille, il arborait une veste repassée de frais et un pantalon de toile au pli impeccable. Reconnaissante de cette interruption, Nora se demanda comment il pouvait rester aussi soigné alors que tous les autres commençaient déjà à faire négligés. Un délicieux parfum piqua sa curiosité et elle s'empressa de se placer derrière les autres, qui attendaient d'être servis. Bonarotti fit glisser une généreuse part d'omelette cuite à point dans son assiette. Nora s'assit et mangea avec appétit. Peut-être était-ce l'air du désert, mais elle n'avait jamais mangé d'œufs aussi délicieux.

— Le paradis, marmonna Smithback, la bouche pleine.

— Cela a un goût légèrement inhabituel, presque musqué, dit Holroyd. Je n'ai jamais rien mangé de tel.

— De la pomme épineuse, suggéra Swire, en ne plaisantant qu'à moitié.

— Je ne sens rien, fit Black.

— Non, je vois ce que vous voulez dire, ajouta Smithback, c'est vaguement familier. (Il prit une autre bouchée, puis reposa bruyamment sa fourchette.) Je sais. À Il Mondo Vecchio dans la 53e Rue, j'ai mangé un plat de veau qui avait le même goût. De la truffe noire ?

L'œil généralement impavide de Bonarotti s'éclaira et il contempla Smithback avec un respect tout neuf.

— Pas tout à fait.

Le cuisinier se tourna vers sa boîte, ouvrit l'un des innombrables tiroirs et en tira une masse brunâtre, d'environ la taille d'une balle de tennis, plate du côté où elle avait été râpée au couteau.

— Que Dieu nous garde ! souffla Smithback. Une truffe blanche. Au beau milieu du désert.

— *Tuber magantum pico,* prononça Bonarotti en la replaçant soigneusement dans le tiroir.

Smithback secoua lentement la tête.

— Ce champignon que vous voyez là représente une bagatelle d'un millier de dollars. Si nous ne trouvons pas cette énorme cachette d'or indien, nous pourrons toujours faire une razzia dans le cabinet du Dr Bonarotti.

— Vous pouvez toujours essayer, cher ami, repartit le cuisinier, impassible, en entrouvrant sa veste : il tapotait un revolver monstrueux fourré dans un étui accroché à sa ceinture.

L'assemblée éclata en rires tendus.

Nora se penchait sur son assiette lorsqu'elle crut entendre un bruit lointain qui allait en s'amplifiant. Un avion. Levant le nez, elle vit un hydravion apparaître au-dessus d'une falaise de grès, sa carlingue et ses flotteurs bulbeux en aluminium miroitant au soleil. Les chevaux contemplaient ce spectacle fébrilement.

— Ce type vole affreusement bas, fit Holroyd.

— Il n'est pas seulement bas, il se pose, ajouta Swire.

Ils regardèrent l'avion amerrir dans un jaillissement d'eau. Le moteur s'emballa quand l'avion cabota vers l'enchevêtrement de troncs d'arbres. Nora fit signe à Holroyd de sortir le radeau pour aller à leur rencontre. Dans le cockpit, elle vit le pilote et le copilote vérifier les jauges en prenant des notes sur une tablette suspendue. Finalement le premier sortit de la cabine, fit un signe de la main et sauta sur l'un des flotteurs.

Nora entendit Smithback siffler doucement à côté d'elle lorsque le pilote enleva ses lunettes, son casque en cuir, et secoua ses cheveux noirs.

— Retenez-moi ! s'écria-t-il

— La ferme !

Sloane Goddard venait d'atterrir !

Cette dernière se mit à balancer des sacs dans le radeau qui venait de la rejoindre. Puis elle ferma l'écoutille de la cale, se glissa dans l'embarcation et adressa un signe à son copilote. Pendant que Holroyd revenait à travers l'enchevêtrement de débris, l'hydravion vira, descendit lentement le canyon, emballa ses moteurs et décolla. Les yeux de Nora passèrent de l'avion à la silhouette qui approchait rapidement.

Sloane Goddard, assise à l'arrière du radeau, parlait à Holroyd. Elle portait une longue veste d'aviateur en cuir, un jean et des bottes étroites. Elle était coiffée à la Jeanne d'Arc, une coupe presque décadente à force d'anachronisme, qui rappelait les Années folles. Ses yeux ambre en amande et sa bouche sensuelle, avec sa moue légèrement sardonique, conféraient une touche exotique à ses traits. Elle avait l'air à peu près du même âge que Nora, entre vingt-cinq et trente ans. Nora se rendit compte qu'elle était en train de regarder l'une des plus belles femmes qu'elle eût jamais vues.

Quand le radeau toucha la plage, Sloane en sauta prestement et se dirigea d'un pas vif vers le groupe. Elle n'avait rien de la petite étudiante maigre BCBG que Nora avait imaginée. La femme qui venait vers eux avait une silhouette voluptueuse, mais ses mouvements dénotaient rapidité et agilité. Son visage bronzé rayonnait de santé. Elle repoussa ses cheveux d'un geste à la fois innocent et séduisant.

Le sourire aux lèvres, elle rejoignit Nora, retira son gant et lui tendit la main. Peau douce, mais poignée ferme.

— Nora Kelly, je présume ? dit-elle, le regard brillant.

— Oui, souffla Nora. Et vous devez être Sloane Goddard. La retardataire.

Le sourire s'élargit.

— Désolée pour ce remue-ménage. Je vous en parlerai plus tard, pour le moment j'aimerais rencontrer le reste de votre équipe.

L'inquiétude de Nora devant ce ton naturellement impérieux s'apaisa après ces dernières paroles.

— Bien sûr. Vous connaissez déjà Peter Holroyd, commença-t-elle en désignant le spécialiste des images, qui était en train de décharger les derniers sacs de matériel de la nouvelle venue, puis elle se tourna vers Aragon : Et voici...

— Je m'appelle Aaron Black, l'interrompit celui-ci en s'approchant main tendue, ventre rentré, dos bien droit.

Le sourire de Sloane s'élargit encore.

— Bien sûr. Le célèbre dendrologue. Célèbre et redouté. Je me souviens de votre communication démolissant la datation de la grotte de Chingadera à la dernière conférence de la Société d'archéologie. J'ai eu de la peine pour ce pauvre Leblanc. Il doit raser les murs depuis.

À cette allusion, Black se gonfla de plaisir.

Sloane se tourna.

— Et vous devez être Enrique Aragon.

Ce dernier acquiesça, toujours impénétrable.

— J'ai entendu mon père dire grand bien de vos travaux. Vous pensez que nous trouverons beaucoup de restes humains dans la cité ?

— On l'ignore. On n'a jamais trouvé les cimetières de Chaco Canyon, malgré un siècle de fouilles. En revanche, la grotte de Mummy a révélé des centaines de tombes. Quoi qu'il en soit, j'analyserai les restes de la faune.

— Excellent !

Nora regarda autour d'elle, dans l'intention d'en finir avec les présentations. À sa surprise, Roscoe Swire s'était éloigné et s'occupait des chevaux.

— Roscoe Swire, c'est ça ? cria Sloane, suivant le regard de Nora. Mon père m'a beaucoup parlé de vous, mais je ne pense pas que nous nous connaissions.

— Pas de raison, fut la réponse bourrue. Je ne suis rien qu'un cow-boy qui s'efforce d'empêcher un groupe de blancs-becs de se rompre le cou dans un désert rocheux.

— On m'a dit en tout cas que vous n'êtes jamais tombé de cheval, fit Sloane avec un rire rauque.

— Les cow-boys qui vous racontent ça sont des menteurs. Mon cul et le sol sont de vieilles connaissances.

Le regard de Sloane brilla.

— En fait, mon père dit qu'il a su tout de suite que vous étiez un vrai cow-boy parce que vous vous êtes présenté à l'entretien les bottes pleines de crottin.

Swire finit par sourire, en sortant un biscuit au gingembre de sa poche.

— Bien, j'accepte le compliment.

Nora désigna le journaliste.

— Et voici Bill Smithback.

Ce dernier se lança dans une parodie de révérence.

— Le journaliste, commenta Sloane, et Nora crut percevoir une nuance de désapprobation dans le ton de la jeune femme avant que son sourire s'élargisse de nouveau. Mon père m'a dit qu'il vous contacterait. (Sans laisser le temps à Smithback de répondre, Sloane se tourna vers Bonarotti.) Et Dieu merci vous êtes ici, Luigi !

Le cuisinier acquiesça sans rien dire.

— Je grignoterais bien quelque chose. Je meurs de faim, précisa-t-elle en acceptant une assiette fumante.

— Vous connaissiez Luigi ? demanda Nora en s'asseyant à côté d'elle.

— Je l'ai rencontré l'année dernière quand je faisais l'ascension du mont Cassin. Il gérait la cuisine du camp de base pour notre groupe. Pendant que tous les autres alpinistes mangeaient pour vivre, nous nous régalions de canards et de venaison. J'ai assuré mon père qu'il fallait que Luigi accompagne cette expédition. Il est très, très doué.

— Et très, très cher, fit Bonarotti.

Sloane entama son omelette avec plaisir. Les autres s'étaient instinctivement rapprochés, et Nora n'en fut pas surprise : non seulement la jeune Goddard était belle, mais, assise là au beau milieu du désert dans sa veste en cuir et son jean fané, elle dégageait du charisme, une bonne humeur teintée d'ironie et ce genre d'assurance naturelle que donnent l'argent et la bonne éducation. Nora en ressentit un mélange de soulagement et d'envie. Elle se demandait quel impact aurait cette nouvelle arrivée sur sa position de chef. Il valait mieux mettre tout de suite les choses au point.

— Bien. Vous voulez bien nous expliquer cette arrivée spectaculaire ?

Sloane la regarda avec un sourire nonchalant.

— Désolée, répondit-elle en posant son assiette vide et en se laissant aller en arrière, veste ouverte sur une chemise à carreaux en coton. J'ai été retardée à Princeton par un étudiant en situation d'échec. Je n'ai jamais lâché personne et il n'était pas question que je commence. J'ai travaillé avec lui jusqu'à ce qu'il soit trop tard pour pouvoir compter sur les compagnies aériennes.

— Nous nous sommes fait du souci pour vous à la marina.

— Comment ! Vous n'avez pas eu mon message ?

— Non.

— Je l'ai laissé à un certain Briggs. Il m'a dit qu'il transmettrait.

— Il a dû oublier, répondit Nora.

Le sourire de Sloane s'élargit.

— C'est une vraie ruche, cet endroit. Vous avez eu raison de partir sans m'attendre.

Swire ramena les chevaux de leur pré et Nora alla l'aider à les seller. À sa surprise, Sloane vint leur prêter main-forte. Elles attachèrent les bêtes à des buissons pendant que le cow-boy s'occupait des chevaux de charge, installant les coussinets et les bâts, attachant les paniers, équilibrant soigneusement le tout avant de le bâcher. Dès qu'un cheval était prêt, Sloane le conduisait plus haut dans le canyon. Bonarotti empaquetait le reste des ustensiles de cuisine, tandis que Smithback, confortablement étendu à côté de lui, débattait des mérites comparés de la béarnaise ou de la bordelaise pour accompagner le tournedos.

Le dernier cheval harnaché, Nora regarda sa montre. Il était onze heures à peine passées : ils avaient encore le temps de faire un parcours convenable, mais raisonnable, pour initier les néophytes. Elle jeta un coup d'œil à Swire.

— Vous voulez leur donner leur première leçon ?

— Pourquoi pas ? dit-il en remontant son pantalon. Qui sait monter parmi vous ?

Black leva la main.

— Moi, fit aussitôt Smithback.

Swire contempla ce dernier d'une moustache sceptique.

— Vraiment ? fit-il en crachant un filet de tabac.

— J'ai su, en tout cas, riposta l'écrivain. C'est comme le vélo, ça ne s'oublie pas.

Nora crut voir Swire sourire derrière sa moustache tombante.

— Commençons par les présentations.

Il y eut un silence perplexe.

— Ces deux chevaux sont les miens, l'alezan et le *buckskin*, Mestizo et Sweetgrass. Comme M. Smithback est un cavalier émérite, je vais lui confier Hurricane Deck comme monture et Beetlebum comme cheval de charge. Ils n'ont tué que quelques débutants et c'étaient tous des New-Yorkais. On n'a pas de New-Yorkais parmi nous, n'est-ce pas ?

— Certainement pas, répondit Smithback en tirant sur le bord de son chapeau.

— Bien. Pour le Dr Black, j'ai Locoweed et Hoosegow. Et pour Nora, ma meilleure jument, Fiddlehead. Crow Bait sera votre cheval de charge. Vous fiez pas à son air bancal. Il serait capable de porter cent kilos jusqu'aux portes de l'enfer.

— Espérons qu'il ne sera pas obligé d'aller jusque-là, ironisa Nora.

Swire répartit les chevaux selon les capacités et les tempéraments. Nora monta en selle, imitée par Goddard et Aragon. À en juger par l'assiette de Sloane, elle savait monter. Les autres attendaient, nerveux.

— Alors ? s'écria Swire. Qu'est-ce que vous attendez ? Allez-y !

Après quelques grognements et pas de deux hésitants, tout le monde se retrouva en selle, les uns complètement avachis, les autres droits comme des *i*. Aragon maniait son cheval en vrai pro.

— Aidez-moi à me débarrasser des mauvaises habitudes, dit Smithback. J'aime bien diriger avec le pommeau.

Swire l'ignora.

— Leçon numéro un. Tenez les rênes de la main gauche et la corde du cheval de charge de la droite. C'est simple.

— Ben voyons, fit Smithback. Comme de conduire deux voitures à la fois.

Holroyd, visiblement mal à l'aise, lâcha un rire nerveux, puis se tut brusquement en jetant un coup d'œil à Nora.

— Comment ça va, Peter ? lui demanda-t-elle.

— Je préfère la moto.

Swire corrigea les postures et la tenue des rênes de Holroyd, puis de Black.

— Empêchez la corde de se coincer sous la queue de votre monture, conseilla-t-il au dendrologue, qui laissait trop de jeu à sa corde. Ou vous aurez soudain l'impression d'être monté sur ressorts.

— Oui, oui, bien sûr, acquiesça Black en s'empressant de tirer la corde.

— Nora a l'intention de passer en tête. Je fermerai la marche, et le Dr Goddard se placera au milieu. (Il se pencha vers Sloane.) Où avez-vous appris à monter ?

— Ici et là.

— À vue de nez, vous avez fait pas mal d'ici et là.

— Rappelez-moi comment on le dirige, demanda Black, serrant les rênes.

— D'abord, donnez un peu de mou. Ensuite tirez et avancez les rênes, comme ceci. Le cheval comprend ce qu'on attend de lui selon que l'une ou l'autre rêne lui effleure l'encolure. D'autres questions ?

Il n'y en avait plus. La chaleur était lourde, et l'air embaumait le lis sauvage et le cèdre.

— Bon, allons-y.

Nora donna une impulsion à son cheval et partit en tête, suivie par Holroyd et les autres.

— Vous avez fait une lecture ? demanda-t-elle à Holroyd.

Il acquiesça et lui sourit, en tapotant son *laptop* qui dépassait d'un sac, complètement déplacé dans ce cadre. Nora jeta un dernier coup d'œil à sa carte. Puis ils partirent vers le désert de pierres.

17.

Ils remontèrent le Serpentine Canyon en file indienne, obligés de traverser et de retraverser sans cesse le petit ruisseau qui coulait au milieu. Le sable poussé par le vent qui s'entassait au pied des falaises rocheuses était parsemé d'herbes et de fleurs du désert. De temps à autre, ils voyaient des genévriers, rabougris et tordus en formes fantastiques. Ailleurs, des blocs de grès s'étaient détachés des parois pour s'écraser au fond du canyon, créant des éboulis que les chevaux devaient franchir avec précaution. Des troglodytes voletaient dans les ombres et des hirondelles jaillissaient de saillies, leurs nids de boue pareils à des verrues sous la roche. Quelques nuages blancs dérivaient sur les sommets, à quatre cents mètres au-dessus de leurs têtes. Le groupe avançait silencieusement, perdu dans ce monde étrange et nouveau.

Nora respira profondément. Le léger bercement des pas de Fiddlehead lui rappelait de bons souvenirs, réconfortants : cet alezan clair de douze ans, manifestement un cheval de ranch expérimenté, sage et mélancolique, avait un pied sûr dans les rochers, avançant le nez baissé et choisissant son chemin avec un fort instinct de préservation. Loin d'être beau, il était en revanche robuste et intelligent. À part Hurricane Deck, Campanero et les deux montures de Swire, les chevaux ressemblaient au sien : pas des canons, mais du solide. Elle approuvait le choix du cow-boy ; elle avait appris à avoir une piètre opinion des chevaux chers et de sang trop pur, impressionnants dans l'arène, mais toujours trop pressés de se rompre le cou dans les montagnes. Son père achetait et vendait des bêtes avec son flair et son aplomb habituels, rejetant les chevaux trop choyés, ces Rolls de randonnée pour lesquels il n'avait que mépris.

Elle se retourna sur sa selle pour regarder les autres cavaliers qui la suivaient en tirant leurs chevaux de charge. Si certains, notamment Black et Holroyd, avaient l'air empotés et mal équilibrés, les autres paraissaient compétents, surtout Sloane Goddard qui multipliait les allées et venues avec aisance, vérifiant des sangles, faisant des suggestions.

Smithback la surprenait. Hurricane Deck était visiblement un cheval fougueux, et il y avait eu quelques instants un peu tendus au départ quand le journaliste s'était perdu en jurons et en imprécations. Pourtant ce dernier en savait suffisamment pour montrer au cheval qui était le patron et il montait à présent avec assurance. Imbu de lui-même, certes, mais il se défendait.

— Où avez-vous appris à monter ? lui demanda-t-elle.

— J'ai passé deux ans dans une école privée en Arizona. J'étais un môme braillard et maladif, et mes parents ont pensé que cela ferait de moi un homme. Comme je suis arrivé dans le courant du premier trimestre, tous les chevaux étaient pris sauf un vieux gros machin baptisé Turpin. Il s'était déchiré la langue en mâchonnant du fil de fer barbelé et elle pendait lamentablement, un long truc rose dégoûtant. Évidemment, personne n'en voulait. Mais Turpin était le cheval le plus rapide de l'école. On fonçait dans les lits des ruisseaux à sec ou à travers les buissons dans le désert, et il gagnait chaque fois, conclut-il en gloussant.

Soudain une expression choquée se peignit sur son visage.

— Qu'est-ce qui se passe ?

Il se tourna d'un coup. Son cheval de charge recula d'un bond. Un filet de salive coulait sur la jambe de Smithback.

— Ce foutu canasson a essayé de me mordre ! rugit ce dernier, indigné.

L'accusé soutint son regard, l'image même de l'innocence.

— Ce bon vieux Beetlebum, fit Swire, en secouant affectueusement la tête, il a toujours eu le sens de l'humour.

Smithback s'essuya la jambe.

— On dirait, oui.

Au bout d'une demi-heure sans incidents, Nora arrêta le groupe. D'un tube en aluminium attaché à sa selle, elle tira la carte d'état-major sur laquelle Holroyd avait reporté les données radar. Elle l'étudia un moment, puis fit signe au spécialiste de la rejoindre.

— C'est l'heure d'une lecture GPS.

Elle savait qu'au bout d'une dizaine de kilomètres dans le Serpentine Canyon ils devaient emprunter un canyon plus petit que la carte appelait Virage sec. Restait à l'identifier parmi l'infinité de canyons secondaires. Au fond de ces parois encaissées, tous les embranchements se ressemblaient.

Holroyd sortit le GPS de sa sacoche de selle, un laptop dans lequel il avait chargé toutes les données de navigation et les repères caractéristiques. Il lança la machine et se mit à pianoter. Au bout de quelques minutes, il fit une grimace, puis secoua la tête.

— C'est bien ce que je craignais.

— Ne venez pas me raconter qu'il n'est pas assez puissant.

Holroyd eut un rire contraint.

— Pas assez puissant ? Vous plaisantez !

— Alors où est le problème ? Déjà cassé ?

— Pas cassé, mais incapable de faire un point. Il faut qu'il localise simultanément au moins trois satellites géostationnaires pour obtenir une lecture. Or, au fond de ce canyon, il n'arrive même pas à en localiser un seul. Compris ?

Il tourna le laptop vers Nora qui se rapprocha. Une carte globale haute résolution du réseau de canyons de Kaiparowits remplissait l'écran. En haut, des fenêtres plus petites contenaient des cartes agrandies du lac Powell, des compas en temps réel et des données.

— Vous voyez, expliqua Holroyd en désignant une fenêtre dans laquelle des points rouges traçaient des cercles. Voilà les satellites disponibles. Le vert veut dire bonne réception, le jaune, réception médiocre, et le rouge, pas de réception. Ils sont tous rouges.

— Sommes-nous déjà perdus ? cria Black avec un mélange d'appréhension et de satisfaction.

Nora ne releva pas.

— Si vous voulez une lecture, dit Holroyd, il faut qu'on monte.

Nora jeta un coup d'œil aux parois rouges et lisses qui s'élançaient vers le ciel et se retourna vers lui.

— Après vous.

Holroyd sourit, éteignit le laptop et le rangea dans sa sacoche.

— C'est un engin génial quand il marche. Mais même la technologie doit avoir ses limites par ici.

— Vous voulez que je grimpe ? demanda Sloane qui arrivait avec un grand sourire.

Nora la contempla d'un air perplexe.

— J'ai apporté du matériel, expliqua Sloane en soulevant le rabat de sa sacoche qui contenait pitons, *friends*, anneaux, mousquetons, etc. (Elle jaugea la paroi du regard.) C'est une histoire de trois relais, au pire, ça n'a pas l'air si terrible. Je devrais pouvoir grimper à mains nues.

— Gardons cela pour le jour où nous en aurons vraiment besoin, dit Nora. Je préférerais ne pas perdre trop de temps maintenant. Procédons à l'ancienne, à l'estime.

— C'est vous le chef, répondit Sloane.

— À l'estime, murmura Smithback. Je n'ai jamais aimé ce mot-là.

— On n'a peut-être pas de satellites, mais on a des cartes, déclara Nora.

Étalant celle de Holroyd sur sa selle, elle l'étudia de près, estimant leur vitesse approximative. Elle fit une croix à leur position probable en notant la date et l'heure à côté.

— Vous avez souvent fait ça ? demanda Holroyd.

— Oui, tous les archéologues doivent savoir lire une carte. Trouver les ruines les plus perdues donne du fil à retordre. Et ce détail rend la tâche encore plus difficile, ajouta-t-elle en désignant une note dans un coin de la carte qui disait : « Attention : données non vérifiées sur le terrain ». La plupart de ces cartes sont créées à partir d'images stéréogrammatiques prises d'avion. Il arrive que ce qu'on voit d'avion soit très différent de ce qu'on trouve au sol. Vous l'avez vérifié vous-même, votre image radar – qui est absolument précise – ne correspond pas toujours à ce qui est imprimé sur la carte.

— Rassurant, marmonna Black.

Nora rangea la carte, donna une impulsion à son cheval, et ils poursuivirent leur chemin. Les parois s'élargirent et le ruisseau rétrécit, disparaissant même à certains endroits pour ne laisser qu'une bande de sable humide qui signalait son cours souterrain. Chaque fois qu'ils passaient devant un canyon secondaire plus étroit, Nora s'arrêtait pour le noter sur sa carte. Sloane la rejoignit.

— Pilote, cavalière émérite, archéologue, alpiniste : qu'est-ce que vous ne faites pas ? lui demanda Nora.

— Les vitres, répliqua-t-elle avec un rire. (Puis elle reprit son sérieux :) Je suppose que c'est grâce, ou à cause, de mon père. Il a de très hautes exigences.

— C'est un homme remarquable, répondit Nora qui avait perçu une nuance légèrement acerbe dans la voix de Sloane.

— Oui.

Ils franchirent un nouveau virage, et le canyon s'élargit brusquement. Un bosquet de peupliers poussait contre les parois rougeâtres, le soleil de fin d'après-midi dardait des rayons obliques dans leurs feuillages. Nora jeta un coup d'œil à sa montre : quatre heures passées. Elle remarqua avec satisfaction une large étendue sablonneuse où ils pourraient camper, suffisamment haute pour être hors d'atteinte d'une crue éclair. De l'herbe fraîche en quantité attendait les chevaux sur les berges du ruisseau. Le canyon portait bien son nom : il bifurquait à gauche si brutalement qu'il donnait l'illusion de se terminer en cul-de-sac. Il n'était pas plaisant – étouffant sous les rochers, sec et brûlant. Jusque-là le voyage avait été simple, pourtant Nora savait que cela ne pouvait pas durer.

Elle attendit que les autres la rejoignent.

— Nous allons camper ici.

Le groupe lança des hourras plus ou moins enthousiastes. Swire aida Black à mettre pied à terre et le scientifique tourna en rond, raide, en boitillant sans cesser de se plaindre. Holroyd descendit tout seul, pour s'effondrer aussitôt par terre. Nora le soutint jusqu'à un arbre pour qu'il s'y appuie le temps de récupérer l'usage de ses jambes.

— Ce canyon ne me dit rien qui vaille, dit Sloane en rejoignant Nora. Et si je partais un peu en reconnaissance ?

Sa coupe au bol avait été ébouriffée par le vent, mais le désordre dans ses cheveux bruns ne faisait que mettre encore plus en valeur sa beauté, et la lumière dorée du désert rendait ses yeux ambre aussi pâles que ceux d'un chat. Pendant la journée Nora avait remarqué que plusieurs hommes du groupe, notamment Black, admiraient à la dérobée la jeune femme, dont la chemise de coton étroite, déboutonnée en haut et un peu humide de sueur, ne laissait pas grand-place à l'imagination.

— Bonne idée. Je m'occupe de tout ici en vous attendant.

Après avoir distribué les corvées, Nora aida Swire à décharger et à desseller les chevaux. Ils alignèrent sur le sable paniers, selles et matériel, en prenant soin de séparer du reste l'équipement high-tech protégé dans des sacs imperméables. Du coin de l'œil, Nora vit Bonarotti, armé d'une serpe, d'une truelle, d'un couteau et de son énorme pistolet s'éloigner pour quelque mystérieuse mission, son pantalon de toile toujours miraculeusement repassé et propre.

Dès que les chevaux furent libérés de leurs charges, Swire remonta Mestizo. Pendant la marche, il n'avait cessé de parler et de chanter à ses bêtes, inventant des vers pour s'adapter aux petits événements de la journée, et il chantait encore lorsque Nora le vit conduire le *remuda* en sueur jusqu'au ruisseau.

Il entrava certaines bêtes, leur passa des cloches à vache à l'encolure, puis dessella Mestizo et l'attacha à une corde de neuf mètres. Enfin, il s'assit sur un rocher, se roula une cigarette, et sortit un petit carnet graisseux.

Nora contempla le camp avec satisfaction. La chaleur était un peu retombée, une brise fraîche se levait du ruisseau gazouillant. Des colombes s'appelaient d'un bout à l'autre du canyon et on sentait une faible odeur de fumée de genévrier. Les criquets faisaient des trilles dans le crépuscule. Nora s'assit et savoura l'instant, tout en sachant qu'elle ferait mieux de profiter des dernières lueurs du jour pour écrire dans son journal. Black se massait les genoux, effondré près du feu. Une fois l'installation du camp terminée, les autres le rejoignirent, attendant que le café chauffe.

Bonarotti revint, un sac sur l'épaule. Il lâcha sa charge sur la bâche étalée près du foyer. Il installa un gril, huila un grand poêlon, y jeta de l'ail émincé tiré de son sac, puis posa à côté une casserole d'eau contenant du riz. Il sortit également des racines et des bulbes hideux, impossibles à identifier, des paquets d'herbes et plusieurs rameaux de figuiers de Barbarie. Pendant qu'il s'activait, Sloane rentra de sa reconnaissance, manifestement fatiguée mais toujours souriante. Elle s'approcha à pas de loup pour assister aux derniers préparatifs. Maniant les couteaux avec une dextérité terrifiante, Bonarotti coupa les racines en dés et les jeta dans le poêlon avec le bulbe et un paquet d'herbes. Puis il fit griller les rameaux de figuier de Barbarie, les pela et les coupa en julienne pour les jeter dans l'ail qui grésillait. Il remua la préparation une dernière fois avant de la mélanger au riz.

— Risotto avec figuier de Barbarie, lis sauvage, pommes de terre sauvages, boulettes et ricotta, annonça-t-il, impassible.

Il y eut un silence ébahi.

— Qu'est-ce que vous attendez ? s'écria Sloane. Faites la queue et *mangia bene.*

Tous se redressèrent d'un bond et vinrent tendre leur assiette au cuisinier, qui les servit en parsemant d'herbes le mélange fumant. Ils s'installèrent sur les bûches près du feu.

— On peut manger cela sans danger ? demanda Black qui ne plaisantait qu'à moitié.

— Ce sera peut-être plus dangereux pour vous, docteur, de ne pas le manger, répondit Sloane en riant avant de rouler des yeux en direction du revolver de Bonarotti.

Black rit nerveusement puis goûta avant de prendre une deuxième bouchée.

— C'est bon.

— Drôlement goûteux, renchérit Swire.

Bonarotti accepta les louanges avec son indifférence habituelle. Puis le silence se fit. Manger est une affaire sérieuse.

Plus tard, pendant que le groupe se préparait pour la nuit, Nora alla vérifier les chevaux. Elle trouva Swire dans sa position coutumière, carnet ouvert.

— Comment ça va ?

— Au poil. (La réponse arriva accompagnée d'un bruissement qui indiquait que le cow-boy s'apprêtait à grignoter un nouveau biscuit au gingembre.) Vous en voulez un ?

Nora secoua la tête et s'assit à côté de lui.

— Que notez-vous dans votre carnet ?

Swire enleva des miettes coincées dans sa moustache.

— Des poèmes, rien de plus. Des vers de cow-boy. Un de mes à-côtés.

— Vraiment ? Je peux voir ?

Swire hésita :

— C'est qu'ils sont censés être dits, pas lus. Mais je vous en prie, allez-y.

Nora feuilleta le carnet corné. Elle découvrit des bouts de poèmes, pas plus de dix ou douze lignes pour la plupart. Vers les dernières pages, elle en trouva d'une nature complètement différente : plus longs, plus sérieux. Il y en avait même un qui semblait écrit en latin. Elle revint à celui qui s'appelait « Hurricane Deck ».

— C'est à propos du cheval de Smithback ?

Swire acquiesça.

— C'est une vieille histoire, ce cheval et moi. Mais il faut que je retravaille la dernière strophe. Elle est bancale. Elle se termine de manière trop abrupte.

— Il était vraiment sauvage quand vous l'avez attrapé ?

— Et comment. Un été que je menais des chevaux de charge au T-cross à Dubois, dans le Wyoming, j'ai entendu parler de ce mustang buckskin que personne n'arrivait à attraper. Un hors-la-loi, qui n'avait jamais été marqué, qui s'enfuyait dans les montagnes dès qu'il apercevait des cavaliers. Et puis une nuit, je l'ai vu. Effrayé par un éclair, il est passé au ras du dortoir. J'ai poursuivi ce salopard pendant trois jours.

— Trois jours ?

— Je n'ai pas arrêté de lui couper sa fuite vers les montagnes, de le forcer à revenir vers le ranch. Chaque fois, je prenais une nouvelle monture. J'en ai épuisé six avant de lui passer la corde au cou. Un sacré cheval. Il est capable de franchir une clôture en barbelé et je l'ai vu traverser le plus tranquillement du monde une grille à bétail.

Nora lui rendit son carnet.

— Ils sont excellents, à mon avis.

— Bah ! fit Swire, mais il avait l'air content.

— Où avez-vous appris le latin ?

— Grâce à mon père. Il était pasteur et il me tannait toujours pour que je lise ceci ou cela. Il s'était mis dans le crâne que si je savais le latin cela me calmerait. C'est la troisième satire d'Horace qui m'a décidé à ficher le camp.

Il se tut et caressa sa moustache en observant le cuisinier.

— C'est un excellent maître queux, mais c'est un drôle de zigue, non ?

Nora regarda la haute silhouette trapue de Bonarotti. Ses ablutions terminées, le cuisinier se préparait à se coucher. Avec un soin extrême, il gonfla un matelas, s'appliqua des crèmes de nuit et prépara ce qui ressemblait à un filet à cheveux et à un masque facial.

— Qu'est-ce qu'il fabrique ? marmonna Swire en voyant Bonarotti fourrer ses doigts dans les oreilles.

— Le coassement des grenouilles perturbe son sommeil, dit Sloane Goddard émergeant de l'obscurité. (Elle eut son rire bas et rauque.) Alors il a apporté des boules Quies. Et il a un petit oreiller en soie qui ferait verdir ma grand-tante de jalousie.

— Drôle de zigue, répéta Swire.

— Peut-être, fit Sloane en se tournant vers le cow-boy, qu'elle regarda des pieds à la tête, un sourcil levé. Mais ce n'est pas une mauviette. Je l'ai vu sur le Denali, dans le blizzard, par moins quarante. Rien ne le déroute. On le dirait dénué de sentiments.

Le cuisinier se glissa sous sa tente et descendit la fermeture Éclair. Nora se tourna vers Sloane.

— Parlez-moi de votre reconnaissance. Comment c'est, plus haut ?

— Pas terrible. Des saules, des thuyas et des buissons épineux très denses, avec plein de rochers épars.

— Vous êtes allée loin ?

— Environ deux kilomètres.

— Les chevaux peuvent passer ? demanda Swire.

— Oui. Mais il va falloir y aller à la serpe et à la hache. Et l'eau est plutôt rare. (Sloane jeta un coup d'œil vers les autres membres du groupe, qui sirotaient leur café près du feu.) Certains vont être désagréablement surpris.

— Quelle quantité d'eau ?

— Une flaque ici et là. Cela se raréfie en remontant. Et ce n'est pas tout. (Elle tira de sa poche une carte et une minitorche.) J'ai étudié les lieux. Votre père a trouvé Quivira vers le haut du réseau de canyons, non ?

Nora fronça les sourcils ; elle ignorait que Sloane avait apporté une carte.

— C'est à peu près ça.

— Et nous sommes ici, montra Sloane. Regardez ce qu'il y a entre nous et Quivira.

Elle braqua la mini-torche sur un endroit de la carte où les lignes d'altitude se regroupaient en une vilaine masse noire : une crête, élevée, difficile et dangereuse.

— Je n'ignore rien de cette crête, fit Nora, consciente d'être sur la défensive. Mon père l'appelait le Dos du Diable. Mais je ne vois pas pourquoi on inquiéterait tout le monde de manière prématurée.

Sloane éteignit sa torche et replia sa carte.

— Qu'est-ce qui vous fait penser que nos chevaux sont capables de la franchir ?

— Mon père a trouvé un moyen de le faire. S'il a pu y arriver, nous aussi.

Sloane la dévisagea longuement, sans se départir de son expression amusée. Puis elle acquiesça.

18.

Le lendemain matin, après un petit déjeuner à peine moins miraculeux que le précédent, Nora réunit le groupe à côté des chevaux de charge.

— Cela va être une rude journée. Nous allons probablement faire pas mal de marche.

— Ce n'est pas de refus, fit Holroyd. J'ai mal à des endroits que j'ignorais posséder.

Il y eut des murmures d'acquiescement.

— Pourrais-je avoir un autre cheval de charge ? demanda Smithback, adossé à un rocher.

Swire cracha un filet de jus de tabac.

— Un problème ?

— Oui. Gros comme un cheval. Beetlebum n'arrête pas d'essayer de me mordre.

Le cheval hocha vigoureusement la tête, avant de hennir méchamment.

— Il doit apprécier l'odeur du jambon, répondit Swire.

— M. Prosciutto, pour vous servir !

— Il s'amuse, c'est tout. S'il voulait vraiment mordre, vous le sauriez. Il a le sens de l'humour, tout comme vous, conclut le cow-boy en jetant un coup d'œil à Nora.

Malgré elle, cette dernière n'était pas mécontente des déconvenues du journaliste.

— Roscoe a raison. Je préférerais ne pas faire de changements à moins qu'on n'y soit forcé. Accordons-lui un jour de plus. (Elle monta en selle et donna le signal.) Sloane et moi jouerons les éclaireurs. Roscoe fermera la marche.

Ils suivirent le lit du ruisseau à sec, les chevaux poussant les broussailles denses. Il faisait chaud dans ce canyon étroit qui n'offrait aucun des charmes de la balade de la veille. Une paroi disparaissait dans une profonde ombre pourpre tandis que l'autre était baignée de soleil, un contraste presque douloureux à l'œil. Des thuyas et des saules formaient une arche au-dessus de leurs têtes, un tunnel brûlant qui bourdonnait de vilains taons aux dimensions démesurées.

Les broussailles s'épaissirent ; Nora et Sloane descendirent de cheval pour ouvrir un chemin à la hache. Une tâche épuisante. Pour aggraver le tout, elles ne découvrirent que quelques flaques d'eau stagnantes qui ne suffirent pas à étancher la soif des chevaux. Les cavaliers semblaient tenir assez bien le coup, à l'exception de Black qui protesta lorsqu'on lui annonça qu'il allait falloir rationner l'eau. Nora se demanda comment il réagirait au Dos du Diable. Sa personnalité commençait à représenter un prix cher à payer pour les connaissances qu'il apportait.

Ils arrivèrent enfin au bord d'une grande mare boueuse, nichée de l'autre côté d'un éboulis. Les chevaux se ruèrent dessus. Dans le feu de l'action, Holroyd lâcha la corde de son cheval de charge, qui en profita pour sauter dans la mare.

Swire se retourna en entendant le bruit.

— Attendez ! cria-t-il.

Mais il était trop tard.

Il y eut un silence soudain, terrifiant, quand le cheval comprit qu'il s'enfonçait dans les sables mouvants. Puis, dans une explosion de muscles, la bête tenta de reculer, se cabra, agita les jambes, hennissant de terreur au milieu des éclaboussures de boue. Au bout de quelques minutes, elle se laissa retomber dans la vase, les flancs frémissant de panique.

Sans hésiter, Swire sauta à côté du cheval, sortit son couteau et, de deux coups adroits, coupa les sangles. Sous les yeux de Nora, environ cent kilos de provisions glissèrent dans la boue. Swire tira le cheval à l'aide de sa corde, tout en lui cravachant l'arrière-train. Dans un grand bruit de succion, la bête s'extirpa de son piège. Swire repartit récupérer la charge. Rengainant son couteau, il prit la corde de l'animal tremblant et la tendit sans un mot à Holroyd.

— Désolé, fit le jeune homme piteusement, en jetant un regard affreusement gêné à Nora.

Swire se fourra une chique au creux de sa joue déjà pleine.

— Pas de problème. Cela aurait pu arriver à n'importe qui.

Swire et la charge disparaissaient sous une couche de boue à l'odeur nauséabonde.

— Peut-être est-ce le moment de nous arrêter pour déjeuner, proposa Nora.

Les chevaux désaltérés et les gourdes remplies d'eau fraîche, la petite troupe repartit après une rapide collation. La chaleur croissante avait plongé le canyon dans une sorte de somnolence oppressante et on n'entendait plus guère que le claquement des sabots et les marmonnements de Smithback contre son cheval de charge.

Le chemin bifurqua de nouveau dans un canyon sans nom. Là, les parois, plus rapprochées, avaient été littéralement décapées par les crues éclairs. Les broussailles se faisant plus rares, la progression devint moins difficile. Dans une courbe où le canyon s'élargissait provisoirement, Nora ralentit l'allure et attendit que Sloane la rejoigne. Regardant distraitement autour d'elle, elle se raidit soudain et montra du doigt un endroit où les crues éclairs avaient mis à nu l'ancien lit du ruisseau.

— Vous voyez ce que je vois ? demanda-t-elle en indiquant une longue étendue étroite de terre tachée à côté de ce qui ressemblait à un alignement de pierres.

— Du charbon de bois, dit Sloane.

Elles descendirent de cheval pour examiner le sol. Nora ramassa de minuscules fragments de charbon de bois avec une pince à épiler pour les placer dans une éprouvette.

— Juste comme la grande route du nord vers Chaco, murmura-t-elle.

Puis elle se redressa et regarda Sloane.

— Je pense que nous avons enfin trouvé la route que mon père suivait.

— Je n'ai jamais douté que nous la trouverions, fit Sloane avec un sourire.

Ensuite, à chaque bifurcation ou dénivellation du canyon, de la terre tachée de charbon de bois apparaissait et, de temps à autre, des alignements de pierres. Nora se surprit parfois à imaginer son père : suivant la même piste, voyant les mêmes choses. Cela lui donna l'impression d'être reliée à lui, elle n'avait rien ressenti de tel depuis sa mort.

Vers trois heures, ils s'arrêtèrent sous un surplomb pour reposer leurs montures.

— Hé, regardez ! fit Holroyd en montrant une grosse plante verte couverte de fleurs blanches en forme d'entonnoir qui poussait dans le sable. *Datura meteloides.* Ses racines sont saturées d'atropine – le même poison que dans la belladone.

— Il ne faut pas que Bonarotti la voie, intervint Smithback.

— Certaines tribus indiennes mangent ces racines pour avoir des visions, dit Nora.

— Au prix de lésions cérébrales irréversibles, compléta Holroyd.

Ils grignotèrent des fruits secs et des noix, assis dos au rocher. Sloane sortit ses jumelles et se mit à examiner une série de niches dans le canyon en cul-de-sac qui leur faisait face.

Elle se tourna vers Nora.

— C'est bien ce que je pensais. Il y a un petit habitat troglodytique là-bas. Le premier que je vois depuis notre départ.

Prenant les jumelles, Nora regarda la petite ruine, haut perchée dans la paroi. Elle était installée à l'intérieur d'une niche peu profonde, orientée au sud à la manière anasazie, une garantie d'ombre en été et de chaleur en hiver. À sa base courait un mur bas de soutènement, devant ce qui ressemblait à plusieurs salles et un grenier circulaire, placé sur le côté.

— Faites voir, demanda Holroyd qui contempla la ruine, immobile. Incroyable, finit-il par lâcher.

— Il existe des milliers de petites ruines de ce genre dans la région des canyons de l'Utah, dit Nora.

— Comment vivaient-ils ? demanda Holroyd, regardant toujours à travers les jumelles.

— Ils devaient exploiter le fond du canyon – blé, courges et haricots. Ils chassaient et ramassaient des plantes. Je dirais que celle-ci abritait une seule famille.

— Je n'arrive pas à croire qu'ils aient pu élever des enfants là-dedans, dit Holroyd. Il faut être drôlement courageux pour vivre sur une paroi pareille.

— Ou nerveux, ajouta Nora. Il y a pas mal de controverses sur les raisons pour lesquelles les Anasazis ont soudain abandonné leurs pueblos des plaines afin de se retirer dans ces habitations troglodytiques inaccessibles. Certains prétendent que c'était pour se défendre.

— Pour moi, l'explication est simple, intervint Smithback en prenant les jumelles. Faut vraiment y être obligé pour vivre là-haut. Non seulement il n'y a pas d'ascenseurs, mais Pizza Hut doit refuser de livrer.

— Ce choix paraît étrange parce qu'il n'existe pas de preuves d'une guerre ou d'une invasion, continua Nora. Tout ce que nous savons, c'est que les Anasazis ont soudain battu en retraite dans ces falaises où ils sont restés un moment avant d'abandonner complètement la région des Four Corners. Certains archéologues attribuent ce phénomène à une décomposition totale du tissu social.

Sloane avait examiné les falaises en se protégeant les yeux d'une main. Elle reprit les jumelles à Smithback et étudia plus soigneusement la paroi.

— On dirait qu'on peut y monter. Après le talus, il y a une voie d'escalade dans le grès jusqu'à la saillie. (Elle baissa les jumelles et regarda Nora, les yeux brillant d'excitation.) On a le temps d'essayer ?

Nora jeta un coup d'œil à sa montre. Ils étaient déjà très en retard ; une heure de plus ne ferait pas grande différence et ils avaient effectivement l'obligation d'effectuer un relevé du plus grand nombre de ruines possible. En outre, cela pourrait regonfler le moral des troupes. Elle contempla la petite ruine, sentant sa propre curiosité s'éveiller. Son père l'avait peut-être explorée. Il avait peut-être même laissé ses initiales sur une roche pour marquer son passage.

— D'accord, dit-elle en prenant son appareil photo. Cela n'a pas l'air trop difficile.

— Je peux venir ? s'écria Holroyd excité. J'ai fait un peu d'escalade à l'université.

Nora regarda son visage empourpré d'impatience. Pourquoi pas ?

— Je suis sûre que M. Swire serait ravi d'accorder un repos supplémentaire aux chevaux. Qui d'autre vient ?

Black eut un petit rire.

— Non merci. Je tiens à ma peau.

Aragon leva le nez de son carnet et secoua la tête. Bonarotti était parti cueillir des champignons. Smithback s'étira voluptueusement.

— Je pense que je ferais mieux de vous suivre, madame la Présidente. Cela la ficherait mal que vous trouviez la pierre de Rosette anasazie pendant que j'ai le dos tourné.

Ils traversèrent le ruisseau, franchirent de gros rochers, et escaladèrent le talus. La paroi de grès, à pic, était parsemée d'encoches usées.

— Voilà la voie d'escalade, annonça Nora. Les Anasazis l'ont creusée avec des marteaux en quartzite.

— Je passe la première, dit Sloane.

À la surprise de Nora, elle monta avec agilité, mains et pieds trouvant les points d'appui avec l'assurance instinctive d'un alpiniste chevronné.

— Venez ! leur cria-t-elle une minute plus tard, agenouillée sur le rebord au-dessus de leurs têtes.

Holroyd la suivit. Smithback grimpa ensuite avec précaution la paroi de grès, s'accrochant aux prises étroites, le visage couvert de sueur. Nora attendit qu'il soit arrivé à bon port pour prendre sa suite.

Ils reprirent leur souffle. Dans le camp à leurs pieds, les chevaux paissaient sur un tablier de sable et les hommes étaient réduits à des taches de couleur contre les falaises rouges.

Sloane se releva.

— Prêts ?

— Allons-y.

Ils longèrent l'étroite saillie. Elle mesurait environ soixante centimètres de large, mais elle était un peu en pente et parsemée de fragments de grès qui roulaient sous leurs pieds. Puis elle s'élargit, et, après un virage, la ruine apparut.

La niche mesurait dans les quinze mètres de longueur, environ quatre mètres cinquante de profondeur, et trois mètres de hauteur. Au bord, un mur de soutènement bas avait été construit puis rempli de gravats pour en égaliser la surface. Derrière se trouvaient quatre petites maisons de pierres plates jointes à la boue, l'une munie d'une porte, les autres de minuscules fenêtres. Les bâtisseurs s'étaient servis du toit de grès naturel de la niche comme plafond.

Nora se tourna vers Holroyd et Smithback.

— Je pense que Sloane et moi devrions procéder à un premier enregistrement. Cela ne vous ennuie pas d'attendre ici quelques minutes ?

— Seulement si vous jurez de ne rien trouver, répondit Smithback.

Nora prit son appareil photo et longea lentement la façade, en photographiant l'extérieur du bâtiment. La connaissance que Sloane avait du gros Graflex 4 x 5 faisait d'elle la photographe officielle de l'expédition, cependant Nora aimait bien conserver ses propres archives des sites qu'elle étudiait.

Elle s'arrêta pour examiner de plus près le mur plâtré. On voyait les empreintes des mains de celui qui avait étalé l'adobe. Elle prit un gros plan, puis un autre lorsqu'elle remarqua une série nette d'empreintes. Il n'était pas inhabituel de trouver des empreintes préservées dans le plâtre et sur la poterie cannelée anasazie, mais elle ne détestait pas en garder une trace quand l'occasion se présentait. C'était un moyen de ne pas oublier que l'archéologie visait en définitive à étudier des gens, non des objets – chose que, selon elle, nombre de ses confrères semblaient oublier.

Elle trouva l'habituel semis de tessons de poterie sur le sol – surtout de la poterie blanche Mesa Verde Pueblo III et un peu de poterie grise cannelée plus tardive de style Tusayan. 1240 av. J-C, songea-t-elle sans surprise.

Après avoir rapidement relevé le plan de la ruine, Sloane sortit une pince à épiler et des sacs en plastique de son sac à dos. Marquant les sacs à l'aide d'un gros feutre, elle ramassa soigneusement un échantillon de tessons de poterie et des bouts d'épis de maïs avec la pince à épiler, les glissa dans les sacs puis nota leur position sur le plan. Elle travaillait avec rapidité et dextérité, sous les yeux d'une Nora de plus en plus surprise. Sloane semblait savoir exactement quoi faire. Elle procédait comme si elle avait déjà participé à de nombreuses fouilles.

Se munissant ensuite d'un petit instrument chromé qui fonctionnait à piles, elle s'approcha d'une poutre qui dépassait de l'un des murs. Il y eut un petit couinement, et Nora comprit qu'elle prélevait un morceau de bois pour le dater. En étudiant les cernes de croissance, un spécialiste en dendrochronologie comme Black pourrait dire en quelle année l'arbre avait été coupé. Nora eut une soudaine bouffée d'agacement devant cette intrusion mécanique dans ce site – ou peut-être parce que Sloane avait agi sans lui demander son autorisation. Elle se rapprocha instinctivement.

Levant les yeux, Sloane déchiffra aussitôt son expression.

— J'ai bien fait ?

— La prochaine fois, discutons-en d'abord.

— Désolée, dit Sloane sur un ton d'autant plus agaçant qu'il paraissait complètement dénué de sincérité. J'ai juste pensé que cela pourrait être utile...

— Ce sera utile, concéda Nora en s'efforçant de ne pas élever la voix. Ce n'est pas là le problème.

Sloane la dévisagea, d'un regard presque insolent. Puis le sourire insouciant réapparut.

Nora se tourna vers la porte. Elle était consciente que son irritation venait en partie du sentiment flou et irrationnel que l'on menaçait son autorité. Elle ne savait pas que Sloane possédait une telle expérience du terrain : elle pensait être obligée de l'initier aux données de base. Elle regretta immédiatement son mouvement d'humeur ; il fallait admettre que l'échantillon, à peine plus épais qu'un crayon, contenait probablement les renseignements les plus utiles qu'ils tireraient des ruines.

Elle braqua une torche dans la première salle et découvrit un intérieur relativement bien préservé. Les murs, enduits de plâtre, montraient encore des traces de fresques. Le sol était couvert de poussière et de sable accumulés au cours des siècles. Dans un coin, le bord d'une meule dépassait de la poussière, à côté d'un *mano* cassé.

Avec son flash, elle prit une nouvelle série de photos de cette salle et de la suivante, qui était exceptionnellement poussiéreuse et – fait très inhabituel – semblait avoir été à une époque enduite d'une épaisse peinture noire. Ou peut-être cela venait-il de la fumée d'un feu de cuisine. Passant sous une porte basse, Nora pénétra dans la troisième salle. Vide elle aussi, à part une cheminée munie de plusieurs chenets soutenant encore un *comal*, c'est-à-dire une pierre à cuire polie. Le plafond de grès était noirci de suie, et il flottait encore dans la pièce une faible odeur de charbon de bois. Une série de trous dans le mur en plâtre avait dû servir à maintenir un métier à tisser.

Rebroussant chemin, Nora se retrouva dans la soudaine chaleur du soleil et fit signe à Holroyd et à Smithback d'entrer.

— Incroyable, murmura Holroyd admiratif. Je n'ai jamais rien vu de pareil. Je n'arrive toujours pas à croire que des gens aient pu vivre ici.

— Moi non plus, renchérit Smithback. Et en plus ils n'avaient même pas le câble.

— Rien ne ressemble à l'atmosphère de ces ruines, dit Nora. Même quand elles sont aussi banales que celles-ci.

— Banales pour vous ! fit Holroyd.

— Vous n'étiez jamais entré dans une ruine anasazie ?

Holroyd secoua la tête.

— Seulement à Mesa Verde, quand j'étais gosse. Mais j'ai tout lu sur le sujet. Wetherill, Bandelier, tout. Une fois adulte, je n'ai jamais eu le temps ni l'argent pour voyager.

— On va les appeler les ruines de Pete, alors.

Holroyd rougit.

— Vraiment ?

— Bien sûr. Nous sommes l'Institut : nous pouvons les baptiser comme bon nous semble.

Holroyd la contempla un long moment, les yeux brillants. Puis il lui prit la main et la serra brièvement entre les siennes. Nora sourit et se dégagea doucement. Elle aurait peut-être mieux fait de retenir sa langue.

Sloane émergea du fond de la ruine, remettant son sac sur son épaule.

— Vous avez vu quelque chose ? demanda Nora en prenant une gorgée de sa gourde et en l'offrant aux autres.

Elle savait que la plupart des spécimens d'art lithographique avaient été trouvés derrière les habitations troglodytiques.

— Une douzaine de pictogrammes. Dont trois spirales inversées.

Nora sursauta, surprise.

— Quoi ? fit Holroyd.

— Eh bien, dans l'iconographie anasazie, tout ce qui est dans le sens inverse des aiguilles d'une montre est généralement associé à des forces surnaturelles négatives. On considérait le sens des aiguilles d'une montre ou « du soleil » comme la direction du déplacement du soleil dans le ciel. Le sens contraire était donc regardé comme une perversion de la nature, une inversion de l'équilibre naturel.

— Une perversion de la nature ? s'exclama Smithback, soudain intéressé.

— Oui. Aujourd'hui, dans certaines cultures indiennes, la spirale inversée est encore associée à la sorcellerie.

— Et j'ai trouvé ça, dit Sloane en brandissant un petit crâne humain cassé.

— Où ? demanda sèchement Nora.

— Là, derrière, à côté du grenier, fit l'autre sans se démonter.

— Et vous l'avez ramassé ?

— Pourquoi pas ? rétorqua Sloane en plissant les yeux.

On aurait dit un chat devant une menace.

— D'abord, on ne dérange pas de restes humains à moins que ce ne soit absolument essentiel. En plus, vous l'avez touché, ce qui signifie que nous ne pouvons pas faire de recherche d'ADN du collagène osseux. Et enfin, vous ne l'avez même pas photographié *in situ.*

— Je l'ai juste ramassé, protesta Sloane à voix basse.

— Je croyais avoir clairement précisé que nous devions en discuter d'abord.

Il y eut un silence tendu. Puis Nora entendit un grattement derrière elle et elle jeta un coup d'œil à Smithback.

— Qu'est-ce que vous faites ?

— Je prends des notes, c'est tout, dit-il en serrant son carnet contre lui.

— Vous transcrivez notre discussion ? s'écria Nora.

— Et pourquoi pas ? C'est vrai quoi, les drames humains font autant partie de cette expédition que…

Holroyd lui arracha le carnet des mains et déchira la page.

— C'était une conversation privée, lui dit-il en lui rendant son bien.

— C'est de la censure !

Soudain Nora entendit un ronronnement qui se transforma en énorme rire. L'œil brillant, Sloane les contemplait tous les trois, le crâne toujours à la main.

Nora inspira un grand coup et ignora cette manifestation d'hilarité. Garder son calme.

— Maintenant que le mal est fait, nous allons apporter ce crâne à Aragon pour qu'il l'analyse. En partisan du RDS, il émettra peut-être des objections, mais il est trop tard. Sloane, il n'est plus question que vous vous livriez à des violations de ce genre sans mon autorisation expresse. C'est compris ?

— Compris, répondit Sloane l'air contrit, en tendant l'objet du délit à Nora. Je n'ai pas réfléchi. Prise dans le feu de l'action, certainement.

Nora glissa le crâne dans un sac à échantillon et le fourra dans son sac. Elle avait cru détecter du défi dans la manière dont Sloane avait brandi le crâne et elle se demanda s'il ne s'agissait pas d'une provocation délibérée. Après tout, il était évident qu'elle n'ignorait rien des règles du travail de terrain. Puis Nora se dit qu'elle donnait dans la paranoïa. Elle se rappela en frémissant ce jour où, découvrant une superbe pointe folsom dans une fouille, elle l'avait retirée de sa strate, avant de voir les expressions horrifiées de son entourage.

— Qu'est-ce que le RDS ? demanda Smithback. Un genre de contrôle des naissances ?

— Non. Cela veut dire Respect Du Site. L'idée qu'un site archéologique ne devrait jamais être dérangé physiquement. Les gens comme Aragon estiment que toute intrusion, si soigneuse ou subtile soit-elle, détruit le site pour les archéologues qui pourraient venir ensuite équipés d'instruments plus sophistiqués. Ceux-ci ont tendance à travailler avec des objets qui ont été mis au jour par d'autres.

— Les défenseurs du RDS considèrent les archéologues traditionnels comme des obsédés du vestige qui creusent en quête d'objets au lieu de reconstruire des cultures, ajouta Sloane.

— Mais si Aragon pense ça, pourquoi est-il venu ? demanda Holroyd.

— Il n'est pas totalement puriste. Je suppose que pour un projet potentiellement aussi important que celui-ci il est prêt à mettre ses sentiments personnels de côté dans une certaine mesure. Il pense sans doute que si quelqu'un doit toucher à Quivira autant que ce soit lui, exposa Nora. Qu'est-ce que vous dites de ces murs ? continua-t-elle en s'adressant à Sloane. Ce n'est pas de la suie, on dirait une épaisse substance séchée, comme de la peinture. Mais je n'ai encore jamais vu de pièce anasazie peinte en noir.

— Je donne ma langue au chat, répondit Sloane en sortant une petite pipette et un grattoir de son sac. Je peux prendre un échantillon ?.... Madame la Présidente ?

Ce n'était déjà pas drôle que Smithback l'appelle ainsi, mais cela le devenait encore moins dans la bouche de Sloane. Pourtant, Nora acquiesça sans un mot et la regarda gratter des poussières en direction du tube avant de fermer celui-ci.

Le soleil, bas dans le ciel à présent, striait les murs de bandes obliques.

— Rentrons, déclara Nora.

Avant de s'engager sur le rebord, elle jeta un coup d'œil aux spirales inversées sur le mur derrière la ruine. Elle frissonna malgré la chaleur.

19.

Ce soir-là, ils furent obligés de camper dans un endroit sans point d'eau. Les chevaux avaient soif et faim et, au coucher du soleil, le groupe avait sérieusement entamé ses réserves liquides. Aragon reçut le crâne avec la désapprobation muette à laquelle Nora s'était attendue. Ils se couchèrent tôt, endoloris et las, et dormirent comme des bûches.

Peu après avoir repris la route, le lendemain matin, ils arrivèrent à un carrefour de trois canyons étroits. Malgré un examen minutieux, Nora et Sloane ne parvinrent pas à trouver de traces de l'ancienne route ; ou bien elle était enterrée, ou bien elle avait été emportée par les crues. Le laptop GPS ne fonctionnait toujours pas et la carte de Holroyd n'était pas d'une grande aide. Les données du radar devinrent un labyrinthe de couleurs.

Nora fut également incapable de trouver une preuve du passage de son père. Elle savait que, dans la tradition de Frank Wetherill et des autres premiers explorateurs, il lui arrivait de signaler son passage en gravant la date de celui-ci et ses initiales dans la roche. Elle s'inquiétait de plus en plus de n'avoir rien vu de lui.

Pendant le reste de la journée, le groupe progressa péniblement à travers un dédale de canyons fracturés, s'enfonçant de plus en plus dans un monde surréaliste, onirique. Les murs de pierre muets gardaient les traces de siècles de fureur : soulèvement et érosion, crues, tremblements de terre, usure incessante du vent. À chaque virage, Nora se rendait compte qu'avancer à l'estime était de plus en plus difficile et risqué. Chaque claquement de sabot les éloignait de la civilisation, du confort et du connu, pour les enfoncer dans un paysage étrange de mystère. Les habitats troglodytiques se multiplièrent, cachés dans les parois, lointains et inaccessibles. En s'arrêtant pour la dixième fois afin d'étudier la carte, Nora eut le sentiment irrationnel de pénétrer dans une zone interdite.

Le soir, ils étaient tellement épuisés qu'ils mangèrent en silence le dîner froid improvisé. Le manque d'eau avait obligé Nora à instituer un rationnement sévère. Forcé de cuisiner sans eau et dans une vaisselle sale, Bonarotti se renfrogna.

Après le dîner, le groupe gravita mollement vers le feu de camp. Swire les rejoignit après avoir jeté un dernier coup d'œil aux chevaux.

Il s'assit près de Nora.

— Demain matin, les bêtes n'auront pas bu d'eau digne de ce nom depuis trente-six heures. Je ne sais pas combien de temps elles pourront encore tenir.

— Franchement, c'est le cadet de mes soucis, s'écria Black. Je me demande plutôt combien de temps nous allons encore tenir.

Swire se tourna vers lui.

— Vous n'avez pas l'air de comprendre que si les chevaux meurent nous aussi. C'est pas plus compliqué que ça.

Nora jeta un coup d'œil à Black. À la lueur du feu, il était blême, et on lisait une panique naissante au fond de ses yeux.

— Tout va bien, Aaron ?

— Vous avez dit que nous atteindrions Quivira demain, répondit-il d'une voix rauque.

— Ce n'était qu'une estimation. Cela prend plus longtemps que je ne l'avais cru.

— Foutaises. Je vous ai observée tout l'après-midi, à vous débattre avec vos cartes et à essayer de faire fonctionner ce foutu GPS. Je pense que nous sommes perdus.

— Non, je ne crois pas que nous soyons perdus.

— C'est censé nous encourager ? Et où est donc cette route ? Nous l'avons vue hier. En principe. Mais elle a disparu.

Nora avait déjà rencontré ce type de réaction dans le désert. Ce n'était jamais agréable.

— Tout ce que je peux dire, c'est que nous y arriverons, probablement demain, certainement après-demain.

— Probablement ! ricana Black en claquant des mains sur les genoux. Probablement !

Dans la lumière vacillante, Nora regarda le reste du groupe. Tout le monde était sale à cause du manque d'eau et couvert d'égratignures à force de franchir des broussailles. Seuls Sloane qui faisait pensivement couler du sable entre ses doigts et Aragon, avec son habituelle expression lointaine, paraissaient indifférents. Holroyd fixait les flammes, pour une fois sans livre à ses côtés. Les cheveux de Smithback étaient plus ébouriffés que jamais, ses genoux maigres noirs de poussière. En début d'après-midi, il s'était lancé dans un long discours pour expliquer que, si Dieu avait voulu que l'homme monte, il aurait mis un coussin sur le dos de l'animal. Même le fait que Beetlebum, devenu apathique, ait cessé d'essayer de le mordre constituait une maigre consolation.

Le découragement régnait dans les rangs, et on avait du mal à croire que ce changement s'était produit en moins de quarante-huit heures de progression difficile. Mon Dieu, pensa Nora, s'ils ressemblent à cela, quelle tête dois-je avoir ?

— Je comprends votre inquiétude. Je fais mon possible. Si l'un de vous a des idées constructives, elles sont les bienvenues.

— Il faut poursuivre, dit Aragon avec une assurance tranquille. Et arrêter de geindre. Les hommes du XXe siècle ne sont pas habitués aux vrais défis physiques. Les gens qui habitaient ces canyons affrontaient quotidiennement ce genre de soif et de chaleur, sans se plaindre, conclut-il en jetant aux autres un regard sardonique.

— Oh ! là, je me sens déjà mieux, fit Black. Et moi qui croyais souffrir de la soif !

— Vous souffrez davantage d'un trouble chronique de la personnalité que de la soif, docteur Black.

Black se tourna vers lui, muet de rage. Puis il se redressa péniblement et partit en silence vers sa tente.

Nora le regarda s'éloigner. Mais que se passait-il donc ? Ce qui paraissait si simple sur le papier – la route anasazie, les descriptions de la lettre de son père – était devenu affreusement compliqué sur le terrain. Et cela risquait de s'aggraver : demain après-midi, si elle n'avait pas fait d'erreurs, ils atteindraient le Dos du Diable, l'arête massive en dos-d'âne qui séparait leur réseau de canyons du réseau encore plus éloigné et isolé au fond duquel Quivira se nichait. Sur la carte, l'arête avait l'air infranchissable. Pourtant son père l'avait passée à cheval. Forcément. Mais pourquoi n'avait-il pas laissé de signes derrière lui ? Soudain elle sut : il voulait garder pour lui seul le secret de l'emplacement de Quivira. Pour la première fois, elle comprit que le flou de la lettre était délibéré.

Le groupe commença à se disperser. Il ne restait plus que Smithback, qui somnolait, et Aragon, qui fixait le feu d'un air méditatif. Nora sentit un mouvement à côté d'elle ; Sloane s'assit.

— Cet endroit n'est pas si mal, dit-elle. Regardez-moi ça.

Elle désignait une pointe de flèche parfaite, taillée dans une agate blanche comme neige mouchetée de rouge, à moitié enterrée dans le sable.

Nora la ramassa avec soin et l'examina.

— Incroyable, non, comme ils vénéraient la beauté ? Ils choisissaient toujours les plus belles matières pour leurs outils en pierre. C'est de l'agate de Lobo Mesa, provenant d'une carrière du Nouveau-Mexique à cinq cents kilomètres au sud-est d'ici. Jusqu'où ils étaient prêts à aller pour obtenir de la belle camelote !

Elle tendit l'objet à Sloane qui la regardait curieusement.

— Belle démonstration d'identification, dit cette dernière, réellement admirative. (Elle prit la pointe qu'elle posa délicatement dans le sable.) Peut-être devrait-elle rester ici, après tout.

Aragon sourit.

— C'est toujours plus satisfaisant de laisser quelque chose à sa place plutôt que d'aller l'enfermer dans un sous-sol de musée.

Tous trois se turent, perdus dans la contemplation des flammes.

— Je ne suis pas mécontente que vous ayez remis les pendules à l'heure, finit par dire Nora à Aragon.

— Peut-être aurais-je dû le faire beaucoup plus tôt. Qu'est-ce que vous avez l'intention de faire de lui ?

— Black ? Rien pour le moment.

— Je le connais depuis longtemps et il a toujours été très imbu de lui-même. Avec raison – il est le meilleur dans sa partie. Mais il vient de révéler une facette que je ne lui connaissais pas encore. Ce doit être la peur. Certains hommes s'effondrent psychologiquement dès qu'on les éloigne de la civilisation, des téléphones, des hôpitaux, des voitures, de l'électricité.

— C'est ce que je pensais. Si c'est le cas, une fois que nous aurons dressé le camp et rétabli la communication avec le monde extérieur, il se calmera.

— Je le crois. Mais cela n'a rien de sûr.

— Et alors ? fit Sloane après un silence.

— Et alors quoi ?

— Sommes-nous perdus ? demanda-t-elle douce

— Je l'ignore, soupira Nora. On devrait le savoir demain.

Aragon grogna :

— S'il s'agit effectivement d'une route anasazie, elle ne ressemble en rien à celles que je connais. On dirait que les Anasazis ont voulu effacer toute trace de son existence. (Il secoua la tête.) Je sens un côté obscur, malfaisant dans cette route.

— Pourquoi dites-vous cela ?

Sans rien dire, le Mexicain tira de son sac l'éprouvette contenant les paillettes de peinture noire.

— J'ai procédé à un test très simple, une réaction que l'on utilise dans la médecine légale et dans la police pour repérer la présence de sang humain. Expérience concluante, dit-il calmement. Ce n'est pas de la peinture que vous avez vue. Mais du sang humain. Des couches successives de sang desséché.

— Mon Dieu ! fit Nora. Le passage du compte rendu de Coronado lui revint en mémoire : « Dans leur langue, Quivira veut dire “La maison de la falaise sanglante”. » Peut-être la « falaise sanglante » était-elle plus qu'une image...

Aragon sortit un sac matelassé dont il tira soigneusement le petit crâne découvert aux ruines de Pete. Il le tendit à Nora.

— Après cette découverte, j'ai décidé d'examiner de plus près le crâne que vous avez trouvé. Hier soir dans ma tente je me suis efforcé de parvenir à une conclusion : c'est celui d'une petite fille de neuf ou dix ans. Une Anasazie sans l'ombre d'un doute : l'arrière du crâne aplati est typique d'une petite enfance passée dans un berceau de planches dures. Au début, je l'ai crue victime d'une mort accidentelle, assommée par une pierre peut-être. Mais en y regardant de plus près, j'ai remarqué ces rainures à l'arrière du crâne, au centre. Elles ont été faites avec un couteau en silex.

— Non, murmura Sloane.

— Si ! Cette petite fille a été scalpée.

20.

Skip Kelly longeait d'un pas nonchalant une allée ombragée du campus impeccable de l'Institut en frottant ses yeux larmoyants. C'était une matinée d'été superbe, chaude, sèche et pleine de promesses. Le soleil baignait d'une lumière soyeuse le bâtiment et la pelouse, et une fauvette chantait à tue-tête dans un lilas.

— La ferme ! grogna Skip.

L'oiseau obtempéra.

Skip se dirigeait vers un long bâtiment bas, dans le style néo-pueblo, aux mêmes nuances discrètes que le reste de l'Institut : le lieu des assemblages. Il ouvrit la porte et entra.

La porte se referma derrière lui avec un couinement qui le fit grimacer. Bonjour la migraine ! Pour chasser le goût de moisi et de vieilles chaussettes qu'il avait dans la bouche, il y fourra un chewing-gum. Oh ! nom de Dieu ! Il était temps qu'il passe à la bière ! Tous les matins, il se disait la même chose.

Il regarda autour de lui, pas mécontent que l'éclairage soit tamisé. Il se trouvait dans une petite antichambre qui contenait en tout et pour tout deux vitrines et un banc en bois à l'aspect peu confortable. Il y avait des portes partout, pour la plupart sans inscription.

Dans un grincement métallique, l'une des portes les plus éloignées s'ouvrit. Une femme entra et se dirigea vers lui. Skip lui lança un regard indifférent. La trentaine, petite, cheveux bruns courts, des lunettes rondes trop grandes et une jupe en velours.

Elle lui tendit la main.

— Vous devez être Skip Kelly. Je m'appelle Sonya Rowling, technicienne de laboratoire.

— Jolie tenue, dit-il en serrant la main offerte.

Pas une marrante, apparemment. Nora le lui paierait.

Si la laborantine entendit le compliment, elle ne broncha pas.

— Nous vous attendions il y a une heure.

— Désolé, marmonna Skip. Pas entendu le réveil.

— Suivez-moi.

Elle tourna les talons et repassa la même porte. Skip la suivit dans un couloir qui menait à une grande salle. Contrairement à l'antichambre, l'endroit débordait d'équipements : longues tables chromées disparaissant sous des outils, des plateaux en plastique et des sorties imprimantes ; bureaux encombrés de piles de livres et de dossiers. Des rangées de tiroirs métalliques, tous fermés, couvraient les murs. Dans le coin près de la porte, un jeune homme, debout devant un ordinateur, parlait avec animation au téléphone.

— Comme vous pouvez le voir, c'est là qu'on fait le vrai travail, déclara la dénommée Rowling. (Elle lui désigna un bureau relativement vide.) Installez-vous et commençons.

Skip s'assit avec précaution à côté d'elle.

— Bon Dieu, quelle cuite ! marmonna-t-il.

— Pardon ? fit Rowling en le dévisageant de son regard de chouette.

— Gueule de bois.

— Je vois. Peut-être cela explique-t-il votre retard. Je suis sûre que cela ne se reproduira pas.

Quelque chose dans le regard de Rowling incita Skip à se redresser un peu.

— Votre sœur dit que vous avez un don pour le travail en laboratoire. C'est ce que j'ai l'intention de vérifier dans les deux semaines à venir. Nous allons commencer doucement, pour voir ce que vous savez faire. Vous avez beaucoup d'expérience de terrain ?

— Rien d'officiel.

— Bien. Comme ça vous ne serez pas obligé de vous débarrasser de mauvaises habitudes.

Voyant Skip hausser les sourcils, elle s'expliqua :

— Le grand public pense que le travail de terrain est le fin du fin de l'archéologie. En fait, pour chaque heure passée sur le terrain, on en passe cinq au labo. Et c'est là qu'on fait la plupart des découvertes importantes.

Elle tira vers eux une longue boîte métallique. Soulevant le couvercle, elle en sortit avec soin quatre énormes sacs. Au sommet de chacun d'eux, les mots « Ponderosa Draw » avaient été inscrits à la hâte, au feutre. Il y en avait bien d'autres au fond de la boîte.

— Qu'est-ce que c'est que ça ?

— Ponderosa Draw était un site remarquable dans le nord-est de l'Arizona. Notez que j'en parle au passé. Pour des raisons qui nous échappent encore, on y a trouvé des tessons de poterie de styles très différents, éparpillés dans un désordre apparent. Peut-être l'endroit était-il une sorte de marché. Quoi qu'il en soit, le propriétaire du terrain était un archéologue amateur possédant plus d'enthousiasme que de bon sens. En trois étés au début des années 20, il a fouillé le site et ramassé tous les fragments qu'il a pu trouver. Il a nettoyé l'endroit, de fond en comble. L'ennui, c'est qu'il a entassé ses trouvailles sans en répertorier l'emplacement d'origine. Les tessons ont fini par échouer au musée des Antiquités indiennes, où ils n'ont jamais été étudiés. Nous en avons hérité en rachetant la collection du musée il y a trois ans.

Skip fixa les sacs, les sourcils froncés.

— Je croyais que j'allais travailler sur le matos de Rio Puerco de Nora.

Rowling fit la moue.

— La fouille de Rio Puerco fut un modèle de discipline archéologique. Les matériaux ont été rassemblés et enregistrés avec un minimum d'intrusions sur le site. Nous devrions beaucoup apprendre des trouvailles de votre sœur. Alors que ça…

— Je vois le tableau. Ce site est déjà foutu. Je ne peux pas faire pire. Et vous allez m'obliger à me faire les dents dessus.

La moue de Rowling se transforma en une ombre de sourire.

— Vous comprenez vite, monsieur Kelly.

Skip fixa les sacs un long moment.

— Ce n'est que le sommet de l'iceberg, on dirait.

— Bien vu. On a encore vingt-cinq autres sacs en réserve.

Merde !

— Et qu'est-ce que je dois faire exactement ?

— C'est très simple. Comme nous ne savons rien de l'endroit où ont été trouvés ces fragments, ni de leur emplacement les uns par rapport aux autres, il ne nous reste qu'à les classer par styles et types et à faire une analyse statistique des résultats.

Skip s'humecta les lèvres. Ça allait être pire que ce qu'il avait imaginé.

— Pourrais-je avoir un café avant qu'on commence ?

— Non. Les vivres et les boissons sont interdits ici. Demain, arrivez tôt, vous prendrez un café dans le salon du personnel. À propos..., fit-elle en désignant une corbeille à papier.

— Quoi ?

— Votre chewing-gum. Là-dedans, s'il vous plaît.

— Je peux pas le coller sous le bureau ?

Rowling secoua la tête, sans sourire. Skip se pencha pour cracher l'intrus.

La laborantine lui présenta une boîte de gants jetables.

— Enfilez-les.

Elle en enfila elle-même une paire, plaça un des sacs entre eux et l'ouvrit avec soin. Skip jeta un coup d'œil à l'intérieur, curieux malgré lui. Les fragments présentaient divers motifs et différentes couleurs. Certains paraissaient très abîmés, d'autres encore en assez bon état. Quelques-uns étaient cannelés et noircis par la fumée de cuisine. Beaucoup étaient trop petits pour qu'on détermine clairement le genre de motifs peints dessus, mais d'autres étaient assez grands pour qu'on les voie : des ondulations, des séries de diamants, des zigzags parallèles. Skip se souvint qu'il ramassait des tessons de ce genre avec son père. C'était chouette à l'époque. Plus maintenant.

Rowling sortit un fragment du sac.

— C'est un Cortez noir sur blanc. (Elle le posa délicatement sur la table et tira un autre tesson.) Et voilà un Kayenta noir sur blanc. Notez les différences.

Elle plaça les deux fragments dans deux boîtes en plastique transparent, puis sortit un nouveau fragment.

— Qu'est-ce que c'est que ça ?

Skip l'examina.

— Il ressemble au premier que vous avez sorti. Cortez.

— Exact, confirma Rowling en rangeant le fragment dans la première boîte en plastique avant d'en sortir un autre. Et celui-là ?

— L'autre. Kayenta.

— Très bien.

Rowling mit le fragment dans la seconde boîte et tira un cinquième échantillon du sac.

— Et celui-ci ?

Rowling avait une expression légèrement sardonique, comme si elle lançait un défi. L'objet ressemblait au deuxième fragment, mais pas tout à fait. Skip faillit dire Kayenta, mais s'arrêta. Il fouilla dans ses souvenirs.

— Chuska Wide Banded ?

Il y eut un silence et l'espace d'un instant Rowling parut moins sûre d'elle.

— Comment diable…

— Mon père aimait les tessons de poterie, expliqua Skip, un peu embarrassé.

— Cela va nous être très utile, reprit-elle un peu plus chaleureusement. Peut-être que Nora avait raison. Quoi qu'il en soit, vous trouverez toute sorte de belles choses là-dedans : de la poterie cibola, des polychromes St John, du brun de Mogollon, du McElmo. Mais voyez vous-même. (Elle tira à elle une feuille stratifiée.) Vous trouverez ici des échantillons des deux douzaines de styles que vous risquez de trouver sur le site de Ponderosa Draw. Classez-les par styles et mettez les fragments douteux de côté. Je reviendrai voir où vous en êtes dans une heure ou deux.

Skip la regarda partir, poussa un profond soupir et se pencha sur le sac bourré à craquer. Au début, le travail lui parut ennuyeux et déconcertant ; et le tas de fragments douteux commença à croître. Puis, presque imperceptiblement, il identifia les échantillons avec plus d'assurance : la forme, l'état, voire la composition des fragments, pouvaient être aussi parlants que le motif lui-même. Des souvenirs de longs après-midi passés avec son père à explorer des ruines au milieu de nulle part lui revinrent avec un pincement doux-amer. De retour à la maison, ils étudiaient des monographies, triaient et collaient les tessons sur des bouts de cartons. Qu'étaient devenues ces collections ?

Le silence régnait dans le labo, troublé de temps à autre par les pianotements du jeune technicien sur son ordinateur. Skip sursauta en sentant une main sur son épaule.

— Alors ? s'enquit Rowling. Comment ça se passe ?

— Ça fait déjà une heure ? demanda Skip.

Il se redressa et regarda sa montre. La migraine avait disparu.

— Environ. Bonté divine ! vous avez déjà trié deux sacs.

— Le prof est content de moi ? fit Skip en se massant la nuque.

Il entendit qu'on frappait à la porte du laboratoire.

— Voyons d'abord ce que vous avez fait, les erreurs que vous avez commises.

Soudain une voix haut perchée résonna à l'autre bout de la salle.

— Skip Kelly ? Y a-t-il un Skip Kelly ici ?

Skip leva les yeux. C'était le jeune technicien. Il avait l'air fort nerveux. Skip vit alors la cause de son agitation. Un policier en uniforme. L'homme, de grande taille, s'approcha de Skip dans le léger cliquètement de l'arme, des menottes et du bâton qui battaient contre sa hanche. Il fourra ses doigts dans son ceinturon en esquissant un sourire. Le silence s'était fait dans la salle.

— Skip Kelly ? demanda-t-il d'une voix de baryton.

— Oui, répondit Skip, soudain glacé.

Plusieurs explications, toutes désagréables, lui venaient à l'esprit. Ce connard de voisin avait dû se plaindre. Ou peut-être cette bonne femme avec son teckel. Bordel ! il lui avait seulement roulé sur la patte arrière, c'est tout…

— Pourrais-je m'entretenir avec vous à l'extérieur, s'il vous plaît ?

Dans l'obscurité solennelle de l'antichambre, l'homme lui montra un badge.

— Je suis l'inspecteur Al Martinez de la police de Santa Fe.

Skip acquiesça.

— Vous êtes difficile à joindre, continua l'inspecteur sur un ton à la fois amical et neutre. Je me demandais si vous pouviez me consacrer un peu de temps.

— Du temps ? Pourquoi ?

— Nous en parlerons au commissariat, monsieur Kelly, si vous n'y voyez pas d'inconvénient.

— Le commissariat ? Quand ?

— Voyons... Maintenant ce serait parfait.

Skip déglutit. Puis il montra la porte du laboratoire.

— Je suis en plein travail. Cela ne peut pas attendre ?

Il y eut un bref silence.

— Non, monsieur Kelly. Réflexion faite, je ne crois pas.

21.

Skip suivit le policier dehors, où une voiture attendait. Bien qu'énorme, et muni d'un cou épais comme une souche de séquoia, l'inspecteur se mouvait avec légèreté, voire avec une certaine douceur. Il s'arrêta devant la portière du passager et, à la surprise de Skip, la lui ouvrit. Quand ils démarrèrent, Skip jeta un coup d'œil dans le rétroviseur. Deux visages blancs se découpaient dans le cadre de la porte du bâtiment d'assemblage.

— Mon premier jour de boulot. Génial, comme impression.

Ils franchirent l'enceinte de l'Institut et la voiture accéléra. Martinez offrit un chewing-gum à Skip qui refusa.

L'inspecteur en fourra un dans sa bouche et se mit à mâchonner, faisant travailler lentement les muscles de ses mâchoires et de son cou. La forme irrégulière du La Fonda Hotel se dessina sur leur droite. Puis ils traversèrent la place et passèrent devant le palais des Gouverneurs, où des Indiens vendaient des bijoux sous la galerie, le soleil étincelant sur l'argent poli et la turquoise.

— Est-ce que je vais avoir besoin d'un avocat ?

— Je ne crois pas, répondit Martinez qui mâchait toujours avec application. Mais si vous voulez, vous pouvez en prendre un, bien sûr.

La voiture passa devant la bibliothèque et s'arrêta derrière le vieux commissariat, à côté de plusieurs bennes qui dépassaient des pans de murs en pierres sèches.

— Rénovation, expliqua Martinez alors qu'ils pénétraient dans un hall drapé de plastique.

L'inspecteur s'arrêta à un bureau où il prit un classeur que lui tendait une femme en uniforme. Il enfila un couloir sentant la peinture fraîche, puis descendit un étage. Ouvrant une porte éraflée, il fit entrer Skip. Une pièce nue les attendait, seulement meublée de trois chaises en bois, d'un bureau et d'un miroir.

Skip n'avait encore jamais mis les pieds dans un pareil endroit, mais il avait suffisamment regardé la télévision pour deviner à quoi il servait.

— On dirait une salle d'interrogatoire.

— Tout juste.

Martinez s'assit lourdement. Il posa le classeur sur la table et invita Skip à prendre place. Puis il désigna le plafond. Skip leva le nez et vit une caméra, braquée presque insolemment sur lui.

— On va vous filmer, c'est d'accord ?

— J'ai le choix ?

— Oui. Si vous dites non, l'interrogatoire prend fin et vous êtes libre de partir.

— Génial, fit Skip en se levant.

— Bien entendu, dans ce cas, il faudra qu'on vous assigne à comparaître, et là, l'avocat vous coûtera cher. Pour l'instant, vous n'êtes pas suspect. Alors pourquoi ne pas vous détendre et répondre à quelques questions ? Vous êtes libre de réclamer un avocat ou de mettre fin à cet entretien quand vous le souhaitez. Qu'est-ce que vous en dites ?

— Vous avez dit « pas suspect » ?

— Oui, répondit Martinez qui le regardait d'un air interrogateur.

Skip comprit qu'il attendait une réponse.

— D'accord, soupira-t-il, allez-y.

Martinez fit un signe de tête à quelqu'un derrière le miroir, puis se tourna vers Skip.

— Vos nom, adresse et date de naissance.

Les préliminaires rapidement réglés, Martinez poursuivit :

— Êtes-vous le propriétaire d'un ranch abandonné derrière Fox Run, adresse 16, route départementale, boîte 12, Santa Fe, Nouveau-Mexique.

— Oui. Ma sœur et moi en sommes propriétaires.

— Et votre sœur s'appelle Nora Waterford Kelly ?

— Exact.
— Et où se trouve-t-elle en ce moment ?
— Elle participe à une expédition archéologique en Utah.
Martinez acquiesça.
— Quand est-elle partie ?
— Il y a trois jours. Elle ne rentrera que dans deux semaines, au bas mot. (Une fois de plus, Skip se releva à demi.) Cela a quelque chose à voir avec elle ?
Martinez lui fit signe de ne pas bouger.
— Vos parents sont décédés, exact ?
Skip hocha la tête.
— Et vous êtes actuellement employé à l'Institut archéologique de Santa Fe.
— Jusqu'à ce que vous débarquiez.
Martinez sourit.
— Depuis quand y travaillez-vous ?
— Je vous l'ai dit dans la voiture. C'était mon premier jour.
Martinez acquiesça de nouveau, plus lentement cette fois.
— Et avant, où étiez-vous employé ?
— Je cherchais du travail.
— Je vois. Et quand avez-vous occupé un poste pour la dernière fois ?
— Jamais. Pas depuis que j'ai décroché mon diplôme l'année dernière, en tout cas.
— Connaissez-vous Teresa Gonzales ?
Skip s'humecta les lèvres.
— Ouais, bien sûr que je connais Teresa. Elle était notre voisine au ranch.
— Quand l'avez-vous vue pour la dernière fois ?
— Bon Dieu, je ne sais pas ! Dix mois, peut-être onze. Peu après ma sortie de l'université.
— Et votre sœur ? Quand a-t-elle vu Mlle Gonzales pour la dernière fois ?
Skip remua sur sa chaise.
— Voyons. Il y a deux, trois jours, je crois. Elle a aidé Nora à sortir du ranch.
— Vous voulez dire Nora, votre sœur ? Aidé comment ?
Skip hésita.
— On l'avait agressée, dit-il lentement.
Les muscles du cou de Martinez cessèrent de travailler un instant.

— Vous voulez bien me raconter ?

— Teresa avait l'habitude d'appeler ma sœur quand elle entendait des bruits dans la vieille maison. Des vandales, des gamins, ce genre de trucs. Récemment, il y a eu pas mal de tapage là-bas ; Teresa a appelé ma sœur plusieurs fois. Nora y est allée il y a environ une semaine. Elle m'a dit qu'elle s'était fait agresser. Teresa a entendu le chambard, elle a débarqué avec un fusil, ça les a fait fuir.

— Elle en a dit plus ? Une description de ses agresseurs ?

— Nora a dit... (Skip réfléchit un instant.) Nora a dit qu'ils étaient deux. Deux personnes, déguisées en animaux.

Il décida de ne pas mentionner la lettre. Ce n'était pas la peine de compliquer encore la situation.

— Pourquoi ne nous l'a-t-elle pas signalé ?

— Je ne sais pas trop. Aller voir la police n'est pas vraiment son style. Elle veut toujours tout faire toute seule. Je crois qu'elle craignait que cela ne retarde son expédition.

Martinez parut réfléchir.

— Monsieur Kelly, reprit-il. Pouvez-vous justifier vos faits et gestes au cours des dernières quarante-huit heures ?

Skip en resta bouche bée. Puis il se cala contre le dossier de sa chaise et respira un grand coup.

— À part l'Institut ce matin, j'ai passé tout le week-end chez moi.

Martinez consulta une feuille de papier.

— 2113 Calle de Sebastian, n° 2-B ?

— Oui.

— Vous avez vu quelqu'un pendant ce laps de temps ?

Skip déglutit.

— Larry, chez Eldorado Liquors, m'a vu samedi après-midi. Ma sœur m'a téléphoné tard samedi soir.

— Quelqu'un d'autre ?

— Eh bien, mon voisin est venu me voir trois ou quatre fois.

— Votre voisin ?

— Ouais. Reg Freiburg, l'appartement d'à côté. Il aime pas la musique trop forte.

Martinez passa une main dans ses cheveux bruns coupés en brosse. Il garda le silence pendant ce qui parut une éternité. Puis il se pencha en avant.

— Monsieur Kelly, Teresa Gonzales a été retrouvée morte hier soir dans votre ranch.

Soudain, Skip eut l'impression d'être à deux doigts de défaillir.

— Teresa ?

— Oui. Tous les dimanches après-midi, on lui livre des aliments pour le bétail. Dimanche dernier, elle n'a pas répondu à la porte. Le livreur a remarqué que les animaux n'avaient pas été nourris et que le chien était enfermé dans la maison. En voyant qu'elle ne répondait toujours pas le lendemain matin, il s'est inquiété et il nous a appelés.

— Oh mon Dieu ! Teresa. Je n'arrive pas à y croire.

L'inspecteur remua sur sa chaise, sans quitter Skip des yeux.

— Quand nous sommes allés là-bas, nous avons trouvé son lit défait, des vêtements en désordre. Le chien était terrifié. Apparemment, quelque chose avait incité la victime à se lever en pleine nuit. Mais comme il n'y avait pas de traces d'elle dans sa propriété, nous avons décidé de visiter les ranchs voisins. Votre maison fut notre premier arrêt. (Il inspira lentement.) Nous avons vu du mouvement à l'intérieur. C'étaient des chiens qui se disputaient quelque chose.

Il s'interrompit.

Mais Skip l'avait à peine entendu. Il pensait à Teresa, tentant de se rappeler quand il l'avait vue pour la dernière fois. Nora et lui s'étaient rendus au ranch prendre des trucs pour décorer son appartement. Teresa, qui était dehors dans sa cour, les avait aperçus et leur avait fait un grand signe de la main. Il la voyait encore, descendant en courant le chemin de leur maison, ses cheveux bruns dansant au vent.

Puis ses yeux tombèrent sur le dossier posé au milieu du bureau. « Gonzales T. » était inscrit au dos. Le bord glacé d'une photo noir et blanc dépassait d'un coin. Instinctivement, il tendit la main vers elle.

— Je m'abstiendrais, à votre place, dit Martinez.

Mais il ne fit aucun geste pour l'arrêter. Skip ouvrit le dossier et se figea d'horreur.

Teresa gisait sur le dos, une jambe repliée sur l'autre, main gauche relevée comme pour rattraper un ballon. Du moins Skip se dit qu'il s'agissait d'elle, parce qu'il reconnaissait leur ancienne cuisine, avec le vieux poêle de sa mère dans l'angle supérieur droit de la photo.

Teresa elle-même était moins facile à reconnaître. Sa bouche était ouverte, mais elle n'avait plus de joues. Par des trous dans la chair entamée, on apercevait des plombages qui luisaient dans la lumière du flash de l'appareil. Bien que le cliché fût en noir et blanc, Skip put voir que la peau était bizarrement marbrée. Le corps de Teresa était difforme : il manquait des doigts, un sein, le partie charnue d'une cuisse. On voyait partout des petites marques noires et des lignes irrégulières. À la place de la gorge, il ne restait qu'un vide, une cage abîmée d'os et de tendons entourés de chair déchiquetée. Du sang coagulé formait une rivière horrible qui s'écoulait dans un trou oblong du plancher abîmé. Du fleuve de sang partaient d'innombrables petites traces... des empreintes de pattes.

— Des chiens, dit Martinez en repoussant gentiment la main de Skip pour refermer le dossier.

Skip mit du temps avant de retrouver l'usage de la parole.

— Pardon ? croassa-t-il.

— Des chiens errants se sont acharnés sur son corps pendant environ une journée.

— Elle a été tuée par des chiens ?

— Nous l'avons cru, au début. Sa gorge avait été arrachée et son corps portait des marques de griffes et de morsures. Mais le premier examen du coroner a révélé les preuves irréfutables d'un homicide.

— Quel genre de preuves ?

— Un genre de mutilation inhabituelle aux doigts et aux orteils, entre autres. Nous en saurons plus à la conclusion de l'autopsie cet après-midi. En attendant, faites trois choses pour moi, s'il vous plaît : gardez cela pour vous, ne vous approchez pas du ranch et, surtout, débrouillez-vous pour rester joignable.

Il escorta Skip jusqu'à la sortie sans ajouter un mot.

22.

Un silence inhabituel présida au petit déjeuner du lendemain. Le doute semblait hanter tous les esprits. Manifestement, Black n'était plus le seul à se demander s'ils n'étaient pas perdus.

Ils continuèrent vers le nord-ouest en empruntant un canyon rude sans une trace de végétation. Malgré l'heure matinale, la chaleur montait des rochers, leur donnant un aspect irréel. Les chevaux assoiffés étaient irritables et difficiles à contrôler.

Le réseau de canyons devint de plus en plus complexe, présentant une multitude d'embranchements qui formaient un véritable dédale. Toute lecture GPS restait impossible, et les parois étaient tellement à pic que Sloane n'aurait pu grimper au sommet sans mettre sa vie en danger. Nora se rendit compte qu'elle passait autant de temps à consulter la carte qu'à avancer. À plusieurs reprises, ils furent obligés de rebrousser chemin en tombant sur un cul-de-sac ; d'autres fois le groupe fut obligé d'attendre que Nora et Sloane reviennent de reconnaissance. Black gardait un silence peu habituel, visiblement en proie à un mélange de peur et de colère.

Nora luttait contre ses propres doutes. Son père s'était-il vraiment avancé aussi loin ? Avaient-ils pris un mauvais embranchement à un moment donné ? Çà et là apparaissaient des creux dans le sol et des traces de charbon de bois, mais ils restaient très rares ; de plus, ils pouvaient aussi bien être le résultat de feux isolés. Une question commençait à tarauder Nora : et si son père avait été en proie au délire en écrivant cette lettre ? Il paraissait impossible de se repérer dans ce labyrinthe.

Et le crâne brisé ? Et le sang séché ? Quelle était leur signification ? *A priori* banales, les ruines de Pete se muaient en une troublante énigme.

Au milieu de la matinée, ils se trouvèrent soudain devant un éboulis. Ils le franchirent par un étroit passage qui donnait sur une vallée parsemée de genévriers. À droite, le plateau de Kaiparowits traçait une haute ligne noire sur l'horizon.

La vue qui s'offrait à eux horrifia Nora tout en l'emplissant d'allégresse.

À l'extrémité de la vallée, ratissée par le soleil matinal, s'élevait ce qui ne pouvait être que le Dos du Diable : la crête en dos-d'âne qu'elle attendait et redoutait depuis leur départ. Il s'agissait d'un aileron de grès, géant et irrégulier, qui montait au moins jusqu'à trois cents mètres et s'étendait sur des kilomètres, criblé de vacuoles et de trous causés par l'érosion du vent, fendu de crevasses et de fissures. Le sommet était dentelé comme le dos d'un dinosaure, beau et hideux à la fois.

Nora conduisit le groupe à l'ombre d'un grand rocher où ils descendirent de cheval.

— Allons voir d'abord s'il y a une piste. Cela m'a l'air sacrément raide, dit-elle à Swire.

— D'ici, je ne dirais pas raide, mais carrément impossible.

— Mon père l'a fait avec ses deux chevaux.

— C'est ce que vous avez dit, oui, répliqua Swire en crachant un filet de jus de tabac. Mais ce n'est pas la seule crête par ici.

— Il s'agit d'une cuesta, expliqua Black qui les avait écoutés. Elle affleure sur une bonne centaine de kilomètres. La fameuse arête de votre père peut se trouver n'importe où.

— C'est elle, affirma Nora en s'efforçant d'avoir l'air sûre d'elle-même.

Swire secoua la tête et entreprit de se rouler une cigarette.

— Je vais vous dire un truc. Je veux voir la piste de mes propres yeux avant d'y embarquer mes chevaux.

— Je comprends. Allons la chercher. Sloane, je vous confie la direction des opérations jusqu'à notre retour.

— D'accord.

Ils longèrent la base de l'arête, en quête d'un défilé ou d'une fissure dans la roche lisse susceptible d'indiquer le début d'une piste. Au bout d'environ cinq cents mètres, ils tombèrent sur des grottes peu profondes. Nora remarqua que plusieurs d'entre elles présentaient des traces de fumée noire au plafond.

— Des Anasazis ont vécu ici.

— Plutôt minables, comme grottes.

— Il s'agissait probablement d'habitats provisoires. Peut-être cultivaient-ils ces vallées.

— Quoi ? Des cactus ? marmonna Swire.

Plus au nord, le ruisseau à sec se divisait en plusieurs affluents, séparés par des tas de pierres et de petits affleurements. C'était un paysage étrange, inachevé, comme si Dieu avait tout simplement renoncé à imposer l'ordre dans ce chaos rocheux.

Soudain, Nora écarta des buissons et s'arrêta net. Swire la rejoignit, le souffle court.

— Regardez-moi ça !

Une série de pétrogrammes avait été gravée dans le vernis du désert qui striait la surface du rocher. Nora s'agenouilla pour examiner les dessins de plus près. Ils étaient complexes et beaux : un puma ; un curieux motif de points avec un petit pied ; une étoile à l'intérieur de la lune, elle-même à l'intérieur du soleil ; et un dessin détaillé de Kokopelli, le joueur de flûte bossu, considéré comme le dieu de la fécondité. Comme sur toutes ses représentations, Kokopelli avait une érection énorme. Le panneau se terminait par une autre grille compliquée de points et recouverte d'une énorme spirale, inversée elle aussi, comme celles que Sloane avait vues aux ruines de Pete.

— J'aimerais bien avoir son problème, grommela Swire en désignant Kokopelli de la tête.

— Cela m'étonnerait. Selon un récit indien pueblo, son sexe mesurait quinze mètres de long.

Ils poursuivirent un peu plus loin à travers les cèdres et tombèrent sur une crevasse bien cachée, encombrée de rochers, qui s'enfonçait en diagonale dans le monolithe de grès. Profonde et étroite, elle s'élevait le long de la paroi et disparaissait.

— Ce doit être le début de notre piste, dit Nora.

— J'espère bien que non.

Elle escalada les rochers, Swire sur ses talons. Environ à mi-parcours, la crevasse se transformait en un sentier très érodé. Large de moins d'un mètre, il dominait un précipice terrifiant. En s'approchant du bord, Nora déplaça des cailloux qui roulèrent dans le vide ; même en tendant l'oreille, elle n'entendit pas le bruit de leur arrivée au fond.

— Il s'agit sans doute possible d'une piste ancienne, annonça-t-elle en s'agenouillant afin d'examiner les traces usées laissées par des outils préhistoriques en quartzite.

— Elle n'a pas été taillée pour des chevaux, ça, c'est sûr, fit Swire.

— Les Anasazis n'en possédaient pas.

— Nous, si.

Ils avancèrent prudemment. Par endroits, le sentier s'était effondré, les obligeant à franchir le vide. En jetant un coup d'œil en bas, Nora vit un éboulis de roches à plus de cent cinquante mètres sous elle. Prise de vertige, elle détourna les yeux.

La pente diminua progressivement et, en vingt minutes, ils atteignirent le sommet. Un genévrier mort, les branches brûlées par la foudre, marquait l'endroit où le sentier franchissait la crête. La crête elle-même était étroite, dans les six mètres de large.

De l'autre côté Nora découvrit une vallée luxuriante. Le sentier, moins raide sur ce versant, descendait en épingles à cheveux dans la pénombre, sous ses pieds.

Pendant un instant, elle resta muette. Lentement, le soleil envahissait les moindres replis en montant à son zénith, pénétrant dans les crevasses profondes, chassant l'obscurité des roches pourpres.

— C'est tellement vert, finit-elle par dire. Tous ces peupliers et cette herbe pour les chevaux. Regardez ! un ruisseau !

Elle sentit les muscles de sa gorge se serrer. Elle avait presque oublié sa soif.

Swire ne broncha pas.

Nora embrassa le paysage du regard. Le Dos du Diable partait en diagonale vers le nord-est, disparaissant derrière le plateau de Kaiparowits. Un vaste réseau de canyons commençait au pied de ce dernier et se prolongeait dans le pays de grès pour finir dans la vallée qui s'étendait devant eux. Un ruisseau paisible coulait en son centre, au milieu de rives abîmées par d'innombrables crues éclairs. La plaine inondable était parsemée de blocs de pierre, certains gros comme des maisons, qui avaient visiblement été poussés par le flot. Derrière, la vallée remontait en terrains d'alluvions plats, qui se terminaient par des falaises de grès, des aiguilles et des tours. On avait l'impression que toutes les eaux du plateau se déversaient dans cette plaine.

À l'extrémité de la vallée verdoyante, le ruisseau coulait à travers une cannaie avant de disparaître dans un canyon étroit, coupant à travers un plateau de grès. Ces canyons étroits – les « fentes » – étaient courants dans les déserts du Sud-Ouest, mais pratiquement inconnus ailleurs. Il s'agissait de passages exigus, qui n'excédaient parfois pas un mètre de large et résultaient de l'action de l'eau sur le grès pendant des milliers d'années. Malgré leur étroitesse, ils étaient souvent très encaissés entre des parois de plusieurs centaines de mètres et pouvaient s'étendre sur des kilomètres avant de s'élargir.

La fente devant laquelle ils se trouvaient faisait dans les trois mètres à l'entrée. « Il doit s'agir de celle dont mon père a parlé », songea Nora avec une excitation croissante. Elle sortit ses jumelles et examina soigneusement les alentours. Elle distingua de nombreuses niches orientées au sud parmi les falaises de l'autre côté de la vallée, idéales pour des habitats anasazis. Mais toutes étaient vides. Elle étudia les parois à pic ; s'il existait un chemin pour rejoindre le canyon derrière elles, il était bien caché.

Baissant ses jumelles, elle se tourna pour examiner le sommet de la crête. C'était l'endroit idéal pour laisser des initiales et une date : la carte de visite de voyageurs égarés depuis la nuit des temps. Il n'y avait pas trace du passage de son père. En revanche, de là, Holroyd obtiendrait certainement sa lecture GPS.

Adossé à un rocher, Swire se roulait une cigarette. Il la glissa entre ses lèvres et gratta une allumette.

— Je fais pas passer mes chevaux dans ce sentier.

— Mais c'est le seul chemin !

— Je sais, dit Swire en aspirant la fumée.

— Qu'est-ce que vous suggérez ? Qu'on tourne les talons ? Qu'on abandonne ?

— Ouais. Et ce n'est pas une suggestion.

L'allégresse de Nora s'évanouit d'un coup. Elle respira profondément.

— Roscoe, ce n'est pas un sentier impossible. On va décharger et tout porter nous-mêmes. Puis nous guiderons les chevaux, sans corde. Cela prendra peut-être le reste de la journée, mais c'est faisable.

Roscoe secoua la tête.

— On va tuer des chevaux sur ce sentier, c'est sûr.

Nora s'agenouilla près de lui.

— Il faut qu'on le fasse, Roscoe. Tout en dépend. L'Institut remplacera les chevaux blessés.

Voyant son expression, elle comprit qu'elle venait de gaffer.

— Vous en savez suffisamment sur les chevaux pour être consciente que vous délirez. Je ne dis pas qu'ils n'en sont pas capables. Je dis que le risque est trop grand. (Swire devenait agressif.) Seul un fou amènerait des chevaux sur ce sentier. Et si vous voulez mon avis, je ne crois pas qu'on soit sur une de vos foutues pistes, anasazie ou autre. Et le reste du groupe non plus.

— Vous pensez tous que je suis perdue, c'est ça ?

Swire hocha la tête en tirant sur sa cigarette.

— Tous, sauf Holroyd. Mais ce garçon vous suivrait dans un volcan en fusion.

Nora se sentit rougir.

— Pensez ce que vous voulez, répondit-elle en désignant le plateau de grès. Mais cette fente est celle que mon père a trouvée. Il faut que ce soit elle. Et il n'y a pas d'autre voie. Cela veut dire qu'il a fait grimper deux chevaux sur cette piste.

— J'en doute.

— Quand vous vous êtes engagé, vous connaissiez les risques. Vous ne pouvez pas renoncer maintenant. C'est faisable et nous allons le faire, avec ou sans vous.

— Non.

— Dégonflé ! s'écria Nora.

Swire écarquilla les yeux, puis les plissa. Il la regarda fixement un long moment.

— Je ne suis pas près d'oublier ça, finit-il par dire d'une voix égale.

La brise balaya l'aileron de roche, et deux corbeaux passèrent en planant, portés par les courants. Nora se laissa aller contre le rocher, le front entre ses mains. Elle ne savait pas quoi faire devant le refus net de Swire. Ils ne pouvaient pas y aller sans lui, et les chevaux lui appartenaient. Elle ferma les yeux, emplie d'un sentiment d'échec terrible et définitif. Puis elle prit conscience d'un fait bien réel.

— Si vous voulez rebrousser chemin, dit-elle tranquillement en jetant un coup d'œil à Swire, vous feriez mieux d'y aller. D'après mes souvenirs, le dernier point d'eau est à deux jours à cheval.

Le cow-boy jura doucement en comprenant que l'eau dont les chevaux avaient un besoin si désespéré se trouvait justement dans la vallée fertile qui s'étendait à leurs pieds.

Il secoua lentement la tête et cracha. Finalement il regarda Nora.

— On dirait que votre vœu est exaucé, lâcha-t-il sur un ton qui la fit frémir.

Le temps qu'ils reviennent au camp, il était midi. L'angoisse était palpable dans le groupe, et les chevaux assoiffés, attachés à l'ombre, s'agitaient.

— Vous n'auriez pas croisé un café, par hasard ? demanda Smithback avec une gaieté forcée. Je boirais volontiers un crème frappé.

Swire passa sans s'arrêter devant le groupe pour rejoindre les chevaux.

— Qu'est-ce qu'il a ? s'enquit le journaliste.

— La piste qui nous attend est difficile.

— À quel point ? lâcha Black.

Une fois de plus, Nora vit la peur nue dans son regard.

— Très difficile.

Elle regarda leurs visages crasseux. Le fait que certains d'entre eux attendaient qu'elle les guide et les rassure lui causa un autre accès de doute. Elle respira un grand coup.

— La bonne nouvelle, c'est qu'il y a de l'eau de l'autre côté de la crête. La mauvaise, c'est qu'il va falloir porter le matériel. Ensuite, Roscoe et moi amènerons les chevaux.

Black grogna.

— Ne prenez pas plus de quinze kilos à la fois. N'essayez pas de presser le mouvement. C'est une piste difficile, même à pied. Il va falloir qu'on fasse deux voyages chacun.

Sloane se redressa d'un bond, s'approcha de l'alignement de matériel et hissa un panier sur son épaule. Holroyd suivit, d'une démarche peu assurée, imité par Aragon et Smithback. Enfin, Black se remit debout, se frotta les yeux d'une main tremblante et leur emboîta le pas.

Près de trois heures plus tard, Nora se trouvait au sommet du Dos du Diable avec les autres, tous à bout de souffle et se partageant ce qui restait d'eau. Monté en trois voyages difficiles, le matériel s'empilait à présent en tas bien nets. Black n'était plus que l'ombre de lui-même : assis sur un rocher, dégoulinant de sueur, les mains agitées de tremblements ; les autres étaient presque aussi épuisés. Le soleil, à l'ouest, illuminait le long bosquet de peupliers à leurs pieds, transformant le ruisseau en un fil d'argent torsadé. La vue paraissait incroyablement luxuriante et belle après la nudité du paysage qu'ils venaient de quitter. Nora mourait de soif.

Elle contempla la piste qu'ils avaient grimpée. La partie difficile, faire monter les chevaux, restait à faire. Et il y en avait seize. Ses douleurs musculaires s'estompèrent pour laisser place à une boule au creux de son estomac.

— Laissez-moi vous aider pour les chevaux, dit Sloane.

Nora allait répondre quand Swire la prit de vitesse.

— Non ! hurla-t-il. Moins on sera sur cette crête, moins il y aura de blessés.

Nora redescendit la piste. Le visage sombre, Swire amena les chevaux dessellés, qui ne portaient plus que leur licou.

Seul son propre cheval, qui mènerait la danse, avait une corde attachée à son licou.

— Nous allons les faire grimper en file indienne, dit-il, cassant. Je guiderai Mestizo, vous fermerez la marche avec Fiddlehead. Regardez devant vous. Si un cheval tombe, dégagez vite fait.

Nora acquiesça.

— Une fois qu'on sera dans la partie supérieure, il ne sera pas question de s'arrêter. Laissez le temps à un cheval de réfléchir sur cette crête, et il panique et essaie de rebrousser chemin. Alors faites-les avancer quoi qu'il arrive. Compris ?

— Compris.

Ils se mirent en route, s'assurant que les chevaux restaient éloignés les uns des autres. À un moment, les animaux hésitèrent, comme sous l'effet d'un consensus tacite. Mais Swire encouragea Mestizo à repartir et les autres suivirent instinctivement le mouvement, tête baissée, avançant prudemment entre les rochers. On n'entendit bientôt plus que le claquement des sabots, et parfois un raclement un peu précipité, quand une bête faisait un faux pas. Lorsqu'ils gagnèrent de l'altitude, les chevaux devinrent plus craintifs ; l'écume leur vint aux lèvres et ils se mirent à souffler, montrant le blanc des yeux.

À mi-hauteur, la crevasse encombrée de rochers laissait place à la piste à flanc de paroi. Nora leva la tête. La pire phase du voyage commençait devant eux, une piste taillée dans le grès et érodée par le temps au point, à certains endroits, de se réduire à une ombre de sentier. Là, les chevaux seraient obligés d'enjamber le vide. Nora contempla la série de méchantes épingles à cheveux en s'efforçant de repousser l'angoisse qui montait en elle.

Swire lui lança un regard glacial : si on doit faire demi-tour, c'est maintenant ou jamais, eut-il l'air de dire.

Nora soutint le regard du cow-boy aux jambes arquées dont les épaules arrivaient à peine au niveau du garrot de son cheval. Elle lut sur son visage la peur qu'elle ressentait.

Sans un mot, Swire se retourna et fit avancer Mestizo. Après quelques pas hésitants, l'animal se déroba. Le cow-boy réussit à le faire repartir, mais le cheval se déroba encore, en hennissant de peur. Son sabot dérapa légèrement avant de mordre de nouveau le grès.

Murmurant et faisant claquer son lasso loin derrière lui, Swire convainquit Mestizo de reprendre sa marche. Les autres suivirent, mus par leur expérience des pistes et leur instinct grégaire. Ils grimpaient à un rythme pénible. Seuls le frottement des fers contre le grès et les souffles apeurés se faisaient entendre. Swire se mit à fredonner un air lugubre et apaisant d'une voix légèrement tremblante.

Il guida lentement Mestizo jusqu'à la première épingle à cheveux et se retrouva directement au-dessus de la tête de Nora. Cette dernière vit Sweetgrass déraper devant elle, frôler le bord, et crut un instant qu'il allait tomber. Puis le cheval se rétablit, yeux écarquillés, flancs palpitants.

Au bout de quelques minutes éprouvantes, ils parvinrent à la deuxième épingle à cheveux. Soudain, une nouvelle fois, Mestizo se déroba. Beetlebum, qui le suivait, pila, puis commença à reculer. Dans le vide.

Nora se figea. Le cheval rua deux fois, cherchant une prise, qui n'était pas là. Puis il se déséquilibra progressivement vers l'arrière ; il tomba, roula, fonçant sur elle, avec un étrange hurlement haut perché. Nora était paralysée. Le temps parut ralentir tandis que le cheval culbutait, les jambes agitées en un terrifiant ballet. Elle sentit son ombre passer sur son visage, puis il heurta brutalement Fiddlehead qui la précédait. Les deux chevaux disparurent dans le vide. Il y eut quelques secondes de silence horrible, puis l'écho d'une chute assourdie et d'un éboulis, dont la vallée parut vouloir renvoyer éternellement l'écho.

— Refermez les rangs et avancez, fit une voix dure et tendue.

S'obligeant à bouger, Nora incita le nouveau cheval qui fermait la marche à repartir. C'était Hurricane Deck, la monture de Smithback. Mais l'animal refusa, les flancs frémissant de terreur. Brusquement, il se cabra et se tourna vers elle. Instinctivement, Nora agrippa son licou. Les fers raclant la roche, Hurricane la fixa, les yeux écarquillés. Comprenant son erreur, Nora lâcha le licou, mais elle fut trop lente, et déjà le cheval tombait en la poussant. Elle vit un éclair de ciel bleu. Puis elle atterrit sur le flanc, ses jambes glissèrent par-dessus bord, et elle s'accrocha désespérément, cherchant une prise sur la roche lisse. Elle entendit un cri de Swire, comme venant de très loin, suivi du bruit d'un sac trempé qui explose quand Hurricane heurta le fond.

Les jambes dans le vide, elle s'agrippait au grès. Elle serra plus fort, s'arrachant et se cassant les ongles tout en continuant à glisser inexorablement. De sa main droite elle effleura une saillie d'à peine un centimètre d'épaisseur, juste suffisante pour offrir une prise. Elle se raidit, sentant ses forces la quitter. C'est maintenant ou jamais, pensa-t-elle et, au prix d'un immense effort, elle parvint à se balancer latéralement, juste assez pour remettre un pied sur la piste. Elle poussa encore et parvint à hisser le reste de son corps. Elle roula et se retrouva sur le dos, le cœur battant la chamade. Au-dessus de sa tête, elle entendit un hennissement de peur et des raclements de sabots.

— Levez-vous, bordel ! Avancez !

Se remettant péniblement debout, elle obtempéra.

Elle ne conserva aucun souvenir du reste du voyage. Lorsqu'elle reprit ses esprits, elle était allongée sur le ventre, contre la roche chaude et poussiéreuse du sommet de la crête ; elle sentit qu'on la retournait doucement et elle vit le visage paisible d'Aragon au-dessus du sien. À ses côtés, Smithback et Holroyd la contemplaient avec une inquiétude manifeste. Les traits de Holroyd étaient littéralement déformés par l'angoisse.

Aragon aida Nora à s'asseoir sur un rocher.

— Les chevaux...

— Il n'y avait rien à faire, dit calmement Aragon en lui prenant les mains. Vous êtes blessée.

Nora se rendit compte qu'elle avait les mains couvertes de sang à cause de ses ongles arrachés. Aragon ouvrit sa trousse médicale.

— Quand vous êtes passée par-dessus bord, j'ai cru que c'était fini, dit-il.

Il tamponna le bout de ses doigts et retira des éclats de graviers et d'ongles à l'aide d'une pince à épiler. Avec des gestes rapides et habiles, il lui enduisit les doigts de crème antibiotique à usage local avant de les protéger d'un pansement.

— Portez vos gants pendant quelques jours. Ce sera inconfortable, mais cela ne durera pas ; vos blessures sont superficielles.

Nora leva les yeux vers le groupe. Ils la contemplaient, immobiles, silencieux, encore sous le choc de ce qui venait de se passer.

— Où est Roscoe ? parvint-elle à articuler.

— Il est redescendu, répondit Sloane.

Nora se prit la tête à deux mains. Trois coups de feu très espacés déchirèrent alors le silence.

— Mon Dieu ! grogna Nora.

Fiddlehead, son propre cheval. Beetlebum, la némésis de Smithback. Hurricane Deck. Morts. Elle voyait encore les grands yeux implorants de Hurricane ; ses dents, si étrangement longues et étroites, dénudées dans un ultime rictus de terreur.

Dix minutes plus tard, Swire revenait, hors d'haleine. Passant sans s'arrêter devant Nora, il rejoignit les chevaux et redistribua les charges en silence.

— J'ai une lecture convenable, murmura Holroyd en prenant la main de Nora.

Elle leva les yeux vers lui, presque indifférente.

— Nous sommes pile sur la piste, lui dit-il en souriant.

Elle ne put que hocher la tête.

Comparée à l'ascension cauchemardesque, la descente dans la vallée ne présentait guère de difficultés. Sentant l'eau, les chevaux foncèrent devant. Malgré la fatigue, le groupe se mit à courir, et Nora se surprit à oublier les événements des dernières heures devant sa soif dévorante. Ils entrèrent dans l'eau en amont des chevaux, et elle se laissa tomber à plat ventre, plongeant la tête dans l'onde. Elle n'avait jamais connu sensation plus exquise. Elle but avidement, s'interrompant seulement pour reprendre son souffle, jusqu'à ce qu'un soudain spasme de nausée lui contracte l'estomac. Elle battit en retraite sous le feuillage bruissant des peupliers. Progressivement, sa nausée se calma. Elle vit Black courbé en deux parmi les arbres, qui vomissait de l'eau, bientôt imité par Holroyd. Agenouillé dans le ruisseau, l'air ailleurs, Smithback s'aspergeait la tête à deux mains. Une Sloane dégoulinante vint s'effondrer à côté de Nora.

— Swire a besoin d'un coup de main pour les chevaux.

Elles partirent l'aider à tirer les bêtes hors de l'eau, pour éviter qu'elles ne meurent d'avoir trop bu. Swire s'obstinait à ne pas croiser le regard de Nora.

Après une pause, le groupe se remit en selle et poursuivit en aval vers le nouveau monde de la vallée. L'eau qui courait sur des galets gazouillait doucement. Les bruits de la vie les entouraient : des trilles de cigales, des bruissements de libellules, le coassement d'une grenouille. Comme Nora avait étanché sa soif, l'horreur de l'accident lui revint brutalement. Elle montait un nouveau cheval maintenant, Arbuckles, et chacun de ses mouvements lui rappelait douloureusement Fiddlehead. Elle songea au poème de Swire dédié à Hurricane Deck, presque une ballade d'amour. Parviendrait-elle jamais à se réconcilier avec lui ?

Ils descendirent la vallée. Celle-ci devenait plus étroite à l'approche du vaste plateau de grès qui s'élevait devant eux à moins d'un kilomètre. En levant les yeux vers les falaises, Nora remarqua de nouveau l'étrange absence de ruines. C'était une vallée idéale pour un village préhistorique ; et pourtant, on n'en voyait aucun. Et si, après tout ce qui s'était passé, ce réseau de canyons se révélait ne pas être le bon… Elle chassa cette pensée.

Le ruisseau traçait un nouveau méandre avant de s'enfoncer dans l'étroit canyon latéral. Selon la carte radar, le canyon devait donner, un kilomètre et demi plus loin environ, sur la petite vallée qui – elle l'espérait – renfermait Quivira. Mais il était manifestement impraticable pour les chevaux.

À l'approche de la muraille de grès, Nora remarqua un grand rocher qui portait des marques. Lorsqu'elle mit pied à terre, elle vit un petit panneau de pétrogrammes, pareils à ceux qu'ils avaient trouvés à la base de la crête : une série de points et un petit pied, une étoile et un soleil. Et une grande spirale inversée superposée aux autres images.

Les autres la rejoignirent. Aragon fixa les pétrogrammes.

— Qu'est-ce que vous en pensez ?

— J'ai vu d'autres exemples de motifs de points comme ceux-là le long des anciennes routes hopies. Je crois qu'ils donnent des renseignements sur la distance et la direction.

— Ben voyons, fit Black. Et aussi les sorties d'autoroute et la prochaine aire de repos. Tout le monde sait que les pétrogrammes anasazis sont indéchiffrables.

Aragon l'ignora.

— Le motif du pied indique la marche, et les points, la distance. Si j'en crois les autres sites que j'ai vus, chaque point représente un trajet à pied d'environ seize minutes, soit un kilomètre deux cents.

— Et l'antilope ? demanda Nora. Qu'est-ce que ça symbolise ?

— Une antilope.

— Il ne s'agit donc pas d'un genre d'écriture ?

— Pas au sens auquel nous sommes habitués. Ces signes ne sont ni phonétiques, ni syllabiques, ni idéographiques. Selon moi, il s'agit d'une utilisation entièrement différente des symboles. Mais cela ne veut pas dire qu'il ne s'agisse pas d'écriture.

— De l'autre côté de la crête, dit Nora, il y avait une étoile à l'intérieur de la lune, elle-même placée à l'intérieur du soleil. Je n'avais encore rien vu de semblable.

— Oui. Le soleil est le symbole de la divinité suprême, la lune, le symbole de l'avenir, et l'étoile, un symbole de vérité. J'ai pensé que l'ensemble indiquait la proximité d'un oracle, une sorte de Delphes anasazi.

— Vous voulez dire Quivira ?

Aragon acquiesça.

— Et que signifie la spirale ? demanda Holroyd.

Aragon hésita un instant.

— Cette spirale a été ajoutée ultérieurement. Elle est inversée bien sûr. Au vu de ce que nous avons déjà croisé, je dirais que c'est un avertissement, ou un présage, dessiné sur les symboles antérieurs. Un conseil aux voyageurs de ne pas aller plus loin, un signe néfaste.

Il y eut un silence soudain.

— Des lions, des tigres et des ours, oh ! mon Dieu, murmura Smithback.

— Manifestement il y a encore beaucoup de choses que nous ignorons, rétorqua Aragon, un peu sur la défensive. Peut-être pourrez-vous nous éclairer, monsieur Smithback, avec votre connaissance indubitablement vaste des sorciers anasazis et de leurs descendants modernes, les porteurs de peaux.

L'écrivain se mordit la joue et haussa les sourcils, sans piper.

Ils s'éloignaient quand Holroyd poussa un cri. Il se trouvait à côté d'un rocher à l'entrée de la fente. Il désigna une inscription bien plus récente, gravée au canif. En la voyant, Nora sentit ses joues s'empourprer. Elle s'agenouilla par terre et suivit du doigt les initiales et les chiffres : PK 1983.

23.

Quand Nora effleura les initiales de son père gravées dans le rocher, quelque chose parut céder en elle. Un nœud de tension, créé par les difficultés rencontrées, lâcha soudain, et elle appuya le front contre la surface lisse du rocher, envahie d'un soulagement intense. Son père était effectivement passé par là. Ils marchaient sur ses traces depuis le début. Elle se rendit vaguement compte que le groupe se rassemblait autour d'elle pour la féliciter.

Elle se releva lentement. Elle réunit ses compagnons sous un petit bosquet de chênes près de l'endroit où le ruisseau s'enfonçait dans la fente. Tout le monde semblait d'excellente humeur, à l'exception de Swire qui s'éclipsa sans rien dire dans un carré d'herbe voisin avec les chevaux. Bonarotti faisait la vaisselle dans le ruisseau.

— Nous y sommes presque, dit Nora. Selon nos cartes, voici la fente que nous cherchions. Nous devrions trouver la vallée de Quivira à son extrémité.

— Cela ne présente pas de risques ? demanda Black. Il me paraît bien étroit.

— J'ai bien observé les falaises, intervint Sloane. Je n'ai pas vu de pistes susceptibles de conduire dans l'autre vallée. Si nous continuons, c'est le seul passage.

— Il se fait tard, reprit Nora. La question est de savoir si nous portons le matériel de l'autre côté maintenant ou si nous attendons demain.

— Je préférerais ne plus porter de matériel aujourd'hui, s'écria Black. Non merci, surtout s'il faut passer par ça, conclut-il en désignant ce qui ressemblait davantage à une fissure qu'à un canyon.

Smithback s'éventait avec des feuilles de chêne.

— Puisque vous posez la question, j'aimerais autant rester ici les pieds dans le ruisseau en attendant de voir quelles victuailles signore Bonarotti tire de sa boîte magique.

Les autres avaient l'air d'accord. Nora se tourna alors vers Sloane. Dans son regard, elle lut l'impatience qu'elle sentait sourdre en elle.

— Vous vous sentez d'attaque ? demanda Sloane avec son sourire nonchalant.

Nora contempla l'entrée de la fente – à peine plus qu'une fissure noire dans la roche – et acquiesça.

— Sloane et moi allons partir en reconnaissance, explique-t-elle au groupe en jetant un coup d'œil à sa montre. Nous ne pourrons peut-être pas rentrer avant la nuit. Des objections ?

Il n'y en avait aucune. Pendant qu'on installait le campement, Nora fourra un sac de couchage et une gourde dans un sac à dos. Sloane l'imita et y ajouta une corde et du matériel d'escalade. Sans un mot, Bonarotti leur remit de lourds petits paquets de vivres.

Elles longèrent le ruisseau. Derrière le bosquet de chênes, le ru murmurait sur un lit de galets et pénétrait dans la cannaie devant l'entrée du canyon-fente. La plupart des roseaux étaient cassés, ne présentant plus qu'un enchevêtrement dense, cerné de troncs d'arbres et de rochers.

Elles pénétrèrent dans la cannaie, qui bruissa et craqua à leur passage. L'air pesant bourdonnait de taons. Nora les repoussa d'un geste agacé.

— Nora, murmura Sloane derrière elle, tournez lentement les yeux vers la droite. Surtout ne bougez pas.

À une cinquantaine de centimètres, Nora découvrit un petit crotale gris entortillé autour d'un roseau à la hauteur de son épaule.

— Je regrette de vous le dire, Nora, mais vous venez d'écarter cette pauvre bête du coude.

La réflexion était censée être humoristique, pourtant la voix de Sloane tremblait un peu.

Nora resta figée, fascinée et horrifiée à la fois. Le roseau oscillait encore.

— Nom de nom ! murmura-t-elle, la gorge serrée et sèche.

— Il ne vous a pas attaquée parce que cela l'aurait fait tomber, ce doit être la seule raison. *Sistrurus toxidius,* le crotale gris pygmée. La deuxième espèce la plus venimeuse d'Amérique du Nord.

— Je ne me sens pas très bien, dit Nora, les yeux toujours fixés sur le serpent, qui se confondait presque entièrement avec l'environnement.

— Je vais passer devant.

N'étant pas d'humeur à protester, Nora laissa Sloane la précéder. Cette dernière progressa prudemment à travers les roseaux cassés, s'arrêtant régulièrement pour vérifier où elle mettait les pieds.

Elle pila.

— En voilà un autre.

Le serpent, dérangé, glissa rapidement le long d'une tige juste sous leur nez. Il lâcha un bref bourdonnement effrayant avant de disparaître dans des broussailles.

— Dommage que Bonarotti ne soit pas là, dit Sloane en repartant. Il en ferait probablement un cassoulet.

Il y eut alors un nouveau bourdonnement juste à ses pieds. Elle bondit en arrière dans un hurlement, puis contourna largement ce nouvel obstacle.

Quelques pénibles instants plus tard, elles se retrouvaient à l'extrémité de la cannaie. L'orifice du canyon-fente s'ouvrait devant elles, deux parois lisses séparées d'environ trois mètres avec, au sol, un sable régulier à peine recouvert d'une eau presque stagnante.

— Bon Dieu ! fit Nora. Je n'ai jamais vu autant de crotales de ma vie.

— Ils ont dû être apportés par une crue, dit Sloane. Maintenant ils sont trempés, ils se pèlent et ils sont furax.

Elles pénétrèrent dans le canyon en pataugeant dans le ruisseau. Les parois ne tardèrent pas à se refermer sur elles, donnant à Nora l'impression désagréable de se trouver au fond d'une longue cuve étroite. Des ères de crue avaient sculpté le grès, formant des creux, des arêtes, des poches. Le ciel n'apparaissant plus que par intermittence, elles se trouvaient dans une semi-pénombre rougeoyante. Il faisait étonnamment frais. Les creux d'eau plus profonds dissimulaient des poches de sables mouvants. Nora se rendit compte que le meilleur moyen de les traverser était de ramper à quatre pattes et, lorsqu'on sentait le sol se dérober, de s'allonger sur le ventre et d'avancer avec des mouvements de brasse, en gardant les jambes raides et immobiles. Le plus étonnant, c'était que son chargement la maintenait à flot, comme une sorte de bouée sur son dos.

— La nuit va être humide, dit Sloane en émergeant de l'une des flaques.

La pente du canyon s'accentuant, la pénombre s'accrut. Elles virent un énorme tronc de peuplier, affreusement pelé et déchiqueté, qui s'était Dieu sait comment coincé à environ six mètres au-dessus de leurs têtes. Et non loin, une niche étroite dans la paroi, au-dessus d'une petite saillie.

— Un orage a dû projeter cet arbre là-haut, murmura Sloane. Je n'aimerais pas être surprise par une crue dans un de ces canyons.

— On m'a dit que le premier signe annonciateur est le vent qui se lève, raconta Nora. Ensuite on entend une sorte d'écho déformé. Il paraît que cela ressemble à des voix ou à des applaudissements lointains. À ce moment-là, vous avez intérêt à vous tirer le plus vite possible. Si vous êtes encore dans le canyon quand vous percevez le mugissement de l'eau, c'est trop tard. Vous êtes fichue.

Sloane eut son rire de gorge provocant.

— Merci. Vous allez me voir escalader la première paroi au moindre souffle de brise.

Le canyon s'étrangla encore et sa pente s'accentua, ponctuée d'une série de flaques marron, une alternance de sables mouvants recouverts de quelques centimètres d'eau seulement et de trous profonds qu'il fallait traverser à la nage. Les flaques étaient reliées par des passages si étroits qu'il fallait les franchir en se mettant de côté. Au-dessus, de grosses pierres coincées entre les parois créaient un étrange crépuscule brun.

Au bout d'une demi-heure de lutte, elles parvinrent à une chute d'eau qui se déversait dans une flaque très longue et étroite. Nora aperçut une faible lueur au bout. Passant la première, elle se laissa glisser dans la flaque et nagea jusqu'à un petit rocher coincé entre les parois à environ deux mètres au-dessus du sol. Un épais rideau d'herbes et de racines en pendait, laissant passer des rais de lumière. Nora s'arrêta et s'essora les cheveux.

— On dirait l'entrée d'un endroit magique, remarqua Sloane. Mais qu'est-ce que c'est au juste ?

Nora la contempla un instant. Puis, les bras croisés, elle se fraya un chemin à travers l'enchevêtrement d'herbes.

Bien que faible, le soleil de fin d'après-midi qu'elle découvrit de l'autre côté lui parut éblouissant après la pénombre du canyon. Nora finit par distinguer une petite vallée qui s'ouvrait à leurs pieds. Le ruisseau descendait un défilé avant de s'étaler dans la combe sablonneuse. Une étroite plaine inondable, couverte de rochers brisés, ratissée par des crues éclairs à répétition, était bordée de peupliers aux troncs massifs et abîmés et aux branches encombrées de vieux débris de crues. Le ruisseau avait creusé le centre de la vallée, créant des plateaux parsemés d'autres peupliers, de chênes nains, de halliers à lièvres et de fleurs sauvages.

La vallée donnait une impression d'intimité : environ quatre cents mètres de long sur deux cents de large, un joyau serti dans le grès rouge. Le soleil velouté éclairait une orgie de couleurs : plumes d'Apaches, *castillejes*, *gilia* cramoisies.

Des cumulus boursouflés dérivaient dans le petit bout de ciel au-dessus des sommets.

Après leur long périple dans la pénombre, arriver dans cette vallée superbe était comme tomber par hasard sur un monde perdu. Tout en elle – sa petite taille, ses parois élevées, son isolement, sa difficulté d'accès – donnait à Nora l'impression de découvrir un paradis caché. Elle regardait autour d'elle, éblouie, lorsqu'une brise se leva. Dans le bruissement des arbres, le pollen s'échappa des chatons en grains de poussière étincelant d'une lumière captive.

Nora finit par regarder Sloane. Cette dernière était animée d'une expression d'exaltation intense à peine contenue ; ses yeux ambre semblaient brûler d'un feu intérieur.

Légère comme un chat, elle descendit le ruisseau. Nora traînait derrière. Elle vibrait d'une certitude toute neuve : c'était la vallée que son père avait découverte. Et avec cette certitude lui vint une autre pensée, affreuse dans sa soudaineté. L'endroit était-il aussi terrible que beau ? Trouverait-elle les restes de son père au fond du canyon ou cachés dans les saillies de roche sur les hauteurs ?

Puis ce sentiment s'évanouit aussi vite qu'il était venu. Quelqu'un avait trouvé et posté sa lettre. C'était un mystère qui ne cessait de la ronger. Mais au moins cela signifiait que, quel que soit l'endroit où reposaient les ossements de son père, ce devait être ailleurs, plus près de la civilisation. Il lui fallut pourtant un bon moment avant de suivre Sloane sur les plateaux sablonneux, ceints de rochers, qui dominaient le ruisseau. Un petit bosquet de peupliers donnait de l'ombre.

— Pas mal comme endroit pour camper, non ? s'exclama Sloane en se débarrassant de son havresac.

— On ne pourrait rêver mieux, dit Nora en l'imitant.

Elle sortit son sac de couchage trempé, qu'elle secoua avant de l'étaler sur un buisson. Puis son regard fut irrésistiblement attiré par les parois qui les dominaient sur quatre côtés. Prenant ses jumelles, elle entreprit de les examiner. Les murs de grès s'élevaient en espaliers : des à-pic, interrompus de plateaux de roche plus tendre usée par l'érosion. Au bout de la vallée, un éboulement avait créé un tas de pierres énormes qui formaient un fouillis précaire contre la paroi. Mais l'éboulis ne menait nulle part, et il n'y avait pas le moindre signe d'une piste, ni d'une ruine.

Nora réprima la peur qui lui serra brusquement la gorge quand elle se dit que, si la cité en ruine était visible, elle aurait été découverte depuis longtemps. Il était impossible de distinguer d'en bas les grottes ou les niches enfoncées dans ces parois. Et c'était exactement le genre d'endroit qu'appréciaient les Anasazis.

Toutefois, son père avait trouvé une voie d'escalade. Elle regarda de nouveau autour d'elle. Mais elle n'aperçut rien d'autre que des parois lisses de grès rouge.

Sloane avait déjà cessé d'examiner les parois pour longer leur base, les yeux rivés sur le sol. Elle cherchait visiblement des tessons de poterie ou des éclats de silex, un bon moyen de localiser une ruine cachée au-dessus. Tous les dix mètres, elle levait le nez, en quête d'encoches révélatrices d'un passage.

Nora fourra ses jumelles dans son jean humide et longea les rochers plats dominant le ruisseau, pour trouver une trace d'occupation humaine. Elles profiteraient des dernières lueurs pour construire un feu et préparer le dîner. Mais, comme Sloane, elle se sentait obligée de poursuivre sa recherche.

Il lui fallut à peine dix minutes pour arriver à l'autre extrémité de la vallée. Là, le ruisseau disparaissait dans une nouvelle fente, encore plus étroite que celle qu'elles venaient d'emprunter. D'étroits gradins rocheux ponctuaient les parois rouges de chaque côté et de la gorge montait le vacarme d'une chute d'eau. Nora s'approcha prudemment du bord. La cascade alimentait un long ruisseau. Là où elle frappait les rochers, en contrebas, s'élevait un panache de brume qui remplissait l'extrémité du canyon d'un voile de gouttelettes au travers duquel on ne distinguait pas grand-chose. Dans ce microclimat, les rochers disparaissaient sous la mousse et les fougères. Grâce aux cartes, Nora savait que le ruisseau se transformait plus loin en une série de chutes et de flaques, séparées par des dénivellations d'environ six ou neuf mètres. Il serait impossible de descendre sans matériel et, de toute façon, le fond du canyon paraissait trop étroit pour accueillir un homme. En outre, toujours d'après les cartes, le ruisseau infranchissable courait sur vingt-cinq kilomètres avant de plonger de trois cents mètres de hauteur dans le Colorado. Un pauvre hère emporté par une crue éclair arriverait à l'état de viande hachée dans le fleuve.

Nora s'arrêta devant l'énorme éboulis. Il faisait frais à l'ombre des falaises, et elle frissonna. L'amas rocheux, avec ses recoins sombres, ressemblait à un repaire de fantômes. Il paraissait trop instable pour qu'on se risque à l'escalader. De toute façon, derrière, la paroi était parfaitement à pic, et lisse.

Nora revint sur ses pas par l'autre berge et retrouva Sloane qui terminait sa propre enquête. Les yeux en amande brillaient moins.

— Trouvé quelque chose ?

— Non, je finis par douter qu'il y ait eu une cité ici. Je n'ai absolument rien vu.

Pour une fois, elle ne souriait pas et elle paraissait agitée, presque en colère. Cette cité a autant d'importance pour elle que pour moi, songea Nora.

— Les Anasazis n'ont jamais construit de route ne menant nulle part, dit Nora. Il doit y avoir quelque chose, le contraire est impossible.

— Peut-être, fit Sloane en examinant de nouveau les falaises qui les entouraient. Mais si je n'avais pas vu ces images radar et la crête en dos-d'âne, j'aurais du mal à croire que nous suivons une route depuis deux jours.

S'enfonçant à l'horizon, le soleil striait la vallée d'ombres allongées.

— Écoutez, Sloane. Nous n'avons même pas commencé à étudier les lieux. Nous consacrerons la matinée de demain à un relevé minutieux. Et si nous ne trouvons toujours rien, nous apporterons le magnétomètre à protons ici afin de scanner ce qui se cache sous le sable.

Sloane fixait toujours les parois, comme si elle exigeait qu'elles lui livrent leurs secrets. Puis elle regarda Nora et un sourire se dessina sur ses lèvres.

— Vous avez peut-être raison. Faisons un feu pour tenter de faire sécher notre matériel.

La chose faite, Nora s'assit à la chaleur des flammes et changea les pansements humides de ses doigts. Les sacs de couchage commençaient à dégager de la vapeur.

— Qu'est-ce que Bonarotti a bien pu mettre dans ces paquets ? dit Sloane en empilant des bouts de bois dans le feu.

— Regardons.

Nora sortit le petit paquet que le cuisinier lui avait fourré dans la main. Elle l'ouvrit avec curiosité. Il contenait deux sacs en plastique, encore secs, qui renfermaient l'un, de minuscules pâtes, et l'autre, un mélange d'herbes. Plonger dans l'eau bouillante et cuire sept minutes, avait-on écrit au marqueur noir sur le premier sachet. Retirer du feu, égoutter, et ajouter le mélange.

Elles suivirent les instructions à la lettre. Dix minutes plus tard, une délicieuse odeur leur montait aux narines.

— Du couscous aux fines herbes, murmura Sloane. Un prince, ce Bonarotti, non ?

Après le couscous, elles passèrent au plat de Sloane – des lentilles avec des légumes séchés au soleil dans un ragoût de bœuf au curry – et débarrassèrent. Nora étala son sac sur le sable, près du feu. Puis, après avoir ôté la plupart de ses vêtements mouillés, elle se glissa dedans et s'allongea, s'emplissant les poumons de l'air pur du canyon, les yeux sur le dôme étoilé. Malgré son discours d'encouragement à Sloane – malgré le repas remarquable –, Nora n'arrivait pas à se défaire d'une sourde sensation de peur.

— Alors, qu'est-ce qu'on va trouver demain, Nora ? fit la voix rauque de Sloane, étonnamment proche dans la pénombre, comme un écho de ses propres pensées.

Nora s'appuya sur un coude et la regarda. Assise en tailleur sur son sac de couchage, Sloane se coiffait. Son jean séchait sur une branche, et une chemise trop grande s'étalait sur ses genoux nus. La lueur vacillante des flammes mettait ses pommettes hautes en valeur, donnant à son beau visage une touche exotique et mystérieuse.

— Je ne sais pas. À votre avis ?

— Quivira, entendit-elle dans un murmure.

— Vous n'en aviez pas l'air aussi sûre il y a une heure.

— Oh ! Elle y sera, dit Sloane en haussant les épaules. Mon père ne se trompe jamais.

Elle avait beau afficher son éternel sourire nonchalant, Nora comprit au ton de sa voix qu'elle ne plaisantait qu'à moitié.

— Et si vous me parliez de votre père à vous, continua Sloane.

Nora inspira un grand coup.

— Eh bien, en vérité, à le voir comme ça, il avait tout du raté irlandais traditionnel. Il buvait trop. Il ne cessait de déborder de projets et de plans. Il détestait le vrai travail. Mais vous savez, il a été le meilleur père qui soit. Il nous aimait. Il nous le répétait dix fois par jour. C'était la première chose qu'il nous disait le matin au réveil et la dernière qu'il nous disait le soir. C'était l'être le plus gentil que j'aie jamais connu. Il nous a emmenés dans pratiquement toutes ses aventures. Nous l'avons suivi partout, à chercher des ruines perdues, à creuser en quête de trésors, à parcourir de vieux champs de bataille, armés de détecteurs à métaux. Aujourd'hui, l'archéologue que je suis est horrifiée en songeant à ce que nous faisions. Nous sommes allés à cheval dans les Superstition Mountains pour chercher la mine du Hollandais perdu, nous avons passé un été à explorer le désert de Gila pour trouver les fouilles Adams – ce genre de trucs. Je suis ébahie que nous ayons survécu. Ma mère ne supportait pas tout ça, et elle a fini par demander le divorce. Pour tenter de la reconquérir, mon père est parti à la recherche de Quivira. Et nous n'avons plus jamais eu de nouvelles de lui – jusqu'à l'arrivée de cette vieille lettre. Mais il est une des raisons pour lesquelles je suis devenue archéologue.

— Vous croyez qu'il pourrait être encore vivant ?

— Non. Impossible. Il ne nous aurait jamais abandonnés comme ça.

Le silence s'installa.

— Vous avez vous-même un père plutôt remarquable, reprit enfin Nora.

Une lueur traversa soudain le ciel.

— Une étoile filante, dit Sloane. Vous avez déjà dit cela sur la piste. Ce doit être vrai. C'est un père remarquable. Et il attend de moi que je sois une fille encore plus remarquable.

— Comment cela ?

— Je pense qu'on pourrait dire qu'il fait partie de ces pères qui placent la barre à une hauteur pratiquement impossible à atteindre pour leur progéniture. Il m'a toujours incitée à me dépasser. Je ne pouvais ramener à la maison que des amis capables de participer à une discussion intellectuelle au dîner. Mais rien de ce que je faisais n'était jamais assez bien, et encore maintenant il n'est pas convaincu que je puisse réussir.

« Je me rappelle encore qu'en sixième mon professeur de piano a organisé un récital. J'avais travaillé un morceau de Bach vraiment difficile et j'étais très fière de moi. Mais mon professeur avait une autre élève, Ursula Rein, qui était un vrai prodige. D'ailleurs, elle enseigne à Julliard maintenant. Quoi qu'il en soit, elle a joué juste avant moi et elle a interprété la fameuse valse de Chopin deux fois plus vite que la normale. Quand mon père a entendu ça, il m'a obligée à partir avec lui. J'étais furieuse, et tellement gênée. Je m'étais exercée si longtemps ; je croyais qu'il serait fier de moi... Oh ! il a trouvé un prétexte, il a prétendu qu'il avait mal au ventre, ou un truc de ce genre. Mais je savais qu'en fait il ne supportait pas que je ne sois que deuxième. Je n'en reviens toujours pas qu'il ait voulu que je participe à cette expédition.

Nora perçut l'amertume dans son rire.

— Cela ne paraît pas vous avoir fait de mal, dit-elle.

— Parce que je me protège, répliqua-t-elle en rejetant ses cheveux en arrière.

— Non, ce n'est pas ce que je voulais dire. Vous êtes...

— Et vous savez ? l'interrompit Sloane comme si elle n'avait pas entendu. Je ne me rappelle pas que mon père m'ait jamais dit qu'il m'aimait.

Elle détourna les yeux. Ne sachant pas trop quoi répondre, Nora décida de changer de sujet :

— J'ai une question. Avec votre fortune, votre physique et votre talent, vous auriez pu faire n'importe quoi. Pourquoi avoir choisi l'archéologie ?

Sloane se tourna vers elle en souriant.

— Pourquoi ? Les archéologues seraient censés être pauvres, moches et bêtes ?

— Bien sûr que non.

— C'est l'entreprise familiale, non ? Les Rothschild sont banquiers, les Kennedy, politiciens, les Goddard, archéologues. Je suis sa fille unique. Il a décidé que je serais archéologue et je n'ai pas été assez forte pour m'y opposer.

Le père encore, pensa Nora.

— Vous n'aimez pas l'archéologie ?

— J'adore. Je n'arrête pas de penser aux choses précieuses et aux secrets qui gisent cachés dans le sous-sol. Ils attendent de nous enseigner quelque chose, si nous sommes assez malins pour les trouver. Mais je ne serai jamais une archéologue assez douée pour satisfaire mon père. (Elle s'interrompit, puis reprit d'un ton plus vif :) C'est drôle, Nora, mais si je trouve Quivira, vous savez qui restera dans les mémoires ? Qui sera cité dans les livres d'histoire aux côtés de Wetherill et d'Earl Morris ? Pas moi. Lui. Ironique, non ?

Nora ne sut quoi répondre.

Sloane décroisa les jambes et s'étendit sur son sac de couchage. Elle soupira tout en s'entortillant une mèche de cheveux autour d'un doigt.

— Vous avez quelqu'un dans votre vie ?

Nora fut surprise par ce changement brutal de sujet.

— Pas vraiment. Et vous ?

— Personne que je ne lâcherais pas en une seconde si le bon se présentait. (Sloane garda le silence un instant, comme si elle réfléchissait.) Qu'est-ce que vous pensez des hommes du groupe en tant qu'hommes ?

Nora hésita de nouveau, un peu mal à l'aise d'évoquer ainsi ceux qu'elle dirigeait. Mais la chaleur du sac de couchage et l'éclat des étoiles aidant, elle se détendit.

— En fait, je n'y avais pas vraiment songé en tant que compagnons potentiels.

— Eh bien, moi si. Je vous verrais bien avec Smithback.

Nora se redressa sur son séant.

— Smithback ? Il est insupportable.

— Il est en mesure de faire beaucoup pour votre carrière si tout cela marche. Il est drôle aussi, si on aime l'humour sec comme un Martini. Il a mené une existence plutôt intéressante ces dernières années. Vous avez lu son livre, sur les meurtres du musée de New York ?

— Il m'en a donné un exemplaire. Je ne l'ai pas ouvert.

— C'est un sacré bouquin. Et ce type est plutôt beau gosse, dans le genre citadin.

Nora secoua la tête.

— Il est tellement imbu de lui-même.

— Peut-être. Mais je crois que ce n'est qu'une façade. Un masque qu'il peut retirer à volonté. Et quelque chose dans la forme de sa bouche me dit qu'il embrasse à merveille.

— Si vous en faites l'expérience, racontez-moi. Vous avez repéré quelqu'un ?

Sloane s'éventa distraitement.

— Black, finit-elle par répondre.

Il fallut un moment à Nora pour digérer la nouvelle.

— Quoi ?

— Si je devais choisir quelqu'un, ce serait Black.

— Là, je suis larguée.

— Oh ! je sais combien il peut être odieux. Il est terrifié d'être loin de la civilisation. Mais attendez. Quand nous trouverons Quivira, il redeviendra lui-même. C'est facile, ici, au milieu de nulle part, d'oublier qu'il est un des premiers archéologues du pays. Pourtant il l'est. Voilà quelqu'un qui peut beaucoup pour une carrière. Et vous avez vu cette carrure. Je suis sûre qu'il est monté comme une bouche à incendie.

Là-dessus, Sloane se leva, et sa chemise glissa par terre.

— Regardez dans quel état vous m'avez mise. Je vais me rafraîchir les idées dans le ruisseau.

Nora se rallongea. Elle l'entendit patauger doucement dans l'eau. Sloane revint bientôt, son corps mince luisant sous la lune. Elle se glissa sans bruit dans son sac de couchage.

— Faites de beaux rêves, Nora Kelly.

Puis elle se détourna et, quelques instants plus tard, Nora entendit sa respiration régulière et sereine. Nora contempla longtemps les étoiles.

24.

Nora se réveilla en sursaut. Elle avait dormi d'un sommeil si profond, si lourd, qu'un instant elle ne sut plus où elle se trouvait. Elle se redressa, prise de panique. L'aube commençait juste à ensanglanter le sommet de la falaise au-dessus de sa tête. Les élancements au bout de ses doigts bandés lui remirent très vite les souvenirs de la veille en mémoire : la lutte terrible sur la crête en dos-d'âne, la découverte du canyon étroit et de cette vallée cachée derrière, l'absence de tout indice de ruines. Elle regarda autour d'elle. Le sac de couchage voisin était vide.

Elle se leva, malgré les protestations de ses muscles, et remua les braises du feu dans lesquelles elle fourra de l'herbe sèche. Un filet de fumée s'éleva, puis l'herbe s'embrasa. Nora s'empressa d'ajouter des brindilles. Fouillant dans son sac, elle remplit une minuscule cafetière de café moulu et d'eau, la posa sur le feu, puis alla se laver au ruisseau. À son retour, la cafetière sifflait. Elle se versait une tasse quand Sloane apparut. Son éternel sourire avait disparu.

— Un peu de café ?

Sloane s'assit à côté d'elle. Elles burent en silence tandis que le soleil descendait dans le canyon.

— Il n'y a rien ici, Nora. Je viens de consacrer une heure à passer les lieux au peigne fin. Votre copain Holroyd peut toujours scanner ce sol au magnétomètre, mais je n'ai jamais vu de ruines sous le sable ou dans une falaise qui ne laissent pas de trace en surface. Je n'ai pas trouvé l'ombre d'un tesson de poterie ni d'un éclat de silex.

Nora posa sa tasse.

— Je ne vous crois pas.

— Allez voir vous-même.

— C'est ce que je vais faire.

Nora marcha jusqu'au pied des falaises et entreprit de faire le tour de la vallée dans le sens des aiguilles d'une montre. Elle passa à côté des traces de pied laissées par Sloane. Sortant ses jumelles, elle examina systématiquement les falaises, les creux et les sommets. Tous les deux mètres, elle s'arrêtait pour reprendre son inspection. L'invasion solaire de la vallée se poursuivait, créant constamment de nouvelles ombres sur la roche. Nora étudiait les parois sous tous les angles possibles, en quête d'un indice : une encoche pour le pied, un bloc de pierre taillé, un pétroglyphe effacé, tout ce qui pourrait indiquer une occupation humaine. Arrivée au bout de son tour, elle arpenta la vallée de long en large, ne cessant de traverser et de retraverser le ruisseau, les yeux rivés sur les parois qui le dominaient.

Une heure et demie plus tard, elle était de retour au camp, trempée et fatiguée. Elle s'assit sans rien dire près de Sloane. Cette dernière, silencieuse elle aussi, dessinait distraitement un cercle dans le sable avec une baguette.

Nora songea à son père et à toutes les choses affreuses que sa mère avait dites sur son compte. Était-il possible qu'elle ait eu raison ? Était-il vraiment indigne de confiance – rien de mieux qu'un rêveur incorrigible ?

Les deux femmes restèrent ainsi près du feu qui se mourait pendant une bonne vingtaine de minutes, s'efforçant de digérer la défaite.

— Qu'est-ce qu'on va dire aux autres ? finit par articuler Nora.

Sloane rejeta ses cheveux en arrière.

— Nous allons respecter notre contrat. Nous ne pouvons pas repartir sans rien faire. Comme vous le proposiez hier soir, nous allons apporter l'équipement, procéder à un relevé archéologique de la vallée. Et ensuite nous rentrerons. Vous retrouverez votre bureau. Moi, mon père.

Nora lui jeta un coup d'œil. Elle avait l'air hagard. Puis son expression s'adoucit :

— Allons, voilà que je me morfonds comme une écolière égoïste, s'exclama-t-elle, retrouvant le sourire. Alors que c'est vous qui avez besoin de réconfort. Je ne saurais vous dire à quel point je suis désolée, Nora. Vous savez combien nous croyons tous à votre rêve.

Nora contempla les falaises sombres qui les entouraient, les parois de grès lisses, sans l'ombre d'une encoche. Il n'y avait pas de ruines dans le réseau entier de canyons, et là non plus.

— Je n'arrive pas à y croire. Je n'arrive pas à croire que je vous ai tous traînés jusqu'ici, que j'ai gaspillé l'argent de votre père, risqué des vies, tué des chevaux, pour rien.

Sloane prit la main de Nora et la serra. Puis elle se leva.

— Venez. Les autres nous attendent.

Nora fourra le matériel de cuisine et son sac de couchage dans son sac, qu'elle hissa péniblement sur son dos. Sa bouche était douloureuse à force d'être sèche. La pensée des journées à venir – agir machinalement, travailler sans espoir – était insupportable. Elle contempla de nouveau la paroi rocheuse, retrouvant les mêmes repères que la veille. La lumière matinale rasait le bas des falaises. Puis Nora leva ses yeux plus haut.

Et là, elle aperçut quelque chose : une encoche peu profonde, à une dizaine de mètres au-dessus du sol. L'angle du soleil était parfait. L'encoche était peut-être naturelle ; elle l'était sûrement. Nora prit ses jumelles : elle vit un creux minuscule qui avait l'air de flotter dans l'espace à une trentaine de centimètres au-dessous d'une saillie étroite. Grossi par les verres, il paraissait un peu moins naturel. Mais où continuait le reste de la voie d'escalade ?

Baissant ses jumelles, Nora découvrit la réponse : sous l'encoche esseulée, un bout de la paroi s'était récemment détaché ; le vernis du désert – cette couche d'oxydation qui se forme sur le grès au cours des siècles – était d'une nuance plus claire, plus fraîche à cet endroit-là. Et la preuve gisait à la base de la falaise : un petit tas de cailloux. Nora sentit les battements de son cœur s'accélérer. Elle se tourna : Sloane la regardait d'un air interrogateur.

Elle lui tendit les jumelles.

Sloane examina le même endroit. Soudain, elle se tendit.

— C'est une marche *moqui*, dit-elle, le souffle court. Le sommet d'une voie. Le reste a dû s'effondrer. Bon Dieu, regardez le tas de pierres au-dessous ! Comment ai-je pu être aussi bête ? C'était sous mon nez, mais j'étais tellement occupée à chercher des tessons que je n'ai…

— Ce petit glissement de terrain a dû se produire depuis que mon père a vu la piste, dit Nora.

Mais Sloane tirait déjà une corde de son paquetage.

— Qu'est-ce que vous faites ?

— Je grimpe.

Sloane sortit son équipement et retira ses chaussures de marche pour enfiler des chaussons d'escalade.

— Et moi ?

— Vous ?

— Pas question que vous montiez là-haut sans moi.

Sloane se leva et entreprit d'enrouler la corde.

— Vous avez déjà fait de l'escalade ?

— Un peu.

— Et vos mains ?

— Ça va. Je porterai mes gants.

Sloane hésita un instant.

— Je n'ai pas apporté beaucoup de matériel, alors il va falloir que vous m'assuriez sans baudrier.

— Aucun problème.

— Alors, allons-y, lança Sloane avec un sourire éclatant.

Sloane s'encorda en huit, puis expliqua les techniques d'assurage à Nora. Cette dernière se passa la corde autour de la taille pendant que Sloane s'époussetait les mains.

Sloane commença à grimper avec prudence et précision, trouvant instinctivement de minuscules prises sur la paroi. Sa petite boucle de *friends,* d'anneaux et de mousquetons se balançait dans l'air immobile. Nora donnait du mou. À quatre mètres, Sloane s'arrêta pour choisir un coinceur, l'inséra dans une fissure et tira quelques coups secs pour s'assurer qu'il ne se délogerait pas. Satisfaite, elle attacha un relais et passa la corde dedans. Elle continua sa progression, plaçant un coinceur ici, un friend là. Une fois, elle cria « Chute de pierres ! » et Nora s'écarta. Puis Sloane atteignit l'encoche et se hissa sur la saillie. Elle cria à Nora de la suivre.

Il y eut un bref silence. Puis Sloane annonça qu'elle apercevait une voie.

— Elle monte encore sur soixante mètres et disparaît derrière le bord du premier plateau. Nora, la cité doit se trouver dans la niche juste au-dessus.

— Je monte, s'exclama Nora.

— Prenez votre temps. Suivez mes marques à la craie pour les meilleures prises. N'enfoncez pas le pied, posez-le à plat, les encoches sont petites.

— Compris !

Nora monta, douloureusement consciente de n'avoir ni la grâce ni l'assurance de Sloane. Les muscles de ses bras et de ses mollets ne tardèrent pas à se contracter convulsivement sous l'effort. Et malgré les gants, les bouts de ses doigts lui faisaient un mal de chien. Elle sentait que Sloane tendait la corde plus que la normale, mais elle lui était reconnaissante de cette aide.

À l'approche de l'ancienne marche, elle sentit son pied droit déraper. Incapable de compenser avec ses mains bandées, elle commença à glisser.

— Sec !

Aussitôt la corde se tendit.

— Écartez-vous de la paroi, je vous tire.

Haletante, Nora se hissa sur la saillie. Elle se redressa péniblement en se massant les doigts. De là, la paroi formait un angle terrifiant. Mais au moins elle n'était pas verticale. Sloane avait raison : bien qu'invisible du sol, la piste était indubitable.

— Ça va ? demanda Sloane.

Nora acquiesça et sa compagne entreprit de grimper. Sur la voie d'escalade, c'était plus simple. À quinze mètres, elle s'ancra et quelques minutes plus tard Nora était à côté d'elle, à bout de souffle. Au-dessus, le plateau en renfoncement paraissait plus proche et ses secrets à une longueur de corde.

Au bout de dix minutes, la voie s'aplatit considérablement.

— Faisons le reste en solo, proposa Sloane, visiblement excitée.

Nora savait que techniquement elles devraient s'assurer avec la corde. Mais elle était aussi impatiente d'arriver que Sloane. Sans avoir besoin de se dire quoi que ce soit, elles se libérèrent des cordes et entreprirent de monter rapidement. Il leur fallut une minute à peine pour arriver au bout.

En pente douce, le plateau faisait environ cinq mètres de large, couvert d'herbe et de figuiers de Barbarie. Immobiles elles regardaient devant elles.

Rien : ni cité ni abri sous roche, juste ce plateau nu qui se terminait par une nouvelle paroi à six mètres de là, une paroi verticale d'au moins cent cinquante mètres.

— Oh merde ! grommela Sloane.

Incrédule, Nora fouilla de nouveau le plateau du regard. Rien. Ses yeux commencèrent à la picoter et elle se détourna.

C'est alors qu'elle jeta un coup d'œil de l'autre côté du canyon.

Là-bas, sur la paroi opposée, une immense niche était perchée à mi-chemin entre ciel et terre. Le soleil matinal l'éclairait parfaitement, illuminant les replis sous l'arche immense. Le creux abritait une cité en ruine. Quatre grandes tours entouraient un réseau complexe de maisons et de kivas circulaires, parsemées de fenêtres et de portes noires. Le soleil dorait les murs et les tours : la cité paraissait irréelle, prête à s'évaporer dans l'air du désert.

Jamais Nora n'avait vu cité anasazie plus parfaite : plus belle que Cliff Palace, aussi grande que Pueblo Bonito.

Sloane suivit son regard et blêmit.

Nora ferma les yeux et les rouvrit. La cité était toujours là. Au milieu, on distinguait les contours arrondis d'une grande kiva, la plus grande qu'elle ait jamais vue, encore munie d'un toit. Une grande kiva intacte… personne n'avait encore rien découvert de pareil.

La niche se trouvait en retrait sur le plateau, ce qui la rendait invisible d'au-dessous. Au-dessus, la grande falaise de grès avançait en une énorme courbe convexe. C'était cet artifice de la géologie et de l'érosion qui permettait à la cité de rester cachée, non seulement d'au-dessous et du dessus, mais du sommet opposé. Nora eut une pensée fulgurante, désespérée : j'espère que mon père a vu ça.

Soudain ses jambes se dérobèrent et elle se laissa doucement glisser par terre. Assise, elle continua à contempler la vallée. Sloane s'agenouilla à côté d'elle.

— Nora, je crois que nous avons trouvé Quivira.

25.

— On y va ? murmura Sloane à Nora.

Il y eut un long silence. Les yeux de Nora suivirent la courbe du plateau autour du canyon. Aux endroits où il se muait en un étroit rebord de grès, on voyait un sillon peu profond creusé dans la roche par le passage d'innombrables pieds préhistoriques. Une part d'elle-même enregistra cela froidement ; l'autre était loin, encore en état de choc, incapable de mesurer l'ampleur de la découverte.

Son côté raisonnable lui soufflait qu'elles devraient aller chercher les autres, apporter le matériel, commencer un relevé dans les formes.

— Et flûte ! Allons-y.

Elle se releva tant bien que mal, imitée par Sloane. Une marche rapide comme dans un rêve les amena à l'extrémité du canyon au bord de la grande niche. Nora s'arrêta. Le soleil matinal n'éclairait que la façade de la cité ; le reste disparaissait dans l'obscurité sous la lourde saillie rocheuse, des ruines fantomatiques se fondant dans une ombre pourpre. Quivira possédait une grâce, un équilibre inattendus vu sa masse. Il semblait qu'on avait dessiné et construit la ville comme un tout, au lieu de lui permettre de s'accroître progressivement, à la façon de la plupart des habitats troglodytiques anasazis. On voyait encore des traces de chaux de gypse sur les murs extérieurs, et on distinguait les vestiges d'un disque bleu peint sur le flanc de la grande kiva.

Des tours de près de quinze mètres de haut étaient disposées aux quatre coins de la ville. Contrairement aux deux tours en façade, celles du fond étaient liées au plafond rocheux de la niche par du mortier.

Les ruines paraissaient superbement bien conservées, mais cette impression s'atténuait quand on les regardait de plus près. Nora remarqua plusieurs vilaines fissures dans les tours. À un endroit, la maçonnerie s'était détachée d'un étage supérieur, révélant un intérieur obscur. Dans la partie en terrasses, plusieurs des pièces du deuxième étage s'étaient effondrées. D'autres semblaient avoir flambé. Des échelles de bois reposaient contre certains murs. Mais dans l'ensemble, des centaines de salles restaient intactes et munies d'un toit – un réseau complexe de maisons et de kivas circulaires plus petites, parsemé de fenêtres et de portes noires. Une cité bâtie pour durer éternellement.

Nora contempla les replis sombres de la grotte. Derrière les tours, les maisons en terrasses et la place, on apercevait un passage étroit qui courait entre l'arrière de la ville et une longue rangée de greniers trapus. Un passage bas et sombre. Et derrière les greniers, on avait l'impression qu'il y en avait un autre, plus étroit, une sorte de boyau en fait. C'était inhabituel : à dire vrai, Nora n'avait jamais rien vu de pareil. Dans la plupart des cités anasazies, les greniers faisaient corps avec le mur du fond de la grotte.

C'était l'archéologue qui enregistrait ces observations, mais la femme avait les mains qui tremblaient et le cœur qui battait la chamade.

— Dites-moi que je ne rêve pas, marmonna Sloane d'une voix rauque.

S'approchant lentement de la ville, elles découvrirent une série remarquable de pictogrammes sur la paroi latérale. Ils se présentaient sur plusieurs couches, figures peintes sur d'autres, un palimpseste d'imagerie anasazie en rouge, jaune, noir et blanc : des empreintes de mains, des spirales, des figures chamaniques avec d'énormes épaules et des éclairs jaillissant de leurs têtes, des antilopes, des cerfs, des serpents et un ours, ainsi que des motifs géométriques à la signification inconnue.

— Levez les yeux, dit Sloane.

À six mètres au-dessus de leurs têtes s'alignaient d'innombrables empreintes de mains négatives : de la peinture pulvérisée sur une main appuyée au rocher. Une foule disant au revoir. Plus haut, sur le toit en dôme lui-même, les Anasazis avaient peint un motif compliqué de croix et de points de tailles diverses. L'ensemble avait un aspect vaguement familier.

— Mon Dieu, mais c'est un planétarium ! s'écria Nora.

— Oui. Voici la constellation Orion. Et Cassiopée, je crois. Cela ressemble au planétarium du canyon de Chelly, en bien plus élaboré.

Instinctivement, Nora prit son appareil photo. Puis elle se ravisa. Elle aurait le temps, amplement, plus tard. Vivre l'instant, voilà ce qui était important pour le moment. Elle fit un pas, hésita et jeta un coup d'œil à sa compagne.

— Je sais ce que vous ressentez, dit cette dernière. Moi aussi, j'ai l'impression que nous n'avons pas notre place ici.

— C'est le cas.

Sloane la regarda un long moment. Puis elle se tourna et se dirigea vers les ruines. Nora la suivit lentement.

Lorsqu'elles pénétrèrent dans l'obscurité fraîche, leurs ombres se fondirent dans celles des pierres. Un groupe d'hirondelles jaillit de nids de boue au-dessus de leurs têtes et plongea dans la vallée en criant son mécontentement devant leur intrusion.

Leurs pieds s'enfonçant dans le sable, Nora et Sloane se dirigèrent vers la vaste place devant les tours. Il n'y avait presque pas de débris par terre : plusieurs centimètres d'une poussière apportée par le vent avaient tout recouvert.

Devant la première tour, Nora s'arrêta et posa la main sur le mur froid. L'édifice se dressait bien droit, légèrement incurvé vers l'intérieur. Il n'y avait pas de portes sur la façade ; il fallait entrer par l'arrière. Des encoches en hauteur sur le côté ressemblaient à des meurtrières. En jetant un coup d'œil à l'intérieur par une fissure au niveau du sol, Nora nota que le mur était épais d'au moins trois mètres. Les tours avaient manifestement une fonction défensive.

Sloane contourna l'édifice, toujours suivie de Nora. Étrange comme elles restaient instinctivement ensemble. L'endroit avait quelque chose de troublant. Peut-être était-ce la nature défensive du site ; les murs massifs, l'absence de portes au rez-de-chaussée. On voyait même des tas de pierres rondes sur certains toits plats, visiblement rassemblés là pour servir d'armes à lancer sur la tête d'éventuels envahisseurs. Ou peut-être était-ce le silence absolu qui régnait dans la ville, l'odeur de la poussière, la faible nuance de corruption qui mettaient Nora mal à l'aise.

Elle jeta un coup d'œil à Sloane. Cette dernière, qui avait repris ses esprits, était penchée sur son carnet de croquis. Sa présence paisible était rassurante.

Nora se retourna vers la tour. À l'arrière, au niveau du premier étage, elle aperçut une petite ouverture en partie effondrée. On pouvait y accéder à partir d'un toit plat, contre lequel était appuyé un rancher en parfait état. Nora grimpa sur le toit. Fermant son carnet de croquis, Sloane l'imita. Quelques instants plus tard, elles franchissaient la porte en baissant la tête et contemplaient la pénombre de la tour.

Il n'y avait effectivement pas d'escaliers à l'intérieur. Au centre se dressait une série de ranchers, reposant sur des plates-formes. Des pierres en saillie servaient de marches. Nora avait déjà vu cet aménagement dans des ruines au Nouveau-Mexique, à Shaft House. Il fallait grimper bras et jambes écartés, un pied sur les degrés du rancher, l'autre sur les pierres jaillissant du mur. C'était un mode d'ascension volontairement précaire et dangereux qui occupait les quatre membres du grimpeur. Cela permettait aux défenseurs réfugiés en haut de la tour de bombarder les envahisseurs de pierres ou de leur tirer dessus avec des flèches pour provoquer leur chute. Tout en haut de la tour, le dernier rancher conduisait par un petit orifice à une salle minuscule sous le toit : la dernière redoute en cas d'attaque.

Nora contempla les grosses fissures dans le mur et les ranchers fragilisés par le pourrissement du bois. Même à l'époque de la construction, grimper tout en haut devait être terrifiant ; maintenant, c'était impensable. Elle fit un signe de tête à Sloane et elles repartirent dans la ville. L'exploration des tours attendrait.

Nora s'approcha du bloc de maisons le plus proche. Au cours des siècles, du sable apporté par le vent s'était entassé contre les façades. Par endroits, l'amoncellement était si haut qu'on pouvait grimper directement sur les terrasses du premier étage. Derrière les maisons, on apercevait la forme circulaire de la grande kiva et le disque bleu stylisé gravé sur son flanc, avec une bande blanche à son sommet.

Sloane rejoignit lentement Nora au pied de l'amoncellement de sable. De nouveau, Nora prit conscience que la règle voulait qu'elles retournent chercher les autres, pour procéder à un enregistrement dans les règles. Mais elle avait aussi conscience que personne, pas même Frank Wetherill, n'avait trouvé de cité anasazie comme celle-ci. L'envie de l'explorer était trop forte pour qu'elle y résiste.

Elles escaladèrent le tas de sable pour rejoindre les terrasses du premier étage. Elles se retrouvèrent devant une rangée de portes obscures. Nora aperçut, disposés le long de la bordure du toit, en partie enterrés dans le sable, huit magnifiques pots polychromes de St John en parfait état. Trois d'entre eux étaient encore munis de leurs couvercles en grès.

Elles s'arrêtèrent devant la première porte, de nouveau saisies de cette étrange hésitation.

— Entrons, finit par dire Sloane.

Nora franchit la porte. S'adaptant progressivement à la pénombre, elle se rendit compte que la salle n'était pas vide. En face d'elle se trouvait une cheminée avec une pierre à cuire et deux chaudrons, noircis par la fumée. L'un s'était brisé, déversant de minuscules épis de maïs anasazis. Des rats avaient construit un nid dans un coin, un tas emmêlé de brindilles et d'oreilles de cactus sous une épaisse couche d'excréments. L'odeur acide de leur urine imprégnait la pièce. Une paire de sandales tissées en fibres de yucca était suspendue à un crochet près de la porte.

Sloane alluma sa torche et la braqua sur une ouverture sombre dans le mur du fond. La deuxième salle comportait un motif peint compliqué qui courait telle une frise sur ses murs couverts de plâtre.

— Un serpent. Un crotale stylisé.

— Incroyable. On dirait que cela date d'hier. Regardez, Nora, il y a quelque chose là-dedans, dit Sloane en braquant sa torche sur une niche dans un mur.

Nora s'approcha. Il s'agissait d'une bourse en peau de daim, de la taille d'un poing, roulée serré et ficelée.

— Une bourse de sorcier, murmura-t-elle. Contenant de la terre de montagne, on dirait.

— Vous avez déjà vu une bourse de sorcier anasazi intacte ? demanda Sloane.

— Non, je crois que c'est la première.

Elles restèrent quelques instants dans la pièce, respirant l'air séculaire. Puis le regard de Nora fut attiré par une troisième porte. Plus petite que les deux autres, elle semblait s'ouvrir sur une réserve.

— À vous l'honneur, fit Sloane.

Se mettant à quatre pattes, Nora passa sous la porte et se redressa dans un espace peu ventilé. Sloane la suivit. La flaque jaune de sa torche balaya la pièce, transperçant le voile de poussière soulevé par leur entrée. Progressivement, objets et couleurs émergèrent de la pénombre, et Nora commença à y voir plus clair.

Contre le mur du fond s'alignait une rangée de pots extraordinaires : polis, peints de motifs géométriques fantastiques. Dans l'un d'eux était planté un paquet de bâtons de prière, taillés, ornés de plumes et peints, éclatants de couleurs malgré la pénombre. À côté se trouvait une longue pierre plate en forme de feuille, sur laquelle on avait disposé une dizaine de fétiches de différents animaux, sculptés dans des pierres semi-précieuses, chacun avec une tête de flèche attachée dans le dos par une cordelette. Puis un bol rempli de minuscules pointes à oiseaux parfaites, taillées dans l'obsidienne la plus noire. Et un banc de pierre sur lequel on avait soigneusement rangé des objets. Saisie d'une incrédulité grandissante, Nora découvrit ensuite une poche en peau de daim pourri dont s'échappait une série de pierres de mirage, des berceaux, et plusieurs petits sacs exquis tissés en fibres d'apocyn et remplis d'ocre rouge.

Le silence dans les entrailles de la cité en ruine était absolu. Cette pièce contient davantage que les collections des plus grands musées, songea Nora.

Le faisceau de la torche révéla quelque chose d'encore plus remarquable. Le crâne d'un grizzli, décoré de bandes de peinture bleues et rouges, avec des paquets de glycérie enfoncés dans ses orbites ; les anneaux d'un crotale attachés à l'extrémité d'un bâton peint, avec un scalp humain ; une grande feuille de mica, taillée en forme de crâne grimaçant, les dents incrustées de cornalines rouge sang ; un scarabée sculpté dans du cristal de quartz ; un panier délicatement tressé, dont l'extérieur était hérissé de centaines de minuscules torses chatoyants d'oiseaux-mouches.

Instinctivement, Nora se tourna vers Sloane. Ses yeux étincelaient.

— Il devait s'agir de la réserve de la famille qui occupait ces lieux, finit-elle par dire d'une voix tremblante. Juste une famille. Il y a peut-être des dizaines d'autres pièces de ce genre dans cette cité. Voire des centaines.

— Certainement. Mais ce qui me paraît incroyable, c'est cette richesse. Même à l'époque anasazie, cela devait représenter une fortune colossale.

La poussière soulevée par leur irruption dérivait en couches dans l'air lourd et frais, éparpillant la lumière jaune. Nora respira profondément, cherchant à s'éclaircir les idées.

— Nora, vous mesurez ce que nous venons de découvrir.

— J'y travaille.

— Nous venons de faire l'une des plus grandes découvertes archéologiques de tous les temps.

Nora déglutit et ouvrit la bouche pour répondre. Aucun son n'en sortit. Elle se contenta de hocher la tête.

26.

Douze heures plus tard, la cité de Quivira était dans l'ombre, le soleil de fin d'après-midi dardant ses derniers rayons sur les falaises en face des ruines. Nora, se sentant plus vidée que jamais, se reposait sur l'ancien mur de soutènement, sous ce que ses compagnons et elle-même en étaient venus à appeler le Planétarium. Les voix excitées du reste du groupe retentissaient dans la cité, déformées et amplifiées par le vaste creux rocheux abritant Quivira. Nora jeta un coup d'œil à l'échelle de corde et au système de poulies que Sloane avait installés pour faciliter l'accès aux ruines. Tout en bas, au cœur du bosquet de peupliers dans lequel ils avaient monté leur campement, Bonarotti avait allumé un feu à côté d'une tache rectangulaire grise, sa table pliante. Le cuisinier leur avait promis des médaillons de gibier et, chose incroyable ! deux bouteilles de château-pétrus pour fêter l'événement. Nora venait de vivre la journée la plus longue et la plus extraordinaire de sa vie : un jour à marquer d'une pierre blanche comme Howard Carter l'avait dit en pénétrant dans la tombe de Toutankhamon. Et il leur restait encore à entrer dans la grande kiva. Elle avait décidé qu'ils attendraient pour cela d'avoir effectué un enregistrement rapide et retrouvé la mesure des choses.

De temps à autre, pendant la journée, Nora s'était surprise à chercher dans les ruines sablonneuses des empreintes de pieds, des initiales, des indices de fouilles – n'importe quoi qui prouverait que son père avait effectivement atteint la cité. Mais elle savait bien que ses traces, si traces il y avait, devaient avoir disparu depuis longtemps sous les assauts répétés du vent. En outre, peut-être qu'aussi impressionné qu'elle par la majesté des lieux, son père s'était-il gardé de laisser une inscription dont la modernité aurait été presque sacrilège.

Le groupe émergea des ruines. Empourpré sous son teint cuivré, Swire s'écroula par terre sans piper à côté de Nora, mais Smithback se lança dans un discours animé :

— Incroyable, s'écria-t-il, d'une voix forte presque choquante dans le calme ambiant. Oh mon Dieu ! quelle découverte ! À côté, la découverte de la tombe de Toutankhamon aura l'air de…

Il s'interrompit, ne trouvant plus ses mots. Nora se sentit inexplicablement agacée de voir que ses pensées coïncidaient avec les siennes.

— Vous savez, j'ai un peu travaillé au musée d'Histoire naturelle de New York, et leur collection n'arrive pas à la cheville de ce qu'il y a ici. C'est vrai, il y a plus de trucs ici que dans tous les musées du monde réunis ! Quand mon agent va apprendre ça, elle va…

Le regard de Nora réduisit l'écrivain au silence.

— Pardon, madame la Présidente, dit Smithback avant de tirer de sa poche un petit carnet à spirales sur lequel il entreprit de prendre des notes.

Aragon, Holroyd et Black les rejoignirent, suivis de Sloane.

— C'est la découverte du siècle, tonna Black. Quel couronnement pour une carrière !

Holroyd s'assit sur le mur, lentement et péniblement, comme un vieillard. Des traînées se dessinaient sur son visage, comme s'il avait pleuré d'émotion.

— Comment ça va, Peter ?

— Posez-moi la question demain, répondit-il avec un faible sourire.

Nora se tourna vers Aragon, curieuse de savoir si l'ampleur de la découverte aurait raison de sa réserve maussade. Il avait le visage couvert de sueur, et ses yeux étaient devenus aussi noirs et aussi brillants que l'obsidienne dont la cité regorgeait.

Il soutint son regard. Et là, pour la première fois depuis leur rencontre, un vrai grand sourire éclaira son visage brun.

— C'est fantastique, dit-il en lui prenant la main. Presque incroyable. Nous vous devons tous beaucoup. Moi peut-être plus que les autres. Avec le temps, j'en suis venu à croire, si tant est que je croie quoi que ce soit, que les secrets des Anasazis ne seraient jamais les nôtres. Mais cette cité en détient la clé. Je le sais. Et j'estime avoir de la chance d'être ici.

Il se débarrassa de son sac à dos, le posa par terre, et s'assit près d'elle.

— Il faut que je vous dise quelque chose. Peut-être n'est-ce pas le moment idéal, mais plus j'attendrai, plus ce sera difficile.

— Oui ?

— Vous savez combien je suis attaché au respect des sites. Sans être aussi zélé que certains, je garde la conviction que ce serait un crime affreux de déranger cette cité, de la priver de son essence pour l'entasser dans des réserves de musées.

— Ne me dites pas que vous croyez à ces conneries, ronchonna Black. Le RDS est une marotte dépassée du politiquement correct. Le vrai crime serait de laisser cet endroit inexploré. Songez à ce que nous pouvons y apprendre.

— Nous pouvons apprendre tout ce dont nous avons besoin sans nous livrer au pillage.

— Et depuis quand assimile-t-on au pillage une fouille archéologique menée dans les règles ? demanda Sloane doucement.

— L'archéologie d'aujourd'hui est le pillage de demain, répondit Aragon. Regardez ce qu'a fait Schliemann au site de Troie il y a un siècle. Au nom de la science, il a pratiquement rasé l'endroit au bulldozer ; il l'a détruit pour les générations futures. Et, pour l'époque, il s'agissait d'une fouille dans les règles.

— Eh bien, allez-y sur la pointe des pieds, prenez des photos sans rien toucher si vous voulez, intervint Black en élevant la voix. Mais pour ma part, j'ai hâte de m'enfoncer dans ce tas d'ordures là-bas. (Se tournant vers Smithback, il ajouta :) Pour un esprit inculte, tous ces trésors sont extraordinaires – mais rien ne vous en apprend davantage qu'un tas d'ordures. Vous feriez bien de vous en souvenir pour votre livre.

Le regard de Nora passait de l'un à l'autre. Elle s'était attendue à cette discussion, mais pas aussi tôt.

— Il n'est pas question que nous commencions à fouiller, même si nous le souhaitons, déclara-t-elle. La seule chose que nous pouvons espérer faire au cours des semaines à venir, c'est de procéder à un relevé et à un inventaire.

Black protesta. Elle le fit taire d'un geste.

— Toutefois, si nous devons dater et analyser correctement cette ville, il est nécessaire de bousculer un peu l'ordre des choses. Cette tâche incombera à Black qui limitera les perturbations du site à des tranchées tests dans le tas d'ordures. On ne fouillera aucune partie de la cité elle-même ; pas question non plus de prélever ou de déplacer le moindre objet, à moins d'une nécessité absolue, sans mon autorisation expresse.

— « Les perturbations du site », répéta Black, sarcastique, l'air satisfait malgré tout.

— Il nous faudra rapporter quelques spécimens à l'Institut pour la suite des analyses, continua Nora. Mais nous ne rapporterons que des objets ordinaires dont nous trouverons des copies ailleurs dans la ville. Ensuite ce sera à l'Institut de décider ce qu'il veut faire du site. Mais je vous promets, Enrique, que je recommanderai qu'on n'abîme pas Quivira. Vous êtes d'accord ? ajouta-t-elle en se tournant vers Sloane.

Cette dernière acquiesça avec un léger temps de retard.

— Étant donné les circonstances, il faudra que ce soit acceptable, dit Aragon. (Puis il eut un soudain sourire et se leva. Le silence se fit dans le groupe.) Nora, recevez nos félicitations à tous.

Cette dernière eut une bouffée de joie en entendant les applaudissements accompagnés d'un long sifflement de Black. Puis Smithback se leva à son tour, en brandissant une gourde.

— Et j'aimerais porter un toast à Padraic Kelly. Sans lui, nous ne serions pas ici.

Cette soudaine allusion à son père, inattendue surtout de la part de Smithback, serra d'émotion la gorge de Nora. Elle avait plus ou moins pensé à son père toute la journée. Mais finalement elle n'avait trouvé aucune trace de lui et elle fut reconnaissante de l'hommage rendu par le journaliste.

— Merci.

Smithback prit une gorgée et passa la gourde.

Le silence se fit. La lumière fuyait rapidement la vallée et il était temps de descendre l'échelle de corde pour aller dîner.

Pourtant personne ne semblait être pressé de quitter ces lieux magiques.

— Ce que je n'arrive pas à comprendre, reprit Smithback, c'est pourquoi ils ont laissé tout cela derrière eux. Autant abandonner Fort Knox.

— De nombreux sites anasazis révèlent un semblable abandon, répondit Nora. Ces gens se déplaçaient à pied ; ils n'avaient pas de bêtes de somme. Il était donc plus logique de laisser leurs biens derrière eux et d'en fabriquer de nouveaux une fois arrivés dans un nouvel habitat. Quand les Anasazis déménageaient, ils n'emportaient que leurs objets les plus sacrés et la turquoise.

— Mais on dirait qu'ici, même la turquoise a été abandonnée. Il y en a partout.

— Exact, fit Nora après un silence. Nous ne sommes pas en présence d'un abandon typique. On dirait qu'ils ont tout laissé. C'est en partie ce qui rend ce site unique.

— La richesse pure de la ville et les nombreux objets rituels me font penser qu'il devait s'agir d'un centre religieux encore plus important que Chaco, intervint Aragon. Une cité de prêtres.

— Une cité de prêtres ? répéta Black, sceptique. Pourquoi une cité de prêtres serait-elle située ici, à la lisière du royaume anasazi ? Le plus intéressant, à mon avis, c'est la nature extraordinairement défensive des lieux. Jusqu'au site lui-même, si bien caché dans ce canyon isolé – pratiquement imprenable. À croire que ces gens étaient paranoïaques.

— Je le serais si je possédais ce genre de richesses, murmura Sloane.

— Mais s'ils étaient imprenables, pourquoi ont-ils abandonné la cité ? demanda Holroyd.

— Ils ont dû surexploiter la vallée, répondit Black avec un haussement d'épaules. Simple épuisement du sol. Les Anasazis ne connaissaient pas l'art de la fertilisation.

Nora secoua la tête.

— Il est impossible, vu sa taille, que la culture de la vallée ait permis de nourrir la cité. Il y a peut-être des centaines de greniers derrière. Ils ont forcément importé des tonnes de vivres d'un autre endroit. Tout cela soulève une question : pourquoi construire une cité aussi énorme ici ? Au beau milieu de nulle part, au bout d'une route pleine de détours, à l'extrémité d'un canyon aussi étroit qu'une fente ? Pendant la saison des pluies, ce canyon devait être impraticable la moitié du temps.

— C'est bien ce que je disais, répondit Aragon. Une cité de prêtres, au terme d'un difficile voyage rituel. Aucune autre explication n'a de sens.

— Ben voyons, lâcha Black, méprisant. En cas de doute, évoquons la religion. En outre, les Anasazis étaient des partisans de l'égalité. Ils ne croyaient pas en la hiérarchie sociale. L'idée d'une ville de prêtres, ou d'une classe dirigeante, est absurde.

Il y eut un nouveau silence.

— Ce qui m'intrigue surtout, reprit Smithback, carnet de nouveau en main, c'est la présence d'or et d'argent.

Voilà qu'il remettait ça.

— Comme je vous l'ai dit sur la barge, répliqua Nora un peu plus fort qu'elle n'aurait voulu, les Anasazis ne possédaient pas de métaux précieux.

— Une seconde, fit Smithback en fourrant son carnet dans la poche de son pantalon. Et les récits de Coronado que Holroyd a lus à haute voix ? Toutes ces allusions à des plats et à des cruches en or ? Selon vous, c'était des conneries ?

— Oui, s'esclaffa Nora. Les Indiens racontaient aux Espagnols ce que ces derniers avaient envie d'entendre. L'idée était de leur dire que l'or se trouvait ailleurs, loin, pour s'en débarrasser le plus vite possible.

— Peut-être que des nuances ont échappé au traducteur, dit Aragon en souriant.

— Allons ! s'exclama Smithback. Quivira existe, les Indiens ne l'ont pas inventée. Alors pourquoi auraient-ils inventé l'or ?

Holroyd se racla la gorge, un peu hésitant :

— D'après le livre que je vous ai cité, Coronado possédait des pépites d'or. Lorsqu'il a montré aux Indiens des échantillons d'or, de cuivre, d'argent et de fer-blanc, ces derniers ont su distinguer les métaux précieux des autres. Ils savaient ce que c'était.

— Vous voyez ? fit Smithback en croisant les bras.

Nora leva les yeux au ciel. L'un des fondements de l'archéologie du Sud-Ouest était que les Anasazis ne possédaient pas de métaux. Cela ne valait presque pas la peine de discuter.

— Partout dans le Sud-Ouest, intervint Black, on a trouvé des tombes anasazies contenant des plumes de perroquets et d'aras importées des empires aztèques et de leurs prédécesseurs, les Toltèques. On a aussi trouvé de la turquoise du Nouveau-Mexique dans les cimetières aztèques. Et nous savons que les Anasazis commerçaient beaucoup avec les Toltèques et les Aztèques – esclaves, obsidienne, agate, sel et poterie.

— Où voulez-vous en venir ? demanda Nora.

— Simplement à ceci : il n'est pas complètement déraisonnable de penser qu'avec ce commerce les Anasazis ont obtenu de l'or.

Nora ouvrit la bouche pour la refermer aussitôt, surprise d'entendre cette réflexion de la part de Black. Holroyd, Swire et même Sloane étaient tout ouïe.

— S'ils possédaient effectivement de l'or, commença Nora en s'efforçant de ne pas perdre patience, alors nous en aurions trouvé dans les dizaines de milliers de sites anasazis fouillés depuis cent cinquante ans. Mais aucune fouille n'a jamais révélé la moindre pépite d'or. Donc, si les Anasazis possédaient de l'or, où est-il ?

— Peut-être ici, dit tranquillement Smithback.

Nora le regarda fixement. Puis elle se mit à rire.

— Bill, mettez donc une compresse froide sur votre imagination enfiévrée. Je viens juste de voir une dizaine de pièces pleines de trucs incroyables aujourd'hui, mais pas le moindre éclat d'or. Si nous trouvons de l'or à Quivira, je mange votre chapeau ridicule. D'accord ? Bon, descendons voir le miracle que le chef Bonarotti nous a concocté pour le dîner.

27.

Nora fixait, angoissée, la silhouette qui descendait en rappel la paroi à cent mètres au-dessus de sa tête, tel un insecte aux couleurs éclatantes sur le grès. À côté d'elle, Black et Holroyd regardaient, bouches bées, immobiles. Plus loin, carnet en main, Smithback semblait attendre une catastrophe. Il y eut un claquement sec quand Sloane enfonça un angle dans la roche rouge à l'aide de son marteau. Elle fixa la portion suivante de l'échelle de corde à la paroi, puis se laissa glisser tranquillement trois mètres plus bas afin d'enfoncer l'angle suivant.

Pour que le récepteur météo et que le matériel de communication fonctionnent, il était nécessaire de les placer sur le plateau, au-dessus de Quivira. Deux heures plus tôt, Nora et Sloane avaient choisi ensemble le sommet le moins élevé et l'endroit le plus facile à escalader, juste au-delà des limites de la cité, non loin de l'embouchure du canyon-fente par lequel ils étaient arrivés.

Une escalade facile, peut-être, mais tout de même effrayante. La paroi se terminait par une saillie rocheuse, qui avait l'air suspendue dans l'espace. Sloane s'était contentée de sourire devant les craintes de Nora.

— Du gâteau. Regardez ces fissures qui courent presque jusqu'au sommet. Aucun problème.

Et elle avait prouvé qu'elle ne se trompait pas. Une heure plus tard, tandis qu'ils attendaient nerveusement en bas, des cordages et un sac avaient atterri à leurs pieds, indiquant que Sloane, arrivée à destination, était prête à hisser le matériel radio.

À présent elle redescendait. Dix minutes plus tard, elle sautait agilement au milieu des applaudissements du groupe.

— Génial ! s'écria Nora.

Sloane haussa les épaules et sourit, visiblement ravie.

— Trois mètres de plus et nous étions à court d'échelle. Tout le monde est prêt ?

Holroyd leva le nez en déglutissant.

— Je crois, oui.

— J'ai un travail important à faire, dit Black. Quelqu'un pourrait-il me rappeler pourquoi je dois risquer ma vie dans cette petite expédition d'escalade ?

— Vous ne risquez rien, s'esclaffa Sloane. Mes points d'assurage sont inamovibles.

— Et pour votre malheur, compléta Nora, vous savez vous servir d'un équipement radio. Nous avons besoin d'un remplaçant pour Holroyd.

— D'accord, mais pourquoi moi ? grommela Black. Pourquoi pas Aragon ? Il a plus d'expérience sur le terrain que nous tous réunis.

— Il a aussi vingt ans de plus, répondit Nora. Vous êtes bien plus apte à relever un défi physique de ce genre.

Ce passage de pommade eut l'effet escompté : Black se rengorgea et contempla la paroi d'un œil sévère.

— Allons-y, dit Sloane. Vous venez ? lança-t-elle à Smithback.

— Je préfère pas. Il faut que quelqu'un reste au-dessous pour rattraper ceux qui tombent.

Sloane leva un sourcil.

— D'accord. Aaron, passez donc le premier, je vous suis. Peter viendra en troisième position et Nora fermera la marche.

Nora remarqua que Sloane avait pris soin d'alterner les alpinistes amateurs et les autres.

— Pourquoi faut-il que je passe le premier ? demanda Black.

— Croyez-moi, c'est plus simple quand on n'a personne devant soi. On risque moins de bouffer de la chaussure.

Black n'eut pas l'air convaincu, mais il s'empara de la base de l'échelle de corde et s'y hissa.

— Imaginez que vous montez à Quivira. C'est pareil en plus long. Gardez le corps collé au rocher et les pieds écartés. Faites une pause à chaque plateau. La phase la plus longue est la dernière, environ soixante mètres.

Black dérapa en levant le pied vers le deuxième échelon et tomba en arrière. Sloane s'élança avec l'agilité d'un chat, le rattrapa en le saisissant à bras-le-corps, et ils finirent étendus sur le tas de sable à la base de la falaise. Voyant qu'ils ne bougeaient pas, Nora se rua sur eux. Secouée de tremblements, Sloane avait l'air de s'étrangler ; en fait, elle avait le fou rire. Black semblait figé soit de peur, soit de surprise. Il avait le visage enfoui entre les seins de Sloane.

— Où est-elle, ô mort, ta victoire ? psalmodia Smithback.

Sloane s'étranglait toujours de rire.

— Aaron, vous êtes censé avancer, non reculer, dit-elle sans faire un geste pour repousser Black qui finit par se redresser, tout échevelé.

Sloane s'assit, riant toujours, et s'épousseta.

— Ne craquez pas, Black. C'est juste une échelle. Si c'est une chute que vous redoutez, j'ai un baudrier. C'est pour les urgences, mais vous pouvez vous en servir pour vous habituer à l'escalade, dit-elle en allant chercher un petit harnais en mailles de Nylon qu'elle lui passa autour de la taille. Comme ça, vous ne pourrez pas tomber.

Étrangement silencieux, Black regarda Sloane et hocha la tête. Cette fois, rassuré mentalement par le baudrier ainsi que par les encouragements de Sloane, il ne tarda pas à escalader la falaise avec assurance. Sloane suivit, puis Holroyd saisit le dernier échelon.

Nora songea qu'à cause de l'incident Sloane n'avait pas pris la peine de vérifier l'état d'esprit du spécialiste de l'image.

— Vous vous sentez de taille, Peter ?

Holroyd lui adressa un sourire timide.

— C'est juste une échelle, comme elle l'a dit. Et puis il va falloir que je l'escalade une fois par jour. Je ferais bien de m'y habituer.

Il respira un grand coup et commença à grimper. Nora suivit prudemment. Elle testa un ou deux angles de Sloane et constata qu'ils étaient aussi sûrs qu'elle l'avait dit. L'expérience lui ayant appris qu'il valait mieux ne pas regarder en bas dans de telles circonstances, elle garda donc les yeux fixés sur les trois silhouettes alignées le long de la paroi au-dessus d'elle. Ce furent de longues minutes d'une escalade presque verticale. Ils reprenaient leur souffle à chaque saillie. La dernière longueur se terminait par un bref passage effrayant où il fallait se rejeter en arrière pour franchir la protubérance du sommet. L'espace d'un éclair, Nora songea au Dos du Diable, à sa main cherchant une prise sur le grès, aux hurlements effrayés des chevaux qui fonçaient vers la mort. Puis elle se hissa au sommet, et s'effondra, haletante, à genoux. Holroyd était assis non loin, tête posée sur ses bras croisés, à bout de souffle. Black tremblait d'épuisement et de tension.

Seule Sloane paraissait peu affectée par l'escalade. Elle entreprit d'installer l'équipement à bonne distance du bord de la falaise : l'unité de positionnement par satellite qui comportait maintenant une longue antenne fouet UHF, le cornet hyperfréquence, le panneau solaire et la batterie, des récepteurs et des émetteurs à montage tableau. À côté, étincelante dans la lumière matinale, la parabole était encore couverte de son filet de Nylon. L'unité de réception météo attendait à côté.

Holroyd se remit debout tant bien que mal et se dirigea vers le matériel, suivi à contrecœur par Black.

— Laissez-moi installer ce matos, dit-il au dendrologue. Cela ne devrait pas prendre longtemps.

Nora regarda sa montre avec satisfaction. Il était onze heures moins le quart, quinze minutes avant l'heure fixée pour leur émission quotidienne vers l'Institut. Pendant que Holroyd initialisait la radio et installait la parabole, elle regarda autour d'elle. La vue était à couper le souffle : des kilomètres de sommets rouges, jaunes et sépia, parsemés de buissons de genévriers, sous un soleil éclatant. Au loin, au sud-ouest, elle distingua la gorge sinueuse au fond de laquelle coulait le Colorado. À l'est s'élevait la crête du Dos du Diable, qui disparaissait derrière le plateau de Kaiparowits. La proue violette du plateau dominait, tel un grand cuirassé de roche fendant le désert, ses flancs rongés par l'érosion, fendu de canyons et de ravins profonds.

Pour améliorer la réception, Holroyd grimpa dans l'un des genévriers et fixa le récepteur météo au sommet du tronc. Il enroula ensuite l'antenne métallique autour d'une branche. Pendant qu'il ajustait le gain du récepteur, Nora entendit la voix monotone du météorologue qui lisait les prévisions du jour pour Page.

Black se tenait à distance prudente du bord, l'air content de lui, même si sa bonne humeur était un peu atténuée par le baudrier qui pendouillait encore sur ses cuisses. Sloane, quant à elle, se penchait dangereusement.

— C'est incroyable, Nora. Mais vu d'ici, on ne dirait pas qu'il y a une niche, et encore moins des ruines. Étrange.

Nora la rejoignit. La saillie rocheuse leur dissimulait complètement les ruines nichées au fond de la grotte. Deux cents mètres plus bas, entre ses falaises, la vallée ressemblait à une pierre verte sertie dans une monture rouge. On distinguait bien le chemin tortueux parsemé de grosses pierres d'une centaine de mètres de large qu'avaient creusé les crues éclairs au centre du canyon. Avec ses tentes bleu et jaune éparpillées au milieu des peupliers, le campement était à l'abri de la plaine inondable.

Vers onze heures, Holroyd ferma le récepteur météo et se tourna vers la radio. Nora entendit un aboiement de parasites, le sifflement de la surcharge de fréquence.

— C'est bon, dit Holroyd en mettant des écouteurs. Voyons qui est à l'autre bout. (Il se mit à murmurer dans le micro, dont la taille lui donnait presque l'air d'un jouet. Puis il se redressa brusquement.) Vous n'allez pas me croire, mais j'ai le Dr Goddard en personne. Je branche le haut-parleur.

Brusquement, Sloane s'éloigna et s'employa à enrouler une longueur de corde. Nora l'observa un instant, puis se tourna vers le micro, sentant de nouveau monter en elle l'exaltation de la découverte. Elle se demandait comment Goddard réagirait à la nouvelle de leur succès.

— Docteur Kelly ? fit une voix lointaine, toute frêle au milieu des craquements. Nora, c'est vous ?

— Docteur Goddard. Nous y sommes. Nous avons réussi.

— Dieu soit loué ! J'ai été là à onze heures tous les matins. Une journée de plus, et on vous envoyait des secours.

— Les parois des canyons étaient trop élevées, nous n'avons pu émettre en route. Et il nous a fallu quelques jours de plus que prévu.

— C'est exactement ce que je viens de dire à Blakewood. (Il y eut un bref silence.) Quelles sont les nouvelles ?

L'enthousiasme mêlé d'inquiétude de Goddard était sensible malgré les parasites.

Nora réfléchit. Elle n'avait pas vraiment préparé ce qu'elle allait dire.

— Nous avons trouvé la cité, docteur Goddard.

— Vous avez trouvé Quivira ? J'ai bien entendu ?

Nora hésita, se demandant par quoi commencer.

— Oui, c'est une grande cité, six cents salles au moins.

— Fichus parasites. Je n'ai pas compris. Combien de salles ?

— Six cents.

Il y eut un faible bruit, de respiration sifflante ou de toux.

— Mon Dieu ! Dans quel état sont les ruines ?

— En excellent état.

— Intactes ? Pas pillées ?

— Non. Rien n'a été touché.

— Merveilleux, merveilleux.

L'exaltation de Nora grandit.

— Docteur Goddard, ce n'est pas le plus important.

— Oui ?

— La cité ne ressemble à aucune autre. Elle déborde d'objets inestimables, absolument inestimables. Les Quiviriens n'ont rien emporté avec eux. Des centaines de salles sont remplies d'objets extraordinaires, pour la plupart en parfait état.

La voix changea de ton.

— Qu'est-ce que vous voulez dire, des objets extraordinaires ? Des pots ?

— Oui et bien plus. La cité est incroyablement riche, comme aucun autre site anasazi. Des tissus, des sculptures, des bijoux en turquoise, des peaux de buffle peintes, des idoles en pierre, des fétiches, des bâtons de prière, des palettes. Il y a même des masques rituels kachinas de la toute première période. Tout en parfait état.

Nora se tut. Elle entendit une autre toux brève.

— Que dire, Nora ? C'est tellement... Ma fille est là ?

— Oui, répondit Nora en tendant le micro à Sloane.

— Sloane ?

— Oui, père.

— Tout est vrai ?

— Oui, père, et sans exagération. C'est la plus grande découverte archéologique depuis que Simpson a trouvé Chaco Canyon.

— Restons modestes, Sloane.

Cette dernière ne releva pas.

— Quels sont les projets pour le relevé ?

— Nous avons décidé de tout laisser *in situ*, intact, à l'exception du tas d'ordures. Il y a suffisamment à voir ici pour un an de relevé et d'inventaire, sans rien bouger. Après-demain, nous avons l'intention de pénétrer dans la grande kiva.

— Sloane, écoute-moi : sois très, très prudente. L'ensemble du monde universitaire va juger, disséquer, interpréter le moindre de tes gestes. Ce que tu vas faire dans les jours prochains sera analysé jusqu'à plus soif par de soi-disant experts. Et l'ampleur de la découverte va susciter jalousie et méchancetés. Nombre de tes confrères ne te voudront pas du bien. Ils vont tous estimer qu'ils auraient mieux fait. Tu comprends ce que je dis ?

— Oui, dit Sloane en rendant le micro à Nora qui détecta une nuance d'irritation, presque de colère dans la voix de la jeune femme.

— Quoi que tu fasses, Sloane, il faut que ce soit parfait. C'est valable pour tout le monde. Pour Nora aussi.

— Nous comprenons, acquiesça cette dernière.

— La plus grande découverte depuis Chaco, reprit Goddard.

Et de nouveau il y eut une longue période de parasites.

— Vous êtes là ? demanda Nora.

— Et comment ! fit Goddard avec un petit rire. Bien que je sois tenté de me pincer pour être sûr de ne pas rêver. Nora, je ne sais comment vous remercier. Vous et votre père, bien sûr.

— Merci, docteur Goddard. Et merci pour votre foi en moi.

— Bien. Nous attendrons votre émission demain à la même heure. Peut-être pourrez-vous alors fournir des détails plus concrets sur la cité.

— Oui, au revoir, docteur Goddard.

Nora rendit le micro à Holroyd qui éteignit l'émetteur et entreprit de couvrir le matériel d'une bâche légère. Sloane rassemblait son matériel d'escalade, l'air sombre.

— Tout va bien ?

Sloane se passa une corde enroulée sur l'épaule.

— Ça va. C'est juste qu'il ne me fait jamais confiance. Même à des kilomètres de distance, il est convaincu que lui peut mieux faire.

Elle allait s'éloigner quand Nora la retint.

— Ne soyez pas trop dure avec lui. Cet avertissement était destiné autant à moi qu'à vous. Il vous fait confiance, Sloane. Et moi aussi.

Sloane la regarda longuement. Puis son visage s'éclaira.

— Merci, Nora.

28.

En cet après-midi de juin sec et chaud typique de la période précédant les pluies d'été, Skip s'arrêta en haut de la côte dans un soudain nuage de poussière qui s'étira vers le ciel. Un unique cumulus s'accrochait pathétiquement au sommet des monts Jemez.

Skip se dit un instant qu'il ferait mieux de faire demi-tour et de rentrer en ville. Il s'était réveillé la nuit précédente, pris d'une brusque inspiration. Thurber n'avait pas réapparu, et Skip se sentait encore vaguement responsable de sa disparition. Pour se faire pardonner, il prendrait le chien de Teresa, Teddy Bear, sous son aile. Après tout, Teresa avait été assassinée sous leur toit. Et qui était mieux placé que sa vieille amie et voisine Nora pour prendre soin de son chien ?

Seulement cela ne lui paraissait plus une si bonne idée. Martinez ne lui avait pas caché que l'enquête se poursuivait et qu'il n'était pas censé mettre les pieds au ranch. Il n'allait pas vraiment au ranch en fait, mais chez Teresa. Pourtant Skip savait que sa présence là-bas risquait de lui créer de gros ennuis.

Il passa une vitesse, desserra les freins et descendit la colline avec sa vieille voiture. Il longea leur vieux ranch et remonta vers celui de Teresa. Le bâtiment bas était sombre et silencieux ; on avait emmené le bétail. C'était stupide, songea Skip. Si on avait emmené le bétail, on avait probablement aussi embarqué Teddy Bear. Mais bon.

Laissant le moteur tourner et la portière ouverte, il descendit de voiture et fit le tour de la maison en appelant le chien. Pas de réponse.

Il s'approcha de l'entrée. La vieille porte à moustiquaire, réparée à coups de bandes de ruban adhésif noir, était bien fermée. Il leva machinalement la main pour frapper, puis suspendit son geste.

— Teddy Bear ! cria-t-il en se retournant.

Silence.

Il se surprit à regarder en direction de Las Cabrillas. Peut-être le chien était-il parti errer autour de la vieille maison. Il s'engagea dans le sentier, puis s'arrêta. Sa main glissa à sa ceinture et effleura la poignée du vieux .357 de son père. L'arme était lourde et encombrante, elle tirait comme un canon, mais elle neutralisait tout ce qu'elle touchait. Il s'en était servi une seule fois ; il avait failli se fracturer les poignets et ses oreilles avaient tinté pendant deux jours. Rassuré, il reprit sa marche et fit le tour des lieux en continuant à appeler.

Il franchit le seuil sans porte et pénétra à l'intérieur. La cuisine était une ruine, le plancher arraché, et des trous comme des orbites déchiquetées le fixaient de tous côtés. À l'extrémité de la pièce, un ruban jaune de la police interdisait l'entrée de la salle de séjour. Plusieurs lignes fines de petites empreintes de pattes d'un pourpre tirant sur le noir couraient entre la cuisine et le séjour. Skip s'avança timidement en les évitant.

L'odeur d'abord puis le rugissement de mouches lui sautèrent au visage. Il recula instinctivement, pris de nausée. Puis, respirant un grand coup, il s'approcha lentement du ruban.

Une énorme flaque de sang avait coagulé au centre de la pièce. Skip eut un mouvement de dégoût involontaire. Bon Dieu, il ignorait qu'un corps humain contenait autant de sang !

Le liquide sombre semblait serpenter en ruisseaux jusqu'au mur du fond. À la périphérie de la flaque, on voyait d'innombrables petites traces de pattes. Des asticots de mouches à viande se tortillaient aux endroits où le sang était plus épais.

Skip tituba et se rattrapa au chambranle de la porte. Dérangées, les mouches s'envolèrent en un rideau furieux. Un trépied d'appareil photo portant la mention « Police de Santa Fe » était plié dans un coin.

— Oh ! non, non, murmura Skip. Teresa, quelle horreur !

Il resta planté là pendant deux bonnes minutes. Puis il tourna les talons et retraversa la cuisine, d'une démarche raide.

Dehors l'air paraissait presque frais après la chaleur oppressante de la maison. Skip se figea devant la porte, respirant lentement en regardant autour de lui.

— Teddy Bear !

Il savait qu'il ferait mieux de partir. Un flic, voire Martinez lui-même, pouvait débarquer à tout instant. Mais il ne bougea pas, contemplant le jardin de son enfance. Même si ce qui était arrivé à Teresa restait un mystère, la maison en soi lui paraissait Dieu sait pourquoi lasse et vide. Presque comme si le mal qui s'y était insinué avait fini par se dissiper. Ou par partir ailleurs, peut-être.

Manifestement on avait embarqué Teddy Bear avec le bétail. Avec un soupir, Skip remonta la colline où il avait laissé sa voiture. C'était la vieille Plymouth Fury de 1971 de sa mère, d'un vert olive fané marqué de rouille : l'un de ses biens les plus chers. La calandre avec ses longs crochets en chrome penchait un peu vers la gauche, lui donnant un aspect de délabrement menaçant. Et vu le nombre d'éraflures sur la carrosserie, on pouvait se dire qu'une de plus ou de moins ne ferait pas grande différence.

Assis sur le siège du conducteur, Teddy Bear l'attendait. Son énorme langue pendante arrosait le siège de salive, mais il avait l'air en forme.

— Teddy Bear, vieux voyou ! s'écria Skip.

Le chien gémit et lui lécha la main.

— Allez, dégage, c'est moi qui ai le permis.

Il poussa les cinquante kilos du chien sur le siège du passager et se glissa au volant.

Puis il rangea le revolver dans la boîte à gants et recula sur le chemin. Il se sentait beaucoup mieux ; malgré l'horreur de la scène, c'était un soulagement d'avoir derrière lui ce singulier pèlerinage. Mentalement, il commença à organiser sa soirée. D'abord il faudrait faire des réserves de nourriture pour chien ; cela grèverait son maigre budget, mais peu importait. Puis il ferait un saut au Noodle Emporium afin d'avaler un curry en étudiant le livre consacré aux styles de poterie anasazie que lui avait donné Sonya Rowling deux jours plus tôt. C'était un texte fascinant, et il s'était surpris à veiller tard pour le dévorer, soulignant des passages, griffonnant des notes dans les marges. Il en avait même oublié d'ouvrir la bouteille de mescal qui attendait sur la table de son salon.

La voiture franchit en brinquebalant la grille à bétail et retrouva la route. Skip accéléra, impatient de mettre une bonne distance entre le ranch et lui. Le chien haletait joyeusement, la tête à la portière, lâchant des filets de salive.

Skip descendit la colline vers Fox Run, associant mentalement des tessons de poterie. La terre battue céda la place au macadam, cerné de links tondus de près. Cinq cents mètres plus loin, à la base de la colline, la route tournait en virage sec avant de passer devant le clubhouse. Gamin, Skip avait traversé ces terrains sur le vélo de son père. Dix ans déjà. Il n'y avait pas l'ombre d'une maison à trois kilomètres à la ronde à l'époque. Maintenant on comptait quatre terrains de dix-huit trous et six cents appartements en copropriété.

La voiture avait pris de la vitesse et le virage lui arrivait dessus. Skip mit le pied sur le frein.

Et le sentit s'enfoncer, sans résistance.

Aussitôt il se pencha en avant, envahi par une poussée d'adrénaline. Il pressa de nouveau la pédale, s'y arc-bouta. Rien. Il écarquilla les yeux. À moins de deux cents mètres, la route virait à gauche, pour éviter une énorme saillie de basalte qui jaillissait du désert. Avec une clarté affreuse, Skip vit ce qui était inscrit sur la plaque en métal qui y était fixée :

« Club de golf Fox Run –
Attention : des golfeurs
peuvent traverser ».

Il jeta un coup d'œil au compteur : cent kilomètres/heure. Il ne prendrait jamais ce virage ; il allait sortir de la route, partir en tonneau. Il pouvait passer la marche arrière, voire se mettre au point mort, mais cela risquait de lui faire perdre le contrôle de la voiture, qui irait s'écraser sur le roc.

En désespoir de cause, il tira le frein à main. La voiture hoqueta, grinça, et une odeur d'acier chaud emplit l'habitacle. Le chien partit en avant, jappant de surprise. Skip aperçut vaguement des golfeurs aux cheveux blancs qui le suivaient du regard, bouche bée. Quelqu'un sauta d'une voiture de golf et fonça au pas de course vers le clubhouse.

Le volant résista entre les mains de Skip qui comprit qu'il perdait le contrôle de son véhicule. La saillie de basalte se rapprochait, toujours plus vite. Skip tourna violemment le volant à gauche. La voiture vira sur elle-même. Skip criait à présent, mais il s'entendait à peine à cause du crissement des pneus. Dans un voile dense de caoutchouc en combustion, la voiture sortit de la route, tournant toujours. Après une énorme secousse, elle s'arrêta brutalement dans l'herbe. Un nuage de sable crème se posa sur le capot et le tableau de bord.

Skip était figé, les mains collées au volant. Le crissement des pneus fut remplacé par les craquements du métal qui refroidit. Skip se rendit vaguement compte qu'il avait atterri dans un bunker, et que la voiture penchait. Teddy Bear entreprit de lui lécher le visage, la gueule dégoulinante de salive.

Il y eut un bruit de course, d'échanges inquiets puis on frappa au pare-brise.

— Hé ! le môme, ça va ?

Si Skip entendit, il n'en montra rien. Il décolla ses mains tremblantes du volant, saisit les deux extrémités de sa ceinture de sécurité et la ferma lentement.

29.

Le reste de la première vraie journée de travail à Quivira se passa exceptionnellement bien. Les membres de l'expédition se mirent à la tâche avec un professionnalisme qui impressionna et réconforta Nora. Black, notamment, confirma rapidement sa réputation d'homme de terrain de premier ordre. Avec une rapidité remarquable, Holroyd constitua un réseau de pageurs sans fil, relié à un émetteur central, qui permettrait aux membres du groupe de communiquer à partir de n'importe quel lieu du site. L'aspect fascinant de Quivira eut un effet magique sur les pros comme sur les amateurs. Autour du feu de camp ce soir-là, les conversations se turent spontanément à maintes reprises, et, en un bel ensemble, tous les regards se portèrent irrésistiblement vers les parois sombres du canyon, dans la direction du creux invisible au fond duquel se nichait la cité.

À la fin de la matinée suivante, une chaleur de début d'été avait envahi le canyon, mais à mi-hauteur de la paroi, à l'ombre de la roche, la cité restait fraîche. Holroyd était monté pour appeler l'Institut avant de reprendre sa tâche : scanner les salles à l'aide du magnétomètre à protons.

Nora était assise sur le mur de soutènement devant la ville, près de l'échelle de corde qui descendait dans la vallée. Bonarotti leur avait fait parvenir leurs casse-croûte à l'aide du système de poulies, et Nora ouvrit le sien avec impatience. Elle découvrit une part de Port Salut, quatre généreuses tranches de jambon de Parme et un morceau de pain épais et dense à souhait que leur cordon-bleu avait cuit dans son four hollandais le matin même après le petit déjeuner. Elle mangea avec appétit, fit glisser le tout avec une gorgée d'eau de sa gourde et se leva. En sa qualité de chef, elle réunissait les données pour un catalogue de spécimens de terrain, et il était temps de vérifier les progrès de ses collaborateurs.

Elle longea les vieux murs d'adobe jusqu'à l'autre extrémité de la place en façade. Là, au pied du Planétarium, Black et Smithback travaillaient dans le grand tas d'ordures de la cité : un amoncellement démesuré et poussiéreux de saleté, d'os d'animaux brisés, de charbon de bois et de tessons de poterie. Nora vit la tête de Smithback jaillir d'une tranchée, le visage sale, la mèche frissonnante de dégoût. Elle sourit malgré elle. Elle ne lui ferait jamais le plaisir de le lui avouer, mais elle s'était plongée dans le livre qu'il lui avait donné. Et, il fallait l'admettre, c'était une histoire fascinante et terrifiante, malgré la façon presque miraculeuse dont l'auteur réussissait à participer à presque tous les événements importants ou héroïques qu'il décrivait.

La voix de Black résonna :

— Bill, vous n'avez pas encore terminé la case F-un ?

— Va donc te faire f… marmonna Smithback.

Black apparut, une truelle dans une main et une balayette dans l'autre, d'excellente humeur.

— Nora, dit-il avec un sourire. Voilà qui va vous intéresser. Je ne crois pas qu'on soit tombé sur une séquence culturelle plus évidente depuis que Kidder a fouillé le tas de Pecos. Et seulement à partir de la fosse de référence que nous avons creusée hier. Nous terminons à présent les premiers billons de la tranchée test.

— Et il ose dire « nous » ! s'exclama Smithback en s'appuyant sur sa pelle avant de tendre une main tremblante à Nora. Pour l'amour de Dieu, accorderiez-vous quelques gouttes d'eau à un pauvre pécheur à l'agonie ?

Nora lui tendit sa gourde, à laquelle il but goulûment.

— Ce type est un sadique, s'exclama-t-il en s'essuyant la bouche. J'aurais moins souffert en construisant les pyramides. Je réclame ma mutation.

— En signant, vous saviez que vous creuseriez, répondit Nora en récupérant sa gourde. Quel meilleur moyen de se salir les mains, au propre et au figuré ? En plus, je parierais que ce n'est pas la première fois que vous remuez la boue.

— *Tu quoque, fili ?* soupira Smithback.

— Venez voir ce que nous avons fait, dit Black à Nora en l'entraînant vers une petite entaille précise dans le côté du tas.

— Il s'agit de la fosse de référence ?

— Oui. Superbe coupe, non ?

— En effet.

Elle n'avait jamais vu travail mieux fait ni résultats au potentiel aussi riche. En taillant dans le tas d'ordures, les deux hommes avaient mis au jour des dizaines de fines couches de terre brunes, grises et noires, révélatrices de la manière dont le tas d'ordures s'était constitué. Chaque couche portait son minuscule drapeau numéroté et des fanions encore plus petits marquaient les endroits d'où on avait retiré des objets. Sur le sol s'alignaient des dizaines de sacs et de pipettes, rangés avec soin, chacun contenant son objet, sa graine, son os ou son morceau de charbon de bois. Non loin, Black avait installé un appareil de flottation portable et un microscope stéréoscopique pour séparer le pollen, les petites graines et les cheveux humains des détritus. À côté, un petit appareil de chromatographie servait à analyser les solubles. C'était du vrai professionnalisme, un travail exécuté avec une assurance et une rapidité remarquables.

— C'est une séquence typique, reprit Black. Au sommet, on trouve Pueblo III, où l'on voit des poteries rouges et ondulées. En dessous, Pueblo II. La séquence commence soudain vers 950 av. J-C.

— L'époque à laquelle les Anasazis ont entrepris la construction de Chaco Canyon, dit Nora.

— Exact. Là-dessous, poursuivit-il en désignant une couche de terre brun clair, c'est de la terre stérile.

— Ce qui signifie que l'on a bâti la cité en une seule fois.

— Exactement. Et regardez ça.

Black ouvrit un sac à fermeture Éclair et fit délicatement glisser trois tessons de poterie sur un carré de feutrine. Ils avaient un éclat terne sous le soleil de midi.

Nora en resta le souffle coupé.

— Du micacé noir sur jaune, murmura-t-elle. Quelle beauté !

Black haussa un sourcil.

— Ce que l'on fait de plus rare. Vous en aviez déjà vu ?

— Une fois, sur ma fouille de Rio Puerco. Très abîmé bien sûr, personne n'a jamais trouvé un pot intact.

Le fait que Black ait trouvé trois tessons de ce genre en une seule journée indiquait la richesse du site.

— C'est la première fois que j'en vois, continua ce dernier. C'est une matière incroyable. L'a-t-on datée ?

— Non. On n'a jamais trouvé que deux douzaines de tessons et ils étaient tous trop isolés. Peut-être que vous allez en trouver suffisamment pour pouvoir le faire.

— Peut-être, répondit Black en rangeant les fragments dans le sac à l'aide d'une pince à épiler à bouts en caoutchouc. Regardez ça maintenant. (S'accroupissant près de la coupe, il désigna du bout de sa truelle une alternance de bandes foncées et claires. Chacune contenait des couches distinctes de poterie cassée.) Ce site a été occupé de manière saisonnière, c'est évident. Pendant la plus grande partie de l'année, il y avait peu d'habitants sur place, je dirais cinquante au plus. Et chaque été il y avait un grand afflux de population ; manifestement un pèlerinage, mais sur une bien plus grande échelle qu'à Chaco. On le voit au volume de pots brisés et de cendres de foyer.

Un pèlerinage saisonnier, songea Nora. Cela rappelle le voyage rituel jusqu'à une cité de prêtres dont nous avait parlé Aragon. Elle décida de garder cette réflexion pour elle afin de ne pas contrarier Black.

— Comment pouvez-vous affirmer que cela se passait en été ?

— Dénombrement du pollen, fit Black avec une moue. Mais il y a autre chose. Comme je l'ai dit, nous commençons tout juste la tranchée test. Or il apparaît déjà avec évidence que le tas d'ordures faisait l'objet d'une compartimentation.

— Comment cela ?

— À l'arrière du tas, on trouve des fragments de belle poterie peinte et les os des animaux servant à s'alimenter. Dindes, daims, élans, ours. Beaucoup de perles, des têtes de flèche entières, voire des pots ébréchés. Mais devant, il n'y a guère que de la poterie cannelée la plus grossière et la plus laide. Et les vivres sont clairement différents.

— Quel genre de vivres ?

— Surtout des rats. Des écureuils, des serpents, un ou deux coyotes. Le dispositif de flottation a révélé beaucoup de carapaces écrasées ainsi que des morceaux d'insectes. Des cafards, des sauterelles, des criquets. J'ai procédé à un bref examen au microscope et la plupart semblent avoir été légèrement grillés.

— Ils mangeaient des insectes ? s'écria Nora, incrédule.

— Sans l'ombre d'un doute.

— Je les préfère *al dente* pour ma part, commenta Smithback en claquant des lèvres.

— Quelle est votre interprétation ? demanda Nora à Black.

— On n'a encore jamais rien vu de pareil sur des sites anasazis. Mais ailleurs, ce genre de détails évoque aussitôt l'esclavage. Maîtres et esclaves ne mangeaient pas la même chose et ne déposaient pas leurs ordures au même endroit.

— Aaron, il n'y a pas l'ombre d'une preuve que les Anasazis avaient des esclaves.

— Maintenant, si. Ou il s'agit d'esclavage, ou nous avons affaire à une société très compartimentée : une classe sacerdotale qui vivait dans le luxe, et une sous-classe qui vivait dans une pauvreté abjecte, sans classe moyenne entre les deux.

Nora embrassa la cité du regard, paisible sous le soleil de midi. La découverte allait à l'encontre de tout ce qu'on savait des Anasazis.

— Attendons que toutes les preuves soient réunies pour tirer des conclusions, finit-elle par dire.

— Bien entendu. Nous ramassons également des graines carbonisées pour la datation au carbone 14 et des cheveux humains pour une recherche d'ADN.

— Des graines, répéta Nora. À propos, saviez-vous que la plupart des greniers à l'arrière de la cité regorgent toujours de maïs et de haricots ?

Black se redressa.

— Non, je l'ignorais.

— Sloane me l'a dit ce matin. Cela suggère que le site a été abandonné à l'automne, à l'époque de la moisson. Et qu'il a été abandonné très vite.

— Sloane. Elle est passée par ici tout à l'heure. Où est-elle à présent ?

— Dans les habitats du centre, je crois. Elle commence le relevé préliminaire, avec l'aide de Peter et de son magnétomètre. Je la retrouverai plus tard. Pour le moment, je vais voir ce que fabrique Aragon.

Black semblait réfléchir à quelque chose. Puis il se tourna et mit la main sur l'épaule de Smithback.

— Vous voulez bien terminer F-un, ami remueur de boue ?

— L'esclavage n'a pas été aboli, marmonna Smithback.

Nora prit sa radio.

— Enrique, c'est Nora. Vous me recevez ?

— Cinq sur cinq.

— Où êtes-vous ?

— Dans le boyau derrière les greniers.

— Qu'est-ce que vous faites là ?

Il y eut un court silence.

— Vous feriez mieux de venir voir vous-même. Entrez par l'ouest.

Nora contourna le tas d'ordures et longea la première grande tour. Aragon, la prudence incarnée. Il ne pouvait pas simplement dire ce qui se passait ?

Juste derrière la tour, elle enfila le petit passage qui rejoignait l'arrière de la grotte en longeant les greniers. Il y faisait sombre et frais, et l'air sentait le grès et la fumée. Elle arriva au boyau d'Aragon, contre le mur du fond. Une fois de plus avec ce boyau se révélait un trait unique à Quivira. Il était si bas de plafond que Nora dut avancer à quatre pattes. Elle traversa un espace d'obscurité oppressante, puis aperçut la lueur de la lanterne d'Aragon.

Elle se releva dans le boyau étroit. Aragon était assis par terre. Nora eut le souffle coupé : derrière lui gisait un océan d'os humains. À sa surprise, Aragon en examinait un avec une loupe de bijoutier et un maître-à-danser. À côté de lui s'alignaient les outils servant à extraire des restes humains de la terre, à peine nécessaires ici : éclisses en bambou, chevilles en bois, brosses en crin. Le silence régnait autour du sifflement de la lanterne.

Aragon leva le nez à son approche ; son visage était un masque impénétrable.

— Qu'est-ce que c'est que ça ? demanda Nora. Des catacombes ?

Aragon reposa délicatement l'os sur le tas derrière lui avant de répondre.

— Je ne sais pas. C'est le plus grand ossuaire que j'aie jamais rencontré. J'ai entendu parler de ce genre de choses dans des sites mégalithiques de l'Ancien Monde, mais jamais en Amérique du Nord. Et jamais, jamais, à cette échelle.

De nombreux squelettes complets gisaient sur le sommet du tas, mais en dessous cela ressemblait à un fouillis d'os désarticulés, brisés pour la plupart, dont d'innombrables crânes écrasés. On voyait des dizaines de cavités creusées dans les murs de pierre au fond de la cave, des poutres pourries sortant de certaines d'entre elles.

— Je n'ai jamais rien vu de pareil non plus, dit Nora.

— Cela ne ressemble à aucun usage d'enterrement, ni à aucun comportement culturel que j'aie pu rencontrer. Il y a tellement de squelettes qu'il n'est pas nécessaire de procéder à une coupe horizontale. Ces squelettes sur le dessus, ceux qui sont complets, n'ont même pas été enterrés, au sens archéologique du terme. On a l'impression qu'on a tiré les corps jusqu'ici avant de les jeter à la hâte sur une couche épaisse d'ossements préexistants.

— Les os présentent-ils des signes de violence ?

— Pas ceux des squelettes entiers sur le dessus.

— Et ceux d'en dessous ?

Il y eut un bref silence.

— Je suis encore en train de les analyser.

Nora regarda autour d'elle, un pincement désagréable au creux de l'estomac. Elle n'était pas du genre délicat, mais l'aspect charnier de l'endroit la mettait mal à l'aise.

— Qu'est-ce que cela pourrait vouloir dire ?

Aragon leva les yeux vers elle.

— Un grand nombre d'enterrements simultanés a généralement une cause unique. Famine, épidémie, guerre... ou sacrifice.

La radio de Nora grésilla.

— Nora, c'est Sloane. Vous m'entendez ?

— Je suis avec Aragon. Que se passe-t-il ?

— Nous venons de découvrir quelque chose qui devrait vous intéresser. Tous les deux. Retrouvez-moi à la place centrale.

Bien que maîtrisée, l'exaltation de la voix de Sloane était perceptible.

Quelques minutes plus tard, Sloane les conduisait à l'extrémité des ruines en les faisant passer par une série compliquée d'habitats du premier étage.

— Nous étions en train de procéder à un relevé de routine, expliqua-t-elle, quand Peter a découvert une grande cavité dans un des sols avec le magnétomètre à protons.

Ils franchirent une porte basse et pénétrèrent dans une vaste salle, faiblement éclairée par une lanterne. Contrairement à la plupart des autres, celle-là était étrangement vide. Dans un coin, Holroyd bricolait avec le magnétomètre, une boîte plate sur roulettes mobiles, avec un écran à cristaux liquides au bout d'une perche.

Mais Nora ne regardait pas Holroyd. Elle contemplait le centre de la pièce, où l'on avait enlevé une partie du sol, mettant au jour une ciste. L'énorme pierre plate qui la couvrait avait été appuyée avec soin contre un mur.

— Qui a ouvert cette tombe ? demanda sèchement Aragon.

Nora fit un pas en avant, furieuse de cette violation de son autorité. Puis elle baissa les yeux et pila.

La ciste renfermait deux corps. Mais il ne s'agissait pas d'une sépulture anasazie ordinaire, agrémentée de quelques pots et d'un pendant en turquoise. Les os des deux squelettes complètement désarticulés étaient répartis dans deux grands bols peints, sous les crânes brisés. Chaque bol était drapé de manteaux en coton, pourris jusqu'à la trame. Il restait cependant suffisamment de lambeaux pour qu'on voie qu'ils avaient été d'une finesse extraordinaire, ornés d'un motif de crânes et de visages grimaçants. Sur les crânes, on avait posé les scalps. L'un des morts avait de longs cheveux blancs, superbement tressés avec des parures en turquoise gravée. L'autre avait des cheveux bruns, tressés eux aussi, avec deux énormes disques de coquillage poli fixés aux extrémités de chaque tresse. Dans les deux crânes, on avait fraisé les dents de devant pour y sertir des cornalines.

Nora n'en revenait pas. Les corps étaient entourés d'une richesse extraordinaire d'objets rituels : des pots remplis de sel, de turquoise, de cristaux de quartz, de fétiches et de poudres de pigments. Elle vit également deux petits bols, sculptés dans du quartz, remplis à ras bord d'une sorte de poudre rougeâtre très fine – plutôt ocre rouge. Et puis des paquets de flèches, des robes en buffle, des peaux de daim, des perroquets et des aras momifiés, des bâtons de prière compliqués. L'ensemble de la sépulture était couvert d'une épaisse couche de poussière jaune.

— J'ai examiné cette poussière au stéréoscope, dit Sloane. C'est du pollen, provenant d'au moins quinze espèces de fleurs différentes.

Nora la regarda, incrédule.

— Du pollen ?

— La ciste a contenu au départ des centaines de kilos de fleurs.

Nora secoua la tête.

— Les Anasazis n'ont jamais enterré leurs morts ainsi. Et c'est la première fois que je vois des dents serties de pierres.

Soudain, Aragon s'agenouilla près de la tombe. Nora crut un instant qu'il allait se mettre à prier. Mais il braqua une torche sur les os pour les examiner de près. Nora remarqua que nombre d'entre eux avaient été cassés et que certains portaient des traces de brûlure aux extrémités. Puis elle entendit une inspiration, et Aragon se redressa d'un coup. Son expression avait changé.

— J'aimerais avoir l'autorisation de prélever provisoirement plusieurs os pour un examen, énonça-t-il, d'un ton froid.

La requête stupéfia Nora.

— Quand nous aurons photographié et inventorié le tout, sans problème, répondit-elle.

— Bien entendu, répondit Aragon. Et j'aimerais un échantillon de la poussière rougeâtre.

Aragon partit sans ajouter un mot, mais Nora resta là, plantée au bord du trou sombre. Sloane entreprit d'installer le 4 × 5 pendant que Holroyd éteignait le magnétomètre. Il rejoignit Nora.

— Incroyable, non ? lui murmura-t-il à l'oreille.

Mais Nora ne lui prêta aucune attention, pas plus qu'aux murmures excités de Sloane derrière lui. Elle pensait à Aragon et à l'expression qui s'était soudain peinte sur son visage. Elle avait la même impression que lui : il y avait quelque chose d'étrange, de négatif même, dans la sépulture. Et à certains égards, elle ne ressemblait pas à une sépulture. Certaines cultures Pueblo IV incinéraient leurs morts et d'autres creusaient pour les réenterrer dans des urnes, soit. Mais là : les os cassés et brûlés, l'épaisse poussière de pollen, les objets rituels disposés avec un tel soin…

— Je me demande ce que Black conclura de cette ciste, dit la voix de Sloane, la tirant de sa rêverie.

Il ne s'agit pas d'une sépulture, pensa Nora. Mais d'une offrande.

Lorsqu'elles sortirent sur le toit du premier étage, dont les bordures étaient baignées de soleil, Nora posa doucement la main sur le bras de Sloane.

— Je croyais que nous avions passé un accord.

— De quoi parlez-vous ?

— Vous n'auriez pas dû ouvrir la tombe sans me consulter. C'est une violation grave des règles de base de ces fouilles.

La couleur ambre du regard de Sloane parut foncer.

— Et vous ne pensez pas qu'ouvrir la tombe était une bonne idée ? répondit-elle d'une voix très basse, presque un ronronnement félin.

— Non. Nous avons à faire l'enregistrement de toute une ville, et les sépultures sont particulièrement sensibles. Mais comme je vous l'ai dit dans les ruines de Pete, ce n'est pas ça l'important. Une archéologue professionnelle ne devrait pas travailler ainsi, se contenter d'ouvrir ce qui l'intéresse.

— Vous êtes en train de dire que je n'agis pas en pro ?

Nora prit une profonde inspiration :

— Vous n'êtes pas aussi expérimentée que je le croyais.

— Il fallait que j'ouvre cette tombe, riposta Sloane.

— Pourquoi ? demanda Nora sans réussir à maîtriser son intonation sarcastique. Vous cherchiez quelque chose ?

Sloane faillit répondre et se ravisa. Puis elle s'approcha de Nora, si près que cette dernière sentit la chaleur et la colère qu'elle dégageait.

— Vous, Nora Kelly, vous êtes une obsédée de l'autorité. Tout comme mon père. Depuis mon arrivée, vous n'avez pas cessé de me suivre à la trace, dans l'espoir que j'allais commettre une erreur. Je n'ai rien fait de mal en ouvrant cette ciste. Le magnétomètre a montré une cavité et j'ai simplement soulevé la dalle. Je n'ai touché à rien. Je n'ai pas fait pire que de franchir une porte.

Nora se maîtrisa pour ne pas exploser.

— Si vous n'êtes pas capable de respecter les règles, je vais vous placer sous les ordres d'Aragon qui vous apprendra le respect de l'intégrité d'un site archéologique. Et l'obéissance au chef de l'expédition.

— Chef ? ricana Sloane. C'est moi qui devrais être le chef de l'expédition. N'oubliez pas qui finance.

— Je n'ai pas oublié. Encore un exemple du peu de confiance que votre père a en vous, n'est-ce pas ?

Sloane resta un instant sans voix, tendue, le visage sombre sous son hâle. Puis, sans un mot, elle tourna les talons. Nora la regarda descendre l'échelle et s'éloigner, droite et fière, sa chevelure brune prenant des reflets mauves au soleil.

30.

Le groupe se rassembla dans le silence du petit matin en bas de l'échelle de corde qui menait à la cité. Même Swire et Bonarotti étaient là. Les hirondelles, habituées maintenant à cette intrusion humaine, ne poussaient plus leurs cris indignés. Un Bill Smithback pour une fois discret tripotait un magnétophone. À côté de lui, Aragon affichait un teint grisâtre et un air pensif. Malgré sa passion pour le boyau plein d'ossements, il avait délaissé son travail afin de les rejoindre. Cela soulignait plus que toute autre chose l'importance de ce qu'ils s'apprêtaient à faire.

Le relevé préliminaire des ruines était terminé, et Holroyd avait chargé les coordonnées de la cité et les reliefs de terrain établis par son équipement GPS dans une base de données de renseignements géographiques. Il était temps de pénétrer dans la grande kiva. Pendant une bonne partie de la nuit, Nora était restée éveillée, à s'interroger sur ce qu'ils allaient trouver. Elle n'avait pas su répondre. La grande kiva était l'équivalent de la cathédrale d'une ville moyenâgeuse : le centre de son activité religieuse, le dépositaire des objets les plus sacrés, le lieu de la vie sociale.

Appuyé contre un rocher, Black pianotait avec une impatience mal déguisée. Une plante démesurée dans les mains, Holroyd bavardait tranquillement avec lui, toujours loyal et sans complications. La seule absente à l'appel était Sloane, que Nora avait à peine vue depuis l'altercation de la veille.

Comme s'il sentait son regard, Holroyd tourna la tête vers elle. Puis il s'approcha.

— Regardez-moi ça, Nora.

La plante était une explosion démesurée et dense de tiges vertes, avec une racine fuselée et une fleur crémeuse.

— Qu'est-ce que c'est ?

— Oh ! entre cinq et dix ans dans une prison fédérale.

— Pardon ?

— C'est du datura. Cette racine est bourrée d'un hallucinogène très puissant.

— Un hallucinogène ?

— L'alcaloïde est concentré dans les parties supérieures de la racine, intervint Aragon. Chez les chamans yaquis, on mesure la force à la quantité de racine qu'on peut ingérer. Mais vous avez certainement remarqué que ce n'est pas la seule plante illégale de la vallée, conclut-il en s'adressant à Holroyd.

— Effectivement. Il y a non seulement du datura, mais du psilocybe, du peyotl… cet endroit est une véritable mine de substances psychédéliques.

— Le plus curieux, reprit Aragon, c'est que ces trois plantes dont vous parlez – qui semblent pousser ici comme du chiendent – sont parfois consommées par des chamans et des sorciers. Associées, elles peuvent provoquer de véritables transes. C'est comme une surdose de LSD : on pourrait vous tirer dessus à bout portant, vous ne sentiriez rien.

— Ces prêtres savaient ce qu'ils faisaient en venant s'installer ici, gloussa Smithback.

— La fleur est jolie en tout cas, dit Nora.

— On dirait du volubilis, non ? intervint Holroyd. Vous savez encore un truc marrant ? Il existe une enzyme dans le datura que le corps ne réussit pas à métaboliser. Il l'évacue par la sueur. On m'a dit que c'est ce que sentent les gens qui en prennent. Le volubilis.

Inconsciemment, Nora rapprocha la fleur de son nez. Elle était grande et blanche, presque sensuelle dans sa plénitude. Elle la huma.

Puis elle se figea, les doigts soudain glacés. En un éclair, elle revit le couloir de l'étage dans le ranch abandonné de ses parents, se rappela le craquement du verre sous ses pieds, l'odeur de fleurs écrasées dans le paisible air nocturne...

Entendant un cliquetis, elle se retourna. Sloane arrivait chargée d'une lanterne à acétylène, d'un tableau et du 4 × 5. Elle croisa le regard de Nora. Immédiatement elle posa le matériel et vint la rejoindre. Elle glissa un bras gracieux autour de sa taille.

— Désolée, lui murmura-t-elle à l'oreille. Vous aviez raison. Comme d'habitude.

Nora hocha la tête, s'obligeant à revenir au présent.

— N'en parlons plus.

— Ça doit être évident. J'ai un problème avec l'autorité. Encore une chose que je dois à mon père. Cela ne se reproduira pas.

— Merci, dit Nora en lâchant la plante par terre. Et moi, je n'aurais pas dû faire cette réflexion à propos de votre père. C'était mesquin.

Puis elle se tourna vers le groupe, s'efforçant d'oublier la plante de Holroyd.

— Bien, voici comment nous allons procéder. Sloane et moi entrerons les premières dans la kiva, pour effectuer une première analyse et prendre les photos. Vous nous suivrez. D'accord ?

Black fronça les sourcils, mais le reste du groupe acquiesça.

— Bien. Allons-y.

Un à un, ils grimpèrent l'échelle de corde. Ils traversèrent la place centrale, escaladèrent un tas de sable et longèrent les toits. Empruntant une échelle anasazie en excellent état, ils se retrouvèrent sur les terrasses du deuxième étage. La kiva attendait derrière, sa grande masse circulaire drapée d'une ombre pourpre. Une autre échelle était placée contre son flanc, et en un instant Nora et Sloane furent sur le toit. Couvert d'une épaisse couche d'adobe, il paraissait très solide. Les deux extrémités d'une échelle descendant à l'intérieur dépassaient du trou percé au milieu, l'entrée traditionnelle d'une kiva. Nora sentit sa gorge se serrer.

Elle s'approcha lentement de l'échelle, s'arrêtant juste avant l'ouverture.

— Allumons la lanterne.

Le gaz siffla et, avec un bruit de bouchon de champagne qui saute, la lanterne prit vie. Elles s'agenouillèrent devant l'ouverture et Sloane dirigea la brillante lumière blanche dans l'obscurité.

L'échelle, qui mesurait environ cinq mètres, reposait au creux d'une encoche taillée dans le sol en grès. Sloane balada le faisceau de la lanterne, mais de l'endroit où elles se tenaient, elles ne voyaient que du sol nu : la kiva faisait dix-huit mètres de diamètre.

— Passez la première, dit Nora.

— Moi ?

Nora lui sourit.

Sloane descendit rapidement les cinq premiers degrés, puis tendit la main afin de récupérer la lampe. Elle éclaira les murs. En voyant l'expression de la jeune femme, Nora comprit que la kiva n'était pas vide.

Quand Sloane fut arrivée en bas, Nora la suivit. Un instant plus tard, elle lâchait l'échelle.

Le mur circulaire de la kiva était couvert d'une fresque aux couleurs vives. Nora dut étudier les images très stylisées un moment avant de comprendre ce qu'elles représentaient. Alignés autour du sommet se trouvaient quatre grands oiseaux du tonnerre, leurs ailes déployées couvrant presque entièrement la partie supérieure du mur. Des éclairs jaillissaient de leurs yeux et de leur bec. Au-dessous, des nuages dérivaient sur une mer de turquoise lumineuse, lâchant des rideaux de pluie blanche en pointillé. Un dieu arc-en-ciel courait à travers les nuages, son long corps encerclant presque l'entière circonférence de la kiva, sa tête et ses mains tendues se rejoignant au nord. À la base de la fresque, on avait représenté la terre elle-même : les quatre montagnes sacrées, placées aux quatre points cardinaux. Cette cosmographie sous-tendait encore aujourd'hui la plupart des religions américaines indigènes : la montagne noire au nord, la jaune à l'ouest, la blanche à l'est, et la bleue au sud. La fresque avait été exécutée avec une grande finesse de détail et les couleurs, longtemps masquées par l'obscurité, restaient si fraîches qu'elles paraissaient dater de la veille.

Nora baissa les yeux. Sous la fresque, un banc de pierre longeait le mur. De nombreux objets étincelants y étaient disposés. Avec une sorte de surprise distraite, Nora prit conscience qu'il s'agissait exclusivement de crânes. Il y en avait des dizaines, peut-être des centaines : crânes d'êtres humains, crânes d'ours, de buffles, de loups, de daims, de pumas, de jaguars, tous incrustés de turquoise polie. Le plus fascinant, c'était les globes taillés de cristal de quartz rose incrusté de cornaline qui remplissaient leurs orbites. En s'y miroitant, le faisceau de la lampe donnait aux regards un éclat hideux dans l'obscurité. Elles se trouvaient devant une foule grimaçante de morts, une horde de goules sans paupières, avec des yeux brillant d'une lueur démente, comme pris dans les phares d'une voiture.

À part les crânes, la salle ne contenait rien d'autre. Il y avait le classique sipapu, le trou menant aux enfers, au centre exact de la kiva, entouré de deux foyers. Et à l'est, l'habituelle ouverture des esprits. Mais la fresque et les crânes étaient uniques, comme presque tout ce qui se trouvait à Quivira.

Nora regarda Sloane qui installait les trois flashs de l'appareil photo.

— Je vais faire entrer les autres, dit-elle. Ils ne risquent pas de déranger grand-chose s'ils restent loin des murs.

Sloane acquiesça d'un brusque hochement de tête. Elle se plongea dans ses réglages et Nora crut voir une sorte de déception sur son visage. Puis les premiers flashs illuminèrent l'ensemble de la compagnie grimaçante.

Le reste du groupe descendit l'échelle dans un étonnement silencieux et se rassembla à sa base. Nora fut attirée par un étrange motif de deux grands cercles à l'extrémité nord de la fresque. Le premier cercle renfermait un disque gravé de bleu et de blanc, montrant des nuages miniatures et de la pluie, dans le style géométrique anasazi classique : une version miniature de l'énorme cercle peint sur l'extérieur de la kiva. Le second était peint en jaune et blanc, et il renfermait un disque gravé du soleil, entouré de rayons. Lorsque le faisceau de la lanterne passa dessus, l'image rutila comme un disque d'or. En l'étudiant de près, Nora remarqua qu'on avait créé cet effet en mélangeant au pigment des paillettes écrasées de mica.

Sloane, qui venait de changer d'angle, fit signe à Nora de sortir du champ. Elle se pencha sur son appareil, se redressa brusquement et s'approcha de la petite image du soleil.

— Que se passe-t-il ? demanda Nora.

Sloane se détourna et eut son grand sourire nonchalant.

— Rien de spécial. Bizarre ce motif. Je ne l'avais pas encore remarqué.

Elle revint à son appareil, photographia le motif et passa au suivant.

— Voilà manifestement une moitié, dit Black en désignant les deux cercles, son large visage taillé à la serpe par la lumière de la torche.

— Une moitié ?

— Oui. De nombreuses sociétés anasazies – comme d'autres – étaient organisées en moitiés. Sociétés d'hiver et d'été, mâle et femelle, ciel et terre, expliqua-t-il en désignant les deux cercles. Ce disque bleu correspond à celui qui est à l'extérieur de la kiva. Cela sous-entendrait que cette cité était divisée en sociétés de la pluie et du soleil. Le premier cercle représente la kiva de la pluie, le second, la kiva du soleil.

— Intéressant, fit Nora surprise.

— Bien sûr. Nous devons nous trouver dans la kiva de la pluie.

Il y eut un troisième flash.

— Et alors ? intervint Smithback qui écoutait. On attend la chute de la deuxième chaussure ?

— Que voulez-vous dire ?

— S'il s'agit de la kiva de la pluie, où est la kiva du soleil ?

Il y eut un silence, seulement interrompu par le bruissement d'un autre flash. Finalement Black se racla la gorge.

— C'est effectivement une très bonne question.

— Elle doit être ailleurs, si tant est qu'elle existe, avança Nora. Il n'y a qu'une grande kiva ici à Quivira.

— Vous avez raison, cela ne fait pas de doute, murmura Aragon. Pourtant, plus le temps passe, plus j'ai cette sensation de l'existence de quelque chose... une chose qui, pour Dieu sait quelle raison, reste invisible, nous échappe.

— Je ne comprends pas, dit Nora en se tournant vers lui.

Aragon soutint son regard, ses yeux paraissant creux et foncés à la lueur de la lanterne.

— Vous n'avez pas le sentiment qu'il manque encore une pièce du puzzle ? Toutes ces richesses, tous ces os, cette construction massive... il doit y avoir une raison à tout cela. (Il secoua la tête.) Je pensais que cette kiva serait la réponse. Mais maintenant je n'en suis plus si sûr. J'ai horreur de faire des jugements de valeur, mais j'ai le sentiment que tout cela avait un but supérieur, transcendant. Un but sinistre.

Black, quant à lui, réfléchissait toujours à l'interrogation de Smithback.

— Vous savez, Bill, dit-il, votre question en soulève une autre.

— Et laquelle ?

Black sourit, et Nora vit alors son visage s'illuminer.

— La turquoise était la pierre que les Anasazis utilisaient pendant la cérémonie de la pluie. C'était vrai à Chaco Canyon, et ça l'est manifestement ici. Il doit y avoir des centaines de kilos de turquoise dans cette salle. C'est énorme pour une culture dans laquelle une seule pierre a une grande valeur.

Smithback acquiesça. Nora se demanda où Black voulait en venir.

— La question que je me pose est donc la suivante : si la turquoise était la matière utilisée dans la cérémonie de la pluie, quelle matière utilisait-on dans celle du soleil ? (Il désigna l'image de la kiva du soleil, son disque de mica scintillant dans le reflet de la lumière. Bonarotti et Swire s'étaient approchés pour l'écouter.) À quoi cela ressemble-t-il d'après vous ?

Smithback siffla doucement.

— À de l'or ?

Black sourit sans répondre.

— Allons, fit Nora, nous n'allons pas nous y remettre. C'est la seule grande kiva de la cité. Et la pensée d'une kiva du soleil, ou de n'importe quelle kiva remplie d'or est ridicule. Des hypothèses aussi folles me surprennent, surtout de votre part.

— Hypothèses folles ? D'abord, reprit Black en comptant sur ses doigts, il y a des légendes d'or chez les Indiens. Ensuite, il y a les récits de Coronado et du père Marcos qui parlent d'or, entre autres choses. Et maintenant il y a ce pictogramme, qui est une remarquable imitation de l'or. Enrique vous le confirmera, les modifications opérées sur la dentition de ces crânes sont du plus pur style aztèque, et nous savons que les Aztèques possédaient des tonnes d'or. Je commence donc à me demander s'il n'y a pas un peu de vrai derrière ces légendes.

— Trouvez-moi donc cette kiva du soleil remplie d'or aztèque, dit Nora avec lassitude. Alors, je réviserai mon opinion. Mais en attendant, cessez de parler de trésor, d'accord ?

Black eut un sourire.

— C'est un défi ?

— Plutôt un plaidoyer pour qu'on reste sains d'esprit.

Elle entendit un rire derrière elle, rauque et *sotto voce*. Sloane les regardait, une lueur d'amusement dans ses yeux ambre.

31.

Nora dormit mal et se réveilla tôt, consciente d'avoir fait des cauchemars sans pour autant s'en souvenir. La lune dans son deuxième quartier se couchait et la vallée était pleine d'ombres, la nuit cédant juste la place aux couleurs. Nora se redressa et entendit des bruits d'eau dans le ruisseau. Elle regarda autour d'elle. Dans l'autre vallée, Swire était déjà à sa lourde tâche quotidienne, les soins à prodiguer aux chevaux. Le reste du groupe dormait dans l'obscurité précédant l'aube. Pour la deuxième nuit d'affilée, la lumière était restée allumée tard dans la tente d'Aragon ; maintenant celle-ci était plongée dans la pénombre et le silence.

Nora s'habilla rapidement dans le froid. Elle fourra sa torche dans sa poche arrière, se dirigea vers la zone cuisine, découvrit les braises et y jeta des brindilles pour ranimer le feu. Elle remplit d'eau la cafetière en émail tacheté de bleu et la posa sur le gril.

Ce faisant, elle vit une silhouette émerger de l'obscurité d'un bosquet de peupliers : Sloane. Pourquoi n'avait-elle pas passé la nuit sous sa tente ? Elle devait préférer dormir à la belle étoile, comme elle.

— Bien dormi ? demanda Sloane en s'asseyant près de Nora.

— Pas vraiment. Et vous ?

— Plutôt bien. Je comprends pourquoi les anciens vénéraient le feu, il vous hypnotise, il ne cesse de changer. Et il bat largement la télé. Pas de pubs.

Elle paraissait d'excellente humeur.

Nora sourit vaguement et ouvrit sa veste pour profiter de la chaleur du feu. La cafetière commençait à tressauter sur le gril : l'eau bouillait. Nora se releva, la retira du feu, y jeta une poignée de café moulu et remua avec son couteau.

— Bonarotti en mourrait s'il vous voyait préparer ce café de cow-boy. Il vous exploserait la tête avec sa cafetière à expressos.

— Attendre qu'il se réveille pour faire le café c'est comme attendre Godot.

Tant qu'ils suivaient la piste, le cuisinier avait toujours été le premier debout. Mais maintenant qu'ils avaient dressé le camp à Quivira et qu'ils suivaient un emploi du temps plus régulier, Bonarotti refusait tout net de montrer le bout de son nez le matin avant que le soleil n'effleure le haut des falaises.

Nora remit la cafetière sur le feu. Elle leur versa une tasse à chacune, puis elle respira avec reconnaissance l'arôme fort et amer.

— Je parie que je sais à quoi vous pensez, dit Sloane.

— Probablement... C'est tellement inattendu, répondit Nora après un silence. Nous trouvons cet endroit, cet endroit merveilleux et enchanté. Rempli de beaucoup plus d'objets et de renseignements que nous ne pouvions l'espérer. Soudain nous avons l'impression que nous allons obtenir toutes les réponses. (Elle secoua la tête.) Mais tout ce que nous obtenons, ce sont des énigmes, d'étranges énigmes troublantes. Cette kiva regorgeant de crânes en est un parfait exemple. Pourquoi des crânes ? Qu'est-ce que ça veut dire ? En quoi consistait donc la cérémonie ?

Sloane posa sa tasse.

— Mais ne voyez-vous pas, dit-elle à voix basse, que nous sommes en train d'obtenir les réponses. Sauf que ce ne sont pas celles que nous attendions. C'est toujours comme ça, les découvertes scientifiques.

— J'espère que vous avez raison. J'ai déjà fait des découvertes. Et elles ne m'ont jamais donné cette impression. J'ai le sentiment que quelque chose cloche. Et cela depuis que j'ai vu le boyau d'Aragon jonché de ces innombrables os, jetés à la diable comme des ordures.

Elle se tut quand des silhouettes se détachèrent de l'obscurité. Smithback et Holroyd les rejoignirent près du feu. Black ne tarda pas à apparaître à son tour. Les branches sombres des peupliers commençaient juste à émerger de l'ombre.

— Il fait un froid de canard ce matin, déclara Smithback. Et pour couronner le tout, mon valet a oublié de cirer mes chaussures que j'avais pourtant laissées exprès devant ma porte.

— C'est tellement dur de trouver du bon personnel de nos jours, renchérit Black dans une imitation geignarde de Smithback en se versant une tasse qu'il se colla sous le nez. Quelle manière barbare de faire du café, s'exclama-t-il en reposant sa tasse. Et qu'est-ce qu'il y a au menu ? Pourquoi cet Italien ne peut-il pas sortir du lit un peu plus tôt ? Qu'est-ce que c'est que ce chef qui refuse de se lever avant midi ?

— C'est le seul cuisinier capable de faire des pommes Anna aussi bien que les meilleurs chefs de Paris avec vingt fois moins de matériel, dit Smithback. Quoi qu'il en soit, oublions le petit déjeuner. Seuls les sauvages et les enfants en prennent.

Assis autour du feu, tasse en main, tous un peu grognons sauf Sloane, ils parlaient peu. Nora se demanda si eux aussi étaient troublés par les découvertes faites dans la cité et dans la grande kiva. Progressivement, le soleil levant embrasa le paysage, transformant le gris ambiant en un festival de rouges, de jaunes, de pourpres et de verts.

Smithback vit Nora contempler les falaises.

— Respectez les numéros pour appliquer la peinture, d'accord ?

— Quelle pensée poétique !

— Hé, c'est mon métier ! gloussa Smithback en balançant dans un buisson un peu de marc resté au fond de sa tasse.

Nora entendit un bruit de pas étouffés sur le sable : Aragon arrivait, tout emmitouflé pour se protéger du froid. Il s'assit et se versa sans un mot une tasse de café. Il la vida aussitôt et la remplit à nouveau d'une main tremblante.

— Veillé tard, comme d'habitude, Enrique ? s'enquit Nora.

À croire qu'Aragon n'avait pas entendu : il continua à siroter son café en fixant le feu. Finalement il tourna son regard sombre vers Nora.

— Oui, j'ai veillé assez tard. J'espère n'avoir dérangé personne.

— Non, pas du tout.

— Toujours en train de travailler sur vos os, je présume, dit Black.

Aragon prit une dernière gorgée de café et remplit sa tasse une troisième fois.

— Oui.

— Autant pour le RDS. Trouvé quelque chose ?

Il y eut un long silence.

— Oui, finit par dire Aragon.

Son intonation réduisit l'assemblée au silence.

— Partagez avec nous, cher frère, entonna Smithback.

Aragon posa sa tasse et se mit à parler lentement, de façon résolue, comme s'il avait préparé son discours :

— Comme je l'ai dit à Nora quand je l'ai découvert, la disposition des os dans le boyau est très étrange. (Il tira avec précaution un petit bocal en plastique de sa veste, le posa par terre et en dévissa doucement le couvercle. À l'intérieur se trouvaient trois fragments d'os et un morceau de crâne.) Étalés sur le dessus, il y avait cinquante, voire soixante squelettes entiers. Certains portaient encore des lambeaux de vêtements, de riches bijoux, des parures. Il s'agissait d'individus bien nourris, sains, la plupart dans la fleur de l'âge. Ils semblaient tous être morts en même temps, et pourtant leurs ossements ne portaient aucune trace de violence.

— Comment l'expliquez-vous ? demanda Nora.

— Selon moi, quoi qu'il se soit passé, cela s'est produit si vite qu'on n'a pas eu le temps de leur offrir une sépulture convenable. Mon analyse n'a pas révélé de maladies évidentes, mais de nombreuses maladies virales et biologiques ne laissent pas de traces ostéologiques. Apparemment, on a simplement tiré les cadavres intacts derrière les greniers pour les jeter sur un énorme tas d'os déjà existant. Ce tas contient les restes cassés et désarticulés de centaines, voire de milliers d'individus, accumulés au cours des années. Contrairement aux squelettes entassés au sommet, ces ossements proviennent manifestement de gens qui sont morts de mort violente. D'une violence extrême.

Il regarda le groupe. Nora sentit son malaise grandir.

— Les os de la couche inférieure présentent plusieurs traits peu communs, continua Aragon en s'essuyant le visage avec un foulard sale. (Il désigna à l'aide d'une pince caoutchoutée un os cassé sur le plateau.) Le premier est que nombre des os longs ont été cassés, *perimortem,* d'une manière particulière, comme celui-ci.

— *Perimortem* ? fit Smithback.

— Oui. Cassés non avant la mort, ni longtemps après, mais à peu près en même temps.

— Qu'est-ce que vous entendez par manière particulière ? demanda Black.

— C'est aussi la façon dont les Anasazis cassent des os de daim et d'élans. Afin d'en extraire la moelle. Et ici, dans le tissu spongieux de l'humérus, ils ont en fait fraisé le centre de l'os pour atteindre la moelle.

— Attendez, s'écria Smithback. Attendez. Vous voulez dire extraire la moelle pour…

— Laissez-moi terminer. Ensuite on note des petites marques sur l'os. Je les ai examinées au microscope et elles correspondent aux marques laissées par des outils en pierre quand on démembre une carcasse. *Tertio,* j'ai trouvé des dizaines de crânes fracturés dans le tas d'os, des crânes d'enfants pour la plupart. Sur la calotte crânienne, il y avait aussi des traces d'entailles typiques des scalps, comme sur le crâne que nous avons trouvé aux ruines de Pete. En outre, les crânes des enfants, notamment, montraient des « abrasions d'enclume ». Quand j'ai réexaminé le crâne des ruines de Pete, j'ai observé les mêmes. J'ai aussi découvert que nombre de crânes avaient été forés et qu'on en avait retiré un bout d'os rond.

— Qu'est-ce que vous appelez des abrasions d'enclume ? demanda Nora.

— Un type très particulier d'éraflures parallèles que l'on trouve quand on pose la tête sur une roche plate et qu'on écrase une autre pierre dessus pour ouvrir la cavité de la cervelle. On les voit normalement sur des crânes d'animaux dont on a extrait la cervelle pour se nourrir.

Du coin de l'œil, Nora vit que Smithback prenait furieusement des notes.

— Il y a plus, continua Aragon. Nombre des os montrent ceci. (Il saisit un os plus petit avec la pince et le tourna vers la lumière.) Jetez un coup d'œil aux extrémités cassées avec la loupe.

— Je ne vois rien d'inhabituel, dit Nora, sinon peut-être ce faible lustre aux extrémités, comme si on s'en était servi pour gratter des peaux.

— Pas pour gratter des peaux. On a baptisé ce lustre « polissage au pot ».

— Polissage au pot ? murmura Nora, sentant la peur grandir en elle.

— Cela n'arrive qu'aux os qu'on a bouillis et remués longtemps dans un pot en céramique brut. C'est comme ça qu'on fait de la soupe.

Aragon prit de nouveau la cafetière, mais elle était vide.

— Vous voulez dire qu'ils cuisaient et mangeaient des gens ? demanda Holroyd.

— Bien sûr que c'est ce qu'il dit, fit sèchement Black. Mais je n'ai trouvé aucune trace d'os humains dans le tas d'ordures. Bien qu'il soit plein d'os d'animaux manifestement consommés.

Aragon ne releva pas.

Nora détourna les yeux et regarda le canyon. Le soleil se levait au-dessus des sommets, les baignant d'une lumière dorée tout en laissant la vallée dans une ombre digne de Magritte. Pourtant cette beauté la remplissait d'effroi à présent.

— J'aimerais signaler autre chose, ajouta Aragon à voix basse en s'adressant à Sloane. Je ne pense pas que la tombe que vous avez trouvée soit une sépulture.

— Cela ressemblait à une offrande, s'entendit dire Nora.

— Oui. Mais bien plus encore, il s'agissait d'un sacrifice. D'après les marques sur les squelettes, il semble que les deux individus ont été démembrés et que leurs morceaux ont été bouillis ou rôtis. Les viandes cuites ont dû être disposées dans les deux bols que vous avez trouvés. Il y avait des bouts d'une substance brune poussiéreuse avec les os : sans aucun doute des bouts de viande momifiés tombés de l'os en se rétractant.

— Répugnant, fit Smithback sans cesser d'écrire.

— Les individus ont également été scalpés, on a sorti leurs cerveaux qu'on a transformés en une sorte de compote, une mousse, épicée aux piments. J'ai trouvé cette... euh, substance placée à l'intérieur de chacun des crânes.

Comme par une coïncidence macabre, le cuisinier émergea de sa tente, en referma soigneusement le rabat et vint les rejoindre.

Black s'agita.

— Enrique, vous êtes bien le dernier que j'aurais cru capable de sauter à des conclusions sensationnelles. Il existe des douzaines de manières dont on peut gratter et polir des os sans qu'il s'agisse de cannibalisme.

— C'est vous qui utilisez le terme de cannibalisme, répondit Aragon. Je garderai mes conclusions pour moi pour le moment. Je me contente de raconter ce que j'ai vu.

— Tout ce que vous racontez mène à cette conclusion, beugla Black. C'est irresponsable. Les Anasazis étaient un peuple paisible, agraire. On n'a jamais trouvé de preuves de cannibalisme.

— Ce n'est pas vrai, intervint Sloane à voix basse en se penchant soudain vers le feu. Plusieurs archéologues ont émis des théories de pratiques cannibales chez les indigènes américains. Et pas seulement chez les Anasazis. Par exemple, comment expliquez-vous Awatowi ?

— Awatowi ? répéta Black. Le village hopi détruit en 1700 ?

— Oui, fit Sloane. Après que les villageois d'Awatowi ont été convertis au christianisme par les Espagnols, les villes indiennes alentour les ont massacrés. On a découvert leurs ossements il y a trente ans, et ils portent le même genre de marques qu'Aragon a trouvées ici.

— Peut-être ont-ils connu une période de famine, avança Nora. On rencontre de nombreux exemples de cannibalisme dus à la famine dans notre propre culture. Et de toute façon, nous sommes loin d'Awatowi, et les Anasazis ne sont pas apparentés aux Hopis. S'il s'agissait de cannibalisme, c'était du cannibalisme ritualisé, sur une grande échelle. Presque institutionnalisé. Un peu comme… elle s'interrompit et jeta un coup d'œil à Aragon.

— Un peu comme les Aztèques, dit-il, complétant sa phrase. Docteur Black, vous avez dit que le cannibalisme anasazi est impossible. Mais pas le cannibalisme aztèque. Du cannibalisme non pour se nourrir, mais comme instrument de contrôle social et de terreur.

— Où voulez-vous en venir ? demanda Black. Nous sommes en Amérique, pas au Mexique. Nous sommes en train de fouiller un site anasazi.

— Un site anasazi avec une classe dominante ? Un site anasazi protégé par un Dieu avec un nom comme Xochitl ? Un site anasazi qui présente des sépultures royales remplies de fleurs ? Un site anasazi qui montre peut-être des signes de cannibalisme rituel ? (Aragon secoua la tête.) J'ai effectué plusieurs tests médico-légaux sur des crânes des couches d'ossements supérieure et inférieure dans le boyau. Des détails révèlent que les deux groupes de squelettes appartiennent à deux populations entièrement différentes. Des esclaves anasazis au-dessous, des dirigeants aztèques au-dessus. Toutes les données que j'ai trouvées à Quivira prouvent une chose : un groupe d'Aztèques, ou plutôt de leurs prédécesseurs toltèques, a envahi la civilisation anasazie vers 950 av. J-C et s'est établi ici comme noblesse sacerdotale. Peut-être même ces envahisseurs ont-ils été les responsables des grands projets de construction de Chaco et d'ailleurs.

— Je n'ai jamais rien entendu de plus ridicule, dit Black. Il n'y a jamais eu un seul signe d'influence aztèque sur les Anasazis, et encore moins d'esclavage. Cela va à l'encontre d'un siècle de recherches.

— Attendez, intervint Nora. Ne rejetons pas cette théorie trop vite. Personne n'a jamais trouvé de ville comme celle-ci auparavant. Et cette théorie expliquerait bien des choses. L'étrange emplacement de la cité, déjà. Les pèlerinages annuels que vous avez découverts.

— Et la concentration de richesses, ajouta Sloane d'une voix pensive. Peut-être que c'est en parlant de commerce avec les Aztèques que nous nous sommes trompés. Ces derniers étaient des envahisseurs qui ont établi une oligarchie, maintenant le pouvoir par le biais de rituels religieux et d'un cannibalisme sacrificiel.

Smithback allait poser une question quand Nora entendit un cri. Le groupe se tourna d'un bloc. Roscoe Swire traversait la vallée au pas de course, fendant les broussailles.

Il pila devant eux, trempé après sa traversée de la fente, hors d'haleine. Nora le regarda, horrifiée. De l'eau sanguinolente lui coulait des cheveux, et sa chemise était tachée de rose.

— Que se passe-t-il ?

— Nos chevaux, haleta Swire. On les a étripés.

32.

Nora leva les mains pour faire taire l'explosion de commentaires.

— Roscoe, dites-nous exactement ce qui s'est passé.

Swire s'assit près du feu, encore haletant, indifférent à la vilaine blessure qui lui ensanglantait le bras.

— Je me suis levé vers trois heures ce matin, comme d'habitude. J'ai rejoint les chevaux aux alentours de quatre heures. Ils étaient partis vers le nord de la vallée, pour chercher de l'herbe apparemment, mais quand je suis arrivé près d'eux je me suis rendu compte qu'ils étaient tout agités. (Il s'interrompit un instant.) J'ai pensé qu'un puma les avait attaqués. Deux manquaient à l'appel. C'est alors que je les ai vus… enfin, ce qu'il en restait. Hoosegow et Crow Bait, vidés comme… (Son visage s'assombrit.) Quand j'attraperai les salauds qui ont fait ça, je les…

— Qu'est-ce qui vous fait penser que des hommes sont les coupables ? demanda Aragon.

Swire secoua la tête.

— C'était très méthodique. Ils leur ont ouvert le ventre, extrait les entrailles et…

— Et… ?

— … les ont comme qui dirait exposées.

— Quoi ? fit Nora.

— Ils ont déroulé les entrailles pour les disposer en spirales. Ils avaient enfoncé des bâtons hérissés de plumes dans les yeux des chevaux. Entre autres choses.

— Des traces ?

— Pas d'empreintes. Ils ont dû tout faire à cheval.

À la mention des spirales et des plumes enfoncées dans les yeux, Nora avait frémi.

— Allons, fit Smithback. Personne ne pourrait faire ça en chevauchant un cheval.

— Il n'y a pas d'autre explication, riposta Swire. Je vous l'ai dit, je n'ai pas vu d'empreintes. Mais… hier soir, j'allais laisser les chevaux pour la nuit quand j'ai cru voir un cavalier au sommet de la crête en dos-d'âne. Un homme sur un cheval, immobile, qui me regardait.

— Pourquoi n'en avez-vous pas parlé avant ? demanda Nora.

— J'ai cru que c'était le fruit de mon imagination, une illusion créée par le couchant. Je ne peux pas dire que je m'attendais à voir un autre cheval au sommet de cette foutue crête. Qui viendrait ici ?

Qui ? effectivement, songea Nora, prise de désespoir. Sa certitude toute neuve d'avoir laissé loin derrière elle les étranges apparitions du ranch s'évaporait. Peut-être les avait-on suivis, finalement. Mais qui pouvait avoir eu l'habileté, ou la volonté désespérée, de les pister dans un paysage aussi rude et nu ?

— Nous sommes dans un pays sablonneux et sec, disait Swire, l'air soudain déterminé. Ils ne peuvent pas éternellement dissimuler leurs traces. Je suis juste revenu vous prévenir que je pars à leur poursuite.

Il se releva brusquement et entra dans sa tente.

Dans le silence qui suivit, Nora entendit des bruits métalliques, des balles que l'on poussait dans des chambres. Un instant plus tard, Swire ressortait, fusil en travers du dos, revolver accroché à la ceinture.

— Une minute, Roscoe, l'appela Nora.

— N'essayez pas de m'arrêter.

— Pas question que vous partiez comme ça. Il faut qu'on en parle.

— Vous parler n'amène que des ennuis.

Sans un mot Bonarotti alla à sa tente et entreprit de remplir un petit sac de vivres.

— Roscoe, fit Sloane, Nora a raison. Vous ne pouvez pas partir…

— Fermez-la. Je vais pas laisser deux foutues bonnes femmes me dire ce que je dois faire avec mes chevaux.

— Est-ce qu'un foutu bonhomme peut s'exprimer ? s'écria Black. C'est de la folie. Vous risquez d'être blessé, voire pire.

— Assez discuté, dit Swire en acceptant le petit sac que lui tendait Bonarotti.

En le regardant, Nora sentit sa peur et sa déception devant ce nouvel incident se transformer soudain en colère : colère contre ce qui cherchait à semer le trouble dans des fouilles qui avaient si bien commencé ; colère contre l'insolence de Roscoe.

— Swire, ça suffit, beugla-t-elle.

Il y eut un silence haletant dans la petite vallée. Swire, pris de court, se tourna vers elle.

— Écoutez, continua Nora, consciente des battements de son cœur et des tremblements de sa voix, il faut qu'on réfléchisse à tout cela. Vous ne pouvez pas partir comme ça, sans plan.

— J'ai un plan. Et il n'y a pas à réfléchir. Je vais tuer ce salaud qui...

— D'accord. Mais ce n'est pas à vous de le faire.

— Quoi ? fit Swire, l'air incrédule et méprisant. Et qui va le faire à ma place ?

— Moi.

Swire ouvrit la bouche.

— Réfléchissez une minute, continua Nora. Ils ont tué deux chevaux. Pas pour manger, pas pour le plaisir, mais pour envoyer un message. Cela ne vous dit donc rien ? Et les autres chevaux ? Qu'est-ce qui va leur arriver à votre avis pendant que vous serez dans votre expédition de lynchage ? Ce sont vos bêtes. Vous êtes le seul à savoir comment les mettre à l'abri jusqu'à ce que cette histoire soit résolue.

Swire fit la moue et lissa sa moustache d'un doigt.

— Quelqu'un d'autre peut garder les chevaux pendant mon absence.

— Et qui ?

Swire ne répondit pas tout de suite.

— Vous n'y connaissez rien en pistage.

— Si. Quiconque a grandi dans un ranch sait suivre une piste. J'ai cherché pas mal de vaches égarées il fut un temps. Je ne suis peut-être pas de votre trempe, mais vous l'avez dit vous-même : dans ce pays sablonneux, ce n'est pas sorcier de trouver des traces. En fait, si quelqu'un doit y aller, c'est moi. Les travaux d'Aaron, de Sloane et d'Enrique sont essentiels ici. Vous êtes vital pour les chevaux. Luigi est notre seul cuisinier. Peter ne monte pas assez bien. Et en plus, il est nécessaire pour les communications.

Black se tourna vers Nora.

— C'est de la folie. Vous, toute seule ? Vous ne pouvez pas partir, vous êtes le chef de l'expédition.

— Voilà pourquoi je ne peux demander à personne d'autre de le faire. Je ne resterai absente qu'une journée, une journée et une nuit au pire. En attendant, Sloane, Aragon et vous pouvez prendre des décisions à la majorité. Je vais découvrir qui a fait ça et pourquoi.

— Nous devrions tout simplement appeler la police, fit Black. Nous avons une radio.

Aragon surprit tout le monde en éclatant de rire.

— La police ? Quelle police ?

— Pourquoi pas ? Nous sommes encore en Amérique, non ?

— Cela reste à voir, murmura Aragon.

Il y eut un bref silence. Puis Smithback prit la parole, d'une voix étonnamment calme et ferme.

— Il est évident qu'elle ne peut partir seule. Je suis le seul dont l'absence ne nuira pas aux fouilles. Je l'accompagne.

— Non, fit aussitôt Nora.

— Pourquoi pas ? Le tas d'ordures peut se passer de moi une journée. Aaron manque d'exercice de toute façon. Je monte plutôt bien et, en cas de besoin, je tire aussi plutôt bien.

— Il y a autre chose à prendre en compte, dit Aragon. Vous disiez que ces tueries étaient censées envoyer un message. Vous avez songé à l'autre possibilité ?

— Laquelle ?

— Qu'on ait tué les chevaux pour nous attirer loin du camp, où on pourrait nous régler notre compte individuellement ? Peut-être que l'homme sur la crête s'est délibérément montré à Swire.

Nora s'humecta les lèvres.

— Une autre raison pour moi d'y aller, dit Smithback.

— Attendez, fit Swire, glacial. Faudrait pas oublier le Dos du Diable. Trois de mes chevaux ont déjà laissé leur peau sur cette foutue crête.

— J'y ai réfléchi, dit Nora. Vous avez dit que vous avez vu un cavalier au sommet de la crête l'autre jour. Manifestement, ces gens sont venus à cheval dans la vallée la nuit dernière. Il n'y a pas d'autre chemin que le passage de la crête. Je parie qu'ils se sont servis de chevaux non ferrés.

— Non ferrés ? répéta Smithback.

— Oui, un cheval sans fers a le pied plus sûr sur une piste aussi étroite que celle de la crête. Du fer sur de la pierre, c'est comme un patin sur la glace. En revanche, la kératine du sabot adhère à la roche.

Swire la fixait toujours.

— Je ne vais pas laisser mes chevaux se faire bousiller les sabots dans ce pays pourri.

— Nous leur remettrons leurs fers dès que nous serons arrivés en bas de la crête. Vous avez des outils de maréchal-ferrant, non ?

Swire acquiesça lentement.

— Tout ce que je vais faire, continua-t-elle, c'est de tenter de découvrir qui a fait ça et pourquoi. On pourra laisser la justice s'en occuper quand nous reviendrons à la civilisation.

— C'est bien ce qui me fait peur, dit Swire.

— Vous voulez passer le reste de votre vie en prison pour meurtre ? Parce que c'est exactement ce qui va se produire si vous allez là-bas tuer quelqu'un.

Swire ne répondit pas. Sans un mot, le cuisinier tourna les talons et entra dans sa tente. Un instant plus tard, il en sortait avec une arme, une boîte de balles et un holster en cuir. Il tendit le tout à Nora. Cette dernière accrocha le holster à sa taille, ouvrit le lourd revolver, fit tourner le cylindre et le referma. Puis, arrachant le couvercle de la boîte de munitions, elle vida son contenu dans une main et fourra rapidement les balles dans le barillet. Elle se tourna vers Swire.

— Nous allons nous en occuper.

33.

Skip s'arrêta devant la porte métallique du garage d'Elmo le temps d'adopter une expression indignée convaincante. Le garage en préfabriqué chauffait au soleil à l'extrémité triste de Cerrillos Road, au sud de la ville, une avenue laide bordée de fast-foods, de boutiques de voitures d'occasion et de magasins. Derrière le garage d'Elmo s'étendait une prairie aplatie au bulldozer, un terrain vague hérissé de pancartes « À louer » et « À construire » – l'orée de la croissance incontrôlée de Santa Fe.

Satisfait de son air indigné, Skip poussa la porte, tirant Teddy Bear au bout d'une courte laisse en cuir. Dans la dernière travée l'attendait sa Fury, perchée sur un pont élévateur hydraulique. Elle était encore plus poussiéreuse que la veille.

Planté au-dessous se tenait le propriétaire d'Elmo's Auto Shoppe, un homme grand et dégingandé en salopette fanée et en T-shirt déchiré. Ce dernier, copieusement taché d'huile, affichait une langue Rolling Stones démesurée, jaillissant avec obscénité d'une bouche aux lèvres énormes. L'image était un reflet bien trouvé des lèvres pendantes et de l'expression lugubre d'Elmo.

— Vous étiez obligé de venir avec ça ? gémit Elmo. Je suis allergique aux poils de chien.

Skip ouvrit la bouche pour débiter son discours, mais Elmo le battit de vitesse :

— Culbuteur cassé, entonna-t-il en léchant un doigt maculé de graisse afin de replier les pages de son écritoire. Frein de secours foutu. Arbre de transmission tordu. Ça va faire dans les cinq cents, six cents dollars au bas mot. Sans compter le remorquage.

— Pas question ! s'écria Skip qui se mit rageusement à faire les cent pas à l'ombre de sa voiture, oubliant son discours soigneusement répété. Je vous l'ai amenée pour une vidange et un réglage il y a de ça à peine trois semaines. Pourquoi ne m'avez-vous pas dit que les freins lâchaient ?

Elmo tourna son visage triste vers lui. Ses yeux en berne paraissaient au bord des larmes.

— J'ai déjà vérifié cette facture. Il n'y avait rien qui clochait dans les freins.

— Foutaises ! (Skip jeta un coup d'œil incrédule au mécanicien. Il lui arrivait si rarement de payer des réparations de voiture que sa légitime indignation ne connaissait pas de bornes.) Je vous dis qu'il ne me restait plus une once de frein. Que dalle. J'aurais aussi bien pu essayer d'utiliser une béquille. J'ai failli y laisser ma peau. Et maintenant vous voulez que je paie pour ce privilège ? Non, merci.

— Le système de freinage était sec comme un coup de trique, insista Elmo, têtu, les yeux fixés sur le sol.

— Vous voyez ? fit Skip en écrasant son poing au creux de sa main. La preuve est là. Vous auriez dû voir cette fuite quand je vous ai amené la voiture. Pas question que je paie pour…

— Mais il n'y a pas de fuite.

— Quoi ?

Elmo haussa les épaules.

— On a testé l'étanchéité du système de freinage. Il n'y a pas de fuite, il ne manque pas un joint, rien.

— Ça ne tient pas debout.

Elmo haussa de nouveau les épaules.

— En plus, une fuite, ça laisse des traces. Regardez-moi ça, dit-il en braquant une lampe sur la Fury.

— C'est le dessous d'une voiture. C'est poussiéreux et gras. Et alors ?

— Peut-être, mais il n'y a pas une goutte de liquide de frein là-dedans. Pas une trace. Rien qui trahisse une fuite nulle part. Où est-ce que vous vous garez généralement ?

— Dans mon allée…

— Vous avez vu une grosse tache par terre récemment ?

— Non, rien remarqué.

Elmo baissa de nouveau les yeux, hochant la tête d'un air entendu, faisant bouger ses grandes oreilles.

Skip allait riposter quand il s'arrêta, bouche bée.

— Qu'est-ce que vous dites ?

— Je dis rien. Vos freins étaient complètement vidangés. (Les lèvres caoutchouteuses d'Elmo se tordirent en ce qui pouvait passer pour un sourire et il les humecta d'une langue rouge.) Vous avez des ennemis ?

— C'est complètement dingue. Non, je… (Skip réfléchit.) Vous voulez dire que quelqu'un les aurait vidangés ? Volontairement ?

Elmo acquiesça de nouveau et se gratta l'oreille en y enfonçant un doigt.

— Le problème, c'est que le bouchon du réservoir du liquide de frein était bloqué par la rouille, alors on ne peut pas vraiment dire comment on l'a vidé.

Skip réfléchissait toujours.

— Non, répéta-t-il d'une voix plus douce. Les freins marchaient très bien et puis, crac, plus rien. (Il jeta un coup d'œil à sa montre, de nouveau submergé par l'irritation.) Je suis en retard au travail. J'ai une patronne qui vous arrache les couilles au moindre retard. Et en plus vous me filez ce… (Il lui montra la voiture que lui prêtait Elmo, une vieille Volkswagen avec un pare-chocs arrière tordu et des portières de couleurs différentes.) Je préférerais conduire la mienne, même sans freins.

Elmo eut son haussement d'épaules habituel.

— Elle sera prête vendredi à dix-sept heures.

— Et révisez donc cette facture en même temps que la voiture. Pas question que je banque six cents dollars pour la négligence d'un tiers.

Skip poussa tant bien que mal Teddy Bear dans la Coccinelle, s'installa au volant et démarra.

Il passa la première et s'engagea en pétaradant dans l'avenue qui le ramènerait en ville, à l'Institut et à Sonya Rowling qui l'attendait. Il sentait la migraine monter. Il avait l'impression qu'elle lui serrait les tempes, comme un bandeau. Sous ses airs bravaches, il était très troublé, et il avait le cœur qui battait. Une seconde, il songea à repartir chez Teresa pour vérifier l'endroit où il s'était garé. Non, plus question de remettre les pieds là-bas.

Puis, sur une impulsion, il se gara sur le bas-côté et se mit au point mort. Il y avait vraiment quelque chose qui clochait. Et ce n'était pas seulement les circonstances étranges ; dès l'instant où Elmo avait parlé d'ennemis, Skip avait frémi.

Garé sur le bas-côté, il réfléchissait. Vaguement, très vaguement, il se rappelait son père, assis à la table du dîner, qui sirotait son café en lui racontant une histoire. Pour Dieu sait quelle raison, Skip n'arrivait pas à se rappeler laquelle. Mais il se souvenait que sa mère avait froncé les sourcils, prié son père de parler d'autre chose.

Autre chose... il s'était produit autre chose récemment, un truc qui concordait avec tout ça d'une manière étrange et horrible.

Soudain Skip démarra et, après un rapide coup d'œil dans le rétroviseur, reprit la route. Mais au lieu d'aller à l'Institut, il vira au carrefour suivant et s'enfonça dans un labyrinthe de rues miteuses, pressant la vieille guimbarde d'aller plus vite, ses doigts pianotant sur le volant.

S'arrêtant enfin devant son appartement, il monta les marches quatre à quatre, en traînant Teddy Bear derrière lui, sortit ses clés et ouvrit les deux serrures le plus vite possible.

L'appartement empestait les chaussettes sales et les vieux reliefs de repas. Tirant sur la chaîne du plafonnier, Skip fonça sur la bibliothèque branlante appuyée contre le mur du fond.

S'agenouillant devant le rayon du bas, il effleura du doigt les vieux dos des livres qui avaient appartenu à son père et dont les titres disparaissaient sous la couche de poussière.

Son doigt s'arrêta sur un mince volume gris qui avait visiblement été beaucoup lu. *Porteurs de peaux, sorciers et guérisseurs : pratiques de sorcellerie du Sud-Ouest.*

Le sentiment d'urgence qui l'avait ramené chez lui laissait place à présent à l'hésitation et à l'incertitude. Il se souvenait que ce livre renfermait un savoir terrible et affreux. Et Skip ne voulait surtout pas que celui-ci confirme la peur qui grandissait en lui.

Il resta agenouillé pendant ce qui lui parut une éternité. Puis il prit le volume à deux mains, l'emporta sur le canapé orange, l'ouvrit soigneusement et se mit à lire.

34.

Lorsqu'ils sortirent de l'obscurité de la fente pour entrer dans la vallée de peupliers, Nora vit en un clin d'œil que quelque chose n'allait pas. Au lieu de paître tranquillement sur l'herbe rare, les chevaux rassemblés près du ruisseau s'ébrouaient et agitaient la tête. Elle embrassa du regard la vallée, les remparts de roche, la forme déchiquetée du Dos du Diable. Personne.

Swire glissa son revolver dans sa ceinture et se dirigea vers les chevaux.

— Prenez Campanero, dit-il à Smithback en lui tendant une selle. Il est trop bête pour avoir la trouille.

Nora trouva sa propre selle dans le tas et harnacha Arbuckles. Puis elle tint les bêtes pendant que Swire s'agenouillait pour enlever leurs fers. Il travaillait en silence, redressant les clous à l'aide d'un repoussoir, sans aplatir ni abîmer les orifices où ils étaient enfoncés. Une fois les clous redressés, il retira le fer à l'aide de tricoises. Nora fut impressionnée par son savoir-faire : ferrer et déferrer un cheval sans enclume au beau milieu de nulle part n'était pas une pratique ordinaire ni attendue.

Finalement Swire se redressa et tendit à Nora les outils et des clous neufs.

— Vous saurez, vous êtes sûre ?

Nora hocha la tête, et le cow-boy fit signe à Smithback de monter.

— Il y avait beaucoup de vent dans la vallée hier soir, dit Swire en serrant les sangles avant de tendre les rênes à Smithback. C'est peut-être pour ça qu'il n'y a pas de traces dans le sable. Vous aurez peut-être plus de chance au sommet, ou de l'autre côté.

Nora installa les sacs, vérifia la selle, et monta.

— Smithback va avoir besoin d'une arme.

Au bout d'un moment, le cow-boy tendit sans rien dire son pistolet, ainsi qu'une poignée de balles.

— Je préférerais le fusil, dit le journaliste.

Swire secoua la tête.

— Si quelqu'un passe cette crête, je tiens à ne pas le rater.

— Assurez-vous d'abord que ce n'est pas nous, dit Smithback en montant Campanero.

Nora regarda autour d'elle une dernière fois, puis se tourna vers Swire.

— Merci pour les chevaux, dit-elle en donnant une impulsion à sa monture.

— Juste une minute.

Nora se tourna ; Swire la contemplait d'un air serein.

— Bonne chance.

Ils s'éloignèrent du ruisseau, traversant le terrain inégal en direction de la masse de la crête, qui se trouvait dans l'ombre malgré le soleil matinal éclatant. Au-dessus du murmure du ruisseau et des cris des roitelets, Nora perçut un autre bruit : un bourdonnement sourd et régulier, comme le ronronnement d'un magnéto. Ils franchirent un petit relief et aperçurent deux formes : les restes de Hoosegow et de Crow Bait. Le bourdonnement provenait d'un nuage noir de mouches.

— Mon Dieu ! marmonna Smithback.

Arbuckles se cabra en hennissant, et Nora vira à gauche, pour passer au large des carcasses. Enroulées par terre, des entrailles gisaient, gris bleuté, chauffant au soleil, couvertes d'insectes. Nora s'arrêta un peu plus loin.

— Qu'est-ce que vous faites ? demanda Smithback.

— Je prends une minute pour étudier la chose de plus près.

— Cela ne vous ennuie pas si je reste ici ?

Mettant pied à terre et passant ses rênes à Smithback, Nora revint sur ses pas. Les mouches, dérangées par son arrivée, s'élevèrent en une masse furieuse. Les grands vents avaient balayé le sol, mais ici et là Nora distingua de vieilles traces de chevaux et des empreintes de coyote plus récentes. À part celles laissées par les bottes de Swire, il n'y avait pas de traces de pieds humains. Comme l'avait dit le cow-boy, on avait disposé les entrailles des bêtes en spirales. Des plumes d'ara aux couleurs vives, incroyablement déplacées dans ce paysage aride, jaillissaient de leurs orbites. Et des brindilles peintes hérissées de plumes étaient enfoncées dans leurs carcasses.

Nora s'apprêtait à faire demi-tour lorsqu'elle remarqua autre chose. On avait découpé un bout de peau rond sur le front des deux chevaux. Et on avait procédé de la même manière de chaque côté de leur poitrail ainsi qu'en bas de leur ventre. Pourquoi ? Qu'est-ce que cela pouvait bien vouloir dire ?

Elle secoua la tête et s'éloigna.

— Qui pourrait faire une chose pareille ? demanda Smithback lorsqu'elle se hissa en selle.

Qui ? C'était la question que Nora se posait depuis une heure. La réponse la plus plausible était trop effrayante pour y songer.

En vingt minutes ils se retrouvèrent au pied de la crête. Vingt minutes plus tard, ils atteignaient le sommet du Dos du Diable. Nora arrêta les chevaux et mit de nouveau pied à terre afin d'examiner la vue. Elle dominait des milliers de kilomètres de canyons de grès. Au nord, elle apercevait la lointaine bosse bleue de Barney Top, et au nord-est la sentinelle silencieuse du plateau de Kaiparowits. Directement devant elle les attendaient les méchantes épingles à cheveux. Quelque part au fond gisaient Fiddlehead, Hurricane Deck et Beetlebum.

— Dites-moi que nous n'allons pas redescendre par là, dit Smithback.

Nora ne releva pas. Elle s'éloigna des chevaux pour examiner les flaques de sable parmi les rochers. Il n'y avait pas de traces d'un sabot ; toutefois le vent au sommet pouvait les avoir balayées.

Nora se retourna vers le chemin qu'ils venaient d'emprunter. Elle avait bien ouvert l'œil en montant, mais elle n'avait vu rien d'autre que de vieilles traces de fers. Elle frissonna ; elle savait très bien qu'il n'y avait pas d'autre chemin pour rejoindre la vallée. Et pourtant, Dieu sait comment, les mystérieux tueurs de chevaux n'avaient laissé aucun signe de leur passage.

Elle se retourna vers le sentier à pic. Il semblait disparaître dans l'espace. Elle savait qu'il était toujours plus dangereux de descendre que de monter. Le terrifiant souvenir de sa lutte pour s'accrocher à la paroi, les jambes dans le vide, la heurta de plein fouet. Elle se frotta les doigts : elle ne portait plus de pansements, mais elle sentait les élancements du souvenir.

— Je vais descendre un peu à pied, murmura Nora. Attendez ici.

— Tant que je reste à bonne distance de ce sentier ! Je ne vois guère ce qui pourrait être pire que de descendre une paroi pareille. À part la chute, bien sûr. Mais au moins c'est plus rapide.

La première partie en grès du sentier raide ne révélait bien sûr aucune trace du mystérieux cavalier. En revanche, lorsque Nora atteignit la partie jonchée de cailloux, elle s'arrêta ; là, dans une petite flaque de sable, elle vit l'empreinte récente d'un sabot. Un sabot sans fer.

— On descend ? demanda Smithback avec un manque évident d'enthousiasme lorsqu'elle revint au sommet.

— Oui. Swire n'a pas eu de visions. Quelqu'un est effectivement venu ici à cheval.

Nora prit une profonde inspiration. Puis elle commença à descendre prudemment, en tirant Arbuckles. Le cheval regimba au début du sentier, mais avec fermeté Nora parvint à le convaincre d'avancer. Smithback suivait avec Campanero. Nora entendait le cheval s'ébrouer, le sabot nu racler la roche. Elle gardait les yeux fixés sur le sentier devant elle, en respirant régulièrement, s'efforçant de ne pas regarder ailleurs. Une fois, instinctivement, elle jeta un coup d'œil dans le vide : la vallée à sec, les étranges formations rocheuses réduites à de minuscules tas de cailloux, les genévriers rabougris à de simples points noirs. Les pattes d'Arbuckles tremblaient, pourtant il avançait, tête baissée, naseaux au ras du sol, et centimètre par centimètre, ils progressaient. Ayant déjà emprunté ce sentier, Nora en connaissait les difficultés et elle guida sa monture lorsque c'était nécessaire.

Juste avant la deuxième épingle à cheveux, elle entendit les sabots d'Arbuckles déraper et, dans sa panique, elle lâcha la corde. Mais après avoir brièvement tâtonné, le cheval s'arrêta, tremblant. Manifestement, sans fers, il avait une meilleure prise sur le sentier. Nora se penchait pour récupérer la corde quand deux corbeaux, portés par les courants, les survolèrent. Ils passèrent si près qu'elle vit leurs yeux en boutons de guêtre se poser sur eux. L'un d'eux lâcha un gros croassement de mécontentement au passage.

Au bout de vingt autres minutes éprouvantes, Nora se retrouva en bas du sentier. Smithback négociait la dernière longueur. Elle se sentit si soulagée qu'elle eut envie de le serrer dans ses bras.

Puis le vent tourna et une puanteur épouvantable lui monta aux narines : les trois chevaux morts gisaient à une cinquantaine de mètres sur des rochers. Quiconque était passé par là avait dû les examiner.

Confiant les rênes d'Arbuckles à Smithback, Nora s'approcha des cadavres, en luttant contre des sentiments d'horreur et de culpabilité. Les animaux gisaient loin les uns des autres, leurs ventres béants, les entrailles étalées sur la pierre. Là aussi elle vit les traces qu'elle cherchait : celles d'un cheval non ferré. À sa surprise, elle se rendit compte qu'elles ne venaient pas du sud, comme l'expédition, mais du nord : de la direction du minuscule village indien de Nankoweap, à plusieurs journées de voyage.

— La piste part vers le nord, annonça-t-elle à Smithback en lui faisant signe de mettre pied à terre.

— Là, je suis impressionné, dit le journaliste. Et que pouvez-vous dire d'autre ? S'agissait-il d'un étalon ? D'une jument ? D'un *pinto* ? Ou d'un *palomino* ?

Nora sortit les fers et s'agenouilla devant Arbuckles.

— Il s'agissait probablement d'un cheval d'Indien.

— Qu'est-ce qui vous fait dire ça ?

— Les Indiens ont tendance à monter des chevaux non ferrés. Les Blancs, en revanche, ferrent leurs chevaux dès l'instant où ils les sellent.

Elle ferra sa monture, enfonça les clous, puis les riva soigneusement. Habitués à porter des fers, les chevaux de Swire avaient la corne trop fragile pour s'en passer très longtemps.

Smithback dégaina l'arme que Swire lui avait donnée, la vérifia et la remit dans sa veste.

— Et il y avait quelqu'un sur ce cheval ?

— Je ne suis pas douée à ce point-là pour le pistage. Mais Roscoe n'est pas du genre à avoir des visions.

Nora ferra le cheval de Smithback. Puis, tirant Arbuckles par sa corde, elle entreprit de suivre la piste, qui révélait deux séries d'empreintes croisées. Si le vent avait effacé des parties de la piste, on la voyait clairement serpenter vers le nord à travers les buissons épars de thé mormon. Elle longeait un temps la base du Dos du Diable, puis s'en éloignait, s'enfonçant dans une série de défilés parallèles bordés de crêtes basses de roche volcanique noire.

— Où est-ce que vous avez appris à pister ? Je ne savais pas que le cavalier solitaire donnait encore des conférences.

Nora lui jeta un coup d'œil irrité.

— C'est pour votre livre ?

Smithback feignit la surprise.

— Non. Enfin, si, je présume. Tout est bon à prendre. Mais je suis surtout curieux.

Nora soupira.

— Vous autres gens de l'Est vous pensez que pister est une sorte d'art, ou peut-être une compétence ethnique instinctive. Mais à moins de pister dans des rochers, dans de l'herbe à buffles, ou dans de la lave, ce n'est pas si difficile. Il suffit de suivre les empreintes dans le sable.

La voix de Smithback gênait sa concentration.

— Je n'arrive pas à me faire à l'isolement de ces terres, disait-il. Quand je les ai découvertes, j'ai été ébahi par leur laideur et leur nudité, tellement éloignées de la vallée Verde où je suis allé à l'école. Mais il y a quelque chose de presque réconfortant dans ce vide, si on y réfléchit. Une sorte de propreté dans ce dépouillement. Un peu comme un salon de thé japonais. J'ai beaucoup étudié la cérémonie du thé ces derniers mois, depuis que…

— Vous ne pourriez pas vous taire ? l'interrompit Nora, exaspérée. Vous réussiriez à convaincre Jésus de ne pas aller au paradis !

Il y eut un long moment de silence bienvenu. Puis Smithback reprit la parole :

— Nora, dit-il tranquillement, qu'est-ce qui vous déplaît exactement en moi ?

Nora s'arrêta et se tourna vers lui, surprise. L'écrivain avait une expression grave, rare chez lui. Il attendait, silencieux, dans l'ombre de Campanero. Son attirail de cow-boy, si ridicule une semaine plus tôt, s'était transformé en vraie tenue de travail, froissée et poussiéreuse, fort seyante pour sa longue silhouette. Son teint terreux avait laissé place à un hâle foncé qui se mariait bien avec ses cheveux bruns. Elle se rendit compte avec un petit choc que c'était la première fois qu'il utilisait son prénom au lieu de l'odieux « madame la Présidente ». Et sans pouvoir l'analyser – elle n'en avait pas le temps, même si elle en était tentée – elle se rendait compte qu'il ne lui déplaisait pas que Smithback se souciât de ce qu'elle pensait de lui.

Elle faillit répondre : vous voulez dire en dehors du fait que vous êtes un mec suffisant et effronté avec un ego grand comme le Texas ? Mais elle se réfréna ; cela aurait été injuste. Elle avait appris à apprécier le journaliste malgré ses excentricités. Maintenant qu'elle le connaissait mieux, elle comprenait que son ego se tempérait d'une certaine autodérision non dénuée de charme.

— Je ne voulais pas être désagréable. Et je ne vous déteste pas. Vous avez failli tout bousiller, c'est tout.

— J'ai quoi ?

Nora décida de ne pas répondre. Il faisait trop chaud, et elle était trop fatiguée pour ce genre de discussion.

Ils progressaient lentement sous le soleil presque à son zénith. La piste était relativement aisée à suivre, mais garder l'œil sur son parcours exigeait un effort épuisant. Les empreintes de sabots les conduisirent à travers un paysage étrange de rochers cassés, de tertres et de bosses de grès. Elles semblaient suivre une piste vague et très ancienne. Remontée sur son cheval, Nora le faisait avancer le plus vite possible. Le soleil tapait violemment, brûlant sur le sable blanc éblouissant, aplatissant et vidant de couleurs le paysage. Il n'y avait nulle part le moindre signe d'eau. Puis, subitement, ils traversèrent une vallée luxuriante, pleine d'un sable recouvert d'herbe et de figuiers de Barbarie en fleur.

— On dirait le jardin d'Éden, remarqua Smithback. Qu'est-ce que cela fiche ici au milieu du désert ?

— Probablement le résultat d'une grosse averse. La pluie ici n'a rien à voir avec ce qu'on connaît dans l'Est. Elle est très localisée. Il peut tomber des trombes à un endroit, alors qu'à un kilomètre de là le sol reste desséché et grillé.

À cet intermède verdoyant succéda un désert rocheux.

— Et si on déjeunait ? dit Smithback.

— Quoi ?

— Il est près de deux heures. J'aime bien la mode de déjeuner tard, mais mon estomac a ses limites.

— Il est si tard que ça ? On doit avoir parcouru dans les vingt-cinq kilomètres depuis la crête. Très bientôt, on va entrer en territoire indien, dans la réserve de Nankoweap.

— Ce qui veut dire ? Une chance de tomber sur un distributeur de Coca ?

— Non, le village est encore à deux jours d'ici, et de toute façon il n'a pas l'électricité. Ce que je veux dire, c'est que nous devrons nous soumettre aux lois des Indiens. Ceux que nous risquons de rencontrer ne verront sûrement pas d'un très bon œil deux étrangers débarquer et les accuser d'être des tueurs de chevaux. Il va falloir marcher sur des œufs.

Smithback réfléchit un instant.

— Finalement je n'ai peut-être pas si faim que ça.

La piste floue semblait ne pas avoir de fin, serpentant à travers un enchevêtrement d'arroyos, de vallées cachées, de ravins plongés dans l'ombre et de champs de dunes. Ils devaient à présent se trouver en territoire indien, mais il n'y avait pas de clôture, et *a fortiori* pas de pancarte. Le genre de terres que les Blancs avaient octroyées aux Indiens dans tout l'Ouest : loin de tout et pratiquement inutilisables.

— Bien, et comment ai-je tout bousillé ? demanda soudain Smithback.

Nora se tourna pour le regarder.

— Quoi ?

— En bas de la crête, vous avez dit que j'ai failli tout bousiller. J'y ai réfléchi et je ne vois pas ce que j'ai fait que vous ne faisiez déjà vous-même.

— J'ai peur que quoi que je dise vous l'utilisiez pour votre livre.

— Je n'en ferai rien, juré.

Nora ne releva pas.

— Vraiment, Nora, je suis sincère. Je veux juste savoir ce qui se passe.

De nouveau Nora eut une étrange sensation de plaisir devant son intérêt.

— Qu'est-ce que vous savez de la façon dont j'ai découvert Quivira ?

— Je sais comment Holroyd vous a aidée à localiser l'endroit. C'est le Dr Goddard qui m'a dit que votre père en était l'inventeur. Je voulais vous en demander davantage à ce sujet, mais…

Mais vous saviez que je vous rembarrerais, songea Nora avec un pincement de culpabilité.

— Il y a environ deux semaines, dans le vieux ranch familial, j'ai été attaquée par deux hommes. Je pense du moins qu'il s'agissait d'hommes, déguisés en animaux. Ils ont exigé que je leur remette une lettre. Ma voisine les a fait fuir avec son fusil. À ce moment-là, je ne savais pas de quoi ils parlaient. C'est alors que je suis tombée sur cette lettre que mon père avait écrite à ma mère il y a des années. Quelqu'un l'a postée récemment. Qui, pourquoi, je l'ignore. Depuis, cela m'obsède. Quoi qu'il en soit, dans cette lettre, mon père raconte qu'il avait découvert Quivira. Il donne des indications vagues, mais, avec l'aide de Peter, suffisantes pour nous y conduire. Je pense que mes agresseurs aussi voulaient connaître l'emplacement de Quivira. Pour piller la cité, la vider de ses trésors.

Elle s'interrompit pour s'humecter les lèvres, douloureusement sèches dans cette chaleur.

— Voilà pourquoi j'ai essayé de garder l'expédition secrète. Tout se présentait bien. Et voilà que vous débarquez dans la marina, carnet dans une main, mégaphone dans l'autre.

— Oh ! fit une voix piteuse derrière elle. Désolé. Je savais que le but de l'expédition était secret, je n'avais pas compris que l'expédition l'était en soi. Mais je n'ai rien révélé, vous savez.

— Peut-être pas, soupira Nora. Seulement vous avez sans aucun doute mis les gens en émoi. Mais oublions cela, d'accord. J'ai eu une réaction excessive. J'étais un peu tendue moi-même – pour des raisons évidentes.

Ils continuèrent un moment en silence.

— Alors que pensez-vous de mon histoire ? reprit Nora.

— Je pense que je regrette d'avoir juré de ne pas la publier. Vous pensez que ces types sont encore après vous ?

— Pourquoi croyez-vous que j'ai insisté pour entreprendre moi-même cette petite expédition ? Je suis pratiquement sûre que ceux qui ont tué nos chevaux et ceux qui m'ont attaquée sont les mêmes. Si c'est bien le cas, cela signifie qu'ils savent où se trouve Quivira.

Brusquement, la piste sortit du chaos de rochers pour se retrouver sur une étroite mesa allongée comme un doigt. Un panorama à couper le souffle les entourait, une succession de canyons disparaissant dans des profondeurs pourpres. Les sommets enneigés des Henry Mountains étaient à présent visibles à l'est, bleus et d'une solitude inexprimable dans le lointain. À l'extrémité de la mesa, des rochers bouchaient la vue.

— Je ne m'étais pas rendu compte qu'on gagnait autant en altitude, dit Smithback en arrêtant son cheval.

Nora perçut alors une faible odeur de fumée de cèdre. Elle fit signe à Smithback de mettre pied à terre sans bruit.

— Vous sentez ? murmura-t-elle. Nous ne sommes pas loin d'un feu de camp. Laissons nos chevaux ici et continuons à pied.

Ils attachèrent leurs montures à un buisson d'armoise.

— Imaginez que de l'autre côté nous attende une baignoire remplie de glaçons et de bière. Le rêve, non ? souffla Smithback.

Nora s'agenouilla pour regarder par un espace entre deux rochers. Smithback l'imita.

À l'extrémité de la mesa, sous un genévrier bas grillé et tordu, un petit feu fumait légèrement. Ce qui ressemblait à un gros lièvre, écorché et embroché, reposait sur deux bâtons fourchus. Un vieux sac de couchage de l'armée gisait sous un rocher, à côté de plusieurs sacs en peaux de daim. À la gauche du petit campement, là où la mesa partait en pente douce, un cheval paissait, attaché à une longue corde.

De la mesa, la vue était spectaculaire. Elle dominait un paysage ridé et violent, sec, sans vie, strié de ruisseaux alcalins qui se dissolvaient dans des bad-lands parsemés de grands mégalithes projetant des ombres allongées. Derrière on apercevait le plateau Aquarius couvert de forêts, ligne noire irrégulière sur l'horizon. Une sauterelle grattait tristement la terre dans la chaleur.

Nora souffla lentement. C'était un endroit nu. Elle aurait dû se sentir un peu ridicule, à épier comme ça à quatre pattes entre deux rochers. Elle songea aux silhouettes poilues dans le ranch désert, aux entrailles des chevaux disposées en spirales, couvertes de mouches, chauffant au soleil.

Les traces de sabots contournaient les rochers et menaient droit dans le campement.

— On dirait qu'il n'y a personne, murmura Nora.

Sa voix lui parut forte, et elle en eut la chair de poule.

— Oui, mais ils ne doivent pas être loin. Regardez ce lapin. Qu'est-ce qu'on fait ?

— On remonte sur nos chevaux, on entre tranquillement dans le campement, et on attend leur retour.

— Ben voyons. Pour se faire tirer dessus !

— Vous avez une meilleure idée ?

— Ouais. Si on rentrait pour voir ce que Bonarotti a préparé pour le dîner ?

— Très bien ! Alors j'irai seule, à pied. Ils ne vont pas tuer une femme seule.

Smithback réfléchit.

— Je ne vous le conseille pas. Si ce sont les types qui vous ont agressée, que vous soyez une femme ne les arrêtera pas.

— Qu'est-ce qu'on fait ?

— Peut-être que nous devrions nous cacher par ici. Pour les surprendre.

— Où ?

— Dans ces rochers, derrière nous. Nous verrons le pied de la mesa de là-haut. Nous les verrons arriver.

Ils reprirent leurs chevaux, les éloignèrent de la piste et effacèrent leurs traces. Puis ils grimpèrent derrière le campement et attendirent dans un petit espace entre deux rochers. Lorsqu'ils s'y glissèrent, Nora entendit un bruit de sonnettes inquiétant. À environ cinquante mètres de là, un crotale dressait sa tête en forme d'enclume.

— Montrez-moi donc combien vous visez juste, dit Smithback.

— Non.

— Pourquoi ?

— Ce pistolet va faire un bruit d'enfer. Vous voulez rameuter tout le monde ?

Smithback se raidit.

— Je crois que c'est un peu tard.

Sur l'une des crêtes derrière eux, Nora vit un homme dont la silhouette se dessinait dans le ciel, visage dans l'ombre. Il avait un fusil accroché à sa hanche droite. Depuis combien de temps était-il là, à les observer ?

Un chien apparut derrière lui. En les voyant, il se mit à aboyer furieusement. L'homme lança un ordre et le chien se réfugia derrière ses jambes, la queue basse.

— Merde ! marmonna Smithback. Ça la fiche mal qu'il nous trouve cachés dans les rochers.

Nora attendit, hésitante. Son arme pesait lourd sur sa cuisse. Si c'était l'un de ceux qui l'avaient attaquée, qui avaient tué les chevaux...

L'homme attendait, immobile.

— C'est vous qui nous avez mis dans ces sales draps. Qu'est-ce qu'on fait maintenant ? demanda Smithback.

— Je ne sais pas. On dit bonjour.

— Génial, fit Smithback en levant timidement une main.

Au bout d'un moment, l'homme répondit par le même geste.

Puis il descendit vers eux, d'une drôle de démarche raide, le chien trottinant derrière lui.

Nora le vit piler, dégainer et tirer.

35.

Nora posait instinctivement la main sur son arme quand la tête du crotale explosa en une pluie de sang et de venin. La jeune femme jeta un coup d'œil à Smithback. L'écrivain, blême, avait dégainé.

L'homme marcha vers eux avec une lenteur délibérée.

— Nerveux, on dirait, dit-il en rengainant. Fichus crotales. Je sais qu'ils empêchent les souris de proliférer, mais quand je sors pisser la nuit j'ai pas envie de marcher sur ce genre de truc.

C'était un homme au physique extraordinaire. Il avait des cheveux longs et blancs, coiffés en deux longues tresses dans la tradition des Indiens d'Amérique. Un bandana noué sur le côté lui ceignait le front. Son pantalon, sans âge mais très propre, était trop court de vingt bons centimètres. En dessous, de longues jambes poussiéreuses épaisses comme des allumettes plongeaient sans chaussettes dans des baskets rouges, flambant neuves et lacées serré. Sa chemise, superbe, était en peau de daim tannée, décorée de bandes de fines perles, et un collier de turquoise lui encerclait le cou. Cependant c'était le visage au-dessus du collier qui frappa surtout Nora. Un visage grave et digne ; une gravité qui contrastait avec d'étincelants yeux noirs, très vifs, où flottait une lueur d'amusement.

— Vous avez l'air bien loin de chez vous, reprit l'homme d'une voix flûtée, au débit heurté mais mélodieux, typique de nombreux indigènes du Sud-Ouest. Vous avez trouvé ce qu'il vous fallait dans mon campement ?

— Nous n'y avons pas touché, rétorqua Nora en le regardant droit dans les yeux. Nous cherchons celui qui a assassiné nos chevaux.

L'homme soutint son regard, ses yeux se plissant légèrement. Sa bonne humeur parut s'évaporer. Un instant, Nora se demanda s'il n'allait pas de nouveau dégainer, et elle sentit sa main se crisper involontairement.

Puis la tension parut disparaître. L'homme fit un pas vers eux.

— C'est dur de perdre des chevaux. J'ai de l'eau fraîche au campement, ainsi qu'un gros lapin rôti et des piments. Pourquoi ne vous joindriez-vous pas à moi ?

— Avec plaisir, répondit Nora en le suivant.

Il les invita d'un geste à s'asseoir sur les rochers, puis s'accroupit devant le feu et tourna le lapin. Avec un bâton, il tira des cendres plusieurs piments enveloppés de papier aluminium et les entassa près du feu pour les garder au chaud.

— Je vous ai entendus arriver, alors j'ai décidé de grimper pour vérifier qui vous étiez d'au-dessus. Les visiteurs sont plutôt rares par ici. Cela paie d'être prudent.

— Nous étions si bruyants que ça ? demanda Smithback.

L'homme le contempla de son regard calme. Il sortit une gourde du sable, à l'ombre d'un rocher, et la tendit à Nora. Elle accepta l'eau sans rien dire, se rendant soudain compte qu'elle avait très soif. L'homme remua les cendres, posa des brindilles de genévrier sur le feu, puis tourna de nouveau le lièvre.

— Alors vous êtes les gens de la vallée de Chilbah ? demanda-t-il, en s'asseyant face à eux.

— Chilbah ? dit Smithback.

— La vallée derrière la grande crête là-bas. Je vous ai vus l'autre jour, du sommet. Et je crois que vous m'avez vu, ajouta-t-il en s'adressant à Nora. Maintenant vous êtes ici, parce qu'on a tué vos chevaux et que vous avez pensé que je pourrais être le coupable.

— Nous n'avons trouvé qu'une série d'empreintes, expliqua prudemment Nora, et elles menaient droit ici.

Au lieu de répondre, l'homme se leva, tâta le lapin de la pointe de la lame de son couteau, et s'accroupit de nouveau.

— Je m'appelle John Beiyoodzin.

Nora ne réagit pas tout de suite.

— Pardon de ne pas nous être présentés, reprit-elle. Je m'appelle Nora Kelly et voici Bill Smithback. Je suis archéologue et Bill est journaliste. Nous sommes ici pour effectuer un relevé archéologique.

Beiyoodzin hocha la tête.

— J'ai l'air d'un tueur de chevaux, d'après vous ?

Nora hésita :

— Je ne crois pas savoir à quoi devrait ressembler un tueur de chevaux.

L'homme digéra cette réflexion. Puis son regard brillant s'adoucit, un sourire apparut sur son visage, et il secoua la tête.

— Le lapin est à point, dit-il en se relevant pour redresser la broche d'une main experte.

Il posa la bête sur un rocher et en détacha les cuisses. Il les disposa sur des plaques de grès et les tendit à ses invités. Puis il sortit des piments de leurs feuilles d'aluminium, les mit soigneusement de côté, les pela et les leur donna.

— Nous sommes un peu à court de couverts, ajouta-t-il en embrochant sa part de viande avec son couteau.

Le piment était incroyablement fort et Nora en eut les larmes aux yeux, mais elle mourait de faim. À côté d'elle, Smithback attaquait le lapin avec appétit. Beiyoodzin les contempla un instant, satisfait. Ils terminèrent leur repas.

Leur hôte leur passa la gourde, puis il y eut un silence gêné.

— Jolie vue, fit Smithback. C'est cher les loyers par ici ?

Beiyoodzin rit en rejetant sa tête en arrière.

— Le loyer, c'est déjà d'arriver ici. Soixante kilomètres à cheval à travers un pays sans eau en partant de mon village. (Puis il regarda autour de lui, le vent jouant dans ses cheveux.) La nuit, vous pouvez voir à des kilomètres à la ronde sans apercevoir la moindre lumière.

Le soleil se couchait, et l'étrange paysage se transformait en une surface pointilliste or, pourpre et jaune. Nora jeta un coup d'œil à Beiyoodzin. Il n'avait pas nié formellement, mais elle était pratiquement sûre qu'il n'était pas celui qu'ils cherchaient.

— Vous pouvez nous aider à trouver qui a tué nos chevaux ? lui demanda-t-elle.

Il la regarda intensément.

— Je ne sais pas. Quel genre de relevé faites-vous ?

Nora hésita, ne sachant pas trop s'il changeait de sujet ou s'il s'apprêtait à faire des révélations. Même s'il n'avait pas tué les chevaux de sa main, peut-être connaissait-il les coupables. Elle prit une profonde inspiration, un peu perdue, épuisée.

— C'est assez confidentiel. Cela ne vous fait rien que je ne vous le dise pas tout de suite ?

— C'est dans la vallée de Chilbah ?

— Pas exactement.

— Mon village, dit-il en indiquant le nord, est de ce côté. Nankoweap. Dans notre langue, cela veut dire « Des fleurs au bord des flaques d'eau ». Je viens ici tous les étés pour camper une semaine ou deux. L'herbe est tendre, le bois ne manque pas, et il y a un ruisseau en bas.

— Vous ne vous sentez pas seul ? demanda Smithback.

— Non.

— Pourquoi ?

Beiyoodzin parut un peu surpris par cette question directe. Il regarda Smithback droit dans les yeux.

— Je viens ici, dit-il lentement, pour redevenir un être humain.

— Et le reste du temps ? continua Smithback.

— Je suis désolée, intervint Nora. Il est journaliste. Il pose toujours trop de questions.

Elle savait que dans la plupart des cultures indigènes il était grossier de se montrer aussi ouvertement curieux.

Mais Beiyoodzin se contenta de rire de nouveau.

— Ce n'est pas grave. Je suis juste surpris qu'il n'ait ni magnétophone ni appareil photo. La plupart des Blancs en ont. Quoi qu'il en soit, je garde des moutons la plupart du temps et je fais des cérémonies. Des cérémonies de guérison.

— Vous êtes sorcier ? demanda Smithback avec son tact coutumier.

— Guérisseur traditionnel.

— Quel genre de cérémonies ?

— La cérémonie des Quatre Montagnes.

— Vraiment ? fit Smithback, visiblement intéressé. À quoi ça sert ?

— C'est une cérémonie qui dure trois nuits. Psalmodies, suées et remèdes à base d'herbes. Cela guérit la tristesse, la dépression et le désespoir.

— Et ça marche ?

— Bien sûr que ça marche. Bien entendu, il y a toujours des sujets que nos cérémonies ne peuvent atteindre. C'est aussi pourquoi je viens ici. À cause des échecs.

— Une sorte de quête de sérénité.

— Si vous appelez venir ici pour prier, voire jeûner un temps, une quête de sérénité, alors je suppose que c'est ça. Je ne le fais pas pour avoir des visions, mais pour trouver une guérison spirituelle. Pour me rappeler que nous n'avons pas besoin de grand-chose pour être heureux. C'est tout.

Il regarda autour de lui.

— Mais vous avez besoin d'un endroit pour étaler vos sacs de couchage.

— Il y a assez de place ici, dit Nora.

— Bien, fit Beiyoodzin.

Il croisa ses mains desséchées derrière la tête et s'adossa au rocher. Ils regardèrent le soleil disparaître à l'horizon et l'obscurité envahir le paysage. Le ciel se colora d'un étrange mauve profond avant de virer au noir. Beiyoodzin se roula une cigarette, l'alluma, et se mit à tirer dessus furieusement, la tenant maladroitement entre pouce et index comme si c'était la première fois qu'il fumait.

— Je suis désolée de revenir là-dessus, reprit Nora, mais, si vous savez quoi que ce soit sur ceux qui ont pu tuer nos chevaux, j'aimerais l'entendre. Il est possible que nos activités aient offensé quelqu'un.

— Vos activités, dit l'homme en soufflant un nuage de fumée dans le crépuscule. Vous ne m'en avez encore rien dit.

Nora réfléchit un instant. Apparemment, si elle voulait qu'il les aide, il faudrait lui en dire plus long. Et rien ne garantissait qu'il pourrait leur être d'un quelconque secours. Pourtant, il était essentiel qu'ils découvrent qui se cachait derrière les massacres.

— Ce que je vais vous dire est confidentiel, dit-elle lentement. Puis-je compter sur votre discrétion ?

— Vous voulez savoir si je vais aller le colporter ? Pas si vous ne le voulez pas. (Il jeta son mégot dans le feu et roula une autre cigarette.) J'ai de nombreux défauts, ajouta-t-il en montrant sa cigarette. C'est une autre raison pour laquelle je viens ici.

— Nous fouillons un habitat troglodytique anasazi.

Beiyoodzin se figea, sa main cessant soudain de tourner les extrémités de sa cigarette. Puis il se remit en mouvement. L'interruption fut brève mais surprenante. Il alluma sa cigarette et s'adossa de nouveau au rocher, sans rien dire.

— C'est une cité très importante, continua Nora. Elle renferme des objets précieux, uniques. Ce serait une immense tragédie si on la mettait à sac. Nous craignons que ces gens ne cherchent à nous éloigner afin de piller le site.

— Piller le site, répéta-t-il. Et vous allez enlever ces objets ? Les emporter dans un musée ?

— Non. Pour l'instant, nous allons tout laisser en l'état.

Beiyoodzin continuait à fumer, mais ses gestes étaient à présent étudiés, et son regard indéchiffrable.

— Nous n'allons jamais dans la vallée de Chilbah, dit-il lentement.

— Pourquoi ?

Beiyoodzin tenait sa cigarette à la hauteur de son visage, la fumée s'écoulant entre ses doigts. Il regarda Nora.

— Comment les chevaux ont-ils été tués ?

— On leur a ouvert le ventre. On en a sorti leurs entrailles, qu'on a disposées par terre en spirales. On a enfoncé des bâtons garnis de plumes dans leurs orbites. Et on leur a découpé des bouts de peau.

Ces paroles eurent un effet encore plus net sur Beiyoodzin. Il devint agité, jeta sa cigarette dans le feu et se passa une main sur le front.

— Découpé de la peau ? Où ?

— En deux endroits sur le poitrail et sur le bas du ventre, et sur le front.

Le vieil homme ne dit rien, cependant Nora nota que sa main tremblait, et cela l'effraya.

— Vous ne devriez pas être là-bas, reprit-il d'une voix basse et insistante. Vous devriez partir immédiatement.

— Pourquoi ?

— C'est très dangereux… On raconte des histoires chez les Nankoweap à propos de cette vallée et de l'autre vallée… derrière. Vous allez peut-être vous moquer de moi, parce que la plupart des Blancs ne croient pas à ce genre de choses. Mais ce qui est arrivé à vos chevaux est une sorte de sorcellerie. C'est le mal. Ce que vous faites, fouiller cette cité, va vous tuer si vous ne partez pas tout de suite. Surtout maintenant qu'ils… vous ont trouvés.

— Ils ? dit Smithback. Qui sont-ils ?

— Les sorciers aux taches d'argile, reprit-il à voix basse. Les porteurs de peaux. Les coureurs à peaux de loup.

Dans l'obscurité, Nora frémit.

À côté d'elle, Smithback remua.

— Je suis désolé, mais vous avez bien dit : sorciers ?

La nuance dans sa voix n'échappa pas à l'Indien. Il contempla l'écrivain, le visage flou dans l'obscurité croissante.

— Vous croyez au mal ?

— Bien sûr.

— Aucun Nankoweap normal ne tuerait un cheval : pour nous, les chevaux sont sacrés. Je ne sais pas comment on appelle les gens malveillants chez vous ; chez nous ce sont les porteurs de peaux, les coureurs à peaux de loup. Ils ont de nombreux noms et de nombreuses formes. Ils vivent complètement en dehors de notre société, mais ils prennent le contre-pied systématique de tout ce qu'il y a de bon dans notre religion. Quoi que vous puissiez en penser, les coureurs à peaux de loup nankoweap existent. Et ils sont attirés par Chilbah. Parce que la cité était un lieu de sorcellerie, de cruauté, de maladie et de mort.

Nora l'entendit à peine. Des coureurs à peaux de loup. Elle revit le ranch baigné d'ombres : la grande silhouette hirsute qui l'avait dominée, la chose à fourrure qui avait poursuivi son pick-up sur le chemin.

— Je ne mets pas en doute ce que vous dites, répondit Smithback. Au cours des deux dernières années, j'ai vu pas mal de choses étranges moi-même. Mais d'où viennent ces porteurs de peaux ?

Beiyoodzin resta muet, les coudes sur les genoux, mains croisées. Il roula une autre cigarette, puis fixa le sol et se figea. Le silence s'épaissit. On entendait vaguement les chevaux paître dans l'herbe. Enfin, les yeux toujours rivés au sol, la cigarette pendant entre ses doigts, Beiyoodzin reprit la parole :

— Pour devenir un sorcier, il faut tuer quelqu'un que vous aimez. Quelqu'un de proche, un frère ou une sœur, un père ou une mère. Vous les tuez, pour obtenir le pouvoir. Puis, quand cette personne est enterrée, vous déterrez secrètement son corps. (Il alluma sa cigarette.) Alors vous transformez la force de vie de cette personne en mal.

— Comment ? murmura Smithback.

— Quand la vie est créée, le vent, *liehei,* la force de vie, pénètre dans le corps. Là où il entre, il laisse un petit remous, comme une ride sur l'eau. Il laisse ces marques sur le bout des doigts, des orteils, à l'arrière de la tête. Le sorcier les découpe sur le cadavre. Il les sèche, les broie pour en faire une sorte de poudre. Et il fore un disque à l'arrière du crâne, pour jeter des sorts. S'il s'agit d'une sœur assassinée, le sorcier a des rapports sexuels avec le cadavre. Il se sert des sécrétions pour fabriquer une autre poudre. Cela s'appelle *Alchi'bin lehh tsal.* La « poudre du cadavre incestueux ».

— Mon Dieu ! grogna Smithback.

— Vous allez dans un endroit isolé la nuit. Vous retirez vos vêtements. Vous vous couvrez le corps de taches d'argile blanche et vous mettez les bijoux qui étaient enterrés avec le mort, la turquoise et l'argent. Vous placez des peaux de loup ou de coyote sur le sol de chaque côté de votre corps. Ensuite vous dites certains vers du chant du vent de la nuit à l'envers. Une de ces peaux va sauter de terre et se coller à vous. Dès lors vous avez le pouvoir.

— En quoi consiste ce pouvoir ? demanda Nora.

Beiyoodzin alluma sa cigarette. Le ululement répété d'une chouette résonna, lugubre, dans l'immensité des canyons.

— Notre peuple croit que vous obtenez le pouvoir de bouger la nuit, comme le vent, mais sans bruit. Vous pouvez devenir invisible. Vous apprenez des sorts puissants, capables d'ensorceler des gens à distance. Et avec la poudre du cadavre, vous pouvez tuer. Oh ! oui, tuer.

— Tuer ? fit Smithback. Ensorceler des gens ? Comment, exactement ?

— Si un porteur de peaux peut s'emparer de quelque chose qui vient du corps de sa future victime – du crachat, des cheveux, un vêtement taché de sueur –, il le met dans la bouche d'un cadavre. Par ce moyen, il peut jeter un sort à la personne visée. Ou encore à son cheval, à ses moutons, à sa maison, à ses biens. Il peut briser ses outils, faire que ses machines refusent de fonctionner. Il peut rendre sa femme malade, tuer ses chiens ou ses enfants.

L'Indien sombra dans le silence. La chouette ulula de nouveau, plus proche maintenant.

— Ensorceler des gens à distance, répéta Smithback. Bouger la nuit, sans bruit.

Il grogna et secoua la tête.

Beiyoodzin lui jeta un bref regard, les yeux lumineux dans l'obscurité, puis se détourna.

— Laissez-moi vous raconter une histoire, reprit-il après un instant d'hésitation. Quelque chose m'est arrivé il y a de nombreuses années, quand j'étais enfant. C'est une histoire que je n'ai pas racontée depuis très, très longtemps.

Un point rouge brilla dans la nuit, illuminant brièvement d'une lueur cramoisie le visage du guérisseur lorsqu'il tira sur sa cigarette.

— C'était l'été, continua-t-il. J'aidais mon grand-père à conduire des moutons à Escalante. Comme c'était un voyage de deux jours, nous avions pris le cheval et le chariot. Nous nous sommes arrêtés pour la nuit dans un endroit du nom de Shadow Rock. Nous avons construit un enclos en broussailles pour les moutons, mis le cheval à paître, et nous nous sommes couchés. Vers minuit, je me suis brusquement réveillé. Il faisait nuit noire : pas de lune, pas d'étoiles. Pas un bruit. Mais quelque chose n'allait pas. J'ai appelé mon grand-père. Rien. Je me suis redressé et j'ai jeté des brindilles sur les braises. Quand elles se sont enflammées, je l'ai aperçu.

Beiyoodzin tira longtemps sur sa cigarette.

— Il était couché sur le dos, les orbites vides. Les bouts de ses doigts manquaient. On avait cousu sa bouche. On avait fait quelque chose à l'arrière de sa tête. (Le bout incandescent de la cigarette ondula dans le noir.) Je me suis levé et j'ai jeté le reste des broussailles dans le feu. J'ai aperçu notre cheval à environ six mètres de là. Il gisait par terre, ses entrailles en tas à côté de lui. Les moutons de l'enclos étaient tous morts. Tout cela sans même qu'on entende un grattement de souris.

Le bout incandescent disparut quand il écrasa sa cigarette.

— Quand le feu est mort, j'ai vu autre chose. Des yeux, rouges. Des yeux dans le noir, rien d'autre. Ils n'ont pas cillé, pas bougé. Malgré cela, j'ai senti qu'ils se rapprochaient. Alors j'ai entendu une sorte de faible souffle. De la poussière s'est posée sur mon visage et mes yeux se sont mis à me piquer. Je suis tombé en arrière, trop effrayé pour crier.

« Je ne me rappelle pas comment je suis rentré à la maison. On m'a mis au lit avec une forte fièvre. Finalement, on m'a chargé dans un chariot pour me conduire à l'hôpital à Cedar City. Les uns après les autres, tous ont quitté mon chevet. Sauf ma grand-mère. Je n'ai vu aucun membre de ma famille pendant deux jours. Le temps qu'ils reviennent à l'hôpital, le pire était passé. À la surprise des médecins.

Il y eut un bref silence.

— J'ai su ensuite où s'étaient rendus mes parents. Ils étaient retournés à Shadow Rock, là où nous avions campé. Ils avaient emmené le meilleur pisteur du village avec eux. Une série d'énormes empreintes de loup partait du camp. Ils les ont suivies jusqu'à un campement éloigné, à l'est de Nankoweap. À l'intérieur se trouvait… je suppose qu'il faut dire un homme. Il était midi, il dormait. Mes parents n'ont pas pris de risques. Ils l'ont tué dans son sommeil. Il leur a fallu beaucoup de balles.

— Comment ont-ils su ? demanda Smithback.

— À côté de l'homme, il y avait une bourse de sorcier. Des racines, des plantes et des insectes : des objets tabous, utilisés exclusivement par les porteurs de peaux. Ils ont trouvé de la poudre de cadavre. Et dans la cheminée, des… morceaux de viande, en train de sécher.

— Mais je ne comprends pas comment…

— Qui était-ce ? demanda Nora.

Beiyoodzin ne répondit pas tout de suite. Au bout d'un moment, il se tourna vers eux. Malgré l'obscurité, Nora sentit l'intensité de son regard.

— Vous avez dit qu'on avait découpé vos chevaux en cinq endroits, sur le front et à deux endroits de chaque côté du poitrail et du ventre. Vous savez ce que ces cinq endroits ont en commun ?

— Non, répondit Smithback.

— Oui, dit Nora, la bouche sèche sous l'effet d'une bouffée de peur. Ce sont les cinq endroits où le pelage d'un cheval forme une spire.

La lumière avait complètement disparu du ciel, et un énorme dôme d'étoiles les dominait. Quelque part dans la plaine, un coyote se mit à japper et à gémir et un autre lui répondit.

— Je n'aurais pas dû vous raconter ça, reprit Beiyoodzin. Je n'aime pas remuer ces vieilles histoires. Mais peut-être que maintenant vous comprenez pourquoi vous devez quitter cet endroit sans attendre.

Nora inspira un grand coup.

— Monsieur Beiyoodzin, merci pour votre aide. Je vous mentirais si je vous disais que ce que vous nous avez raconté ne m'a pas effrayée. Cela me terrifie. Seulement je dirige les fouilles de ruines pour lesquelles mon père a sacrifié sa vie. Je lui dois d'aller jusqu'au bout.

Ces propos parurent étonner Beiyoodzin.

— Votre père est mort là-bas ?

— Oui, mais nous n'avons jamais retrouvé son corps. Vous savez quelque chose à ce sujet ?

— Je ne sais rien, répondit l'homme en se redressant d'un bond. (Il semblait de plus en plus agité.) Je suis désolé pour vous. Je vous en prie, réfléchissez à ce que je vous ai dit.

— Nous ne risquons pas de l'oublier, dit Nora.

— Bien. Maintenant je crois que je vais aller me coucher. Il faut que je me lève tôt. Vous pouvez faire paître vos chevaux. Il y a beaucoup d'herbe près du ruisseau. Demain, servez-vous un petit déjeuner, si vous voulez. Je ne serai pas là.

— Ce ne sera pas nécessaire… commença Nora.

Le vieillard leur serrait déjà la main. Puis il tourna les talons et se pencha sur son sac de couchage.

— C'est ce qu'on appelle se faire envoyer sur les roses, murmura Smithback.

Ils retournèrent à leurs chevaux, les dessellèrent et installèrent un petit campement à l'autre extrémité du tas de rochers.

— Quel personnage, marmonna Smithback un peu plus tard en déroulant son sac de couchage. (Les chevaux, qui avaient bu, hennissaient doucement, satisfaits.) D'abord, il nous fiche la trouille avec tous ces discours à propos de porteurs de peaux. Et ensuite crac ! il nous annonce qu'il est l'heure de se coucher.

— Oui. Juste au moment où on a évoqué mon père.

— Il n'a jamais dit à quelle tribu il appartenait.

— Nankoweap, je pense. C'est l'origine du nom de son village.

— Certains détails étaient assez ignobles. Vous y croyez ?

— Je crois en la puissance du mal, finit par dire Nora. Mais cette histoire de coureurs de peaux de loup, ensorcelant des gens avec de la poudre de cadavre, est difficile à avaler. Il y a des millions de dollars d'objets à Quivira. Je crois plutôt que nous avons affaire à des gens qui jouent les sorciers pour nous faire peur.

— Peut-être. Pourtant cela paraît une entreprise plutôt compliquée : se vêtir de peaux de loup, découper des chevaux…

Ils se turent tous les deux, et l'air frais de la nuit les enveloppa. Frissonnante, Nora se frotta les bras. Elle ne s'expliquait pas ce qui lui était arrivé au ranch, ni la silhouette qui avait poursuivi son camion pas plus que celle qui s'était éloignée en courant de la porte de sa cuisine. Ni la disparition de Thurber.

— Quel est le côté au vent ? demanda soudain Smithback.

— Pardon ?

— C'est pour savoir où je peux poser mes bottes.

Dans l'obscurité, Nora crut voir un sourire espiègle sur le visage du journaliste.

— Mettez-les au pied de votre sac, dans la direction de l'est. Peut-être que cela gardera les crotales à distance.

Elle se déchaussa avec un soupir, s'allongea et remonta le sac sur ses vêtements poussiéreux. Une demi-lune s'était levée, voilée par des nuages déchiquetés. À quelques mètres, Smithback s'agitait, faisant ses préparatifs pour la nuit. Dans le silence, la pensée des porteurs de peaux et des sorciers s'évanouit sous le poids de la fatigue.

— C'est étrange, dit Smithback. Il y a vraiment quelque chose de pourri dans le royaume de Danemark.

— Quoi, vos bottes ?

— Très drôle. Notre hôte, plutôt. Il cache quelque chose. Et je ne crois pas que cela concerne les chevaux.

Loin au-dessus de leurs têtes, un avion passa. Nora regarda son clignotant traverser l'obscurité veloutée.

Smithback parut lire ses pensées.

— Dans cet avion, il y a un type assis confortablement qui fait les mots croisés du *New York Times* en sirotant un Martini et en grignotant des amandes grillées.

— En parlant du *New York Times,* depuis quand y écrivez-vous ?

— Deux ans environ, depuis la publication de mon dernier livre. J'ai pris un congé pour faire ce voyage.

Nora s'appuya sur un coude.

— Pourquoi êtes-vous venu ?

— Quoi ? fit l'écrivain, l'air surpris.

— C'est une question simple. C'est une expédition dangereuse, sale et inconfortable. Pourquoi avez-vous quitté le confort de Manhattan ?

— Il n'était pas question de rater la plus grande découverte depuis celle de la tombe de Toutankhamon. Non, cela va plus loin, je crois. Après tout, je savais que rien ne garantissait qu'on trouve quelque chose. Si on regarde la réalité en face, travailler pour un journal n'est pas toujours drôle. Même s'il s'agit du *New York Times,* et même si tout le monde vous accueille avec des génuflexions. Vous savez ? Voilà ce qui compte en fait : découvrir des cités perdues, écouter des récits de meurtres, être étendu sous les étoiles avec une jolie... (il s'éclaircit la gorge). Enfin, vous voyez ce que je veux dire.

— Non, pas du tout, dit Nora, surprise par son soudain émoi.

— Être étendu sous les étoiles avec quelqu'un comme vous. Faiblard, non ?

— Certes. Mais merci quand même.

Elle jeta un coup d'œil à la silhouette dégingandée de Smithback.

— Et alors ?

— Et alors quoi ?

— Au cours de la semaine dernière, vous vous êtes bousillé la colonne vertébrale sur des selles trop dures, vous vous êtes passé d'eau, vous avez failli tomber dans le vide, vous avez évité de justesse des crotales, des sables mouvants et des porteurs de peaux. Vous êtes content d'être venu ?

— Oui, répondit-il simplement.

Elle le regarda droit dans les yeux et tendit la main dans l'obscurité pour serrer brièvement la sienne.

— Moi aussi, je suis contente.

36.

À minuit, un demi-croissant de lune baignait d'une pâle lueur les bad-lands noueuses du sud de l'Utah. Au pied du lac Powell, la marina de Wahweap somnolait. Au nord et à l'ouest, le calme régnait sur le réseau labyrinthique des canyons étroits menant au Dos du Diable.

Dans la vallée de Chilbah, deux silhouettes remontaient lentement un défilé secret. Il s'agissait moins d'une piste que d'une fissure dans la roche, presque effacée par des siècles d'érosion : la piste du Prêtre, l'entrée de service de Quivira.

Émergeant de l'obscurité d'encre des rochers, les ombres se retrouvèrent sur le plateau de grès dominant la vallée de Quivira. Derrière elles, dans la vallée de Chilbah, un cheval hennissait et s'agitait. Mais ce soir elles n'avaient pas touché aux chevaux et elles s'étaient glissées à côté du cow-boy qui les gardait sans lui ouvrir le cou avec un couteau. Il veillait, assis, la main sur son fusil, le sol autour de lui humide de jus de tabac. Qu'il reste donc assis : son heure viendrait bientôt.

Aussi furtives que des animaux, elles longèrent au pas de course la large mesa dominant la vallée. Bien que la lune pommelât le grès de points lumineux, elles restaient dans l'ombre. Les lourdes peaux de bêtes sur leur dos leur drapaient les flancs et traînaient sur le rocher. Elles avançaient, aussi silencieuses que des fantômes.

Puis elles se figèrent. Devant elles se dressait un mur d'obscurité : la minuscule vallée de Quivira. En bas, au pied du canyon, le petit ruisseau scintillait sous la lune. Sur ses berges, un faible rougeoiement s'élevait du feu de camp agonisant, dégageant une faible odeur de fumée.

Leurs yeux passèrent du feu aux formes floues allongées autour.

Plusieurs tentes se dressaient dans le camp, pâles sous la lune. Des sacs de couchage s'empilaient à côté du feu, comme jetés au hasard. Les tentes étant fermées et plongées dans le noir, il était impossible de savoir combien de personnes s'y trouvaient. Les silhouettes fixèrent longtemps la scène, immobiles. Puis elles reprirent leur marche.

Elles longèrent le sommet du canyon, s'arrêtant de temps à autre pour regarder le campement endormi. Des sons en montaient : le cri d'une chouette, le gazouillement de l'eau, le bruissement des feuilles dans la brise nocturne. La ceinture concho en argent qui ceignait la taille d'une de ces formes nocturnes cliqueta, une fois ; sinon toutes deux parvinrent sans bruit au sommet de l'échelle de corde.

Là, elles s'arrêtèrent, examinant le matériel de communication avec grand intérêt. Une minute, puis deux s'écoulèrent.

L'une des ombres se glissa au bord de la paroi et regarda la fine échelle de corde qui disparaissait derrière la saillie de roche. Elle contempla la vallée. Elle se trouvait presque directement au-dessus du campement, et la lueur du feu, deux cents mètres plus bas, paraissait étrangement proche, furieuse pépite rouge dans l'obscurité. Un son guttural bas s'éleva, mourant en un grognement qui se mua en une psalmodie monotone. Puis l'ombre se tourna vers le matériel.

En dix minutes, le travail était fait.

Longeant de nouveau la crête, les deux silhouettes se dirigèrent vers l'extrémité du canyon. L'ancienne piste secrète épousait une fissure dans le grès, descendant vers l'étroit canyon à l'extrémité de la vallée de Quivira. Cette voie presque invisible était affreusement escarpée. Le bruit faible d'une chute résonnait sous leurs pieds : l'eau bouillonnait avant de se lancer dans son grand voyage vers le Colorado.

Une fois atteint le fond sablonneux, elles sortirent du rideau de brume, passèrent devant l'éboulis et longèrent la base du canyon en restant dans l'ombre. Elles s'arrêtèrent à proximité du premier membre de l'expédition dormant à la belle étoile, à l'orée du campement, le visage aussi pâle que la mort dans la pénombre grise.

L'une d'elles tira une petite bourse des peaux couvrant son dos. Elle était faite de peau humaine tannée, et à la lueur de la lune, elle prenait un éclat translucide, presque surnaturel.

Desserrant le lien en cuir, la silhouette y plongea la main et en tira avec soin un disque d'os et un tube ancien de bois de saule, poli par l'usage et gravé d'une longue spirale inversée. Elle retourna le disque deux fois. Puis, plaçant l'extrémité du tube sur ses lèvres, elle se pencha vers le visage du dormeur. Il y eut un brusque souffle de vent et un petit nuage de poussière s'éleva. Ensuite, se déplaçant comme des fantômes, les deux formes battirent en retraite vers la paroi et se fondirent dans l'écheveau d'ombres.

37.

Peter Holroyd se réveilla soudain de mauvais rêves en toussant. Un coup de brise lui avait envoyé de la terre sur la figure. Ou peut-être s'agissait-il d'un résidu de la poussière du travail de la journée qui coulait encore de ses pores. Il s'essuya le visage et se redressa sur son séant.

Ce n'était pas seulement la poussière qui l'avait réveillé. Il y avait eu un bruit : un cri étrange, faible, porté par le vent, comme si la terre elle-même grognait. Il ne l'avait pas rêvé, rien de ce genre ne pouvait sortir de son imagination. Son cœur battait vite.

Il regarda autour de lui. Le demi-croissant de lune zébrait le campement de lueurs bleu argenté. Tout était calme.

Ses yeux se figèrent sur un petit relief, à une vingtaine de mètres du feu de camp. Normalement Nora dormait à cet endroit. Cette nuit, elle était partie – avec Smithback. De nombreuses fois la nuit, Holroyd s'était surpris à regarder dans sa direction, se demandant ce qui se passerait s'il allait la rejoindre subrepticement pour lui parler, lui dire combien tout cela comptait pour lui. Combien *elle* comptait pour lui. Et chaque fois, il finissait par se demander pourquoi il n'avait jamais eu le courage de le faire.

Holroyd se rallongea avec un soupir. Même si Nora avait été là, cette nuit, il ne désirait rien d'autre que de se reposer. Il était littéralement épuisé ; jamais il n'avait connu pareille fatigue. En l'absence de Nora, Sloane l'avait prié de dégager une vague de sable et de terre qui s'était accumulée contre le mur arrière des ruines, non loin du boyau d'Aragon. Il n'avait pas compris pourquoi il était nécessaire de creuser justement à cet endroit ; il restait de nombreux sites en façade à étudier. Mais Sloane avait repoussé ses questions en expliquant rapidement qu'on trouvait souvent d'importants pictogrammes à l'arrière des cités anasazies. Il s'étonnait encore de la vitesse avec laquelle la jeune femme avait pris les rênes de l'expédition après le départ de Nora. Aragon, qui travaillait seul dans un coin éloigné de la ville, l'air grave et sévère, avait apparemment fait une nouvelle découverte troublante et il était trop préoccupé pour se soucier d'autre chose. Quant à Black, il semblait perdre tout sens critique en présence de Sloane : il acquiesçait systématiquement à tout ce qu'elle disait. C'est ainsi que, du matin au soir, Holroyd avait manié la pelle et le râteau. Et maintenant, il avait l'impression que, même au bout d'un mois de bains, il ne parviendrait pas à éliminer toute la poussière incrustée dans ses cheveux, son nez et sa bouche.

Il contempla le ciel nocturne. Il avait un drôle de goût sur la langue et sa mâchoire était douloureuse. Il sentit les premiers signes d'une migraine lui emprisonner les tempes. Il ne savait pas quel rôle il s'était attendu à jouer dans cette expédition, mais ses vagues idées romantiques d'ouverture de tombes somptueuses et de déchiffrements d'inscriptions paraissaient à des lieues du pénible travail de terrassement qui était son lot. Ils étaient entourés des ruines fantastiques d'une civilisation mystérieuse, et ils passaient leur temps à faire des quadrillages et des relevés. Et à déplacer des monceaux de sable vide. Il en avait ras le bol de creuser. Et il n'aimait pas travailler pour Sloane. Elle était trop consciente de sa perfection et de son influence sur les autres, trop prête à user de son charme pour obtenir ce qu'elle voulait. Depuis sa confrontation avec Nora aux ruines de Pete, il restait sur ses gardes lorsqu'elle était dans les parages.

Il soupira, ferma les yeux pour lutter contre la douleur dans ses tempes. Cela ne lui ressemblait pas d'être aussi grognon. Normalement, cela ne lui arrivait que lorsqu'il tombait malade. En fait, Sloane était très bien ; elle avait son francparler, elle avait l'habitude d'obtenir ce qu'elle voulait… pas son genre. Et peu importait s'il creusait du sable ou cassait des cailloux. L'important c'était qu'il soit ici – à Quivira, dans cet endroit miraculeux, mythique. Rien d'autre n'importait.

Soudain il se raidit, les yeux écarquillés. Ce bruit, de nouveau.

Repoussant sa couverture, il s'agenouilla le plus silencieusement possible. Le bruit avait cessé. Non, il revenait : un murmure, un faible gémissement.

Mais il était différent de celui qui l'avait réveillé. Plus doux ; plus doux et plus proche.

Dans la pénombre, il chercha des yeux un bâton, un canif, quelque chose qui puisse lui servir d'arme. Sa main se referma sur une lourde torche. Il s'en saisit, faillit l'allumer puis se ravisa. Il se redressa et tituba un peu avant de retrouver son équilibre. Puis il partit en direction du bruit, derrière le bosquet de peupliers près du ruisseau, lui avait-il semblé.

Holroyd évita soigneusement cartons et chargements bâchés. Un nuage masquait la lune, drapant le paysage d'une obscurité totale. Holroyd avait chaud, il se sentait désorienté, mal à l'aise dans ce noir. Sa migraine s'était aggravée lorsqu'il s'était levé, et il avait comme une pellicule devant les yeux. Distraitement, il aperçut ce qui ressemblait à une plante vénéneuse. Il n'eut même pas la tentation de s'arrêter pour la regarder de plus près. Non, il fallait qu'il retourne se coucher.

Il s'apprêtait à rebrousser chemin lorsqu'il entendit un autre bruit : un gémissement, le doux frottement de deux épidermes.

La lune sortit de son nuage. Holroyd avança furtivement, jetant des regards prudents autour de lui. Les sons étaient plus clairs maintenant, plus réguliers. Il serra sa torche, s'agrippa au tronc d'un peuplier et regarda à travers le rideau de feuilles éclairées par la lune.

Il vit d'abord un tas de vêtements en vrac par terre. Il crut que quelqu'un avait été attaqué. Puis il comprit.

Black était allongé sur le sable derrière les peupliers. Étendu nu, les jambes étalées, sa chemise tire-bouchonnée sous les aisselles. Il avait les yeux fermés. Un petit grognement lui échappa. Sloane était assise sur lui, les doigts étalés sur son torse, la sueur sur son dos nu luisant sous la lune. Holroyd se pencha machinalement, sous le choc, fasciné. Il s'empourpra d'embarras ou de honte, il n'aurait su le dire, devant sa propre naïveté. Black grogna d'effort et de plaisir en pénétrant

Sloane, raidissant les muscles de ses cuisses. Sloane se pencha sur lui, ses cheveux noirs lui masquant le visage, ses seins se balançant lourdement à chaque poussée. Les yeux de Holroyd se promenèrent lentement sur son corps. Elle fixait intensément le visage de Black, avec une expression d'attention extasiée plus que de plaisir. De voracité, à la limite. On aurait dit un chat jouant avec une souris.

Mais cette image s'évanouit quand Sloane se mit à chevaucher Black avec une précision implacable, impitoyable.

38.

Nora arrêta Arbuckles en tirant sur sa corde. Debout à côté de lui, au sommet du Dos du Diable, elle contemplait la vallée que le vieil Indien avait appelée Chilbah. Elle se sentait épuisée, nauséeuse, et sa monture tremblait et écumait de tension. Mais ils avaient réussi : les sabots, de nouveau déferrés, avaient adhéré au grès couvert de gravier.

Le vent soufflait fort, plusieurs nuages d'orage déchiquetés se rassemblaient au-dessus des montagnes lointaines au nord. Pourtant la vallée restait un vaste bol de soleil.

Smithback vint la rejoindre, livide et silencieux.

— Voilà donc Chilbah, chaudron du mal, finit-il par dire.

Il cherchait à plaisanter, et cependant on sentait encore une tension dans sa voix après la terrifiante ascension.

Nora ne répondit pas tout de suite. Elle s'agenouilla pour referrer les chevaux, essayant de reprendre des forces. Puis elle se redressa, s'épousseta et sortit ses jumelles d'un sac de selle. Elle examina la vallée, cherchant Swire et ses chevaux. Les peupliers et les taches d'herbe composaient une vision bienvenue après le long voyage du retour dans la chaleur. Il était à présent une heure et demie. Swire était assis sur un rocher près du ruisseau, perdu dans la contemplation de l'herbe. Il leva les yeux vers eux.

— Les gens sont mauvais, dit-elle en baissant ses jumelles, les paysages, jamais.

— Peut-être, répondit Smithback. Mais dès le départ, j'ai senti qu'il y avait quelque chose d'étrange dans cet endroit. Quelque chose qui me donnait la chair de poule.

— Et j'ai toujours cru que c'était seulement à cause de moi.

Ils descendirent dans la vallée en silence. Dirigeant leurs chevaux droit vers les rives herbeuses du ruisseau, ils restèrent en selle pendant que leurs montures pataugeaient joyeusement. Du coin de l'œil, Nora vit Swire arriver vers eux au trot, à cru sur son cheval, sans rênes ni bride.

Il s'arrêta de l'autre côté du ruisseau.

— Alors, vous avez ramené les deux chevaux, dit-il avec un soulagement mal dissimulé. Et ces salauds qui ont tué mes bêtes, vous les avez coincés ?

— Non, dit Nora. Celui que vous avez vu au sommet de la crête était un vieil Indien qui campait plus haut.

Swire eut l'air sceptique.

— Un vieil Indien ? Qu'est-ce qu'il foutait sur la crête ?

— Il voulait voir qui était dans la vallée. Il dit que personne de son village ne vient jamais ici.

Swire resta silencieux un instant, mâchonnant sa chique.

— Alors vous n'avez pas suivi les bonnes traces.

— Nous avons suivi les seules qu'il y avait. Celles de l'homme que vous avez vu.

En guise de réponse, Swire cracha un filet de jus de tabac.

— Roscoe, reprit Nora, en s'efforçant de ne pas élever la voix, si vous aviez rencontré cet homme, vous auriez compris que ce n'est pas un tueur de chevaux.

La bouche de Swire continua à s'activer. Nora et lui se regardèrent fixement dans un long silence tendu.

— Merde, fit Swire après avoir de nouveau craché. Je dis pas que vous avez raison. Mais si c'est le cas, ça veut dire que les salauds qui ont tué mes chevaux sont encore dans le coin.

Et sans un mot de plus, il fit partir son cheval d'une pression invisible des genoux.

Nora le regarda s'éloigner. Puis elle jeta un coup d'œil à l'écrivain. Smithback se contenta de hausser les épaules.

En traversant la vallée pour rejoindre la fente, Nora leva les yeux. Au nord, des nuages noirs s'amoncelaient. Elle fronça les sourcils ; normalement les pluies d'été ne devaient commencer que deux semaines plus tard. Mais avec un ciel pareil, il risquait de pleuvoir dès l'après-midi.

Elle passa au trot. Il valait mieux franchir la fente avant que le ciel ne se déchaîne. À son embouchure, ils dessellèrent leurs montures, enveloppèrent et cachèrent les selles, puis libérèrent les bêtes, qui partirent rejoindre les autres.

La traversée du canyon leur prit une longue heure pénible, le matériel pesant sur leur dos. Enfin, Nora écarta les roseaux : le campement était en vue. Smithback la suivit, soufflant et secouant les jambes pour se débarrasser de la boue et du sable.

Soudain, Nora pila. Quelque chose n'allait pas. Le campement était désert, le feu fumait. Instinctivement, elle leva les yeux vers Quivira. Bien que la cité restât invisible, elle entendit des éclats de voix.

Malgré sa lassitude, elle se débarrassa de son sac à dos, courut vers l'échelle de corde et grimpa vers la cité. En arrivant sur le plat, elle vit Sloane et Black qui discutaient avec animation près de la place centrale. À l'extrémité de la place, Bonarotti, assis en tailleur, les regardait.

La voyant approcher, Sloane se détourna de Black.

— Nora, nous avons été victimes de vandales.

Epuisée, Nora s'effondra sur le mur de soutènement.

— Racontez.

— Cela a dû se produire pendant la nuit, dit Sloane en s'asseyant à côté d'elle. Au petit déjeuner, Peter a dit qu'il voulait monter vérifier l'équipement avant de se mettre au travail. En fait je m'apprêtais à lui dire de prendre sa journée – il n'avait pas l'air en grande forme. Mais il a insisté. Il a dit qu'il avait entendu quelque chose pendant la nuit. Et puis il a appelé du haut de la falaise. Je suis montée. Nos équipements de communication, Nora… réduits en pièces.

Contrairement à son habitude, Sloane était débraillée ; elle avait les yeux rouges, les cheveux en désordre.

— Tout ?

— Oui, l'émetteur, le réseau de pagers – tout sauf le récepteur météo. Ils n'ont pas dû songer à regarder dans l'arbre.

— Quelqu'un a entendu ou vu quelque chose ?

Black jeta un coup d'œil à Sloane, puis se tourna vers Nora.

— Rien.

— J'ai guetté toute la journée, reprit Sloane. Je n'ai rien vu.

— Et Swire ?

— Il a rejoint les chevaux avant qu'on soit au courant. Je n'ai pas pu lui demander.

Nora poussa un profond soupir.
— Il faut que j'en parle avec Peter. Où est-il ?
— Je ne sais pas. Il est redescendu avant moi. J'ai cru qu'il était reparti s'allonger sous sa tente. Il était bouleversé… presque incohérent. Il sanglotait. L'équipement devait beaucoup compter pour lui.
Nora se leva et s'approcha de l'échelle de corde.
— Bill !
— Madame ? fit la voix de l'écrivain.
— Regardez dans les tentes. Pour voir si vous trouvez Holroyd.
Elle attendit en examinant les cimes des parois du canyon.
— Personne !
Nora revint au mur de soutènement en frissonnant. Elle était encore trempée après la traversée de la fente.
— Il doit être dans les ruines.
— C'est possible, répondit Sloane. Hier il a parlé de calibrer le magnétomètre. Dans la confusion, nous avons dû perdre sa trace.
— Et les tueurs de chevaux ? s'enquit Black.
Nora hésita. Puis elle décida que ce n'était pas la peine d'alarmer tout le monde avec Beiyoodzin et son histoire de sorciers.
— Il n'y avait qu'une série d'empreintes sur la crête et elle menait au campement d'un vieil Indien. Qui n'était manifestement pas le coupable. Comme notre équipement a été démoli cette nuit, cela veut probablement dire que les tueurs de chevaux sont encore dans les parages.
Black s'humecta les lèvres.
— Génial. Maintenant il va falloir monter la garde.
Nora regarda sa montre.
— Trouvons Peter. Nous allons avoir besoin de son aide pour installer un émetteur de secours.
— Je vais voir dans la pièce où il a mis le magnétomètre.
Sloane s'éloigna, suivie de Black. Bonarotti rejoignit Nora et sortit une cigarette. Nora faillit lui rappeler qu'il était interdit de fumer dans les ruines, mais elle y renonça en se disant qu'elle n'en aurait pas l'énergie.
La tête hirsute de Smithback apparut en haut de l'échelle.
— Que se passe-t-il ? demanda-t-il en franchissant le mur de soutènement.

— Quelqu'un s'est introduit dans la vallée cette nuit. Notre matériel de communication est en miettes.

Nora fut interrompue par un cri venant de la cité. À l'autre extrémité de la place, Sloane leur faisait signe de venir.

— C'est Peter ! Ça ne va pas ! Il est malade !

Nora se redressa d'un bond.

— Trouvez Aragon, dit-elle à Bonarotti. Qu'il apporte sa trousse de secours.

Elle traversa la place au pas de course avec Smithback.

Ils pénétrèrent dans un habitat voisin de la ciste. Quand les yeux de Nora s'habituèrent à la pénombre, elle distingua Sloane à genoux à côté de la forme recroquevillée de Holroyd. Black se tenait à une distance prudente, l'air horrifié. À côté de Holroyd gisait le magnétomètre, ses pièces éparpillées par terre.

Nora s'agenouilla. La bouche de Holroyd était béante ; il avait visiblement la mâchoire coincée. Sa langue, noire et gonflée, pendait entre des lèvres boursouflées et blanches. Un filet de souffle s'échappait de ses poumons.

Il y eut un bruissement à la porte et Aragon les rejoignit.

— Éclairez-moi, s'il vous plaît, dit-il calmement en tirant une torche d'un des deux sacs en toile qu'il avait apportés. Docteur Goddard, pourriez-vous apporter la lanterne fluorescente ?

Nora braqua la torche sur Holroyd qui avait les yeux vitreux et les pupilles grosses comme des têtes d'épingle.

— Peter, murmura-t-elle en lui prenant la main, Enrique est venu vous aider. Tout ira bien.

Aragon tâta la mâchoire de Holroyd, sonda son torse et son abdomen, puis sortit un stéthoscope et un appareil à tension, et entreprit de vérifier ses fonctions vitales. Lorsqu'il ouvrit la chemise du malade pour coller le stétho sur son torse, Nora découvrit avec horreur des lésions sombres qui zébraient la peau pâle.

— Qu'est-ce que c'est ?

Aragon se contenta de secouer la tête et d'appeler Black :

— Cherchez-moi une bâche, des cordes, des bâtons, tout ce qui peut servir à fabriquer une civière – et dites à Bonarotti de faire bouillir de l'eau.

Aragon examina le visage de Holroyd, puis le bout de ses doigts.

— Il est cyanosé, murmura-t-il en sortant d'un sac une petite bouteille à oxygène et une sonde nasale.

— Je vais fixer le flux à deux litres, dit-il en tendant la bouteille à Nora avant de fixer la sonde aux narines de Holroyd.

Il y eut un bruit de pas, Sloane revenait avec la lanterne. Soudain la salle fut baignée d'une froide lueur verte. Aragon retira le stéthoscope de ses oreilles et leva les yeux.

— Il faut qu'on le descende au campement. Il faut l'hospitaliser sur-le-champ.

Sloane secoua la tête.

— Le matériel de communication est en morceaux. Le seul appareil qui fonctionne encore est le récepteur météo.

— On peut bricoler quelque chose ? demanda Nora.

— Seul Peter pourrait répondre à cette question.

— Et le téléphone cellulaire ? demanda Aragon. Où marche-t-il ?

— Autour d'Escalante, répondit Sloane. Ou de la marina de Wahweap.

— Collez Swire sur un cheval, donnez-lui le téléphone et dites-lui d'y aller. Qu'il réclame un hélicoptère.

Il y eut un silence.

— Un hélicoptère n'aura pas la place de se poser, dit lentement Nora. Les canyons sont trop étroits, les courants ascendants sur les sommets trop dangereux. J'ai étudié la question de près en organisant l'expédition.

Aragon regarda Peter, puis se tourna vers Nora.

— Vous en êtes sûre ?

— Le village le plus proche est à trois jours de cheval d'ici. On ne peut pas l'emmener à cheval ?

Aragon secoua la tête.

— Cela le tuerait.

Smithback et Black s'encadrèrent dans la porte, portant une civière de fortune constituée de bâches attachées à deux bâtons. Ils y installèrent le corps raide de Holroyd, le sanglant avec des cordes. Puis, soigneusement, ils le soulevèrent et le portèrent sur la place centrale.

Aragon suivit avec ses sacs, l'air désespéré. Ils s'approchaient de l'échelle de corde quand Nora sentit une goutte froide sur son bras. Il commençait à pleuvoir.

Soudain Holroyd eut une toux étranglée. Ses yeux, bordés de rouge, s'écarquillèrent encore. Ses lèvres tremblèrent, comme s'il cherchait à parler malgré la paralysie de ses mâchoires. Ses membres parurent se raidir encore plus. Les cordes qui le maintenaient grincèrent.

Aussitôt Aragon ordonna qu'on pose la civière. Il s'agenouilla près du blessé en fouillant dans ses sacs. Il en sortit une sonde endotrachéale, reliée à un ballon en caoutchouc noir.

Les mâchoires de Holroyd bougèrent.

— Je vous laisse tomber, Nora, dit-il dans un murmure étranglé.

Nora lui prit la main.

— Non, Peter, ce n'est pas vrai. Sans vous, nous n'aurions pas trouvé Quivira. C'est grâce à vous que nous sommes ici.

Peter chercha à parler encore, mais Nora lui effleura les lèvres.

— Gardez vos forces.

Aragon introduisit la sonde dans la gorge de Holroyd et colla le ballon dans la main de Nora.

— Pressez-le toutes les cinq secondes, dit-il en collant l'oreille contre la poitrine de Holroyd.

Puis il écouta, immobile, pendant un long moment. Le corps du malade frémit, ses yeux se révulsèrent. Aragon se redressa et entreprit un massage cardiaque.

Comme dans un rêve, assise à côté de Holroyd, Nora lui remplissait les poumons d'air, priant pour qu'il vive, tandis que la pluie gagnait en intensité. On n'entendait que le crépitement des gouttes, le claquement des poings d'Aragon sur la poitrine du malade, et les soupirs du ballon.

Puis ce fut fini. Aragon s'assit, le visage crispé trempé de pluie et de sueur. Il leva les yeux vers le ciel sans rien voir et se fourra le visage dans les mains. Holroyd était mort.

39.

Une heure plus tard, tous les membres de l'expédition étaient réunis en silence autour du feu de camp. Swire les rejoignit, trempé après sa traversée de la fente. Il ne pleuvait plus, mais le ciel était maculé de nuages métalliques. L'air sentait l'ozone et l'humidité.

Nora regarda les visages hagards. Elle y lut ses propres émotions : torpeur, choc, incrédulité. Elle se sentait taraudée par la culpabilité. C'était elle qui était allée chercher Holroyd. Qui l'avait convaincu de venir. En outre, elle était plus ou moins consciente d'avoir exploité son affection pour elle afin d'arriver à ses fins. Elle regarda la tente dans laquelle son corps reposait à présent. Dieu, qu'elle s'en voulait !

Seul Bonarotti s'activait, comme à son habitude : il posa un salami et des miches de pain sur sa table de service. Voyant que personne n'était d'humeur à se nourrir, il s'installa confortablement, croisa les jambes et alluma une cigarette.

Nora s'humecta les lèvres.

— Enrique, commença-t-elle en s'efforçant de parler d'une voix égale, que pouvez-vous nous dire ?

Aragon leva des yeux noirs insondables.

— Pas autant que je le voudrais. Je ne m'attendais pas à devoir pratiquer une autopsie, et mes instruments de diagnostic sont limités. J'ai effectué des prélèvements – sang, crachat, urine – et j'ai analysé des tissus. J'ai recueilli des exsudats des lésions cutanées. Mais jusque-là, les résultats ne donnent rien.

— Qu'est-ce qui a pu le tuer aussi vite ? demanda Sloane.

— C'est ce qui rend le diagnostic si difficile. Dans les dernières minutes, il a montré des signes de cyanose et de dyspnée aiguë. Cela indiquerait une pneumonie, mais une pneumonie ne se présenterait pas aussi vite. Et il y a ensuite cette paralysie aiguë… (Il se tut un instant.) Sans laboratoire, je ne peux effectuer ni ponction ni lavage gastrique, sans parler d'une autopsie.

— Ce qui m'intéresse, intervint Black, c'est de savoir si c'était contagieux. Si d'autres peuvent courir des risques.

Aragon soupira et fixa le sol.

— C'est difficile à dire. Pour l'instant, rien ne le suggère. Peut-être que les prélèvements sanguins ou les tests d'anticorps nous en diront plus. J'ai des cultures dans des boîtes de Petri pour voir s'il s'agit d'un agent infectieux. Je ne peux rien certifier…

— Enrique, je pense que nous avons besoin de vos hypothèses, reprit Nora.

— D'accord. Si vous voulez ma première impression, cela s'est produit si vite que je dirais que cela ressemble plus à un empoisonnement aigu qu'à une maladie.

Nora le regarda d'un air horrifié.

— Un empoisonnement ? s'écria Black, avec un mouvement de recul. Qui aurait voulu empoisonner Peter ?

— Il se peut que ce ne soit pas l'un de nous, dit Sloane. Il peut s'agir de ceux qui ont tué les chevaux et démoli notre matériel.

— Ce n'est qu'une hypothèse, reprit Aragon qui se tourna vers Bonarotti. Holroyd a-t-il mangé quelque chose que les autres n'auraient pas touché ?

Bonarotti secoua la tête.

— Et l'eau ?

— Elle vient du ruisseau. Elle passe à travers un filtre. Nous en avons tous bu.

Aragon se frotta la figure.

— Je n'aurai pas les résultats des tests avant quelques heures. Je suppose que nous devrions partir du principe que c'est infectieux. Par précaution, nous devrions sortir le cadavre du campement le plus rapidement possible.

Le silence se fit dans le canyon. Il y eut un roulement de tonnerre, au loin, au-dessus du plateau de Kaiparowits.

— Qu'est-ce qu'on va faire ? demanda Black.

— C'est évident, non ? s'exclama Nora. Il faut que nous partions d'ici le plus vite possible.

— Non ! explosa Sloane.

Nora se tourna vers elle, surprise.

— Nous ne pouvons pas quitter Quivira comme ça. C'est un site trop important. Ceux qui ont détruit notre matériel de communication le savent. Ils essaient manifestement de nous faire partir pour pouvoir mettre la cité à sac. Nous entrerions dans leur jeu.

— C'est vrai, approuva Black.

— Un homme vient de mourir, dit Nora. Peut-être d'une maladie infectieuse, voire de meurtre. Quoi qu'il en soit, nous n'avons pas le choix. Nous avons perdu tout contact avec le monde extérieur. Je suis avant tout responsable de la vie des membres de l'expédition.

— C'est la plus grande découverte de l'archéologie moderne, reprit Sloane d'une voix pressante. Chacun de nous était prêt à risquer sa vie pour faire cette découverte. Et maintenant que quelqu'un est mort, il faudrait plier bagage ? Cela réduirait à néant le sacrifice de Peter.

Black, qui avait un peu pâli pendant cette tirade, réussit tout de même à acquiescer.

— Pour vous, pour moi et pour le reste de l'équipe scientifique, c'est peut-être vrai, dit Nora. Mais Peter était un civil.

— Il connaissait les risques. Vous les lui aviez expliqués, non ?

— La présence de Peter relevait en partie de ma responsabilité, répondit Nora en luttant pour ne pas élever la voix. Je vais être obligée de vivre avec. Et cela ne change rien. Mais le fait est que Roscoe, Luigi et Bill Smithback sont encore là. Maintenant que nous connaissons les risques, nous n'avons pas le droit de les mettre en danger plus longtemps.

— Amen ! murmura Smithback.

— Je pense que c'est à eux de décider, dit Sloane, les yeux noirs sous le ciel sombre. Ils sont davantage que des sherpas payés. Ils ont leurs propres intérêts dans cette expédition.

Nora les regarda. Tous la contemplaient en silence. Elle se rendit compte, un peu surprise, qu'on était en train de remettre son autorité en cause. Une petite voix en elle lui murmurait que ce n'était pas juste ; pas maintenant, alors qu'elle aurait dû pleurer Peter. Elle lutta pour rester rationnelle. En tant que chef de l'expédition, elle pouvait simplement leur donner l'ordre de partir. Mais il semblait y avoir une nouvelle dynamique dans le groupe depuis la mort de Peter, une sorte de sentiment d'urgence. L'expédition n'était pas une démocratie, et elle n'était pas censée en être une : Nora eut néanmoins l'intuition qu'il lui fallait faire comme si.

— Quoi que nous fassions, nous agissons en tant que groupe. Nous allons voter.

Elle se tourna vers Smithback.

— Je suis avec Nora, déclara-t-il calmement. Le risque est trop grand.

Nora regarda ensuite Aragon. Le médecin soutint brièvement son regard, puis se tourna vers Sloane.

— Cela ne fait aucun doute pour moi. Il faut que nous partions.

Black transpirait.

— Je suis avec Sloane, dit-il d'une voix tendue.

— Roscoe ? demanda Nora.

Le cow-boy leva le nez vers le ciel.

— En ce qui me concerne, fit-il, bourru, nous n'aurions jamais dû entrer dans cette foutue vallée de toute façon, ruines ou pas ruines. Et maintenant que les pluies sont là, ce canyon-fente est notre seule porte de sortie. Il est temps de nous tirer.

Nora jeta un coup d'œil à Bonarotti. L'Italien fit un geste vague de la main.

— Peu m'importe. Je suivrai le mouvement.

— Cela fait quatre contre deux, avec une abstention. La discussion est close, conclut Nora. Mais nous n'allons pas partir comme ça. Nous emploierons le reste de la journée à finir le plus urgent, fermer les fouilles et prendre une série de documents photos. Nous emporterons une petite sélection d'objets représentatifs. Et nous partirons à la première heure demain.

— Le reste de la journée ? intervint Black. Fermer convenablement le site prendra beaucoup plus longtemps.

— Je suis désolée. Nous ferons de notre mieux. Nous n'emporterons que le matériel essentiel – nous dissimulerons le reste, pour gagner du temps.

Personne n'émit de commentaires. Le visage figé en un masque indéchiffrable d'émotions, Sloane fixait toujours Nora.

— Allons-y, reprit cette dernière. Nous avons fort à faire avant le coucher du soleil.

40.

Smithback s'agenouilla près de la tente, en souleva timidement le rabat et regarda à l'intérieur avec un mélange de pitié et de révulsion. Aragon avait enveloppé le cadavre de Holroyd dans deux couches de toile plastique avant de l'enfermer dans le plus grand sac imperméable que possédât l'expédition, un sac jaune à rayures noires. Malgré toutes ces précautions, la tente empestait la bétadine, l'alcool et pire encore. Smithback recula en s'appliquant à respirer par la bouche.

— Je ne suis pas sûr d'en être capable.

— Finissons-en, et vite, répliqua Swire en ramassant une perche avant de plonger sous le rabat.

Aucune avance sur droits ne mérite qu'on fasse un truc pareil, songea Smithback. Il sortit son bandana rouge de sa poche et le noua soigneusement sur sa bouche. Puis il enfila une paire de gants de travail au-dessus des gants en caoutchouc qu'Aragon lui avait donnés, prit une longueur de corde, et suivit Swire à l'intérieur de la tente.

Sans un mot, Swire posa une perche à côté du sac. Le plus vite possible, les deux hommes y attachèrent le corps en l'enroulant de plusieurs tours de corde. Puis, saisissant chacun une extrémité de la perche, ils le sortirent de la tente.

Holroyd était léger, et Smithback hissa assez facilement l'extrémité de la perche sur son épaule. Il doit faire dans les soixante-quinze, quatre-vingts kilos maximum, se dit-il. Cela fait quarante kilos chacun. Étrange comme dans les moments de stress l'esprit a tendance à s'attarder sur les détails les plus triviaux, les plus quotidiens. Smithback eut une bouffée de sympathie pour le jeune homme gentil et modeste. À peine trois soirs plus tôt, sous le feu de ses questions, Holroyd s'était enfin un peu confié et avait évoqué, longuement, sa passion pour la moto. En parlant, il s'était libéré de sa timidité, et son corps s'était animé. Maintenant, ce corps était immobile. Trop d'ailleurs, Smithback détestait la raideur avec laquelle les pieds de Holroyd heurtaient son épaule à travers le sac.

La discussion à propos du cadavre lui revint en mémoire. Il fallait le mettre dans un endroit sûr, loin du campement, à l'abri des éléments, des prédateurs, jusqu'à ce qu'on puisse le récupérer. Il était impossible de l'enterrer, avait dit Nora, les coyotes le trouveraient. Ils avaient songé à l'accrocher à un arbre, mais la plupart étaient inaccessibles, privés de leurs branches basses par les crues. De toute façon, selon Aragon, l'important était de l'éloigner le plus possible du campement. Nora s'était alors souvenue du petit abri rocheux dans le premier quart du canyon, accessible par une saillie en escalier. C'était l'endroit idéal. On ne pouvait pas le rater : l'abri se trouvait à six mètres de hauteur, juste au-dessus du tronc d'un gros peuplier coincé entre les parois par une crue. La menace de la pluie était passée – Black avait vérifié les prévisions météo – et le canyon était sûr, pour le moment…

Smithback revint au présent. Il savait pourquoi il se laissait aller à ces divagations. Il se connaissait suffisamment bien pour comprendre ce qui lui arrivait : il pensait à tout et à n'importe quoi pour oublier ce qu'il était en train de faire. En fait, si l'on creusait un peu, il était littéralement terrifié. Il avait eu plus que sa part de situations dangereuses : se coltiner un tueur dans un immense musée, lutter pour sa survie dans le labyrinthe de tunnels des sous-sols de New York. Et aujourd'hui, malgré la lumière agréable de l'après-midi, il se sentait plus menacé que jamais. Cette vallée dégageait une malveillance vague, diffuse, qui le mettait très mal à l'aise.

Une fois de plus, le pied raide de Holroyd s'enfonça dans son épaule. Devant lui, Swire s'était arrêté : il contemplait l'embouchure déchiquetée du canyon. Éclaircie, avait dit Black. Smithback espérait de tout cœur que les prévisions météo étaient exactes.

Une fois dans le canyon, ils purent faire flotter le corps, grâce au sac, sur les poches d'eau stagnante. Mais au départ de chaque chute, il fallait pousser et tirer le sac jusqu'à la flaque suivante. Après avoir poussé, pataugé, nagé et tiré pendant vingt minutes, les deux hommes firent une pause pour reprendre leur souffle. Un peu plus loin dans la gorge sinueuse, on distinguait le gros tronc de peuplier qui marquait l'emplacement de l'abri rocheux. Smithback s'éloigna de quelques pas, retira le bandana qu'il avait sur la bouche, le secoua et le fourra dans sa poche de chemise.

— Vous pensez vraiment que l'Indien que vous avez rencontré n'avait rien à voir avec le meurtre de mes chevaux, demanda Swire, ouvrant la bouche pour la première fois depuis leur sortie de la tente.

— Absolument. D'autant que ceux qui ont tué vos chevaux sont certainement aussi ceux qui ont démoli notre matériel. Et nous étions avec le berger quand cela s'est produit.

— C'est ce que je pensais.

Swire le regardait toujours fixement. Les yeux bruns avaient depuis longtemps perdu la lueur d'amusement qui y flottait au début de l'expédition. Dans les joues creuses, le visage osseux et les mâchoires serrées de Swire, Smithback lut un immense chagrin.

— Holroyd était un bon gars, dit-il simplement.

Smithback acquiesça.

— C'est une chose d'avoir des ennuis là-bas, reprit Swire en désignant la direction de la civilisation, mais ça n'a rien à voir avec des ennuis ici.

— Voilà pourquoi Nora a raison. Il faut nous sortir de là le plus vite possible.

Swire cracha un filet de jus de tabac sur un rocher.

— C'est une courageuse, je l'admets. Se porter volontaire pour suivre la trace de ces tueurs de chevaux… il fallait du cran. Mais le cran ne suffit pas. Dans un endroit pareil, le moindre pépin peut se terminer par mort d'homme. Et vous savez ? Nos problèmes sont loin d'être mineurs.

Smithback ne répondit pas. Il pensait encore à Nora – sa vivacité, son regard, son courage, sa détermination. Et il se rendit compte avec étonnement qu'il avait moins peur pour lui-même que pour elle.

Swire le regardait, les yeux étincelants. Puis il se releva et saisit le bout de la perche. Smithback remit son bandana sur sa bouche et revint vers le cadavre. Ils atteignirent l'abri rocheux en silence.

41.

Dans l'ombre mouchetée de la tour la plus à l'ouest, Aaron Black examinait ses tranchées tests et son installation de labos portables d'un œil exercé. Les coupes de sol étaient parfaites, naturellement : un modèle du genre en stratigraphie. Et les labos étaient comme toujours l'image même de l'économie, de l'efficacité et de l'exactitude.

La satisfaction que ne manquait jamais de lui procurer la perfection de son travail céda devant une vague de déception. Marmonnant dans sa barbe, il tira sur la tranchée une grande bâche qu'il arrima avec des pierres. Une méthode loin d'être satisfaisante pour préserver son œuvre. Mais cela valait toujours mieux que de combler la fosse. Et voilà, il s'apprêtait à fuir le site qui aurait dû être le juste couronnement de sa carrière. Dieu sait ce qu'ils trouveraient à leur retour. S'ils revenaient.

Il secoua la tête de dégoût et tira une bâche sur la seconde tranchée. Malgré tout, il n'était pas complètement mécontent de partir. Son assistant habituel, Smithback, était allé enterrer Holroyd, et Black remerciait le ciel de lui avoir épargné cette corvée. Peu importait que le technicien fût mort d'empoisonnement ou de maladie. Les deux causes étaient aussi dangereuses l'une que l'autre. Black avait hâte de retrouver la civilisation – téléphones, bons restaurants, douches chaudes, toilettes équipées de chasses d'eau –, à des mondes de Quivira. Bien entendu, il ne l'avouerait jamais à Sloane, partie, dans un mutisme glacial, prendre les ultimes photos du site.

En pensant à elle, il sentit une chaleur l'envahir. Les souvenirs de la nuit précédente firent place aux espoirs et aux fantasmes qu'éveillait en lui la nuit à venir. Black n'avait jamais eu beaucoup de chance avec les femmes. Sloane était une femme, et quelle femme...

Repoussant ces pensées au prix d'un immense effort, il revint au labo de flottaison. Il décrocha le pot d'eau distillée, le vida puis, avec un soupir, entreprit de dévisser l'équipement, de vider les tuyaux et d'emballer le tout dans deux valises métalliques tapissées de mousse. Il avait accompli cette tâche des milliers de fois, mais il ne put s'empêcher de se féliciter de son sens de l'ordre. Il ferma les valises et passa au démontage de l'appareil de chromatographie.

Il s'interrompit alors qu'il rangeait les papiers inutilisés dans des dossiers en plastique. Ils auraient tous dû servir au cours des semaines suivantes, matière à six mois d'analyses au sein d'un laboratoire confortable. Il les regarda fixement ; il fallait tirer un trait sur tous les articles brillants qu'il projetait d'écrire pour les revues scientifiques les plus prestigieuses.

Soudain, une rafale de vent emporta une pile de feuilles vers l'arrière de la grotte. Black les vit s'éparpiller et disparaître dans l'obscurité.

Il jura tout haut. Les papiers étaient fichus – contaminés – mais il ne pouvait pas les abandonner. Il avait humilié suffisamment d'archéologues en public en leur reprochant d'avoir laissé des saletés dans des ruines pour en faire autant.

Il acheva d'emballer l'appareil de chromatographie dans une valise et la ferma. Puis il s'enfonça dans la grotte, les yeux rivés au sol. Les feuilles s'étaient envolées loin derrière le tas d'ordures. Toujours marmonnant, Black longea le premier grenier, piégeant les papiers du pied pour les ramasser et les fourrer dans sa poche. Il en compta onze. Il y en avait douze par paquet ; où donc était le dernier ?

Il se dirigea vers l'ouverture étroite du boyau. Comme il faisait trop noir pour y voir quoi que ce soit, il chercha dans sa poche une lampe stylo. Son faible faisceau perça péniblement l'obscurité, illuminant poussière, os et – à environ dix mètres – la dernière feuille, accrochée à un morceau de crâne cassé.

Qu'Aragon et son RDS aillent donc se faire foutre, pensa aigrement Black en se mettant à quatre pattes pour écarter les os qui le gênaient. Une nouvelle bourrasque remua la poussière, et Black émit un éternuement explosif. Repoussant les os, il s'empara du dernier papier, qu'il fourra dans sa poche. Il allait rebrousser chemin lorsqu'il aperçut un gros rat, dérangé par le bruit, qui le contemplait, dents jaunes dénudées.

Black recula, éternua de nouveau et agita la main. L'animal recula en piaillant, sans fuir pour autant. Black s'empara d'un fémur pour en menacer la sale bête. Le rat disparut aussitôt dans un petit tas de pierres placé contre le mur du fond.

Curieux, Black s'avança. Les pierres ne s'étaient pas détachées du plafond, contrairement à ce qu'il avait cru ; elles n'étaient pas en grès comme la grotte. À la base du tas, le rat avait creusé son trou, qu'il avait entouré de brindilles et de feuilles de cactus.

Black s'approcha à quatre pattes, fronçant le nez à cause de la forte odeur de guano et d'urine. Balayant le trou de rat avec sa torche, il vit que celui-ci menait à un espace noir, un grand espace noir.

Il étudia de nouveau les pierres. Non, ce tas n'était pas dû à un phénomène naturel mais le produit d'un acte délibéré. On avait pris de grandes précautions pour masquer cette ouverture : Aragon avait dû passer devant des dizaines de fois sans la remarquer, et pourtant il avait de bons yeux, même pour un archéologue. Mais Black avait l'œil plus perçant encore.

Il s'assit dans le noir, sentant les battements de son cœur s'accélérer. On avait délibérément caché quelque chose derrière ce tas de pierres – astucieusement, laborieusement. Une sépulture, certainement, voire des catacombes. Sans doute d'une grande valeur archéologique. Black s'assura qu'il était bien seul. Aragon était occupé par son analyse *post mortem* des tissus prélevés sur Holroyd. Il braqua de nouveau sa torche dans le trou.

Cette fois, il aperçut un reflet.

Il retira sa torche, se redressa et resta immobile un instant. Puis il fit une chose qu'il n'avait encore jamais faite. Il saisit un os et se mit à écarter les petites pierres autour du trou à rats. Soigneusement d'abord, puis de plus en plus vite. Il oublia tout, inconfort, maladie, poison ; il n'avait plus qu'une idée en tête, qu'un désir : découvrir ce qui se trouvait derrière.

La poussière commençait à durcir sur sa peau trempée de sueur ; il se noua un bandana sur le nez et la bouche, et continua. L'os se brisa ; il poursuivit à la main. En cinq minutes, il avait suffisamment agrandi le trou pour pouvoir s'y glisser.

Haletant, il s'essuya les mains sur son pantalon et arracha le bandana de sa bouche. Puis il se faufila à l'intérieur.

Il se redressa péniblement en haletant. L'air était dense, chaud et étonnamment humide. Black regarda autour de lui, sa torche perçant des écheveaux de poussière.

Presque immédiatement il revit le reflet – l'éclat indubitable de l'or – et, pendant une seconde, son cœur s'arrêta de battre. Il se trouvait dans une vaste grotte aveugle. Une vaste grotte dominée par une autre grande kiva. Sur le flanc de cette dernière, un disque énorme gravé et peint étincelait d'un éclat doré dans le faisceau de sa lampe. La grande kiva avait jadis comporté une porte sur le côté, bouchée, elle aussi, par des pierres et à demi enterrée dans le sable. Derrière elle s'élevait un exquis pueblo anasazi, petit mais parfait, ses deux étages de maisons scellés dans la grotte, intactes depuis plus de sept siècles.

Black se redressa tant bien que mal, s'approcha de la kiva, et effleura le disque d'or d'une main tremblante. On avait créé l'effet doré avec un pigment jaune profond – de l'ocre, certainement – mélangé à des paillettes écrasées de mica. Puis on avait poli le tout, créant une surface chatoyante qui présentait une ressemblance remarquable avec l'or. On avait utilisé la même méthode que pour le disque de la kiva de la pluie, à la différence près que celui-ci mesurait trois mètres de diamètre.

Black sut alors qu'il venait de découvrir la kiva du soleil.

42.

Le ciel de l'après-midi avait perdu son aspect sale pour accueillir les derniers rayons dorés du couchant. Déjà, l'obscurité de la nuit nappait le fond du canyon, formant un contraste étrange avec l'étroite bande lumineuse de ciel au-dessus. La brève ondée avait libéré les parfums du désert : le sable humide, l'odeur suave des peupliers mêlée à celle du cèdre qui se consumait dans le feu de Bonarotti.

Bataillant pour fermer l'un des sacs imperméables, Nora ne remarquait ni la beauté du paysage ni les parfums. Elle se trouvait encore sous le choc des événements de la journée et, pour elle, la vallée était tout sauf bienveillante. Rentrés quelques minutes plus tôt de leur sinistre mission, Swire et Smithback se reposaient à présent près du feu, épuisés, le visage vide de toute expression.

Elle hissa péniblement le sac sur le tas d'équipement, dont la taille ne cessait d'augmenter, en prit un vide et commença à le remplir. La plus grande partie de la soirée serait consacrée à emballer le matériel, à en cacher une partie, et à préparer le reste en vue de la longue traversée du canyon conduisant à la vallée des chevaux. Une fois qu'ils auraient plié bagage et quitté cet endroit porteur de discorde, ils formeraient de nouveau une équipe, elle en était sûre ; du moins le temps de rapporter les détails de leur remarquable découverte à l'Institut.

Nora entendit un cri rauque provenant de l'échelle de corde. Elle leva les yeux. Aaron Black approchait dans le crépuscule, visage gris de poussière, vêtements sales, cheveux en bataille. L'espace d'un instant, terrifiant, elle se dit qu'il avait attrapé ce qui avait tué Holroyd. Mais sa peur fut vite chassée par l'expression de triomphe du savant.

— Où est Sloane ? beugla-t-il avant de mettre ses mains en porte-voix : Sloane ! Sloane !

— Vous vous sentez bien ? demanda Nora.

Quand Black se tourna vers elle, elle vit la sueur jaillir de la boue collée à son front et couler en ruisselets bruns sur sa peau.

— Je l'ai trouvée.

— Quoi ?
— La kiva du soleil.
Nora se redressa et lâcha le sac.
— Pardon ?
— Il y avait une ouverture bouchée à l'arrière de la cité. Personne ne l'avait remarquée. Mais moi, je l'ai vue. (La poitrine de Black se soulevait, il avait du mal à articuler.) Derrière le boyau, il y a un passage qui mène à une autre grotte. Nora, toute une cité secrète s'y cache. Dominée par une grande kiva, une kiva scellée. Cela ne ressemble à rien de ce que nous avons vu jusque-là.
— Attendez ! parvint à dire Nora. Que je comprenne bien : vous avez cassé un mur ?
Black acquiesça en souriant largement
Nora sentit la colère l'envahir.
— J'avais explicitement interdit ce type de violation. Mon Dieu, Aaron, vous n'avez fait qu'ouvrir une autre zone aux pillards. Vous avez oublié que nous sommes sur le point de partir ?
— Mais nous ne pouvons pas partir maintenant. Pas après cette découverte.
— Nous partons, point à la ligne. À la première heure demain matin.
Black resta figé sur place, visiblement partagé entre la fureur et l'incrédulité.
— Vous n'avez pas entendu ce que j'ai dit. J'ai trouvé la kiva du soleil. Nous ne pouvons pas partir maintenant. L'or sera volé.
— L'or ?
— Bon Dieu ! Nora, mais qu'est-ce que vous croyez qu'il y a là-dedans ? Du blé ? Les preuves sont confondantes. Je viens juste de découvrir le Fort Knox anasazi.
Nora le fixait, littéralement consternée, lorsqu'elle vit Sloane arriver, son gros appareil photo coincé sous le bras.
— Sloane ! s'écria Black. Je l'ai trouvée !
Il se rua sur elle et l'enlaça. Souriante, celle-ci se dégagea et les regarda tous les deux avec perplexité.
— Que se passe-t-il ? demanda-t-elle en posant délicatement l'appareil photo par terre.
— Black a trouvé une grotte scellée derrière la cité. Il dit que la kiva du soleil est dedans.

Sloane jeta un coup d'œil à Black ; elle ne souriait plus.

— C'est là-bas, Sloane. Une grande kiva de dix-huit mètres de diamètre, avec un disque du soleil peint sur le flanc.

Le visage de Sloane était un kaléidoscope d'émotions.

— Quel genre de disque ?

— Un grand soleil en pigment jaune, mêlé à du mica et poli. On dirait de l'or. J'ai cru que c'était de l'or quand je l'ai découvert.

Sloane blêmit, puis s'empourpra.

— De la peinture mélangée à du mica ?

— Oui. De la biotite écrasée, d'une nuance dorée. Une géniale imitation de l'or. Ce qui est exactement le genre de représentation symbolique qu'on trouverait à l'extérieur s'ils y entreposaient...

— Emmène-moi là-bas, intima Sloane d'une voix pressante.

Black lui prit la main et ils s'éloignèrent.

— Une seconde ! hurla Nora.

Ils se retournèrent, et elle vit avec consternation leurs regards enfiévrés.

— Attendez un peu. Aaron, vous vous conduisez en amateur, pas en scientifique. Vous n'auriez jamais dû pénétrer par effraction à l'arrière de la grotte. Je suis désolée, mais il n'est pas question que de nouvelles violations se produisent.

Sloane la fixa sans piper, mais Black se rembrunit.

— Moi aussi, je suis désolé, mais nous y allons.

Nora comprit que ce n'était pas la peine de discuter avec lui et s'adressa à Sloane :

— Bien ou mal, tout ce qui se passe ici figurera dans le rapport final. Sloane, songez un peu à la réaction de votre père s'il apprend que nous avons fait irruption dans cette kiva. Si Black ne se trompe pas, cela pourrait être la découverte la plus importante qui soit. Cela fait une raison de plus de procéder avec prudence.

À la mention de Goddard, l'expression d'avidité parut quitter le visage de Sloane. Elle se raidit, luttant pour reprendre son sang-froid.

— Nora, venez avec nous, dit-elle avec un sourire. Nous ne ferons qu'observer. Quel mal y a-t-il à cela ?

— Exactement, renchérit Black. Je n'ai touché à rien. Rien ne s'est produit qui ne pourrait figurer dans un rapport officiel.

Nora les regarda tour à tour. Smithback, Swire et Bonarotti, qui s'étaient approchés, ne perdaient pas une miette de la discussion. Seul Aragon manquait à l'appel. Nora jeta un coup d'œil à sa montre : près de sept heures. Elle songea à ce que venait d'annoncer Black : une cité cachée, la kiva du soleil. Qu'avait dit Aragon dans la kiva de la pluie déjà ? « Il manque encore une pièce du puzzle. Je pensais la trouver dans cette kiva. Mais je n'en suis plus si sûr à présent. » Si Aragon était là, il désapprouverait certainement. Mais la découverte de Black apportait peut-être la clé du site. Que celle-ci risque d'être pillée et détruite après leur départ emplissait Nora d'une colère impuissante. Ils avaient l'obligation de faire un relevé de la grotte intérieure, au moins des photos. En outre, si elle voulait préserver la cohésion du groupe, elle n'avait pas le choix, il fallait qu'elle cède un peu de terrain. Le mal était fait. On réglerait le problème de la transgression de Black plus tard, et ce n'est pas elle qui s'en chargerait.

— D'accord, finit-elle par dire. Nous allons faire une visite rapide. Le temps de prendre des photos et de décider du meilleur moyen de sceller de nouveau la grotte. Plus de violations. C'est clair ? Sloane, prenez votre appareil. Aaron, allez chercher la lampe fluorescente.

Dix minutes plus tard, le petit groupe s'entassait dans la grotte intérieure. Nora contemplait ce qui l'entourait, impressionnée, dépassée malgré elle par la richesse du site, par le petit joyau parfait qu'était la cité anasazie cachée derrière la mystérieuse kiva. La lueur verdâtre de la lampe dessinait des motifs de lanterne magique sur les murs irréguliers. Il s'agissait d'un petit pueblo, pas plus de trente pièces ; sans aucun doute une sorte de saint des saints pour les prêtres. Pour cette seule raison, il serait passionnant à étudier.

La kiva du soleil elle-même ne portait pas de décorations en dehors du grand disque poli, brillant dans la lumière crue. Une poussière épaisse tapissait sa base et ses murs. On avait minutieusement couvert la kiva d'adobe, et Nora nota que la seule ouverture latérale avait été bloquée par des pierres.

— Regardez cette maçonnerie, dit Black. Je n'ai jamais vu de kiva aussi fortifiée.

Une échelle était appuyée contre un flanc du monument.

— Elle était contre le pueblo, s'empressa de préciser Black en suivant le regard de Nora. Je l'ai apportée ici pour grimper sur le toit. Il n'y a pas d'ouverture. On a totalement scellé cette kiva. Comme si elle dissimulait quelque chose, conclut-il d'une voix plus basse.

Sloane s'approcha du disque du soleil. Elle l'effleura, presque avec respect. Puis elle jeta un coup d'œil à Nora, installa son appareil photo et entreprit de le régler.

Le groupe resta silencieux pendant qu'elle prenait des clichés de la kiva et du pueblo sous divers angles. Puis elle replia son trépied et rangea l'appareil dans sa boîte.

Contrairement à son habitude, Smithback ne prenait pas de notes. La tension était palpable, très différente de celle que Nora avait sentie jusque-là pendant les fouilles.

— Fini ?

Sloane acquiesça.

— Avant notre départ demain matin, continua Nora d'une voix volontairement neutre, nous reboucherons le trou le mieux possible. Il n'y a pas grand-chose qui puisse attirer un pilleur derrière les greniers. Si nous dissimulons bien le trou, ils n'y verront que du feu.

— Avant notre départ ? répéta Black.

Nora hocha la tête.

— Grand Dieu ! Nous ne pouvons partir avant d'avoir ouvert cette kiva.

Nora les regarda les uns après les autres.

— Nous partons demain. Et personne n'ouvre cette kiva.

— Si nous ne le faisons pas maintenant, intervint Sloane d'une voix forte, il ne restera rien à notre retour.

Il y eut un silence tendu, que rompit Bonarotti :

— Moi aussi, j'aimerais bien voir cette kiva pleine d'or.

Nora attendit, respirant régulièrement, réfléchissant à ce qu'elle allait dire.

— Sloane, Aaron. Cette expédition traverse une crise. Il y a eu un mort. Des gens ont tué nos chevaux et risquent aussi d'essayer d'attenter à notre vie. Ouvrir et faire un relevé correct de cette kiva prendrait des jours. Nous n'avons pas le temps... Je suis le chef de l'expédition. C'est à moi de décider. Nous partons demain.

— Je n'accepte pas votre décision, dit Sloane à voix basse. Nous sommes à l'aube de la plus grande découverte, et quelle est votre réponse ? On rentre. Vous êtes bien comme mon père. Il faut que vous contrôliez tout. Eh bien, il s'agit aussi de ma carrière. C'est ma découverte autant que la vôtre. Si nous partons maintenant, cette kiva sera pillée. Et vous aurez jeté au panier ce qui représente peut-être la plus grande découverte de l'archéologie américaine. (Elle tremblait de colère.) Je suis une menace pour vous depuis le début. Mais c'est votre problème, pas le mien. Et je ne vous laisserai pas intervenir ainsi dans ma carrière.

— Vous parlez de votre père. Laissez-moi vous rappeler ce qu'il nous a dit juste avant notre départ pour Quivira : « Vous représentez l'Institut. Et l'Institut représente les normes les plus élevées de la recherche et de l'éthique archéologiques. » Sloane, tout ce que nous faisons ici, tout ce que nous disons ici, va être étudié, disséqué, interprété par d'innombrables gens. Je sais ce que vous ressentez. J'ai autant envie que vous d'ouvrir cette kiva. Nous reviendrons le faire dans les règles. Je vous promets que votre mérite sera reconnu. Mais jusque-là, j'interdis formellement l'ouverture de cette kiva.

— Si nous partons maintenant, il ne restera rien à notre retour, répéta Sloane en regardant Nora droit dans les yeux. Et c'est nous qui serons obligés de nous livrer à des interprétations. Partez, je ne vous retiens pas. Laissez-moi simplement mon cheval et des vivres.

— C'est votre dernier mot ?

Sloane la fixa sans piper.

— Très bien, alors je n'ai pas le choix : je vous relève de vos fonctions dans l'équipe.

Les yeux de Sloane s'écarquillèrent. Elle se tourna vers Black.

— Je ne suis pas sûr que vous puissiez faire ça, articula ce dernier, sans grande conviction.

— Et comment qu'elle le peut, intervint Smithback. Jusqu'à preuve du contraire, Nora est le chef de cette expédition. Vous avez entendu ce qu'elle a dit : on ne touche pas à cette kiva.

— Nora, reprit Black d'un ton presque suppliant. Je ne pense pas que vous mesuriez l'ampleur de cette découverte. De l'autre côté de ce mur en adobe se trouve une rançon de roi en or aztèque. Nous ne pouvons pas l'abandonner aux…

Ignorant Black, Nora fixait toujours Sloane d'un air dur. Mais celle-ci ne voyait que le grand disque peint sur le flanc de la kiva, étincelant dans la lumière fluorescente. Puis elle jeta un regard haineux à Nora et se dirigea vers le boyau. Black résista un peu plus longtemps, fixant alternativement la kiva et Nora. Enfin, après avoir dégluti, il s'arracha au spectacle et disparut.

43.

Skip Kelly descendait prudemment la Tano Road North en s'efforçant de ne pas tomber dans le fossé – une route de terre affreuse, tout en ornières : un genre très prisé dans de nombreux quartiers chics de Santa Fe. Environ tous les deux cents mètres, il passait devant une grille imposante en fer forgé, flanquée de piliers en adobe, derrière laquelle on voyait serpenter un chemin étroit entre des pins pignons : portails de demeures invisibles. De temps en temps il apercevait des bâtiments – le pavillon d'un gardien, une grange immaculée, une maison énorme sur une crête – mais la plupart des grandes propriétés de Tano Road étaient si bien cachées qu'on soupçonnait à peine leur existence.

La route devint encore plus étroite. Skip ralentit encore, posa le pied sur l'embrayage, repoussa l'énorme museau de Teddy Bear et vérifia une fois de plus le numéro noté sur un bout de papier, tâche qui n'avait rien de facile dans la faible lumière du crépuscule. Il n'était plus très loin.

Il franchit le sommet d'une colline et vit la route s'arrêter dans un bosquet d'armoises. À gauche, un grand rocher de granite s'élevait de terre. On avait poli sa surface avant d'y graver simplement les lettres ESG. Derrière le rocher se trouvait une vieille barrière de ranch. Elle avait l'air plus mal en point que les monstruosités étincelantes que Skip venait de croiser. Mais si la barrière avait l'air minable, il vit en s'approchant qu'elle était très solide. À côté il repéra un Interphone.

Laissant tourner le moteur, il descendit de la Volkswagen, pressa l'unique bouton rouge sous l'Interphone et attendit. Une minute passa, puis deux. Il allait remonter en voiture quand l'appareil s'anima :

— Oui ? Qui est-ce ?

Un peu surpris, Skip ne reconnut pas l'inflexion d'une gouvernante, d'un chauffeur ou d'un valet de pied. C'était la voix autoritaire du propriétaire, Ernest Goddard soi-même.

— C'est Skip Kelly.

L'Interphone resta silencieux.

— Le frère de Nora Kelly.

La végétation bougea près de la barrière, et Skip vit une caméra intelligemment dissimulée se tourner vers lui. Puis elle se braqua sur la Volkswagen. Skip tiqua intérieurement.

— Que se passe-t-il, Skip ? reprit la voix sans amabilité.

Skip déglutit.

— Il faut que je vous parle, monsieur. C'est très important.

— Pourquoi maintenant ? Vous travaillez à l'Institut, n'est-ce pas ? Cela ne peut pas attendre lundi ?

Skip ne précisa pas qu'il avait passé la journée à débattre du bien-fondé de ce déplacement.

— Non. Du moins je ne crois pas.

Il attendit, douloureusement conscient de la caméra qui le dévisageait, se demandant ce que le vieil homme dirait. Mais celui-ci resta silencieux. Skip entendit le claquement d'une serrure et la vieille barrière s'ouvrit lentement.

Il remonta en voiture, passa une vitesse et franchit la barrière. L'allée serpentait sur une crête peu élevée. Au bout de deux cents mètres, elle plongeait dans une descente, virait sec et remontait. Skip découvrit alors une magnifique propriété sur le sommet de la crête suivante, sa façade d'adobe cramoisie dominée par les monts de Sangre de Cristo. Malgré lui, il s'arrêta un instant, admiratif. Puis il parcourut lentement le reste de l'allée et gara sa Coccinelle près d'un vieux camion Chevy et d'une Mercedes Gelaendewagen.

Il descendit de voiture et ferma la portière derrière lui.

— Tu restes ici, dit-il à Teddy Bear.

C'était un ordre inutile. Les vitres avaient beau être complètement baissées, massif comme il l'était, le chien n'aurait jamais eu la place de passer.

La maison s'ouvrait par une énorme porte zaguan du XVIIIe siècle. Piquée dans une hacienda du Mexique, je parie, pensa Skip. Serrant un livre sous son bras, il chercha une sonnette, et, n'en trouvant pas, frappa.

Presque immédiatement, un battant s'ouvrit sur un long couloir, fort luxueux mais à peine éclairé. Au bout, Skip aperçut un jardin agrémenté d'une fontaine. Devant lui se dressait Ernest Goddard vêtu d'un costume dont les couleurs assourdies semblaient assorties aux murs derrière lui. Les longs cheveux blancs et la barbe taillée de près encadraient un regard bleu vif visiblement contrarié. Il pivota sur lui-même sans un mot, et Skip suivit sa silhouette émaciée dans le couloir, écoutant le claquement de ses talons sur le marbre.

Goddard fit entrer Skip dans une vaste bibliothèque en acajou dotée d'une mezzanine. Un escalier en colimaçon de fer forgé menait à l'étage et à d'autres livres. Goddard ferma à clé une petite porte à l'extrémité de la pièce et fit signe à Skip de s'asseoir dans un vieux fauteuil en cuir à côté de la cheminée en calcaire. Prenant place en face de lui, il croisa les jambes, toussota et le regarda d'un air interrogateur.

Skip se rendit alors compte qu'il ne savait pas du tout par où commencer. Il gigota, saisi d'une nervosité inhabituelle. Puis, se rappelant le livre coincé sous son bras, il le montra.

— Vous avez entendu parler de ce livre ?

— Entendu parler ? murmura Goddard avec une nuance d'irritation. Bien entendu ! C'est un classique de l'anthropologie.

Skip se tut. Dans le calme de la bibliothèque, ce qu'il croyait avoir découvert paraissait soudain un peu ridicule. Il comprit que le mieux serait de raconter ce qui s'était passé.

— Il y a quelques semaines, ma sœur a été agressée dans notre vieux ranch derrière Buckman Road.

— Oh ? fit Goddard en se penchant vers lui.

— Elle s'est fait attaquer par deux personnes. Deux personnes portant des peaux de loup et pas grand-chose d'autre. Il faisait nuit, elle ne les a pas très bien vues, mais elle a remarqué qu'elles étaient couvertes de taches blanches. Elles portaient de vieux bijoux indiens.

— Des porteurs de peaux, ajouta Goddard. Ou du moins, des gens jouant les porteurs de peaux.

— Oui, répondit Skip soulagé de ne pas percevoir de mépris dans la voix de son hôte. Les agresseurs de Nora se sont aussi introduits dans son appartement où ils ont volé sa brosse pour lui prendre des cheveux.

— Ses cheveux, acquiesça Goddard. Cela correspondrait au *modus operandi* des porteurs de peaux. Ils ont besoin d'éléments corporels d'un ennemi pour réussir leur sorcellerie.

— C'est exactement ce que dit ce livre, renchérit Skip.

Brièvement, il raconta que ses propres cheveux étaient sur la brosse et qu'il avait failli mourir quand ses freins avaient mystérieusement lâché.

Goddard l'écouta en silence.

— Que voulaient-ils à votre avis ? demanda-t-il quand Skip se tut.

Le jeune homme s'humecta les lèvres.

— Ils cherchaient la lettre que Nora a trouvée. Celle que mon père avait écrite.

Goddard se raidit soudain, tout son corps exprimait la surprise.

— Pourquoi Nora ne me l'a-t-elle pas dit ?

Sa voix, qui avait jusque-là exprimé un intérêt plutôt tiède, était à présent coupante d'irritation.

— Elle ne voulait pas faire échouer l'expédition. Elle s'est dit qu'elle avait besoin de la lettre pour trouver la vallée et que, si elle quittait rapidement et discrètement la ville, on ne la retrouverait pas.

Goddard soupira.

— Mais ce n'est pas tout. Il y a quelques jours, notre voisine, Teresa Gonzales, a été assassinée au ranch. Peut-être en avez-vous entendu parler ?

— Je me rappelle avoir lu quelque chose à ce sujet.

— Savez-vous que le corps était mutilé ?

Goddard secoua la tête.

Skip frappa son livre du dos de la main.

— Mutilé exactement comme il est décrit dans ce livre. Doigts et orteils coupés, la mèche de cheveux à l'arrière de son crâne scalpée. Un disque de crâne découpé en dessous. Selon ce livre, c'est par là que la force de vie entre dans le corps.

Les yeux bleus de Goddard étincelèrent.

— La police a dû vous interroger à propos de ce meurtre. Vous leur en avez parlé ?

— Non, fit Skip, hésitant. Pas exactement. Vous imaginez leur réaction si on leur parlait de sorciers indiens ? (Il posa le livre.) Mais c'est bien ce que les assassins étaient. Ils voulaient cette lettre. Et ils étaient prêts à tuer pour la récupérer.

Goddard parut soudain très loin.

— Oui, murmura-t-il. Je comprends pourquoi vous êtes venu. Ils s'intéressent aux ruines de Quivira.

— Ils ont disparu à peu près au moment du départ de l'expédition, peut-être un ou deux jours plus tard. En tout cas, ils ne se sont pas manifestés depuis. Et j'ai surveillé l'appartement de Nora. J'ai peur qu'ils aient suivi l'expédition.

Le visage émacié de Goddard vira au gris.

— Hier nous avons perdu le contact radio.

La terreur fondit sur Skip. C'était justement ce qu'il ne voulait pas entendre.

— Un problème technique, peut-être ?

— Je ne crois pas. Le système a des dispositifs de secours. Et selon votre sœur, le technicien de l'image, Holroyd, serait capable de fabriquer un émetteur avec une ficelle et des boîtes de conserve.

Le vieil homme se leva, s'approcha d'une petite fenêtre perdue au milieu des livres et contempla les montagnes, mains dans les poches. Un silence s'installa dans la pièce, ponctué par le tic-tac régulier d'une vieille horloge comtoise.

— Docteur Goddard, laissa soudain échapper Skip, incapable de se contenir plus longtemps. Je vous en prie. Nora est la seule famille qui me reste.

Goddard parut ne pas avoir entendu. Puis il se tourna et Skip lut sur son visage une résolution inébranlable.

— Oui, dit-il en se dirigeant vers un téléphone posé sur un bureau voisin. Et la seule famille qui me reste est là-bas avec elle.

44.

Cette nuit-là, une pluie faible mais régulière tambourina sur les tentes de l'expédition. Pourtant, au lever du soleil, le ciel était dégagé : une étendue de bleu, claire et propre, sans un nuage à l'horizon. Après une longue nuit agitée pendant laquelle elle avait partagé les tours de garde avec Smithback, Nora n'était pas mécontente de sortir dans la fraîcheur du matin. Les oiseaux emplissaient les arbres de leurs pépiements et les gouttes qui coulaient des feuilles réfractaient les rayons du soleil.

Lorsqu'elle émergea de la tente, ses bottes s'enfoncèrent dans le sable humide. Le niveau du ruisseau avait légèrement monté – ces premières pluies avaient été suffisamment faibles pour être absorbées par le sable. Cependant le sol était à présent saturé. Il fallait qu'ils sortent du canyon avant une autre averse s'ils ne voulaient pas être piégés par l'eau montante – voire pire.

Elle jeta un coup d'œil sur la rangée de sacs rassemblés la veille. Ils n'emportaient que le minimum nécessaire pour rentrer à Wahweap – des vivres, les tentes, l'équipement essentiel, les documents. Le reste était dissimulé dans une salle vide de la cité.

Pour une fois, Bonarotti se leva tôt, s'occupa du feu, et prépara du café dans sa machine à expressos. Il regarda Nora s'approcher en se frottant des yeux pleins de sommeil.

— Café ?

Elle le remercia d'un signe de tête lorsqu'il lui tendit une tasse brûlante.

— Il y a vraiment de l'or dans cette kiva ? demanda tranquillement le cuisinier.

Nora s'assit sur une bûche et but son café.

— Non. Les Anasazis n'avaient pas d'or.

— Comment pouvez-vous en être aussi sûre ?

Nora soupira.

— Faites-moi confiance. En un siècle et demi de fouilles, on n'en a pas trouvé un gramme.

— Mais Black ? Ce qu'il a dit ?

Nora secoua la tête. Si je ne les sors pas d'ici aujourd'hui, je n'y arriverai jamais, songea-t-elle

— Tout ce que je peux vous dire, c'est qu'il a tort.

Le cuisinier remplit sa tasse, puis se tourna vers le feu, silencieux et visiblement contrarié. Pendant que Nora sirotait son café, le reste du groupe commença à s'agiter. Lorsqu'ils la rejoignirent, Nora comprit que la tension de la veille n'avait pas disparu. Black s'assit près du feu et resta le nez dans son café, l'air sombre et furieux. Smithback adressa un sourire las à Nora, lui tapota l'épaule et se retira sur un rocher pour prendre des notes dans son carnet. Aragon avait l'air lointain et absorbé. Sloane fut la dernière à faire son apparition. Elle évita le regard de Nora. Un silence résolu tomba sur le campement. Personne n'avait l'air d'avoir beaucoup dormi.

Nora comprit qu'elle avait intérêt à poursuivre les préparatifs de départ sans laisser à personne une seconde pour ruminer. Elle vida sa tasse et s'éclaircit la gorge :

— Voici comment nous allons procéder. Enrique, préparez le matériel médical dont nous aurons besoin. Luigi empaquettera les derniers vivres. Aaron, vous allez grimper sur la falaise pour écouter le bulletin météo.

— Mais le ciel est bleu, protesta ce dernier, en jetant un regard dégoûté à l'échelle de corde.

— Ici, il est bleu. Seulement la saison des pluies a commencé, et cette vallée sert de goulot d'écoulement aux eaux du plateau de Kaiparowits. S'il pleut là-bas, nous risquons une crue aussi sûrement que s'il nous pleuvait directement sur la tête. Personne ne s'engagera dans le canyon sans connaître les prévisions météo.

Elle regarda Sloane, mais il lui fut impossible de dire si cette dernière avait entendu.

— Si c'est dégagé, continua Nora, nous ferons les derniers préparatifs pour partir. Aaron, une fois que vous avez les prévisions météo, scellez l'entrée de la kiva du soleil. Vous y êtes entré par effraction : je tiens à ce que vous la laissiez dans l'état où vous l'avez trouvée. Sloane et Smithback, vous porterez les derniers sacs imperméables dans la cachette. Dès qu'Aaron aura les prévisions météo, j'emprunterai le canyon avec un chargement, puis je m'assurerai que le site est sûr. Tout le monde sait ce qu'il a à faire ? Je veux que nous partions dans deux heures.

Tous acquiescèrent, sauf Sloane qui affichait une expression sombre et vide. Nora se demanda ce qui se passerait si, à la dernière minute, elle refusait de suivre le mouvement. Elle était sûre que Black ne resterait pas – au fond, il était bien trop lâche pour ça – mais Sloane, c'était une autre histoire. On verrait bien le moment venu.

Elle se levait quand un éclair de couleur attira son regard : Swire sortait du canyon. Quelque chose dans sa démarche la remplit de terreur. Faites qu'il n'y ait pas d'autres chevaux morts !

Swire arriva au camp au pas de course.

— Quelqu'un a pris le cadavre de Holroyd, dit-il en essayant de retrouver son souffle.

— Quelqu'un ? fit Aragon sèchement. Vous êtes sûr que ce ne sont pas des animaux ?

— À moins qu'un animal puisse scalper un homme, couper ses orteils et ses doigts et découper un morceau de son crâne. Il est dans le ruisseau, pas très loin de l'endroit où nous l'avons placé.

Ils se regardèrent tous, horrifiés. Nora jeta un coup d'œil à Smithback et comprit à son expression qu'il se souvenait lui aussi de ce que Beiyoodzin leur avait raconté.

— Peter... (la voix de Nora flancha. Elle déglutit.) Vous êtes allé voir les chevaux ? s'entendit-elle demander.

— Les chevaux vont bien.

— Ils sont prêts à nous emmener ?

— Oui.

— Alors il n'y a pas de temps à perdre, poursuivit Nora en se levant et en posant sa tasse sur la table. J'emporte ce chargement, je traverse le canyon avec et j'embarque le cadavre de Peter en chemin. Il faudra qu'on le mette sur un des chevaux. J'ai besoin de quelqu'un pour m'aider.

— Moi, répondit aussitôt Smithback.

Nora le remercia d'un signe de tête.

— Moi aussi, je viens, dit Aragon. J'aimerais examiner le cadavre.

— Vous avez des choses à faire ici...

Nora s'interrompit en croisant son regard.

— Très bien. Une troisième personne ne sera pas de trop. Écoutez-moi tous : restez deux par deux. Je ne veux voir personne se déplacer seul. Sloane, vous feriez bien d'accompagner Aaron.

Personne ne broncha. Nora les regarda. La tension qui lui avait mis les nerfs à fleur de peau – sa peur et son dégoût à l'idée qu'on ait violé le dernier repos de Peter – se mua soudain en exaspération.

— Nom de Dieu ! Mais qu'est-ce que vous attendez ? Bougez-vous !

45.

En silence, Aaron Black suivit Sloane jusqu'à l'échelle de corde. Leur discussion de la nuit précédente n'avait rien résolu. À la dernière minute, Sloane refuserait de partir ; Black l'aurait juré. Pourtant, lorsqu'il lui avait posé la question, elle était restée évasive, visiblement agacée. Il ne le lui avouerait jamais, mais son désir forcené de poursuivre commençait à céder devant la peur, peur de ce qui avait tué Holroyd – pire, de ce qui avait attaqué leurs chevaux et leur matériel –, et maintenant, encore, de ce qui avait mutilé la dépouille de Holroyd.

Sloane se hissa sur le premier degré de l'échelle et se mit à grimper. Irrité qu'elle ne s'assure pas qu'il enfilait bien son baudrier, Black le mit, le testa et suivit le mouvement. Il détestait monter ; baudrier ou non, cela le terrifiait de se retrouver en train de se balancer contre une paroi à cent cinquante mètres de hauteur, accroché à rien d'autre qu'une mince corde de Nylon.

Mais en gravissant l'échelle, lentement, péniblement, un degré après l'autre, il sentit sa terreur se dissiper. Une phrase se mit à hanter son esprit ; une phrase qui l'obsédait depuis sa découverte de la kiva du soleil, comme une mélodie. Il récita le passage entier, silencieusement d'abord, puis à mi-voix. « Et alors, en agrandissant un peu le trou, j'insérai la bougie et jetai un coup d'œil à l'intérieur. Quand mes yeux s'habituèrent à la pénombre, des détails de la salle émergèrent lentement de la brume, d'étranges animaux, des statues et de l'or – partout l'éclat de l'or. »

Partout l'éclat de l'or. C'était cette ultime phrase, plus que toute autre chose, qui ne cessait de résonner dans sa tête comme un mantra.

Black repensa à son enfance, quand, à l'âge de douze ans, il avait lu le récit de Howard Carter rapportant sa découverte de la tombe de Toutankhamon. Il se rappelait aussi bien ce jour que le passage du texte lui-même : c'était à ce moment qu'il avait décidé de devenir archéologue. Bien entendu, ses études lui avaient bientôt ôté l'idée qu'il trouverait une autre tombe digne de celle de Toutankhamon. Et il avait récolté de riches récompenses professionnelles dans la boue – de très riches récompenses. Sa carrière ne lui avait jamais apporté la moindre déception. Jusqu'à maintenant.

Il grimpait, degré après degré, s'arrêtant de temps à autre pour vérifier son baudrier. La boue constituait un maigre ersatz d'or. Il songea à tout l'or que Cortés avait fondu en barres et renvoyé en Espagne ; toutes ces splendides œuvres d'art transformées en lingots et perdues à jamais. Son trésor jumeau attendait dans cette kiva.

La fièvre qui l'avait saisi à l'âge de douze ans brûlait de nouveau en lui. Mais il était déchiré : il y avait des risques, il le savait. Pourtant, quitter la vallée sans voir l'intérieur de la kiva du soleil lui paraissait presque inconcevable.

— Sloane, parle-moi. Tu vas abandonner la kiva, comme ça ?

Pas de réponse.

Il grimpait toujours, suant et grognant. Au-dessus, il la vit qui s'apprêtait à franchir la terrifiante saillie avant le sommet. Le grès dégoulinait encore d'humidité après la pluie et luisait d'un cramoisi gorgé de sang.

— Sloane, dis quelque chose, s'il te plaît.

— Il n'y a rien à dire.

Black secoua la tête.

— Comment ton père a-t-il pu commettre l'erreur de lui confier la direction des opérations ? Si tu étais à sa place, nous ferions l'histoire en ce moment.

La seule réponse de Sloane fut de disparaître derrière la saillie. Prenant une profonde inspiration, Black la suivit. Deux minutes plus tard, il franchissait à son tour le bord et se jetait par terre dans le sable, épuisé, furieux, complètement abattu. Il aspira l'air goulûment, s'efforçant de retrouver son souffle. Il faisait beaucoup plus frais en hauteur où une forte brise soufflait. La végétation clairsemée sentait le pin et le genièvre. Black se redressa et se débarrassa de son baudrier encombrant.

— Tout ce chemin, tout ce travail, pour se voir privé de la plus grande découverte de tous les temps à la dernière seconde.

Sloane ne réagit pas. Il sentait sa présence, debout à côté de lui, silencieuse et immobile. *Partout l'éclat de l'or...* Il se demanda vaguement pourquoi elle ne bougeait pas. Marmonnant un juron, il se releva et la regarda.

Son expression était si inhabituelle qu'il ne put que rester là à l'observer. Blême, figée, elle fixait un point derrière les arbres, ses lèvres dégageant un peu les dents. Par un étrange effet de lumière, il vit ses yeux ambre virer à l'acajou, comme si une ombre venait de s'étendre sur eux. Il finit par se tourner lentement pour suivre la direction de son regard.

Une masse sombre dominait la crête, si énorme et si effrayante qu'il fallut un moment à Black pour comprendre de quoi il s'agissait. Un cumulus enveloppait la proue du plateau de Kaiparowits. Jamais il n'en avait vu de pareil : il ressemblait plus au champignon d'une explosion atomique qu'à un nuage. Sa base souillée courait sur une bonne cinquantaine de kilomètres le long du plateau, plongeant les sommets dans l'obscurité totale. Il s'élevait en un panache tourbillonnant haut d'un bon kilomètre et s'aplatissait contre la tropopause, formant une tête d'enclume d'au moins soixante kilomètres de large. Un lourd rideau de pluie s'échappait de sa base, aussi opaque que de l'acier, obscurcissant pratiquement tout le plateau d'un voile liquide. La masse étincelait d'éclairs, dans un silence que la distance rendait angoissant. Hypnotisé, terrifié, Black vit l'orage étendre ses tentacules sales sur le ciel bleu. Même l'atmosphère sur le sommet du canyon semblait se charger d'électricité, l'odeur de la violence dérivant à travers les pins pignons comme si elle revenait d'un lointain champ de bataille.

Black resta figé, paralysé par cette vision affreuse, tandis que Sloane se dirigeait lentement, telle une somnambule, vers l'arbre écorché qui abritait le récepteur météo. On entendit le claquement d'un commutateur, puis une vague de parasites. Lorsque l'appareil s'arrêta sur la longueur d'onde fixée d'avance, les parasites cédèrent la place à la voix monotone et nasale du météorologue de Page récitant une litanie de détails, de statistiques et de chiffres. Puis Black entendit, avec une clarté surnaturelle, le bulletin météo : « Ciel dégagé et réchauffement des températures pour le reste de la journée, avec moins de cinq pour cent de risques de précipitations. »

Son regard passa des nuages d'orage au ciel au-dessus de leur tête : lumineux, d'un bleu parfait. Il contempla la vallée de Quivira, paisible et silencieuse, le campement baigné du soleil matinal. L'opposition était telle que, un instant, il ne la saisit pas.

Avec ses dents légèrement découvertes, Sloane avait l'air d'une bête sauvage, le corps tendu par une sorte d'épiphanie intérieure. Elle éteignit l'appareil.

— Que... commença-t-il.

Mais l'expression de Sloane le réduisit au silence.

— Tu as entendu les ordres de Nora. Démontons cela et redescendons au campement, dit-elle d'une voix neutre.

Elle se hissa dans le genévrier et, en un clin d'œil, détacha l'antenne, descendit le récepteur et le glissa dans un filet. Elle regarda Black.

— Allons-y.

Sans un mot de plus, elle hissa le sac sur son épaule et rejoignit l'échelle. Elle disparut dans l'espace bleu.

Un peu perdu, Black boucla lentement son baudrier, s'empara de l'échelle de corde et entreprit de suivre Sloane.

Dix minutes plus tard, il sautait de l'échelle. Il avait tellement l'esprit ailleurs qu'il ne réalisa qu'il était arrivé à bon port qu'en sentant son pied s'enfoncer dans le sable humide. Il resta là, irrésolu, puis leva de nouveau les yeux. Le ciel était bleu azur d'un bout à l'autre du canyon. Rien n'indiquait qu'un cataclysme faisait rage à trente kilomètres de là, source d'une catastrophe potentielle. Black retira son baudrier et regagna le campement d'une démarche raide. Malgré le poids du récepteur, Sloane avait descendu la paroi avec la vélocité d'une araignée.

La voix pressante de Nora tira Black de sa rêverie.

— Que dit le bulletin ? Sloane ? Nous n'avons pas de temps à perdre. Vous voulez bien me donner le bulletin météo ? insistait-elle visiblement exaspérée.

— Ciel dégagé et réchauffement des températures pour le reste de la journée, récita Sloane d'une voix monocorde. Moins de cinq pour cent de risques de précipitations.

Black vit la tension qui déformait les traits de Nora laisser place au soulagement. La lueur soupçonneuse et soucieuse disparut de son regard.

— Génial ! fit-elle avec un sourire. Merci, vous deux. J'aimerais que tout le monde aide à porter les derniers sacs dans la cachette. Ensuite, Aaron, vous pourrez aller sceller l'entrée de la grotte cachée. Roscoe, peut-être devriez-vous l'accompagner. Ne vous perdez pas de vue. Nous serons de retour pour prendre le dernier chargement dans environ quatre-vingt-dix minutes.

Black fut saisi d'une sensation étrange, complètement inconnue. Avec un sentiment croissant d'irréalité, il s'approcha de Sloane et regarda Nora héler Smithback, bientôt rejoint par Aragon. Puis tous les trois s'approchèrent de la rangée de matériel, mirent leur sac sur leur dos, et se dirigèrent vers l'embouchure du canyon.

Black finit par se tourner vers Sloane.

— Qu'est-ce que tu fabriques ? demanda-t-il d'une voix cassée.

— Comment ça, qu'est-ce que je fabrique ? Mais rien, Aaron.

— Mais nous avons vu…

— Qu'est-ce que nous avons vu ? siffla Sloane en se tournant vers lui. Je n'ai rien fait d'autre que d'aller chercher le bulletin météo et le communiquer à Nora. Comme elle l'avait exigé. Si tu as vu quelque chose, parle. C'est maintenant ou jamais.

Black la regarda droit dans les yeux : elle tremblait de tous ses membres, elle avait les lèvres blanches. Il jeta un coup d'œil vers l'extrémité du canyon, vit le groupe traverser le ruisseau, franchir l'éboulis et disparaître dans la terrible fissure.

Puis il se tourna vers Sloane. Devant son expression, sa tension s'évanouit. Lentement elle hocha la tête.

46.

John Beiyoodzin arrêta son cheval au sommet de la crête en dos-d'âne et contempla la vallée de Chilbah. L'animal s'était bien comporté dans la montée, mais il tremblait encore, trempé de sueur. Beiyoodzin attendait en lui murmurant des paroles apaisantes, pour lui donner le temps de se remettre. Le soleil de fin de matinée miroitait dans le fil d'eau paisible qui serpentait au fond de la vallée, ruban de vif-argent dans la verdure luxuriante. Au-dessus, sur les sommets, le vent soufflait sur les peupliers et les boqueteaux de chênes. Une odeur de sauge et d'ozone flottait dans l'air. Beiyoodzin sentit une rafale de vent presser son dos, comme pour le pousser dans le vide. Il domina son envie de se retourner ; il ne savait que trop bien ce qui menaçait derrière lui.

Le cheval s'ébroua ; Beiyoodzin lui tapota doucement l'encolure. Il ferma les yeux un instant, pour se calmer, essayant de se préparer à la confrontation qui l'attendait.

Mais le calme le fuyait. Il eut une soudaine bouffée de colère contre lui-même : il aurait dû tout dire à la femme quand l'occasion s'en était présentée. Elle avait été honnête avec lui. Et elle méritait de savoir. C'était stupide de ne lui avoir révélé que la moitié de l'histoire. Pis, cela avait été peu gentil et égoïste de mentir. Et maintenant, à cause de sa faiblesse, il était obligé de se lancer dans une expédition qu'il aurait voulu éviter à tout prix. Il arrivait à peine à faire face à la nature affreuse du mal qu'il lui fallait affronter. Et pourtant il n'avait pas le choix, il devait se préparer au conflit, à la mort peut-être.

Beiyoodzin voyait enfin clairement la situation, et il n'était pas fier du rôle qu'il avait joué. Seize ans plus tôt, un léger déséquilibre, une laideur mineure, *ni zshinitso*, avait été injecté dans le petit monde de son peuple – qui avait préféré l'ignorer. Et de ce fait, le petit déséquilibre était devenu un grand mal, comme ils auraient dû s'en douter. En sa qualité de guérisseur, Beiyoodzin aurait dû les inciter à agir. C'était précisément à cause de ce déséquilibre, de cette absence de vérité, que ces gens creusaient dans Chilbah. Il frémit. Et c'était à cause de ce déséquilibre que les *eskizzi*, les « coureurs de peaux de loup », avaient repris du service. Et maintenant c'était à lui qu'il incombait de corriger ce déséquilibre.

Finalement, il se tourna à contrecœur et regarda l'orage, surpris de le voir encore grandir et grossir, telle une immense bête malveillante : la manifestation physique du déséquilibre. L'orage libérait des colonnes de pluie encore plus épaisses, plus noires et plus denses sur le plateau de Kaiparowits. Une pluie torrentielle, vieille de cinq cents ans. Beiyoodzin n'en avait jamais vu de pareille.

Il balaya du regard le lointain paysage creusé de gorges entre l'orage et la vallée, essayant de repérer l'avancée des eaux, mais les canyons étaient trop encaissés. Dans son esprit, il voyait les pluies torrentielles s'abattre sur le grès de Kaiparowits, les gouttes formant des ruisselets, les ruisselets des ruisseaux, les ruisseaux des torrents... les torrents quelque chose d'indescriptible.

Il détacha un petit paquet d'une des sangles de sa selle un morceau de turquoise perforé et une pierre de mirage retenus par des crins à un petit sac en peau de daim, lui-même attaché à une plume d'aigle. Il ouvrit le sac, prit une pincée de farine de maïs et de pollen et l'éparpilla autour de lui, en terminant par la tête de son cheval. Il s'effleura le visage avec la plume d'aigle, puis en fit autant pour son cheval. Sa monture s'agitait de plus en plus, les yeux fixés sur l'orage. Les sangles en cuir de la selle claquaient sans relâche dans le vent qui soufflait de plus en plus fort.

Beiyoodzin psalmodia doucement dans sa langue. Puis il remballa sa bourse de sorcier et s'épousseta les doigts. Le ciel se divisait à présent en un soleil étincelant et une tache noire qui ne cessait de s'étendre. Un vent froid, électrique, tourbillonnait autour de lui. Bien entendu, il ne tenterait pas de pénétrer dans la seconde vallée, celle de Quivira, en empruntant le canyon-fente. La crue y pénétrerait d'ici à quelques minutes. Il devrait emprunter la piste secrète du Prêtre passant par le sommet, la longue piste difficile taillée dans le grès dont son grand-père lui avait parlé dans un murmure, mais qu'il n'avait jamais vue. Il s'efforça de se rappeler précisément ses indications. Il faudrait qu'elles lui reviennent car la piste avait été intelligemment dissimulée : on avait cherché à faire croire à une illusion d'optique, en conservant un rebord plus haut du côté du vide, ce qui la rendait pratiquement invisible à quelques mètres de distance. La piste, lui avait-on dit, montait le long des falaises non loin du canyon-fente, puis traversait le large plateau de grès pour redescendre vers l'extrémité de la vallée de Quivira. Peut-être serait-elle difficile pour un vieillard. Peut-être serait-elle impraticable après toutes ces années. Mais il n'avait pas le choix ; il lui fallait corriger le déséquilibre, restaurer la symétrie naturelle.

Il descendit dans la vallée.

47.

Nora écarta le rideau de roseaux et leva le nez. Le canyon serpentait devant elle, plongé dans une pénombre rougeâtre, les creux et les bosses polies des rochers s'étalant devant elle comme le poitrail d'un énorme animal. Elle entra dans l'eau et franchit la première flaque à la brasse, suivie par Smithback et Aragon. L'eau paraissait fraîche après la torpeur de la vallée, et Nora tenta de se vider la tête, de se concentrer sur la sensation pure, refusant pour l'instant de penser au long périple qui les attendait.

Ils progressèrent en silence, avançant de flaque en flaque, pataugeant dans les endroits peu profonds, tandis que les parois renvoyaient l'écho du murmure de leur passage. Nora changea son sac d'épaule. Malgré tout, elle se sentait moins inquiète que ces trois derniers jours. Elle avait redouté que Black et Sloane ne redescendent l'échelle avec une menace de mauvais temps. Cela aurait été crédible, vu les récentes pluies. Et elle aurait dû décider s'ils disaient la vérité ou au contraire la maquillaient afin de rester à Quivira. Mais le bulletin de beau temps – annoncé à contrecœur – prouvait qu'ils s'étaient résignés à quitter la cité. Il ne restait plus qu'à terminer les pénibles va-et-vient dans la fente pour porter les charges dans la vallée des chevaux.

Non, il restait encore la dépouille de Holroyd. Elle les attendait, quatre cents mètres plus loin. Et ce corps rappelait que les porteurs de peaux restaient dans les parages ; peut-être les observaient-ils en ce moment même, mijotant leur prochain coup.

Elle regarda Aragon : il lui avait fait clairement comprendre qu'il avait quelque chose à lui apprendre. Il leva le nez, lut la question dans ses yeux, et secoua la tête.

— Quand nous serons près du corps.

Nora traversa une autre flaque à la nage, escalada une cascade et dut se mettre de côté pour franchir un passage plus étroit. Devant, les hautes parois s'écartaient un peu. Nora aperçut alors le gros tronc de peuplier, suspendu tel un espar gigantesque, coincé en travers du canyon. Juste au-dessus, dans l'ombre, se trouvait l'étroite saillie où ils avaient déposé le corps de Holroyd.

Les yeux de Nora balayèrent la saillie, l'enchevêtrement de cailloux en dessous, et l'étroite flaque qui couvrait tout le fond du canyon. Elle aperçut une tache jaune qui flottait. Le sac contenant le cadavre de Holroyd. Elle s'approcha lentement. Le sac bâillait, déchiré. Puis elle vit le corps de Holroyd, gisant sur le dos à moitié hors de l'eau. Il avait l'air étrangement gonflé.

Elle pila net.

— Oh ! mon Dieu ! fit la voix de Smithback à côté d'elle. Est-ce que nous risquons d'attraper quelque chose en pataugeant par ici ?

— Non, répondit Aragon qui les rejoignait. Je ne crois pas.

Mais son expression n'avait rien de réconfortant.

Nora ne bougea pas, et Smithback hésitait lui aussi. Aragon alla se pencher sur le cadavre. Il le tira sur une pierre étroite à côté de la flaque. À contrecœur, Nora s'avança.

Puis elle se figea sur place.

Le cadavre en décomposition était boursouflé dans ses vêtements, grotesque parodie d'obésité. La peau des bras avait pris une étrange nuance bleu crémeux. Les doigts étaient réduits à des moignons rosés, coupés à la première phalange. Ses bottes gisaient sur les rochers, balafrées et déchirées, et ses pieds, d'un même blanc pâle contre le rocher chocolat, n'avaient plus d'orteils. Nora fixait la scène avec un mélange de dégoût, d'horreur et de colère. L'arrière de la tête était pire encore à voir : on avait scalpé une grosse mèche de cheveux et foré le crâne juste en dessous. De la cervelle s'échappait de l'orifice rond.

Sans attendre, Aragon enfila des gants en plastique, sortit un scalpel de sa trousse qu'il plaça juste au-dessous de la dernière côte, ouvrit le cadavre, fit un prélèvement et retira sa main. À l'extrémité du scalpel se trouvait un petit bout de chair rose qui ressemblait à du tissu pulmonaire. Aragon le glissa dans un tube à demi rempli d'un liquide transparent. Après y avoir versé deux gouttes d'une fiole, il boucha le tube et l'agita. Nora vit la solution virer au bleu ciel.

Aragon hocha la tête, rangea soigneusement le tube dans une boîte en polystyrène, et remballa ses instruments. Puis, toujours agenouillé, il se tourna vers Nora, une main gantée posée sur le torse du cadavre, en un geste presque protecteur.

— Vous savez ce qui l'a tué ? demanda Nora.

— Sans instruments plus précis, je ne peux être sûr à cent pour cent, répondit lentement Aragon. Mais une réponse semble effectivement convenir. Tous les tests que j'ai pu effectuer le confirment.

Il y eut un silence. Smithback s'assit sur un rocher à distance prudente du cadavre.

Aragon les regarda tous les deux, tour à tour.

— Avant de poursuivre, il faut que je vous dise ce que j'ai découvert à propos des ruines.

— Des ruines ? s'exclama Smithback. Quel rapport avec sa mort ?

— Tout. Je pense que l'abandon de Quivira – voire la raison même de son existence – est intimement lié à la mort de Holroyd. (Il s'essuya le visage d'un revers de manche.) Vous avez sûrement remarqué les fissures dans les tours, le troisième étage effondré ?

Nora acquiesça.

— Et vous devez avoir remarqué le grand éboulis à l'extrémité du canyon. Pendant que vous étiez partis chercher les tueurs de chevaux, j'en ai parlé avec Black. Selon lui, les dégâts seraient dus à un faible tremblement de terre qui se serait produit à l'époque de l'abandon de la cité. Les dates correspondent. Le glissement de terrain, selon Black, a eu lieu au même moment, déclenché sans aucun doute par le séisme.

— Vous pensez donc que c'est un tremblement de terre qui a tué tous ces gens ? demanda Nora.

— Non, non. Le sol a légèrement bougé, c'est tout. Mais cet éboulis et l'effondrement de certaines maisons ont suffi pour soulever un grand nuage de poussière dans la vallée.

— Très intéressant, fit Smithback. Mais quel rapport y a-t-il entre un nuage de poussière du VIIe siècle et la mort de Holroyd ?

Aragon eut un pâle sourire.

— Un grand, en fait. Parce que la poussière de Quivira grouille de *Coccidioides immitis*. Il s'agit d'une spore fongique microscopique qui vit dans la terre. On la trouve généralement dans des zones désertiques très sèches, souvent loin de tout, ce qui fait que les gens entrent rarement en contact avec elle. Fort heureusement. Elle est la cause d'une maladie mortelle, la coccidioïdomycose, ou fièvre de la vallée.

Nora fronça les sourcils.

— La fièvre de la vallée ?

— Attendez, intervint Smithback. Ce n'est pas la maladie qui a tué plusieurs personnes en Californie ?

Aragon acquiesça.

— Fièvre de la vallée, ou fièvre de San Joaquin, du nom d'une ville de Californie. Il y a longtemps, un tremblement de terre s'est produit dans le désert à côté de San Joaquin. Il a déclenché un petit glissement de terrain qui a soulevé un nuage de poussière, lequel s'est répandu sur la ville. Des centaines de personnes sont tombées malades et vingt sont mortes de coccidioïdomycose. Les scientifiques en sont venus à appeler ce type de nuage de poussière mortel un « nuage fongique tectonique ». (Il fronça les sourcils.) Sauf que le champignon de Quivira est une souche bien plus virulente. Sous une forme concentrée, il tue en quelques heures ou en quelques jours. Pour tomber malade, il faut inhaler les spores… soit par la poussière, soit par d'autres biais. Le contact avec un malade ne suffit pas.

Il s'essuya de nouveau le visage.

— Au début, les symptômes de Holroyd m'ont dérouté. Ils ne semblaient pas causés par un facteur infectieux que je connaissais. Holroyd était mort trop rapidement pour qu'il s'agisse des agents suspects les plus plausibles. C'est à ce moment-là que je me suis rappelé la poudre couleur rouille de la sépulture royale. (Il regarda Nora.) Je vous ai parlé de mes découvertes à propos des os. Vous vous souvenez de ces deux pots pleins de poussière rougeâtre ? Vous avez pensé qu'il pourrait s'agir d'une sorte d'ocre rouge. Je ne vous ai jamais dit que je me suis rendu compte que cette poudre se composait de chair humaine et d'os pulvérisés et séchés.

— Pourquoi ne pas nous l'avoir dit ? s'écria Nora.

— Disons que vous aviez d'autres soucis en tête. Et je voulais comprendre moi-même avant de vous exposer une nouvelle énigme. Quoi qu'il en soit, en m'interrogeant sur la mort de Holroyd, je me suis rappelé cette poussière rougeâtre. C'est alors que j'ai compris ce que c'était. Il s'agit d'une substance que connaissent certaines tribus indiennes du Sud-Ouest sous le nom de « poudre de cadavre ».

Nora jeta un coup d'œil à Smithback : il avait l'air aussi horrifié qu'elle.

— Les sorciers l'utilisent pour tuer leur victime désignée, continua Aragon. La poudre de cadavre est encore connue chez certains groupes indiens aujourd'hui.

— Je sais, murmura Nora.

Elle revit les traits tirés de Beiyoodzin à la lueur des étoiles lorsqu'il leur parlait des coureurs de peaux de loup.

— Quand j'ai examiné cette poudre au microscope, je l'ai trouvée littéralement bourrée de *Coccidioides immitis.* C'est une poudre de cadavre qui tue vraiment.

— Et vous pensez qu'on a assassiné Holroyd avec ?

— Étant donné l'énormité de la dose qu'il a dû recevoir pour mourir aussi vite, je dirais que oui. Bien que sa maladie ait sûrement été aggravée par son contact constant avec la poussière. Il a beaucoup creusé à l'arrière des ruines les jours précédant sa mort. En fait, nous y avons tous été exposés.

— Moi aussi j'ai manié la pelle, dit Smithback d'une voix un peu tremblante. Dans combien de temps tomberons-nous malades ?

— Je l'ignore. Cela dépend en grande partie de la résistance de votre système immunitaire, et du degré d'exposition. Je pense que le champignon est beaucoup plus concentré à l'arrière de la cité. Quoi qu'il en soit, il est vital que nous quittions cet endroit pour nous faire soigner le plus vite possible.

— Il existe donc un antidote ? demanda Smithback.

— Oui. Du cétoconazole. Et, dans des cas avancés où le champignon a envahi le système nerveux central, de l'amphotéricine B injectée directement dans le liquide céphalo-rachidien. L'ironie, c'est que l'ampho est un antibiotique courant. J'ai failli en apporter.

— Dans quelle mesure êtes-vous sûr de ce que vous avancez ? demanda Nora.

— Autant que je peux l'être sans équipement. J'aurais besoin d'un meilleur microscope pour obtenir une certitude absolue parce que, dans les tissus, les sphérules ne font environ que cinquante microns de diamètre. Mais rien d'autre n'explique l'apparition des symptômes : cyanose, dyspnée, crachats muco-purulents... et mort subite. De plus, le test simple que je viens d'effectuer sur le tissu pulmonaire de Peter a confirmé la présence d'anticorps de type coccidioïdine. (Il soupira.) C'est hier seulement que tout s'est mis en place dans mon esprit. Tard le soir, j'ai passé un peu de temps dans les ruines. J'y ai trouvé d'autres pots de poudre de cadavre, de même que divers types d'outils étranges. Avec ça et tous les os jetés dans le boyau, il devient évident que les habitants de Quivira fabriquaient de la poudre de cadavre. Ce qui signifie que la cité entière est contaminée. Tout le sous-sol des ruines regorge de spores dont la densité augmente vers l'arrière. La concentration la plus élevée est celle du boyau et notamment de la grotte de la kiva du soleil découverte par Black. Je vous ai parlé de ma théorie selon laquelle cette cité n'était pas vraiment anasazie. Elle était aztèque à l'origine. Ces gens ont apporté le sacrifice humain et la sorcellerie aux Anasazis. Je pense qu'ils sont les pillards, les conquérants qui ont causé l'effondrement de la civilisation anasazie et l'abandon du plateau du Colorado. Ce sont eux les mystérieux ennemis des Anasazis que les archéologues cherchent depuis toujours. Ces ennemis n'ont ni tué ni pris le pouvoir par une guerre ouverte, ce qui explique pourquoi nous n'avons jamais trouvé de preuves de violence. Leurs méthodes de conquête et de prise de pouvoir étaient plus subtiles. La sorcellerie et l'usage de la poudre de cadavre. Qui ne laissent pratiquement pas de trace.

« Quand j'ai commencé à analyser la ciste découverte par Sloane, je me suis expliqué son existence par le cannibalisme. Les marques sur les os semblaient aller dans ce sens. Malgré les protestations de Black, la déduction s'imposait ; le cannibalisme anasazi est une théorie brûlante à l'heure actuelle, une source de controverses. Mais je ne pense plus que le cannibalisme soit à la base de tout cela. Je crois que les marques sur les os racontent une histoire encore plus terrible.

Il posa sur Nora un regard hanté.

— Je pense que les prêtres de la cité inoculaient cette maladie aux prisonniers ou aux esclaves, attendaient qu'ils meurent et traitaient ensuite leurs corps pour fabriquer de la poudre de cadavre. Les vestiges de cette affreuse opération gisent à l'arrière de la grotte. Avec cette poudre, ces conquérants pouvaient préserver leur pouvoir par le biais du rituel et de la terreur. Mais finalement, le champignon s'est retourné contre eux. Le tremblement de terre de faible puissance qui a endommagé les tours et causé le glissement de terrain doit avoir soulevé un nuage fongique tectonique dans la vallée, tout comme à San Joaquin. Sauf qu'ici, dans l'espace confiné du canyon, le nuage de poussière ne pouvait s'échapper nulle part. Il a rempli la niche et enveloppé la cité de Quivira. Tous ces squelettes jetés sur le tas des corps désarticulés à l'arrière de la grotte sont ceux de ses victimes, les prêtres aztèques.

Aragon s'interrompit et détourna le regard. Nora ne l'avait jamais vu aussi vidé, épuisé.

— Maintenant il est temps que je vous dise quelque chose, répondit Nora. Ceux qui tentent de nous faire fuir la vallée sont peut-être des sorciers des temps modernes. (Elle résuma à Aragon l'agression dans le ranch et la conversation avec Beiyoodzin.) Ils nous ont suivis ici, conclut-elle. Et maintenant qu'ils ont trouvé le site, ils s'efforcent de nous chasser afin de le piller.

Aragon réfléchit un instant et secoua la tête.

— Non. Non, je ne pense pas qu'ils soient ici pour piller la cité.

— Qu'est-ce que vous racontez ? s'écria Smithback. Pourquoi chercheraient-ils à nous faire fuir sinon ?

— Oh ! je ne conteste pas qu'ils cherchent à nous faire fuir. Mais ce n'est pas pour piller la ville. Vous avez toujours estimé que ces porteurs de peaux essayaient de trouver la cité. Et si en fait ils s'efforçaient de la protéger ?

— Je ne... commença Smithback.

— Une seconde, le coupa Nora.

Elle réfléchissait.

— Comment auraient-ils pu nous retrouver ici aussi vite ? reprit Aragon. Et si effectivement ils ont tué Holroyd avec de la poudre de cadavre, où l'auraient-ils trouvée, sinon ici ?

— En fait, ils ne cherchaient pas la lettre pour connaître l'emplacement de Quivira, murmura Nora. Ils voulaient la détruire. Pour nous empêcher de venir ici.

— C'est la seule explication logique selon moi, reprit Aragon. J'ai cru que Quivira était une cité de prêtres. Maintenant je pense que c'était une cité de sorciers.

Ils restèrent encore un instant assis en silence autour de la forme immobile de Holroyd. Puis une brise soudaine, froide et humide, souleva les cheveux sur le front de Nora.

— Nous ferions mieux d'y aller, dit-elle en se redressant. Sortons le corps de Peter du canyon.

Sans rien dire, ils entreprirent de remettre le corps dans le sac déchiré.

48.

En descendant vers la vallée de Chilbah, John Beiyoodzin sentit le découragement s'emparer de lui. Depuis la première épingle à cheveux, il distingua les montures de l'expédition ; le remuda buvait au ruisseau. Le ru serpentait au centre de la grande plaine inondable, parsemée de gros blocs de pierre et de troncs d'arbres. Beiyoodzin leva les yeux, inquiet, mais l'orage était à présent hors de vue, caché derrière l'aileron de rocher.

Il ne savait que trop bien que cette vallée servait de goulot d'écoulement aux eaux descendant du plateau de Kaiparowits. Parcourant des kilomètres, elles grossiraient progressivement pour envahir les canyons et se déverseraient dans la vallée de Chilbah. Toute cette zone était inhabitée, du plateau au Colorado – à l'exception de la vallée derrière, directement dans la trajectoire des eaux, où se trouvaient les archéologues.

Beiyoodzin regarda à sa droite, là où la vallée se transformait en une série de canyons et de ruisseaux à sec. L'eau venant du plateau de Kaiparowits pénétrerait dans la vallée de Chilbah par ces canyons tortueux. Elle s'y engouffrerait, submergerait la plaine inondable et creuserait peut-être les rives. Si on n'emmenait pas les chevaux loin de la plaine, sur les plateaux dominant la vallée, ils se feraient emporter. Son peuple avait perdu de nombreuses bêtes dans des crues éclairs. C'était terrible. Et s'il y avait des gens dans la plaine inondable, voire pire, dans le canyon qui reliait les deux vallées…

Il reprit sa route. Il aurait peut-être juste le temps de pousser les chevaux à se réfugier en hauteur.

Une fois dans la vallée, il laissa sa monture ruisselante de sueur se désaltérer au ruisseau, tout en guettant ce phénomène qu'il ne connaissait que trop bien : la vibration particulière qui annonçait une crue éclair.

Maintenant qu'on ne voyait plus l'orage, le cheval était plus calme et il but longtemps. Beiyoodzin traversa la plaine inondable et fit gravir à sa monture les berges escarpées. Tant qu'ils resteraient en hauteur, ils seraient à l'abri.

En galopant entre les énormes rochers, Beiyoodzin songea aux gens dans la seconde vallée, plus petite. Entendraient-ils la crue arriver ? Il y avait des plateaux de chaque côté du ruisseau et il espérait qu'ils avaient eu le bon sens d'y installer leur campement. La femme, Nora, paraissait connaître assez bien les us du désert. Ils survivraient s'ils étaient intelligents – et s'ils faisaient attention aux avertissements.

Soudain, il tira sur les rênes de son cheval et tendit l'oreille.

Elle arrivait. Pour l'instant, ce n'était qu'une vibration dans le sol, un picotement dans ses os. Mais elle arrivait.

Il fit claquer sa langue ; le cheval repartit. Il traversa l'étendue sablonneuse au galop, sautant par-dessus rochers et buissons, évitant les peupliers, fonçant vers le troupeau en train de paître. Beiyoodzin entendait à présent le vilain bruit s'amplifier en haut de la vallée, plus fort encore que le martèlement des sabots de sa monture. Un bruit qui semblait venir de partout et de nulle part… qui se mua bientôt en hurlement. Un vent l'accompagnait, une douce brise qui prit rapidement de la puissance, faisant frémir les feuilles des peupliers.

Beiyoodzin se représenta de nouveau un monde en déséquilibre. Il y a seize ans, cela leur avait paru bénin, négligeable. Ignorons-le, avaient-ils tous déclaré. Si c'étaient là les conséquences de cette décision, elles étaient terribles.

Il arriva au bord de la bande rocheuse. À ses pieds, dans la plaine inondable, se trouvaient les chevaux de l'expédition. Ils ne paissaient plus, les sens en alerte, les oreilles dressées, la tête tournée vers l'amont. Cependant il était déjà trop tard pour les sauver. Traverser la plaine maintenant serait du suicide. Il cria en agitant son chapeau ; mais sa voix se perdit dans le rugissement croissant, et l'attention du troupeau était ailleurs.

Le sol trembla. Le bruit continuant à s'intensifier, Beiyoodzin fut bientôt incapable de distinguer les hennissements terrifiés de sa monture du hurlement de l'eau qui déferlait. Il regarda vers l'amont, faisant face à un vent encore plus fort qui giflait les cèdres et courbait les saules à leur faire toucher terre.

Et il vit : un mur vertical de six mètres de haut, avançant à la vitesse d'un train de marchandises, poussant le vent qui hurlait devant lui.

Ce n'était pas une muraille d'eau, mais un rempart bouillonnant de troncs d'arbres, de racines, de rochers et de terre : une énorme masse, poussée par la crue à cent kilomètres à l'heure. Beiyoodzin lutta pour maîtriser sa monture.

À ses pieds, les chevaux virèrent et fuirent. Sous les yeux de Beiyoodzin, saisi d'un mélange d'ahurissement, d'horreur et de respect terrifié, la monstrueuse muraille s'écrasa sur eux. Elle frappa et fit littéralement exploser les bêtes, qui parurent s'ouvrir telle une rose qui s'épanouit, les éruptions visqueuses de lambeaux de chair écarlate et de jambes brisées disparaissant dans la masse déchaînée, hérissée de branches et de roches.

La force concentrée derrière ce mur de débris meurtriers apparut alors : un raz de marée d'eau chocolat de deux cents mètres de large, bouillonnant de rive en rive en un débit plus rapide que celui du Colorado lui-même. Il se creusa un chemin à travers la vallée, jaillissant en rouleaux de trois mètres de haut. La crue entamait les bords de la plaine telle une tronçonneuse, arrachant des tonnes de terre et avalant des peupliers. Beiyoodzin sentit une vague d'intense humidité l'envelopper. L'air s'emplit soudain du riche parfum de la terre détrempée et de la végétation lacérée. Beiyoodzin fit instinctivement reculer son cheval quand les parois du plateau se mirent à s'affaisser devant lui.

Il prit encore de la hauteur. Là, il contempla l'arrière bossu et noueux du raz de marée qui progressait en rugissant vers la fente. Lorsque la crue heurta l'embouchure, il sentit le sol trembler sous ses pieds. Une énorme onde de choc partit à contre-courant, arrêtant momentanément la progression de l'eau, pulvérisant le flux. Puis un immense rideau d'écume brune s'éleva contre la paroi, jaillissant sur plusieurs dizaines de mètres avant de retomber progressivement.

Le torrent changea alors d'aspect. Les eaux des crues continuaient à s'empiler contre la fente, forçant pour y pénétrer, créant un lac instantané, un énorme maelström bouillonnant à l'embouchure du canyon. Des éclats de bois grands comme des hommes surgissaient de l'eau quand les arbres tourbillonnants se déchiquetaient sous la violente pression.

Tremblant, Beiyoodzin détourna son cheval de cette scène effroyable et partit en direction de la piste des Prêtres. Il était arrivé trop tard pour sauver les chevaux. Et maintenant il se demandait si quelqu'un – lui compris – sortirait vivant de la vallée de Chilbah.

49.

Avec l'aide d'Aragon et de Smithback, Nora fixa à la perche l'enveloppe en plastique déchirée qui contenait le sac du cadavre de Holroyd. Puis elle recula en s'essuyant le front du revers de la main. Elle n'avait guère envie de se lancer dans la tâche malaisée, ardue et déprimante consistant à transporter le corps de Holroyd, en même temps que plusieurs sacs pleins de matériel, jusqu'à la vallée où attendaient les chevaux de charge. Mais il n'y avait pas moyen de faire autrement

Elle leva les yeux. Le gros tronc d'arbre dominait l'extrémité de la flaque, coincé en travers du canyon. Derrière les attendait une pente escarpée montant vers la prochaine flaque ; la traverser serait un enfer, Nora le savait. Machinalement, elle repoussa derrière son oreille une mèche qu'un souffle d'air venait de déranger. Elle prit une profonde inspiration, s'agenouilla et saisit une extrémité de la perche.

Puis elle se figea : une bourrasque venait de lui gifler la joue, apportant avec elle ce parfum étrangement agréable de végétation piétinée.

La peur fit battre ses tympans. Le vent gagnait de la puissance avec une précision presque mécanique, sans aucun point commun avec une brise normale au souffle intermittent. Il ne cessait de s'accélérer.

— La crue !

— Vraiment ? dit Smithback avec une sorte de curiosité distraite dénuée d'angoisse. Comment le sais-tu ?

Mais Nora ne l'entendit pas. Trop occupée à calculer comme une folle. Ils s'étaient avancés au moins à quatre cents mètres à l'intérieur du canyon. Ils n'auraient jamais le temps d'en sortir. Leur seule chance était de se hisser en hauteur.

Elle désigna du doigt la niche qui avait abrité la dépouille de Holroyd.

— Lâchez le corps, s'écria-t-elle. Lâchez tout. Allons-y !

— On ne peut pas… protesta Smithback.

— Vite ! le pressa Aragon en lâchant l'autre extrémité de la perche.

Le cadavre glissa dans la flaque, où il se retourna nonchalamment. Nora commença à descendre le courant, vers la saillie de roche sous le petit abri.

— Mais où vas-tu ? lui cria Smithback, incrédule. On ne devrait pas partir dans l'autre sens ?

— Pas le temps ! Dépêchez-vous ! Vite ! Vite !

Dans le hurlement du vent, Nora percevait à présent un faible bruit, un son sourd et menaçant. Les flaques se mirent à clapoter ; les sacs abandonnés à la hâte, à danser et à rouler sur l'eau.

Elle pataugeait à travers la flaque, haletante. Le vent ne cessait de grossir. Puis un changement radical de la pression de l'air fit claquer ses tympans. Elle se tourna vers Smithback et Aragon, trempés et débraillés, et voulut leur hurler de se dépêcher. Sa voix fut noyée par un énorme rugissement déformé qui emplit le canyon, faisant de nouveau claquer ses tympans.

Un grand silence suivit. Le vent était tombé brusquement.

Nora hésita, perdue, aux aguets. De très loin lui parvinrent un fracas et des craquements, étrangement distincts malgré la distance. Elle reprit sa progression vers la saillie, comprenant que c'était le bruit de blocs de pierre et de rondins qui s'engouffraient dans le canyon et ricochaient entre les parois. Elle se mit à courir ; le vent se leva brusquement en un hurlement, arrachant des lambeaux d'eau de la surface du ruisseau. La crue, Nora le savait, allait transformer le canyon en un tunnel aérodynamique.

Le bruit dans le canyon se mua en mugissement ; l'ouragan leur cinglait le dos. « Nous n'y arriverons jamais », songea Nora. Elle jeta un coup d'œil par-dessus son épaule et vit qu'Aragon se faisait distancer. Elle lui tendit les mains, en lui hurlant des encouragements noyés sous les rafales.

Soudain un rocher dévala le canyon derrière eux, rebondissant entre les parois dans un grondement de tonnerre, rugissant au-dessus de leurs têtes à une vitesse terrifiante. Un autre suivait. Il heurta le tronc de peuplier avec une force écrasante et poursuivit sa route, laissant derrière lui une odeur de fumée et de frottement minéral.

Haletant et toussant à la fois, Nora atteignit la saillie et, s'en saisissant à deux mains, se hissa hors du flot. Elle commença à escalader la roche glissante. L'air, gorgé d'eau, ne cessait de les cingler. Elle se serra contre la paroi, luttant contre le vent.

Une première vague d'eau déferla dans le canyon juste au-dessous d'eux, et le ciel s'obscurcit. Tout se passait si vite qu'un instant Nora crut vivre un cauchemar. Elle distinguait à peine la silhouette d'Aragon au-dessous qui s'accrochait à la saillie.

Une deuxième langue d'eau tourbillonnante fila sous eux, arrachant presque Aragon à la paroi. Smithback agrippa le savant par sa chemise. Sous les yeux de Nora impuissante, une nouvelle vague heurta les jambes d'Aragon. Dans le tumulte, elle crut l'entendre crier : un son étrange, creux, désespérant.

Retenu par Smithback, suspendu au-dessus du vide, Aragon fut heurté de plein fouet par un rocher qui le fit tournoyer sur lui-même ; il y eut un bruit de tissu qui se déchire et Smithback retomba contre la paroi, un lambeau de col de chemise dans la main. Une rafale de vent fit remonter Aragon à la surface du flot bouillonnant, avant de le pousser vers l'aval. Giflé par un nouveau paquet d'eau, son corps alla claquer contre la paroi, qu'il racla comme du fromage sur une râpe. La roche sombre se tacha de filets rouges qui disparurent rapidement, comme Aragon lui-même, dans l'écume bouillonnante.

Ravalant un sanglot, Nora se retourna, saisit la prise suivante, et tendit la main. Plus haut. Toujours plus haut. Derrière elle, Smithback progressait vite. Elle dérapa, retrouva pied, glissa de nouveau, luttant toujours contre la force du vent. Elle tombait quand elle sentit Smithback l'envelopper de son bras et la pousser vers la cavité.

C'est alors qu'arriva le gros de la crue : une ombre immense, un voile d'obscurité chassant les dernières lueurs ; un spasme d'air furieux d'écume, d'eau, de boue, de rochers et de bois brutalisé, poussant devant lui une vraie tornade. Smithback dérapa, se rétablit, poussa Nora dans la niche, et se hissa derrière elle. Dans une véritable pétarade, un flot de petits rochers dévala les parois du canyon. Nora sentit Smithback se raidir sous l'averse qui lui martelait le dos.

Puis la bête arriva, les enveloppant d'un rugissement incessant, noir, suffocant. Un bruit incessant, obsédant, un rugissement vibrant d'une force à faire perdre la raison. Roulée en boule, Nora serra les bras autour de ses genoux en priant pour que les secousses s'arrêtent. Des jets d'eau s'engouffraient dans la cavité, battant contre ses épaules, tirant sur ses membres comme s'ils tentaient de l'arracher de son abri.

Étrange comme mourir prend du temps, songea-t-elle. Elle voulut respirer, mais l'air semblait privé d'oxygène. Elle sentit l'étau des bras de Smithback se relâcher soudain. Elle hoqueta, s'étrangla... puis le monde se replia sur lui-même et elle perdit connaissance.

50.

Affalé sur le mur de soutènement, Black respirait bruyamment. Les quatre membres de l'expédition encore au campement avaient tous grimpé à plusieurs reprises dans Quivira afin de ranger le matériel non indispensable dans la salle vide qu'ils avaient choisie comme cachette dans un endroit reculé de la cité. Avec un peu de chance, le matériel attendrait leur retour au sec et à l'abri des animaux.

Leur retour... Black se mit à suer à grosses gouttes. Il s'humecta les lèvres, les yeux fixés sur le ciel bleu au-dessus de la crête du canyon. Peut-être que rien ne se produirait. Peut-être que cela arriverait ailleurs.

Un à un, Sloane, Swire et Bonarotti émergèrent de l'obscurité de la cité et vinrent le rejoindre.

C'est alors que Black entendit quelque chose. Entendit ou sentit, il ne savait pas très bien : un étrange mouvement de l'air, presque une vibration. Il jeta un coup d'œil aux autres. Ses compagnons fixaient tous l'embouchure du canyon-fente. Sur le visage de Swire, la perplexité céda la place à un éclair de compréhension, puis à l'horreur.

— La crue. Mon Dieu ! ils sont dans le canyon... s'écria-t-il en se ruant sur l'échelle.

Black retint son souffle. Il pensait savoir ce qui arrivait ; il se sentait prêt à tout. Et pourtant, le spectacle qui suivit le prit de court.

Avec un grognement de basse, le canyon-fente cracha une masse de rochers et de troncs d'arbres déchiquetés qui vinrent s'écraser par centaines sur le sol en tournoyant. Ensuite, avec un mugissement animal, le canyon vomit une masse liquide – de l'eau chocolat mêlée de traînées rouges visqueuses. Celle-ci forma une muraille qui s'écrasa contre l'éboulis dans un jaillissement d'écume et s'enfonça dans la plaine inondable, fumant le long des berges, arrachant des morceaux de pente et même des bouts de paroi. L'espace d'un instant, Black pensa avec horreur qu'elle allait déborder et emporter leur campement. Mais non, elle harcela, mâchonna et avala les bords rocheux du terrain d'alluvions seulement. Black distingua Swire près des peupliers qui, se protégeant le visage de ses bras, était repoussé vers le campement par la furie du souffle.

Black se tenait au bord de la falaise, battu par le vent, figé par le choc et l'horreur. À côté de lui, Bonarotti criait quelque chose, mais il ne l'entendait pas. Il fixait l'eau. Jamais il ne l'aurait crue capable d'une telle violence. Il la regarda balayer le centre de la vallée, s'attaquer aux rives, engloutir des arbres entiers, transformer le joli paysage moucheté de soleil en un enfer liquide. Un millier d'arcs-en-ciel jaillirent de l'écume, scintillants dans le soleil impassible.

Black aperçut un éclair jaune dans le bouillonnement boueux : le sac contenant le corps de Holroyd. Et autre chose dans une vague debout : un torse d'homme, avec un seul bras, couvert de lambeaux beiges. Sous le regard horrifié et dégoûté de Black, le torse jaillit à la crête de la vague et tourna sur lui-même, le bras levé en un geste mou comme pour demander de l'aide. Puis il flotta dans une brume de chocolat et de gris, et fut avalé par le flot.

Presque inconsciemment, Black recula d'un pas, d'un autre, jusqu'à ce qu'il sente son talon heurter le mur de soutènement. Il s'effondra contre lui, puis tourna le dos à la vallée, refusant d'en voir davantage.

Était-il un assassin ? Non, ils n'avaient même pas menti. Le bulletin météo était clair et sans équivoque. L'orage était à vingt-cinq kilomètres de distance ; l'eau aurait pu aller n'importe où.

La crue continuait à rugir derrière lui, mais Black s'efforçait de ne pas l'entendre. Il contempla les profondeurs fraîches de la cité étalée devant lui : dans l'obscurité malgré le soleil de midi, sereine, parfaitement indifférente à la catastrophe qui se jouait dans la vallée. À force de regarder la cité, il commença à se sentir un petit peu mieux. Il se mit à respirer lentement pour évacuer la tension de sa poitrine. Ses pensées repartirent vers la kiva du soleil et le trésor qu'elle renfermait – et l'immortalité qu'elle représentait. Schliemann. Carter. Black.

Il eut un sursaut de culpabilité et jeta un coup d'œil à Sloane. Celle-ci se tenait toujours au bord de la falaise, les yeux fixés sur la vallée. Son regard était voilé, mais son visage affichait un festival d'émotions qu'elle ne pouvait dissimuler complètement : ahurissement, horreur, et, visible au léger retroussement de ses lèvres, triomphe.

51.

Ricky Briggs écouta le bruit lointain avec irritation. Ce ronronnement rythmé ne pouvait avoir qu'une explication : un hélicoptère approchait. Bon Dieu ! les hélices étaient censées ne pas pénétrer dans l'espace aérien de la marina. Elles agaçaient les plaisanciers. Et quand les plaisanciers étaient agacés, ils venaient se plaindre à lui. Il soupira et se replongea dans sa paperasserie.

Au bout d'un moment, il leva de nouveau le nez. L'hélicoptère ne faisait pas le même bruit que d'habitude : plus bas, plus rauque. Et le moteur rendait un drôle de son décalé ; comme s'il y avait plus d'un appareil. Briggs entendit un diesel se garer à côté du bâtiment et les bavardages de badauds. Distraitement, il se pencha pour jeter un coup d'œil par la fenêtre. Le spectacle qu'il découvrit le fit bondir de son siège.

Deux gros hélicoptères arrivaient de l'ouest, à basse altitude, munis de coques amphibies, avec le logo des Coast Guards sur la carlingue. Ils s'immobilisèrent juste à côté de la zone protégée de la marina, fendant l'air de leurs énormes pales. Un grand bateau ponton était accroché à l'un d'eux. Au-dessous, la surface de l'eau n'était plus que clapotements d'écume. Les péniches tanguaient violemment, et des baigneurs à la peau rose se rassemblaient, curieux, sur la rive.

Briggs saisit son téléphone cellulaire et se rua à l'extérieur tout en composant le numéro de la tour de contrôle de Page.

Dehors, dans la touffeur, une autre surprise l'attendait : une énorme remorque à chevaux garée sur la rampe, comme l'autre fois, revêtue de l'inscription Institut archéologique de Santa Fe. Il vit alors deux camions des Coast Guards se garer derrière. Des hommes en descendirent en rangs serrés, des barrières en main. Un murmure s'éleva de la foule quand l'hélicoptère lâcha le bateau ponton dans un grand plouf.

Le téléphone de Briggs gazouilla.

— Page, dit une voix dans le minuscule haut-parleur.

— Ici, Wahweap, hurla Briggs. Qu'est-ce que c'est que ce bordel à la marina ?

— Du calme, monsieur Briggs, répondit la voix paisible du surveillant du trafic aérien. Il s'agit d'une grande opération de sauvetage. Je l'ai appris il y a quelques minutes.

Un groupe de gardes installaient les barrières, tandis qu'un autre ouvrait un passage en chassant les bateaux de la marina.

— Qu'est-ce que cela a à voir avec moi ? hurla Briggs.

— C'est dans l'arrière-pays, à l'ouest du plateau de Kaiparowits.

— Bon Dieu ! Quel endroit pour se perdre. Qui est-ce ?

— Je ne sais pas. Personne ne dit rien.

Ce doit être ces connards d'archéologues, songea Briggs. Seuls des fous iraient dans l'arrière-pays. Un autre moteur vint s'ajouter au vacarme ambiant, et Briggs vit un semi-remorque pousser vers l'eau un canot automobile effilé, avec deux réservoirs de diesel ressemblant à des tourelles de char à l'arrière.

— Pourquoi ces hélicos ? gémit Briggs. C'est un tel dédale de canyons là-bas qu'il est impossible d'y repérer quoi que ce soit. Et même si on repère quelque chose, il est impossible de se poser.

— D'après ce que j'ai compris, ils se contentent de transborder de l'équipement de l'autre côté du lac. Je vous ai dit, c'est un gros truc.

Le bateau avait été poussé dans l'eau avec une rapidité incroyable et, dans un rugissement, le semi-remorque redémarra. Le bateau s'anima, vira et vint se coller contre le quai le temps que deux hommes sautent à son bord : un jeune portant un T-shirt de José Cuervo et l'autre, mince et grisonnant en pantalon de toile. Un chien brun monstrueux bondit à leur suite. Immédiatement, le bateau démarra et traversa dans un rugissement la zone protégée, en faisant ballotter une centaine de scooters des mers dans son sillage. Les énormes hélicoptères reprirent de l'altitude et virèrent pour le suivre.

Briggs regarda avec incrédulité la remorque de chevaux glisser vers le bateau ponton.

— C'est pas vrai, je rêve !

— Oh non ! vous ne rêvez pas, fut la réponse laconique. Je suis sûr qu'ils vont vous appeler vous aussi. Il faut que je vous laisse.

Briggs composait furieusement un autre numéro quand son portable sonna : un pépiement aigu, insistant au milieu du grincement des boîtes de vitesses et des cris des badauds.

52.

Black s'écroula près du feu éteint, épuisé et trempé. La pluie tardive lui tambourinait sur les épaules ; pas aussi furieusement qu'une heure plus tôt, mais régulièrement, à grosses gouttes. Il n'y prêtait pas attention.

Si la crue s'était calmée, l'eau continuait à rugir au centre de la vallée, sa surface marron hachée ressemblant au dos musclé de quelque bête monstrueuse.

Pendant près de deux heures, ils avaient rôdé et hésité au bord de l'eau. Sloane avait fait une courageuse tentative de sauvetage, arpentant les berges de long en large, lançant des cordes dans le flot, ne cessant de scruter l'eau en quête de survivants. Black n'avait jamais vu tentative aussi héroïque. Ou de bravoure feinte avec autant de talent. Il se passa une main sur les yeux. Peut-être ne jouait-elle pas un rôle ; pour l'instant, il était trop fatigué pour s'en soucier.

Finalement, les uns après les autres, ils rejoignirent le campement. On avait rangé les derniers sacs éparpillés par le vent, remonté les tentes, nettoyé l'amas de brindilles et de branches. Personne n'avait prononcé un mot, mais tout le monde avait mis la main à la pâte. Comme s'il fallait qu'ils fassent quelque chose, n'importe quoi, de constructif ; tout plutôt que d'attendre là, les bras ballants, les yeux fixés sur le torrent d'eau.

Black se redressa, prit une profonde inspiration et regarda le campement. Derrière lui, bien rangé, attendait le matériel choisi pour le voyage de retour : encore empaqueté, prêt à être emporté. Il ne restait rien à faire.

Bonarotti le rejoignit et entreprit de déballer son matériel de cuisine. Plus que tout autre, ce geste apparaissait comme une affirmation muette qu'il n'y avait plus d'espoir. Il sortit un petit Camping-Gaz sur lequel il plaça un pot d'expresso en le protégeant de la pluie avec son corps. Swire ne tarda pas à arriver, l'air choqué et vide. Sloane suivit quelques minutes plus tard. Bonarotti leur distribua des tasses de café, et Black but le sien avec gratitude, sentant la chaleur envahir ses membres douloureux.

Sloane accepta la tasse que lui tendait Bonarotti en tournant son regard ambre vers lui. Puis elle regarda Swire, Black, avant de revenir au cuisinier. Elle finit par rompre le silence.

— Je pense que nous devons admettre le fait que personne n'a survécu à la crue, dit-elle d'une voix basse et un peu tremblante. Ils n'ont pas eu le temps de traverser le canyon.

Elle se tut. Black écouta le rugissement de l'eau, le crépitement de la pluie.

— Qu'est-ce qu'on fait maintenant ? demanda Bonarotti.

Sloane soupira.

— Comme notre matériel de communication est détruit, nous ne pouvons pas demander d'aide par radio. Même si une mission de sauvetage est organisée, il lui faudra au moins une semaine pour atteindre la vallée des chevaux, voire plus. Et notre seule porte de sortie est coupée par l'eau. Il va nous falloir attendre le retour du calme. Si les pluies continuent, cela risque de durer longtemps.

Bonarotti regardait Sloane. Swire fixait le vide, encore sous le choc.

— Nous avons fait tout notre possible, continua Sloane. Heureusement, la plus grosse partie de notre matériel a survécu à la crue. C'est une bonne nouvelle. La mauvaise nouvelle, l'horrible nouvelle, poursuivit-elle plus bas, c'est que nous avons perdu quatre équipiers, dont notre chef d'expédition. Et nous n'y pouvons rien. C'est une tragédie dont la portée nous échappe encore. Notre premier devoir est de pleurer leur perte. Nous aurons le temps, au cours des jours et des semaines à venir, de nous souvenir d'eux dans nos pensées. Mais prenons une minute pour nous souvenir d'eux dans nos prières.

Elle baissa la tête. Le silence se fit, seulement rompu par le bruit de l'eau. Black déglutit. Malgré l'humidité ambiante, il avait la gorge douloureusement sèche.

Au bout de quelques minutes, Sloane releva la tête.

— Notre second devoir est de nous rappeler qui nous sommes et pourquoi nous sommes venus ici. Pour découvrir une cité perdue, pour procéder à son relevé. Luigi, vous avez demandé ce que nous allions faire maintenant. Il n'y a qu'une réponse : tant que nous sommes piégés ici, nous devons poursuivre notre tâche.

Elle s'interrompit pour boire une gorgée de café.

— Nous ne pouvons pas nous permettre d'être démoralisés, de rester là les bras croisés, à attendre des secours qui ne viendront pas forcément. Il faut que nous nous occupions en faisant un travail productif. (Elle parlait lentement en détachant ses mots.) Et le travail le plus productif est encore à venir : procéder au relevé de la kiva du soleil.

À ce moment, Swire parut redescendre sur terre. Il lança un regard surpris à Sloane.

— Ce qui est arrivé aujourd'hui est une tragédie, continua Sloane plus rapidement. Pourtant, il est en notre pouvoir d'empêcher que cela devienne pire encore : un gâchis tragique. La kiva du soleil est la découverte la plus miraculeuse d'une expédition miraculeuse. C'est le moyen le plus sûr de garantir qu'on se souviendra de Nora, de Peter, d'Enrique et de Bill, non pour leur mort, mais pour leur découverte. C'est ce que Nora aurait voulu.

— Vraiment ? s'écria Swire. Ce que Nora aurait voulu ! Dites-moi, c'était avant ou après qu'elle vous vire de l'expédition ?

Sloane se tourna vers lui.

— Vous avez une objection, Roscoe ? dit-elle d'un ton égal, mais avec un regard étincelant.

— J'ai une question, répondit Swire. Une question à propos de votre bulletin météo.

Black sentit son ventre se serrer de peur. Sloane, elle, se contenta de soutenir tranquillement le regard du cow-boy.

— Oui ?

— La crue est arrivée vingt minutes après que vous avez annoncé un temps dégagé.

Sloane attendit, les yeux fixés sur Swire, laissant délibérément la tension monter.

— Vous êtes le mieux placé pour savoir combien le temps est imprévisible par ici, finit-elle par déclarer, d'un ton plus froid encore.

Black vit l'hésitation se peindre sur les traits de Swire.

— Il n'y a pas moyen de savoir exactement d'où venait cette crue, continua Sloane. L'orage aurait pu venir de n'importe où.

Swire parut digérer cette information. Puis il reprit, plus bas :

— On voit loin du sommet de ce canyon.

Sloane se pencha vers lui.

— Vous me traitez de menteuse, Roscoe ?

Il y avait quelque chose de si subtilement menaçant dans sa voix soyeuse que le cow-boy eut un mouvement de recul.

— Je ne vous traite de rien du tout. Seulement, aux dernières nouvelles, Nora a dit qu'il ne fallait pas ouvrir cette kiva.

— Aux dernières nouvelles, vous étiez le responsable des chevaux, fit Sloane, glaciale. C'est une décision qui ne vous concerne pas.

Swire serra les mâchoires. Puis il se leva et s'écarta du groupe.

— Vous dites qu'on se souviendra de Nora si nous ouvrons cette kiva, cracha-t-il. Mais ce n'est pas vrai. C'est de vous qu'on se souviendra. Et vous le savez très bien.

Là-dessus il sortit du campement et disparut dans les peupliers.

53.

Black franchit le dernier degré de l'échelle de corde avec un grognement, se hissa sur le sol rocheux de Quivira et jeta le petit sac de matériel par terre. Sloane l'attendait au mur de soutènement, mais, cédant à une impulsion, Black se retourna pour contempler la vallée. Il avait du mal à croire qu'à peine quatre heures plus tôt, du même endroit, il avait vu la crue éclair. À présent la lumière de l'après-midi, fraîche et innocente, illuminait les parois du canyon. L'air frais sentait l'humidité de la pluie. Les oiseaux pépiaient. Ils avaient nettoyé le campement et rangé le matériel au sec. Les seuls signes de la catastrophe étaient le torrent d'eau qui divisait la petite vallée comme une cicatrice brune et le fouillis d'arbres sur ses rives.

Black rejoignit Sloane. Il remarqua qu'elle avait glissé le pistolet du campement dans sa ceinture.

— Pourquoi ce truc ? dit-il en désignant l'arme.

— Tu te souviens de ce qui est arrivé à Holroyd ? Et aux chevaux ? Je n'ai pas envie d'avoir de mauvaises surprises pendant que nous effectuons le relevé de la kiva.

Black se tut un instant.

— Et Swire ?

— Quoi, Swire ?

— Il n'avait pas l'air très enthousiaste à ce sujet.

Sloane haussa les épaules.

— C'est un employé. Il n'a rien d'intéressant à dire. Une fois notre découverte connue, elle fera la une pendant une semaine dans le pays et pendant un mois dans tout le Sud-Ouest. (Elle lui prit la main et la serra en souriant.) Il rentrera dans le rang.

Bonarotti fit son apparition en haut de l'échelle, le .44 démesuré sur la hanche, pelle et pioche jetées sur son épaule. Sloane lâcha Black.

— Allons-y.

Flanqué de Bonarotti, Black traversa la place centrale à la suite de Sloane pour rejoindre l'arrière de la cité morte. Son cœur battait la chamade.

— Vous pensez vraiment qu'il y a de l'or dans cette kiva ? demanda Bonarotti.

Black se tourna vers le cuisinier. Pour la première fois, il lut de l'animation, voire une forte émotion sur le visage de l'homme.

— Oui. Je ne vois pas d'autre conclusion possible. Tout porte à le penser.

— Qu'est-ce que nous allons en faire ?

— De l'or ? L'Institut décidera, bien sûr.

Bonarotti se tut, et Black étudia son visage. Il lui vint à l'esprit qu'il ignorait tout de ce que pouvaient être les motivations d'un homme pareil.

Il lui vint aussi à l'esprit que, dans toutes ses rêveries à propos de la kiva, il n'avait jamais songé au sort de l'or. Peut-être l'exposerait-on à l'Institut. Peut-être ferait-il le tour des musées, comme le trésor de Toutankhamon. Cela n'avait aucune importance, c'était la découverte en soi – l'invention – qui assurerait sa notoriété.

Ils longèrent le boyau et pénétrèrent en baissant la tête dans le sanctuaire. Sloane installa deux lampes portables près de la kiva, les braquant vers l'entrée bouchée par des pierres. Puis elle entreprit de régler l'appareil photo pendant que Black et Bonarotti disposaient les outils. Black remarqua presque distraitement que ses propres gestes étaient lents, soigneux, presque respectueux.

Les deux hommes se tournèrent vers Sloane. Elle fixa l'appareil sur un trépied, puis leva les yeux.

— Est-il nécessaire que je souligne l'importance de ce que nous nous apprêtons à faire ? Cette kiva est la découverte archéologique par excellence, et nous allons la traiter comme telle. Nous allons procéder dans les règles, en faisant un relevé de chaque phase. Luigi, vous allez dégager le sable et la terre qui bloquent l'entrée. Avec soin. Aaron retirera les pierres et stabilisera la porte. Mais d'abord, laissez-moi prendre une ou deux photos.

Elle se plaça derrière l'appareil, et la grotte sombre fut illuminée par une rapide série de flashs. Puis Sloane s'écarta et hocha la tête.

Tandis que Bonarotti prenait la pelle, Black s'intéressa au tas de pierres qui fermaient l'entrée de la kiva. Les pierres entassées sans mortier n'avaient visiblement aucune signification sur le plan archéologique ; on pouvait les retirer à la main, sans avoir à recourir à des techniques de fouilles longues et fastidieuses. Mais elles étaient lourdes, et les muscles de ses bras ne tardèrent pas à fatiguer. Bien que, curieusement, l'entassement ne fût pas recouvert de la poussière qui formait une couche épaisse sur le reste de la surface de la kiva, Black avait du mal à respirer car, avec sa pelle, Bonarotti soulevait un nuage suffocant.

Sloane restait à l'écart, prenant des photos, des notes, des mesures. De temps à autre elle recommandait à Bonarotti de ralentir un peu le rythme. Une fois, elle tança sèchement Black lorsqu'une pierre heurta le mur de la kiva. Presque imperceptiblement, elle avait pris le rôle de chef. En s'activant, Black se dit qu'il devrait peut-être en prendre ombrage ; il avait davantage d'expérience et d'ancienneté, et de loin. Mais il se sentait trop exalté pour s'en soucier. C'était lui le premier qui avait évoqué la possible existence de la kiva. C'était lui qui l'avait trouvée. Et ses nombreux articles à venir sur l'or des Anasazis ne manqueraient pas de le souligner En outre, Sloane et lui formaient une équipe à présent, et…

Une quinte de toux vint interrompre le cours de ses pensées. Il s'écarta de la porte un instant et s'essuya le visage d'un revers de manche. La poussière avait à présent une épaisseur miasmatique, et Bonarotti, au centre du nuage, creusait toujours. Des écheveaux de poussière s'étiraient dans le faisceau des lampes. Une scène digne de Breughel. Black jeta un coup d'œil à Sloane qui notait ses observations, perchée sur un rocher. Levant le nez, elle lui adressa un sourire désabusé.

Respirant à grandes bouffées, il se remit à sa tâche. Il avait retiré les blocs de la partie supérieure de l'entrée et il s'attaqua au reste.

Soudain, il s'arrêta. Derrière les pierres, il distinguait à présent une tache brun-rouge.

— Sloane ! Viens voir.

— C'est un sceau de boue, s'écria-t-elle d'une voix soudain plus aiguë. Dégage-le, s'il te plaît. Fais attention de ne pas l'abîmer.

En quelques minutes, le sceau fut mis au jour : un grand carré d'argile estampillé sur ce qui semblait être une couche de plâtre. Une spirale inversée y avait été moulée.

— C'est étrange, dit Sloane. Ce sceau a l'air récent. Regarde.

Black examina le sceau plus soigneusement. Il était effectivement récent – trop récent pour dater de sept cents ans. La porte en mortier bouchée de pierres l'avait préoccupé dès le départ : elle paraissait trop rapportée pour faire partie de la structure d'origine. Et il était étrange que la poussière ne se soit pas déposée sur l'entassement bloquant la porte. Black fut saisi de désespoir.

— Il est impossible que quelqu'un soit venu ici avant nous, murmura Sloane. (Puis elle regarda Black.) Cette porte scellée a été extrêmement bien protégée. Il y avait plusieurs pieds d'épaisseur de pierres pour l'abriter des éléments, non ?

— Oui, répondit Black, sentant son désespoir céder devant un regain d'enthousiasme. Cela expliquerait pourquoi le sceau a l'air aussi récent.

Sloane prit d'autres photos, puis recula.

— Continuons.

Haletant à présent, Black redoubla d'efforts.

54.

Loin au-dessus du canyon de Quivira ravagé par la crue, les dômes et les creux du vaste plateau de grès se réchauffaient au soleil de fin d'après-midi. L'étrange paysage était parsemé de genévriers noueux, et des buissons de thé mormon, du sarrasin sauvage ainsi que des bouquets de verveine pourpre poussaient dans les flaques de sable. Des rigoles serpentaient dans le grès rouge, et les trous de roche plus profonds étincelaient encore d'eau de pluie. Çà et là, des rochers dépassaient, coiffés d'une nuance plus sombre, tels des nains accroupis parmi les arbres. À l'est, un autre orage moins violent se préparait. Mais au-dessus du plateau de Quivira, le ciel était encore joliment moucheté de nuages déchiquetés, virant du blanc au jaune au soleil.

Dans une ravine invisible longeant le plateau, deux silhouettes masquées et vêtues de peaux avançaient en silence. Elles progressaient par à-coups, furtivement, comme si elles n'étaient pas habituées à se mouvoir en pleine lumière ou s'y résignaient malgré elles. La première se pencha brièvement dans un trou pour y boire. Puis elles reprirent leur route, en direction d'un coin d'ombre à côté d'un aileron de roche. Là elles s'arrêtèrent.

L'un des porteurs de peaux tira un sac en daim d'un repli de sa fourrure, dans le cliquetis de sa ceinture de concho. Il en sortit une calotte crânienne humaine remplie de boulettes sèches et racornies, comme des boutons gris. Son compagnon en extirpa une à son tour ainsi qu'une longue racine desséchée ressemblant vaguement à un être humain déformé qu'il posa sur le sable à côté du premier reste humain. Tous deux se mirent à psalmodier à voix basse et chevrotante. Dans un éclair, un couteau d'obsidienne coupa les extrémités de la racine sèche.

Ils travaillaient rapidement et en silence. Une main décorée de rayures d'argile blanche caressa les boulettes racornies. Puis l'un d'eux plaça une, deux et trois boulettes au creux de sa paume et les poussa rapidement dans la bouche de son masque. Il déglutit bruyamment. Le second l'imita. La psalmodie s'accéléra.

Ils allumèrent un minuscule feu de brindilles qui déroula des écheveaux de fumée dans l'abri rocheux. Ils coupèrent la racine en longs filaments qu'ils fumèrent brièvement. Ensuite ils placèrent dans le foyer des plumes qui se recroquevillèrent doucement et grésillèrent avant de fondre. Puis plusieurs scarabées chatoyants vivants. Ils les retirèrent, les glissèrent dans la seconde boîte crânienne, les pilèrent et les mélangèrent à de l'eau tirée d'un sac en cuir.

Enfin, ils levèrent la boîte crânienne vers le nord, accélérant leur psalmodie, et ils burent chacun leur tour. Ils enfoncèrent dans le feu les filaments de racine, qui se recroquevillèrent et noircirent en dégageant une vilaine fumée jaune. Ils penchèrent la tête au-dessus du feu et respirèrent profondément en avalant la fumée. La psalmodie s'était muée en un chant frénétique, un son lent, bas, tremblotant qui rappelait celui des cigales.

Le nouvel orage arrivait de l'est, tirant une ombre sur le paysage. De ses peaux, le premier sorcier tira des poignées de fleurs crémeuses de datura qu'il lança dans le feu. Elles se racornirent, lâchant des volutes de fumée dans l'air. Les deux silhouettes la respirèrent avec avidité. L'air du plateau s'emplit soudain de la sublime odeur intense des volubilis. Les dos couverts de peau se mirent à trembler et les concho d'argent à cliqueter violemment.

Une main se leva de nouveau pour éparpiller du pollen noir aux quatre points cardinaux : nord, sud, est et ouest. La boîte crânienne était vide, tout son contenu ingéré. L'un des personnages leva la tête vers le ciel, un gros filet de bave coulant sous son masque en peau de daim, deux mains tremblotantes en l'air. La psalmodie, furieuse à présent, s'amplifiait et s'accélérait.

Puis, soudain, le silence se fit. Les dernières volutes de fumée léchèrent la paroi rocheuse. Et, avec une vélocité de fantômes, les silhouettes s'évanouirent, courant telles des ombres noires sur le paysage, et disparurent à l'extrémité de la piste du Prêtre dans l'obscurité de la vallée de Quivira.

55.

Assis sur un rocher brisé, Roscoe Swire tripotait nerveusement un licou usé, son carnet de poèmes oublié à côté de lui. Non loin, près du torrent d'eau, un gros peuplier gîtait et se balançait, l'eau pressant ses racines. De longues boucles fines pendaient de plusieurs de ses branches.

Swire savait ce que c'était : les entrailles grises et visqueuses d'un cheval. L'un des siens. Et il savait aussi que, si l'un était mort, tous devaient l'être.

L'obscurité s'était faite dans la vallée, mais au-dessus le ciel restait douloureusement lumineux. On avait l'impression d'être suspendu entre le jour et la nuit, pris dans cette stase mystérieuse qu'on ne voit que dans les canyons les plus encaissés de l'Utah.

Swire jeta un coup d'œil à son carnet, au panégyrique à Hurricane Deck qu'il avait, en vain, tenté d'écrire. Il songeait à tous les chevaux qu'il avait perdus pendant cette expédition, chacun doté de sa personnalité, et à tous les petits détails de sa vie avec eux. Les excentricités, les habitudes étranges, les pistes qu'ils avaient suivies... C'était à la limite du supportable.

Puis il pensa à Nora. Elle l'avait mis en rogne, plus d'une fois. Pourtant, il avait bien été obligé d'admirer son courage, son intrépide détermination. Elle avait connu une mort atroce. Elle avait dû entendre arriver la crue, savoir exactement ce qui l'attendait.

Il leva les yeux vers la cité cachée. Dire que les autres étaient là-haut tous les trois, en train d'ouvrir la kiva comme si de rien n'était. Ils récolteraient les lauriers. Et Nora aurait droit à une plaque pour commémorer son souvenir, clouée sur un mur de l'Institut. Swire cracha, dégoûté, soupira et tendit la main vers son carnet.

Soudain il se figea et regarda de nouveau autour de lui. À part le rugissement de l'eau et un chant d'oiseaux de temps en temps, le silence régnait.

Mais son instinct lui dit qu'on le surveillait.

Lentement il saisit son carnet. Il tourna quelques pages et, l'air indifférent, fit mine de lire.

La sensation d'être épié ne le quittait pas.

Swire avait aiguisé son sixième sens pendant ses rudes années passées en compagnie de ses chevaux dans un pays sauvage, parfois hostile. Il avait appris à lui faire confiance.

Sa main droite effleura son holster : l'arme était bien là. Puis il releva la main, cette fois pour se caresser pensivement la moustache. Les parois du canyon résonnaient du rugissement de l'eau, amplifié et déformé. Un nouveau nuage d'orage arrivait, tachant le ciel turquoise d'un vilain gris.

L'air de rien, Swire glissa son carnet dans sa poche. Puis il releva le cran de sûreté de son arme.

Il attendit. Rien.

Il se releva et s'étira, profitant de ce mouvement pour jeter un coup d'œil alentour. Toujours rien. Pourtant son instinct le trompait rarement. Peut-être était-il victime de son imagination. Il avait connu un sale après-midi, et c'était peu de le dire.

Cependant il sentait une présence. Plus encore : il se sentait épié.

Qu'est-ce que cela pouvait bien être ? Il n'avait encore pas vu de loups, ni de pumas dans la vallée, et aucun ne pouvait se trouver dans les parages un tel jour. Une présence humaine ? Nora et ses compagnons du canyon étaient morts. Et les autres étaient dans la kiva.

Dans un éclair, il sut à qui il avait affaire. Il était encore sous le choc après les événements de la journée, sinon il aurait compris plus tôt. Ceux qui avaient tué ses chevaux. Les salauds qui avaient éventré ses bêtes.

Et maintenant ils s'attaquaient à lui.

Une bouffée de colère chassa sa peur. Il était impossible de revenir en arrière, de sauver ses chevaux et d'empêcher Nora d'entrer dans le canyon, mais là il pouvait agir.

Il n'était pas à l'abri sur son rocher. Il s'éloigna, cherchant des yeux un endroit d'où il pourrait se défendre. La vallée paraissait inchangée, cependant là, loin du rocher, il sentait la présence plus fortement.

Il regarda un petit bosquet de chênes près de l'extrémité de la vallée. Douze heures plus tôt, les arbres se trouvaient à quinze mètres de l'eau. Maintenant celle-ci roulait à leur pied.

Il hocha lentement la tête. Là-bas, il aurait l'eau derrière lui, cela l'avantagerait. Et les chênes le dissimuleraient. Ils ne sauraient pas qu'il se trouvait parmi les arbres. De plus, il aurait le terrain d'alluvions dans son champ de vision. Cela lui donnerait le temps de tirer.

Il se dirigea vers la rivière, sentant des yeux sur son dos. À mi-chemin du bosquet, il s'arrêta, cracha sa chique et remonta son pantalon dans un geste qui lui permit de dégager l'arme de son étui. Ce n'était qu'un .22 magnum à canon long, mais il avait l'avantage d'être précis quand on tirait plusieurs fois de suite. Une bonne arme pour ce qu'il avait en tête.

Il attendait dans l'obscurité grandissante. Ce serait sa dernière occasion d'observer la vallée avant de pénétrer sous les arbres et il voulait repérer la direction d'où pourraient venir ceux qui l'épiaient. En plein jour, les cachettes étaient rares. Mais à la tombée de la nuit, elles se multipliaient. Rien d'inhabituel ne se manifesta.

Swire mit son instinct en doute. Celui-ci lui hurlait toujours de courir se cacher. Quelques gouttes de pluie s'écrasèrent sur le sable. Le cow-boy sentit les battements de son cœur s'accélérer sous le poids de l'inquiétude. Il n'était pas homme à fuir une bagarre. Toutefois c'était difficile quand on ignorait qui étaient les agresseurs, d'où ils arriveraient et quand on ne savait pas si, finalement, ils n'étaient pas le produit de l'imagination. Il se répéta que c'étaient les salauds qui avaient tué les chevaux. Il revit les cadavres : les blessures rituelles, les plumes plantées dans les yeux vitreux, les entrailles gris bleuté disposées en spirales. Quel genre de monstres pouvaient avoir fait une chose pareille...

Il reprit sa marche, hâtant le pas vers le bosquet. Il faillit se retourner, le cœur battant, mais se retint à temps : il ne devait pas montrer qu'il les savait là.

Une fois parmi les chênes, il s'accroupit à l'extrémité du bosquet, tournant le dos au ruisseau. Il faisait noir sous les branches, et des gouttes lui dégoulinaient sur le crâne et sur le dos. Il secoua la tête pour s'éclaircir les idées et recula d'un pas. Il était au bord de l'eau qui gargouillait autour des troncs et de ses bottes. Il recula encore.

Dans un éclair de peur, il comprit qu'il avait commis une erreur en battant en retraite dans ce bosquet. L'obscurité enveloppait si rapidement le canyon qu'il ne distinguait pas grand-chose derrière les arbres. Il frissonna légèrement, sentant la fraîcheur de l'eau s'infiltrer dans ses bottes. Il écarquilla les yeux pour essayer de distinguer les ombres des arbres dans l'obscurité.

Il dégaina et attendit. Il recula encore d'un pas dans l'eau tourbillonnante, nota distraitement que le niveau montait de nouveau. Sa colère ne le réconfortait plus ; il ne ressentait plus qu'une peur nue, glacée. Il faisait trop noir pour voir quoi que ce soit. Si seulement il pouvait entendre, il pourrait peut-être agir, mais le bruit de l'eau pareil à un lourd manteau le privait de son sens le plus précieux. Il ne lui restait plus que l'odorat. Et même lui le lâchait : par Dieu sait quel tour de passe-passe de son cerveau surchargé, il avait soudain l'impression de baigner dans l'odeur suave des volubilis.

C'est alors qu'à sa gauche il perçut un mouvement. Il comprit trop tard que les choses avaient toujours été dans le bosquet, épiant et attendant, et qu'il était venu à elles. Il leva son arme en hurlant, mais le coup partit tout seul et l'arme tomba dans le ruisseau en crue. À la lueur du coup de feu, Swire vit – ou crut voir – la lame d'un couteau, noire et froide, fendre l'obscurité.

56.

Dans les profondeurs de la grotte cachée, Black passa soigneusement un canif sous le sceau d'argile, les bras tremblant d'épuisement et d'exaltation. Il tourna la main, en s'efforçant d'exercer une pression régulière, mais ses doigts douloureux se contractèrent et le sceau sauta avec un bout de plâtre.

— Doucement, fit Sloane derrière son appareil photo.

Black tendit le cou vers le trou, celui-ci était trop petit et trop irrégulier pour qu'on puisse distinguer quoi que ce soit. De la vallée monta un coup de tonnerre assourdi.

Black toussa dans son poing, puis plus violemment, et cracha de la poussière. Il s'essuya, dégoûté, et revint au mur de pierre. Bonarotti, qui avait fini de dégager la porte de son tas de poussière, le rejoignit pour l'aider.

Une demi-heure plus tard, un autre sceau apparaissait. Ils avaient retiré suffisamment de couches de pierres pour mettre au jour une porte en plâtre d'environ un mètre. Sloane prit une série de photos. Puis elle sortit du nuage de poussière pour jeter quelques notes dans son carnet. Black glissa son canif sous le second sceau, le détacha avec soin et le posa par terre. Il ne restait plus entre lui-même et le couronnement de sa théorie qu'un mince mur de plâtre nu. Il saisit une pioche, la souleva de ses mains meurtries et l'abattit sur la porte.

Un bout de plâtre tomba. Black recommença, agrandissant le trou : un rectangle sombre et déchiqueté apparut dans la lueur des lampes. Il lâcha son outil.

Aussitôt Sloane bondit à ses côtés. Tirant une torche de sa poche, elle la fourra dans le trou, pressant son visage contre son contour. Black vit son corps se raidir. Elle resta immobile une bonne minute, puis elle recula, silencieuse, avec une expression de jubilation. Black lui prit la torche et s'avança à son tour.

Le faible faisceau jaune fendait à peine l'obscurité. Pourtant, il sentit son cœur gonfler. *Partout l'éclat de l'or...* L'éclat jaune remplissait la kiva, luisant partout, sur le sol, sur le banc de pierre qui en faisait le tour : le riche éclat d'un millier de surfaces dorées arrondies.

Black retira violemment la main.

— Cassez tout ! cria-t-il. C'est bourré d'or.

— Dans les règles, fit sèchement Sloane, mais l'exaltation dans sa voix restait palpable.

Black reprit sa pioche et attaqua le haut de la porte. Bonarotti l'imita. Le trou fit bientôt plus de cinquante centimètres carrés. Black s'interrompit pour y passer la tête, le forçant de ses épaules et agitant la torche de Sloane. Leurs coups avaient soulevé un tel nuage de poussière dans la kiva qu'il ne put distinguer que de faibles éclats dorés.

Le faisceau faiblit et Black se retira du trou en jetant la torche, dégoûté.

— Encore ! haleta-t-il.

De dehors leur parvint un nouveau coup de tonnerre assourdi, puis le tambourinement de la pluie. Mais Black n'entendait rien d'autre que le bruit de la pioche contre le plâtre et sa respiration sifflante dans l'air confiné. La réalité se transforma en rêve. Une étrange sensation le saisit, il ne sentait plus les bras qui travaillaient.

Cette sensation de rêver s'accentua, à la limite du terrifiant. Il s'éloigna de la kiva pour tenter de s'éclaircir les idées. Une immense fatigue l'envahit. Il jeta un coup d'œil à Bonarotti qui cognait toujours avec une régularité de métronome, et à Sloane qui attendait derrière, tendue d'espoir.

Le plâtre céda. Black tourna la tête vers la kiva. Un gros morceau d'adobe venait de tomber, se brisant en éclats couleur terre. Le trou était assez grand pour qu'on y passe.

Black prit une des lanternes de Sloane et avança.

— Dégagez, dit-il en poussant Bonarotti.

Le cuisinier recula en titubant, lâcha sa pioche, puis se tourna vers Black en plissant les yeux. Black n'y prêta pas attention : il tentait désespérément d'orienter le faisceau de la lampe dans le trou poussiéreux.

— Sortez de là, intima la voix de Sloane derrière lui. J'ai dit, sortez de là tous les deux.

Bonarotti hésita, puis il recula d'un pas. Black en fit autant, surpris par le ton soudain glacial de Sloane.

Celle-ci s'avança et prit d'autres photos. Elle se tourna vers Black et lui prit la lanterne des mains.

— Aide-moi à entrer.

Les mains posées sur ses hanches, Black la poussa. Il vit le faisceau de la lampe zébrer le plafond de la kiva. Il grimpa sur l'éboulis, se faufila dans le trou et se laissa glisser à l'intérieur, face la première, s'affalant sur le tas d'adobe en crachant de la poussière. Il songea vaguement que Howard Carter aurait procédé différemment.

Sloane avait lâché la lanterne, qui gisait sur le flanc, par terre. Tremblant d'excitation, Black se redressa,

Bonarotti l'avait rejoint, mais Black ne lui prêta aucune attention. Partout, de tout côté, l'éclat de l'or transperçait l'obscurité. Grognant presque d'exaltation, Black se pencha pour saisir l'objet le plus proche – un plat, rempli d'une sorte de poudre.

Il sut aussitôt que quelque chose n'allait pas. Le plat était léger dans sa main, la matière chaude au toucher : pas comme l'or, pas du tout. Vidant le contenu du bol par terre, il le regarda de plus près.

Puis il se redressa et jeta l'objet avec un sanglot.

— Mais qu'est-ce que tu fais ? s'écria Sloane.

Black ne l'entendit pas. Il regarda autour de lui, saisi de désespoir : il prenait des objets pour les relâcher aussitôt. Ce n'était pas ça. Il tituba, tomba et se remit debout avec difficulté. Cette immense déception, après tant d'espoirs fiévreux, était plus qu'il ne pouvait supporter. Il jeta un coup d'œil machinal à ses compagnons. Bonarotti était figé près du trou, l'air ahuri.

Black se tourna lentement vers Sloane. Dans sa douleur et son désarroi, il comprit mal son expression de triomphe.

57.

Nora sentit un souffle d'air frais repousser les cheveux trempés sur son front. Lentement, elle se rappela où elle se trouvait et ce qui s'était passé. Ses tempes palpitaient.

Un poids mort pressait contre son dos. Elle tenta de se dégager, et la masse se déplaça un peu, laissant filtrer une pâle lueur dans la cavité. Le rugissement dans le canyon s'était mué en une vibration rauque et sourde qui résonnait dans son ventre. Ou peut-être que ses oreilles bouchées d'eau assourdissaient le son.

Elle allongea les jambes, se retourna péniblement. Le poids mort était Smithback. Il gisait sur le flanc, immobile, sa chemise en lambeaux. Malgré la pénombre, Nora vit, horrifiée, qu'il avait le dos lacéré comme si on l'avait violemment fouetté. Le mur d'eau était passé sur eux pendant qu'ils se terraient dans l'abri rocheux ; Smithback l'avait protégée de sa violence.

Nora posa doucement sa tête sur la poitrine de Smithback en glissant une main tremblante sur sa joue : le cœur battait faiblement, mais il battait. À peine consciente de ce qu'elle faisait, elle lui embrassa les mains, le visage. Les paupières du journaliste finirent par se soulever, dévoilant un regard vitreux. Puis ses yeux se fixèrent sur elle. Sa bouche remua sans émettre un son. Un rictus de douleur déformait ses traits.

Par-dessus son épaule, elle vit la crue à environ un mètre cinquante au-dessous de leur niche, un drap lisse à présent qui ondulait à peine. Le niveau était descendu. Pourtant Nora eut la surprise de constater que l'eau semblait remonter. Des ruisselets coulaient sur les parois du canyon et gouttaient à l'embouchure de la cavité ; elle comprit qu'il devait pleuvoir de nouveau fort en amont. Leur petit espace n'était pas seul dans l'obscurité : dehors aussi il faisait de plus en plus noir. Elle avait dû rester inconsciente pendant des heures.

— Tu peux t'asseoir ? demanda-t-elle à Smithback.

Parler fut un tel effort qu'une douleur lui transperça les tempes.

Smithback essaya de se redresser, haletant, le visage grimaçant. Le sang s'étendit sur son ventre et ses cuisses. En l'aidant, Nora put mieux évaluer l'état de son dos.

— Tu m'as sauvé la vie, dit-elle en lui serrant la main.

— Tu n'es pas encore sauvée, souffla-t-il en frissonnant.

Prudemment, elle jeta un coup d'œil à l'extérieur pour examiner la paroi au-dessus d'eux en quête de prises. La roche était lisse ; il n'y avait pas moyen de grimper plus haut. Elle réfléchit. Il fallait qu'ils sortent de là, c'était sûr. Ils ne pouvaient pas passer la nuit là-dedans. Si la température continuait à baisser, Smithback risquait l'hypothermie. Et si l'eau remontait – ou si une nouvelle vague de crue arrivait – ils ne pouvaient espérer survivre. Mais il n'y avait pas d'issue.

Rien à faire, sinon se jeter dans le courant en croisant les doigts.

À leurs pieds, le courant était rapide mais lisse, un flot laminaire qui coulait droit entre les parois du canyon étroit, charriant des débris en son centre. S'ils réussissaient à rejoindre le milieu du courant, ils pourraient peut-être se laisser porter jusqu'à la vallée sans être projetés contre les parois.

Smithback la regardait.

— Tu sais nager ?

Il haussa les épaules.

— Je vais nous attacher l'un à l'autre.

— Non ! Je ne ferais que t'entraîner au fond.

— Tu m'as sauvé la vie. Maintenant je ne te lâche plus.

Elle lui retira soigneusement les lambeaux de sa chemise, en déchira les manches et les tordit. Laissant le plus de jeu possible, elle en attacha une extrémité à son poignet gauche et l'autre au poignet droit de Smithback.

— C'est délirant de...

— Économise ton souffle. Écoute, nous n'aurons pas de seconde chance. La nuit tombe, nous ne pouvons pas attendre plus longtemps. Le plus important est de s'efforcer de rester au milieu. Ce ne sera pas facile à cause de l'étroitesse du canyon.

Si tu te rends compte que tu t'approches trop d'une paroi, éloigne-toi d'un coup de pied. Le plus dangereux sera l'instant où le courant nous déversera dans la vallée. Une fois là-bas, on aura intérêt à regagner la rive drôlement vite. Si le courant nous entraîne dans l'autre canyon, nous sommes foutus.

Smithback acquiesça.

— Prêt ?

Il hocha de nouveau la tête, les yeux plissés, les lèvres blanches.

Ils attendirent une accalmie. Nora regarda Smithback et le prit fermement par la main. Il y eut un instant d'hésitation, puis, ensemble, ils se laissèrent glisser dans le flot.

L'eau était glaciale au point d'engourdir l'esprit. Le courant était d'une force incroyable, bien plus qu'il n'avait semblé de leur abri rocheux. Elle comprit vite qu'ils n'avaient aucune chance de maîtriser leur descente : tout ce qu'elle pouvait faire, c'était lutter pour éviter de heurter les parois meurtrières qu'ils frôlaient parfois. La surface de l'eau bouillonnait, hérissée de minuscules particules de bois et de plantes qui dansaient la sarabande autour d'eux. Sous la surface, c'était un chaos de graviers et de sable qui battait contre ses jambes. Smithback, qui luttait à côté d'elle, lâcha un cri quand la racine noueuse d'un arbre lui heurta l'épaule.

Au bout d'une minute interminable, Nora vit de la lumière devant eux, une tache verticale de gris dans l'obscurité. Frôlant dangereusement la paroi, elle s'en éloigna d'un coup de pied. Soudain ils jaillirent du canyon, portés par une grosse vague qui franchit l'éboulis pour tomber dans une flaque bouillonnante. Il y eut un rugissement furieux et Nora se sentit entraînée vers le fond. Tirant sur la corde improvisée, elle les propulsa à la surface. Puis elle recracha l'eau et regarda autour d'elle. Ils étaient déjà au milieu de la vallée. À quelques secondes de là les attendait l'étroite crevasse à l'extrémité de la vallée, qui aspirait la coulée dans un vacarme assourdissant. Ils furent alors pris dans un tourbillon qui les jeta dans le flot plus lent près de la berge.

Nora se débattait quand quelque chose la heurta à l'estomac et l'égratigna. Elle plongea la main dans l'eau, en quête d'une prise, ballottée par le courant. Elle comprit qu'elle tenait le haut d'un genévrier. Elle tâtonna en quête d'une branche plus solide dans le courant qui tentait de les emporter.

— Nous sommes accrochés à la cime d'un arbre.

Smithback hocha la tête.

Nora regarda vers la berge. Elle n'était qu'à cinq mètres mais elle aurait pu aussi bien être à cinquante kilomètres puisqu'il leur était impossible de nager dans ce courant.

Vers l'aval, une autre cime d'arbre dépassait du flot, cinglée par le courant. S'ils lâchaient leur prise, ils pourraient s'accrocher à celle-là. À condition que les racines résistent à la poussée de l'eau, ils pourraient se rattraper à un troisième arbre, un peu plus loin – et de là, rejoindre la berge.

— Prêt ?

— Arrête de me demander ça. J'ai horreur de la flotte.

Elle se lança, saisit l'arbre suivant, puis l'autre, tirant Smithback à sa suite. Soudain ses pieds touchèrent le fond, merveilleusement sûr après la rivière en crue. Lentement elle se hissa sur le bord boueux vers le bosquet de peupliers, Smithback titubant derrière elle. Ils s'écroulèrent par terre dans un fouillis de branches cassées. Nora dénoua le lambeau de chemise qui les reliait, puis roula sur le dos, en toussant et en crachant de l'eau.

Un éclair zébra le ciel, suivi d'un craquement de tonnerre. Elle vit alors qu'un autre orage moins violent avait obscurci le canyon. Elle repensa au bulletin météo. Ciel dégagé. Comment avaient-ils pu se tromper à ce point ?

La pluie redoubla de violence. Nora tourna les yeux vers le campement. Il avait quelque chose d'étrange sans qu'elle puisse dire quoi exactement. Puis elle comprit : on avait tout réinstallé, les tentes étaient debout, le matériel soigneusement bâché.

Logique, sans aucun doute. Personne ne pourrait aller nulle part avant longtemps, surtout pas par le canyon-fente.

Et pourtant le camp était désert.

Le reste de l'expédition avait-il trouvé refuge dans Quivira ? Dans ce cas, pourquoi s'y trouveraient-ils encore, maintenant que la crue s'était calmée ?

Elle s'assit et regarda Smithback, allongé sur le ventre. Il était blessé, mais vivant. Contrairement à Aragon. Elle ferait mieux de le mettre au chaud sous une tente.

— Tu peux marcher ?

Il déglutit péniblement et acquiesça. Elle l'aida à se relever ; il tituba un peu, fit quelques pas, puis s'appuya contre elle.

— Encore un effort, lui murmura-t-elle.

Elle le soutint jusqu'au campement. Sous la tente médicale, elle fouilla dans les cartons, trouva un analgésique, une crème antibiotique et de la gaze. Puis elle passa la tête à l'extérieur et regarda autour d'elle. Une fois de plus, l'aspect abandonné de la vallée la frappa. Avaient-ils tous été emportés ? Non, quelqu'un avait remonté les tentes. Sloane et Swire avaient dû tout de suite comprendre ce qui se préparait et mettre tout le monde à l'abri.

Elle faillit appeler, mais se ravisa. Un vague instinct lui disait de se taire.

Elle rentra dans la tente et regarda Smithback.

— Comment te sens-tu ?

— Génial, dit-il en grimaçant.

En voyant ses cheveux mouillés plaqués sur son front, Nora sentit une bouffée d'affection l'envahir.

— Tu te sens de taille pour marcher ?

— Pourquoi ?

— Parce que je pense que nous devrions partir d'ici. Il se passe quelque chose d'étrange.

Elle lui tendit deux analgésiques, lui passa une gourde, et entreprit de soigner les lacérations de son dos. Il se raidit mais n'émit pas une seule plainte.

— Comment se fait-il que tu ne protestes pas ?

— Je ne sais pas. Je dois être engourdi par mon séjour dans l'eau.

Il frissonnait, le front moite. Il va tomber en état de choc, pensa-t-elle. La pluie redoublait, le vent qui s'était levé faisait claquer la tente. Elle comprit qu'il n'était pas question d'espérer le transporter, du moins pour l'instant.

— Pelotonne-toi dans ce sac de couchage, dit-elle en lui caressant la joue. Je vais voir si je peux te préparer une boisson chaude.

Elle le borda doucement et se redressa.

— Nora, appela une voix lente et rêveuse.

— Oui.

— Nora. Tu sais, après tout ce qui s'est passé entre nous… j'aimerais vraiment te dire comment je me sens.

Elle s'approcha et lui prit la main.

— Oui ?

Il eut un faible sourire.

— Une vraie merde.

Nora secoua la tête, riant malgré elle.

— Tu es incorrigible.

Elle l'embrassa. Puis elle l'embrassa encore, lentement.

— Encore, monsieur, s'il vous plaît.

Elle le contempla en souriant. Puis elle sortit de la tente et fixa le rabat derrière elle. Enfonçant la tête dans les épaules pour se protéger de la pluie, elle traversa le campement pour rejoindre la cachette des fournitures.

58.

Dans la pénombre de la kiva, Sloane Goddard contemplait les rangées de pots luisants. Longtemps elle ne vit rien d'autre. À croire que le monde extérieur avait disparu, ne laissant derrière lui que ce petit espace. Elle oubliait tout – la mort de Holroyd, la crue, Nora et les autres, la menace des tueurs de chevaux.

On n'avait jamais trouvé que quelques rares petits tessons de poterie micacée noir sur jaune. En contempler des spécimens entiers était une révélation. Une poterie incroyablement belle, de loin la plus exquise qu'elle ait jamais admirée. Chaque pièce avait été modelée à la perfection et polie à l'aide de pierres lisses jusqu'à l'obtention d'un lustre sensuel. L'argile dont elles étaient faites était d'un jaune intense, mais sa couleur avait été incomparablement rehaussée par l'addition de poussières de mica. La poterie chatoyait ainsi d'une lumière intérieure et, en les regardant fixement – les amoncellements de bols et de cruches, les figurines bossues, les crânes, les jarres et les effigies –, Sloane les jugeait plus belles que l'or. Elles dégageaient une chaleur, une vitalité qui manquaient au précieux métal. On avait décoré chaque pièce de motifs géométriques et zoomorphes dénotant un art et un savoir-faire sans pareils : l'ensemble de l'histoire pictographique du peuple anasazi se déroulait sous ses yeux.

Tout était là, comme elle l'avait toujours su : la veine principale de la poterie micacée. Cela avait été la passion de son père : en trente ans, il avait fait le relevé de chaque tesson rare, tracé d'hypothétiques routes de commerce, cherché la source. Devant le nombre infime de fragments découverts, il avait émis la théorie que cette poterie était le bien le plus précieux du peuple anasazi et qu'elle devait être entreposée dans un endroit central, certainement religieux. Finalement, après avoir dressé la carte de la répartition de tous les tessons connus, il en était venu à penser que cet endroit se situait dans le labyrinthe de canyons. Un court moment il avait nourri l'espoir d'en trouver lui-même la source. Mais il était devenu vieux et malade. Puis, quand il avait entendu parler de Nora et de la lettre de son père, il avait eu un regain d'espoir. Il avait aussitôt compris que Quivira, si elle existait, pourrait se révéler la source de cette fabuleuse poterie. Ce n'était qu'une hypothèse, bien sûr – bien trop spéculative pour qu'un homme de son envergure en parle publiquement. Mais elle avait suffi pour qu'il organise une expédition, avec sa fille dans l'équipe.

Sloane savait qu'elle était censée avoir discuté de l'affaire en privé avec Nora si elles découvraient la cité. Bien entendu, elle n'aurait jamais laissé entendre à cette dernière qu'une grande découverte les attendait. Nora avait eu plus que sa part de gloire. Combien de fois, sur la route de Quivira, cette idée s'était-elle insinuée amèrement dans le cœur de Sloane : se retrouver aux ordres d'une universitaire de seconde zone, pas même titulaire, alors qu'elle aurait dû, elle, être aux commandes. Finalement ce serait Nora et par extension le père de Sloane qui récolteraient les honneurs : toujours le même manque d'égards de son père, son absence de foi en elle.

Eh bien les choses seraient différentes. Si Nora n'avait pas été aussi égoïste, dictatoriale, cela ne se serait pas terminé ainsi. Par un coup du destin, la découverte devenait celle de Sloane. Elle était maintenant le chef de l'expédition. Son nom resterait éternellement lié à cette fabuleuse poterie. Tous les autres – Black, Nora, son père surtout – seraient secondaires.

Lentement, elle revint au présent. Du coin de l'œil, elle vit Bonarotti, enfermé dans une déception silencieuse, repartir d'un pas raide vers l'orifice qu'il avait aidé à creuser et disparaître.

Elle remarqua alors un grand trou dans le sol. Il avait l'air récent. Mais cela ne tenait pas debout : qui d'autre à part eux aurait pu pénétrer dans cette kiva au cours des sept derniers siècles ? Et qui irait creuser un trou en ignorant l'un des plus riches trésors de l'histoire nord-américaine ?

Elle jubilait trop cependant pour s'arrêter longtemps sur ce détail. Elle se tourna vers Black : ce pauvre Aaron qui avait laissé sa propre soif puérile de l'or aveugler l'archéologue expérimenté qu'il était. Elle n'avait pas essayé de rectifier son erreur, bien sûr : pas la peine de refroidir son enthousiasme quand son soutien était si important. En outre, sa déception et son embarras digérés, il prendrait certainement conscience de l'importance incomparable de cette découverte.

Elle eut un choc en le voyant. Il avait une mine affreuse. Ses traits semblaient s'être creusés. Deux yeux rouges et larmoyants au regard fixe dans un visage couvert d'une poussière qui se transformait en boue sur sa peau en sueur. Elle eut une vision brève et terrifiante de Peter Holroyd, paralysé de peur et de maladie dans la salle voisine de la sépulture royale.

Black avait la bouche molle et, en s'approchant d'elle, il parut tituber. Il avança encore, tendit la main vers un bol et en sortit un collier de perles de mica à l'éclat doré dans le faisceau de la torche.

— De la poterie.

— Oui, Aaron, de la poterie. N'est-ce pas fabuleux ? Le micacé noir sur jaune que recherchent les archéologues depuis un siècle.

Il fixait le collier sans le voir. Puis lentement, il le lui passa autour du cou avec des mains tremblantes.

— De l'or, croassa-t-il. Je voulais te donner de l'or.

Il fallut un moment à Sloane pour comprendre. Il tenta d'avancer d'un pas, mais vacilla sur place.

— Aaron, tu ne vois donc pas ? C'est plus précieux que de l'or. Beaucoup plus. Ces pots racontent…

Elle s'interrompit brusquement. Black grimaçait de douleur, les mains pressées sur les tempes. Sloane recula involontairement. Les jambes de Black se mirent à trembler : il s'effondra contre le mur de la kiva et glissa sur le banc de pierre.

— Aaron, tu es malade, dit-elle, la panique supplantant son sentiment de triomphe.

« Pitié, non, songea-t-elle. Pas maintenant. »

Black ne répondit pas. Il tenta de se retenir en tendant les bras, faisant tomber plusieurs pots.

Sloane s'approcha, soudain résolue, et lui attrapa une main.

— Aaron, écoute. Je descends à la tente médicale. Je reviens dès que possible.

Elle sortit rapidement de la kiva par le trou. Puis, tout en s'époussetant les jambes, elle emprunta le boyau et se retrouva dans la cité silencieuse.

59.

S'agenouillant près de Smithback, Nora fourra dans sa poche une torche récupérée dans les sacs de matériel et aida le journaliste à avaler une petite tasse de bouillon brûlant. À l'extérieur de la tente, le Camping-Gaz cliquetait en refroidissant. Puis, lui prenant la tasse vide des mains, Nora aida Smithback à s'étendre dans le sac de couchage, étala une couverture sur lui et s'assura qu'il était bien installé. Elle avait remplacé sa chemise et son pantalon trempés par des vêtements secs, et son état de choc paraissait s'estomper. Avec la pluie qui continuait à tambouriner sur la tente, le déplacer restait inutile. De toute façon, il avait surtout besoin de sommeil. Elle jeta un coup d'œil à la montre attachée au poteau de tente. Neuf heures passées. Et pourtant, inexplicablement, personne n'était revenu au campement.

Nora songea de nouveau à la crue. L'orage qui l'avait provoquée avait dû être énorme, impressionnant. Il paraissait inexplicable qu'on ait pu ne pas le voir du sommet du plateau…

Elle se releva. Smithback lui adressa un faible sourire.

— Merci.

— Dors un peu. Je monte aux ruines.

Il acquiesça, ses yeux se fermaient déjà. Nora se glissa dehors. Allumant sa torche, elle suivit le faisceau jusqu'à la base de l'échelle de corde. Son corps meurtri lui faisait mal, et elle ne s'était jamais sentie aussi épuisée. Elle redoutait presque ce qu'elle risquait de trouver dans la cité en ruine. Mais elle avait fait ce qu'il fallait pour Smithback et quitter la vallée était impossible pour l'instant. En tant que chef de l'expédition, elle n'avait pas d'alternative : il fallait qu'elle entre dans Quivira pour savoir ce qui se passait.

Les gouttes de pluie traversaient le faisceau jaune comme des rais de lumière intermittents. En s'approchant de la paroi rocheuse, Nora vit une ombre descendre l'échelle et sauter avec légèreté dans le sable. La silhouette, la grâce des mouvements étaient aisément reconnaissables.

— C'est vous, Roscoe ? cria Sloane.

— Non, répondit Nora. C'est moi.

La silhouette se figea. Nora s'avança et regarda le visage de Sloane illuminé par la torche. Elle y lut non le soulagement mais le choc et la confusion.

— Vous ! souffla Sloane.

— Qu'est-ce qui se passe exactement ? reprit Nora le plus calmement possible.

— Comment avez-vous…

— J'ai posé une question. Que se passe-t-il ? répéta Nora en reculant instinctivement d'un pas.

Elle remarqua alors le collier autour du cou de Sloane : de grosses perles, visiblement préhistoriques, d'un jaune chatoyant – micacé.

Elle sentit alors sa peur céder devant la colère.

— Vous l'avez fait, n'est-ce pas ? murmura-t-elle. Vous avez pénétré dans la kiva.

— Je…

— Vous êtes délibérément entrée dans la kiva. Vous avez une idée de ce qu'en dira l'Institut ? Et votre père ?

Sloane garda le silence. Elle paraissait assommée, comme incapable de comprendre, ou d'accepter, la présence de Nora. On aurait dit qu'elle venait de voir un fantôme.

En fait, c'est exactement ce qu'elle devait croire.

— Vous ne pensiez pas me revoir vivante, hein ? reprit Nora qui se sentait trembler de la tête aux pieds.

Sloane restait figée.

— Le bulletin météo. Vous m'avez donné un faux bulletin météo.

Sloane secoua vigoureusement la tête.

— Non…

— Vingt minutes après que vous êtes descendue du sommet, la crue est arrivée, l'interrompit Nora. Toutes les eaux du plateau de Kaiparowits se déversent dans ce canyon. Il y avait un orage gigantesque au-dessus du plateau, c'est impossible autrement. Et vous l'avez vu.

— Le bulletin météo diffusé par Page est facile à retrouver. Vous pourrez vérifier à notre retour…

Nora écoutait quand une image surgit dans son esprit : Aragon, mis en pièces par la crue, qui le projetait sans pitié contre les parois du canyon.

— Non. Je crois que je vérifierai plutôt les images satellite. Et je sais ce que j'y trouverai : un orage monstrueux, directement au-dessus du plateau de Kaiparowits.

Sloane blêmit. Ses larges pommettes luisaient de gouttes de pluie.

— Nora, écoutez. Il est possible que je n'aie jamais regardé dans cette direction. Il faut me croire.

— Où est Black ?

Sloane s'interrompit, surprise par cette question.

— Dans la cité.

— Que dira-t-il, à votre avis, quand je l'interrogerai ? Il était en haut avec vous.

Sloane fronça les sourcils.

— Il n'est pas bien, et…

— Et Aragon est mort, l'interrompit Nora, en maîtrisant à peine sa fureur. Sloane, vous alliez pénétrer dans cette kiva, quel qu'en soit le prix. Au prix d'un meurtre.

Le mot horrible resta suspendu dans l'atmosphère lourde.

— Vous irez en prison, Sloane. Et vous ne retravaillerez jamais. Je m'en assurerai personnellement.

— Vous ne pouvez pas faire ça, dit Sloane d'une voix soudain basse, insistante.

— Vous verrez.

Il y eut un éclair, suivi presque instantanément d'un grondement de tonnerre. Nora se protégea les yeux d'une main. Elle aperçut alors l'éclat terne de l'arme coincée dans la ceinture de Sloane. Cette dernière parut se redresser. La résolution commença à se peindre sur son visage.

— Non, murmura Nora.

Sloane soutint son regard, sans ciller.

— Non, répéta Nora plus fort, en reculant dans le noir.

Lentement, avec hésitation, la main de Sloane descendit vers l'arme.

Dans un mouvement soudain et désespéré, Nora éteignit sa lampe et battit en retraite au pas de course dans l'obscurité.

Le campement était à cent mètres – pas de protection de ce côté-là. Sloane se dressait entre elle et la cité. Et la crue l'avait coupée de l'autre côté de la vallée. Dans la direction qu'elle venait de prendre, il ne lui restait qu'une possibilité.

Elle réfléchissait tout en courant. Sloane n'était pas du genre à supporter une défaite. Elle avait refusé de quitter Quivira sans ouvrir la kiva ; permettrait-elle à Nora de la ramener à la civilisation – dans la honte et l'humiliation – pour affronter une vie en miettes ? Pourquoi l'ai-je provoquée comme ça ? Comment ai-je pu être aussi stupide ? Nora venait de montrer à Sloane combien son choix serait difficile. Elle venait de signer son propre arrêt de mort.

Elle longea à toute allure le pied de la falaise, en direction de l'éboulis, guidée par des éclairs étincelants. Escaladant l'entassement de blocs de pierre, elle chercha une cachette, sans oser se servir de sa torche, de crainte de se faire repérer. Au milieu de la pente, elle trouva ce qu'il lui fallait : un abri étroit, mais suffisamment grand pour elle. Elle se réfugia au fond et s'accroupit dans l'obscurité, haletante, essayant de faire le tri dans ses pensées, tremblante de rage, de contrariété et de désespoir.

Cette cachette restait une solution provisoire : Sloane finirait par la trouver. Et elle détenait l'arme du campement.

Nora pensa à Smithback endormi dans la tente médicale, et serra les poings de colère. Il ferait une cible facile. Non, il n'y avait aucune raison que Sloane pénètre dans la tente et le trouve. Et même si c'était le cas, il y avait une chance qu'elle ne le tue pas. Il fallait que Nora s'accroche à cet espoir – du moins jusqu'à ce qu'elle trouve un moyen d'arrêter Sloane.

Il devait y en avoir un. Bonarotti et Swire étaient là, quelque part. À moins qu'ils ne fissent partie du complot… elle secoua la tête, refusant de s'embarquer dans cette hypothèse.

Peut-être trouverait-elle un moyen de s'introduire discrètement dans le campement afin de fuir avec Smithback. Cependant cela signifierait des heures d'attente aux aguets. Et, d'une manière ou d'une autre, Sloane agirait avant. Nora savait qu'elle ne pouvait pas grimper sur le sommet pour s'enfuir – pas en laissant Smithback blessé dans la vallée. En étudiant les possibilités qui s'offraient à elle, accroupie dans l'obscurité, elle comprit soudain qu'elle n'en avait aucune.

60.

Beiyoodzin avançait sur le plateau de grès au-dessus de la vallée de Quivira. Le cœur d'un second orage plus petit assombrissait le ciel. La roche irrégulière était glissante de pluie, et Beiyoodzin marchait à pas prudents. Ses vieux pieds étaient douloureux, et son cheval, attaché dans la vallée de Chilbah, lui manquait. La piste du Prêtre n'était praticable que pour des humains.

Les repères étaient irréguliers et vagues – un petit cairn ici et là – et le chemin difficile à distinguer dans l'obscurité. Beiyoodzin avait besoin de se concentrer pour le suivre. Il n'avait plus d'aussi bons yeux qu'avant. Et il ne savait que trop bien que le plus difficile l'attendait encore : la dangereuse descente tortueuse au-dessus du canyon étroit à l'extrémité de la vallée.

Il serra contre lui son manteau trempé. Bien que son grand-père y ait fait allusion, Beiyoodzin n'avait jamais cru que la piste du Prêtre soit aussi ardue et aussi longue. Après avoir remonté la crevasse secrète dans la vallée de Chilbah, il suivait une longue route difficile à travers le haut plateau, serpentant sur des kilomètres à travers les genévriers tordus, traversant des ruisseaux à sec et de petites ravines à pic. Beiyoodzin se força à accélérer le pas. Il était tard, il le savait ; peut-être trop tard. Impossible de savoir ce qui avait pu se produire, ou ce qui se produisait, dans la vallée de Quivira.

Soudain, il pila. Une odeur flottait dans l'air : un mélange de fumée de bois, de cendres détrempées… et autre chose qui lui donna la nausée. Il regarda autour de lui, écarquillant les yeux dans l'obscurité, s'efforçant de se guider à la lueur des éclairs. Il trouva les restes d'un petit feu de brindilles à l'ombre d'un gros rocher, comme il s'en doutait.

Il jeta un coup d'œil rapide et prudent autour de lui pour s'assurer qu'il était bien seul. Puis il s'accroupit et tria les cendres. Il en tira les restes de filaments de racines, brûlés et cassants, et les frotta entre ses doigts. Fronçant les sourcils, il repoussa impatiemment les cendres. Il retint son souffle : sa main venait de se refermer sur un pétale de fleur, mou et fané. Il le colla contre son nez. L'odeur confirma ses pires craintes : sous le lourd arôme de fumée de bois, il distinguait encore le parfum des volubilis.

Tremblant, agité, il se redressa et s'essuya les mains sur son pantalon trempé. Une fois, quand il était petit dans le village de Nankoweap, il avait été le témoin d'une scène terrible : un très vieil homme, un méchant, avait pris de la fleur de datura interdite. L'homme était devenu enragé sous l'influence de la drogue, s'attaquant à tout ce qui croisait son chemin avec une force décuplée. Il avait fallu une demi-douzaine de jeunes du village pour le maîtriser.

Mais là c'était pire. Bien pis. Ceux qu'il pistait avaient pris le datura à l'ancienne, à la manière du Malin, en le mélangeant à des psilocybes, des boutons de mescal, et des insectes interdits. L'esprit impie prendrait possession d'eux, donnant une grande force à leurs membres et une frénésie meurtrière à leur esprit ; il les rendrait indifférents à leur propre douleur et à celle des autres.

Beiyoodzin s'agenouilla et dit une brève prière fervente dans l'obscurité. Puis il se releva et poursuivit sa route en accélérant le pas.

61.

Bonarotti était affalé sur la roche lisse du sol du Planétarium, adossé au mur, les coudes sur les genoux. Il fixait l'obscurité. La vallée, plongée dans le noir, s'illuminait par intermittence de fourches d'éclair livides. Un mince rideau de pluie tombait, fermant l'entrée de Quivira. Il n'y avait plus de raison de quitter le confort de la cité. En fait, il n'y avait plus aucune raison de faire quoi que ce soit, sinon d'attendre les jours à venir le moins désagréablement possible.

Il songeait qu'il aurait dû ressentir une déception plus vive. Au début, lorsqu'il avait compris que la kiva secrète renfermait non de l'or mais seulement d'innombrables pots anciens, le choc et le désarroi l'avaient submergé. Et pourtant maintenant, assis à la limite de la ville, il ne sentait plus que son corps douloureux. De toute façon, l'or ne lui serait pas revenu. Il se demandait pourquoi il avait travaillé aussi dur, pourquoi il s'était laissé prendre par l'exaltation du moment ; cela ne lui ressemblait guère. Et finalement, il se retrouvait avec des membres lourds comme du plomb pour seule récompense. Le canon de son gros revolver pressait contre sa hanche droite. Quelques minutes plus tôt, il avait cru entendre des pas sur la place centrale, ainsi qu'un bourdonnement furieux de conversation en bas dans la vallée. Cependant il n'en était pas sûr, avec ce murmure affreusement régulier de la pluie. Il avait l'impression d'avoir les oreilles bouchées et douloureuses ; peut-être avait-il imaginé ces bruits. Et il n'avait pas envie de chercher à en savoir plus.

Au prix d'un gros effort, il tira une cigarette de sa poche de poitrine et tâta son pantalon, en quête d'allumettes. Il savait qu'il était interdit de fumer dans les ruines, mais c'était bien le cadet de ses soucis ; de plus, il pressentait que Sloane serait plus tolérante devant ce genre d'écart que ne l'avait été Nora Kelly. Fumer était à peu près le seul réconfort qui lui restait dans cet endroit maudit. Ça, et la réserve secrète de grappa qu'il avait dissimulée au milieu de ses ustensiles de cuisine.

Pourtant la cigarette ne lui procura aucun plaisir. Elle avait un goût atroce, un goût de carton et de vieilles chaussettes. Il l'examina à la lueur de l'extrémité incandescente. Puis il la remit entre ses lèvres. Chaque bouffée de fumée lui transperçait les poumons d'un éclair de douleur. En toussant, il éteignit la cigarette entre ses doigts et la fourra dans sa poche.

Quelque chose lui disait que ce n'était pas la faute de la cigarette. Il pensa brièvement à Holroyd dans ses ultimes minutes d'agonie. Cette pensée le galvanisa et il se releva instinctivement. Le mouvement brusque fit refluer le sang de sa tête ; il eut une bouffée de chaleur et un étrange rugissement lui emplit les oreilles. Il s'appuya à la paroi pour se retenir.

Il respira profondément. Puis il tenta d'avancer un pied. Tout se mit à tourner, et il dut se rattraper au mur. Il n'était resté assis qu'un quart d'heure, une demi-heure au pire. Qu'est-ce qui pouvait bien lui arriver ? Il s'humecta les lèvres en regardant le centre de la ville. Ses tempes palpitaient. La pluie semblait se calmer, et pourtant son bourdonnement monotone lui irritait de plus en plus les oreilles. Il partit vers la place en titubant, sans but. Lever les pieds lui paraissait affreusement difficile.

Là, il s'arrêta. Il eut l'impression d'être cerné par les maisons, dévisagé par leurs fenêtres vides comme des orbites.

— Je ne me sens pas bien.

Le tambourinement de la pluie était une torture. Il ne souhaitait plus qu'une chose : lui échapper. Trouver un endroit obscur et silencieux où il pourrait se pelotonner, les mains sur les oreilles. Il tourna lentement, machinalement, attendant qu'un nouvel éclair illumine la cité. Une flambée de jaune éclaira brièvement une porte, et il se dirigea en vacillant vers elle sous un roulement de tonnerre.

Il s'arrêta sur le seuil, une vague inquiétude venant percer sa brume de malaise. Il avait la sensation qu'il s'effondrerait par terre s'il ne s'allongeait pas immédiatement. Et pourtant l'obscurité de la pièce était si complète qu'elle semblait ramper devant lui. Un phénomène répugnant, à donner la nausée, que Bonarotti n'avait jamais vu ni même imaginé. Ou peut-être était-ce cette odeur qui le rendait malade : un parfum lourd et douceâtre de fleurs. Il chancela, hésitant.

Puis il eut une sensation de vertige, fit un pas et fut avalé par l'obscurité.

62.

Plissant les yeux devant les éclairs, Sloane regarda Nora disparaître dans l'orage. Elle devait se diriger vers l'éboulis : il n'y avait pas d'autre endroit où se cacher dans cette direction. Les yeux fixés sur elle, Sloane sentit le canon froid de son arme contre sa paume. Non seulement elle ne dégaina pas, mais elle ne fit aucune tentative pour suivre Nora.

Elle hésitait. Le choc produit par l'apparition de Nora, vivante, s'évaporait, laissant place à l'agitation. Nora l'avait traitée d'assassin. D'assassin. Sloane n'arrivait pas à se considérer comme telle. En songeant à cette accusation, à l'expression de Nora, elle sentit une grande colère monter en elle. Nora avait demandé le bulletin météo, elle le lui avait donné, au mot près. Si Nora n'avait pas insisté pour partir avec une telle obstination, un tel entêtement...

Sloane respira profondément pour essayer de se calmer. Il fallait qu'elle réfléchisse, qu'elle agisse avec précaution et après délibération. Elle savait que Nora ne représentait pas une menace physique immédiate : c'était elle qui possédait l'arme de secours. En revanche, Nora pouvait tomber sur Swire, ou Bonarotti.

Elle s'essuya le front du dos de la main. Où étaient-ils d'ailleurs ? Ils ne se trouvaient ni dans le campement ni dans la cité. Ils n'attendaient certainement pas dehors, dans le noir et sous la pluie battante. Swire lui-même n'était pas têtu à ce point.

Elle pensa à la découverte magnifique qu'ils venaient de faire. Une découverte encore plus étonnante que Quivira elle-même. Une découverte que Nora avait essayé d'empêcher. À cette pensée, la colère de Sloane grossit. Mais les choses s'étaient mieux passées qu'elle n'aurait pu l'espérer. Tout ce qu'elle avait toujours souhaité se trouvait dans cette kiva, attendant qu'elle s'attribue leur découverte. Le plus dur était fait. Elle pourrait toujours avoir le dessus sur Swire et Bonarotti. Elle prit conscience, presque surprise, que les événements étaient allés trop loin pour qu'elle puisse faire marche arrière : surtout avec la mort d'Aragon et de Smithback. Le seul obstacle en travers de son chemin restait Nora Kelly.

Il y eut un faible bruit de toux dans l'obscurité. Sloane vira sur elle-même, tirant instinctivement le pistolet de sa ceinture. Cela venait de la tente médicale.

Elle s'en approcha, alluma sa torche logée dans une poche et en masqua le faisceau d'une main. Puis elle s'immobilisa à l'entrée, hésitante. Il ne pouvait s'agir que de Swire ou de Bonarotti. Avaient-ils entendu Nora ? Prise de panique, elle plongea à l'intérieur en brandissant son arme.

À son grand étonnement, elle trouva Smithback endormi. Un instant, elle resta là à le regarder fixement. Puis elle comprit. Nora n'avait parlé que de la mort d'Aragon. Dieu sait comment, Smithback et elle avaient survécu.

Sloane tomba à genoux, lâcha la torche et s'adossa à la paroi trempée de la tente. Ce n'était pas juste. Les choses avaient tellement bien tourné. Peut-être aurait-elle pu trouver un terrain d'entente avec Nora. Mais s'il fallait ajouter Smithback…

L'écrivain cligna des yeux.

— Oh ! fit-il en soulevant la tête avec une grimace. Bonjour. Et ouille !

Sloane ne le regardait pas.

— J'ai cru entendre des cris. À moins que j'aie rêvé ?

Sloane lui fit signe de se taire avec son pistolet.

Smithback cligna des yeux.

— Qu'est-ce que c'est que cette arme ?

— Vous allez vous taire ? J'essaie de réfléchir.

— Où est Nora ? continua Smithback, l'air soudain soupçonneux.

Là, Sloane se tourna vers lui. Et un plan commença à prendre forme dans son esprit.

— Je crois qu'elle se cache dans l'éboulis au bout du canyon.

Smithback tenta de se lever sur un coude, mais retomba.

— Elle se cache ? Pourquoi ? Que s'est-il passé ?

Sloane respira un grand coup. Oui, songea-t-elle, c'est le seul moyen.

— Pourquoi Nora se cache-t-elle ? reprit Smithback plus sèchement, l'air soucieux.

Sloane le regarda. Il lui fallait être forte maintenant.

— Parce que je vais la tuer, répondit-elle le plus calmement possible.

Smithback tenta de nouveau de se relever.

— Je ne vous suis pas, dit-il en s'écroulant. Je dois encore délirer. J'ai cru entendre que vous alliez tuer Nora.

— Effectivement.

Smithback ferma les yeux et gémit.

— Nora ne m'a pas laissé le choix.

En parlant, Sloane tentait de se détacher de la situation, de se débarrasser de toute émotion. Il fallait que cela marche : tout, sa vie entière, en dépendait.

— C'est une mauvaise plaisanterie ?

— Cela n'a rien d'une plaisanterie. Je vais attendre ici qu'elle revienne. Je suis vraiment désolée, Bill. Mais vous allez jouer les appâts. Elle ne quittera jamais la vallée sans vous.

Smithback tenta de se redresser, puis s'effondra de nouveau en grimaçant. Sloane vérifia le barillet, le referma et remit le verrou en place. L'arme n'ayant pas de sûreté, elle leva le chien par précaution.

— Pourquoi ? demanda Smithback.

— Bonne question, Bill, repartit Sloane, sarcastique. (Sa colère revenait malgré ses efforts.) Vous devez être journaliste.

— Vous êtes folle.

— Ce genre de commentaire me rend juste la tâche plus facile.

L'écrivain s'humecta les lèvres.

— Pourquoi ?

Soudain Sloane explosa.

— Pourquoi ? À cause de votre précieuse Nora, voilà pourquoi. Nora qui chaque jour me rappelle de plus en plus mon cher père. Nora qui veut tout contrôler jusqu'au moindre détail et garder toute la gloire pour elle. Nora qui voulait abandonner la kiva du soleil. Laquelle, soit dit en passant, contient une trouvaille d'une importance incroyable, un trésor dont aucun de vous ne soupçonnait l'existence.

— Alors vous avez effectivement trouvé de l'or, murmura Smithback.

— De l'or ! Je parle de poterie.

— De poterie ?

— Je vois que vous n'êtes pas plus malin que les autres. Écoutez. Il y a quinze ans, le Metropolitan a payé un million de dollars pour le cratère d'Euphronios. Un malheureux vieux vase grec abîmé. Le mois dernier, un petit bol cassé de la vallée des Mimbres est parti à près de cent mille dollars chez Sotheby. Non seulement les pots de la kiva du soleil sont infiniment plus beaux, mais ils sont les seuls exemples intacts du genre. Mais cela n'a aucune importance pour Nora. Elle m'a dit qu'à notre retour à la civilisation elle m'accuserait de meurtre, qu'elle s'assurerait que je suis fichue.

Elle secoua la tête, amère.

— Alors dites-moi, Bill. Vous êtes un fin observateur du genre humain. J'ai un choix à faire maintenant. Soit je rentre à Santa Fe comme l'auteur de la plus grande découverte archéologique du siècle, soit pour y affronter la disgrâce et peut-être toute une vie derrière des barreaux. Qu'est-ce que je suis censée faire ?

Smithback garda le silence.

— Je n'ai pas vraiment le choix, n'est-ce pas ? reprit Sloane. Quand Nora reviendra vous chercher, elle mourra.

Smithback se redressa soudain sur un coude.

— Nora ! croassa-t-il le plus fort possible. Reste où tu es ! Sloane t'attend ici avec un…

Sloane abattit l'arme sur son crâne. L'écrivain s'effondra sur le flanc, gémit, et ne bougea plus.

Sloane le fixa un bon moment. Puis elle jeta un coup d'œil autour d'elle. Elle trouva une petite lampe à piles, l'alluma et la posa dans le coin opposé de la tente médicale. Elle éteignit sa torche, souleva le rabat de la tente et se glissa dehors.

Lentement, Sloane s'enfonça sans bruit dans le buisson d'armoise voisin, puis s'allongea sur le ventre, face à la tente. La lampe allumée à l'intérieur diffusait une lueur douce, chaleureuse et engageante. Sloane était complètement cachée par la végétation sombre, mais elle n'en avait pas moins une vue imprenable sur la tente. Quiconque s'en approcherait serait immédiatement éclairé. Quand Nora reviendrait chercher Smithback – ce qu'elle ne manquerait pas de faire – sa silhouette ferait une cible parfaite.

Sloane pensa brièvement à Black, seul et malade, qui l'attendait dans la kiva. Elle tenta de se préparer à ce qui allait arriver. Une fois l'affaire réglée, elle tirerait aussitôt Nora dans le ruisseau. En quelques secondes, le courant l'emporterait dans l'étroite meule du canyon à l'extrémité de la vallée. Et quand son corps atteindrait le Colorado – s'il l'atteignait – il n'en subsisterait pas suffisamment pour procéder à une autopsie. Comme si Nora avait été emportée par la crue – ce qui aurait dû se produire. Personne ne saurait. Ensuite, bien sûr, il faudrait réserver le même sort à Smithback. Sloane ferma les yeux un instant, frémissant à cette idée. Mais elle n'avait plus le choix : il fallait qu'elle réussisse là où la crue avait échoué.

Les coudes plantés dans le sol, elle avança le pistolet, le tenant à deux mains. Et son attente commença.

63.

Aaron Black gisait dans la kiva, désorienté et terriblement effrayé. La lueur de la lampe à l'agonie illuminait encore faiblement l'espace clos et poussiéreux. Mais Black gardait les yeux fermés pour ne pas voir l'obscurité, la preuve écrasante de son échec. Il avait l'impression que Sloane était partie depuis des heures, alors que cela ne faisait peut-être que quelques minutes – il aurait été incapable de le dire.

Il s'obligea à ouvrir les yeux. Quelque chose d'affreux se produisait ; peut-être que cela se préparait depuis un moment et, maintenant que le maniement fiévreux de la pelle avait laissé place à une déception insupportable, cela le rattrapait. L'air était-il vicié ? Il fallait qu'il sorte, pour respirer un peu. Il rassembla son énergie pour se relever, tituba, puis, à sa grande surprise, sentit ses jambes se dérober sous lui. Il retomba en battant faiblement des bras. Un pot roula follement autour de lui et s'arrêta contre sa cuisse, laissant une trace d'escargot sur le sol poussiéreux. Il avait dû trébucher. Il tenta de se lever et vit une de ses jambes tressauter latéralement, ses muscles refusant d'obéir.

Dans son enfance, un cauchemar venait le hanter régulièrement : il se réveillait un jour paralysé, incapable de bouger. Il avait l'impression de vivre ce cauchemar. Ses membres paraissaient s'être figés, ne voulant ou ne pouvant pas répondre à ses ordres.

— Je ne peux pas bouger ! cria-t-il.

C'est alors qu'il se rendit compte avec terreur qu'il avait cru crier. De l'air était sorti de sa bouche, oui – un vilain bredouillement –, et de la salive lui coulait sur le menton, mais pas l'écho d'une parole. Il essaya de nouveau, entendit de nouveau le souffle étranglé et sentit le refus de sa langue et de ses lèvres de former des mots. Sa terreur augmenta. Dans un spasme de panique, il s'efforça en vain de se relever. Des formes étranges et des silhouettes tordues se mirent à envahir l'obscurité. Il voulut tourner la tête, son cou refusa de bouger. Et fermer les yeux ne réussissait qu'à rendre les silhouettes plus nettes encore.

— Sloane ! tenta-t-il d'appeler, les yeux fixés sur l'obscurité brumeuse.

Il ne réussit même pas à produire un bredouillement.

Puis la lanterne vacilla de nouveau et s'éteignit.

Black essaya de hurler, mais rien ne vint. Sloane était censée rapporter des médicaments. Où était-elle ? Il était cerné d'hallucinations qui ne cessaient de gazouiller, de murmurer : des créatures tordues, des crânes grimaçants, des dents incrustées de cornaline sanglante, le cliquetis de squelettes qui allaient et venaient dans la kiva, le crépitement de feux et l'odeur de chair brûlée, les cris, les victimes se gargarisant de leur propre sang.

C'était trop affreux. Il ne pouvait fermer les yeux, ils étaient trop douloureux. Sa bouche béait en un cri qui ne sortait pas. Au moins était-il encore conscient que les formes autour de lui étaient des hallucinations. Il savait encore faire la distinction entre le vrai et le faux… mais c'était abominable de ne rien sentir, de ne plus avoir conscience de la position de son corps, d'ignorer s'il s'était souillé ou non. La peur panique de la paralysie, cette hantise de ses pires cauchemars, le submergea de nouveau.

Il n'arrivait pas à comprendre ce qui avait mal tourné. Nora était-elle vraiment morte ? Était-il lui-même en train de mourir dans cette horrible obscurité de la kiva ? Sloane et Bonarotti s'étaient-ils vraiment trouvés à l'intérieur de la kiva avec lui ? Peut-être étaient-ils allés chercher de l'aide auprès d'Aragon ? Non, Aragon était mort, comme Nora.

Aragon, Smithback, Nora – il était aussi responsable de leur mort que s'il avait appuyé sur la gâchette. Il n'avait rien dit, dans la vallée. Il s'était laissé diriger par son propre désir d'immortalité. Il grogna intérieurement : manifestement, personne ne viendrait à son secours. Il était seul dans le noir.

Puis il perçut une autre lueur, très faible, presque indistincte de l'obscurité. Accompagnée d'un bruissement. Il eut une bouffée d'espoir. Sloane revenait enfin.

La lumière se fit plus visible : du feu, étrangement désincarné, traversa l'obscurité de la kiva, en lâchant des étincelles. Une apparition hideuse portait ce brandon : une silhouette, mi-homme mi-bête.

Black connut un regain de désespoir. Il ne s'agissait pas d'un sauvetage. Juste une autre hallucination. Il pleurait intérieurement ; il gémissait dans sa tête. Mais ses yeux restaient secs, son corps ployé et immobile.

L'apparition venait vers lui. Il sentit de la fumée de genièvre mêlée au parfum lourd et douceâtre des volubilis ; dans la lueur vacillante, il distingua le noir luisant d'une lame d'obsidienne.

Il se demanda vaguement d'où une pareille image et une odeur aussi inattendue pouvaient jaillir. D'un repli grotesque de son cerveau, sans aucun doute ; quelque affreuse cérémonie dont il avait entendu parler à l'université, oubliée depuis longtemps, qui ressuscitait pour le hanter, à l'apogée de son délire.

La silhouette se pencha, et Black vit un masque de peau de daim raidi de sang, un regard brûlant derrière des fentes irrégulières. Étonnamment réel. La froideur de la lame contre son cou fut extraordinairement réelle, elle aussi. Seul un être gravement malade comme il l'était pouvait avoir des hallucinations si... Puis il sentit la lame du couteau tracer une froide ligne dure sur son cou ; il sentit son souffle s'étrangler, un flot de sang chaud envahir sa trachée ; et il comprit, ébahi, qu'il ne vivait pas une hallucination.

64.

Sloane attendait, tous ses muscles tendus, écoutant fébrilement. L'orage s'était un peu calmé, et la pluie ne crépitait plus que par intermittence. Elle éclaira brièvement sa montre : près de dix heures et demie. Il y avait des taches claires dans le ciel et des nuages déchiquetés filaient devant le deuxième quartier de lune. Mais il faisait encore noir – suffisamment pour que quelqu'un pense pouvoir se glisser inaperçu dans le campement.

Elle se retourna vers la tente, faiblement éclairée, tel un abat-jour de toile au centre du paysage obscur. Le silence régnait toujours dans le campement. S'efforçant d'éliminer tous les sons parasites, Sloane attendait, prête à distinguer le bruit de l'arrivée de Nora du rugissement lointain du ruisseau en crue. Dix minutes passèrent, puis quinze. La lune se cacha de nouveau derrière des nuages. La pluie reprit, accompagnée de roulements de tonnerre lointains. C'était plus difficile qu'elle ne l'aurait cru d'attendre ainsi, arme en main. Elle eut une bouffée de rage, contre Nora et contre son père. S'il lui avait fait confiance, s'il lui avait attribué la direction de l'expédition, ils n'en seraient pas là. Elle refoula la terreur qui la submergeait lorsqu'elle songeait à ce qui allait se produire – à ce qu'on l'obligeait à faire.

Elle se força à penser aux merveilles infinies qui attendaient dans la cité secrète. Non, il n'y avait pas d'alternative. Même si elle réussissait à démolir les accusations de Nora, sa réputation serait fichue. Et dans son cœur, son père saurait...

Vint enfin le craquement de brindilles tant attendu. Le frôlement d'un pied, posé avec soin sur le sable détrempé. Puis un autre – du moins Sloane crut-elle l'entendre, dans le rugissement lointain du ruisseau et le doux crépitement de la pluie.

Quelqu'un avançait furtivement vers la tente ; quelqu'un d'extraordinairement prudent.

Sloane hésita : elle ignorait que Nora pût se déplacer ainsi. Mais personne d'autre, elle le savait, n'approcherait de la tente avec de telles précautions.

Une seconde, elle fut tentée de héler Nora : lui donner une dernière chance, oublier Aragon, le bulletin météo, tout. Puis elle se souvint de l'expression de son accusatrice – le mot assassin, craché entre ses dents serrées – et elle garda le silence.

D'une légère pression des pouces et des index, elle releva le canon du.38, desserrant les mains pour absorber le recul. Elle tirait plutôt bien : à cette distance, elle ne risquait pas de rater sa cible. Ce serait rapide et probablement indolore. En deux minutes, Nora et Smithback se retrouveraient dans le ruisseau, progressant inexorablement vers l'étroit canyon à l'extrémité de la vallée. Si on l'interrogeait sur l'origine du coup de feu, elle pourrait toujours dire qu'elle avait tué un serpent.

Elle attendait, canon pointé. Les pas étaient si légers et si espacés qu'elle n'arrivait pas à déterminer s'ils venaient vers elle ou s'éloignaient. Enfin une ombre s'interposa entre la tente et le buisson d'armoise.

Sloane souffla lentement par les narines. L'ombre était trop grande pour qu'il s'agît de Swire avec ses jambes arquées, et trop petite pour être celle d'Aaron ou de Bonarotti. Cela ne pouvait être que Nora. L'ombre se figea devant le rabat de la tente.

Sloane visa soigneusement. Elle ne pouvait plus reculer. Elle retint son souffle et pressa la détente.

L'arme à canon court recula violemment dans ses mains pendant que le bruit résonnait dans le canyon. Il y eut le bruit d'un souffle qu'on retient, des frottements frénétiques. Quand la vision de Sloane s'éclaircit, la silhouette ne se découpait plus dans la faible lueur de la tente, et le silence régnait.

Sloane sortit en rampant de son buisson et se redressa. C'était fait. Elle se rendit compte qu'elle tremblait violemment mais ne tenta pas de se maîtriser. Elle alluma sa torche et s'avança, brandissant toujours son arme. À côté de la tente, elle hésita ; elle n'avait plus trop envie de voir le carnage provoqué par son coup de feu. Puis elle prit une profonde inspiration.

Pas de corps disloqué, ni ensanglanté. Rien.

De consternation, Sloane faillit lâcher son arme. Elle observa le sable à ses pieds, horrifiée. Comment avait-elle pu rater sa cible ? Elle avait pratiquement tiré à bout portant. Le pistolet avait-il pu dévier de sa trajectoirc ? Elle fouilla l'obscurité de sa torche, cherchant une explication, n'importe laquelle.

Et là, dans le sable à l'autre bout de la tente, le cône de lumière éclaira quelque chose. Une tache de sang. À côté, une empreinte sanglante incomplète dans la terre humide.

Sloane l'examina de plus près. Cette empreinte n'appartenait pas à Nora – ni à un autre être humain. Elle ressemblait plutôt à celle d'une patte avant munie de griffes.

Sloane recula et regarda autour d'elle. Le faisceau de sa lampe éclaira Nora qui courait vers elle. La lune brillant brièvement entre deux nuages, celle-ci l'aperçut, pila, puis s'enfuit vers l'échelle de corde qui montait à la ville. Le coup de feu l'avait fait sortir de l'éboulis.

Sloane la visa, puis baissa son arme. Si Nora ne s'était pas approchée de la tente, sur qui avait-elle tiré ?

Elle faisait lentement le tour du campement avec sa lampe quand quelque chose apparut devant la dernière rangée de tentes. Sloane vacilla, incrédule.

La lumière froide venait d'éclairer une apparition terrifiante. Bossue, en loques, celle-ci la fixait en silence. Des yeux rouges luisaient comme des points de feu à travers des trous découpés dans un masque en daim. Des motifs blancs sur les jambes et les bras étaient éclaboussés de sang. La peau dégageait de la vapeur dans l'air humide.

Instinctivement, Sloane recula, en proie à un mélange de panique et de stupeur. Voilà ce qu'elle avait touché. Elle voyait une grande plaie béante à la hauteur de l'estomac de cette chose, son sang noir sous la lune. Et pourtant la chose restait debout. Plus encore : son torse se soulevait lentement, elle était tout à fait vivante.

Sloane eut l'impression que le temps venait de s'arrêter, puis elle comprit. Son cœur battait comme un fou.

Avec une malveillance terrifiante et délibérée, la créature fit un pas vers elle.

La panique submergea Sloane. Lâchant la torche, elle s'enfuit en courant. La kiva, la crue, elle oublia tout dans son désir d'échapper à cette vision monstrueuse. C'était la chose qui avait massacré les chevaux, profané le corps de Holroyd... Elle songea à Swire et à Bonarotti, et soudain ses jambes avancèrent encore plus vite, l'air nocturne lui déchirant les poumons.

Elle distinguait à peine Nora qui grimpait vers la cité. Désespérément, elle vira pour la suivre, les yeux fixés sur l'échelle, courant en un abandon intrépide, s'efforçant de toute la puissance de sa volonté d'ignorer les horribles claquements produits par la chose velue qui la poursuivait dans l'obscurité.

65.

Arrivée en haut de l'échelle de corde, Nora se redressa en titubant et s'éloigna en courant du bord de la falaise. Elle sauta par-dessus le mur de soutènement et traversa au pas de course la place centrale pour s'enfoncer dans l'obscurité des maisons.

Elle s'arrêta, s'appuya contre un mur, secouée de sanglots, à bout de souffle. Le crépitement régulier de la pluie lui parvenait comme de très loin. Elle n'y prêta aucune attention. Une seule image fugace restait gravée dans son esprit : Sloane, debout devant le rabat de la tente de Smithback après cet horrible coup de feu. Elle avait trouvé Bill et elle l'avait tué. Un instant, son chagrin et son désespoir furent tels qu'elle eut la tentation de se planter au beau milieu de la place pour que Sloane l'achève, elle aussi.

Il y eut un coup de tonnerre, dont l'écho résonna longtemps sous le vaste dôme. L'idée même de se trouver dans la cité rendait Nora malade. Son regard passa de la place aux maisons, puis aux greniers. À l'embouchure noire béante du boyau. Elle se précipita au bout de la place, en prenant garde de ne pas soulever de poussière. Peut-être réussirait-elle à attirer Sloane dans le boyau pour lui tendre une embuscade et lui prendre son arme…

Elle s'arrêta net, haletante. C'était stupide ; elle paniquait, elle prenait de mauvaises décisions. Non seulement le boyau était un cul-de-sac potentiellement mortel, mais il était bourré de poussière fongique.

Il y eut un éclair et, en se retournant, Nora vit Sloane se hisser sur la falaise, arme en main.

— Nora ! cria-t-elle, affolée. Nora, par pitié, attendez !

Cette dernière vira sur elle-même et fonça vers le mur concave, à l'arrière de la ville.

Un autre éclair déchira le ciel, drapant brièvement la ville d'un clair-obscur indigo. Une seconde plus tard, il y eut un craquement de tonnerre, suivi presque immédiatement par un autre bruit, affreusement fort dans cet espace confiné : un coup de feu.

Restant dans l'ombre, se déplaçant le plus vite possible, Nora longea le mur de pierre jusqu'au vieux tas d'ordures. Prenant garde de ne pas piétiner les bâches de Black, elle s'approcha de la masse sombre de la première tour.

Il y eut un bruit de course. Nora se glissa immédiatement derrière l'échelle appuyée à la tour, s'efforçant de se faire la plus petite possible. Dans l'obscurité, il était impossible de dire d'où venaient les pas. Elle avait besoin de temps pour réfléchir, pour mettre au point un plan d'action. Maintenant que Sloane se trouvait dans la ville, peut-être pourrait-elle regagner discrètement l'échelle de corde, descendre dans la vallée, prendre le corps de Smithback et…

De nouveau des bruits de pas, beaucoup plus forts à présent : une respiration haletante. Sloane apparut.

Nora regarda autour d'elle : le tas d'ordures, le passage menant au boyau, la piste qui faisait le tour du canyon. Rien que des culs-de-sac. Plus d'issue. Lentement, elle fit face à Sloane, se cuirassant contre l'inévitable.

Mais Sloane, accroupie au pied de la tour, semblait guetter. Sa main gauche plaquée contre la poitrine, l'autre, armée, non pas pointée sur Nora mais vers l'obscurité de la place.

— Nora, écoutez, lâcha Sloane par-dessus son épaule. Il y a quelque chose qui nous poursuit.

— Quelque chose ?

— Quelque chose d'horrible.

Nora la regarda fixement. Essayait-elle de ruser ?

Pourtant Sloane ne changea pas de position. Elle jeta un coup d'œil à Nora, et malgré l'obscurité cette dernière lut de la peur, de l'incrédulité, une panique naissante dans les yeux en amande.

— Pour l'amour de Dieu, surveillez derrière nous, la supplia Sloane en se retournant.

Nora regarda dans la direction d'où elle était arrivée, la bouche soudain sèche.

— Écoutez, Nora, je vous en prie, murmura Sloane, luttant pour maîtriser son souffle. Swire et Bonarotti ont disparu. Je pense que nous sommes les seules qui restent. Et maintenant, c'est après nous.

— Qu'est-ce qui est après nous ? demanda Nora en réalisant aussitôt qu'elle connaissait la réponse.

— Si nous nous séparons, nous sommes mortes. Notre seule chance est de rester ensemble.

Nora fixa l'obscurité derrière le tas d'ordures, vers les greniers et la bouche du boyau. Elle lutta contre la panique qui menaçait de la paralyser. La femme derrière elle avait apporté la tragédie dans l'expédition ; causé la mort d'Aragon ; assassiné Smithback de sang-froid. Mais pour l'instant, elle ne pouvait s'offrir le luxe d'y penser. Elle était hantée par l'affreuse apparition qui, à tout moment, risquait de se jeter sur elle.

La cité regorgeait de recoins où elles pouvaient se cacher. Mais se cacher dans l'obscurité n'était pas la solution. Tôt ou tard, le porteur de peaux retrouverait leurs traces. Il leur fallait un endroit facile à défendre où elles pourraient tenir un moment. Au lever du jour, les options seraient peut-être plus nombreuses…

Elle comprit alors qu'il n'y avait qu'une issue…

— La tour.

Sloane se tourna vers elle et suivit son regard.

Saisissant le rancher, Nora grimpa jusqu'au petit toit. Sloane la suivit, repoussant l'échelle d'un coup de pied derrière elle. Elles franchirent au pas de course la porte basse à moitié effondrée pour se retrouver dans l'obscurité enveloppante de la grande tour.

Nora sortit sa torche et éclaira le rectangle noir au-dessus de leurs têtes. La vision était terrifiante : une série de ranchers branlants, appuyés contre des saillies, s'élevaient vers la redoute. Pour grimper, il leur faudrait placer un pied sur les saillies du mur intérieur et l'autre sur les degrés des ranchers. Trois, les uns au-dessus des autres, séparés par les étroits rebords en pierre qui couraient le long des murs intérieurs. La précarité de l'ensemble était voulue.

En revanche, si elles pouvaient atteindre la redoute au sommet, elles pourraient peut-être tenir le porteur de peaux à distance. Les Anasazis n'avaient qu'un objectif en construisant cette tour : la défense. Sloane était armée. Et elles trouveraient peut-être même une réserve de pierres au sommet à balancer sur leur agresseur.

— Allez-y, la pressa Sloane.

Nora vérifia sa torche. Son faisceau faiblissait. Pourtant elle n'avait pas le choix : elles ne pouvaient pas grimper dans l'obscurité totale. Glissant la torche allumée dans sa poche de poitrine, elle testa la solidité du premier rancher. Respirant un grand coup, elle posa un pied sur le premier degré et l'autre sur la première petite saillie de roche dans l'alignement. Elle se hissa, jambes et bras écartés au-dessus du vide. Elle grimpa le plus vite possible, s'efforçant d'oublier les oscillations du rancher sous son poids, ses craquements de bois sec. Sloane suivait à un rythme qui ne faisait qu'accentuer les soubresauts du fragile édifice.

À la première plate-forme, Nora s'arrêta pour reprendre son souffle. Elle haletait, ramassée sur elle-même, lorsqu'elle perçut un faible bruit à l'extérieur de la tour : on appuyait le rancher contre le mur en adobe.

Aussitôt elle bondit sur le deuxième rancher, suivie de Sloane. Le bois craquait. Cette échelle était bien moins sûre que la première. Nora approchait de l'extrémité lorsqu'elle sentit le bois commencer à céder.

Il y eut un bruit de pas précipités au-dessous. Une forme sombre se dessina en un éclair dans le faible rectangle de lumière à l'entrée de la tour. Sloane jura à mi-voix.

Un instant, Nora resta paralysée sous la violence du souvenir terrifiant de la rencontre dans le ranch abandonné. Un coup de feu assourdissant la ramena brutalement au présent. Dans l'espace clos, l'écho se réverbéra longtemps. Le cœur battant la chamade, Nora braqua sa torche vers le bas. La silhouette escaladait le premier rancher avec rapidité et assurance. Sloane leva de nouveau son arme.

— Gardez vos balles pour le sommet ! cria Nora en poussant Sloane sur le troisième et dernier rancher.

— Mais qu'est-ce que vous faites ? murmura Sloane.

Nora se contenta de la pousser sans un mot. L'heure des tentatives désespérées avait sonné. S'accrochant fermement à la plate-forme, elle donna un violent coup de pied à l'entretoise du deuxième rancher. Elle le sentit vibrer sous l'impact. Elle recommença, une fois, deux fois. Elle entendit les grattements désespérés de la créature sur le rancher agité de soubresauts. Elle donna un nouveau coup de pied. Dans un hurlement, le bois céda, le rancher se détacha d'environ dix centimètres pour aller se ficher dans une saillie de roche. Nora entendit un rugissement étouffé au-dessous. Elle vit le porteur de peaux perdre prise. Tel un chat, il saisit une entretoise d'une main et il y resta accroché, se balançant dans le faisceau faiblissant de la torche de Nora. Puis, avec détermination, il reprit son ascension. Nora tenta de déloger le rancher d'un nouveau coup de pied, mais celui-ci était bien coincé.

Elle bondit alors sur le troisième et grimpa, malgré les protestations de ses bras et de ses jambes, vers la dernière plateforme et le trou menant à la redoute. Quelques instants plus tard, elle se hissait sur la plate-forme. Sloane lui tendit la main pour l'aider à monter dans la petite salle.

S'accroupissant sous le plafond bas, Nora balaya la pièce de sa torche : minuscule, environ un mètre vingt sur moins de deux mètres. Au-dessus de sa tête, un petit trou irrégulier menait au toit de la tour. Un squelette désarticulé gisait contre un mur. Le cœur de Nora se serra lorsqu'elle vit qu'il n'y avait pas de pierres, pas d'armes – rien qu'elles puissent utiliser pour se défendre sinon quelques os inutiles.

Mais il leur restait l'arme. Masquant le faisceau de sa torche, Nora se pencha au-dessus du conduit frais et sombre de la tour. Deux yeux rouges semblaient flotter dans la pénombre : le porteur de peaux progressait inexorablement.

Nora se blottit dans la redoute et regarda Sloane. Cette dernière était livide, les traits tirés par la peur et la tension. Son collier en mica luisait faiblement autour de son cou. Nora avait du mal à comprendre ce qui lui arrivait : se retrouver coincée avec la femme qui avait causé la mort de leurs amis, pendant qu'une créature sortie tout droit d'un cauchemar grimpait vers elles. Elle secoua la tête, dans une tentative désespérée de s'éclaircir les idées.

— Combien de balles ? murmura-t-elle.

Sloane leva trois doigts.

— Écoutez, continua Nora, consciente du tremblement de sa voix. Il n'y a plus de temps à perdre. Je vais éteindre la torche et nous allons attendre ici dans l'ouverture. Quand la créature s'approchera, j'allumerai la torche et vous tirerez. D'accord ?

Sloane réprima une toux et hocha vivement la tête.

— Nous n'aurons le temps de tirer qu'une fois, peut-être deux. Tâchez de bien viser.

Elle éteignit la torche et elles rampèrent ensemble vers l'ouverture de la redoute. En progressant prudemment, Nora eut l'impression que tous ses sens s'aiguisaient, que tout lui apparaissait avec une immense clarté : l'air frais montant de l'obscurité de la tour, le métal dur de la torche dans sa main, l'odeur de poussière et de moisi de la redoute.

Et le bruit des griffes sur le bois qui se rapprochait toujours.

— Prête ?

Elle attendit, consciente des battements de son cœur, des palpitations de son sang dans ses veines. Puis elle alluma sa torche.

La créature était juste au-dessous d'elles, affreusement proche. Nora poussa un cri devant cette vision terrifiante : une peau de loup, des yeux sauvages, un masque torturé, hurlant.

— Go ! cria-t-elle, et le rugissement de l'arme noya sa voix.

Dans la faible lueur, elle vit l'horrible créature rejetée sur le côté, la peau volant follement autour d'elle.

— Encore ! hurla-t-elle s'efforçant de garder la faible lueur braquée sur la silhouette qui se tortillait.

Un nouveau coup de feu se mêla à un hurlement étouffé. À l'instant où la torche s'éteignait, Nora vit la silhouette se recroqueviller et tomber, avalée par le puits d'obscurité.

Elle lâcha la torche dans le trou et tendit l'oreille. Rien : ni gémissements ni halètements. Le faible rectangle de lumière de la porte en bas n'éclairait ni mouvement ni silhouette tordue.

— Venez ! dit Sloane en la tirant vers l'orifice dans le plafond.

Nora se hissa sur le toit et recula pour laisser de la place à Sloane qui arrivait, haletante et secouée par la toux.

Là, très haut au-dessus des ruines de Quivira, il faisait frais et une brise légère soufflait. Le dôme de la grotte n'était qu'à un mètre au-dessus de leur tête, une surface rude, inégale. Nora s'immobilisa, vidée. Il n'y avait pas de parapet autour du toit, seulement le vide. La cité s'étendait à ses pieds. La lune luttait pour percer de vilains nuages qui glissaient rapidement et la pluie murmurait. La pâle lueur lunaire, irrégulière, donnait un aspect spectral aux maisons, aux tours et aux places. Un air humide lui effleura la joue et fit bouger ses cheveux. Elle entendit un faible battement d'ailes, le vent en bas dans la vallée. Quelque part gisait le cadavre de Smithback.

Elle se tourna vers Sloane. Cette dernière était à genoux, penchée au-dessus de la redoute, arme brandie, les yeux fixés sur l'intérieur de la tour. Nora la rejoignit et elles attendirent toutes les deux dans un silence tendu. Mais rien ne bougeait.

Finalement Sloane se redressa et recula.

— C'est fini.

Nora acquiesça distraitement, les yeux toujours fixés sur le trou noir, l'esprit embrumé, troublé.

Pendant ce qui parut un temps infini, elles restèrent immobiles. Puis Sloane glissa son arme dans sa ceinture.

— Et maintenant, Nora ? demanda-t-elle d'une voix rauque.

Nora leva lentement les yeux vers elle, sans comprendre.

— Je viens de vous sauver la vie. Cela ne compte pas ?

Nora ne parvint pas à articuler un son.

— C'est vrai, reprit Sloane. J'ai vu cet orage. Black aussi. Mais je n'ai pas menti à propos du bulletin météo. Vous ne m'avez pas laissé le choix. (Il y eut une lueur de colère dans les yeux ambre.) Vous étiez prête à tout abandonner, afin de garder la gloire pour vous…

Une toux violente l'interrompit. Sloane luttait visiblement pour garder son calme.

— Je ne suis pas fière de ce que j'ai fait. Mais il le fallait. Des gens sont morts pour des causes bien moins importantes. Et c'est vous qui aviez tort : à vouloir partir, prête à priver le monde de la plus extraordinaire poterie jamais fabriquée par l'homme.

— De la poterie, répéta Nora.

— Oui. La kiva du soleil est pleine – bourrée – de poterie micacée noir sur fond jaune. C'est le filon principal, Nora. Vous l'ignoriez. Vous ne le soupçonniez même pas. Mais moi, je savais.

— Je savais qu'il n'y avait pas d'or dans cette kiva.

— Bien sûr qu'il n'y en avait pas. Personne parmi nous n'y a jamais vraiment cru. Pourtant tous ces récits anciens n'étaient pas totalement inventés – pas vraiment. Juste une dérive de traduction. (Sloane se pencha vers elle.) Vous connaissez la valeur du micacé noir sur jaune. On n'en a jamais trouvé de spécimen intact. Parce qu'ils se trouvaient tous là, Nora. C'était ça le vrai trésor des Anasazis. Et ce ne sont pas de simples pots. Je les ai vus. Les motifs sont uniques – ils racontent l'histoire entière des Anasazis. Voilà pourquoi on les a fabriqués et stockés ici et non ailleurs : celui qui sait détient le pouvoir. Cette poterie apporte les réponses à tous les grands mystères de l'archéologie du Sud-Ouest.

À ces mots, Nora se figea. Elle oublia un instant l'horreur et le danger à la pensée de l'ampleur d'une telle trouvaille. Si c'était vrai, cela vidait toutes les autres découvertes de…

Sloane toussa dans son poing. L'escalade semblait l'avoir vidée de toute son énergie : elle était livide, elle haletait. Aussitôt Nora revint au présent. Sloane était contaminée, malade.

— Sloane, tout l'arrière de la ville, notamment la kiva du soleil, est pleine de poussière fongique.

Sloane fronça les sourcils, comme si elle pensait avoir mal entendu.

— De la poussière ?

— Oui. C'est ce qui a tué Holroyd. Les porteurs de peaux s'en servent comme poudre de cadavre.

Sloane secoua la tête, irritée.

— Qu'est-ce que vous essayez de faire – me distraire avec des conneries ? Ne changez pas de sujet. Je vous parle de la plus grande découverte du siècle. (Elle se tut un instant.) Vous savez, nous pourrions garder le bulletin météo erroné pour nous. Nous pourrions oublier ce qui est arrivé à Aragon, oublier l'orage. Cette découverte transcende tout cela. Vous ne pouvez pas comprendre ce que cela signifie pour moi – ce que cela aurait signifié pour moi – d'en être l'unique inventeur. Voir mon nom entrer dans l'histoire aux côtés de ceux de Carter et Wetherill. Sans moi, nous aurions quitté les lieux, abandonné la poterie aux pillards…

— Sloane, les porteurs de peaux ne cherchaient pas la poterie. Ils voulaient nous en écarter.

Sloane la fit taire d'un geste.

— Écoutez-moi, Nora. Ensemble, nous pourrions faire cet immense cadeau au monde. Si je suis prête à partager cela avec vous, vous pouvez sûrement oublier ce qui s'est passé ici aujourd'hui.

Nora regarda le visage hâlé pommelé par la lune.

— Sloane… Vous ne comprenez pas, n'est-ce pas ? Je ne peux pas faire ça. Cela dépasse le cadre de l'archéologie.

Sloane la fixa sans rien dire. Puis elle posa la main sur la crosse de son arme.

— Je vous l'ai dit, Nora. Vous ne me laissez pas le choix.

— On a toujours le choix.

Sloane dégaina et la visa.

— Certes. Entre la célébrité et une vie de honte ? Je n'appelle pas ça un choix.

Les deux femmes se regardèrent en silence. Sloane se remit à tousser, une vilaine toux râpeuse.

— Je ne voulais pas que cela se termine ainsi, reprit-elle plus calme. Mais il est clair que c'est vous ou moi. Et c'est moi qui ai l'arme.

Nora ne releva pas.

— Tournez-vous, Nora. Marchez jusqu'au bord du toit.

Sloane s'exprimait d'un ton très posé à présent. Nora la regarda en face. Dans la lumière pâle, les yeux ambre étaient durs et secs.

Fixant toujours Sloane, Nora recula d'un pas.

— Il ne reste plus qu'une balle. Mais cela suffit. Alors tournez-vous, Nora. Je vous en prie.

Lentement Nora obtempéra.

Elle se retrouva devant un vaste océan d'obscurité. De l'autre côté de l'étroite vallée, on distinguait vaguement le mauve sombre des falaises. Elle savait qu'elle aurait dû ressentir de la peur, des regrets, du désespoir. Pourtant elle n'était agitée que d'une rage froide : contre Sloane, son ambition pathétique, déplacée. Une balle... Si elle se jetait sur le côté, aurait-elle une chance d'y échapper ? Elle se raidit, se préparant à agir vite.

Sloane remua derrière elle.

— Sautez du toit.

Nora ne broncha pas. L'orage était passé. Elle entendait le coassement des grenouilles, le bourdonnement des insectes vaquant à leurs occupations nocturnes. Dans le silence, elle entendait même le sang couler à l'intérieur de ses veines.

— Je préférerais ne pas vous tirer dessus, dit Sloane. Mais si vous m'y obligez, je le ferai.

— Saloperie, murmura Nora. Vous avez bousillé l'expédition, et en plus vous avez tué Bill Smithback.

— Smithback ?

Sloane paraissait si surprise que, malgré elle, Nora se retourna. Elle vit alors une silhouette émerger du trou dans le toit : une forme sombre, une peau de loup volant autour d'une peau peinte et nue. Une tache cramoisie s'étendait sur la fourrure à la hauteur de la taille.

Sloane virait sur elle-même quand la chose se rua sur elle avec un rugissement de vengeance. La lune éclaira l'arme, l'arc d'un couteau, et les deux silhouettes roulèrent dans la poussière. Nora tomba à genoux puis s'éloigna du bord, les yeux rivés sur la lutte. Sous le clair de lune impitoyable, elle vit le porteur de peaux enfoncer plusieurs fois l'horrible couteau noir dans la poitrine de Sloane. Cette dernière hurla, en se tortillant par terre, pour se dégager. Elle se releva à demi, agitant désespérément la main qui tenait l'arme, avant de se faire de nouveau plaquer sur le sol. La lame s'abaissa et le coup partit enfin, faisant exploser le couteau en des centaines d'éclats d'obsidienne. Dans un hurlement, la créature se jeta de nouveau sur Sloane. Il y eut un bruit de lutte, un nuage de poussière, et les deux silhouettes disparurent.

Nora se rua au bord du toit pour découvrir, horrifiée, les corps emmêlés rebondir sur le mur de soutènement, se séparer et tomber dans la vallée. Avant de se cacher de nouveau derrière des nuages, la lune éclaira brièvement le pistolet de Sloane qui tournoyait paresseusement dans l'obscurité sans fin.

Tremblante, Nora s'écarta du bord et s'allongea par terre en respirant bruyamment.

Elles n'avaient pas tué le porteur de peaux finalement. Sournois, il s'était dissimulé dans l'obscurité de la tour, attendant le bon moment pour frapper. Puis il avait attaqué Sloane avec une détermination inimaginable. Et maintenant il était mort. Comme Sloane.

Mais ce n'était pas la poursuite dans la tour ni la soudaine rencontre terrible sur le toit qui emplissaient Nora d'une terreur absolue. Sur le moment, un fait crucial lui était sorti de l'esprit. Elle avait été agressée par deux porteurs de peaux au ranch, en cette nuit claire à Santa Fe, à peine trois semaines auparavant.

Cela signifiait qu'il y en avait un second en liberté dans la vallée de Quivira.

66.

Nora s'approcha du trou dans le toit de la tour. Elle se glissa dans la petite redoute. À quatre pattes, elle rampa vers le bord pour regarder en bas. Un noir d'encre ; instinctivement elle sentit qu'il n'y avait que du vide au-dessous d'elle. Elle n'entendait rien d'autre que le rugissement de l'eau dans la vallée – rumeur incessante et exaspérante qui déguisait d'autres sons plus furtifs.

Ses bras tremblaient, menaçant de se paralyser de panique. La perspective de descendre, à l'aveuglette, le labyrinthe de ranchers branlants était terrifiante. Mais l'idée de rester à l'intérieur de la tour, à attendre qu'on vienne la surprendre, l'était encore plus. Maintenant qu'elle n'avait plus d'arme – maintenant qu'elle n'avait plus aucun moyen de se défendre –, la tour était devenue un piège mortel dont il lui fallait s'échapper à tout prix.

Elle s'efforça de calmer sa respiration, lutta pour empêcher son cerveau de s'engourdir. Tendant un pied dans le vide, elle tâtonna jusqu'à ce qu'il se pose sur le premier degré du premier rancher. Prudemment, elle se laissa peser de tout son poids sur la vieille structure en bois, gardant une main sur le rebord de la redoute, jusqu'à ce que sa prise lui paraisse sûre. Puis elle entreprit de descendre, attentivement, un degré à la fois. Un air froid lui effleura les jambes. Le vent se levait, et la tour se mit à craquer et à cliqueter. Des cailloux roulèrent dans le vide en frôlant Nora, l'écho de leur chute lui rappelant sinistrement l'abîme qui s'ouvrait sous elle.

Enfin son pied éprouva la solidité de la deuxième plate-forme. Elle s'arrêta une seconde. Mais elle ne pouvait pas rester là ; coincée entre le toit et le sol, elle était encore plus vulnérable. Tâtonnant dans le noir, doigts tendus, elle chercha le sommet du deuxième rancher. Et elle reprit sa descente, écartelée entre le rancher qui craquait et les saillies de roche.

Elle arrivait à la deuxième plate-forme lorsqu'elle se figea. Elle avait cru entendre quelque chose : un bruit de pas à peine perceptible. Elle attendit, oreille tendue, dans l'obscurité. Non, rien. Soulagée, elle se glissa à l'abri de la seconde plate-forme.

Plus qu'un rancher. Elle le testa du pied. Puis, toujours avec la même prudence, elle descendit les degrés un à un.

Soudain, elle sentit la perche céder avec un craquement sec terrifiant. La structure de bois parut frémir tout autour d'elle. Aussitôt, elle lâcha prise et se laissa tomber, atterrissant violemment sur le sol dallé trois mètres plus bas. Des aiguilles de douleur lui transpercèrent les genoux et les chevilles lorsqu'elle se releva tant bien que mal et franchit en titubant la porte qui donnait sur le toit voisin. Elle regarda autour d'elle, tremblante d'épuisement et de peur. Rien : la cité paraissait silencieuse et vide.

Il fallait qu'elle redescende dans la vallée. Là au moins, elle aurait peut-être une chance. Peut-être que Sloane s'était trompée. Peut-être que Swire et Bonarotti étaient toujours vivants. Si elle pouvait se cacher jusqu'au lever du jour, il lui serait plus facile de les trouver. L'union fait la force. Elle pourrait peut-être même retrouver l'arme de Sloane, quelque part dans l'obscurité recouvrant le sol de la vallée. Et il restait toujours l'espoir, si fragile fût-il, que la blessure par balle de Smithback n'ait pas été mortelle...

Nora se passa la main sur le visage avec un sanglot. Elle songerait à cela plus tard, pas maintenant.

Courbée en deux, elle traversa furtivement le toit et jeta un coup d'œil à l'échelle qui y était appuyée. La voie paraissait libre. Elle descendit le plus vite possible, puis s'arrêta pour regarder autour d'elle. Rien.

Soudain elle se figea de nouveau. Son instinct lui criait que quelque chose n'allait pas.

Le dos collé au mur de la tour, elle progressa lentement. Petit à petit, les objets se dévoilaient, éclairés par la lune capricieuse : le mur de soutènement, la place centrale, les contours fantomatiques des maisons.

De nouveau, elle fut envahie de la sensation d'un danger imminent. Mais cette fois elle comprit ce que c'était : le vent apportait une faible odeur de volubilis.

Instinctivement, elle s'écarta de la tour pour se fondre dans l'ombre de la cité. Soudain galvanisée, elle se mit à courir à toute allure, indifférente aux obstacles. Elle ignorait pourquoi elle agissait ainsi, elle cédait simplement à un instinct animal qui la poussait à s'éloigner, à fuir vers l'endroit le plus secret qu'elle pût trouver.

Elle fila comme une flèche devant des allées sombres, des petits tas de cailloux, des angles d'adobe. Soudain, elle s'arrêta. À sa droite se trouvaient les formes basses et rebondies des greniers. Et directement en face d'elle l'entrée du boyau, un rectangle d'obscurité plus profond. À l'intérieur, elle le savait, l'obscurité serait totale. Il y aurait peut-être une cachette là-dedans, dans les maisons de la cité secrète.

Non. Poursuivant ou non, elle ne s'autoriserait pas à pénétrer dans le boyau avec sa dose mortelle de poussière, jamais.

Elle rebroussa chemin et enfila l'allée longeant les greniers. À mi-chemin, elle s'arrêta devant un rancher, appuyé contre la série de maisons situées derrière. Elle grimpa le plus silencieusement possible sur le toit du premier étage et tira l'échelle derrière elle. Au moins cela ralentirait un peu le porteur de peaux.

Elle secoua la tête pour chasser la panique, essayer de garder les idées claires. Les nuages masquèrent de nouveau la lune. Seul le ruisseau gazouillait. Quivira, silencieuse, guettait sous un linceul d'obscurité.

Nora longea les toits, passant devant une longue rangée de portes. Des chauves-souris jaillissaient des profondeurs de la ville, voletant dans les ombres pour rejoindre la vallée. À part quelques maisons centrales qui s'étendaient de la façade à l'arrière de la cité, la plupart des bâtiments formaient des culs-de-sac. Nora songea un instant à se cacher dans l'un d'eux, puis repoussa cette idée ; là, dans la ville même, elle ne tarderait pas à se faire repérer. Il valait mieux continuer à bouger, en attendant l'occasion de descendre dans la vallée.

Elle continua sa progression en silence, puis s'arrêta à un angle de maison, l'oreille tendue.

Un bruit de pas. Nora, affolée, regarda autour d'elle ; avec l'écho du ruisseau sous la voûte, il était presque impossible de repérer l'origine du bruit. Le porteur de peaux l'avait-il suivie jusqu'aux greniers ? La rattrapait-il ? Ou guettait-il sur la place, attendant tranquillement qu'elle se faufile vers l'échelle de corde ?

Il y eut un autre bruit, un peu plus fort. Il semblait venir d'au-dessous. Se laissant tomber à plat ventre, Nora rampa vers le bord du toit et jeta un coup d'œil prudent. Rien.

Lorsqu'elle se releva, l'odeur de fleurs lui parut plus forte – écœurante, trop douceâtre. Son cœur battait comme un fou. Elle s'éloigna du parapet et entendit alors le raclement d'un rancher contre le mur. Elle plongea aussitôt dans la maison la plus proche.

Elle se colla à la paroi, cherchant son souffle. Quoi qu'elle fasse, où qu'elle aille, elle était désavantagée. Le porteur de peaux était plus rapide et beaucoup plus fort qu'elle. Il se sentait chez lui dans le noir. Elle comprit avec un serrement de gorge qu'il ne lui permettrait jamais de s'échapper de la vallée.

Il lui restait une possibilité, bien qu'elle fût mince. Il fallait qu'elle rééquilibre les chances. Il fallait qu'elle trouve une arme.

La pièce dans laquelle elle se trouvait était silencieuse et fraîche. Elle jeta rapidement un coup d'œil autour d'elle. Des masques du dieu de la guerre s'entassaient dans un coin, bouches cramoisies tordues et grimaçantes à la lueur de la lune.

Cela sentait le rat et le moisi. Elle passa dans une autre pièce, plus sombre que la première, avançant à tâtons, laissant son souvenir des lieux la guider.

Puis elle continua prudemment jusqu'à une troisième. Le rai de lumière blafarde tombant d'une fissure du toit lui permit de vérifier qu'elle ne s'était pas trompée : elle distingua des lances en bois durci à la flamme qui se terminaient par des pointes d'obsidienne aiguisées comme des rasoirs. Elle en soupesa quelques-unes, choisit les deux plus légères et sortit de la pièce par un étroit passage.

Elle progressa le long du mur à tâtons pour rejoindre la pièce suivante. Elle se rappelait aussi que cet ensemble comportait deux entrées, une sur la façade, l'autre à l'arrière. Mais vu le nombre de pièces à Quivira, elle ne pouvait en être sûre.

Trouvant la porte, elle se rua dans la salle suivante. Une lumière grise filtrait de l'ouverture opposée. Soulagée, Nora comprit qu'elle ne devait plus être très loin de la façade. Elle se jeta dans l'angle le plus sombre et attendit, l'oreille tendue.

Le porteur de peaux l'avait certainement suivie. Nora appuya la lance contre son épaule. L'arme paraissait frêle, sans substance, dans son poing trempé de sueur. Peut-être se trompait-elle lourdement en pensant avoir une chance de s'en sortir. Mais la seule autre possibilité était de ne rien faire, d'attendre la conclusion inévitable dans la terreur. Et si diaboliquement rapides et forts fussent les porteurs de peaux, ils restaient des êtres mortels.

Elle se raidit en percevant un frôlement dans la pièce voisine. De là où elle était lui parvenait le bruit assourdi du ruisseau. Il y eut un autre frôlement. L'odeur écœurante des fleurs devint entêtante. Luttant pour ne pas devenir folle, Nora leva la lance. Une ombre déchiquetée parut emplir la porte. En hurlant, Nora jeta l'arme de toutes ses forces. Après quoi elle se rua dans la dernière salle. Elle n'avait pas entendu de cri, mais elle avait cru percevoir le son infime d'un choc.

Elle sortit en titubant sur le toit en façade. N'osant pas prendre le temps de reprendre son souffle, elle chercha un moyen de descendre.

Il y eut un raclement soudain derrière elle, puis un poids s'écrasa sur son dos, la plaquant au sol. Lâchant un cri de douleur et de surprise, elle tenta de se dégager. Une peau lourde, trempée de sueur, puant les fleurs en décomposition, lui tomba sur le visage. La silhouette masquée la dominait, la lance fichée dans son épaule s'agitant follement. Un bras se leva dans un éclair d'obsidienne.

Au prix d'un immense effort, Nora se poussa de côté. Elle ressentit une douleur fulgurante dans son mollet quand le couteau la frappa. Elle se laissa tomber tête la première du toit. Atterrissant sur un tas de sable, elle se releva tant bien que mal et courut en clopinant se réfugier dans l'ombre des maisons du rez-de-chaussée. Elle gémissait. Sa jambe tremblait, et elle sentait le sang couler sur sa cheville.

Il y eut un bruit sourd derrière elle. Elle plongea dans la salle la plus proche, puis traversa une série de galeries pour se retrouver dans une pièce petite et sombre. Des nuages masquaient la lune, mais elle savait que la place centrale se trouvait juste derrière. Elle s'agenouilla, réfléchissant à toute allure. Une odeur rance de sang lui montait aux narines ; sa blessure devait être plus profonde qu'elle ne le pensait.

Un bruit de course la fit se redresser. La lune n'allait pas tarder à réapparaître. Révéler ses traces de sang. Et l'odeur rance serait remplacée par le parfum merveilleux et terrible des fleurs.

Une lueur fantomatique rampa alors sur les parois de la pièce. Nora se raidit, se préparant à se précipiter vers le mur de soutènement. Elle savait qu'elle n'aurait pas le temps d'y arriver. Mais elle ne supportait pas l'idée d'attendre dans cette salle, piégée comme un rat, se condamnant à une issue brève et brutale.

Elle respira profondément. Puis elle se tourna vers la porte donnant sur la place.

Et elle se figea.

En face d'elle, illuminé par le clair de lune sépulcral, gisait Luigi Bonarotti. Les yeux vitreux écarquillés dans la mort. Il paraissait baigné de sang. Nora remarqua tous les détails horribles, révoltants : les doigts coupés, un pied chaussé arraché, la tête en partie scalpée. Elle tomba à genoux et se couvrit la bouche, prise de nausée.

Comme de très loin, elle entendit le porteur de peaux longer l'allée derrière les maisons.

Elle se redressa, regarda de nouveau Bonarotti. Son arme monstrueuse était toujours dans son étui, sur sa hanche.

Sans réfléchir, elle se rua dessus et s'en saisit. Un Super Blackhawk .44 magnum, le genre qui ne pardonne pas. Elle essuya la crosse visqueuse de sang sur son jean et se colla au mur lorsqu'un nouveau bruit de pas se fit entendre, plus proche.

Soudain le porteur de peaux se découpa dans l'encadrement de la porte. Les taches blanches autour de sa taille paraissaient bleues sous la lune. Des yeux rouges furieux foudroyaient Nora à travers les fentes du masque en peau de daim.

Pendant une seconde, il la regarda en silence. Puis avec un grognement il se jeta sur elle.

Dans l'espace confiné, le coup de feu fut assourdissant. Nora ferma les yeux devant l'éclair aveuglant, laissant ses poignets et ses coudes absorber le recul. Il y eut un hurlement. Elle tira de nouveau dans la même direction. Les oreilles tintantes, elle tituba vers la sortie, trébucha et s'étala sur la place centrale. Elle roula aussitôt sur le dos, braquant son arme vers la porte. Le porteur de peaux s'y encadrait déjà, accroupi, les bras serrés sur son ventre. Le sang coulait des horribles blessures à son torse, inondant sa peau de bête. En se redressant, il la vit et bondit avec un hurlement de rage et de haine. Nora tira une troisième fois en visant le masque : la force de l'énorme balle figea la silhouette, rejeta sa tête en arrière, fit tressauter son corps. En appui sur un genou, Nora tira encore et encore. Le masque se désintégrait en lambeaux détrempés. L'odeur du sang et de la cordite emplit l'air. Le porteur de peaux s'écrasa dans la poussière, agité de soubresauts. Mais Nora pressait encore la détente, le chien heurtant une chambre vide avec un cliquètement que ses cris l'empêchaient de percevoir.

Puis le silence revint. Lentement, douloureusement, Nora se releva. Elle fit deux pas vers le mur de soutènement, chancela, et avança encore avant de s'écrouler par terre, lâchant son arme. C'était fini.

Elle pleura en silence sur le seuil en pierre de la cité en ruine.

67.

Au bout de quelques minutes, Nora se redressa tant bien que mal. La vallée de Quivira était baignée d'une faible lueur argentée. Des pierres précieuses étincelaient sur la surface noire mouchetée du ruisseau en crue. Derrière elle, la cité ancienne veillait dans un silence de pierre.

De la démarche hésitante d'une somnambule, Nora se dirigea vers l'échelle de corde. Elle la descendit péniblement, un degré à la fois, machinalement, encore en état de choc. Arrivée en bas, elle se tourna vers le campement. La lueur orange accueillante de la tente médicale ne brillait plus. Nora sentit un sanglot se coincer dans sa gorge. S'approcher de cette tente pour regarder à l'intérieur était la chose la plus douloureuse qu'elle pût imaginer. Pourtant il fallait qu'elle affronte le pire.

Elle fit quelques pas et se figea. À quelques mètres du pied de la falaise, le corps de Sloane gisait désarticulé dans le sable. Nora s'approcha. Les yeux ambre étaient noirs et vitreux. Le sable autour du cadavre trempé de sang. Nora frémit, puis détourna le regard, cherchant machinalement le corps du porteur de peaux.

Invisible.

Un frisson de peur la ramena à la réalité. Elle examina les alentours avec plus de soin. À environ quatre mètres du corps de Sloane, elle vit un grand creux irrégulier dans le sable : une dépression tachée de sang. À côté, un concho en argent. Mais pas de cadavre de porteur de peaux. Nora recula instinctivement, la main sur la bouche, continuant à fouiller le paysage du regard. Il n'y avait rien au pied des falaises.

Tournant les talons, elle courut en direction du campement, vers la tente médicale, son mollet déchiré protestant à chaque pas. C'était pire que ce qu'elle avait craint : l'intérieur de la tente n'était plus que lambeaux, le matériel et les fournitures jonchaient le sol, le sac de couchage était en pièces. Partout, des traces de sang. Mais pas de cadavre.

En sanglotant, Nora recula, titubante dans le clair de lune.

— Salauds ! cria-t-elle en tournant lentement dans l'obscurité. Ordures !

C'est alors qu'elle sentit un bras mince mais incroyablement fort lui entourer les épaules et une main se plaquer sur sa bouche. Elle se débattit frénétiquement. Puis elle se laissa aller, incapable de lutter davantage.

— Chut ! lui murmura une voix douce à l'oreille.

L'étau se relâcha, et Nora se tourna, les yeux écarquillés : John Beiyoodzin.

— Vous !

Sous la lune, les tresses du vieillard ressemblaient à du vif-argent. Il mit un doigt sur ses lèvres.

— J'ai caché votre ami à l'autre extrémité de la vallée.

— Mon ami, fit Nora qui ne comprenait pas.

— Votre ami journaliste. Smithback.

— Bill Smithback ? Il est vivant ?

Beiyoodzin acquiesça.

Envahie de joie, soulagée, Nora prit les mains de Beiyoodzin avec une force retrouvée.

— Il y en a un autre qui manque à l'appel. Roscoe Swire, notre cow-boy...

Elle se tut en voyant l'expression de Beiyoodzin.

— L'homme qui surveillait vos chevaux. Il est mort

— Mort ? Oh non ! pas Roscoe...

Elle détourna la tête. C'était insupportable.

— J'ai trouvé son cadavre dans le ruisseau. Les porteurs de peaux l'ont eu. Maintenant il faut que nous partions.

Il lui fit signe de le suivre. Elle l'arrêta.

— J'en ai tué un dans la cité, dit-elle en refoulant ses larmes, s'obligeant à être forte. Mais il y en a un autre. Il est blessé. Je crois qu'il est toujours quelque part dans la vallée.

Beiyoodzin acquiesça :

— Je sais, dit-il simplement. C'est pourquoi nous devons partir sans attendre.

— Mais comment ?

— Je connais une piste secrète. Celle que les porteurs de peaux utilisent pour venir dans la vallée et en sortir. Elle est extrêmement difficile. Mais il faut que nous vous éloignions d'ici, votre ami et vous.

Beiyoodzin partit d'un bon pas et se dirigea vers la falaise. Restant à l'ombre de la paroi, ils traversèrent l'éboulis pour rejoindre l'extrémité du canyon, où le ruisseau gonflé chutait dans la fente, disparaissant en une violente cascade. Le bruit de l'eau était beaucoup plus fort à cet endroit, et l'embouchure du canyon disparaissait derrière l'habituel rideau de brume. Sans s'arrêter, Beiyoodzin traversa le rideau de gouttelettes et disparut. Nora le suivit après une seconde d'hésitation.

Elle se retrouva sur une petite saillie de roche en pente. La piste, taillée dans le roc, commençait immédiatement derrière le rideau humide avant de descendre, quelques pieds au-dessus de la cataracte rugissante. Là, dans l'étroit canyon, l'éclat de la lune était assourdi, et Nora avança prudemment sur le rocher glissant couvert de mousse. Le moindre faux pas serait fatal : elle tomberait dans la cascade, sur l'étroit labyrinthe de rochers acérés. Une mort certaine.

Puis la piste s'aplatissait et s'élargissait. Des tourbillons de brume froide montaient de la cataracte, encerclant Nora comme une cape. L'humidité avait créé un étrange microclimat de mousses, de fleurs pendantes et de verdure dense. Beiyoodzin écarta un rideau de fougères luxuriantes, et Nora distingua l'ombre de Smithback, assis, les bras autour des genoux.

— Bill !

Celui-ci se leva, étonné, la joie se peignant sur son visage.

— Oh mon Dieu ! Nora, je te croyais morte.

L'enlaçant faiblement, il la couvrit de baisers.

— Comment te sens-tu ? demanda-t-elle en effleurant la vilaine zébrure sur sa tempe.

— Je dois une fière chandelle à Sloane. Ce petit somme m'a fait un bien fou. (Mais sa voix faible et la toux sèche qui suivit démentaient ses paroles.) Où est-elle ? Où sont les autres ?

— Il faut qu'on parte, les pressa Beiyoodzin.

Il tendit le doigt et Nora regarda dans la direction qu'il indiquait. Elle distingua vaguement une étroite piste montant le long de la paroi du canyon, zigzaguant à travers les fissures et les pitons rocheux, serpentant au creux des crevasses. Sous la lune, elle avait l'air terrifiante : immatérielle, spectrale, plus faite pour des fantômes que pour des êtres de chair et de sang.

— Je passe le premier, murmura Beiyoodzin. Vous fermerez la marche, derrière Bill.

Il regarda attentivement Nora un instant. Puis il se tourna et commença à grimper, penché vers la paroi, montant avec une agilité étonnante pour son âge. Smithback se redressa en tremblant. Nora lui emboîta le pas.

Ils progressèrent lentement et péniblement le long de la piste à pic en évitant soigneusement la mousse et les algues glissantes accrochées à la roche. Le rugissement de la chute montait, lourde vibration qui fouettait l'air. Nora remarqua que Smithback pouvait à peine avancer ; chaque pas mobilisait toutes ses forces.

De terribles minutes plus tard, ils quittèrent le microclimat. Le canyon-fente rétrécissait et la pénombre rendait la progression encore plus ardue. Un peu plus loin, Nora vit la piste partir en épingle à cheveux et disparaître. Au tournant, un petit parapet de roche dominait la cataracte rugissante.

— Comment ça va ? demanda-t-elle à Smithback.

Il ne répondit pas tout de suite. Puis il retint son souffle, toussa et leva un pouce.

Soudain Beiyoodzin s'arrêta net.

— Que se passe-t-il ? questionna Nora.

Un regain de peur accéléra les battements de son cœur.

Elle sentit le parfum douceâtre des volubilis dans la brise fraîchissante. Muette, elle regarda Beiyoodzin.

— Que se passe-t-il ? demanda Smithback.

— Il nous suit sur la piste, répondit le vieil Indien.

Son âge parut soudain plus visible sur son visage tiré et ridé. Sans ajouter un mot, il reprit sa marche.

Ils le suivirent le plus vite possible. Nora se mordit la lèvre pour oublier la douleur qui lui déchirait le mollet.

— Plus vite ! les pressa Beiyoodzin.

— Il ne peut pas…

Nora s'interrompit.

Devant eux, au virage, une forme venait d'apparaître : une tache noire contre le rocher. La lourde peau fumait, dégoulinante de sang. Elle fit un pas vers eux en traînant les pieds et s'arrêta. Malade de peur et d'horreur, Nora entendit la respiration saccadée à travers le masque gorgé de sang. Elle crut distinguer deux pupilles rouges, étincelantes de colère, de douleur et de méchanceté.

Contrairement à toute attente, Beiyoodzin s'approcha. Le porteur de peaux le regardait, immobile. Beiyoodzin sortit sa bourse de sorcier d'une poche, l'ouvrit et y plongea une main. Sans quitter le porteur de peaux des yeux, il traça une petite ligne presque invisible de pollen et de farine de maïs sur l'étroit passage qui les séparait, tout en psalmodiant doucement.

Sous les yeux de Nora terrifiée, le porteur de peaux fit un pas vers la ligne. Beiyoodzin prononça un mot :

— *Kishlinchi.*

Le porteur de peaux se figea. Beiyoodzin secoua la tête.

— Cela suffit. Arrêtons là.

Le porteur de peaux attendait. Beiyoodzin tendait une plume d'aigle entre eux.

— Tu crois que le mal t'a rendu fort. Mais au contraire, il t'a rendu faible. Faible et laid. Le mal est l'absence de force. Je te demande d'être fort à présent et de mettre fin à tout cela. C'est le seul moyen pour toi de sauver ta vie, parce que le mal finit toujours par se consumer lui-même.

Avec un grognement de colère, le porteur de peaux dégaina un couteau d'obsidienne. Il franchit la ligne de pollen et brandit son arme, à moins d'un mètre de Beiyoodzin.

— Si tu ne veux pas rentrer avec moi, alors je te prie de rester ici, reprit aussitôt celui-ci d'une voix tremblante. Si le mal est ton choix, alors reste avec lui. Prends la ville, s'il le faut. (Il désigna Nora de la tête.) Prends ces étrangers, si rien d'autre ne peut satisfaire ta soif de sang. Mais laisse le village tranquille.

— Quoi ? Qu'est-ce que vous dites ? s'écria Smithback indigné.

Mais ni le porteur de peaux ni Beiyoodzin ne parurent l'entendre. Le vieillard plongea une main dans ses vêtements et sortit un autre sac, usé au point d'avoir la transparence du papier, les bords ornés d'argent et de turquoise. Nora regardait tour à tour Beiyoodzin et le sac de sorcier, en proie à un mélange de colère, de peur et de trahison. Furtivement elle prit Smithback par le coude, pour l'inciter à reculer, à s'éloigner de la confrontation.

— Tu sais ce que c'est, dit Beiyoodzin. Ce sac contient la pierre de mirage de nos ancêtres. L'objet le plus précieux du peuple nankoweap. Jadis, tu le jugeais précieux, toi aussi. Je te l'offre comme preuve de l'honnêteté de ma promesse. Reste ici, ne trouble plus notre village.

Lentement, respectueusement, il ouvrit le sac, puis le tendit à bout de bras. Il tremblait. De vieillesse ? De peur ?

Le porteur de peaux hésita.

— Prends-le, murmura Beiyoodzin.

L'autre s'avança, tendit la main vers le sac, penché au-dessus du vide. Avec la vitesse de l'éclair, Beiyoodzin enfonça le sac dans le ventre du porteur de peaux.

Un nuage de poussière jaillit, couvrant le masque et s'étalant en longues lignes grises sur la peau de bête ensanglantée. Le porteur de peaux poussa un rugissement de surprise et de rage, vira sur lui-même en tirant violemment sur son masque, de plus en plus déséquilibré. Avec l'agilité d'un chat, Beiyoodzin rejoignit la piste d'un saut. Le porteur de peaux se débattit, oscillant un instant au bord du précipice. Puis il tomba avec un hurlement de colère. Nora le regarda plonger dans les ombres mauves gorgées de lune, la peau battant au vent, les membres tendus, son masque flottant dans l'air, quand un cri à retourner les sangs se fondit au rugissement de l'eau. C'était fini.

Beiyoodzin regarda Nora et Smithback, et hocha la tête, lugubre.

Nora aida Smithback à rejoindre le vieil Indien, qui contemplait l'abîme.

— Pardon de vous avoir causé une telle frayeur, dit-il tranquillement, mais parfois nous sommes contraints de jouer les coyotes, à employer la ruse, pour nous défendre.

Les yeux toujours fixés sur le fond du précipice, il prit la main de Nora. La sienne était fraîche, légère, sèche comme une feuille.

— Et tant de morts, murmura-t-il. Tant de morts. Mais au moins le mal s'est consumé lui-même.

Il leva les yeux vers Nora qui y lut de la bonté et de la compassion, ainsi qu'une infinie tristesse.

Après un silence, Beiyoodzin reprit la parole :

— Quand vous serez prête, reprit-il d'une petite voix claire, laissez-moi vous mener auprès de votre père.

Épilogue

À une allure tranquille, paisible et régulière, les quatre cavaliers longeaient le canyon baptisé Raingod Gulch. John Beiyoodzin était en tête sur un superbe buckskin. Nora le suivait, avec son frère Skip. Teddy Bear ne cessait de passer et de repasser entre les jambes des chevaux en leur frôlant le ventre. Bill Smithback fermait la marche, sa chevelure hirsute prisonnière d'un chapeau de cow-boy en daim. Le traitement antibiotique épuisant que Nora et lui venaient de subir était terminé depuis deux semaines, mais sous son chapeau l'écrivain était loin d'avoir retrouvé des couleurs normales.

En cette fin du mois d'août, le ciel était parsemé de légers cumulus qui dérivaient sur une mer turquoise. Des troglodytes voletaient alentour, remplissant le canyon de leurs cris de clochettes. Un ruisseau gazouillant, à l'ombre de peupliers odorants, étincelait sur un lit de sable doux. Partout dans le canyon, des habitats anasazis se nichaient au fond de petites grottes – jamais plus de deux ou trois salles, mais jolis dans leur humble perfection.

Nora laissait son cheval avancer à son rythme, se concentrant exclusivement sur le soleil qui chauffait ses jambes couvertes d'un jean, sur le murmure de l'eau, sur le balancement de sa monture. De temps en temps, elle souriait en entendant Smithback derrière elle insulter son cheval rebelle qui s'arrêtait fréquemment pour fourrer la tête dans un bouquet de trèfles ou croquer un chardon, parfaitement indifférent aux menaces et aux imprécations de son cavalier. Le journaliste n'avait vraiment pas l'art de s'y prendre avec les chevaux.

Elle avait une sacrée chance qu'il soit là ; et elle avait une sacrée chance d'être là. Elle repensa brièvement à leur pénible sortie du désert un mois plus tôt, Smithback épuisé, elle-même s'affaiblissant sous les attaques de l'infection fongique. Si Skip et Ernest Goddard n'étaient pas venus à leur rencontre avec des montures fraîches – et s'il n'y avait pas eu de hors-bord au bout de la piste, ni d'hélicoptères à Page –, ils seraient probablement morts. Et pourtant, Nora s'était presque dit qu'il aurait été plus facile de mourir que d'annoncer à Goddard que leur incroyable découverte s'était transformée en une affreuse tragédie pour lui.

Là, à une cinquantaine de kilomètres au nord-ouest des ruines de Quivira, le paysage paraissait plus intime : amical, verdoyant, bien irrigué. John Beiyoodzin venait de suspendre son long récit – il s'était souvent interrompu pendant le voyage, laissant le temps à son auditoire de digérer ce qu'il venait de dire.

Dans ce silence baigné de soleil, Nora s'autorisa à oublier progressivement Goddard pour songer à son propre père et aux éléments qu'elle avait pu réunir sur son dernier voyage dans ce canyon. Il avait emporté très peu de choses de Quivira. En fait, loin d'être un chasseur de vestiges, il avait soigneusement comblé ses fouilles d'une manière qui n'aurait pas déplu à Aragon lui-même. Mais ce faisant, il s'était exposé à un concentré de poussière fongique, ce qui l'avait rendu malade. Il était parti vers le nord dans l'espoir de trouver de l'aide. Malheureusement sa maladie s'était aggravée au point qu'il pouvait à peine tenir sur sa selle. Nora se demandait ce qu'il avait ressenti. De la terreur ? De la résignation ? Il avait toujours dit qu'il voulait mourir en selle. C'est exactement ce qui s'était produit ou presque : trop malade pour rester sur sa monture, il avait mis pied à terre. Puis il avait libéré ses chevaux et attendu la mort.

— C'est mon cousin qui a trouvé le corps, reprit Beiyoodzin. Il gisait dans une grotte au sommet d'un petit relief. Apparemment cela faisait six mois qu'il était là. Comme il était hors d'atteinte des coyotes, il était intact.

— Comment votre cousin l'a-t-il trouvé ? demanda Skip.

— En cherchant des moutons égarés. Il a aperçu de la couleur dans l'abri sous roche et il est monté voir. À côté du corps se trouvait le carnet – celui que Nora a maintenant. Une lettre timbrée dépassait de sa poche de chemise. Et à côté de lui, il y avait un cartable renfermant le crâne d'un puma incrusté de turquoise. Mon cousin est rentré à Nankoweap et, comme c'était un bavard, le village entier n'a pas tardé à connaître l'existence de ce mort blanc dans le canyon au sud. Et à cause du crâne incrusté de turquoise, tout le monde a aussi compris qu'il avait trouvé la cité dont nous gardions le secret depuis des années.

« Ce n'était pas la cité de nos ancêtres. Les rares qui s'y étaient rendus – dont mon grand-père – prétendaient que c'était une cité de mort, d'oppression et d'esclavage, de sorcellerie, habitée par le mal. Notre tradition rapporte des histoires d'un peuple qui vint du Sud, réduisit les Anasazis en esclavage et les obligea à construire ces grandes cités et ces routes. Mais ce peuple a été détruit par le dieu même qui lui avait donné la puissance. La plupart de ceux qui sont allés à Quivira sont rentrés avec la maladie et n'ont pas tardé à mourir. C'était il y a de très nombreuses années. Aucun des membres de mon peuple n'est retourné dans la cité depuis. Jusque récemment.

Beiyoodzin se roula adroitement une cigarette d'une main.

— La découverte de votre père a posé un problème à la tribu, continua-t-il, parce que le secret de la cité gisait avec le corps de cet homme. Révéler sa présence aurait été trahir le secret.

— Pourquoi n'avez-vous pas détruit la lettre et le carnet ? demanda Nora.

Beiyoodzin alluma sa cigarette et tira dessus.

— Nous croyons qu'il est extrêmement dangereux de toucher les effets d'un mort. C'est le meilleur moyen d'attraper la maladie du fantôme. Et nous savions tous de quoi était mort l'homme blanc. Si bien que pendant seize ans le corps est resté là. Sans qu'on l'enterre. Il semblait que le plus simple était de ne rien faire.

Beiyoodzin arrêta brusquement son cheval et se tourna vers Nora.

— C'était mal. Parce que nous savions tous que l'homme dans la grotte avait une famille. Que quelqu'un l'aimait, se demandait où il était passé, s'il vivait encore. C'était cruel de ne rien faire. Pourtant cela paraissait la décision la plus facile et la plus sûre. Mais le fait de ne rien faire a créé un petit déséquilibre. Qui n'a cessé de croître et de s'accentuer jusqu'à votre venue ici et toutes ces horribles tueries.

Nora vint à la hauteur de Beiyoodzin.

— Qui a posté la lettre ?

Elle brûlait de poser cette question depuis des semaines.

— Il y avait trois frères. Ils vivaient dans une caravane à l'extérieur du village avec leur père alcoolique. Leur mère s'était enfuie avec un autre homme des années plus tôt. Mais c'étaient des garçons intelligents et ils ont tous obtenu des bourses pour étudier en Arizona. Ce contact avec le monde extérieur leur a été néfaste. Deux des garçons ont abandonné leurs études et sont rentrés. Ils étaient dégoûtés par le monde qu'ils avaient découvert, mais celui-ci les avait transformés. Ils sont revenus insatisfaits, en colère, avides d'une richesse et d'un pouvoir qu'on ne peut pas trouver dans un village comme le nôtre. Ils n'étaient plus en harmonie avec le reste de la communauté. Ils ont commencé à se détourner d'une vie normale, à chercher des savoirs interdits, à s'initier à des pratiques interdites. Ils ont rencontré un vieillard, un homme mauvais – un cousin de l'assassin de mon grand-père. Cet homme les a aidés, leur a révélé le plus noir de tous les arts. Le village s'est mis à les éviter, et ils nous ont rejetés. Ils ont fini par s'intéresser au plus grand tabou de tous – les anciennes ruines – et se sont emparés des aspects les plus sombres de son histoire qui circulaient encore dans notre village.

« Puis le troisième frère est rentré, diplôme en poche. Lui non plus n'a pas trouvé de travail ici et n'avait aucun espoir d'en trouver un. Contrairement à ses frères, il s'était converti à la religion des Blancs. Il méprisait nos croyances et notre peur de la maladie du fantôme. Il nous jugeait superstitieux et ignorants. Il connaissait l'existence du corps dans la grotte et estimait que le laisser là-bas était un péché. Il s'est rendu sur place, a soigneusement disposé les biens du mort autour de lui, l'a couvert de sable et a planté une croix. Et il a posté la lettre.

Beiyoodzin haussa les épaules.

— Bien entendu, il s'agit là en partie de mes hypothèses. Je ne saurais dire pourquoi il a envoyé la lettre. Il ne pouvait pas être sûr qu'elle arriverait à destination au bout de seize ans. Peut-être était-ce dans un souci d'expiation. Ou peut-être par colère contre ce qu'il considérait des superstitions. Peut-être a-t-il bien fait, je ne sais pas. Mais son geste a provoqué une rupture avec ses frères. Ils ont bu, ils se sont disputés. Ils l'ont accusé de trahir le secret de la cité. Et ils l'ont tué.

Beiyoodzin se tut de nouveau. Ils reprirent leur lente progression dans le canyon, les chevaux pataugeant dans le ruisseau à chaque virage. À l'un d'eux, ils surprirent une daine qui s'enfuit le long du cours d'eau, soulevant des cascades cristallines qui étincelèrent au soleil.

— Ces deux frères rejetaient tout ce qui concernait le monde blanc, reprit Beiyoodzin. Mais ils rejetèrent aussi les bonnes coutumes de notre peuple. Ils considéraient la ville maudite comme leur destin. Grâce aux récits murmurés par les nôtres, ils ont fini par découvrir le plus grand de tous les secrets – la kiva cachée – et par y pénétrer. Ils disaient qu'ils n'y pénétreraient qu'une seule fois – non pour son trésor bien sûr mais pour son filon de poudre de cadavre, que ce serait leur arme de peur et de vengeance. Et qu'ensuite ils camoufleraient soigneusement la kiva. (Beiyoodzin secoua la tête.) Ils voulaient protéger ses secrets, les secrets de la cité entière, à tout prix. En fait, ils s'étaient déjà transformés en *eskizzi*, en « sorciers ». Avec l'assassinat de leur frère, la transformation était devenue irréversible. Selon nos croyances, l'ultime condition pour devenir un porteur de peaux est d'assassiner une personne que l'on chérit.

— Vous pensez qu'ils possédaient effectivement des pouvoirs surnaturels ? demanda Skip.

Beiyoodzin sourit.

— J'entends le doute dans votre voix. Il est vrai que les racines interdites qu'ils mâchaient leur donnaient une grande force et une grande rapidité, la capacité de supporter la douleur et les balles. Et je sais que les Blancs tiennent la sorcellerie pour de la superstition. (Il regarda Skip.) Mais j'ai vu des sorciers chez les Blancs aussi. Ils portent des costumes au lieu de peaux de bêtes. Et des serviettes au lieu de poudre de cadavre. Quand j'étais petit, ils sont venus me chercher pour me mettre dans une pension où l'on me battait si je parlais ma langue. Plus tard, je les ai vus débarquer chez nous avec des contrats d'exploitation minière et de concessions de pétrole.

Après un autre virage, ils se retrouvèrent dans un petit bosquet de peupliers. Beiyoodzin s'arrêta et leur fit signe de mettre pied à terre. Libérés, les chevaux allèrent paître sur le luxuriant tapis d'herbe qui bordait le ruisseau. Teddy Bear sauta sur un gros rocher et s'étira. On aurait dit un lion gardant sa troupe. Skip rejoignit Nora et la prit par les épaules.

— Comment te sens-tu ?

— Bien. Et toi ?

Skip regarda autour de lui et respira un grand coup.

— Un peu nerveux. Mais plutôt bien, en fait. À dire vrai, je ne me rappelle pas m'être jamais senti aussi bien.

— Bas les pattes, tu veux, touche pas ma petite amie, lui dit Smithback.

Ensemble, ils regardèrent Beiyoodzin détacher sa trousse de médecine des sangles de sa selle, l'examiner brièvement, puis indiquer de la tête un sentier qui montait vers un sommet arrondi. Au-dessous, Nora vit la niche dans laquelle reposaient les ossements de son père.

— Quel bel endroit ! murmura Skip.

Ils suivirent Beiyoodzin. Nora s'arrêta devant la niche, soudain peu disposée à regarder à l'intérieur. Elle contempla le canyon. Les pluies avaient fait pousser un tapis de fleurs – castillejes, lis sauvages, daturas, phlox écarlates, lupins du désert. Après maintes discussions, elle et Skip avaient décidé de laisser le corps où il se trouvait, dans le pays de grès rouge qu'il aimait tant dominant l'un des plus beaux canyons isolés de l'Escalante. Aucune autre sépulture n'était plus digne, ni plus paisible.

Nora sentit le bras de Skip lui entourer les épaules et elle se tourna pour faire face à la grotte.

Dans la pénombre, elle distingua la selle et les sacs de son père soigneusement alignés contre le mur du fond, le cuir craquelé et fané par le temps. À côté reposait le crâne incrusté de turquoise, beau mais vaguement sinistre, même là, loin de la kiva du soleil maudite. Les ossements de son père reposaient sous une fine couche de sable. Là où le vent l'avait repoussée, on apercevait des bouts de tissu pourris, l'ivoire terne d'un os, la courbe du crâne ; Padraic Kelly était visiblement mort en regardant la vallée.

Nora resta immobile un long moment. Personne ne parla. Lentement, elle tira de sa poche un petit carnet : le journal de son père, pris sur sa dépouille par le sorcier qu'elle avait tué et retrouvé par Beiyoodzin. Elle l'ouvrit et en retira une enveloppe fanée qu'elle avait glissée entre les pages : la lettre qui avait tout déclenché.

Celle-ci, adressée à sa mère, avait été rédigée juste avant que son père entre dans la cité. Mais les derniers mots du journal de Padraic Kelly étaient destinés à ses enfants. Il les avait écrits après avoir découvert la cité, dans cet abri sous roche où il reposait. Devant lui et Skip, Nora lut ses derniers mots.

Elle s'avança au pied de la tombe. La croix était toujours là, deux bouts tordus de cèdre attachés par un lien en cuir. Elle sentit la main de Smithback se glisser dans la sienne et elle lui en fut reconnaissante. Après l'horreur des derniers jours à Quivira, et malgré sa souffrance et sa maladie, l'écrivain avait été présent, lui apportant réconfort, calme et douceur. Il l'avait accompagnée sur la tombe vide de Peter Holroyd – on n'avait pas retrouvé son corps –, où elle avait déposé son exemplaire corné d'*Endurance* près de la stèle. Il était revenu avec elle au lac Powell pour le service à la mémoire d'Enrique Aragon : ils s'étaient rendus en bateau à l'endroit où, sous trois cents mètres d'eau, reposait le temple de la musique cher à son cœur.

Le jour venu, elle le savait, ils reverraient Quivira. Une équipe de l'Institut triée sur le volet, armée de masques à oxygène et de combinaisons étanches, irait tourner des documentaires vidéo du site. La découverte de Sloane – la poterie micacée d'une valeur et d'une beauté transcendantes – serait soigneusement examinée et répertoriée sous le contrôle de Goddard lui-même. Et peut-être, un jour, Smithback écrirait-il un compte rendu de l'expédition – ou, du moins, des épisodes qui ne causeraient pas de souffrances insupportables à Goddard.

Elle poussa un profond soupir. Quivira l'attendrait. Il n'y avait aucun risque que son emplacement soit dévoilé, ni connu – la poussière empoisonnée le garantirait. Presque tous ceux qui connaissaient son emplacement – à l'exception des Nankoweap – étaient morts à présent. Les survivants garderaient le secret.

Nora regarda Beiyoodzin se pencher au-dessus de la tombe, ouvrir le petit sac en peau de daim et baisser la tête. Prenant une pincée de farine de maïs et de pollen, il la répandit sur le corps en entonnant une douce psalmodie, belle dans sa monotonie. Les autres s'inclinèrent.

Le chant terminé, Beiyoodzin regarda Nora. Il avait les yeux brillants, un sourire sur son visage ridé.

— Je vous remercie de m'avoir permis de rétablir l'équilibre, de ramener le calme. Je vous remercie en mon nom et au nom de mon peuple.

Ce fut le tour de Skip. Il prit la lettre des mains de Nora, la tournant et la retournant entre ses doigts. Ensuite il s'agenouilla, repoussa doucement le sable et glissa la lettre dans la poche de chemise de son père. Il resta là un moment. Enfin il se releva lentement et revint aux côtés de Nora.

Celle-ci respira profondément, puis lut à voix haute les derniers mots du journal de son père :

À mes très chers et merveilleux enfants Nora et Skip, Quand vous lirez ces lignes, je serai mort. J'aurai succombé à une maladie que je crains bien d'avoir attrapée dans la cité que j'ai découverte : la cité de Quivira. Bien que je ne puisse avoir la certitude que ces lignes vous parviendront un jour, il faut que je le croie dans mon cœur. Parce que je veux m'adresser à vous une dernière fois.

Si c'est en votre pouvoir, laissez les grandes ruines de Quivira intactes. N'y touchez pas, n'en révélez pas le secret. C'est un endroit maudit. Je le sais maintenant pour l'avoir brièvement exploré. Peut-être est-ce la cause de ma mort, sans que je sache trop bien pourquoi. Peut-être est-il des connaissances qu'il vaut mieux ignorer, laisser mourir et retourner à l'état de poussière, comme nous autres humains. Je n'ai qu'une requête à présenter à chacun de vous. Skip, s'il te plaît, ne bois pas. C'est un fléau qui se transmet dans la famille, et crois-moi, tu ne pourras pas t'en débarrasser. Moi, je n'ai pas su. Nora, s'il te plaît, pardonne à ta mère. Je sais qu'en mon absence elle peut me rendre responsable de ce qui s'est passé. Quand tu seras grande, le pardon te sera difficile. Mais souviens-toi que, d'une certaine manière, elle n'avait pas tort de me blâmer. Et, à sa façon, elle vous a toujours aimés profondément.

L'endroit est magnifique pour mourir, mes enfants. Le ciel nocturne regorge d'étoiles ; le ruisseau au-dessous gazouille ; un coyote aboie dans le lointain. Je suis venu ici en quête de richesses, mais la vue de Quivira m'a fait changer d'avis. En fait, je n'y ai laissé aucune trace de mon passage. Je n'en ai rapporté qu'un objet, et je te le destinais, Nora, pour te prouver que ton père a vraiment trouvé la cité légendaire. Car c'est là que j'ai compris, pour la première fois, que j'avais laissé mes deux vraies réussites – vous deux – loin derrière moi, à Santa Fe.

Je sais que je n'ai pas été un père génial, ni même un bon père, et j'en suis réellement désolé. Il y a tant de choses que j'aurais pu faire et que je n'ai pas faites pour vous. Mon dernier acte de père sera donc de vous dire ceci : je vous aime tous les deux. Et je vous aimerai toujours, pour l'éternité. Mon amour pour vous étincelle davantage que les milliers d'étoiles qui tapissent le ciel au-dessus de ma tête. Je peux mourir, mais mon amour pour vous ne s'éteindra jamais.

Papa

Nora se tut et ferma les yeux. Un instant, le canyon entier parut plongé dans un silence respectueux. Elle releva la tête, ferma le carnet et le posa délicatement sur le sol à côté de son père. Elle se tourna et adressa un sourire baigné de larmes à Smithback.

Puis ils redescendirent tous les quatre vers les chevaux.

Remerciements

Lincoln Child souhaite remercier Bruce Swanson, le Dr Bry Benjamin, le Dr Lee Suckno, Irene Soderlund, Mary Ellen Mix, Bob Wincott, Sergio et Mila Nepomuceno, Jim Cush, Chris Yango, Jim Jenkins, Mark Mendel, Juliette Kvernland, Hartley Clark et Denis Kelly pour leur amitié et leur aide, technique et autres. Il remercie aussi sa femme, Luchie, pour son affection et son soutien sans réserve. Et il tient surtout à rendre hommage à l'inspiratrice qu'a été pour lui sa grand-mère Nora Kubie. Artiste, romancière, archéologue, esprit indépendant, biographe de l'inventeur de Ninive, Austen Henry Layard, elle lui a communiqué dès son plus jeune âge les passions jumelles de l'écriture et de l'archéologie. Elle a participé à des fouilles dans des endroits aussi reculés que Masada et Camelot et aussi proches que son jardin dans le New Hampshire. Malgré sa mort il y a dix ans, elle a toujours été dans ses pensées pendant la rédaction des *Sortilèges de la cité perdue.*

Douglas Preston tient à exprimer sa reconnaissance à Walter Winings Nelson, compagnon de randonnée à cheval sur un millier de kilomètres de déserts, de canyons et de montagnes, en quête des Sept Cités de l'Or ; à Larry Burke, commandant du *Emerald Sun,* pour avoir accueilli une expédition mémorable sur le lac Powell ; à Forrest Fenn, qui a découvert sa propre cité perdue ; à la fondation Cottonwood Gulch du Nouveau-Mexique, ainsi qu'à Tim Maxwell, directeur du Bureau des études archéologiques du Musée du Nouveau-Mexique. Il souhaite également remercier sa femme Christine et ses enfants

Selene, Aletheia et Isaac. Ainsi que, une fois encore, ceux qu'on ne remercie jamais assez : ses parents, Dorothy et Jerome Preston.

Lincoln Child et Douglas Preston souhaitent également remercier Ron Blom et Diane Evans du laboratoire de propulsion par réaction de la Nasa pour leur contribution au passage où Douglas Preston explique comment on utilise des radars spatioportés pour localiser d'anciennes pistes. Ils leur présentent leurs excuses pour l'existence du personnage détestable et entièrement inventé de Leland Watkins. Leur laboratoire n'a jamais employé personne qui ressemblât à Leland Watkins ou à Peter Holroyd. Ils tiennent également à exprimer leur immense reconnaissance à Farouk el-Baz, directeur du Centre de télédétection de l'université de Boston, pour ses explications des aspects techniques de la télédétection de la Terre à partir de l'espace et ils remercient Juris Zarins, l'archéologue qui a découvert la cité perdue d'Ubar en Arabie saoudite.

Leur gratitude va à Bonnie Mauer, qui a lu le manuscrit non pas une mais plusieurs fois et leur a prodigué d'excellents conseils. Que soient également remerciés Eric Simonoff, Lynn Nesbit et Matthew Snyder pour leur assistance, leur conseils et leurs encouragements incessants. Ils adressent des remerciements particuliers à Mort Janklow pour leur avoir fait partager une anecdote personnelle surprenante et fort émouvante en liaison avec leur intrigue. Merci à Clifford Irving, pour ses conseils sur le manuscrit, comme à Kim Gattone, pour ses explications éclairées de certains aspects techniques de l'escalade. Chez Warner, ils aimeraient remercier Betsy Mitchell, Jaime Levine, Jimmy Franco, Maureen Egen et Larry Kirshbaum pour avoir cru en eux. Merci aussi à Debi Elfenbein.

Les auteurs s'empressent d'ajouter que les atrocités commises au nom de l'anthropologie et de l'archéologie dans les pages des *Sortilèges de la cité perdue* relèvent du domaine de la fiction puisqu'elles n'existent que dans leur imagination.

Note des auteurs

L'archéologie de ce récit est parfois spéculative. Elle repose toutefois sur des faits. L'histoire des Anasazis, le mystère de l'effondrement du Chaco et l'abandon du plateau du Colorado, les preuves longtemps cherchées d'un lien méso-américain, l'utilisation de radars pour la localisation de routes préhistoriques comme les pratiques de cannibalisme et de sorcellerie décrites ici se fondent sur de véritables résultats de recherches. En outre, l'un des auteurs, Douglas Preston, a vécu chez des Indiens du Sud-Ouest, comme il le raconte dans son essai *Talking to the Ground.*

Les auteurs ont utilisé des données issues de nombreuses autres publications, dont les plus importantes sont les suivantes : *Navaho Witchcraft* de Clyde Kluckhohn ; *Cowboys and Cave Dwellers* et *Basketmaker Archaeology in Utah's Grand Gulch* de Blackburn et Williamson ; *Chaco and Hohokam : Prehistoric Regional Systems in the American Southwest* de Crown et Judge, ed. ; *Roads to Center Place : A Cultural Atlas of Chaco Canyon and the Anasazi* de Kathryn Gabriel ; *Holy Wind in Navajo Philosophy* de James McNelley ; *In Search of the Old Ones* de David Roberts ; *Pueblo Benito* de George Pepper ; *Fields Methods in Archaeology* de Hester, Shafer et Feder ; *The Chaco Anasazi* de Lynne Sebastian ; *Hand Trembling, Frenzy Wirchcraft and Moth Madness* de Levy, Neutra et Parker ; *The Ethics of Collecting Cultural Property* de Mauch Messenger, ed. ; *Chaco Roads Project, Phase I : A Reappraisal of Prehistoric Roads in San Juan Basin* de Chris Kincaid, ed. ; *Prehistoric Cannibalism at Mancos 5MTUMR=3246* de Tim D. White ; *Man Corn : Cannibalism and Violence in the Prehistoric American Southwest* de Christy Turner ; « Space Age Archaelogy » de Farouk el-Baz, *in Scientific American*, août 1997.

On notera que la tribu nankoweap est purement fictive, comme l'Institut archéologique de Santa Fe. Les pratiques et les croyances de sorcellerie décrites ici n'ont pas pour but de dresser un portrait négatif d'une culture existante quelle qu'elle soit. Tous les personnages, les événements et la plupart des endroits décrits dans ce roman sont entièrement le fruit de l'imagination des auteurs.

Cet ouvrage a été imprimé par

FIRMIN DIDOT
GROUPE CPI

Mesnil-sur-l'Estrée

pour le compte des Éditions Robert Laffont
24, avenue Marceau, 75008 Paris
en mai 2003

Composition réalisée
par Nord Compo

N° d'édition : 43784 – N° d'impression : 63885
Dépôt légal : mai 2003

Imprimé en France